Sous les flocons

NORA ROBERTS

Sous les flocons

Roman

MOSAÏC

Titres originaux :
TEMPTING FATE
FROM THIS DAY
ONCE MORE WITH FEELING

Traduction de l'américain par JEANNE DESCHAMP
Premier titre

Traduction de l'américain par FABRICE CANEPA
Deuxième et troisième titre

MOSAÏC® est une marque déposée par Harlequin

MOSAÏC, une maison d'édition de la société HARLEQUIN
83-85, boulevard Vincent Auriol, 75646 PARIS CEDEX 13.
Service Lectrices — Tél. : 01 45 82 47 47

www.auteurs-mosaïc.fr

ISBN 978-2-2803-1678-1 — ISSN 2261-4540

UNE REBELLE CHEZ LES MACGREGOR

1

A trente minutes de l'atterrissage, Diana ne savait toujours pas si elle avait eu tort ou raison de monter dans l'avion pour Atlantic City.

Le frère qui l'attendait au terme de son voyage était devenu un inconnu pour elle. Deux décennies entières s'étaient écoulées depuis qu'ils s'étaient vus pour la dernière fois. De Justin, son aîné, Diana conservait l'image d'un adolescent affectueux quoique distant. De dix ans plus âgé qu'elle, il était auréolé de tout le prestige dont un garçon de seize ans peut être paré aux yeux d'une petite sœur plus jeune. Elle ne se souvenait pas de grand-chose hormis cela, à part d'avoir nourri pour lui un amour éperdu.

Ne l'ayant jamais connu adulte, Diana avait de la peine à se représenter Justin autrement que comme un jeune homme trop maigre, avec un visage taillé à la serpe et une certaine hauteur dans son regard vert. Il était de tempérament ombrageux, déterminé, solitaire. Même petite, elle avait senti que Justin saurait se tracer son propre chemin dans l'existence.

Avec un sourire légèrement amer, Diana s'abandonna contre le dossier de son confortable fauteuil de première classe. Justin avait trouvé sa voie, en effet. Il avait même foncé tout droit, sans se soucier de ce qu'il laissait derrière lui. Après le décès de leurs parents, il s'était occupé d'elle dans un premier temps. Peut-être même avait-il cherché à la consoler à sa façon.

Diana ferma les yeux pour sonder sa mémoire. Mais ses souvenirs de l'époque restaient très flous. Abasourdie par la disparition de leurs parents, elle avait mis du temps à admettre qu'ils étaient partis pour de bon. Au début, elle avait cru dur comme fer que son papa et sa maman s'étaient juste absentés pour la punir, parce qu'elle n'avait pas été sage à l'école. Et elle s'était appliquée scrupuleusement en classe, persuadée qu'ils finiraient par revenir si elle y mettait du sien.

Puis, au moment précis où tante Adélaïde avait fait irruption dans sa vie, Justin l'avait abandonnée à son tour. Pendant des mois, elle avait cru qu'il était « allé au ciel », lui aussi. Qu'il avait filé pour échapper à sa petite sœur qui faisait trop de cauchemars et le réveillait chaque nuit en se cramponnant à son cou.

Son frère, avait-elle appris par la suite, était resté vivant sur terre, contrairement à leurs parents. Mais Justin n'avait pas donné signe de vie pour autant. Depuis vingt ans qu'ils étaient séparés, il n'avait jamais daigné se manifester ni demander de ses nouvelles.

L'adolescent solitaire était longtemps resté célibataire. Mais il semblait avoir trouvé l'âme sœur récemment puisqu'elle avait reçu un faire-part de mariage, l'automne dernier. *Serena MacGregor…* Pensive, Diana laissa les syllabes de ce nom défiler dans son esprit. Cela paraissait presque irréel de se retrouver pourvue d'une belle-sœur, alors qu'elle avait à peine le sentiment d'avoir un frère.

La famille MacGregor, elle la connaissait de réputation, bien sûr. Ils avaient leur fief à Hyannis, au cap Code, à quelques encablures à peine de chez les Kennedy. Diana eut un sourire mi-amusé, mi-amer. Mondaine jusqu'au bout des ongles, sa tante Adélaïde avait jugé indispensable de parfaire son éducation en lui parlant longuement des quelques familles américaines influentes dont le nom méritait d'être prononcé avec déférence. De toutes les aristocraties, les Etats-Unis ne reconnaissaient que celle de l'argent. Mais même de ce point de vue, les MacGregor, issus d'une vieille famille des Highlands, se classaient dans les hautes sphères. En outre, ils vivaient suffisamment près de Boston pour qu'elle les considère comme ses voisins.

Diana aurait pu réciter par cœur l'article qui leur était consacré dans le *Who's Who* : Daniel MacGregor était le patriarche. La famille avait certes dû laisser derrière elle ses terres ancestrales, son tartan et son clan. Mais Daniel s'était lancé avec succès dans la haute finance internationale. Anna MacGregor, sa femme, figurait parmi les meilleurs chirurgiens de la région. Leur fils aîné, Alan, était sénateur et promis à un avenir brillant.

Ensuite venait Caine, le second frère. Celui qu'elle connaissait le mieux de réputation, même si elle ne l'avait jamais croisé dans les vénérables couloirs de Harvard, où ils avaient étudié l'un et l'autre. Caine, qui devait avoir à présent la trentaine, l'avait précédée de peu, quittant l'université l'année même où elle y était entrée. Mais ils avaient potassé les mêmes livres, écouté les mêmes professeurs, parcouru les mêmes corridors interminables. Et ils exerçaient aujourd'hui la même profession.

Lorsqu'elle était en première année, Diana avait entendu deux étudiantes plus âgées s'entretenir en riant des « performances » de Caine MacGregor. Et ce n'était pas sur ses talents de juriste qu'elles s'étaient extasiées. Diana eut un discret sourire. Apparemment, le brillant fils cadet de Daniel MacGregor ne s'était pas intéressé qu'au droit pendant ses années d'études.

Après Caine venait Serena, la dernière-née des MacGregor. Toutes ses sources s'accordaient pour affirmer que la fille de Daniel MacGregor était supérieurement intelligente et qu'elle avait passé haut la main une quantité impressionnante de diplômes. Intriguée, Diana secoua la tête. Elle avait de la peine à imaginer le Justin dont elle gardait le souvenir marié à une intellectuelle plongée en permanence dans ses livres.

Aurait-elle assisté au mariage de son frère si elle ne s'était pas trouvée à l'étranger à la date fatidique ? Diana se mordilla pensivement la lèvre. La curiosité l'aurait poussée à accepter l'invitation, sans doute. C'était pour cette même raison, d'ailleurs, qu'elle avait pris l'avion pour Atlantic City aujourd'hui.

Sans compter qu'il aurait été puéril — donc impoli — de refuser. Or, sa tante Adélaïde lui avait martelé, toute son enfance, que le manque de correction était l'hérésie suprême, la faute de goût à éviter à tout prix. « Ne sois pas puérile, ma chérie. Une personne de notre milieu doit rester polie en toute circonstance » avait été le slogan éducatif de base de sa tante. Adélaïde elle-même, d'ailleurs, respectait religieusement ce principe. Avec ses égaux, du moins. Car Diana ne se souvenait pas que sa tante ait jamais pris la peine de montrer beaucoup de courtoisie envers ceux qu'elle considérait comme ses inférieurs.

Refusant de s'appesantir sur les doubles critères d'Adélaïde Grandeau en matière de politesse, Diana sortit la lettre de Serena de son sac pour la parcourir des yeux.

« Chère Diana,

» J'ai été terriblement déçue que, séjournant à Paris l'automne dernier, vous n'ayez pas été en mesure d'assister à notre mariage. J'ai souvent réclamé une sœur à mes parents, mais sans aucun succès. A présent que la vie m'en offre une, je suis très frustrée de ne pas la connaître. Justin me parle de vous, mais cela ne vaut certainement pas une vraie rencontre — surtout dans la mesure où les souvenirs de mon mari remontent à plus de vingt ans. De plus, je le sais très désireux de renouer les liens.

» Voilà pourquoi je prends sur moi de vous envoyer ce billet d'avion. J'espère de tout cœur que vous en ferez usage et que vous viendrez séjourner au Comanche d'Atlantic City. Vous y serez toujours la bienvenue. Et aussi longtemps que vous le souhaiterez. Justin et vous avez de longues années de séparation à rattraper. Et pour ma part, j'ai une sœur à découvrir.

» Affectueusement, Rena. »

Songeuse, Diana replia la lettre et la glissa dans son sac. Le ton était simple, amical et chaleureux. Comment imaginer Justin marié avec une femme ouverte, sympathique, pour qui la famille semblait aller de soi ? Avec un léger rire, Diana secoua la tête et s'abandonna de nouveau contre son dossier. L'image qu'elle avait de Justin était peut-être complètement fantaisiste. Que savait-elle *vraiment* de Justin Blade, après tout ?

Longtemps, elle avait vécu dans la secrète nostalgie de son grand frère disparu. Mais la part d'elle-même qui était restée attachée à Justin avait fini par se flétrir, se dessécher, puis disparaître. Pour une question de survie, déjà. Enfant, elle n'aurait pas fait long feu dans l'univers élitiste de sa tante si elle s'était accrochée à ses anciennes valeurs familiales. Même aujourd'hui, sa tante serait horrifiée d'apprendre que la nièce qu'elle avait pris tant de soin à éduquer se préparait à séjourner dans un casino-hôtel, sous le toit d'un amateur de poker et de black-jack. Diana préférait ne pas penser au sermon que sa tante lui ferait subir si elle venait à avoir connaissance de son escapade. « Voyons, Diana, ma chérie, une jeune femme de ton milieu et de ton éducation ne peut se montrer qu'en compagnie choisie. Une réputation est si vite compromise… »

Or, les professionnels des jeux d'argent n'avaient jamais trouvé grâce aux yeux d'Adélaïde.

Se tournant vers le hublot, Diana regarda les nuages cotonneux moutonner paisiblement sous le ventre de l'avion. Que lui importait, au fond, la réaction de sa tante ? De toute façon, elle ne se « compromettrait » que très peu de temps dans l'univers du jeu dont son frère et sa jeune épouse tiraient leur subsistance. Elle passerait une semaine à Atlantic City pour satisfaire sa curiosité, puis elle retournerait à Boston, inchangée. La petite fille qui avait idolâtré son grand frère n'était plus qu'un lointain souvenir, désormais. Aujourd'hui, elle avait une carrière qui démarrait, une liberté à conquérir. Il lui avait fallu des années avant d'obtenir enfin un début d'indépendance.

Mais le moment tant attendu avait fini par arriver. L'heure était venue pour Diana Blade d'exister enfin par elle-même.

Persuadé de s'être déplacé à l'aéroport pour rien, Caine MacGregor enfonça les mains dans les poches de son manteau et traversa le parking balayé par un vent glacial. Diana Blade n'avait même pas pris la peine de répondre à la lettre de Rena ! Il paraissait hautement improbable qu'elle ait fait usage du billet d'avion que sa sœur avait joint à son invitation.

Mais Serena, elle, était convaincue que sa belle-sœur serait au rendez-vous. Caine pressa le pas sous le ciel bleu et froid. Sa sœur pouvait bien penser ce qu'elle voulait ; c'était son problème. Mais pourquoi s'était-il bêtement laissé refiler la corvée de chauffeur bénévole pour une passagère imaginaire ?

Il fallait reconnaître à la décharge de Rena qu'elle avait prévu initialement de faire le trajet elle-même. Mais un incident de dernière minute l'avait retenue au casino. Et après l'enfer qu'ils avaient traversé quelques mois auparavant, Caine avait tendance à gâter sa jeune sœur plus que de raison. S'il n'avait pas été aussi indulgent envers Rena, d'ailleurs, il aurait profité de sa semaine de vacances pour partir skier une semaine dans le Colorado plutôt que de passer ses congés à arpenter une plage du Nord pétrifiée par les grands froids de janvier.

Comme il poussait la porte du terminal, une rafale de vent rabattit le col de son manteau contre sa joue. Une grande femme blonde enveloppée dans de coûteuses fourrures sortit au même moment et s'immobilisa un instant, prenant le temps de le détailler de la tête aux pieds. Habitué à ce genre de réaction, Caine subit l'examen avec l'ombre d'un sourire amusé aux lèvres et attendit qu'elle passe son chemin.

Il savait que son visage énergique à l'ossature marquée, ses yeux d'un bleu presque violet et sa blondeur plaisaient aux femmes. Du fait de son choix vestimentaire, sans doute, les gens le prenaient souvent pour un universitaire. Au premier coup d'œil, du moins. Mais un examen plus attentif révélait une nature impétueuse, peu compatible avec ladite profession. Il souriait facilement et souvent. Et ses amies s'entendaient pour affirmer que ce sourire apportait beaucoup de charme à une physionomie qui aurait pu, sinon, paraître trop dure.

Caine n'avait aucun problème avec sa propre apparence. Conscient que les femmes étaient fascinées par son physique, il en tirait parti sans s'en glorifier pour autant.

Indifférent à la foule, il traversa le hall et consulta l'écran des arrivées. Puis, ayant repéré le bloc et la porte, il s'assit pour attendre la voyageuse improbable.

Lorsque le vol de Boston fut annoncé, Caine alluma une cigarette. Il patienterait encore un peu, le temps que tous les passagers soient descendus, puis il regagnerait l'hôtel. Ainsi, Serena serait satisfaite et il aurait un après-midi entier à passer au gymnase.

L'exercice physique lui ferait le plus grand bien après ces

quelques mois de travail acharné. Depuis qu'il avait renoncé à ses fonctions de procureur d'Etat pour ouvrir un cabinet d'avocat, il n'avait plus une seconde à lui pour faire du sport. Mais il était bien décidé à ne pas toucher un livre de droit pendant sa semaine de congé. S'il avait de solides capacités de travail, il savait aussi se ménager de vraies coupures. Il n'aurait même pas une pensée pour le chaos qui régnait sur son bureau. Ni pour les clients qu'il serait obligé de refuser, faute de temps pour s'en occuper.

A l'instant précis où son regard tomba sur Diana Blade, Caine sut que c'était elle. Avec ses pommettes hautes et marquées et sa peau cuivrée, elle présentait une ressemblance étonnante avec Justin. Les origines comanches qu'ils avaient en commun étaient peut-être encore plus visibles chez la sœur que chez le frère. Diana n'avait pas hérité comme son frère des iris vert clair d'une de ses lointaines ancêtres blondes. Elle avait des yeux très sombres, au contraire, frangés de longs cils épais, sous des paupières un peu lourdes qui lui donnaient un regard mystérieux, comme légèrement endormi.

Des yeux de braise et de velours, songea Caine en se levant pour se porter à sa rencontre. Le nez était fin, droit, aristocratique. Les lèvres pleines pouvaient tout aussi bien être le signe d'une nature passionnée que d'un tempérament capricieux.

Ce n'était pas un visage facile à cataloguer. Elle était belle, oui, incontestablement. Mais avant toute autre chose, les traits de Diana étaient… marquants. Ils retenaient l'attention, fascinaient. Ils vous interrogeaient au point de vous contraindre à y revenir sans cesse. Caine savait d'ores et déjà qu'il n'oublierait jamais cette physionomie si particulière.

Comme elle faisait glisser son sac d'une épaule à l'autre, ses cheveux balayèrent son visage. Epais, lisses et d'un noir de jais, ils étaient bien adaptés à sa coupe à la Louise Brooks. La coiffure était simple mais sophistiquée, tout comme le tailleur bordeaux qu'elle portait avec beaucoup d'élégance.

Elle était assez grande, élancée, avec des hanches minces, des épaules de nageuse, une taille souple. Sa démarche, elle, évoquait celle d'une ballerine. De la danseuse, Diana avait le rythme mais aussi l'équilibre. Si bien qu'elle suspendit son pas sans même vaciller lorsqu'il vint se placer devant elle.

A la différence de la femme à la fourrure, Diana Blade lui accorda à peine un regard.

— Excusez-moi.

Poliment, mais avec fermeté, elle lui faisait comprendre qu'il se trouvait sur son chemin et qu'elle n'avait pas de temps à perdre.

Peu habitué à être tenu à distance par la gent féminine, Caine ne prit pas la peine de sourire.

— Diana Blade ?

Elle haussa des sourcils au dessin parfait.

— Oui ?

— Je suis Caine MacGregor, le frère de Rena.

Diana prit le temps d'examiner l'homme qui avait été dépêché à sa rencontre. Ainsi, on lui avait envoyé Caine le Fatal, le tombeur de Harvard. Réprimant un sourire, Diana serra la main qu'il lui offrait. Elle s'attendait à une paume lisse d'intellectuel et fut surprise de sentir sa peau ferme et même calleuse. Un picotement agréable monta le long de son bras. Mais elle ne prêta qu'une attention distraite à cette sensation passagère.

— Rena voulait à tout prix vous accueillir elle-même, mais elle a été retenue à la dernière minute par un incident au casino.

Si Caine pouvait être diplomate à ses heures, il lui arrivait aussi d'être très direct.

— J'avoue que je ne m'attendais pas à vous voir descendre de cet avion.

Il voulut lui prendre son sac de voyage des mains, mais elle s'y cramponna fermement.

— Ainsi, vous pensiez que je ne viendrais pas… Et votre sœur ? Elle partage votre scepticisme ?

Caine faillit tirer plus fort sur le sac pour le lui prendre d'autorité. Il y avait un je-ne-sais-quoi dans ce regard faussement somnolent qui lui donnait envie de la contrarier. Ou tout simplement de la faire réagir, peut-être ?

— Ma sœur ? Pas du tout. Elle était convaincue que vous accepteriez son invitation, au contraire. Rena considère les liens du sang comme sacrés. Et elle ne conçoit même pas que d'autres puissent penser différemment.

Avec un rapide sourire, Caine lui prit le bras.

— Allons récupérer vos bagages.

Diana se laissa conduire dans le hall bondé.

— Vous ne m'appréciez pas beaucoup, n'est-ce pas, monsieur MacGregor ?

Se contentant de hausser les sourcils, il ne tourna même pas les yeux dans sa direction.

— Je ne vous connais pas. Mais puisque nous voici plus ou moins apparentés, nous pourrions peut-être laisser tomber les très formels « monsieur » et « mademoiselle » ?

En l'écoutant parler, Diana repéra un second atout chez lui. Non seulement son physique était extrêmement troublant, mais sa voix était une vraie merveille : profonde et chaude, avec un soupçon d'acier pointant sous le velours.

— Comme vous voudrez, Caine. Mais dites-moi, si vous ne vous attendiez pas à me voir, comment avez-vous su qui j'étais ?

— Je vous ai identifiée sans hésitation. Vous avez pas mal de traits communs avec votre frère.

Ils s'immobilisèrent devant le tapis roulant qui tournait encore à vide.

— Ainsi, je ressemble à Justin ?

Caine l'examina de nouveau. Les fragrances très sensuelles de son parfum évoquaient une nature sauvage et indomptée. Etrange… *A priori*, ce n'était pas le genre de senteurs qu'il aurait associées à une femme comme Diana Blade, à l'allure froide et lisse.

— Il y a un air de famille qui saute aux yeux. Mais j'imagine que la ressemblance serait moins évidente si vous vous teniez côte à côte.

— On ne peut pas dire que cela nous arrive fréquemment, laissa-t-elle tomber avec une pointe d'ironie en lui désignant ses valises d'un geste nonchalant de la main.

Réprimant un sourire, il s'avança pour cueillir les bagages en cuir sur le tapis. De toute évidence, Diana Blade avait l'habitude d'être entourée de domestiques.

— Justin sera heureux de vous revoir après toutes ces années.

— Peut-être. Vous avez l'air de beaucoup l'aimer…

— En effet. Je connais Justin depuis dix ans. Nous étions déjà amis bien avant qu'il ne devienne mon beau-frère.

Des myriades de questions se pressaient dans l'esprit de Diana. Il aurait été tentant de demander à Caine de lui décrire son frère. Mais elle s'interdit de poser la moindre question. Son opinion au sujet de Justin était déjà faite. Et elle n'avait pas l'intention de se laisser influencer par l'avis d'un Caine MacGregor. Ni par qui que ce soit d'autre, d'ailleurs.

— Vous séjournez également au Comanche, Caine ?

— Pour une semaine, oui.

En sortant du hall de l'aéroport, Diana frissonna et glissa ses mains nues dans les poches de son manteau. Le ciel était d'un bleu pur et froid et de la neige fondue grisaillait ici et là le bitume.

Elle tourna vers Caine un regard intrigué.

— Est-ce bien le bon moment de l'année pour passer ses vacances à la plage ?

Le vent ramena les cheveux blonds de Caine dans ses yeux, lui conférant soudain un charme plus juvénile.

— La plupart des gens viennent à Atlantic City pour le jeu. Et, une fois bouclé dans un casino, on oublie très vite le temps qu'il fait dehors. Ce sont des lieux qui sont d'ailleurs conçus à dessein pour qu'on y perde ses repères spatio-temporels.

Comme le sommet de sa tête arrivait à l'épaule de Caine, Diana dut lever le visage pour lui parler.

— Et c'est pour cette raison que vous êtes ici ? Pour vous adonner aux jeux d'argent ?

La façon dont elle avait formulé sa question le fit sourire.

— M'« adonner » n'est pas vraiment le terme, non. Jouer peut m'amuser un soir ou deux. Mais sans plus. C'est Rena, la joueuse, dans la famille.

— Alors ils se sont bien trouvés, Justin et elle.

— Je vous laisserai en juger par vous-même.

Caine s'immobilisa devant une luxueuse voiture noire. Il

sortit les clés de sa poche, chargea ses valiscs dans le coffre et lui ouvrit sa portière.

Mais lorsqu'elle voulut monter, il la retint en lui posant la main sur le bras.

— Diana…

Il avait une voix vraiment très enveloppante, très particulière. Pendant une fraction de seconde, elle eut l'impression d'entendre prononcer pour la première fois les deux syllabes de son prénom. Caine lui releva la frange avec un tel naturel qu'elle ne songea même pas à protester. Muette, elle l'interrogea du regard.

— Les apparences sont parfois trompeuses…

— Pardon ?

Caine ne précisa pas tout de suite sa pensée. Pendant quelques secondes, ils demeurèrent ainsi, face à face, sur un parking glacial, environnés par le vacarme des avions et l'odeur du kérosène. Diana aurait été prête à jurer qu'elle percevait la chaleur de la paume de Caine à travers l'épaisseur de son manteau. De ses yeux très bleus émanait une douceur étonnante. L'espace d'un instant, elle oublia qu'il avait la réputation d'être aussi redoutable dans une salle de tribunal que dans une chambre à coucher. Elle aurait voulu lui prendre les mains, s'accrocher à lui, lui demander aide et réconfort.

Le plus surprenant étant qu'elle n'avait besoin ni de l'une ni de l'autre.

— Vous êtes très belle, Diana, murmura-t-il. Mais avez-vous également un peu de sensibilité ?

Choquée, elle fronça les sourcils.

— Qu'est-ce qui vous fait penser que je puisse en être dépourvue ? riposta-t-elle, sur la défensive.

— Laissez-lui au moins une chance, dit-il sans répondre à sa question.

Une émotion fugitive altéra les traits de Diana. Puis son visage se ferma. Hautaine et impassible, elle devenait résolument inaccessible. Caine réprima un sourire. Combien de fois, déjà, avait-il vu cette même expression de froide réserve durcir la physionomie de Justin ?

— On pourrait penser que ma présence ici est déjà une marque de bonne volonté en soi, rétorqua-t-elle sèchement.

— On *pourrait* le penser, oui.

Sans insister, Caine alla s'asseoir au volant. Irritée par son attitude, Diana prit place dans le luxueux siège de cuir. Sa portière se referma avec un petit claquement sec.

— Pour quelle raison serais-je venue sinon ?

— Essentiellement par curiosité.

— Ça doit être gratifiant, dans la vie, d'avoir raison si souvent.

Il lui adressa un sourire lumineux. Mais si fugitif que Diana se demanda si elle ne l'avait pas imaginé.

— Cela me procure d'immenses satisfactions, en effet.

Il tourna la clé de contact et le moteur de la Jaguar ronronna plaisamment. Appréciant le confort, Diana allongea les jambes. Elle avait toujours eu un faible inavouable pour les voitures puissantes, élégantes et rapides.

Ce fut Caine qui enterra la hache de guerre.

— Pour la paix des familles, essayons d'être amis, O.K. ? Vous avez aimé Paris ?

Diana lui jeta un regard en coin. Une conversation banale ? Des lieux communs ? Parfait. Jouer à ce jeu-là lui convenait parfaitement. Elle avait des années de pratique derrière elle.

— Paris reste magique, comme toujours. Mais le temps a été plutôt froid et humide, malheureusement.

— Je me souviens d'un petit restaurant de la rue du Four où l'on servait des soufflés extraordinaires.

— Chez Henri ?

Il lui jeta un regard étonné.

— Vous connaissez ?

Elle acquiesça d'un signe de tête. Le restaurant mentionné par Caine était petit, bruyant et fréquenté par un public hétéroclite. Sa tante Adélaïde aurait préféré se laisser mourir de faim sur place plutôt que d'en franchir le seuil. Mais lorsqu'elle était de passage à Paris, Diana trouvait toujours le moyen de s'esquiver quelques heures pour y glaner un repas.

C'était surprenant que, dans une ville aussi grande où les restaurants abondaient, Caine et elle aient Chez Henri en commun.

— Vous êtes un habitué de la vie parisienne, Caine ?

Il secoua la tête.

— Plus maintenant.

— Ma tante, elle, a décidé de faire un grand retour aux sources et de s'y établir définitivement. Si j'étais à Paris, cet automne, c'était justement pour l'aider à s'installer.

— Mais vous, vous résidez à Boston, n'est-ce pas ?

— Bien sûr. C'est ici que j'ai mon travail, mes amis, mes habitudes. Je viens d'emménager dans un appartement sur Charles Street.

— Comme le monde est petit, commenta Caine en souriant. Nous sommes pratiquement voisins. Et dans quelle carrière vous êtes-vous lancée à Boston, Diana ? La mode ?

Ce fut au tour de Diana de sourire.

— Pas du tout. J'exerce le même métier que vous. J'imagine que vous devez vous souvenir du Pr Whiteman ? Il parle toujours de vous en termes très élogieux.

— Le Pr Whiteman ? Mais bien sûr ! Ses étudiants l'appellent toujours « Sac d'os » derrière son dos ?

— Plus que jamais.

Caine tourna la tête pour plonger un instant dans le sien le regard intense de ses yeux indigo.

— Ainsi, vous avez étudié le droit à Harvard, vous aussi. Finalement, nous nous découvrons des quantités de points communs. Nous avons des liens familiaux, nous sommes inscrits au même barreau et nous apprécions la cuisine d'Henri. Est-ce que vous exercez ?

— Depuis peu, oui. Chez Barclay, Stevens et Fitz.

— Mmm… très prestigieux, comme cabinet d'avocats. Et très collet monté, aussi, ajouta-t-il en l'examinant de nouveau du coin de l'œil.

Diana s'autorisa un sourire.

— Inutile de préciser qu'on ne me confie que des affaires passionnantes : excès de vitesse, petites infractions, divorces…

— Oh, rien n'est encore perdu. Dans une vingtaine d'années, vous vous serez frayé un chemin jusqu'en haut de la hiérarchie.

— Je n'ai pas l'intention d'attendre jusque-là.

Pour l'anniversaire de ses trente ans, avait-elle calculé, elle ouvrirait son propre cabinet. Elle pourrait s'appuyer sur une expérience de quatre années au sein d'une institution aussi respectable que Barclay, Stevens et Fitz. Et peu à peu, elle se ferait sa propre clientèle.

— Parlez-moi de vos projets, Diana.

— Je compte me spécialiser dans le pénal, déclara-t-elle sans entrer dans les détails.

— Et pourquoi ce choix ?

Elle haussa les épaules.

— J'ai la faiblesse de penser que tout citoyen mérite d'être défendu au mieux. Et puis j'aime me battre, admit-elle avec un petit rire.

Caine enregistra cette information avec le plus grand intérêt. Ainsi, elle n'était pas tout à fait aussi lisse, sophistiquée et mondaine que son tailleur impeccable pouvait le donner à penser. Finalement, son parfum un peu sauvage lui ressemblait plus qu'il ne l'avait cru au premier abord.

— Et vous êtes une avocate de talent, Diana ?

— Les affaires que je traite en ce moment pourraient être confiées à n'importe quel étudiant de deuxième année. Mais je vaux beaucoup mieux que ça. J'ai l'intention de devenir la meilleure, sur Boston.

Avec un léger sourire, Caine bifurqua pour rouler jusque sous l'élégant auvent devant l'entrée du Comanche.

— Nous avons aussi les mêmes ambitions, apparemment, commenta-t-il d'un ton amusé.

Diana soutint froidement son regard.

— Nous verrons bien qui de nous deux l'emportera, n'est-ce pas ?

Caine la gratifia d'un sourire pour seule réponse. Un sourire carnassier qui lui laissa entrevoir un instant le côté résolument féroce de sa personnalité. On pressentait en lui une énergie redoutable doublée d'une belle combativité.

Sans un mot, Diana descendit de voiture. Elle n'était pas impressionnée par l'assurance de Caine. S'il y avait un domaine dans lequel elle se sentait parfaitement sûre d'elle, c'était bien le droit.

Dans quelques années, Caine MacGregor aurait l'occasion d'entendre le nom de Diana Blade prononcé avec respect dans le milieu professionnel qui était le leur. Et il se souviendrait alors de ses paroles.

— Les bagages de Mlle Blade sont dans le coffre, précisa Caine au portier en lui remettant les clés de la voiture.

En pénétrant dans le hall d'entrée du Comanche, il lui reprit le bras.

— Je pense que Rena meurt d'impatience de faire enfin votre connaissance. Mais vous préférez peut-être vous installer d'abord ?

— Non, ce ne sera pas nécessaire.

« Rena », avait dit Caine. Le nom de Justin n'avait même pas été prononcé. Diana sentit une discrète tension se loger au creux de sa poitrine. Elle s'était pourtant juré de rester neutre, polie et distante. Mais elle se trouvait sur le territoire de Justin, à présent. Et la vague sensation de malaise qu'elle avait éprouvée dans l'avion s'accentuait de façon alarmante.

— Ainsi tout ceci appartient à Justin, commenta-t-elle, impressionnée malgré elle par la discrète élégance des lieux.

Caine pénétra à sa suite dans la cabine d'ascenseur.

— Pour moitié seulement. Rena s'est associée avec lui cet été. Ils sont à égalité de parts pour ce Comanche.

— Ah, je vois. C'est comme ça qu'ils se sont rencontrés ?

— Pas exactement, non.

Intriguée par le rire de Caine, elle l'interrogea des yeux.

— C'est une histoire compliquée, en fait. Et un grand sujet de plaisanterie dans la famille. Je pense que Rena vous expliquera comment Justin et elle ont été mis en présence. Mais il faudrait que vous rencontriez mon père pour comprendre réellement ce qui s'est passé.

Caine s'interrompit pour scruter ses traits avec attention tout en enroulant une mèche de ses cheveux autour d'un doigt.

— Quoique… tout compte fait, il vaudrait mieux que mon père ne vous voie pas. Car je pourrais me retrouver à mon tour dans une situation épineuse.

Il ne la quittait toujours pas des yeux, excité par son parfum, se demandant si cette bouche gourmande saurait tenir ses promesses et s'animer sous ses baisers.

— Vous êtes vraiment très belle, Diana, murmura-t-il.

Elle frissonna. C'était la façon dont il prononçait son prénom qui suscitait ces sensations étranges, presque douloureuses, qui lui couraient à fleur de peau. Mais quoi d'étonnant ? Caine était un expert en matière de séduction. Et elle aurait tort de l'oublier.

De sous ses paupières mi-closes, elle soutint son regard sans broncher.

— Vous avez laissé votre marque à Harvard, Caine. Il n'y a pas que vos maîtres qui parlent encore de vous. Vos condisciples vous ont également fait une très jolie réputation. Dans les boudoirs comme dans les prétoires, d'ailleurs.

Caine parut amusé.

— Ah, vraiment ? Vous me raconterez ça un de ces jours.

Les portes de l'ascenseur s'écartèrent et Diana le précéda hors de la cabine.

— Oh, je préfère garder un silence pudique sur la question, maître MacGregor. Mais je me suis toujours demandé si le fameux épisode de la bibliothèque de droit était basé sur des faits ou relevait de la légende.

Caine se frotta le menton.

— L'accusé fait valoir son droit au silence.

— Lâche !

Il sortit les clés de la suite de Serena.

— Non, sérieusement… On parle toujours de cette histoire, à Harvard ?

Diana réprima un sourire. Il n'avait pas l'air le moins du monde embarrassé, en tout cas.

— C'est quasiment devenu un mythe. Champagne et folle

passion entre le Droit criminel du Massachusetts et les Procédures de divorce.

Avec un léger haussement d'épaules, Caine finit de déverrouiller la porte.

— En vérité, ce n'était pas du champagne, mais de la bière... Mais que dis-je? Vous ne croyez quand même pas tout ce qui se raconte dans les couloirs de l'université, j'espère? reprit-il, faussement sévère.

Diana prit le temps de lui décocher un sourire ironique et poussa la porte sans répondre. La chaleureuse élégance de la suite de son frère la prit au dépourvu. Les pièces étaient vastes, avec des baies immenses offrant une vue panoramique sur l'Atlantique. Les meubles bas, accueillants, évoquaient une plaisante intimité. Quelques toiles judicieusement placées frappaient par l'audace du trait comme de la couleur. Deux sculptures d'une facture exquise se dressaient sur des étagères de bois précieux.

Etait-ce le goût de Justin qu'elle voyait reflété là? Ou celui de Serena? Qui était cet homme avec qui elle partageait un père, une mère, un héritage? Et pourquoi était-elle venue jusqu'ici réveiller des émotions qu'elle croyait mortes?

Aux souvenirs enfouis elle ne voulait surtout pas rouvrir sa porte. Il fallait à tout prix qu'ils restent enterrés, muets, inopérants — comme une bombe que l'on aurait désactivée de façon définitive. C'était une question de survie élémentaire. Dans un sursaut de panique, Diana se retourna pour s'enfuir et se trouva face à Caine.

— A qui espérez-vous échapper ainsi, Diana? A Justin ou à vous-même?

Choquée, elle se rejeta en arrière.

— De quel droit me posez-vous cette question? En quoi seriez-vous concerné?

— En rien, admit-il.

Il laissa son regard sur ses lèvres. Elle était tendue, paniquée. Et il ressentait la tentation vertigineuse de la détendre, de l'amadouer. De découvrir la Diana Blade qui se cachait sous le masque d'élégante froideur.

Elle n'était pas son type, cela dit. Les femmes, il les préférait vivantes, expansives, capables de rire et d'aimer sans retenue. Et puis il serait peu stratégique de se compliquer la vie en s'intéressant de trop près à la jeune sœur de son beau-frère. Mais quel mal y aurait-il à satisfaire une curiosité passagère ?

Caine connut un instant d'hésitation. Rien ne serait plus facile que de l'amener contre lui, de goûter ces lèvres pleines, cette bouche gonflée comme un fruit. Le fait qu'elle pouvait tout aussi bien réagir par une gifle que par un baiser passionné rendait l'expérience d'autant plus fascinante.

L'envie saisit Diana inopinément. Un désir impromptu d'être tenue, emportée, possédée. Et elle savait d'instinct que Caine satisferait son attente. Il n'y aurait pas de questions, pas de prémices, pas d'hésitations. Rien qu'un raz-de-marée, une déferlante de plaisir sans limites. Sans pensée, sans raison, sans justification. Et ce monde interdit, enchanteur, était juste à sa portée. Il suffisait qu'elle tende la main.

Et le geste aurait la simplicité de l'évidence…

Le ronronnement léger d'un ascenseur se fit entendre dans la pièce. Surprise, Diana vit une porte métallique s'ouvrir. Les mains de Caine remontèrent lentement jusqu'à ses épaules, et il la débarrassa de son manteau juste au moment où une très jolie jeune femme blonde sortait de la cabine. Vêtue d'une simple robe fourreau violette de la couleur de ses yeux, elle était saisissante.

— Diana ! Vous êtes venue !

Sans une hésitation, la femme de Justin la serra avec effusion dans ses bras.

— Je suis tellement heureuse de vous rencontrer enfin… Vous êtes ravissante. Et vous ressemblez tant à Justin… Tu ne trouves pas, Caine ?

— Mmm…

Tout en observant la scène avec attention, Caine alluma une cigarette. Diana se ressaisit et fit un pas en arrière.

— Je tiens à vous remercier pour votre invitation, Serena.

— C'est la dernière que j'envoie sous cette forme officielle. Nous sommes parentes, maintenant… Et si tu nous servais quelque chose à boire, Caine ? Diana, qu'est-ce que je vous offre ?

Le regard de Diana glissa de la sœur au frère, puis revint se poser sur Serena.

— Je prendrais bien un doigt de vermouth.

Gagnée par une nervosité croissante, elle déambula jusqu'à la fenêtre.

— L'hôtel est magnifique, Serena. Caine m'a expliqué que vous étiez propriétaires à parts égales, Justin et vous.

— Pour celui-ci, oui. Et nous sommes également associés sur le sixième Comanche que nous faisons construire à Malte. Je n'ai pas encore réussi à m'insinuer dans le capital des quatre autres. Mais cela viendra en son temps !

— Nous avons découvert que nous étions voisins, Diana et moi, observa Caine en apportant leurs boissons.

Diana prit le verre qu'il lui tendait. Une onde de chaleur la parcourut lorsque ses doigts effleurèrent les siens. Elle songea à l'épisode aussi bref qu'étrange qui avait précédé l'arrivée de Serena. Et se demanda quel démon l'avait saisie. C'était bien la première fois qu'elle ressentait ce genre d'élan pour un inconnu.

— Vraiment ? s'exclama Serena. Vous habitez dans le même quartier de Boston ?

— C'est ce qu'affirme votre frère.

Caine sourit.

— Nous ne sommes qu'à deux rues l'un de l'autre. Seconde coïncidence : nous sommes confrères.

— Vous êtes juriste, vous aussi, Diana ?

Serena nota que Diana suivait Caine des yeux tandis qu'il retournait se servir au bar. Eh bien… son incorrigible séducteur de frère n'avait pas perdu son temps, apparemment.

— Oui, j'ai fait mon droit à Harvard sur les traces de Caine.

Diana fit passer sa boisson d'une main à l'autre en regrettant de l'avoir acceptée. Elle avait l'estomac comme du plomb et toute parole prononcée lui coûtait un effort démesuré. Fidèle à son éducation, cependant, elle enchaîna poliment :

— Votre frère a laissé un souvenir impérissable de son passage. Les anecdotes abondent au sujet de ses exploits.

Serena éclata de rire.

— Oh, ça ne m'étonne pas de lui. En règle générale, il faut toujours prendre ce genre d'histoire avec prudence. Mais dans le cas de Caine, je crains qu'elles ne recouvrent qu'une infime partie de la réalité, au contraire.

— Je suis touché par la haute opinion que tu as de moi, Rena, rétorqua Caine en appliquant une bourrade à sa sœur.

La complicité qui l'unissait à Serena sautait aux yeux. Ils avaient grandi ensemble, partagé mille jeux, mille secrets. Diana scruta le fond de son verre en se demandant ce qu'elle faisait là, dans cette pièce, avec ces deux inconnus souriants.

— Serena… Je veux que vous sachiez à quel point je suis touchée par votre invitation. Mais je me demande si Justin n'est pas aussi mal à l'aise que moi à la perspective de…

— Il n'est au courant de rien, Diana.

Comme elle demeurait muette sous le choc, Serena lui posa la main sur le bras.

— Je n'étais pas complètement certaine que vous viendriez. Et je ne voulais pas qu'il souffre d'un refus éventuel de votre part.

— Parce que vous pensez que ça l'aurait affecté ?

— Je le connais, Diana. Je peux imaginer ce que vous ressentez, mais je vous en prie, essayez de ne pas adopter d'emblée une attitude de rejet. Il…

Consternée, Serena se tut lorsque le bruit de l'ascenseur se fit entendre. Il lui aurait fallu deux minutes supplémentaires pour plaider sa cause avant l'arrivée de Justin. Elle adressa un silencieux S.O.S. à Caine, qui se contenta de hausser les épaules en signe d'impuissance.

Diana, figée sur place, regarda la porte de l'ascenseur s'ouvrir. Après vingt années de séparation, elle vit la silhouette de son frère se découper devant elle, dans la cabine brillamment éclairée.

— Ah, c'est ici que tu te caches, s'écria Justin en se dirigeant droit sur Serena. Tu avais disparu d'un coup, je me demandais ce qui se passait.

— Justin, je...

Mais les lèvres de Serena furent muselées par un baiser si passionné qu'elle ne put terminer sa phrase.

Tétanisée, Diana les observait. Justin était tellement plus grand que dans son souvenir. Et si sûr de lui. L'homme qu'il était devenu avait la prestance que confère la réussite. Il paraissait si différent de l'adolescent maigre et tourmenté dont elle conservait le souvenir.

Son frère... Comment imaginer qu'ils étaient parents, elle et lui ? Un jour — elle était encore toute petite —, il l'avait hissée sur ses épaules alors qu'ils assistaient à un spectacle de cirque. « Oh, mon Dieu, pourquoi faut-il que ce souvenir me revienne à la mémoire juste maintenant ? »

— Justin, protesta Serena lorsqu'elle put reprendre son souffle, nous avons de la compagnie.

Le regard de Justin se posa brièvement sur son beau-frère. Mais il se contenta de serrer Serena plus fort contre lui.

— Tu n'avais pas des projets de gymnase pour cet après-midi, Caine ? Va donc t'occuper de ta musculature. J'ai envie de faire l'amour avec ma femme.

— Justin !

Riant doucement, Serena plaqua les deux mains sur sa poitrine pour le repousser. Comme elle tournait la tête vers la fenêtre, il suivit la direction de son regard.

— Ah, désolé. Je n'avais pas vu que Caine était avec une amie.

Les doigts de Diana se crispèrent sur le pied de son verre. « Il ne me reconnaît même pas. Nous aurions pu nous croiser dans la rue sans même nous en rendre compte, comme deux étrangers indifférents. » Incapable d'articuler un son, elle se contenta de lui rendre son regard sans rien dire.

Justin la fixa soudain avec une attention soutenue.

— *Diana* ? murmura-t-il, incrédule.

Les yeux secs, elle ne fit pas un pas, pas un geste dans sa direction.

— Bonjour, Justin.

Le regard rivé sur son visage, Justin s'avança jusqu'à elle — sa sœur. Brutalement propulsé d'avant en arrière par les soubresauts de sa mémoire, il vacillait entre présent et passé. La petite fille de six ans avec son visage confiant et ses rondeurs enfantines, il aurait pu la prendre dans ses bras. Mais comment saluer l'élégante inconnue qui le regardait avec les yeux de son père ?

Alors qu'il aurait voulu rire et pleurer à la fois, Justin sentit ses traits se figer.

— Tu as coupé tes tresses, murmura-t-il, conscient que c'était sans doute la remarque la plus ridicule qu'il ait jamais prononcée.

— Il y a déjà pas mal de temps, oui.

Il vit Diana se redresser. Un sourire distant se peignit sur ses traits.

— Tu te portes bien, Justin ? demanda-t-elle poliment.

La question était si impersonnelle, si distante, que l'élan de Justin fut coupé net.

— Oui, merci. Et toi, Diana ? Comment va ta tante ?

— Sa santé est excellente, merci. Tante Adélaïde vit à Paris, désormais. Mes compliments pour ton hôtel. Il est magnifique.

Avec un léger hochement de tête, il glissa les mains dans ses poches.

— Merci. J'espère que tu as l'intention de passer quelques jours ici avec nous.

— J'ai prévu de rester une semaine, oui.

Les doigts de Diana étaient tellement crispés sur son verre qu'elle en avait mal à la main.

— Je ne t'ai pas encore félicité pour ton mariage, Justin. Je te souhaite beaucoup de bonheur.

La mine soucieuse, Serena se plaça entre eux.

— Et si vous veniez vous asseoir, tous les deux ?

Diana sourit faiblement.

— Si cela ne vous dérange pas, je préférerais défaire mes bagages d'abord.

Serena ouvrit la bouche pour protester, mais Justin la devança.

— Comme tu voudras, Diana. Tu te joindras à nous ce soir pour le dîner ?

— Volontiers, oui, merci.

— Je vais vous montrer votre chambre, proposa Caine en vidant son verre.

— Merci.

Diana se dirigea en aveugle vers la porte et se retourna au dernier moment pour adresser un bref sourire à Serena.

— A ce soir alors.

Dans les yeux violets, elle lut un muet reproche qui acheva de la terrasser.

— Entendu. Si vous avez besoin de quoi que ce soit, faites-le-nous savoir.

Comme une somnambule, Diana passa la porte. Caine lui emboîta le pas sans rien dire. Plus que quelques minutes à tenir... Dès que Caine aurait tourné le dos, elle pourrait se laisser aller enfin.

Caine tira une clé de sa poche, poussa une porte. Diana entra et se retourna pour le remercier. Mais au lieu de passer son chemin, il la suivit à l'intérieur et referma derrière lui.

— Asseyez-vous, Diana.

— Si cela ne vous dérange pas, j'aurais besoin d'être...

— Pourquoi ne commenceriez-vous pas par finir votre verre ?

Baissant les yeux, elle constata avec horreur qu'elle était sortie de la suite avec son vermouth à la main. De mieux en mieux... Elle se détourna, faisant mine d'examiner la chambre.

— C'est charmant, ici, déclara-t-elle sans rien voir. Merci de m'avoir accompagnée, Caine. Mais j'aimerais me reposer un peu, maintenant.

— Je ne m'en irai pas tant que vous serez dans cet état.

— Quel état ? Je suis juste fatiguée. Je vais m'allonger un moment et il n'y paraîtra plus.

Caine la prit d'autorité par les épaules et la fit asseoir dans un fauteuil.

— Je vous ai observée pendant toute la scène. Si vous étiez restée cinq minutes de plus à échanger des platitudes avec Justin, vous vous seriez effondrée.

— Ne soyez pas ridicule.

Elle posa bruyamment son verre sur la console à côté du fauteuil. Caine se pencha pour prendre une de ses mains entre les siennes.

— Vous voyez bien ? Elle est glacée. On peut mentir avec les yeux, Diana, mais nos mains nous trahissent. Vous étiez obligée de lui parler comme à un étranger ?

— *C'est* un étranger. Et je n'ai rien à lui dire.

Se dégageant d'un mouvement brusque, Diana se remit sur ses pieds.

— Maintenant, laissez-moi, s'il vous plaît.

Debout devant lui, proche à le toucher, elle le vit hausser légèrement les sourcils.

— *Têtue*, murmura-t-il en traçant le contour de ses lèvres avec son pouce. C'est ce que je me suis dit en vous voyant traverser ce hall d'aéroport, d'ailleurs. Ah, Diana…

Avec un léger soupir, il lui effleura la joue.

— Vous vous faites du mal à contenir vos émotions, comme ça.

— Je ne contiens rien du tout, protesta-t-elle.

Sa voix était faible, étranglée. Mais elle continuait à lutter de toutes ses forces contre les larmes. Pour rien au monde, elle ne pleurerait devant cet inconnu. Sans compter qu'elle n'avait aucune raison de s'effondrer. Il ne s'était rien passé de particulier dans la suite de son frère. Justin et elle avaient échangé quelques banalités, comme prévu. Il n'y avait certainement pas de quoi en faire un drame.

— Ne soyez pas si féroce avec vous-même, Diana.

— Je suis féroce si je veux.

Etouffant un sanglot, elle porta la main à la bouche.

— Laissez-moi tranquille.

Mais elle se retrouva dans ses bras, entourée, la joue bien calée contre sa poitrine.

— Dès que ça ira mieux, je vous ficherai une paix royale, murmura-t-il en resserrant la pression de ses bras.

Le soutien offert était total. Et irrésistible. Se raccrochant à Caine de toutes ses forces, Diana éclata en sanglots.

2

Les hautes vagues couleur ardoise étaient surmontées de courtes crêtes d'argent. C'était un spectacle fait de bruit et de fureur qu'offrait l'océan gris qui se cabrait aux abords de la plage pour déferler sur le sable en longs rouleaux d'écume. Diana inspira l'air humide à pleins poumons et sentit que le temps était à la neige. Le sable formait des plaques, craquait doucement sous ses pieds. Le manteau boutonné jusqu'au menton, elle marchait tout au bord de l'eau, sautant pour éviter les vagues, s'enivrant même de la bise glacée qui lui souffletait les joues.

Diana était émerveillée par sa découverte : la solitude sur une plage en hiver, alors que le jour se levait à peine.

Elle ne se souvenait pas d'avoir jamais été seule dans la grande maison de sa tante. Adélaïde avait toujours évité avec soin de la laisser livrée à elle-même. Comme si sa tâche éducative avait consisté à exercer sur sa nièce une surveillance continue. Sous les conseils, les observations, les éternels sermons sur le savoir-vivre de sa tante Grandeau, s'était cachée une obsession secrète : la peur du « sang de sauvage » qui coulait dans ses veines. Pendant toutes ces années, sa tante n'avait cessé de frémir à l'idée que ses instincts rebelles puissent se réveiller.

A la Comanche en elle Diana n'avait pourtant jamais laissé aucune place. Sa personnalité réelle, elle l'avait enfouie avec le plus grand soin, sans laisser subsister le moindre trait saillant, la moindre trace de spontanéité. A six ans, arrachée à ses racines, elle n'avait eu qu'une crainte : se retrouver livrée à elle-même dans un monde où elle n'avait plus aucune attache. Au début, surtout, elle s'était conformée au moindre souhait de sa tante. Elle avait accepté de se laisser façonner au gré des caprices d'Adélaïde et de devenir la petite fille modèle que sa tante s'était juré de faire d'elle.

Diana ouvrit grand les bras et inspira l'air glacé à pleins poumons, comme pour laver le souvenir des années de plomb. Elle avait été prête à toutes les compromissions plutôt que de provoquer un nouvel abandon. Les disparitions successives de ses parents et de Justin l'avaient terrifiée. Et la peur de se retrouver seule, dépendante et vulnérable de nouveau, ne l'avait plus jamais quittée. Elle avait appris à la dominer, bien sûr. Mais jamais à la résorber. C'était en cachant ses émotions sous le boisseau qu'elle avait réussi à se protéger peu à peu des critiques d'Adélaïde et de son propre sentiment d'insécurité.

Enfant déjà, elle avait compris que sa tante ne l'avait pas accueillie par amour, mais uniquement par sens du devoir. Jamais Adélaïde ne lui avait donné l'affection à laquelle la petite fille solitaire aspirait pourtant de tout son être.

Pour Adélaïde, elle n'avait pas été une nièce à part entière, puisqu'elle était la fille de sa demi-sœur, une jeune femme aux cheveux de jais et à la peau brune, née du second mariage de M. Grandeau père avec une femme au sang comanche. Et cette demi-sœur qu'Adélaïde avait acceptée non sans mal avait achevé de se compromettre en épousant un Blade. Un Comanche pur sang, autrement dit.

En récupérant Diana, Adélaïde s'était démenée avec une redoutable énergie pour « rectifier » la mésalliance conclue par sa demi-sœur. Son seul but, toutes ces années, avait été d'effacer toute trace de l'Indienne chez la fille, à défaut d'avoir pu le faire chez la mère.

Adélaïde, elle, était une Grandeau pur teint. Et comme ses nobles origines faisaient son bonheur et sa fierté, elle avait voulu recréer sa nièce à son image. Diana avait eu pour mission d'intégrer ses valeurs, ses aspirations, sa dignité.

De devenir un clone parfait, en somme.

Et la petite fille s'était docilement prêtée au jeu. Elle avait appris le piano et la danse et assimilé les leçons de savoir-vivre que sa tante lui avait inculquées. Au fil des années, l'élégance, la froideur ainsi qu'une attitude légèrement hautaine étaient devenues une seconde nature pour elle.

Il y avait eu des phases de désespoir et de doute, bien sûr. Par moments, l'impatience la gagnait et elle se trouvait en proie à une nostalgie secrète pour un monde plus excitant, plus sauvage qu'elle reconnaissait obscurément comme sien. Mais elle avait toujours pensé qu'elle devait serrer les dents et éviter de ruer dans les brancards. Et qu'à force de patience, elle finirait, à la longue, par triompher de ses épreuves. Ainsi, ses rébellions avaient été discrètes, ses rêves toujours soigneusement tenus sous silence.

Cela dit, Adélaïde aurait été horrifiée d'apprendre que sa nièce, si accomplie à tous points de vue, préférait le cinéma au théâtre et la musique rock à l'opéra. Sans parler de sa discrète faiblesse pour la bière, les frites, les voitures de sport et les rivières où elle aimait nager nue…

Les mains au chaud dans ses poches, Diana s'arrêta pour contempler l'horizon tourmenté. Et ajouta les plages en hiver à la liste de ses passions cachées.

Etait-ce par amour pour l'océan sauvage que Justin avait choisi de s'installer ici ? Leur restait-il, malgré tout, quelques traits communs après ces longues années de séparation ? Même si Justin avait choisi de jouer et de gagner, alors qu'elle s'était contentée pendant deux décennies de se soumettre en silence, en attendant son heure ?

Secouant la tête avec impatience, Diana reprit sa marche le long de l'Océan. Elle ignorait tout de l'homme qui avait passé la soirée de la veille assis en face d'elle à table. Justin avait travaillé, lui aussi, à lisser son image. Courtois mais distants l'un et l'autre, ils s'étaient comportés comme deux inconnus qui se croisent à un cocktail, le temps d'une soirée. Même lorsque Serena avait rivé sur elle un regard suppliant, elle n'avait pu trouver une seule parole authentique à échanger avec son frère.

Mais de quel droit l'épouse de Justin porterait-elle un jugement ? Serena avait grandi dans une famille unie et aimante. Aucune ombre ne pesait sur ses origines ; elle n'avait jamais eu à avoir honte de sa lignée ni de son nom. Sa place dans sa famille lui avait été donnée de façon inconditionnelle, sans qu'elle ait à nier ni sa culture, ni son héritage, ni ses traditions.

Et puis Serena avait eu ses deux frères auprès d'elle. Il n'y avait qu'à voir la complicité qui existait entre elle et Caine, par exemple.

Caine... Diana soupira. Elle avait du mal à définir ce qu'elle ressentait à son égard. A première vue, il ne paraissait pas doué d'une sensibilité excessive. Cet homme-là tenait du loup plus que de l'agneau. Et pourtant, il avait fait preuve avec elle d'un tact, d'une capacité d'écoute extraordinaires.

Comme Justin, cependant, il cachait une force, une détermination presque sauvages sous ses dehors policés. Lorsque sa crise de larmes s'était apaisée, elle s'était sentie en danger dans ses bras. Il s'était pourtant montré d'une correction parfaite, se contentant de lui caresser doucement les cheveux comme à une enfant.

Mais sa présence même constituait une menace. Comme si Caine était l'étincelle qui pouvait à tout instant mettre le feu à ses poudres intérieures. Elle avait donc tout intérêt à le garder à distance.

— Vous êtes bien matinale.

Diana se retourna en sursaut et découvrit qu'elle n'était plus seule sur la plage. Vêtu d'un blouson de cuir et d'un jean, Caine paraissait plus juvénile, plus décontracté que la veille. Les mains enfoncées dans les poches, il semblait goûter, lui aussi, le vent humide et froid qui sifflait rageusement autour d'eux.

— Je voulais voir le soleil se lever sur la mer, admit-elle en levant le nez vers le ciel nuageux et noir. Mais je crois que je peux l'attendre encore longtemps.

— Marchons un peu, alors. Vous aimez la plage ?

Sans lui laisser le temps de répondre, il lui prit la main d'autorité. Diana accorda son pas au sien. Elle était tellement soulagée qu'il ne lui parle ni de Justin ni du dîner de la veille qu'elle ne songea même pas à protester.

— La mer en été, ça n'a jamais été ma tasse de thé. Mais

l'hiver, c'est différent. Je n'imaginais pas que je m'y plairais à ce point. Vous venez ici souvent ?

— De temps en temps, je fais un saut. Par chance, nous étions justement présents pour le week-end, Alan et moi, lorsque Rena a été kidnappée. Mais…

Diana s'immobilisa net.

— Votre sœur a été enlevée ?

— Vous ne le saviez pas ?

— Mais non ! Comment l'aurais-je su ? Par la presse ? J'imagine que ça s'est passé pendant que j'étais à Paris. Qu'est-il arrivé exactement ?

— C'est une longue histoire, Diana.

Caine reprit sa marche le long des eaux tumultueuses et se tut si longuement que Diana crut qu'il refusait d'aborder le sujet. Puis d'un coup, sans préambule, il lui fit le récit des événements de l'automne passé.

— Fin septembre, une bombe a été déposée dans l'hôtel que Justin possède à Las Vegas. Elle a été repérée et désamorcée juste à temps, par chance. Justin s'est rendu sur place et, quelques jours plus tard, il a reçu une lettre anonyme. Justin a compris avant tout le monde que ce n'était pas à ses hôtels qu'on en voulait, mais à lui, personnellement. Inquiet pour Rena, il a tenté de l'éloigner. Mais bon… ma sœur étant qui elle est, il n'y a pas eu moyen de la déloger d'ici, évidemment.

Le visage tourné vers la mer, Caine sourit brièvement en songeant au caractère obstiné de Serena. Mais il se rembrunit aussitôt.

— Une seconde lettre de menaces est arrivée à Atlantic City au retour de Justin. Il est descendu dans son bureau pour prévenir la police. Mais pendant qu'il s'entretenait en bas avec l'inspecteur chargé de l'enquête, notre poseur de bombe, vêtu d'une tenue dérobée au personnel de chambre, montait tranquillement frapper à la porte de leur suite. Il a enlevé Rena sous notre nez à tous, alors que la police se trouvait sur les lieux et que tout le personnel de sécurité de l'hôtel était sur les dents.

Observant Caine du coin de l'œil, Diana nota la ligne durcie de la mâchoire, la froide incandescence du regard.

— Le ravisseur l'a gardée pendant presque vingt-quatre heures attachée sur un lit. Rena n'en menait pas large.

Diana songea à Serena avec ses grands yeux violets, sa beauté délicate. Elle frissonna.

— Quelle horreur…

— Depuis dix ans que je connais Justin, c'est la seule fois où je l'ai vu sur le point de craquer. Il ne mangeait plus, ne dormait plus… Il était là, aussi figé que la statue d'Indien à l'entrée de son hôtel, à regarder fixement le téléphone. C'est seulement lorsque le kidnappeur a accepté de lui passer Rena au bout du fil, que nous avons compris qui il était et pourquoi il s'acharnait sur Justin ainsi. Mais d'une certaine façon, ça a été encore pire après.

— Pourquoi pire ?

Caine eut un moment d'hésitation. De toute évidence, elle ne savait rien de la vie de son frère. Mais ce serait une bonne chose, sans doute, de combler certaines lacunes.

— A dix-huit ans, Justin s'est fait agresser dans un bar du Nevada. Un des consommateurs assis là estimait qu'un Indien n'avait pas sa place sur le tabouret à côté du sien.

Un voile obscurcit les yeux sombres de Diana.

— Justin n'a pas dû apprécier, j'imagine.

— Il ne s'est pas laissé faire, en effet. Et ils en sont venus aux poings. Puis le type, qui était ivre mort entre parenthèses, a dégainé son couteau. Et il a frappé pour tuer. Blessé à la poitrine, Justin a réussi *in extremis* à retourner l'arme contre son assaillant. Et il s'est vu accusé de meurtre en sortant de son coma.

Une violente nausée souleva l'estomac de Diana.

— Accusé de *meurtre* ? Vous voulez dire que Justin a fait de la prison ?

— En détention provisoire, seulement. Finalement, il a été acquitté, une fois que les témoins ont été assignés à comparaître et qu'ils se sont sentis tenus de dire la vérité, dans la mesure où ils déposaient sous serment. Mais il a passé quelques mois difficiles bouclé dans une cellule. Sans personne pour le soutenir.

Comme si tout le poids du monde lui tombait soudain sur les épaules, Diana contempla l'horizon gris au loin.

— Ma tante ne m'a rien dit. Jamais elle n'a mentionné cette histoire. Elle devait savoir, pourtant.

— Vous ne deviez avoir que huit ans, à l'époque. Vous n'auriez pas pu faire grand-chose pour votre frère.

— Moi, non, c'est certain.

Diana sentit monter une violente bouffée de colère contre sa tante. Adélaïde, elle, n'aurait pas été sans recours. Elle avait des revenus confortables et un solide réseau de relations. Mais elle n'avait pas levé le petit doigt pour son neveu. « Si, au moins, elle m'avait raconté ce qui s'était passé. Il n'avait que dix-huit ans ! Ce n'était qu'un gamin ! »

Elle prit une profonde inspiration pour dissiper son malaise.

— Continuez, Caine.

— Grâce à une allusion de Rena au téléphone, nous avons compris que son ravisseur était le fils de l'homme qui avait agressé Justin, dix-sept ans plus tôt. Ce garçon n'avait que trois ans à l'époque du drame et sa mère lui a monté la tête pendant toute son enfance. Elle lui a ressassé que son père avait été lâchement assassiné et que Justin avait été libéré seulement parce que les tribunaux l'avaient pris en pitié. Le kidnappeur n'avait rien contre Rena. Mais il était déterminé à se venger de Justin coûte que coûte, en revanche.

Le fracas de l'océan parut soudain à Diana plus agressif, plus inquiétant.

— Justin a payé une rançon ?

— Il s'apprêtait à sortir deux millions de dollars. Mais il n'a pas eu à verser l'argent. Rena a appelé juste au moment où il allait quitter l'hôtel avec sa valise de billets à la main. Croyez-moi si vous voulez, mais ma douce sœurette avait assommé son ravisseur à l'aide d'une poêle à frire et l'avait attaché au pied du lit.

— Votre sœur ? s'exclama Diana, amusée malgré elle.

Caine lui rendit son sourire.

— Elle est plus solide qu'il n'y paraît.

Secouant la tête, Diana reprit sa marche sur le sable.

— Et son jeune kidnappeur ?

— Il doit être jugé à la fin du mois. Rena lui a trouvé un bon avocat. Et c'est elle qui paye ses honoraires.

Dans le regard sidéré que Diana tourna vers lui, Caine vit un mélange d'admiration et de colère.

— Et Justin est au courant ?

— Bien sûr.

Diana digéra l'information en silence.

— Je ne sais pas si j'aurais été aussi généreuse, à sa place.

— Justin était tellement soulagé de retrouver Rena après l'enlèvement qu'il lui aurait accordé n'importe quoi. Mais mon premier réflexe, lorsque j'ai su qu'elle avait été kidnappée, aurait été de mettre ce type sous les verrous pour les cinquante années à venir.

— C'est une chance pour lui qu'il ait échappé à vos réquisitoires. J'ai lu des comptes rendus de vos procès. Vous n'y allez pas de main morte, mon cher maître. Vous savez frapper là où ça fait mal.

— Mieux vaut frapper fort et juste. C'est la méthode la plus efficace.

— Et vous n'avez pas voulu vous représenter pour le poste de procureur d'Etat ?

— Trop politique... Et pas assez de marge de manœuvre, pour le coup. J'aime bien avoir les coudées franches. Mais j'imagine que vous n'êtes pas non plus libre de n'en faire qu'à votre tête chez Barclay, Stevens et Fitz.

Diana soupira.

— Barclay aurait plu à Dickens. C'est l'homme de loi froid et distingué par excellence. « Ma chère mademoiselle Blade, n'oubliez jamais qui vous êtes et ce que vous représentez. Chez Barclay, Stevens et Fitz, on n'élève pas la voix dans une salle d'audience et on ne provoque jamais un juge ailleurs que sur un terrain de golf. »

Avec un sourire amusé aux lèvres, Caine passa un bras autour de ses épaules.

— Parce qu'il vous est déjà arrivé de provoquer un juge, mademoiselle Blade ?

— Régulièrement. Si ma tante Adélaïde n'était pas une amie intime de l'épouse de Barclay, ils m'auraient déjà jetée à la porte avec fracas. Mais comme il ne veut pas avoir d'histoire avec sa femme, il se contente de me confier des dossiers sans intérêt.

— Et pourquoi restez-vous avec eux?

— J'ai de vastes réserves de patience.

Sans réfléchir à ce qu'elle faisait, Diana se rapprocha de Caine, cherchant d'instinct sa chaleur.

— Au départ, ma tante n'était pas enchantée que je choisisse le droit. Mais depuis que je suis entrée chez Barclay & Co par son entremise, elle est presque réconciliée avec ma vocation.

— Tu as peur des jugements de ta tante?

Diana rit doucement. Elle ne se sentait insultée ni par le tutoiement ni par la question. Il y avait des années, à présent, que sa tante avait cessé de l'impressionner.

— Non, il y a longtemps qu'Adélaïde ne me dicte plus ma conduite. Mais comme j'ai une dette immense envers elle, j'essaye de la ménager dans la mesure du possible. Et de ne pas trop la décevoir!

Caine parut surpris par cette affirmation.

— Mon père dit toujours que la notion de dette n'a pas cours entre les membres d'une même famille.

— J'en déduis qu'il n'a jamais rencontré ma tante Adélaïde! riposta Diana en riant... Oh, regarde les mouettes! Tout à l'heure, lorsque j'étais sur mon balcon, il y en a une qui est venue si près que j'aurais pu la toucher. Quand on les voit voler, elles ont l'air si libres, si heureuses. Et pourtant leur cri est déchirant de nostalgie.

Un frisson lui secoua les épaules et Caine l'attira plus étroitement contre lui.

— Tu as froid?

Les yeux de Diana scintillèrent.

— Oui. Mais j'aime bien ça.

Le souffle de Caine glissait sur sa joue, formant de petits plumeaux de vapeur blanche. Le visage levé vers lui, Diana se sentit gagnée par une subtile ivresse née de l'éclat de son regard, du fracas de l'océan, du sifflement du vent.

Ils se retrouvèrent face à face, enlacés. Les battements de son cœur résonnaient bizarrement à son oreille, comme si le son rythmé, lancinant, émanait d'un autre corps que le sien. Ils auraient pu être seuls sur une île nordique déserte. Les doigts de Caine se refermèrent sur sa nuque. Diana sentit la caresse humide sur son visage avant de voir la danse légère des flocons sous le ciel gris.

— Il neige, chuchota-t-elle. C'est magnifique.

— Oui.

Les lèvres de Caine s'approchèrent des siennes à les toucher. Au dernier moment, il hésita, attendit. Ce fut elle qui, sur un léger soupir, franchit l'ultime distance.

Lentement, la bouche de Caine se promena sur la sienne. Il procédait sans hâte malgré le vent mordant et la neige qui, déjà, tombait à gros flocons serrés autour d'eux. Les yeux clos, Diana sentait ses doigts pétrir sa nuque. Si délicieusement qu'elle ne put s'empêcher de les imaginer courant ainsi sur le reste de son corps. Alors que son attention était distraite par leurs caresses, les lèvres de Caine se faisaient plus exigeantes, offraient et demandaient tour à tour.

Ses mains se refermèrent sur ses épaules et la maintinrent fermement. Elle sentit le souffle du désir monter en elle, gonfler comme une voile soulevée par le vent ; mais un vent du sud, cette fois, moite et brûlant. Les lèvres de Caine traçaient sur son visage un itinéraire envoûtant. Elle entendit le fracas d'une vague, puis plus rien que le son murmuré de son prénom tandis qu'il dessinait de la langue le pourtour de son oreille. Elle se serra plus fort contre lui, et chercha ses lèvres des siennes.

Cette fois, leur baiser fut d'emblée électrique, chavirant. Même le froid était oublié, chassé par le feu que générait leur étreinte. Diana se sentait à nu, comme si ses secrets les mieux gardés lui échappaient, cédant la place à un désir qui était celui de Caine autant que le sien. Elle était tout désir, oui. Et cette soif têtue, obsédante était tumultueuse comme l'océan.

Ce n'était pas seulement l'envie d'une bouche brûlante, de bras forts autour de sa taille. Le besoin qu'elle ressentait était d'une nature plus essentielle et plus profonde. Pas seulement un partenaire, une rencontre, mais une complétude, un compagnonnage aussi bien physique qu'émotionnel.

Des vannes longtemps restées closes s'ouvrirent en elle. Quelque chose de fluide l'envahit, comme si aucune barrière ne la séparait plus de l'homme qui la tenait dans ses bras. Se sentant partir en chute lente, elle se cramponna à Caine, sans plus savoir s'il était la bouée salvatrice ou l'ancre qui l'entraînait vers le fond. La peur l'emporta alors sur le plaisir et elle se dégagea dans un sursaut de frayeur. Respirant par à-coups, elle le regarda à travers les mèches de leurs cheveux mêlés que le vent ramenait entre eux.

Caine soupira longuement.

— Eh bien… voilà qui était inattendu.

Il voulut lui caresser la joue, mais elle recula d'un pas en secouant la tête.

— C'est un peu tard pour ériger des murs entre nous maintenant, Diana, tu ne crois pas ? J'ai l'impression que les fondations sont déjà sérieusement ébranlées.

— Simple réaction de bon sens, Caine. Je ne suis pas le genre de femme à me laisser culbuter entre deux piles de livres de bibliothèque dans le feu d'une soudaine passion.

Un éclair brilla dans son regard. Mais elle ne put définir si c'était de l'amusement ou de l'irritation.

— Je crois que le délai de prescription est désormais écoulé pour ce forfait mémorable.

— Je doute que tu te sois racheté une conduite entre-temps, Caine, rétorqua-t-elle d'une voix suave.

— Je n'ai pas fait pénitence, non.

Avec un rire amusé, il essuya les flocons de neige sur sa joue.

— Tu sais qu'avec le visage extraordinaire que tu as je te verrais bien dans un paysage désertique sous un soleil de plomb, vêtue de peaux claires ou de ta seule beauté ?

Immobile, elle lutta contre la tentation de chercher de nouveau le contact de sa peau contre la sienne.

— Je suis parfaitement à ma place dans une salle de tribunal de la Nouvelle-Angleterre, Caine MacGregor.

Les yeux de Caine continuèrent à sourire.

— C'est vrai. Ta profession te ressemble aussi — au moins en partie. C'est peut-être la raison pour laquelle tu commences à me fasciner autant.

— Te fasciner n'entre pas dans mes ambitions du moment. Tout ce que je veux, c'est regagner l'hôtel avant de mourir gelée sur place.

— Je te raccompagne, annonça-t-il avec tant de bonne volonté apparente que Diana l'aurait volontiers massacré.

— Inutile de te donner cette peine, maugréa-t-elle alors qu'il entrelaçait ses doigts aux siens.

— Tu préférerais que je marche à dix pas devant toi ou à dix pas derrière ?

Comme elle poussait un soupir exaspéré, Caine prit la direction de l'hôtel sans lui lâcher la main.

— Tu n'es quand même pas en colère parce que nous avons échangé un petit baiser amical sur la plage ? Nous sommes plus ou moins parents, après tout, non ?

— Ce baiser n'était ni petit ni amical et encore moins familial, maugréa Diana.

— Je ne peux que vous donner raison sur ces trois points, mon cher maître.

Il souleva leurs mains jointes et porta la sienne à ses lèvres.

— Si tu veux, on peut réessayer, pour voir ? lui glissa-t-il à l'oreille.

— Surtout pas, non.

Caine se résigna avec une bonne volonté suspecte.

— Bon. Allons prendre notre petit déjeuner, alors.

— Je n'ai pas faim.

— Mmm… C'est une chance pour toi que tu ne déposes pas sous serment. Après les trois maigres bouchées que tu as avalées hier soir, tout individu normalement constitué serait affamé ce matin… Mais si tu tiens à jeûner à tout prix, tu boiras un café pendant que je déjeunerai. Et nous en profiterons pour parler métier.

— Caine…

Il sourit.

— Si ça te gêne d'accepter un café de ma part, je peux toujours le faire passer sur ma note de frais.

Elle secoua la tête tout en grimpant la volée de marches qui séparait la plage des jardins de l'hôtel.

— Hum, hum… Utilisation frauduleuse des deniers publics ? Il était grand temps que tu renonces à la politique, en effet.

— Quel commentaire sardonique, ma chère Diana ! Tu n'as pourtant pas les yeux d'une cynique.

— Ah non ? Et j'ai les yeux de quoi, alors ?

— D'une chamelle dans le désert. Attention, ces marches de bois sont terriblement glissantes, avec la neige.

— Une chamelle !

Hésitant entre la gifle et l'éclat de rire, elle croisa les bras sur la poitrine.

— Je ne trouve pas la comparaison très romantique. Compte tenu de ta réputation, j'aurais espéré mieux de ta part.

— Ah, tu voudrais que je sois romantique ?

Avant qu'elle puisse réagir, il la souleva dans ses bras.

— Et voilà ! C'est mieux comme ça ?

Diana éclata de rire.

— Repose-moi tout de suite, espèce d'idiot !

— Espèce d'idiot ? Je ne te fais pas penser à Clark Gable dans *Autant en emporte le vent* ?

— Clark Gable ne marchait pas sur la neige, lui. Je te préviens que si tu glisses et que tu me fais tomber, je t'intente un procès sur-le-champ.

D'un mouvement d'épaules, Caine ouvrit la porte arrière de l'hôtel.

— Ah, ça, c'est *franchement* très romantique comme réflexion ! Que sont devenues les vraies femmes ? Celles qui se pâmaient pour un rien et que les hommes rattrapaient *in extremis*, toutes pâles et frémissantes, entre leurs bras puissants ?

— Les vraies femmes ? Elles ont toutes fini écrasées par terre après avoir été lâchées par mégarde par leur héros… Caine, tu veux bien me poser, s'il te plaît ? Je t'interdis de me porter jusqu'à la salle de restaurant, tu m'entends ?

— Ah, vraiment ?

Pour Caine, le défi était irrésistible. Légère comme une plume, Diana sentait la neige et l'océan. Et ses yeux riaient dans les siens, amusés et indignés à la fois. Cette gaieté lui seyait si bien qu'il résolut de la provoquer aussi souvent que possible. Elle avait une bouche faite pour sourire. Et il se sentait soudain investi d'une tâche cruciale : lui montrer que les plaisirs simples de la vie n'étaient pas aussi inaccessibles qu'elle voulait le croire.

Les joues rosies par la colère et le froid, Diana lui intima à voix basse :

— Caine, ça suffit, maintenant. Arrête tes bêtises. Les gens nous regardent.

— Aucune importance. J'ai l'habitude, tu sais. On me regarde tout le temps.

— Et vaniteux, en plus !

— Terriblement.

Il pencha la tête pour poser un rapide baiser sur ses lèvres.

— Désolé. Mais ta bouche est très tentante lorsque tu es en colère.

— Caine, je vais te tuer !

Mais, déjà, il souriait à l'hôtesse d'accueil chargée de placer les clients.

— Une table pour deux, s'il vous plaît !

— Mais naturellement, monsieur MacGregor, répondit la jeune femme, les yeux rivés sur le fardeau inattendu qu'il portait sans effort apparent. Vous voulez bien me suivre, s'il vous plaît ?

Diana serra les dents et se résigna à garder le silence pendant que Caine slalomait entre les tables, savourant ostensiblement la curiosité qu'ils suscitaient.

— Vous voulez vous installer ici, près de la fenêtre ? Le serveur viendra prendre votre commande, monsieur MacGregor.

Caine remercia l'hôtesse et déposa Diana sur une chaise. Elle le foudroya du regard.

— Tu me le paieras, Caine.

— Tant pis. Le jeu en valait la chandelle, déclara-t-il avec un large sourire en ôtant son blouson trempé de neige.

La conviction de Caine était faite, désormais : Diana avait besoin d'être bousculée pour que la créature lisse comme le papier glacé des magazines se transforme en une femme vivante et sensuelle. Elle avait été trop protégée, trop réprimée à son goût. Et il était grand temps que quelqu'un se charge de contrebalancer l'éducation de sa tante Adélaïde.

— Tu es sûre que tu ne veux que du café ?

— Certaine, répondit-elle avec hauteur tout en déboutonnant son manteau. C'est une habitude, chez toi, ce genre de comportement ?

— Et c'est une habitude chez toi d'être aussi belle de bon matin ?

— Inutile de dilapider tes réserves de charme avec moi. Ça ne marchera pas.

Diana ôta son manteau, révélant un confortable pull-over couleur citrouille.

— Rassure-toi. J'ai des stocks inépuisables.

La laissant soupirer de découragement, il sourit au serveur et commanda une double portion d'œufs brouillés, des crêpes, des toasts et du bacon.

Diana ouvrit de grands yeux.

— On ne peut pas dire que tu te laisses mourir de faim ! C'est ton petit déjeuner de base ?

Amusé de constater qu'elle avait déjà renoncé à affecter la colère, Caine se renversa contre son dossier.

— Je profite de mes vacances pour faire le plein. En prévision des journées où je serai trop occupé pour consommer autre chose que des litres de café et un sandwich rassis occasionnel.

— Tu es aussi débordé que lorsque tu étais procureur d'Etat ?

— Les dossiers s'accumulent. Et je suis seul pour faire face, désormais. Je n'ai plus tout un service derrière moi pour me soulager de mes tâches... Mais ça me va bien, finalement. J'aime autant ne pouvoir compter que sur moi-même. Au moins, je sais où j'en suis.

— Tu n'as pas pris un jeune juriste débutant pour t'assister ?

Caine regarda les mains de Diana repliées autour de sa tasse de café. Et songea qu'une bague toute simple aurait souligné l'élégance de ses doigts longs et fins.

Etonné qu'elle ne porte aucun bijou, il dut faire un effort de concentration pour répondre à sa question.

— Pas pour le moment, non. Je me débrouille avec ma secrétaire. Même si Lucy est désordonnée, inorganisée et qu'elle n'a qu'une seule vraie passion : les séries télévisées.

Diana lui décocha un sourire entendu.

— Mais j'imagine que Lucy doit se rattraper par d'autres qualités ? Comme la finesse de son tour de taille, par exemple ?

Les coudes posés sur la table, Caine se pencha vers elle.

— Lucy a cinquante-sept ans, vingt kilos de trop, et un formidable débit au clavier.

— Considère que je n'ai rien dit, alors. Tu me surprends, Caine. Compte tenu de ton milieu et de ta réputation, je pensais que tu aurais ouvert un cabinet à l'élégance feutrée destiné à une clientèle résolument haut de gamme.

— Je laisse ce créneau à Barclay, Stevens et Fitz. J'aime bien me salir les mains de temps en temps. Pas toi, Diana ?

Elle hocha la tête en reposant sa tasse.

— Oh ! oui. Je serais prête à travailler pour rien si je pouvais enfin m'attaquer à un vrai dossier. Je voudrais me battre, m'impliquer, ne pas en dormir de la nuit, m'investir complètement. Mais il faut que je continue à ronger mon frein encore quelque temps. Si j'ouvrais un cabinet maintenant, le milieu juridique n'applaudirait pas à tout rompre.

— C'est ce que tu attends ? Des applaudissements ? La reconnaissance ?

Le regard somnolent se fit soudain plus intense.

— J'ai l'intention de faire une belle carrière et je n'ai pas envie d'échouer. Voilà pourquoi je fixe soigneusement les étapes… Et toi ? Pourquoi as-tu choisi ce métier ?

— J'ai un talent pour l'argumentation.

Caine scruta un instant le fond de sa tasse de café avant de relever les yeux.

— Nos lois sont imparfaites et notre système juridique comporte tant de points d'ombre qu'on en a parfois les bras qui tombent. Il nous revient d'essayer de faire au mieux en priant pour que la justice l'emporte en dernière analyse. Mais c'est loin d'être toujours le cas.

Il prit une gorgée de café et soupira en reposant sa tasse.

— Nous sommes constamment sur la corde raide, dans ce métier, et il est pourtant crucial de ne jamais basculer.

— Tu as déjà plaidé l'innocence de quelqu'un dont tu savais qu'il était coupable ?

Caine haussa les épaules.

— Je préfère l'éviter. Mais il reste que tout citoyen a le droit d'être soutenu et conseillé. Le système n'est pas idéal, mais ça pourrait être infiniment pire.

Agréablement surprise de le découvrir préoccupé par les mêmes questions que celles qui l'habitaient, Diana examina ses traits avec un regain d'intérêt.

— Au fond, tu ne corresponds pas du tout à l'idée que je m'étais faite de toi.

— C'est-à-dire ?

— Je te voyais plus péremptoire, pour commencer. En fait, je m'attendais plus ou moins à rencontrer une version rajeunie de Barclay, mentionnant la jurisprudence, émaillant la conversation de quelques citations latines et proclamant doctement que la loi ne connaît aucune faille.

— En un mot, tu me prenais pour un idiot.

Diana éclata de rire. Un rire chaleureux, spontané et un rien sauvage, comme son parfum.

— Tu devrais le faire plus souvent, Diana.

Elle fronça les sourcils.

— Faire plus souvent quoi ?

— T'autoriser à être dans le plaisir sans réfléchir d'abord.

— L'autocontrôle fait partie de mon entraînement de base.

Diana fut la première surprise de s'entendre admettre une

vérité pareille. Il était contraire à ses habitudes de prudence de se confier aussi facilement.

Caine plongea son regard indigo dans le sien.

— Tu peux m'en dire plus, là-dessus ?

Elle secoua la tête.

— Non... Tiens, voici ton petit déjeuner. Je suis curieuse de voir si tu vas réussir à engloutir tout ça.

Ainsi, elle avait des secrets. Caine se tut un instant pendant que le serveur disposait une kyrielle de plats devant lui. C'était peut-être son fond de mystère qui l'intriguait tant. Diana Blade semblait constituée de tant de couches successives qu'on ne pouvait résister à la tentation de soulever le coin de la première, pour retirer ensuite tous les voiles, un à un. Elle était forte, sans l'ombre d'un doute. Et néanmoins vulnérable. Et puis il y avait ce mélange de passion et de sensualité brûlante que l'on devinait, reflété dans le regard troublant, derrière les paupières mi-closes.

Elle était tant de choses à la fois que Caine voulait en savoir plus. Sur sa personnalité, pour commencer, mais pas seulement. Il avait goûté à ses baisers sur la plage et cet aperçu lui avait ouvert l'appétit. Comment se contenterait-il de cette mise en bouche alors qu'il lui restait tant d'aspects d'elle à découvrir ? Comme la sensation de sa peau nue, par exemple. Tout ce qu'elle cachait d'enchanteur sous la discrète élégance de ses tenues classiques.

Dans chaque femme, il voyait un puzzle à reconstituer, une équation à résoudre. Un défi, autrement dit. Qu'il relevait avec toute la conviction et l'enthousiasme d'un explorateur passionné par sa mission. Dans ce cas particulier, tout en s'amusant à décrypter Diana Blade, il pourrait lui rendre service de son côté. En lui montrant que la vie n'était pas aussi sombre, étroite et limitée qu'elle semblait le croire.

Songeur, il examina la jeune femme assise en face de lui. Et conclut que l'énigme Diana Blade risquait de l'occuper un moment.

— Tiens... Tu en veux un bout ?

Diana regarda le morceau de crêpe qu'il lui tendait.

— Tu commences à te rendre compte que tu as eu les yeux plus grands que le ventre, Caine ?

Sans répondre, il se contenta d'approcher la fourchette de ses lèvres. Diana haussa les épaules et se laissa nourrir.

— Mmm…, murmura-t-elle en fermant les yeux. C'est bon.

— Encore ?

Caine prit une bouchée avant de la resservir.

— Le refus obstiné du plaisir sous toutes ses formes n'est pas forcément toujours la solution la plus avantageuse dans l'existence, commenta-t-il d'un ton léger.

— Je surveille un peu mes apports caloriques, en ce moment.

Légère et gracieuse, Serena leur fit signe de loin et se dirigea vers leur table.

— Ah, vous voilà, tous les deux.

Elle se pencha pour les embrasser l'un et l'autre sur la joue.

— Tu as vu ce qu'il avale ? commenta la sœur de Caine en levant les yeux au ciel. Et il ne prend jamais un gramme, en plus. C'est révoltant… Tu as bien dormi, Diana ?

Décontenancée par l'affectueuse décontraction de sa belle-sœur, Diana eut un sourire contraint.

— Parfaitement bien, oui, merci. Ma suite est très jolie.

— Tu prends ton petit déjeuner avec nous, Rena ? proposa Caine.

Serena inspecta son assiette d'un œil sceptique.

— Pourquoi ? Tu acceptes de partager le tien ?

— Jamais de la vie.

— Alors tant pis. Je n'ai pas le temps de manger, de toute façon… Tu as des projets pour aujourd'hui, Diana ?

— Pas encore, non.

Serena sourit.

— Passe me voir dans mon bureau dans une heure, d'accord ? Je te ferai visiter les lieux. Entre le sauna, la piscine chauffée et le club de remise en forme, tu trouveras à t'occuper.

— C'est entendu, merci.

Serena laissa glisser un rapide regard sur son frère, puis décocha un clin d'œil à Diana.

— Sois prudente avec lui, surtout. C'est un vrai danger public. A tout à l'heure.

Sous le charme, Diana la suivit des yeux.

— Ta sœur…

Elle s'interrompit en riant pour ouvrir la bouche lorsque Caine lui tendit un morceau de bacon.

— Mmm… merci. Ta sœur aussi est différente de la femme que j'imaginais.

— Tu as toujours une idée préconçue d'une personne avant même de la rencontrer ?

— Généralement j'ai au moins une opinion, oui. Pas toi ?

Caine se contenta de hausser les épaules et continua de manger.

— Et tu la voyais comment, Rena ?

— Moins frêle, pour commencer. Elle paraît si fragile, au premier abord. Et pourtant ses traits expriment une grande force. Peut-être que je m'attendais à une intellectuelle pure et dure… Je ne sais pas… je n'arrivais pas à me faire une idée du genre de femme que Justin avait pu épouser, précisa-t-elle, songeuse. En fait, je le concevais mal en homme marié, lui, le joueur passionné qui n'avait jamais réussi à se fixer.

— Peut-être que Justin est très différent de l'homme cynique et indifférent que tu veux voir en lui.

Instantanément, Caine vit le visage de Diana se fermer. Comme elle était prompte à se retrancher derrière son armure, dès qu'il était question de sa relation avec Justin !

— Tu penses que je ne sais rien de mon frère, n'est-ce pas ?

— On peut difficilement prétendre connaître quelqu'un lorsqu'on refuse de faire l'effort de s'intéresser à lui, observa-t-il d'une voix suave en continuant à faire un sort à ses œufs brouillés.

Elle se hérissa de plus belle.

— Tu as des idées bien arrêtées sur la façon dont je devrais me comporter avec Justin, n'est-ce pas ? Mais tu n'as pas eu une enfance particulièrement compliquée, Caine, que je sache ? Tes parents, ton frère, ta sœur — personne ne manquait à l'appel. S'appeler MacGregor est un honneur, pas une tare. De quel droit porterais-tu un jugement sur mon refus de me lier à Justin, alors que tu ne sais rien de ce que j'ai traversé ?

Caine se renversa contre son dossier et alluma une cigarette.

— Parce que je porte un jugement, là, selon toi ?

— Si ce n'était pas un jugement, cela y ressemblait de très près. Tu crois que c'est facile de tracer un trait sur vingt années d'indifférence ? Il m'a manqué, c'est vrai. Je l'ai même pleuré pendant des années. Mais aujourd'hui, il ne représente plus rien pour moi.

— Alors pourquoi as-tu fait le déplacement, s'il ne compte pas ?

— Tu veux savoir pourquoi je suis venue ? Pour exorciser les derniers fantômes du passé. Je voulais le voir adulte pour oublier l'adolescent qu'il a été, l'évacuer définitivement du champ de mes préoccupations pour repartir sur une page blanche. Lorsque je m'en irai d'ici, Justin ne sera plus rien pour moi.

Caine la dévisagea à travers un fin nuage de fumée.

— Ton personnage de femme froide et indifférente est très convaincant, Diana. Mais tu oublies que j'étais avec toi, hier, lorsque tu as revu Justin. Et que je t'ai tenue dans mes bras lorsque l'émotion t'a submergée.

— J'ai eu un moment de faiblesse, c'est vrai. Mais c'est fini, maintenant.

— Ça te chagrine à ce point que je t'aie surprise à réagir comme un être humain, avec sa fragilité, son fond de souffrance cachée, et le besoin d'amour qui nous caractérise en tant qu'espèce ?

Pinçant violemment les lèvres, elle voulut se lever et quitter la table, mais il la retint par le poignet.

— Tu as dit que tu aimais gagner, Diana. Mais tu ne peux pas être gagnante si tu passes ton temps à fuir.

— Je ne fuis pas.

Elle réprima un frisson en voyant l'expression de Caine. Fini le charme bon enfant et les manières courtoises. Pour la première fois, elle découvrait l'homme qui se cachait sous le masque. Comme elle l'avait pressenti, il avait une personnalité forte, à la limite de la férocité.

Et excitante par là même…

— Fuir ? Tu n'as fait que ça depuis que tu es descendue de ton avion. Et j'imagine que ça a commencé bien avant ton arrivée ici. Tu es émue, ébranlée, complètement bouleversée, même, de revoir ton frère après toutes ces années. Et tu ne sais plus du tout où tu en es vis-à-vis de lui. Mais tu es trop obstinée pour admettre que ton lien de parenté avec Justin est peut-être plus important que tu ne veux le penser.

Diana le regarda froidement.

— Peut-être. Et alors ? Même si c'était le cas, en quoi cela te concerne-t-il ?

— Les MacGregor ont un sens très fort de la famille. Dès l'instant où ma sœur a épousé ton frère, tu as pris ta place dans le cercle familial. Concerné, je suis.

— Je me passe de tes conseils *fraternels*, Caine.

Il sourit et ses doigts se desserrèrent sur son poignet.

— Ce que je ressens pour toi est tout sauf fraternel, Diana… Nous le savons l'un et l'autre pour en avoir fait l'expérience, tout à l'heure, sur la plage.

Si Caine était capable de passer de la colère à la douceur en l'espace d'un soupir, elle ne partageait pas cette faculté. Furieuse, elle se leva pour le toiser.

— Et si tu te contentais de ne *rien* ressentir à mon égard, Caine MacGregor ?

Il souffla sa fumée.

— Trop tard… Les Ecossais sont connus pour leur sens pratique et leur approche rationnelle de la réalité. Mais je commence presque à croire au destin, en ce qui nous concerne.

Diana prit son manteau et le plia méticuleusement pour le poser sur son bras. Lorsqu'elle darda sur lui un regard noir de colère, il prit conscience pour la première fois de la puissance du sang indien qui coulait dans ses veines.

— Dans la langue des Ute, *comanches* signifie « ennemis ». Nous ne courbons pas l'échine facilement.

Se détournant avec grâce, elle s'éloigna de sa démarche maîtrisée de danseuse. Avec un large sourire aux lèvres, Caine la suivit des yeux. Amie ? Amante ? Ennemie ?

Une chose était certaine. Si combat il devait y avoir, la lutte promettait d'être fascinante.

3

Au cours des journées qui suivirent, Diana découvrit que le Comanche était un hôtel de luxe dont les prestations valaient largement celles des cinq étoiles que fréquentait sa tante. Sachant que Justin avait débuté dans la vie les poches vides, sans famille, sans diplôme et sans soutien, elle ne pouvait que s'incliner devant le chemin parcouru en vingt ans.

Même si elle continuait à fuir tout rapprochement, il n'était pas interdit de l'admirer pour le tour de force qu'il avait accompli. Et de le respecter pour avoir su bâtir — et conserver — un tel empire.

Justin se montrait invariablement poli et attentionné chaque fois qu'ils se croisaient. Mais il restait aussi prudent, aussi réservé qu'elle l'était de son côté. Et pourtant, petit à petit, à son corps défendant, Diana découvrait qui était réellement son frère.

Elle avait constaté qu'il était foncièrement honnête et intègre, pour commencer. Un aspect qui l'avait surprise de la part d'un homme qui avait la passion du jeu dans le sang. Très vite, Diana fut frappée aussi par la vivacité de son intelligence, par la rapidité avec laquelle il évaluait les situations — deux qualités qui avaient dû lui servir au temps où il vivait plus ou moins dans la rue.

Et puis il y avait un autre homme en lui qui ne se manifestait qu'en présence de Serena : tendre, amoureux, et même vulnérable par moments.

Diana devait reconnaître qu'il n'y avait rien chez Justin qui justifiât qu'elle le prît en grippe. Sans doute même se serait-elle attachée à lui s'il n'y avait pas eu ces années d'abandon que rien n'effacerait jamais.

Pas plus que celle de Justin, elle n'avait recherché la compagnie de Caine, ces deux derniers jours. Observateur, intelligent, intrusif, le frère de Serena voyait un peu trop clair en elle à son goût. Qu'il l'ait tenue dans ses bras le jour où elle avait pleuré, Diana en était presque venue à l'accepter. Mais le moment qu'ils avaient passé ensemble sur la plage avait éveillé des émotions d'une tout autre nature. Et le souvenir de ces instants ne cessait de la hanter.

C'était la fulgurance du désir entre eux, surtout, qui l'avait déstabilisée. Qu'elle ait pu perdre toute maîtrise d'elle-même en l'espace d'un baiser lui procurait un sentiment constant d'insécurité. Il lui suffisait de fermer les yeux pour ressentir de nouveau le même élan, les mêmes impatiences, le même souffle de vie brûlant qui l'avait embrasée sur la plage déserte sous la danse silencieuse des flocons. Caine n'avait qu'à prononcer son prénom — de cette façon si particulière qui était la sienne — pour que ces sensations renaissent à l'identique. Même dans une pièce pleine de monde.

Autant dire qu'elle ne répondrait plus de rien s'ils se retrouvaient en tête à tête…

En présence de Caine, elle ne contrôlait pas grand-chose, pas même ses mouvements d'humeur. Elle avait pourtant des années de pratique derrière elle, passées à étouffer ses colères dans l'œuf afin d'échapper aux interminables sermons de sa tante. Elle croyait avoir atteint des sommets dans l'art de contenir et de réprimer. Mais Caine n'avait qu'une remarque à prononcer pour qu'elle se mette à vitupérer comme aucune « jeune femme de son milieu » n'était censée le faire.

Avec un léger haussement d'épaules, Diana décida de ne pas trop s'inquiéter de ces débordements émotionnels. A Boston, elle ne serait pas à l'abri d'une rencontre occasionnelle avec Caine le Tombeur. Mais ce serait différent dans la mesure où elle le combattrait sur son propre territoire. Ici, à Atlantic City, chez Justin, elle n'était pas dans son élément habituel. Mais à

Boston, elle ne se laisserait pas déstabiliser aussi facilement. En temps normal, elle maîtrisait parfaitement ses humeurs comme ses attirances. Il n'y avait aucune raison pour qu'elle se retrouve ballottée d'un extrême émotionnel à l'autre, dans une ville où elle avait toujours eu ses repères — y compris et surtout sur le plan professionnel.

D'une main mal assurée, Diana referma la penderie et s'approcha du miroir pour vérifier sa tenue. La jeune femme dont elle croisa le reflet dans la glace paraissait froide, sereine et sûre d'elle-même. Mais Caine, lui, n'avait eu aucun mal à voir à travers ces trompeuses apparences…

Troublée, Diana se mordit la lèvre. Elle ne voulait pas de ces tempêtes intérieures. Tout ce qu'elle demandait, c'était de retrouver l'ordre et le calme qu'elle avait réussi, au prix d'efforts constants, à instaurer dans sa vie.

Mais tant qu'elle serait ici, à Atlantic City, son équilibre intérieur restait menacé.

Et quoi d'étonnant alors que la présence de Justin réveillait pêle-mêle les souvenirs anciens, ses rêves éblouis de petite fille, les traces enfouies d'une tendresse familiale oubliée ? Caine, avec ses instincts de prédateur, avait repéré d'emblée la faille en elle. Et il en jouait sans scrupule, suscitant des aspirations dont elle ressentait d'instinct le danger.

Diana expira longuement pour tenter de défaire le nœud qui lui comprimait la poitrine. Il n'était pas encore trop tard pour lutter, par chance. Il ne s'était rien passé d'irrémédiable entre Caine et elle. Et dès qu'elle serait partie d'ici, elle reconstituerait ses barrières protectrices et ses facultés largement éprouvées de tenir les autres à distance.

A Boston, elle reprendrait sa vie là où elle l'avait laissée. Sans *rien* modifier.

Avec un léger froncement de sourcils, Diana rectifia le col cheminée de son pull en cachemire framboise. Elle ne regrettait pas d'avoir fait le voyage à Atlantic City, cela dit. A présent qu'elle avait revu Justin, elle ne se poserait plus autant de questions à son sujet. Avec un peu de chance, elle se sentirait désormais en paix, par rapport à sa famille d'origine. Même si son chemin et celui de Justin n'étaient pas appelés à se croiser de nouveau.

A Serena, en revanche, elle s'était attachée presque sur-le-champ. Ce qui n'avait pas manqué de la surprendre, d'ailleurs. Ses amitiés étaient rares et elle ne se liait qu'avec difficulté. Le moindre rejet l'affectait douloureusement, réveillant le souvenir des anciens abandons. Mais avec Serena, qui, d'emblée, l'avait traitée comme une sœur, elle s'était tout de suite sentie acceptée.

Diana jeta son manteau sur ses épaules et décida de faire un crochet par le bureau de sa belle-sœur avant d'aller marcher sur la plage. Caine, lui, sortait toujours beaucoup plus tôt, avant le petit déjeuner. Si bien qu'elle évitait soigneusement ce créneau horaire.

En déambulant dans le casino, Diana fut impressionnée une fois de plus par l'élégante sobriété du décor. Lequel décor reflétait entièrement les goûts de Justin, lui avait assuré Serena. Diana songea à la modeste petite maison de bois où ils avaient vécu avec leurs parents, dans le Nevada.

Rien ne semblait les prédestiner, enfants, à fréquenter les nantis de ce monde. Et pourtant Justin et elle se retrouvaient, vingt ans après, dans le monde feutré des palaces où ils avaient leurs habitudes l'un et l'autre. A Beacon Hill, dans l'élégante maison de sa tante, elle avait grandi dans un décor en tout point raffiné, où les couverts étaient en argent, la vaisselle en porcelaine fine. Un décor où des domestiques stylés qui semblaient ne jamais élever la voix l'avaient servie à table sans qu'elle ait à lever le petit doigt.

Et pourtant, elle n'avait jamais été aussi heureuse que lorsqu'elle vivait encore avec ses parents et Justin dans leur bicoque de bois. Ses plus beaux souvenirs remontaient au temps où sa mère la berçait sur ses genoux, dans le vieux rocking-chair sous la véranda, et que le monde ressemblait encore à un grand jardin, libre et prometteur.

Perdue dans ses pensées, Diana traversa la réception sans regarder et faillit entrer en collision avec Justin.

— Attention.

Justin lui prit le bras en la voyant vaciller mais la lâcha presque instantanément. *Diana*... Le bref sourire artificiel dont elle le gratifia poliment lui fit comme un élancement au cœur. Mais il l'avait senti dès le premier regard : elle ne le laisserait pas approcher. Elle lui avait manqué pendant toute sa vie d'adulte. Mais le fait de la voir là, à portée de main et plus que jamais inaccessible, rendait sa perte plus douloureuse encore qu'elle ne l'avait été.

— Bonjour, Justin. Je pensais aller papoter un moment avec Rena, si elle a quelques minutes à me consacrer.

« Comme son regard est distant », songea Diana. Etrangement, ses yeux verts — la seule marque qu'il avait reçue en héritage de leurs ancêtres blancs — soulignaient plus qu'ils n'atténuaient le côté indien de son physique.

— Rena ? Elle doit être en train de faire ses plannings pour la semaine. Mais elle sera ravie de te voir.

Diana aurait pu poursuivre son chemin. Mais ce fut plus fort qu'elle. Clouée sur place, elle scrutait les traits de son frère. Et ce n'était pas seulement le souvenir, mais les couleurs, l'atmosphère, les odeurs de ses six premières années d'enfance qui lui revenaient à la mémoire.

— Diana ? Tu voulais me dire quelque chose ?

Elle s'éclaircit la voix.

— Je pense à cette histoire que maman nous racontait tout le temps. Tu sais, cette pionnière qui avait été enlevée par un de nos ancêtres et qui, finalement, avait décidé de partager la vie de son ravisseur indien de son plein gré. Depuis, à chaque génération, un enfant aux yeux verts naissait dans la famille.

— Toi, tu as hérité des yeux de papa, murmura Justin. Des yeux très sombres. Insondables.

En danger de se laisser émouvoir, Diana se ferma.

— Je ne me souviens pas de notre père.

Elle crut entendre Justin soupirer, mais son visage demeura rigoureusement impassible.

— Tiens, puisque tu vas voir Serena... tu peux lui dire que je serai de retour dans deux heures ? J'ai un rendez-vous extérieur.

Déchirée entre la culpabilité et la crainte du rejet, Diana hésita.

— Justin ? chuchota-t-elle tout bas, le cœur battant comme un tambour.

Il se retourna lentement.

— Je ne savais pas que tu étais allé en prison. Je suis désolée.

— Cela remonte à loin, maintenant. Tu n'étais encore qu'une petite fille.

— Pas vraiment, non. J'ai cessé d'être une enfant à partir du moment où tu m'as abandonnée, Justin.

Sans attendre sa réponse, elle se détourna pour gagner le bureau de sa belle-sœur. Avec un large sourire, Serena leva les yeux de ses documents.

— Diana ! Sois charitable et dis-moi que tu as besoin de moi pour te distraire. Je rêve d'une excuse valable pour échapper à la montagne de paperasse qui risque d'empoisonner ma journée.

Diana hésita.

— Je ne voudrais pas te déranger, Rena.

— Il est des corvées administratives dont on ne demande qu'à être distrait, au contraire... Mais que se passe-t-il, Diana ? Tu es toute pâle.

— Oh, rien de spécial.

Diana se tourna vers la glace sans tain et observa les allées et venues dans la salle de casino.

— Je serais incapable de travailler avec tous ces gens qui me déambulent sous le nez. J'aurais toujours l'impression d'être au milieu d'une foule. Comme si les clients du casino pouvaient à tout moment venir regarder ce que je fais par-dessus mon épaule.

— Il suffit de se concentrer sur deux plans de réalité à la fois.

Diana hocha la tête.

— Si tu le dis... Je viens de croiser Justin, au fait. Il me charge de te transmettre qu'il doit s'absenter et qu'il sera de retour dans deux heures.

« C'est donc cela... », songea Serena en se levant pour lui poser les mains sur les épaules.

— Diana... Pourquoi ne pas essayer de m'expliquer ce qui se passe ? Ce n'est pas parce que j'aime Justin que je suis incapable de comprendre ce que tu ressens, toi.

Diana ferma les yeux et secoua la tête.

— J'ai eu tort de venir ici... Des souvenirs oubliés resurgissent à tout bout de champ et ça me perturbe d'être sur deux plans de réalité à la fois, comme tu dis. Le présent et le passé se mêlent... je ne sais plus où j'en suis.

Elle se passa la main sur les paupières.

— Je croyais que ça ne me ferait ni chaud ni froid de revoir Justin. Mais je me rends compte que j'aime toujours mon frère, Rena. Et il aurait été tellement plus simple de le haïr.

— Aimer n'est pas toujours facile, c'est vrai. Mais dans la mesure où tu es toujours attachée à Justin, tu verras qu'avec un peu de temps et de patience...

— Non! Le temps n'arrangera rien. Je continue à lui en vouloir tout autant que je l'aime. A le détester, même. Pour chaque jour que j'ai dû passer loin de lui.

Une expression de tristesse se peignit sur le visage de Serena.

— Mais tu ne vois pas que la réciproque est vraie également? Que Justin de son côté a été privé de toi aussi?

— Pour lui, c'était un choix. Pas pour moi. Moi, on ne m'a jamais demandé mon avis.

Prise à la gorge par une montée d'émotion irrépressible, Diana se mit à arpenter la pièce.

— Dès qu'il a pu me fourguer à ma tante, il est parti sans un regard en arrière.

Serena soupira.

— S'il avait été majeur, le problème aurait été différent. Mais il avait seize ans! Qu'aurais-tu voulu qu'il fasse?

— Qu'il écrive! Qu'il téléphone, me rende visite au moins de loin en loin! Mais il ne l'a jamais fait, tu m'entends? Jamais. Pas même un petit signe à Noël ou pour un anniversaire.

Toute la douleur, la colère et la rage qu'elle avait gardées au fond d'elle-même deux décennies durant se déversaient soudain sans qu'elle puisse endiguer le flot qui lui tombait des lèvres.

— Et comme j'y ai cru, pourtant! Pendant des années, je l'ai attendu, convaincue que si je me montrais exemplaire et que je faisais tout ce que ma tante exigeait de moi, il finirait par venir me récupérer. A huit ans, j'étais devenue un enfant modèle. Tranquille comme une petite souris. Sage comme une image. Mais jamais il n'est apparu à ma porte. Jamais il n'a eu la moindre pensée pour moi.

— C'est faux, Diana! protesta Serena avec véhémence. Tu ne comprends pas que…

— Non, c'est toi qui ne comprends pas! Tout ce que tu as reçu enfant te revenait de droit. Moi, je dépendais de la charité d'une quasi-inconnue qui me faisait gracieusement l'aumône. Depuis l'âge de six ans, je sais — car on ne m'a jamais permis de l'oublier — que chaque bouchée que j'avale, chaque vêtement que je porte, chaque leçon que je reçois a un *prix*.

Serena se planta devant elle.

— Eh bien parlons-en, justement! A qui crois-tu les devoir, ces vêtements, cette nourriture, ces leçons, Diana?

— Oh, ma tante Adélaïde ne s'est jamais privée de me rappeler que je lui étais redevable. A sa façon discrète et hautement raffinée, bien sûr. Mais la générosité gratuite, ce n'était pas son style.

Le visage de Serena se décomposa.

— La générosité! Elle ne sait même pas ce que c'est! Pas plus que toi, d'ailleurs!

Le cœur lourd, soudain, Diana détourna la tête.

— Appelle cela comme tu voudras, Rena, mais elle m'a accueillie sous son toit. Et m'a permis de vivre comme l'enfant de riche que je n'étais pas.

— Pourquoi? Parce que Justin a toujours payé la note! Il lui a envoyé un chèque tous les mois jusqu'à la fin de tes études. Au début, c'est vrai, il ne versait pas grand-chose. Il n'avait aucun moyen de subsistance et passait son temps à fuir les travailleurs sociaux qui voulaient l'arracher à la rue pour le placer dans un foyer. Mais, très vite, il a pu augmenter le montant de ta pension. Ta tante a accepté de prendre son argent — et de te prendre, toi. Mais à condition qu'il disparaisse de sa vue. Et de la tienne, par conséquent. On peut dire que Justin a payé, oui, Diana. Et le sacrifice n'a pas été que monétaire.

Diana se sentait comme une statue de sel — pétrifiée et friable, en danger de tomber en morceaux si elle risquait le moindre mouvement.

— Il… il lui versait une pension pour moi, dis-tu ? Chaque mois ? Il donnait de l'argent à tante Adélaïde ?

— C'était tout ce qu'il était en mesure de faire pour toi à l'époque. Bon sang, Diana, tu connais la loi mieux que moi ! Que serais-tu devenue, à ton avis, s'il ne s'était pas arrangé avec ta tante pour qu'elle te prenne chez elle ?

Elle se sentit pâlir. *L'orphelinat de la réserve.* Tel aurait été son destin. Et Justin n'aurait rien pu faire pour la tirer de là. Pas avant sa majorité, tout du moins.

— Il aurait pu venir avec moi chez tante Adélaïde, balbutia-t-elle faiblement.

Serena soutint son regard.

— Elle aurait accepté, selon toi ?

Diana pressa les doigts sur ses paupières closes. Une migraine féroce lui martelait les tempes. Quand cette dernière s'était déclarée, elle n'aurait su le dire.

— Non, murmura-t-elle. Non, elle n'aurait pas voulu de lui… Mais plus tard, lorsque j'étais en âge de comprendre, pourquoi n'a-t-il pas repris contact ? Au moins pour me parler, m'expliquer ?

— Justin pensait que tu étais heureuse comme ça. Et qu'il valait mieux que tu vives une vie protégée, à Boston, dans des cercles aristocratiques, plutôt que de traîner de casino en casino d'un bout à l'autre du pays. Je ne dis pas que Justin est un saint, mais il a fait comme il a pu, convaincu qu'il agissait au mieux de tes intérêts.

— Et pourquoi ne m'a-t-il rien dit de tout cela depuis que je suis arrivée ici ? murmura-t-elle faiblement.

Sa belle-sœur secoua la tête avec impatience.

— Que crois-tu qu'il attende de toi ? Ta gratitude ? Tu n'as toujours pas compris quel genre d'homme était Justin ?

Reprenant son calme, Serena se passa la main dans les cheveux.

— Il va m'en vouloir de t'avoir dit tout ça, mais ça a été plus fort que moi… Oh, Diana ! Je t'ai bousculée, n'est-ce pas ? Je n'aurais pas dû t'assener les faits aussi brutalement. Je suis désolée.

Diana se rejeta en arrière lorsque Serena voulut la prendre dans ses bras.

— Non... s'il te plaît... j'ai besoin de réfléchir, d'être seule un moment. Tout ce que tu viens de me révéler est vrai ?

— Je n'ai aucune raison de te mentir, Diana.

Elle laissa échapper un petit rire sans joie.

— C'est étonnant de m'entendre dire ça alors que je viens d'apprendre qu'on m'a menti toute ma vie.

— Je préférerais que tu ne restes pas seule, Diana. Viens, montons un moment. Je vais te préparer un café, une boisson chaude.

— Non.

Rassemblant le peu de dignité qu'il lui restait, elle se dirigea vers la porte.

— Merci de m'avoir donné ces informations. C'est important pour moi de savoir.

Comme le battant se refermait sans bruit derrière Diana, Serena s'effondra dans un fauteuil. Consternée, elle se prit la tête entre les mains. Comment avait-elle pu lui lancer la vérité à la figure de façon aussi brutale ?

Serena allait se lever pour suivre Diana lorsqu'elle se ravisa et tendit la main vers le téléphone. Il y avait une personne mieux indiquée qu'elle pour aider Diana en ce moment.

— Allô ? La réception ? Trouvez-moi Caine MacGregor, s'il vous plaît.

Plus d'une heure s'était écoulée depuis sa conversation avec Serena. Et Diana n'avait toujours pas recouvré son calme. Elle avait beau chercher à se raisonner, elle ne faisait que tourner en rond, ressassant son indignation, sa colère, son sentiment d'injustice.

Alors qu'elle devait tout à Justin, elle l'avait détesté sa vie durant.

Malgré son état de confusion, deux certitudes s'étaient imposées à elle d'emblée : elle devait rentrer à Boston le jour même. Et parler à Justin avant son départ. La première de ces deux résolutions étant beaucoup plus facile à mettre en œuvre que la seconde, elle avait sorti quelques affaires de ses placards et s'employait méticuleusement à plier ses vêtements. Si seulement son mal de tête fracassant acceptait de passer, elle y verrait peut-être plus clair. Mais un tel anneau de souffrance lui compressait les tempes qu'elle en avait le cœur soulevé.

— Oh, zut, non ! lâcha-t-elle à voix basse lorsqu'on frappa à la porte de sa chambre.

Elle attendit que les coups reprennent avec insistance avant de se résigner à ouvrir à contrecœur.

— Ah, c'est toi, Caine.

Elle ne s'effaça pas pour lui laisser le passage, mais demeura plantée dans l'encadrement de la porte, lui signifiant clairement qu'elle ne voulait pas le faire entrer.

Mais Caine, fidèle à lui-même, ne se laissa pas dissuader par si peu. Il s'avança jusqu'à la faire reculer et pénétra d'autorité dans le salon.

— Je suis occupée, Caine.

— Ne te dérange pas pour moi, surtout. Fais ce que tu as à faire.

Les mains dans les poches, il déambula jusqu'à la fenêtre.

— J'ai toujours aimé la vue qu'on a de cette suite.

— Eh bien, je t'en prie ! lança-t-elle, exaspérée. Admire-la tant que tu voudras. Je te laisse aux joies de la contemplation.

Tournant les talons, Diana repassa dans la chambre et se remit à ses bagages. Moins de cinq minutes s'étaient écoulées lorsque la voix de Caine s'éleva dans son dos.

— Tu as avancé la date de ton départ ?

Il s'était adossé au chambranle et la regardait procéder d'un œil détaché.

— Comme tu vois, oui. Je suppose que Rena t'a parlé de notre conversation de ce matin ?

— Elle m'a dit qu'elle t'avait mise sens dessus dessous en te fournissant certaines précisions par rapport à ton frère. Et qu'elle s'inquiétait à ton sujet.

Luttant pour empêcher ses mains de trembler, Diana continua à plier un chemisier de soie parme.

— Toi aussi, tu étais au courant, j'imagine ? Tu savais que c'était Justin qui couvrait tous les frais que ma tante engageait pour moi ?

— Rena m'en a parlé le jour où elle t'a écrit pour t'inviter. Quant à Justin, ça fait dix ans que je le connais et il n'a jamais prononcé un mot sur la question.

Caine pénétra dans la pièce et souleva d'un geste machinal la manche d'une robe en tulle.

— Pourquoi prends-tu la fuite, Diana ?

— Je ne prends pas la fuite.

— Tu fais tes valises.

— Et alors ? Les deux termes ne sont pas synonymes, que je sache.

Diana lui tourna le dos pour tirer du linge d'une commode.

— Je pense que ce sera plus simple pour Justin si je m'en vais.

— Pourquoi ?

Elle jeta de la lingerie en vrac dans sa première valise et referma bruyamment le couvercle.

— Je t'en pose, moi, des questions, Caine ?

Il la regarda s'agiter en secouant la tête. Une fois de plus, elle luttait comme une damnée pour ne pas céder aux émotions violentes qui faisaient rage en elle. C'était étonnant, cette manie qu'elle avait de vouloir tout contenir. Alors que ç'aurait été tellement plus confortable de lâcher la vapeur une bonne fois pour pouvoir passer à autre chose.

— Contre qui es-tu en colère, au juste, Diana ?

— Qu'est-ce qui te fait penser que je suis en colère ? protesta-t-elle, exaspérée, en tirant au hasard quelques tenues de leur cintre. Tu ne vois pas que je suis parfaitement calme, au contraire ?

Elle fit claquer la porte de la penderie, se tourna vers lui, les bras chargés de vêtements. Et sa rage explosa d'un coup.

— Tu te rends compte que, pendant toutes ces années, elle m'a laissée croire que j'étais à sa charge, que je dépendais de sa seule bonté, de son sens proprement exemplaire de la famille et du devoir ! Elle m'a forcée à porter des tabliers de petite fille sage et des chaussures vernies alors que j'aurais voulu courir pieds nus dans l'herbe. Et j'ai tout accepté, tu m'entends ? *Tout.* Parce que je me sentais redevable. Alors que, quasiment depuis le début, l'argent venait de Justin !

A mesure que les mots sortaient, sa colère enflait, enflait tellement qu'elle crut suffoquer.

— Jamais il n'était question de lui à la maison. Elle refusait de prononcer son nom. Pour elle, les six premières années de ma vie ne méritaient qu'un seul traitement : l'oubli. J'étais comanche, je le savais, cela faisait partie de mon identité, même à six ans. Mais elle ne voulait pas en entendre parler non plus. C'était une Grandeau qu'elle voulait faire de moi, et rien d'autre. Elle m'a tout pris : mon héritage, mes racines. Et, malgré cela, j'avais le sentiment que je lui devais tout. Tout ce que je sais de mon peuple, de mes ancêtres, je l'ai appris dans les livres et dans les musées. C'est en secret que j'ai dû me renseigner sur les traditions des Comanches, afin de me souvenir de qui j'étais ! Car, pour la remercier de son immense dévouement, je n'avais qu'un seul moyen à ma disposition : la soumission. Et j'étais là, comme une idiote, à faire des pointes et des entrechats et à manger docilement dans des assiettes en porcelaine de Sèvres pendant que mon propre frère croupissait en prison !

Caine fit un pas en avant.

— Cet arrangement avec ta tante, Justin l'avait pris lui-même, non ? C'était ce qu'il voulait. Ça n'a pu que le rassurer, lorsqu'il se rongeait les sangs en attendant son procès, de savoir que sa petite sœur, au moins, était en sécurité et à l'abri du besoin. Essaye de voir aussi cet aspect.

Folle de rage, Diana jeta ses vêtements qui atterrirent en vrac, jonchant la moquette et le lit.

— Tout ce que je vois, c'est que j'ai passé l'essentiel de ma vie à nourrir de la rancœur contre mon propre frère, le seul membre de ma famille proche qu'il me reste encore ! Ce que je vois, c'est que j'ai gâché mon enfance, ma jeunesse en m'appliquant à singer une femme qui ne m'acceptait qu'à condition que je sois quelqu'un d'autre ! Et maintenant, à force de faux-semblants, que reste-t-il de moi qui ne soit pas une mascarade, une comédie ? Je pensais dédommager Adélaïde de tout ce qu'elle avait fait pour moi en fréquentant le genre d'homme qu'elle considérait comme acceptable, en exerçant un emploi qui lui paraissait compatible avec sa position sociale et ses convictions élitistes. J'étais résolue à effacer ma dette d'abord, pour commencer à vivre ensuite. Voilà. Le programme était tracé, les grandes lignes étaient définies. Mais à présent que je sais que mon existence entière est construite sur du vent, comment encore distinguer entre le vrai et le faux ?

Avec un rire suraigu, Diana se passa les mains dans les cheveux.

— Quand je regarde ce qu'a été ma vie, je ne vois que du mensonge. La Diana Blade que je croyais être n'est qu'une imposture.

Elle prit une élégante veste de tailleur sur le lit et la contempla avec horreur.

— Suis-je cette femme-là ? Ou une autre ? Je ne sais plus ! Je ne sais plus *rien* ! cria-t-elle en froissant la veste en boule pour la projeter contre le mur.

Caine attendit quelques instants, notant que la poitrine de la jeune femme se soulevait convulsivement au rythme rapide de sa respiration.

— C'est si important que ça, la provenance de l'argent ? demanda-t-il enfin.

— Peut-être pas aux yeux de quelqu'un pour qui le luxe va de soi, non, riposta-t-elle, cinglante.

Caine lui prit le bras et le secoua avec impatience.

— Résumons la situation : tu viens d'apprendre que ta tante — que tu n'appréciais que modérément — n'a pas été sincère avec toi. Et puis tu découvres que ton frère, que tu croyais indigne, ne t'a jamais oubliée, contrairement à ce que tu pensais. En quoi ces nouvelles données changeraient-elles la personne que tu es ?

— Tu ne comprends donc pas ? Mon existence entière était fondée sur un leurre, Caine !

Il secoua la tête.

— Faux. La vraie Diana Blade, elle était déjà constituée lorsque tu as quitté le Nevada à six ans. Les circonstances t'ont amenée à composer avec la réalité par la suite. Mais même si tu as été obligée de t'adapter, tu n'as jamais abdiqué pour autant. Tu te préparais à régler une dette et te voici délivrée. La question est : que vas-tu faire de ta liberté ? Quels changements vas-tu apporter pour intégrer les nouveaux éléments dont tu viens de prendre connaissance ce matin ?

La colère de Diana retomba d'un coup. Elle secoua la tête.

— Oh, Caine… j'ai été horrible avec lui. Tellement dure et froide. Plus j'étais tentée de me rapprocher de lui, plus je prenais mes distances.

Il lui posa un rapide baiser sur les lèvres.

— Justin et toi, vous avez encore quelques belles années devant vous, non ? Rien n'est perdu, que je sache.

— Non, rien n'est perdu.

Se dégageant du cercle de ses bras, Diana entreprit de ramasser les vêtements qu'elle avait jetés par terre. Seule la veste de tailleur demeura sur la moquette. Comme le symbole d'un monde auquel elle avait cessé d'appartenir.

Du coin de l'œil, elle nota que Caine l'observait sans rien dire.

— J'ai l'impression que ça devient une habitude, chez toi, d'assister à mes effondrements. Je ne suis pas sûre que ça m'enchante.

Il lui prit les épaules, la forçant à pivoter vers lui.

— Je ne sais pas si je dois m'en réjouir de mon côté. C'est difficile de résister à une belle fille lorsqu'elle se montre sous son jour le plus vulnérable.

Avec le pouce, il traça la ligne oblique d'une pommette. Sous la douceur, si féminine, on pressentait une force intérieure encore inemployée qu'il ne demandait qu'à voir s'épanouir.

— Caine, non…

Il souleva ses cheveux pour dégager son visage.

— Tu remues quelque chose de fort en moi, précisa-t-il dans un souffle avant de s'emparer de ses lèvres.

Rien ne l'empêchait de mettre le holà. Alors même qu'elle nouait les bras autour de son cou, Diana songea qu'il n'était pas trop tard. Elle pouvait encore le repousser, lui demander de quitter sa chambre. Mais sa bouche était si habile, si tentatrice. Elle murmurait des promesses d'éternel délice tandis que les mains de Caine glissaient sous son pull, exploraient la peau nue de son dos.

Caine connaissait bien le corps des femmes. Il aimait leur donner du plaisir autant qu'il aspirait à en recevoir. A force de recherches, de tâtonnements, il avait appris l'art de la séduction et des caresses. Mais alors même que Diana s'abandonnait entre ses bras, il oubliait ses recettes éprouvées. Tout lui échappait : son contrôle, son expertise, toutes ses techniques soigneusement élaborées d'amant réputé accompli.

A cause de son parfum, peut-être. Entêtant et sensuel. Un parfum qui n'était qu'un composant parmi d'autres du riche bouquet de senteurs qui émanait de sa peau. Ces fragrances lui tournaient si violemment la tête qu'il en perdait toute méthode. De séducteur, il devenait séduit. C'était elle, la tentatrice, qui le subjuguait, renversant les rôles, le réduisant à sa merci.

Il plongea les doigts dans ses cheveux, amena son visage contre le sien, et but à longs traits le miel de sa bouche. Et elle prit et dévora à son tour, répondant au feu par le feu, à la caresse par la caresse.

Sur les ailes du désir, Diana prenait son essor. La sensation de Caine — de ses mains, de sa peau, de sa bouche — monopolisait le champ de sa conscience. Mais elle en voulait plus, infiniment plus encore. Sa langue plongeait à l'assaut de la sienne ; elle allait chercher plus loin, toujours plus loin, quêtant une intimité plus forte, un plaisir plus brûlant. Mais sa faim était impossible à satisfaire. Pour la première fois, elle se découvrait insatiable.

Les mains de Caine allaient et venaient le long de ses flancs, sur ses hanches. Elles pétrissaient, remodelaient, comme un sculpteur donnant vie à l'argile qui prenait forme sous ses doigts. De la géographie de son corps, Caine avait une connaissance sidérante, comme si elle avait été nue dans ses bras.

Arrachant sa bouche de la sienne, Caine dévora des yeux ce visage qui, de jour en jour, le fascinait davantage. Une fois de plus avec Diana, il se trouvait en proie à des affects imprévisibles. Il ressentait un désir violent, presque douloureux, là où il avait pensé mettre une simple note de sensualité légère, de plaisir insouciant.

— J'ai envie de toi, chuchota-t-il.

Sa respiration était saccadée, presque haletante. Il reprit ses lèvres, plongea la langue dans sa bouche comme s'il pouvait ainsi la posséder tout entière.

— Maintenant, Diana… Je te veux, maintenant.

Hors d'haleine, elle se dégagea, repoussant les cheveux qui lui tombaient sur le visage.

— Non. Je ne suis pas prête. Pas avec toi, en tout cas.

— Bon sang, Diana ! A quel jeu tu joues ?

Fou de désir, il chercha à la ramener contre lui. Mais elle se cabra dans son étreinte.

— Non ! Je ne sais pas où j'en suis et je ne sais pas ce que je veux. Sans compter que tu es beaucoup trop pressé à mon goût. Je n'ai pas envie de faire partie de ton cheptel, MacGregor. Tu ne trouves pas que ton harem est déjà assez peuplé comme ça ?

Une lueur dangereuse passa dans le regard de Caine. Mais il garda ses distances.

— Ton truc à toi, Diana, c'est de ranger les gens dans des petites cases bien hermétiques, n'est-ce pas ? Et de ne surtout pas te demander une seconde s'ils ne seraient pas, par hasard, différents de ce que tu crois.

— Ma vie, je l'ai vécue à l'envers jusqu'à aujourd'hui. Et j'ai l'intention de prendre toutes les mesures nécessaires pour la remettre à l'endroit. De préférence, sans que tu viennes constituer une complication supplémentaire.

— Une complication supplémentaire, répéta-t-il d'une voix dangereusement calme. Très bien, Diana : va, retourne chez toi, pose les actes qui te paraissent nécessaires. Mais Boston n'est pas une très grande ville. Et cette histoire entre nous n'en est qu'à ses premiers chapitres. Pas à son dénouement.

Malgré sa gorge nouée, elle réussit à rétorquer avec calme :

— C'est une menace ?

Un sourire joua sur les lèvres de Caine.

— Non, une promesse.

Il lui prit le menton, l'embrassa brièvement mais avec conviction, puis se détourna et quitta la pièce. Diana retint son souffle jusqu'au moment où elle entendit la porte se refermer derrière lui.

Elle regarda les vêtements épars sur le lit et secoua la tête. Si Caine parvenait à contourner aussi habilement ses défenses, c'est qu'il la surprenait chaque fois dans des situations de confusion et de vulnérabilité extrêmes. Mais il n'y aurait pas de troisième épisode comme celui qui venait de se dérouler. S'il y avait une chose qu'elle avait apprise au fil des ans, c'était à tenir les hommes à distance.

Diana ferma les yeux pour laisser à ses émotions survoltées le temps de retomber. Si le hasard la mettait de nouveau en présence de Caine à Boston, elle veillerait à ne pas se laisser déstabiliser. Point final.

Pour le moment, elle ne voulait même pas lui accorder une pensée. Caine ne devait pas la détourner de l'essentiel : son frère. Ainsi que les vingt années de trahison qui les avaient tenus séparés. Craignant que son courage ne faiblisse, Diana laissa ses bagages en l'état et quitta sa suite pour aller frapper à celle de Justin et Serena.

Si son frère n'était pas encore de retour, elle descendrait dans son bureau pour l'attendre. Mais elle ne ferait rien avant de lui avoir parlé.

Et le plus tôt serait le mieux.

Justin lui ouvrit sa porte au moment précis où, la panique prenant le dessus, elle s'apprêtait à tourner les talons. Il était torse nu, avec un drap de bain jeté sur une épaule. Ses cheveux noirs qu'il portait assez longs étaient encore mouillés.

— Ah, c'est toi, Diana. Tu cherches Serena ? Elle ne devrait pas tarder à monter.

— Pas Serena, non. Je…

Son regard tomba sur la longue cicatrice blanche qui lui barrait la poitrine. Elle déglutit.

— Je peux entrer un moment ?

— Mais bien sûr, acquiesça-t-il en s'effaçant.

Elle s'immobilisa au centre de la pièce et demeura plantée là, incapable d'ouvrir la bouche.

— Je peux t'offrir quelque chose à boire ?

— Non, non, merci. Je te dérange, peut-être ?

— Pas du tout, non. Assieds-toi.

Les jambes comme du plomb, elle secoua la tête.

— Non, je préfère rester debout. Je…

Dans le regard de Justin glissa une lueur aussi fugitive qu'indéchiffrable.

— Qu'est-ce qui se passe, Diana ?

Ç'aurait été tellement plus facile si elle avait pu lui tourner le dos et lui parler sans le regarder ! Mais elle ne s'autoriserait pas à être lâche.

— Je suis venue te présenter mes excuses.

Justin haussa les sourcils en enfilant sa chemise.

— Tes excuses à quel sujet ?

— Pour tout ce que je n'ai pas dit, tout ce que je n'ai pas fait depuis mon arrivée ici.

Les yeux verts de Justin étaient rivés sur elle tandis qu'il boutonnait sa chemise. Mais son regard ne révélait rien de ce qu'il ressentait. « C'est pour ça qu'il excelle au jeu, songea-t-elle fébrilement. Ce que Justin pense, il le garde pour lui. »

— Tu n'as pas à t'excuser de quoi que ce soit auprès de moi, Diana.

— Justin…

Consciente qu'elle avait prononcé son nom comme une imploration, elle se mordit violemment la lèvre.

— Je m'y prends comme une idiote, je suis désolée. C'est mon métier pourtant de trouver les mots justes. Mais là, ça se mélange dans ma tête… je me sens complètement perdue, Justin.

Il tendit la main comme s'il hésitait à la toucher. Puis il laissa retomber son bras.

— Diana, arrête de te faire violence. Tu n'as aucune obligation envers moi.

Elle rassembla son courage.

— J'ai une dette immense, en tout cas.

Les yeux verts se firent distants, insondables.

— Tu te trompes. Tu ne me dois rien. Pas un cent.

— Je te dois tout, au contraire… Mais *pourquoi* ne m'as-tu rien dit, Justin ? explosa-t-elle, soudain. J'avais le droit de savoir.

— De savoir quoi ? rétorqua-t-il, impassible, le visage plus que jamais fermé.

Des deux mains, elle se cramponna au plastron de sa chemise.

— Arrête de me compliquer la tâche ! Tu sais très bien de quoi je parle !

Le regard rivé sur sa sœur, Justin vit la transformation s'effectuer sous ses yeux. Disparue, la femme du monde aux manières glaciales et à l'allure sophistiquée. Elle était donc toujours là, intacte sous le masque, la petite fille qu'il avait connue. Il la retrouvait semblable à elle-même, avec sa verve, ses emportements, ses émotions à fleur de peau.

Il ne put s'empêcher de sourire.

— Tu as toujours été une effroyable petite peste, murmura-t-il tendrement. Si tu te calmais un peu, tu réussirais peut-être à me dire ce que tu as sur la « patate », fillette ?

Elle tira plus fort sur sa chemise et se surprit à crier.

— Arrête de me traiter comme si j'avais encore six ans !

— Alors cesse de te comporter comme si c'était le cas. Si tu as des reproches à me lancer à la figure, c'est le moment ou jamais. Je t'écoute, Diana.

Elle était venue pour lui exprimer calmement ses regrets. Pas pour le secouer en hurlant comme une mégère ! Mais le sale caractère qu'elle avait réussi à contrôler pendant vingt ans semblait avoir définitivement repris le dessus.

— Je t'en ai voulu pendant toutes ces années, Justin. J'ai même essayé de te haïr tellement je ne te pardonnais pas de m'avoir oubliée.

— Je crois pouvoir comprendre ce que tu as ressenti.

— Non… non, tu ne peux pas comprendre.

Des larmes silencieuses lui roulaient sur les joues, mais elle ne songea même pas à les essuyer.

— J'ai tout perdu d'un coup, Justin. Tout ce qui faisait ma vie m'a été retiré brutalement, sans explication. Je n'avais plus de lieu qui me ressemblait, plus personne pour tirer sur mes tresses, rire avec moi et m'aimer telle que j'étais. En bref, je n'avais plus de famille… Longtemps, j'ai pensé que tout était ma faute, que vous étiez partis, papa, maman et toi, parce que j'étais trop « peste » justement.

— Oh, Diana…

Pour la première fois, Justin la toucha. Sa main s'égara distraitement dans ses cheveux comme lorsqu'elle était encore une petite fille. Il les lissa avec tant de tendresse qu'elle sentit les larmes couler de plus belle.

— Je ne savais pas comment t'expliquer la situation. Tu étais tellement jeune encore.

— Mais maintenant, je comprends… et je sais tout ce que tu as fait pour moi. Oh, Justin…

Sa voix se brisa dans un sanglot. Mais elle se força à aller jusqu'au bout :

— Tout ce que tu as accompli pour moi…

—… était nécessaire. C'était ma responsabilité. Ni plus ni moins.

— Justin, s'il te plaît…

Qu'avait-elle d'autre à lui demander, au fond, que de l'amour ? Mais pour la personne qu'elle était devenue, une telle requête n'était même pas formulable.

— Je voudrais trouver les mots pour te remercier, Justin. Tu as les meilleures raisons du monde d'être irrité contre moi, mais…

— Il n'y a rien que j'aie fait pour toi qui justifie de ta part une quelconque gratitude.

Elle se mordit la lèvre pour l'empêcher de trembler.

— Tu t'es senti tenu de verser de l'argent chaque mois.

Il secoua fermement la tête et lui effleura la pointe des cheveux.

— Je l'ai fait parce que tu étais ma sœur et parce que je t'aimais. C'est tout.

Diana ouvrit la bouche, mais aucun son n'en sortit. Justin refusait sa reconnaissance et lui offrait son affection. Chassant ses larmes d'un mouvement impatient de la tête, elle lui prit la main et réussit à sourire.

— Parce que j'« étais » la sœur que tu « aimais »? C'est à dessein que tu utilises le passé?

Justin plaqua sa paume contre la sienne.

— Nous sommes du même sang, Diana. A partir d'aujourd'hui, nous formons de nouveau une seule et même famille. Nous serons alliés.

— Alliés, oui, acquiesça-t-elle dans un murmure étranglé en entrelaçant ses doigts aux siens.

4

La nuit de Boston était glaciale. Diana avait tourné la ventilation à fond, mais sa voiture tardait à se réchauffer. Comble d'infortune : la circulation était ralentie et elle avançait au pas dans les rues encombrées du centre-ville. Elle pesta contre la foule, les embouteillages et la neige fondue qui s'écrasait sur son pare-brise. Il faisait un temps de chien. Un temps à rester au chaud chez soi, confortablement recroquevillée sur son canapé avec un bon roman.

Mais le cocooning, hélas, ne figurait pas au programme de la soirée. Il lui avait paru stratégique, compte tenu des circonstances, d'accepter l'invitation de son confrère, Matt Fairman. En tant qu'assistant du procureur de district, il connaissait beaucoup de monde. Et c'était le moment ou jamais pour elle de faire jouer ses relations.

Cela dit, connaissant Matt, il tirerait sûrement parti de l'occasion pour lui faire une cour effrénée. Un léger sourire joua sur les lèvres de Diana. En vérité, la perspective ne l'effrayait pas outre mesure. Elle avait déjà eu l'occasion de dîner avec Matt en tête à tête. Et elle savait qu'elle n'aurait aucun mal à déjouer ses stratégies de séduction.

Matt était un excellent juriste en plus d'être un coureur de jupons invétéré. Et il était toujours informé avant tout le monde de ce qui se passait dans les commissariats comme dans les tribunaux. Autre avantage : il avait la langue bien pendue et n'aimait rien tant que de faire circuler les potins. Si elle lui annonçait son intention d'ouvrir son propre cabinet, la nouvelle se répandrait comme une traînée de poudre. Glisser quelques mots à l'oreille de Matt constituait une méthode à la fois plus efficace et moins coûteuse que de placer une annonce d'une page dans le *Boston Globe*.

Elle avait démissionné de Barclay, Stevens et Fitz pendant la semaine qui avait suivi son retour d'Atlantic City. Purement par défi, il fallait le reconnaître. Diana sentit la tension désormais familière de l'angoisse se loger au creux de sa poitrine. Elle était consciente de prendre un risque énorme, à la fois professionnel et financier. Et depuis quinze jours qu'elle avait abandonné son poste dans le vénérable cabinet juridique, elle avait traversé quelques mémorables accès de panique.

Avec Barclay, elle avait connu la sécurité : un chèque assuré à la fin du mois et une quantité régulière, quoique inintéressante, de dossiers à traiter. Mais Barclay avait été le choix de sa tante. Et Diana considérait que son départ précipité constituait son premier pas vers l'autonomie. Malgré ses inquiétudes pour l'avenir, elle n'avait pas regretté un seul instant sa décision. Si elle voulait découvrir qui était vraiment Diana Blade, cette inconnue, il fallait lui donner toute latitude pour s'affirmer.

Les jours sombres, elle se voyait partager des locaux modestes avec un autre avocat débutant, guettant le moindre coup de fil, se tournant nerveusement les pouces dans l'attente d'un client potentiel. Pendant les phases d'optimisme, elle se disait qu'elle commençait petit, mais que rien ne l'empêcherait de se hisser pas à pas jusqu'au sommet.

Son seul regret était d'avoir dû se séparer de Justin alors qu'ils venaient juste de se retrouver. Mais elle n'avait pas pu se résoudre à différer son départ. Avant toute autre chose, il lui avait fallu regagner Boston, afin de remettre de l'ordre dans sa vie. Elle avait été déterminée à démissionner de chez Barclay pendant que le fer était encore chaud. Sinon, la peur du lendemain aurait pris le dessus et elle serait retombée dans sa frileuse routine.

Si elle s'était donné le temps de réfléchir et de mesurer les conséquences de son acte, jamais elle n'aurait eu le courage de se jeter à l'eau. Mais, portée par la colère, elle avait pu annoncer son départ avec un soupçon d'arrogance et une pointe de défi dans la voix. A présent, il lui restait à se faire un nom dans la profession et à découvrir enfin qui était la véritable Diana Blade. En exhumant petit à petit toutes les parties d'elle-même qu'elle avait dû garder enfouies deux décennies durant.

L'autre raison pour laquelle elle avait choisi de quitter Atlantic City quelques jours avant la date prévue avait pour nom Caine MacGregor. Vu ce qui s'était passé avec lui dans sa chambre, juste avant sa discussion avec Justin, elle avait jugé urgent de s'éloigner.

Caine devenait dangereux pour elle. Sur tous les plans.

Tantôt intuitif et à l'écoute, tantôt cassant, drôle, un rien cynique, il laissait entrevoir une personnalité contrastée à laquelle elle avait le plus grand mal à résister. Et Caine lui-même le savait mieux que personne. Sa réputation de séducteur avait été bien établie, à Harvard. Le hasard — ou le destin — avait voulu que, sans le connaître, elle entende néanmoins parler de ses exploits en abondance. A l'université, tout d'abord, puis, plus tard, dans le cercle professionnel qu'ils avaient en commun.

Diana réussit à accélérer sur une portion d'avenue dégagée. Mais dès qu'elle retomba dans les ralentissements, ses pensées revinrent se fixer sur Caine. Si son attirance pour lui n'avait été que physique, le problème aurait été résolu en un tour de main. Après deux décennies passées auprès de sa tante, se priver était devenu une seconde nature pour elle. Elle était habituée à se passer de ce qui lui faisait envie. Or, il était exclu qu'elle vive une aventure — même brève — avec Caine. Ils étaient beaucoup trop proches pour cela, à la fois sur le plan familial et sur le plan professionnel.

Caine était, par nature, un séducteur. Elle-même était, par nature, prudente.

Quoi qu'il en soit, c'était plus que du désir qui la poussait vers lui. Diana se mordilla la lèvre. Caine voyait beaucoup trop clair en elle. Et il réveillait des émotions indéfinissables sur lesquelles elle préférait éviter de mettre un nom.

Elle estimait que, ayant quitté Atlantic City en catastrophe, elle avait réglé la question de façon aussi pertinente que rationnelle :

elle avait reconnu le problème et s'y était soustraite en prenant le large. A présent, elle le considérait comme résolu dans la mesure où elle l'avait laissé derrière elle.

Diana pesta en évitant un piéton de justesse et chassa Caine de ses pensées. S'installer en tant qu'avocate indépendante requerrait toute son énergie au cours des quelques mois à venir. Et la perspective l'excitait et l'effrayait à la fois. Elle n'avait pas encore trouvé un espace de bureau à louer et son fichier clients était quasiment vide. Mais rien ne servait de paniquer pour autant.

Ce n'était pas la première fois qu'elle se retrouvait seule au monde et sans ressources, après tout. Mais cette fois, il n'y aurait pas de tante Adélaïde pour lui offrir la sécurité en échange de son obéissance. L'heure était venue pour elle de mener son propre combat. D'assumer seule ses échecs comme ses triomphes.

Ralentissant à l'approche du restaurant où Matt Fairman lui avait donné rendez-vous, Diana repéra une place de parking du premier coup. Génial. Comment ne pas y voir un signe du destin, alors qu'il était généralement impossible de se garer dans le secteur ? Elle s'en sortirait, pour la bonne raison qu'elle avait la détermination, la volonté, les compétences requises.

Quantité de gens réussissaient quotidiennement dans quantité de métiers, après tout. Sans relations, sans expérience et sans capital de départ.

Comme Justin, par exemple.

Diana descendit de voiture et le froid mordant l'assaillit à travers ses vêtements. Pestant tout bas contre les hivers rigoureux de la Nouvelle-Angleterre, elle dut renoncer à presser le pas à cause du verglas qui faisait briller les trottoirs, leur conférant une étrange beauté sous la lumière des lampadaires.

Elle poussa un soupir de bien-être lorsque la porte du restaurant s'ouvrit et qu'un souffle d'air chaud l'enveloppa. Abandonnant son manteau au vestiaire, elle se dirigea vers le maître d'hôtel.

— Diana Blade. M. Fairman est-il arrivé ?

Il jeta un rapide coup d'œil sur sa liste.

— Pas encore, non. Désirez-vous l'attendre à votre table ou préférez-vous prendre un verre dans le salon ?

— Au salon, plutôt. Vous voudrez bien en avertir M. Fairman lorsqu'il viendra ?

Le salon était agréable et confortablement meublé. Des bûches de chêne craquaient et pétillaient dans une grande cheminée en pierre. Séduite par la douceur de l'atmosphère, Diana repéra un fauteuil libre et s'installa pour attendre.

Si elle avait été seule, elle aurait ôté ses escarpins et se serait roulée en boule devant la cheminée. « Un jour, j'aurai une maison à moi. Avec une pièce comme celle-ci. » Pas un salon d'apparat, comme à Beacon Hill. Mais un espace ouvert et accueillant, avec un grand tapis devant le feu, où elle pourrait s'allonger pour regarder les flammes danser au plafond.

Diana consulta sa montre. Compte tenu des intempéries et de la circulation, Matt serait sûrement en retard. Elle avait le temps de prendre un verre. Alors qu'elle cherchait un serveur des yeux, l'un d'eux s'approcha avec une petite table roulante qu'il plaça près de son fauteuil.

Diana jeta un coup d'œil à la bouteille de champagne qu'il déboucha devant elle. Et constata avec une pointe de regret qu'il s'agissait d'une de ses marques favorites.

Elle soupira.

— Je crains que vous ne fassiez erreur. Je n'avais encore rien commandé.

— Ce champagne vous est offert, mademoiselle Blade.

Suivant le regard du serveur, elle tourna la tête et vit *qui* se tenait dans l'encadrement de la porte. Son cœur battit plus vite. Etait-ce l'effet du hasard s'ils se retrouvaient là, ce soir ? Boston n'était pas une très grande ville, après tout, comme Caine l'avait souligné lui-même. Et ils naviguaient dans les mêmes cercles.

— Bonsoir, Caine.

Il prit la main qu'elle lui tendait et se pencha pour y poser les lèvres.

— Diana… puis-je te tenir compagnie le temps d'un verre ?

Elle sourit en désignant la bouteille de champagne et les deux coupes.

— Assieds-toi. Je ne comptais pas la boire seule, de toute façon.

Vêtu d'un élégant costume gris anthracite, Caine arborait, ce soir, un air on ne peut plus civilisé. Mais Diana n'avait pas oublié à quoi il ressemblait en blouson de cuir et jean élimé, les cheveux balayés par le vent. Elle aurait eu tort de ne pas se souvenir que, sous l'apparence lisse et policée de l'avocat mondain, se cachait une personnalité âpre et passionnée. Ne lui en avait-il pas donné un aperçu à au moins deux reprises ?

— Alors, Caine ? Comment vas-tu depuis Atlantic City ? demanda-t-elle en levant son verre.

— Plutôt bien dans l'ensemble.

Caine approcha un fauteuil et prit une coupe. Diana portait une robe de soie turquoise qu'il se souvenait avoir repérée sur son lit alors qu'elle faisait ses bagages. Ses choix de couleurs, à bien des égards, rappelaient son parfum : ils étaient vibrants, pleins de vie et résolument sensuels.

Diana haussa les sourcils.

— Tu es venu seul ?

— Comme tu peux le constater.

Elle but une gorgée de champagne et Caine fut charmé de voir une expression de pur plaisir illuminer ses traits.

— Mmm… Quel délice ! Pour ma part, j'attends Matt Fairman avec qui je dîne ce soir. Tu le connais, je suppose ?

Ils échangèrent un discret sourire.

— Qui ne connaît pas Matt ? Tu envisages de travailler pour le procureur de district maintenant que tu as démissionné de chez Barclay ?

— Non, pas pour le procureur. J'ai décidé…

Elle laissa sa phrase en suspens.

— Mais comment sais-tu que je suis partie de chez Barclay, au fait ?

— Je me suis renseigné, répondit-il simplement. Quels sont tes projets, maintenant ?

Peu désireuse de s'entretenir de ses problèmes avec Caine, Diana répondit d'un ton délibérément léger :

— Je m'installe comme avocate indépendante.

— Quand ?

— Dès que j'aurai réglé tous les détails.

— Et tu as déjà trouvé un espace professionnel à louer?

— Cela fait partie des détails préliminaires à régler...

Songeuse, Diana suivit le bord de son verre du bout du doigt.

— Ce n'est pas aussi simple qu'on pourrait le penser. En tout cas, si je veux que le cabinet soit bien situé pour un loyer qui reste à peu près raisonnable... Pour l'instant, j'ai retenu trois possibilités. Je dois les visiter demain.

D'un geste machinal, elle porta son doigt humide à ses lèvres et le lécha. Face à cette provocation inconsciente, Caine ressentit une violente flambée de désir qu'il contint sur-le-champ. Il y aurait d'autres occasions pour cela. D'autres lieux.

— Je connais un bureau à louer qui devrait t'intéresser.

Tournant la tête en sursaut, elle darda sur lui un regard étonné. Le casque mouvant de ses cheveux de jais glissa sensuellement sur une joue.

— C'est de l'autre côté de la rivière, précisa-t-il. A quelques pâtés de maisons du palais de justice.

La soie turquoise lui allait bien, drapée sur de belles épaules minces et droites que le port de tête orgueilleux mettait en valeur. Depuis son départ précipité d'Atlantic City, il avait souvent fantasmé sur ces épaules-là. Et sur ces seins aussi. Et ces hanches souples de danseuse.

L'ennui, c'est qu'il ne s'était pas contenté de rêver Diana dans son lit. Il s'était également posé beaucoup de questions à son sujet. Sur ce qu'elle devenait toute seule à Boston. Sur la façon dont elle avait supporté la nouvelle de la trahison de sa tante. Sur ses perspectives professionnelles à présent qu'elle avait démissionné de chez Barclay.

Or, si le désir physique ne lui posait aucun problème, la sollicitude que lui inspirait Diana Blade était, elle, autrement préoccupante.

— Il s'agit d'un petit immeuble ancien, en grès sombre, d'un étage, poursuivit-il. Il a été entièrement réaménagé pour en faire un espace de bureaux.

— Cela paraît idéal, *a priori*. Je suis étonnée que l'agence ne l'ait pas mentionné.

Sauf, bien sûr, si le loyer était particulièrement vertigineux, songea-t-elle en trempant de nouveau les lèvres dans son champagne.

— Par qui as-tu entendu parler de cette location, Caine ?

— Je connais le propriétaire, répondit-il tout en les resservant.

Sensible à la nuance amusée dans sa voix, Diana scruta son visage.

— En fait, ce propriétaire, c'est toi, devina-t-elle.

Il leva sa coupe.

— Je bois à ta perspicacité, Diana.

Ignorant l'étincelle d'humour qui pétillait dans ses yeux, elle se renversa contre son dossier et croisa les jambes.

— Si tu disposes de bureaux aussi attrayants, pourquoi ne pas en faire un usage personnel ?

— Mais j'en *fais* un usage personnel. Cette couleur te va particulièrement bien au teint, Diana.

Elle pianota du bout des doigts sur l'accoudoir de son fauteuil.

— Et en quoi suis-je censée être intéressée par *ton* cabinet ?

— J'ai plus de dossiers que je ne puis en traiter.

Diana leva une main, paume à plat.

— O.K. Mais encore ?

— Je pensais que tu pourrais être intéressée.

Elle prit une profonde inspiration.

— Par tes clients ?

— Pas *mes* clients, puisque je ne peux pas les prendre. Il s'agirait des tiens, en l'occurrence.

Intéressée ? Elle était plus qu'intéressée. Elle aurait été prête à marcher sur les mains dans une congère pour obtenir ce qu'il lui faisait miroiter. Mais elle devait se méfier des mirages et garder la tête sur les épaules, même si elle était tentée de lui baiser humblement les pieds.

— Je te remercie d'avoir pensé à moi, Caine. Mais je ne souhaite pas m'associer avec un autre avocat pour le moment.

— Moi non plus.

Décontenancée, elle secoua la tête.

— Mais alors…

— Il se trouve que, *primo*, j'ai de la place pour une autre personne dans le cabinet que j'occupe. Et que, *secundo*, j'ai une cascade de demandes qui me tombe dessus en ce moment. Plutôt que de refuser carrément, je préférerais adresser mes clients à un confrère. Ou une consœur.

Pourquoi à elle, spécifiquement, Caine n'aurait su le dire. Ils étaient de la même famille, désormais, bien sûr. Ce qui était déjà une raison plus ou moins acceptable en soi.

Diana resta un long moment silencieuse. Derrière les paupières mi-closes et le regard comme alangui, il savait que les rouages de son cerveau étaient en marche. Caine faillit sourire. Il aimait bien sa façon méthodique de réfléchir.

Bon sang. Elle était plus belle encore que dans ses souvenirs. Et ils avaient à peine passé deux semaines sans se voir.

Quinze jours pendant lesquels il avait serré les dents, résistant à la tentation de l'appeler. Même si, à plusieurs reprises, il s'était surpris avec le téléphone à la main, prêt à composer son numéro. Mais, ce soir, il avait fini par se rendre à l'évidence : il aurait beau laisser passer tout le temps qu'il voudrait, Diana ne lui sortirait pas de la tête pour autant.

Puisqu'ils étaient voisins en plus d'être quasiment parents, quoi de plus naturel, d'ailleurs, que de prendre de ses nouvelles ? Le geste allait de soi. Une marque de sollicitude purement familiale, de la part du beau-frère de Justin envers la belle-sœur de Serena.

Comme Diana avait indiqué sur son répondeur le nom du restaurant où elle passait la soirée, il était venu la surprendre sur un coup de tête. La proposition de partage de bureaux avait pris forme pendant le court trajet en voiture. Si elle acceptait, ils seraient amenés à se voir tous les jours. Ce qui incontestablement présenterait des avantages non négligeables.

Et peut-être de graves inconvénients aussi, autant le reconnaître.

Mais il serait au moins rassuré sur son sort. Ce qui lui laisserait l'esprit libre pour réfléchir au reste. Comme la meilleure technique pour l'amener dans son lit, par exemple.

— Je ne te cache pas que ta proposition est tentante, Caine. Mais puis-je te poser une question ?

— Bien sûr.

— Pourquoi moi ?

Se carrant confortablement dans son fauteuil, il alluma une cigarette.

— Comme je te l'ai déjà expliqué, tu es désormais rattachée à la galaxie familiale. Les MacGregor ont toujours eu l'esprit de clan. Et j'ai renoncé à lutter contre mes traits de caractère héréditaires.

— C'est ton sens du devoir qui parle, alors ?

— « Devoir » n'est pas le mot que j'utiliserais. Je préfère parler de loyauté.

Le visage de Diana s'éclaira et elle lui sourit spontanément.

— C'est un concept que j'aime bien.

Il sortit une carte de visite de son portefeuille.

— Tu as l'adresse ici, ainsi que le numéro de téléphone. Passe donc jeter un coup d'œil demain. Ça ne t'engage à rien.

Diana hésita. Mais elle ne pouvait pas se permettre de refuser une solution toute faite qui résolvait miraculeusement une bonne partie de ses problèmes.

— Merci, Caine. Je viendrai demain sans faute.

Lorsqu'elle voulut prendre la carte, cependant, il retint sa main dans la sienne. Leurs regards se trouvèrent et l'atmosphère entre eux connut un de ces renversements dont Caine semblait s'être fait une spécialité.

— J'aime te voir habillée de soie, à boire du champagne, avec le reflet des flammes dans tes yeux.

Sa voix était plus rauque, plus basse, plus caressante, et son pouce effleurait le creux de sa paume. Autour d'eux, le joyeux brouhaha des conversations se mua peu à peu en un murmure indistinct. Diana sentit une coulée de désir incandescente se répandre en elle, telle une lave épaisse, dissolvante. Elle n'avait même plus la force de lui retirer sa main.

— J'ai beaucoup pensé à toi pendant ces quinze jours, Diana. Tu as laissé une kyrielle d'impressions tactiles inscrites en moi. Je ne peux pas oublier le grain de ta peau, la sensation de ton corps contre le mien. Et ton parfum hante mes narines en permanence, je le cherche partout et en vain.

— Arrête, Caine, s'il te plaît… ne me joue pas ce numéro-là, O.K. ? protesta-t-elle dans un murmure, consciente qu'elle se liquéfiait littéralement dans son fauteuil.

— Je veux te faire l'amour pendant des heures. T'exténuer de plaisir jusqu'à ce que ton esprit se remplisse de moi à l'exclusion de tout le reste.

— Non, protesta-t-elle dans un souffle en retirant sa main.

Respirant vite et par à-coups, elle se rejeta en arrière, se plaquant contre le dossier de son fauteuil. Comment Caine avait-il réussi ce tour de force ? La laisser exsangue, défaite, comme ravagée par la jouissance, alors qu'il ne l'avait même pas touchée ? Son sang pulsait comme s'il l'avait longuement caressée et aimée, comme si ses mains connaissaient déjà intimement chaque creux et chaque courbe de son corps.

C'était une faculté qu'il avait, de parler au corps des femmes. Et cette faculté, il l'avait travaillée, développée à la perfection.

Elle secoua la tête.

— Ça ne pourra jamais marcher dans ces conditions, Caine.

Le petit sourire carnassier qu'elle commençait à bien connaître se dessina sur ses lèvres.

— Tu te trompes. Ça va fonctionner du tonnerre de Dieu, au contraire.

Diana s'empara de son verre de champagne et le tint entre eux comme une arme.

— J'ai besoin de travailler dans une atmosphère professionnelle, Caine MacGregor.

Une lueur d'humour pétilla dans les yeux bleus.

— Douterais-tu de mes capacités à exercer mon métier avec sérieux, ma chère maître ? Rassure-toi, Diana, ma proposition vaut par elle-même. Elle reste entièrement détachée des aspects — comment dirais-je ? — plus intimes de notre relation.

— Caine, ces prétendus aspects intimes sont une pure fiction. Je ne veux pas avoir d'aventure avec toi. Point final.

— Si c'est le cas, rien ne s'oppose à ce que nous travaillions en bonne intelligence dans les mêmes locaux, n'est-ce pas ?

Avec un sourire proprement exaspérant, il posa sa carte de visite à côté d'elle sur la petite table.

— J'ai de la peine à imaginer que tu puisses avoir peur de moi, Diana. Je pensais que tu aurais plus de caractère que ça. Si ça peut te rassurer, j'ai pour principe de ne faire l'amour qu'avec des femmes consentantes. Alors, qu'est-ce que tu risques ?

Elle faillit jurer à voix haute.

— Je n'ai pas peur de toi, rétorqua-t-elle, glaciale.

Il hocha la tête avec satisfaction.

— Alors c'est parfait. Nous allons pouvoir nous entendre. A demain, donc ? Je viens de voir passer Fairman. Je vais te laisser tranquille pour ce soir.

Il se pencha pour la gratifier d'un baiser amical sur la joue.

— Passe une excellente soirée.

Diana le suivit des yeux avec consternation. Et dire qu'elle s'était juré de ne pas se laisser déstabiliser lorsqu'ils se croiseraient à Boston ! C'était réussi. Furieuse, elle prit sa carte de visite et la déchira en deux. Qu'il aille au diable. Elle n'avait que faire de ce lovelace, ce séducteur à la manque, ce don juan des prétoires ! Il pouvait les garder, ses superlocaux et sa clientèle providentielle ! Et sauter dans le port de Boston avec, si ça lui chantait !

« Tu as peur, Diana ? » résonna une petite voix ironique en elle. Avec un soupir de frustration, elle prit les deux moitiés de la carte et les glissa dans son sac.

Non, elle n'avait pas peur. Et elle ne se priverait pas d'une occasion professionnelle majeure rien que pour punir Caine MacGregor de son incontestable pouvoir sur les femmes.

Finissant son champagne d'un trait, elle se leva avec une soudaine assurance. Elle visiterait le cabinet de Caine le lendemain. Et si le bureau lui convenait, elle le prendrait sans hésiter. Elle ne laisserait rien ni personne se mettre en travers de son avenir professionnel.

Pas même son propre orgueil.

Le lendemain matin, Diana visita deux des bureaux que lui avait indiqués l'agence de location. Pour le premier, un non ferme et définitif s'imposa d'emblée. Pour le second, le verdict, plus nuancé, sonna comme un timide peut-être. Au lieu d'enchaîner sur le troisième, elle se surprit à se rendre tout droit à l'adresse donnée par Caine.

Elle resterait distante et objective et visiterait ses locaux exactement comme elle avait visité les deux autres. En tenant compte de critères objectifs, comme le coût, l'état de vétusté éventuelle des lieux et la situation géographique.

En aucun cas, le fait que Caine soit propriétaire ne devait influer sur sa décision. Avec un peu de chance, d'ailleurs, il serait en rendez-vous extérieur et elle ne verrait que la secrétaire. La décision serait infiniment plus simple à prendre en l'absence du maître des lieux.

Manque de chance, Diana succomba au charme du bâtiment dès le premier coup d'œil. C'était un de ces petits immeubles étroits, anciens et admirablement préservés comme on en trouvait encore ici et là à Boston, charmantes reliques égarées au milieu de leurs vertigineux voisins d'acier et de verre.

Des plaques de neige subsistaient sur la pelouse, mais le petit parking privé avait été bien dégagé. Quelques volutes de fumée grise s'élevaient de la cheminée. Diana emprunta à pied l'étroite allée de brique qui menait à la porte d'entrée. Dans le petit jardin, un chêne solitaire tendait ses branches nues sous un ciel bleu pâle. Quant au tribunal, il était à moins de cinq minutes en voiture.

Jusque-là, c'était presque trop beau pour être vrai.

Elle sourit en voyant la plaque de Caine sur la lourde porte sculptée et imagina la sienne placée juste en dessous. Secouant la tête, elle chassa cette vision fantaisiste. C'était un peu prématuré de se voir déjà installée alors qu'elle n'avait même pas encore visité l'intérieur !

L'entrée était petite et élégante. Elle poursuivit son chemin jusqu'à la réception où dominaient les tons de rose pâle et d'ivoire. La pièce la séduisit d'emblée. Un coin salon confortable avait été aménagé, avec un canapé aux lignes sobres et un étagement de tables basses. Le parquet était visiblement d'époque, de bois sombre et brillant, restauré à la perfection. Dans la cheminée en marbre rose surmontée d'un miroir ovale, un feu pétillait gaiement.

« Beau travail, Caine MacGregor », songea-t-elle, admirative.

Assise derrière un grand bureau encombré, une femme rondelette d'une cinquantaine d'années tapait sur le clavier de son ordinateur tout en parlant dans le combiné du téléphone, qu'elle tenait coincé sous le menton. La secrétaire de Caine lui adressa un large sourire de bienvenue et lui fit signe de prendre place sur le canapé.

Puis elle recommença à marteler le clavier de plus belle tout en poursuivant sa conversation téléphonique :

— Je suis désolée, mais M. MacGregor n'aura pas de disponibilités avant jeudi prochain… Tout est complet, oui.

Elle s'arrêta de taper, le temps d'extraire un agenda de sous une montagne de papiers.

— Voilà… Je peux vous proposer le jeudi à 14 h 30, madame Patterson… Oui, bien sûr. Comptez sur moi. Je vous promets de rappeler s'il devait y avoir un désistement d'ici là.

La secrétaire griffonna l'heure du rendez-vous dans son carnet, puis se remit à la frappe, sans cesser de hocher aimablement la tête en réaction aux paroles de son interlocutrice :

—… Entendu, je lui transmettrai, oui. Au revoir, madame Patterson.

Fascinée par ce déploiement d'activité, Diana l'observait en silence. Reposant le combiné, la remuante secrétaire lui sourit sans que ses doigts cessent de danser sur les touches à une vitesse stupéfiante.

— Bonjour. Vous souhaitez voir M. MacGregor ?

— Pas pour un rendez-vous, non. Je suis Diana Blade. Je ne sais pas s'il vous a prévenue, mais…

— Diana Blade. Ah, oui, bien sûr.

Sans lui laisser le temps de poursuivre ses explications, la secrétaire se leva pour trottiner à sa rencontre d'un pas vif.

— Je me présente : Lucy Robinson. M. MacGregor m'a annoncé que vous passeriez aujourd'hui.

La petite dame replète lui serra énergiquement la main.

— Je vois que vous êtes très occupée, observa Diana. Je peux revenir plus tard si cela vous arrange.

— Mais non, quelle idée !

Lucy lui tapota l'épaule avec un sourire maternel.

— M. MacGregor s'entretient avec un client mais il m'a chargée de vous faire visiter. On va commencer par le premier étage. J'imagine que vous avez hâte de voir votre bureau.

Diana ouvrit la bouche pour répondre qu'il ne saurait en aucun cas être question de *son* bureau dans la mesure où elle n'avait encore rien décidé. Mais Lucy était déjà dans l'escalier.

— Madame Robinson ?

— Oh, pas de « madame », s'il vous plaît. Appelez-moi Lucy. Nous n'aimons pas beaucoup les formalités, ici. L'atmosphère est plutôt familiale.

« Familiale », releva Diana avec l'ombre d'un soupir. Décidément, la famille était omniprésente avec Caine. A croire qu'on ne pouvait pas échapper aux mailles de cet étrange filet invisible.

Elle suivit Lucy, qui se déplaçait avec une rapidité étonnante malgré sa relative corpulence. Une épingle à cheveux échappée de son chignon pendait dans son dos. Mais elle avait clairement d'autres priorités que de s'occuper de sa coiffure.

— Au rez-de-chaussée, nous disposons d'une salle de réunions et d'une petite cuisine. Cela évite d'avoir à sortir tous les jours pour déjeuner. Vous cuisinez, Diana ?

— Euh… ce n'est pas ma spécialité.

Lucy soupira.

— Dommage. Ni Caine ni moi ne sommes des as du fourneau non plus.

La secrétaire s'immobilisa un instant sur le palier pour l'examiner avec une attention bienveillante.

— Caine ne m'avait pas dit à quel point vous étiez jolie. Vous avez des liens de parenté, je crois ?

— Pas directement, non. Mais mon frère a épousé la sœur de Caine.

Lucy hocha gravement la tête.

— Là, vous avez le bureau de Caine qui était l'ancienne chambre de maître. Et voici le vôtre, au bout du couloir.

— La maison a vraiment beaucoup de charme, commenta Diana. J'ai l'impression que Caine n'a pas vraiment modifié l'agencement initial ?

Lucy hocha la tête.

— Il a juste fait abattre quelques cloisons, c'est tout. Il trouvait dommage de ne pas conserver l'atmosphère du lieu d'habitation qu'elle était en première instance. Surtout après avoir fait l'expérience des bureaux standardisés de l'administration. Je suis entièrement de son avis, d'ailleurs. Vu le nombre d'heures que nous passons ici, autant qu'on s'y sente comme chez soi.

Diana songea au bureau minuscule qu'elle occupait chez Barclay, Stevens et Fitz. Et à la triste moquette marron qu'elle avait toujours détestée. Le parti pris de Caine avait du bon, en effet.

— Il y a longtemps que vous travaillez pour Caine, Lucy ?

— Ah, ça commence à faire un certain temps, oui. J'étais déjà sa secrétaire attitrée lorsqu'il était procureur d'Etat. Quand il m'a proposé de le suivre, j'ai fait ni une ni deux et j'ai démissionné, expliqua la secrétaire avec bonne humeur en poussant une porte. Et voilà ! Votre bureau, Diana.

C'était si parfait qu'elle ne parvenait tout simplement pas à y croire. Sans être grande, la pièce donnait une impression d'espace. Deux fenêtres à guillotine ouvraient sur l'est. Les plafonds étaient hauts et élégants avec leurs gracieuses moulures ; le parquet de bois clair avait été refait. Avec une exclamation ravie, Diana se dirigea vers la cheminée en marbre blanc.

Les murs étaient tendus d'une soie claire, légèrement fanée mais encore très belle. Diana plissa les yeux, visualisa le mobilier qui conviendrait au style des lieux et comprit qu'elle était perdue. Elle n'imaginait déjà plus d'exercer ailleurs qu'ici.

— Je suis étonnée que Caine n'ait pas trouvé un usage personnel pour cette pièce, observa-t-elle à voix haute.

— Au début, il l'avait meublée pour en faire une chambre à coucher. Ça lui permettait de rester dormir de temps en temps, lorsqu'il passait une soirée entière à plancher sur un dossier. Mais il finissait par ne plus jamais sortir de son cabinet. Il s'est vite rendu compte qu'il était plus sain de marquer une séparation nette entre son lieu de vie et son lieu de travail.

— C'est conseillé, en effet, admit Diana.

— Les ouvrages de droit sont dans la bibliothèque, poursuivit Lucy. C'est là qu'il a fait abattre quelques cloisons. Il y a également une salle de bains à l'étage avec les robinets en porcelaine d'origine... Ah ! zut, voilà mon téléphone qui sonne. Je vous laisse poursuivre sans moi ?

Diana ouvrit la bouche pour répondre, mais Lucy avait déjà disparu dans le couloir. Elle songea à la jeune secrétaire neutre et réservée qu'elle avait partagée avec deux autres avocats chez Barclay. Dans son ancien cabinet, ordre et discrétion étaient de mise. On n'y trouvait pas de chignon de guingois ni de bureau en désordre et encore moins de quinquagénaires boulottes. Mais l'atmosphère y était résolument funèbre comparée à ce qui se passait ici.

Une tombe, songea Diana avec un léger frisson. Elle avait travaillé pendant un an dans une tombe. Une tombe aristocratique, certes. Mais un sépulcre restait un sépulcre.

Diana regarda autour d'elle et poussa un soupir de satisfaction. Ici, ses clients se sentiraient tellement mieux accueillis que chez Barclay. Du moins... les quelques rares fidèles qui continueraient à avoir recours à ses services à présent qu'elle roulait pour son propre compte.

Après avoir fait le tour de la pièce et contemplé la vue par les fenêtres, Diana passa dans le couloir et poussa une porte au hasard. C'était la bibliothèque qu'avait mentionnée Lucy. Impressionnée d'y trouver autant d'ouvrages que chez Barclay, Stevens et Fitz, Diana s'avança pour examiner les rayons. Sur une table aux dimensions imposantes étaient étalés quelques livres, dont un volume ouvert.

Diana se pencha pour en lire le titre. Il s'agissait d'un compte rendu de procès qu'elle avait vaguement étudié alors qu'elle était à Harvard. Une affaire d'homicide qui avait fait pas mal de bruit pendant les années soixante-dix et dont les échos s'étaient propagés jusque dans la presse nationale. Le procès s'était prolongé pendant des mois dans une salle de tribunal bondée.

Caine travaillait-il sur une affaire voisine de celle-ci ? Intriguée, Diana tourna une page, puis deux, et commença à lire.

Lorsqu'il la rejoignit à la bibliothèque, dix minutes plus tard, Caine la trouva si profondément absorbée dans sa lecture qu'elle ne leva même pas les yeux à son approche. C'était la première fois qu'il la surprenait ainsi, l'attention entièrement mobilisée, indifférente à ce qui se passait autour d'elle.

La jeune femme était restée debout, en appui sur ses paumes posées à plat sur la table. Il examina son profil, les sourcils légèrement froncés, les lèvres entrouvertes. Elle portait une veste cintrée rouge, cette fois. Un beau rouge vibrant qui faisait chanter les contrastes avec son teint et sa chevelure.

Ses cheveux étaient retenus derrière une oreille, révélant des pendentifs en or. Caine fit un pas dans sa direction, conscient qu'en s'approchant il retrouverait le redoutable parfum qui avait tendance à lui faire perdre la tête.

Par mesure de prudence, il glissa les mains dans ses poches.

— C'est intéressant ?

Il la vit tressaillir au son de sa voix. Mais elle se redressa sans hâte.

— L'affaire Silvan ? Elle a fait beaucoup de bruit, à l'époque. Et le procès a été riche en rebondissements. L'avocat de la défense s'est illustré par son sens du théâtre. Chaque jour, ou presque, il sortait de nouveaux éléments de son chapeau.

— O'Leary ? C'était un sacré avocat. Même si certains mauvais esprits avaient tendance à trouver qu'il manquait de mesure.

Prenant appui contre le chambranle, Caine savoura le plaisir de la voir là, au cœur même de son territoire. La lumière d'hiver qui filtrait par la verrière tombait sur une de ses mains longues et fines.

— Il a quand même fini par perdre en appel, observa-t-elle.

— Sa cliente était coupable. Et l'avocat général avait un réquisitoire en béton.

Du bout du doigt, Diana lissa une page.

— Tu lisais par curiosité ou tu travailles sur un cas plus ou moins similaire ?

— Virginia Day, annonça-t-il avec l'ombre d'un sourire.

Le regard somnolent de Diana se mit à briller d'un éclat soutenu.

— Elle t'a choisi comme avocat ?

— Eh oui…

Le résumé de cette histoire passionnelle, Diana l'avait découvert dans les journaux. Mais elle avait surtout entendu les commentaires de ses collègues avocats. On parlait beaucoup de cette affaire d'homicide car les protagonistes appartenaient au milieu mondain : mari infidèle, épouse jalouse. Un petit revolver caché dans un sac à main…

— On ne peut pas dire que tu choisisses la facilité, Caine.

Il se contenta de hausser les épaules.

— Lucy m'a dit qu'elle s'était chargée de la visite guidée ?

— Oui, j'ai fait la connaissance de ta secrétaire. J'ai vu quelques indices de désorganisation et de désordre. J'ai également remarqué que ses doigts couraient sur le clavier à une vitesse démoniaque. Mais pour la passion des séries télévisées, je n'ai pas encore relevé de traces.

— Elle a deux magnétoscopes chez elle qui lui permettent d'enregistrer tout l'après-midi pendant qu'elle travaille.

— Mmm… Je vois.

— Un petit conseil tout de même : à ta place, j'éviterais de lui poser la moindre question sur les feuilletons qui passent en ce moment. A moins que tu n'aies beaucoup de temps à perdre.

Avec un rire amusé, Diana alla le rejoindre à la porte.

— J'aime beaucoup ton cabinet, Caine. Et je dois malheureusement reconnaître qu'il est beaucoup plus attrayant que tout ce que j'ai vu jusqu'à présent.

— Pourquoi « malheureusement » ?

— Si je ne l'avais pas trouvé à ma convenance, cela m'aurait évité d'avoir à prendre une décision. Tu l'as meublé toi-même ou tu as eu recours à un pro ?

— Ah non, les meubles, c'est moi. J'ai un faible pour les brocanteurs et les ventes aux enchères. J'adore aller chiner lorsque j'ai un peu de temps à perdre. Et puis je crois que ça m'irriterait, à la longue, d'évoluer au quotidien dans un décor composé par quelqu'un d'autre.

— Je suis un peu comme toi. Ma tante faisait appel à un décorateur tous les trois ans pour remettre sa maison au goût du jour. Et ce qui était censé nous servir de lieu de vie finissait par tourner à la salle d'exposition.

Diana s'interrompit pour porter la main à son front.

— Mais passons aux choses sérieuses, Caine... Si je ne prends pas le bureau, le loueras-tu à quelqu'un d'autre ?

— Pas forcément. C'est délicat de partager un espace de travail. Les personnalités ne sont pas toujours compatibles.

Amusée, elle haussa les sourcils.

— Et qu'est-ce qui te dit qu'il y aura compatibilité entre nous ?

— Crois-moi, il n'y aura pas de problèmes de ce côté-là. Au contraire. Mais si nous allions nous asseoir un moment dans mon bureau pour discuter des modalités pratiques ? Tu veux que je demande à Lucy de nous monter du café ?

— Non, ne la dérange pas, surtout. Elle a déjà bien assez à faire comme ça.

Un feu était allumé dans le cabinet de travail de Caine. Avec un murmure admiratif, Diana prit place dans un élégant petit fauteuil couleur sable.

— Je ne voudrais pas abuser de ton temps, Caine. J'ai entendu Lucy dire au téléphone que tu n'avais pas une minute à toi avant jeudi prochain.

Il se renversa contre son dossier.

— On peut toujours jongler avec un emploi du temps... Je viens de passer trois quarts d'heure à calmer un client hystérique. Cela me change agréablement les idées de m'entretenir avec toi.

— Merci.

Diana prit une profonde inspiration.

— Je ne te cache pas que je suis très tentée par ta proposition. Il reste la délicate question pécuniaire que nous n'avons pas encore abordée...

Le montant qu'avança Caine se situait dans les limites de son budget mais restait suffisamment élevé pour qu'elle n'ait pas le sentiment d'accepter une aumône.

— Lucy est d'accord pour assurer ton secrétariat en attendant que tu t'installes. Ensuite, vous verrez ensemble si vous continuez comme ça ou si tu préfères embaucher ta propre assistante.

Diana prit le temps de digérer ces informations avant de hocher la tête.

— Cela me convient... Mais je ne sais pas si je peux accepter que tu m'adresses tes clients, Caine.

— Pourquoi ? Il faut bien que tu te fasses une clientèle de base, non ? Ce n'était pas dans l'espoir de te faire un brin de publicité gratuite que tu as accepté l'invitation de Fairman hier soir ?

Elle commença par lui jeter un regard noir, puis finit par hausser les épaules.

— Il y a un peu de ça, même si je n'apprécie pas forcément ta formulation. Mais ce que tu me proposes, c'est encore autre chose.

— Si tu ne veux pas de mes clients, je les enverrai à quelqu'un d'autre. J'en ai deux en ce moment que je défendrais volontiers mais à qui je n'aurais pas suffisamment de temps à consacrer.

— Et ça ne te gêne pas, déontologiquement, de me les adresser alors que tu ne sais pas ce que je vaux ?

— Mais bien sûr que si, je sais ce que tu vaux. J'ai pris tous les renseignements au préalable.

— *Quoi* ? Tu as mené une enquête sur moi ? Dans mon dos ?

Son indignation amena un sourire aux lèvres de Caine.

— C'est la moindre des choses, non ? J'ai cru comprendre que cela te choquerait que je recommande un avocat sans m'être assuré d'abord qu'il avait les compétences requises.

Diana poussa un bref soupir exaspéré. Non seulement l'argument était imparable, mais elle l'avait provoqué elle-même par sa question.

— D'accord. Et quel genre de cas pensais-tu m'adresser ?

— Le premier est une affaire de viol. C'est un gamin de dix-neuf ans, un peu tête brûlée, pas très bonne réputation. Il dit que la fille avait toujours été consentante. Et puis ils ont eu une dispute. Et sans qu'il l'ait vu venir, il s'est retrouvé en cellule, inculpé pour viol. Le second est une affaire de divorce. L'épouse est la plaignante. Lorsqu'elle est arrivée ici, elle avait l'œil gauche tuméfié et quelques dents à refaire.

— Violences conjugales, murmura Diana avec un frisson de répulsion.

— Ça en a tout l'air, oui. D'après cette femme, cela fait déjà quelque temps que cela dure, mais elle estime que les limites ont été franchies. Lui la poursuit de son côté pour abandon de domicile conjugal. Comme c'est lui qui a l'argent, il a tout pouvoir sur elle. Et elle se refuse pour le moment à porter plainte pour coups et blessures.

— Eh bien… ça ne va pas être du gâteau ! C'est peut-être bien un cadeau empoisonné que tu me fais, effectivement. Mais j'aimerais quand même les voir la semaine prochaine l'un et l'autre.

— Entendu. Et tu auras ton contrat prêt pour lundi.

Diana se leva.

— Puisque tout est réglé, je te laisse plancher sur la défense de la ténébreuse Virginia… Merci, Caine, ajouta-t-elle, non sans émotion, en lui serrant la main. J'apprécie la marque de confiance que tu viens de me donner.

Il garda ses doigts serrés entre les siens.

— Attends d'avoir vu tes deux futurs clients. Tu me seras peut-être moins reconnaissante une fois que tu les auras eus en entretien… Et maintenant que ces questions professionnelles sont réglées, je t'invite à dîner ce soir, Diana.

Avec quelle facilité il changeait de registre, adoptant soudain cette voix grave et caressante qui faisait battre le sang à ses tempes et précipitait ses pulsations cardiaques de façon alarmante.

— Je pense qu'il serait plus sage que nous nous cantonnions à une simple relation professionnelle, Caine.

— Professionnels, nous saurons l'être, toi et moi. Mais chaque chose en son temps, murmura-t-il. Arrivé le vendredi soir, par temps de neige et de froid, j'oublie les subtilités de la loi et les délices de la jurisprudence. Je connais un petit restaurant dans le quartier de Back Bay où on sert du poisson pêché du jour. Il y a une petite table dans un coin, qui est à peine éclairée par quelques bougies. Tu peux passer une soirée entière, tranquille, sans voir personne.

Du bout du doigt, il traça le contour de son oreille.

— J'ai envie de t'emmener là-bas, de boire un bon vin qui chante sous le palais, d'entendre ton rire. Puis on rentrerait chez moi et j'allumerais un feu dans la cheminée...

Tout en parlant, Caine laissait son regard errer sur son visage, buvait la mystérieuse beauté de ses yeux. Oui, il voulait passer du temps avec elle, l'amener à se détendre et à s'ouvrir à lui, à mesure que la soirée avancerait.

Il voulait la sentir céder petit à petit, la voir s'abandonner et se rendre. Ne finiraient-ils pas, inéluctablement, par en arriver là tôt ou tard ? Il comprenait les femmes, non ? Et il savait mieux que personne ce qu'elles recherchaient chez un amant.

— Et nous ferions l'amour jusqu'à l'extinction des dernières braises, conclut-il dans un murmure en plongeant le regard dans le sien, comme s'il pouvait ainsi la pénétrer tout entière.

Le souffle de Diana s'accéléra. Elle se sentait envahie, possédée. Utilisant les mots comme d'autres se servent d'un pinceau, Caine créait des images qu'elle n'était que trop prompte à percevoir. Il serait à n'en pas douter un amant à la fois magnifique et... terrifiant. Le genre d'homme pour lequel une femme serait prête à tout quitter, tout en sachant qu'elle aurait de la peine à survivre à l'expérience. Et elle le désirait plus qu'elle ne se serait crue capable de le faire.

Comme tant d'autres, déjà, qui avaient cédé au charme de Caine avant elle...

Mortifiante, cette pensée la fit reculer.

— Désolée, mais je n'adhère pas à ton programme, Caine MacGregor. J'ai d'autres projets que celui-là.

— Tu en as envie autant que moi.

Caine l'attira dans ses bras et l'embrassa avec une fougue que le calme de son attitude n'avait en rien laissé augurer. Son baiser fut d'emblée passionné, exigeant, presque brutal. Il buvait avidement à ses lèvres, se remplissait d'elle, de son odeur, de la saveur fruitée de sa bouche. Ce fut une lutte sans merci qu'il dut mener contre lui-même pour s'en tenir à ses lèvres et ne pas laisser ses mains s'égarer sous ses vêtements. Il voulait sa chaleur vivante sous ses paumes, sa nudité brûlante et son corps offert.

Deux semaines… Depuis deux semaines déjà, il attendait ce moment. Le manque lui parut soudain si lancinant qu'il la plaqua contre lui avec force, comme pour s'assurer qu'elle ne lui échapperait plus jamais.

Désirer une femme n'avait rien d'inhabituel pour lui, pourtant. Mais jamais il n'avait éprouvé ce besoin aveugle, implacable, qui oscillait aux frontières de l'obsession. L'amant patient, attentif et subtil qu'il se flattait d'être avait disparu au profit du primitif livré à ses instincts les plus basiques. Il se sentait habité par des forces proprement animales, traversé par des élans d'une violence inouïe.

Diana gémit. C'était comme si sa bouche avait fusionné avec celle de Caine. Chaque fois qu'elle se donnait l'ordre de le repousser, elle se cramponnait à lui de plus belle. Une part inconnue d'elle-même la poussait à se soumettre, voire à prendre les devants, à assaillir et à exiger. Des pensées folles, des images hallucinées glissaient dans son esprit, menaçant de libérer un fond de sauvagerie que rien ne contiendrait plus, une fois qu'il se serait exprimé. Il était tentant, tellement tentant de cesser de lutter contre cette Diana sensuelle et sauvage qui ne demandait qu'à s'affirmer.

Mais cesser de lutter, c'était perdre toute maîtrise. Et prendre le risque de se trouver ballottée de nouveau au gré des caprices d'autrui…

Dans un sursaut de peur et de colère mêlées, elle se dégagea de ses bras.

— Non ! Je viens de te dire que batifoler au coin du feu avec toi n'entrait pas dans mes projets ! Cela t'arrive d'écouter quand on te parle ?

Caine, à cet instant, l'aurait volontiers jetée sur une épaule pour la traîner de force sur la première couche venue. C'était la première fois que cette espèce de fureur sauvage se mêlait à son désir. Il se força à respirer calmement et réussit à se souvenir qu'il faisait partie de l'espèce civilisée.

— Tôt ou tard nous ferons l'amour ensemble, Diana. Mais puisque tu sembles avoir du mal à l'admettre, je peux patienter encore un peu.

— Alors prépare-toi à une longue attente, mon vieux !

Frémissante d'indignation, elle récupéra son sac à main dans le fauteuil.

— A lundi, donc. Du moins, si tu penses être capable de garder un minimum de distance. Sinon, autant laisser tomber tout de suite, d'accord ?

Caine ne dit pas un mot lorsqu'elle sortit comme une tornade en claquant la porte derrière elle. Une bûche s'effondra dans la cheminée avec un craquement sec et des étincelles s'élevèrent pour retomber en une pluie lente, lumineuse et colorée. Il porta les mains à ses mâchoires crispées et s'approcha de la cheminée.

Bon sang ! Il avait pourtant eu l'intention de rester calme, patient, amical. Et de ne pas la toucher, surtout. Rien ne les pressait ! Il avait l'éternité devant lui pour vivre cette histoire avec elle. Mais en présence de Diana, il perdait systématiquement toute maîtrise de lui-même. Alors qu'il n'avait aucun problème d'habitude pour contrôler ses humeurs. Il avait plaidé dans des atmosphères explosives, face à des avocats généraux qui l'avaient poussé jusque dans ses derniers retranchements. Il s'était trouvé dans des salles d'interrogatoire sinistres, face à des clients déchaînés qui lui crachaient leur haine à la figure. Et il était toujours resté de marbre.

Alors que Diana, d'un seul mot, d'un seul regard, le plongeait dans des états volcaniques.

S'il voulait être objectif avec lui-même, il se devait d'admettre qu'il se passait quelque chose d'inhabituel avec cette fille. Quoi, exactement, il n'était pas encore en mesure de le définir. Mais la prudence la plus élémentaire lui commandait de souscrire au souhait de Diana. Ils pouvaient occuper ce cabinet en bonne intelligence, prendre un café ensemble de temps en temps pour discuter d'une affaire en cours, disséquer un point de droit ensemble. Et se remonter mutuellement le moral en cassant du sucre sur le dos de tel ou tel juge.

Un programme plutôt sympathique en soi.

Mais Caine n'avait pas la moindre intention de se montrer prudent ou raisonnable.

Tôt ou tard, il finirait par la convaincre de partager son lit. Et l'attente serait loin d'être aussi longue qu'elle avait bien voulu le laisser entendre.

5

Des coups de marteau en pleine nuit ?

Qui était le voisin assez fou pour faire des travaux à une heure pareille ? Révoltée par le sans-gêne du bricoleur nocturne, Diana se retourna dans son lit et tira les couvertures au-dessus de sa tête. Mais les boum ! boum ! impatients continuèrent à lui marteler impitoyablement les oreilles. Avec un gémissement de désespoir, elle enfouit le visage sous l'oreiller en se promettant de porter plainte le jour même contre l'imbécile qui se permettait de clouer ses étagères de nuit.

Trente secondes plus tard, hélas, Diana dut virer l'oreiller sous peine de suffoquer. Lâchant une obscénité qui eût horrifié sa tante, elle repoussa ses couvertures et ouvrit les yeux.

Premier constat : son réveil indiquait 7 h 30. Pas tout à fait le milieu de la nuit, d'accord. Mais un samedi matin, cela restait un horaire inconvenant tout de même. Second constat : ce n'étaient pas des coups de marteau qu'elle entendait. Quelqu'un tambourinait contre une porte.

Sa porte, en l'occurrence.

Jurant de plus belle, Diana s'extirpa de son lit et enfila un peignoir.

— Du calme ! J'arrive !

Nouant sa ceinture autour de la taille, elle se dirigea vers l'entrée comme un zombie. Elle tira le battant d'un coup sec, oubliant qu'elle avait mis la chaîne de sécurité. Telle une vision d'apocalypse, le visage souriant de Caine apparut dans l'entrebâillement.

— Non…, murmura-t-elle, anéantie.

— Salut ! Je ne te réveille pas au moins ?

Diana prit le temps de lui jeter un regard assassin avant de lui refermer au nez. Elle se détournait déjà pour retourner se coucher lorsqu'il recommença à s'escrimer sur le battant. Par considération pour ses voisins, elle rouvrit en grand et le toisa avec toute la hauteur dont elle se savait capable.

— Qu'est-ce que tu veux ?

Le sourire de Caine s'élargit.

— Oui, ça va, je suis en pleine forme, merci, et toi ? Tu as bien dormi ?

Il effleura ses lèvres d'un baiser rapide et entra sans attendre d'y avoir été invité. Diana était tellement furieuse que ses dents en grinçaient. Outrée, elle se renversa contre le battant clos.

— Tu sais quelle heure il est, au moins ?

Caine regarda obligeamment sa montre.

— Très exactement 7 heures et 35 minutes, annonça-t-il sans se départir de son sourire allègre. L'heure du café, autrement dit. Tu en as de fait ?

Le regard noir, elle se croisa les bras sur la poitrine.

— Non, je n'ai pas de café de fait ! C'est *samedi matin*, Caine, bon sang ! Tu ne peux donc jamais rien faire comme tout le monde ? Comme dormir sur tes deux oreilles, par exemple, à l'heure où les honnêtes gens se reposent des fatigues de la semaine ?

— J'ai toujours été du matin, admit-il distraitement en regardant autour de lui.

Diana essaya de voir l'appartement à travers ses yeux. Serait-il choqué par le côté inachevé de son installation ? C'était son premier chez-elle — le premier lieu, en tout cas, que personne ne pouvait lui enlever. Et elle avait décidé de prendre tout le temps qu'il lui faudrait pour l'aménager à son goût. Elle n'était pas peu fière de l'authentique tapis de Perse qu'elle avait acheté d'occasion. L'élégant canapé rococo lui avait coûté presque toutes ses économies, mais elle ne l'avait jamais regretté. Et cet automne, à Paris, en traînant dans les galeries, elle avait fait l'acquisition de son premier *vrai* tableau. Un original, une œuvre unique, qu'elle chérissait immodérément.

Caine glissa les mains dans les poches de son jean et alla regarder la toile de plus près. L'appartement de Diana était dépouillé, mais chaque pièce qu'elle possédait était belle, originale et parfaitement mise en valeur.

— J'aime bien ton cadre, déclara-t-il. Il te ressemble.

Diana bâilla ostensiblement.

— C'est pour faire une expertise immobilière, Caine, que tu es venu m'arracher de mon lit à l'aube ?

— Mmm... Tu es un peu hérissée de bon matin, on dirait, observa-t-il avec une bonne humeur inaltérable. Je crois que je ferais mieux de préparer le café moi-même.

Ignorant sa mine consternée, Caine se dirigea vers la cuisine. Puisqu'il avait réussi à pénétrer dans la place, autant pousser son avantage un peu plus loin. Trois fois au moins pendant le bref trajet à pied entre chez lui et chez elle, il avait failli revenir sur ses pas. Mais il était resté sur son impulsion de départ et avait poursuivi son chemin. Sans trop chercher à comprendre pourquoi il sonnait à la porte de Diana avant 8 heures du matin.

— Caine ! Tu n'as tout de même pas l'intention de *rester* ? se récria-t-elle en lui emboîtant le pas.

— Ne t'inquiète pas. Ça ne me dérange pas de faire du café pour deux.

« Reste calme, Diana. *Surtout*, reste calme. Si tu exploses, ce sera encore pire. »

— Caine... Je *dormais*, O.K. ? Comme toute personne normale et sensée, je m'accorde une grasse matinée le samedi matin.

— C'est une pratique regrettable qui perturbe les rythmes physiologiques, rétorqua-t-il en inventoriant ses placards. C'est pour ça que tant de gens peinent à s'extraire de leur lit le lundi matin. A mesure que l'on avance dans la semaine, ils reprennent peu à peu le pli et rééquilibrent leurs biorythmes. Mais arrivé le samedi, clac ! ils gâchent tout en s'abrutissant de sommeil jusqu'à 10 heures du matin.

— C'est très profond comme considération, Caine. Mais il se trouve que je n'ai *aucun mal* à sortir de mon lit le lundi matin. Je me lève avec plaisir, même. Donc je revendique en toute bonne conscience mon droit à dormir comme je veux, quand je veux, et aussi tard que je veux !

Comme il continuait à aller et venir dans la cuisine en sortant des tasses, du café moulu et des filtres, Diana finit par craquer.

— Caine, bon sang, tu m'écoutes, au moins ? Qu'est-ce que tu fais ici ?

— Le café, pour l'instant. Mais tu as faim, peut-être ? Je peux aussi te cuisiner des œufs, si tu veux.

— Non, merci, sans façon.

Au comble du découragement, elle frotta ses yeux encore gonflés de sommeil.

— Je ne sais pas pourquoi je prends la peine de te répondre. Dis-moi que je dors et que ta présence ici n'est qu'un mauvais rêve.

— Tu te sentiras plus dans la réalité une fois que tu auras bu ton café, lui assura-t-il aimablement.

Caine mit la cafetière en marche et se retourna pour la regarder. Il l'avait déjà vue en quantité de circonstances. Mais la Diana au réveil, avec les paupières un peu lourdes et les joues encore rosies par le sommeil, détrônait toutes les autres.

— Je crois que je ne te dirai jamais assez à quel point tu es belle, le matin.

Elle poussa un soupir démoralisé lorsqu'il lui prit le menton entre les doigts.

— Ça doit venir de ta peau, murmura-t-il en l'examinant. Tu utilises une mystérieuse potion indienne aux pouvoirs surnaturels ?

Diana lui jeta un regard noir.

— Je ne connais pas la médecine indienne. Et je te signale que ton café est prêt.

Caine se retourna pour se verser une tasse.

— Tu en veux une goutte ?

— Au point où j'en suis… Mais je te préviens qu'il m'en faudra un bon litre.

Etouffant un bâillement, elle se baissa pour sortir le lait du réfrigérateur. Caine la regarda faire, sourit de la voir évoluer au radar, puis passa dans le salon.

— Tu sais que nous avons pratiquement la même vue, toi et moi ? Mon appartement est à trois pas d'ici.

— Quel heureux hasard, ironisa-t-elle.

Il s'installa confortablement sur le canapé.

— J'y vois plutôt la marque du destin. C'est fascinant, non ?

— Très. Si j'en avais la force, je te dirais où tu peux te le mettre, ton destin.

Elle prit place à côté de lui, la tête encore alourdie par le sommeil, et s'appuya de tout son poids sur l'accoudoir. Caine en était presque attendri de la voir comme ça.

— Je compte faire la tournée des antiquaires, aujourd'hui, expliqua-t-elle en bâillant. Il faut que je m'occupe de meubler mon bureau de toute urgence si je veux recevoir mes clients, la semaine prochaine.

Diana prit une gorgée de café. Il était loin d'être excellent, mais elle n'aurait sans doute pas fait beaucoup mieux à sa place.

— Je viens avec toi, annonça Caine.

— Où ça ?

— Faire les magasins.

Elle refréna un soupir.

— Je te remercie de me le proposer. C'est très aimable de ta part, mais je suis sûre que tu as d'autres occupations, plus urgentes.

Cette fois, Caine éclata franchement de rire.

— J'adore quand tu prends cet air gentiment poli pour m'envoyer au diable. J'aime ta compagnie, Diana. C'est si difficile pour toi de l'accepter ?

— Ce n'est pas ça... Enfin, si, mais...

« Et voilà. Ça recommence », songea-t-elle découragée en contemplant sombrement le fond de sa tasse.

— J'ai trois bonnes raisons de vouloir passer du temps avec toi, Diana, poursuivit Caine, très à l'aise, le regard rivé au sien. Un, nous sommes confrères ; deux, nous sommes liés par deux personnes qui nous sont chères : Justin et Serena. Trois, tu m'attires. Et pas seulement par ton physique. Je suis séduit aussi par ton intelligence et même par ta personnalité chaotique.

— Ma personnalité n'a rien de chaotique, objecta-t-elle en se levant brusquement.

Les mains dans les poches de son peignoir, elle déambula jusqu'à la fenêtre. Les liens professionnels ne lui posaient pas de problèmes. Le rapport familial lui paraissait encore un peu obscur, mais elle était prête à l'accepter. Quant à l'attirance…

— Tu m'embrouilles, Caine ! Voilà le fond du problème !

— Comment ça, je t'embrouille ?

— Tu me fais perdre le fil de mes pensées, tu me mets du brouillard dans la tête et du coton à la place de la cervelle !

Avec une virulence qui les étonna l'un et l'autre, elle se tourna vers lui.

— Et la confusion est intolérable pour moi, tu m'entends ? Je veux savoir où j'en suis, je veux savoir ce que je fais et pourquoi je le fais. Or, dès que je passe un peu de temps avec toi, des blancs se forment dans mon esprit. Et je ne *supporte* pas que ça flotte, que ça oscille et que ça tangue !

Confronté à son silence, elle eut un geste excédé de la main.

— Tu ne comprends pas que je ne peux pas m'offrir le luxe de sombrer dans des états pareils ? J'ai besoin d'*ordre*, j'ai besoin de *certitude*, j'ai besoin de *clarté* !

Visiblement surpris par sa saute d'humeur, Caine soutint calmement son regard.

— Ça ne t'a jamais traversé l'esprit que tu pouvais t'abandonner à une situation plutôt que de la dominer ? Laisser les choses suivre leur cours, tout simplement, et voir où ça te mène ?

Diana secoua la tête.

— Non, merci, j'ai déjà donné. Lorsque j'avais six ans, j'ai été obligée de m'abandonner à la situation et de laisser les choses suivre leur cours, comme tu dis. Et vois où j'en suis maintenant. Non, j'ai déjà perdu trop de temps comme cela. Maintenant, je veux garder la tête sur les épaules et le contrôle de ma vie bien en main.

Reposant sa tasse sur la table basse, Caine se leva pour la rejoindre.

— Ainsi, au vu d'un certain nombre de circonstances pénibles que tu as subies étant enfant, tu vas t'interdire de vivre tout ce que tu pourrais ressentir vis-à-vis de moi ?

Il devait la trouver terriblement rigide et coincée, mais tant pis.

— C'est à peu près cela, oui, admit-elle en soutenant son regard.

— Désolé, mon cher maître, mais c'est un peu faible comme argumentation. En examinant ta plaidoirie d'un peu plus près, je pourrais y trouver quantité de failles.

— Pas de contre-interrogatoire, s'il te plaît.

Caine se rapprocha dangereusement.

— Nous pourrions essayer de régler la question hors tribunal, suggéra-t-il. Juste toi et moi. De femme à homme. D'homme à femme.

Sur la défensive, elle recula d'un pas.

— Justement, parlons-en, de l'homme à femmes ! Ta réputation aussi joue contre toi. On ne peut pas dire que tu aies adopté un profil bas dans ta quête acharnée du plaisir, ces dix dernières années.

— Je réfute cette accusation, maître. Elle n'est basée que sur des présomptions et des rumeurs. Tu n'as aucune preuve concrète de ma vilenie dans ce domaine.

Il lui posa les mains sur les épaules et entreprit de masser doucement les muscles contractés.

— Tu vas devoir te débrouiller pour trouver des pièces à conviction… Ou alors te décider à me faire confiance. C'est également une possibilité.

Diana lutta contre la tentation de fermer les yeux et de se couler dans ses bras pour y sombrer corps et âme.

— Je pourrais aussi choisir de sauter par la fenêtre, Caine. Mais dans les deux cas de figure, il y a un gros risque de casse.

Stoïque, Caine réprima ses instincts de prédateur et renonça à la faire pivoter vers lui pour lui voler un baiser. Il la sentait fragile, vulnérable, et il lui répugnait de tirer parti de son désarroi. Sa confiance, il avait sincèrement envie de l'obtenir, pourtant. Même s'il n'était pas certain de pouvoir se fier à lui-même.

— Tu veux des garanties. Mais je ne peux pas te les donner,

Diana… Toi non plus, tu ne peux rien promettre de ton côté, d'ailleurs.

— C'est différent. Pour toi, c'est plus facile.

— Et pourquoi ce serait plus facile pour moi ?

Diana soupira, perplexe.

— Je ne sais pas. Mais ça me paraît évident.

Il aurait pu la serrer dans ses bras, l'embrasser jusqu'à ce que ses doutes s'effacent et qu'elle ne soit plus que désir et incandescence entre ses bras.

Mais pour des raisons qu'il ne put définir d'emblée, il ne chercha pas à tirer avantage de sa faiblesse momentanée. Il y avait trop de choses qu'il souhaitait lui faire découvrir. A croire que Diana éveillait ses instincts chevaleresques. Plus encore que de vaincre ses résistances, il rêvait d'abattre les murs invisibles qui la retenaient prisonnière.

— Ecoute, je te propose d'aller t'habiller et de passer la journée avec moi. Nous nous sommes rencontrés dans des circonstances un peu compliquées. Pourquoi ne pas nous accorder un peu de temps ensemble pour voir ce qui en ressort ?

— Je ne suis pas certaine d'avoir envie de découvrir ce qui risque d'en « ressortir », marmonna-t-elle.

— C'est Justin qui a hérité de tous les instincts de joueur dans la famille ? Tu es si effrayée par le moindre risque, de ton côté !

Diana soupira. Son regard avait quelque chose d'irrésistible lorsqu'il souriait comme ça.

— Je ne sais pas, admit-elle. Jusqu'à présent, je n'ai jamais été attirée par le jeu.

— C'est ce que tu crois. Mais qu'est-ce qu'un avocat, sinon un joueur qui prend des paris sur la loi ?

Sous ses mains, Caine sentit les épaules de Diana se détendre. Elle alla même jusqu'à lui sourire.

— Le problème, c'est que je ne raisonne pas en juriste, en ce moment. Si c'était le cas, je te prouverais par *a* + *b* que la seule attitude recevable pour moi, en l'occurrence, consisterait à te jeter à la porte pour retourner me coucher.

— Nous pourrions aborder ce point de droit et en débattre pendant des heures, je suppose.

— Sans doute, oui.

Avec une ébauche de sourire aux lèvres, Caine roula une mèche de ses cheveux autour d'un doigt.

— Diana, je vais être complètement honnête avec toi : si tu ne te décides pas à t'habiller rapidement, la curiosité va l'emporter sur ma discrétion naturelle et je risque de m'intéresser d'un peu trop près à ce que tu portes ou ne portes pas sous ce peignoir.

Elle haussa les sourcils.

— Ah, vraiment?

— Cela reste sujet à négociation, bien sûr. Mais je me sens tenu de t'avertir que je pourrais être amené à agir sans délai.

— Dans ce cas, j'imagine qu'il ne me reste plus qu'à prendre ma douche?

— Parfait. Je boirai un second café en t'attendant.

Comme elle s'éloignait de sa démarche tonique de danseuse, il laissa son regard s'attarder sur le tissu souple qui lui caressait les hanches à chaque pas.

— Euh… Au fait, Diana?

— Mmm?

— Tu portes quoi, au juste, sous ce peignoir?

Elle lui jeta un regard parfaitement neutre.

— Mais rien, mon ami… Rien du tout.

Diana poussa la porte du magasin en riant.

— Tu as un aplomb incroyable. Je n'en reviens pas que tu aies osé faire ça!

Repoussant les cheveux que le vent d'hiver avait ramenés sur son front, Caine la suivit à l'intérieur.

— Pourquoi? Je n'ai pas menti. J'ai effectivement vu la même lampe dans le centre pour vingt dollars de moins.

— Ça, je veux bien le croire. Mais de là à en informer cette cliente sous le nez du vendeur, alors qu'elle allait conclure son achat!

Il haussa les épaules.

— Ça apprendra à cet antiquaire à se montrer moins gourmand. Il faut qu'il limite un peu ses marges. Ça tourne à l'escroquerie pure et simple.

— J'ai cru qu'il allait faire une crise d'apoplexie, en tout cas, chuchota Diana. Je serais sans doute morte de honte sur place si je n'avais pas été aussi occupée à lutter contre une crise de fou rire. Jamais je n'oserai remettre les pieds dans son magasin.

— De toute façon, je te le déconseille, tant qu'il ne reverra pas ses tarifs à la baisse.

Repoussant ses cheveux derrière une oreille, Diana l'examina un instant.

— Au fond, tu es beaucoup plus écossais que tu n'en as l'air, Caine.

Il éclata de rire.

— Près de mes sous, tu veux dire ? Je ne crois pas être pingre, mais je suis un adepte du juste prix. Et je suis prêt à me battre pour l'obtenir.

Diana se fraya un chemin entre les antiquités exposées, admirant au passage un service en étain.

— C'est ta faute, en tout cas, si je n'ai encore rien acheté depuis une heure que nous traînons dans les magasins. Elle me plaisait assez, cette chaise d'angle en noyer, pourtant.

— Rien ne nous empêche de retourner la prendre si nous ne trouvons rien de mieux ailleurs… Ah, tiens, regarde ça.

Caine s'accroupit pour examiner de plus près la paire de pistolets de duel qui lui avaient attiré l'œil. C'était bien ce qu'il pensait : de fabrication ancienne — vraisemblablement du XVIIIe siècle —, ils venaient des Highlands. La crosse avait la forme d'une corne de bélier et il identifia des motifs celtiques dans les incrustations en argent.

— Tu collectionnes ce genre de choses ? s'enquit Diana en se penchant à son tour.

— Mmm… Moi, non. Mais mon père, si.

— Ils sont superbes, en tout cas.

Caine tourna vers elle un regard surpris.

— C'est rare d'entendre ce genre de commentaire dans la bouche d'une femme.

— Les armes font partie de la vie, non ? N'oublie pas que je descends d'une longue lignée de guerriers. Tout comme toi, d'ailleurs.

Avec un léger sourire, elle concentra de nouveau son attention sur les pistolets.

— Naturellement, les Comanches ne possédaient pas de pièces aussi raffinées que celles-ci. Tu sais d'où ils viennent ?

— Ils sont écossais, comme moi.

— Tiens donc…

Diana se redressa et lui jeta un regard faussement indigné.

— Bon. Eh bien, j'ai l'impression que tu vas faire l'achat de ta vie pendant que je rentrerai les mains vides de mon côté ! Je te laisse marchander avec le vendeur. J'imagine que j'aurai le temps de faire le tour complet du magasin pendant que tu te livreras à tes tractations.

Le laissant à ses pistolets, elle partit explorer le reste de la boutique. Qui aurait cru qu'elle trouverait un tel plaisir à faire la tournée des antiquaires un samedi matin ? Et qu'elle en viendrait à apprécier la compagnie de Caine MacGregor, qui plus est ?

Il lui était beaucoup plus facile, désormais, d'être elle-même avec lui. Caine n'avait pas son pareil pour la bousculer lorsqu'elle se réfugiait dans les apparences. N'avait-il pas été le premier à débusquer la vraie Diana, derrière le masque commode de la jeune aristocrate, éduquée dans l'atmosphère raffinée des élites ?

Elle en avait tellement assez, de ce personnage artificiel, glacial et compassé ! Cela dit, vingt années de dressage avaient laissé leur marque. Et elle ne pouvait pas se départir de l'ancienne Diana d'un seul geste, comme Peau-d'Ane se défaisant de son manteau.

Diana soupira. Elle avait travaillé dur, au fond, pour devenir ce que sa tante appelait une « *lady* ». Des quantités de règles de savoir-vivre lui avaient été martelées sans relâche. Et s'il lui était arrivé d'en remettre certaines en question, elle ne s'était rebellée que sporadiquement et — il fallait le reconnaître — de façon toujours très discrète.

« Voyons, Diana… La bienséance veut qu'on ne hausse jamais le ton, ma chérie. »

Les comportements inculqués par Adélaïde étaient si profondément ancrés qu'elle ne pourrait se déconditionner que de façon progressive. Mais elle se savait sur la bonne voie.

Sa détermination à réussir, par exemple, reflétait déjà la vraie Diana Blade. Elle ne s'était pas résignée à devenir la notaire en costume trois-pièces qui aurait enchanté sa tante. En se spécialisant dans le pénal, elle avait choisi de s'exposer, de se battre, de s'impliquer corps et âme comme le voulait sa nature passionnée.

Le droit l'avait toujours fascinée. C'était un univers âpre, sinueux et compliqué. Mais la loi, malgré ses imperfections, lui offrait un terrain solide pour se battre au nom des valeurs auxquelles elle croyait. Elle voulait tout : la réussite, mais aussi la justice ; les affres de l'incertitude, mais également la gloire.

Et Caine.

Oui, elle voulait aussi Caine. Elle pouvait l'admettre pour elle-même tant qu'il se trouvait à distance raisonnable. Qu'elle le veuille ou non, il la subjuguait chaque jour davantage. Même si elle continuait à résister pied à pied.

C'était un élan aveugle, tout-puissant, qui la poussait vers lui. Un élan qui ne lui laissait aucun choix. Et elle savait, mieux que personne, à quel point l'absence de choix pouvait être fatale. Du désir, elle en avait déjà éprouvé. Tout comme elle avait reçu et donné du plaisir. Mais toujours en gardant la tête claire. Alors que, dans les bras de Caine, elle perdait pied, s'enfonçait dans des ténèbres opaques, terrifiantes.

Tout en se penchant pour examiner un porte-parapluie en cuivre, Diana céda à la tentation de jeter un regard dans sa direction. Le bras tendu, un œil plissé, Caine tenait un des pistolets et faisait mine de tirer. Le spectacle la fit sourire. L'homme et son arme paraissaient singulièrement bien assortis. Caine était un drôle de personnage, au fond. Un peu séducteur, un peu guerrier ; universitaire et aventurier à la fois ; très celte, mais aussi très aristocrate.

Diana secoua la tête. Voilà qu'elle bâtissait tout un roman autour de lui, maintenant! Et pourtant, tous ces aspects coexistaient chez Caine. Il suffisait de sonder son regard indigo pour y lire l'intelligence, mais également le goût de l'aventure et du danger.

S'il avait vécu un siècle plus tôt, il se serait battu en duel avec ces pistolets au lieu de croiser le fer avec l'avocat de la partie adverse. Et il aurait gagné hier avec ses armes à feu tout comme il gagnait aujourd'hui par la seule force de son verbe.

Caine pouvait être d'une politesse exquise, bien sûr. Et même tante Adélaïde n'aurait rien trouvé à redire à ses manières. Et pourtant, il était loin d'être aussi civilisé que son milieu, son métier et son allure ne le laissaient supposer. Diana prit une inspiration légèrement tremblante. Elle n'aurait sans doute pas identifié le fond sauvage en lui s'il n'avait pas vibré si fortement à l'unisson avec le sien.

Et la combinaison de leurs deux personnalités profondes risquait de déclencher des ondes de choc particulièrement dévastatrices...

Pistolet toujours braqué, Caine trouva alors son regard et ne le lâcha plus. Ce simple contact visuel fit déferler une vague de fond en elle. Puissante. Voluptueuse. Débridée. Diana ressentit comme un étourdissement. Entre prudence et passion, le conflit désormais familier se déclencha. Le combat intérieur se prolongea plus qu'à l'ordinaire et le résultat fut moins net qu'elle n'aurait pu l'espérer. Lorsque sa raison prit enfin le pas sur ses pulsions, elle tremblait de la tête aux pieds. Comme si, les lèvres soudées à celles de Caine, elle venait de connaître le plaisir que ses mains sauraient lui donner.

Le souffle coupé, Diana se détourna, plus que jamais décidée à se protéger d'elle-même. En musardant ici et là, elle finit par tomber sur un petit fauteuil en tapisserie tendu de brocart bleu pâle. Diana retourna l'étiquette du prix et s'autorisa un sourire. Parfait. Alors qu'elle se redressait pour chercher un vendeur des yeux, son regard tomba sur le bureau.

Sur *son* bureau. Celui-là même qu'elle avait en tête depuis qu'elle avait visité le cabinet la veille : élégant, de bois de rose, ni trop surchargé ni trop austère. Le bord du plateau était incrusté de coquillages. Une frivolité qui la fit sourire. Les tiroirs sentaient le bois ancien et les exquises poignées en cuivre lui donnaient un petit supplément de charme qui acheva de la séduire.

— Tu as trouvé ton bonheur, on dirait ?

Tout à son enthousiasme, elle se raccrocha au bras de Caine.

— C'est exactement ce que je voulais ! J'ai une chance folle, non ? Je le vois déjà en place, près de la cheminée, de préférence chargé de dossiers.

Caine trouva plutôt attendrissant de voir la sage Diana perdre la tête pour un meuble.

— Il me le faut, Caine… Il me le faut absolument. J'en suis déjà amoureuse.

Entrelaçant ses doigts aux siens, il jeta un coup d'œil à la minuscule étiquette collée sur le côté du bureau. Puis il plongea de nouveau son regard dans celui de Diana.

— Essaye de prendre un air détaché. Voici notre vendeur.

— Mais je veux…

— Tu verras. Laisse-moi faire.

Il pencha la tête pour lui effleurer les lèvres d'un baiser.

— C'est vrai qu'il est très joli, ce bureau, ma chérie, reprit-il sur un ton soudain très conjugal. Mais il faut garder un minimum d'esprit pratique.

— Mais enfin, *Caine* ! Puisque je te…

— Je peux peut-être vous aider ?

Caine adressa un sourire amical au vendeur qui lui avait montré les pistolets.

— Ce bureau plaît beaucoup à madame, admit-il avec un petit signe de tête. Mais…

Le vendeur concentra aussitôt ses efforts sur Diana.

— Vous avez un goût excellent, madame. Et je vous le dis en toute sincérité. C'est vraiment une très jolie pièce. Personne ne travaille plus comme ça de nos jours. Regardez les finitions.

— Je l'adore, admit Diana avec tant d'enthousiasme que le vendeur en salivait déjà.

— Diana…

Caine passa un bras autour de ses épaules et lui pinça discrètement le bras.

— N'oublie pas que nous avons encore d'autres achats à faire, ma chérie. Ce bureau est très joli, c'est vrai. Mais l'autre que nous avions repéré était très bien aussi.

Elle allait riposter vertement que rien, jusqu'à présent, n'avait retenu son attention lorsqu'elle vit la lueur dans ses yeux. Captant le message muet, elle entra aussitôt dans son jeu.

— Oui, tu as raison, bien sûr. L'autre me plaisait beaucoup aussi... Mais je garde quand même un petit faible pour celui-ci... Et pour ce fauteuil, là-bas, ajouta-t-elle sur une impulsion, en désignant le petit siège tendu de brocart.

— Encore un très bon choix, madame, s'empressa de commenter le vendeur. Et tellement féminin.

Diana effleura d'un doigt caressant la surface de bois de rose du bureau. Caine avait tout intérêt à savoir ce qu'il faisait. Elle l'assassinerait s'il lui faisait manquer son achat.

Il lui tapota l'épaule avec un sourire conciliant.

— Songe quand même que nous prenons déjà les pistolets. Et il te faudra également une chaise pour aller avec le bureau ainsi qu'une lampe appropriée. Avec la différence de prix entre celui-ci et le premier, nous pourrions quasiment financer l'un et l'autre. N'oublie pas que nous nous étions fixé un budget, chérie.

Diana poussa la comédie jusqu'à soupirer d'un air de regret.

— Oui, c'est vrai, malheureusement, admit-elle en jetant un regard d'excuse au vendeur. Il faut savoir rester raisonnable. Je meuble mon futur cabinet, vous comprenez. Et nous avons besoin de tant de choses.

— Oui, je comprends, bien sûr... Mais nous aimons arranger nos clients. Et il se pourrait que nous fassions un geste. Vous voulez bien patienter quelques secondes pendant que je consulte le propriétaire du magasin ?

— Ecoutez, je ne sais pas..., protesta Caine sans laisser à Diana le temps d'ouvrir la bouche.

Elle lui jeta un regard noir.

— Cela ne nous coûte rien d'écouter ce que monsieur a à nous proposer, *mon chéri*, susurra-t-elle.

— Tu as raison. Nous ne sommes pas à cinq minutes près… Allons jeter un coup d'œil aux lampes pendant ce temps.

Dès que le vendeur se fut éloigné, Diana murmura entre ses dents :

— Caine, je te préviens que si je ne repars pas avec ce bureau, je te tue.

— Ne t'inquiète pas. Tu vas réaliser dix pour cent d'économie sur tes achats et me payer à déjeuner dans la foulée.

Caine s'immobilisa devant une lampe au pied en cuivre avec un très joli abat-jour de soie plissée.

— Ils seront plus enclins à négocier s'ils considèrent que nous achetons sur un même budget, toi et moi… Que penses-tu de cette lampe, au fait ? Elle irait bien avec le bureau, non ?

— Elle est très jolie, en effet, acquiesça-t-elle en effleurant distraitement l'abat-jour. Tu aimes bien marchander, n'est-ce pas ?

— J'ai ça dans le sang. Mon père tire ses revenus de cette activité.

— Et il le fait avec art, murmura Diana. Mais je te préviens : je ne laisserai pas passer ce bureau, qu'il accepte de baisser ses prix ou non.

— Et le fauteuil ? Tu le voulais aussi ? Ou tu jouais la comédie ?

Diana ne put s'empêcher de rire.

— Non, il me plaît vraiment. Je ne suis pas aussi habile que toi pour la dissimulation.

— Il me semblait bien que j'avais encore beaucoup à t'apprendre.

Le vendeur surgit derrière eux, affichant un sourire triomphant.

— Je crois que nous allons nous entendre. Voici ce que je vous propose…

Un quart d'heure plus tard, Diana se retrouva dehors sur le trottoir, les joues rosies par le froid et l'excitation.

— Comment avais-tu deviné qu'il nous ferait dix pour cent ?

— L'expérience, ma belle, l'expérience…

Diana ne songea même pas à protester lorsque Caine lui prit la main.

— Je pense que j'ai compris le truc, en tout cas. La prochaine fois que j'entrerai dans un magasin, je saurai comment m'y prendre.

Repoussant d'une main gantée ses cheveux balayés par le vent, elle adressa un sourire ravi à son compagnon.

— Encore merci pour la lampe. C'est vraiment un très joli cadeau de bienvenue que tu me fais. Je suppose que les pistolets sont destinés à ton père…

— Son anniversaire approche.

— Et toi ? Rien ne t'a fait envie ?

— Si.

Caine se tourna pour l'attirer dans ses bras et souda sa bouche à la sienne. Non seulement ils n'étaient pas seuls sur le trottoir, mais une foule dense s'y pressait en cette journée de samedi. Les passants les contournaient, certains en haussant les sourcils, d'autres avec un sourire indulgent. Deux enfants s'arrêtèrent un instant pour les regarder en se donnant des coups de coude. Diana ne s'aperçut de rien. Elle ne sentait même plus le froid de l'hiver ni le vent mordant.

Deux femmes d'un certain âge s'immobilisèrent en les voyant et échangèrent un regard.

— Ne sont-ils pas magnifiques, tous les deux ?

Diana entendit vaguement le son de leurs voix, mais ne se douta pas un instant qu'ils étaient l'objet de ce commentaire. Elle avait posé les deux mains en corolle autour du visage de Caine. A travers le cuir fin de ses gants, elle sentait la ligne puissante de sa mâchoire. Elle songea qu'il était comme un fauve. Comme un loup. On ne savait jamais à l'avance quand il allait passer à l'attaque.

— Mais ça, tu vois, ça n'est pas négociable, murmura Caine en la relâchant.

Diana sortit de sa bulle et jeta un regard autour d'elle.

— Dis-moi, Caine, tu n'aurais pas un peu le goût de la provocation, par hasard ?

Il lui prit la main en riant et repartit d'un bon pas.

— En règle générale, oui. Mais en l'occurrence, j'avais d'autres préoccupations en tête que de choquer les bonnes gens… Et ce déjeuner, alors ?

Diana hésita. *A priori*, ce baiser aurait dû la contrarier.

L'horripiler, même. Mais rien à faire. Elle ne ressentait même pas la plus petite trace d'irritation.

— Allez, on y va. Je te dois bien ça.

— Et comment ! Il y a un petit restau, juste à deux pas, où ils servent…

— Le Charley's ! s'exclama Diana, surprise que Caine l'entraîne dans un de ses restaurants préférés.

— Leur *chili con carne* est une merveille.

— A qui le dis-tu !

Ils avaient tellement de goûts en commun que cela en devenait alarmant. Notant ses sourcils froncés, Caine lui passa affectueusement la main dans les cheveux.

— Tu n'aimes pas venir ici ?

— Si. Au contraire.

Chassant sa sensation de malaise, Diana lui tendit son manteau et repéra une table libre dans la salle. Le décor du restaurant était du plus pur style victorien ; l'atmosphère, elle, était détendue et bon enfant. Du temps d'Harvard, elle venait y déjeuner le cœur tranquille, sachant qu'elle ne courait aucun risque d'y rencontrer sa tante.

Caine prit sa main qui reposait sur la table.

— Un peu de vin te ferait plaisir ? Cela nous réchauffera.

— Pourquoi pas ? Du rouge alors. Un peu corsé, de préférence.

Elle lui laissa sa main pendant qu'on prenait leurs commandes. Il serait toujours temps lundi de repartir sur des bases plus professionnelles. Pour l'instant, elle avait envie de profiter de ce moment de proximité, de complicité presque sereine.

— Parle-moi de ta famille, Caine, lui proposa-t-elle à brûle-pourpoint. Les MacGregor sont quasiment une légende, à Boston.

Caine se mit à rire.

— Je suppose que le plus simple serait que tu viennes à Hyannis un de ces jours pour te rendre compte par toi-même… Quoi qu'il en soit, mon père est un grand diable d'Ecossais roux, bon comme le pain blanc, expansif et diaboliquement doué pour la finance. Il est plutôt pacifique dans l'ensemble, mais il serait encore capable de se battre à mort en duel si la vie devait placer un Campbell sur son chemin.

— Un Campbell ?

— C'était le clan ennemi du nôtre. Mon père est féru de whisky et de gros cigares qu'il fume en cachette de ma mère. Il nous appelle régulièrement tous les trois et nous harcèle pour que nous lui assurions une descendance. Il s'empresse cependant toujours de préciser que lui s'en fiche, mais qu'il milite au nom de ma mère, qui n'aurait qu'une hâte, d'après lui : bercer une ribambelle de petits-enfants sur ses genoux.

Diana rit de bon cœur.

— Et ta mère ? Qu'en dit-elle ?

— Oh, ma mère, c'est carrément l'antithèse de mon père : un modèle de sérénité. Lui, il parle, il braille, il en rajoute. Elle se contente d'une discrète observation ici et là. Et le plus étonnant, c'est qu'ils forment un couple très équilibré, tous les deux. Peut-être parce qu'ils sont très compétents, chacun dans leur domaine.

Caine se mit à jouer distraitement avec le fin bracelet en or qu'elle portait au poignet.

— Deux fois, seulement, j'ai vu ma mère perdre son calme légendaire. La première, c'était à l'hôpital, où je me trouvais par hasard alors qu'un de ses patients venait de mourir. Jusque-là, je l'avais toujours cru blindée. J'étais persuadé qu'elle avait intégré la mort comme faisant partie de son métier. Mais là, j'ai compris qu'elle avait surtout réussi à compartimenter très efficacement sa vie professionnelle et sa vie privée. La deuxième fois où elle a craqué, c'est lorsque Rena a été kidnappée.

Spontanément, Diana resserra la pression de ses doigts sur les siens.

— Vous avez dû vivre un enfer, murmura-t-elle.

— Oui. Alan est le seul d'entre nous qui a réussi à rester à peu près maître de lui-même. Mon frère aîné tient de ma mère. Je le connais bien, pourtant, puisque nous avons grandi ensemble. Mais je suis toujours sidéré les rares fois où je le vois s'énerver. On a l'impression que sa patience est sans limites. Et puis tout à coup, clac, sa colère tombe comme un couperet. Et là, il vaut mieux ne pas se trouver sur son chemin.

Diana prit une gorgée de vin. Chaleur et détente coulaient en elle, en même temps que la voix de Caine. Elle ressentait une extraordinaire sensation de bien-être.

— Tu te battais avec lui, parfois ?

— De temps en temps, oui. Mais c'est plutôt avec Rena que je me chamaillais. Nous avons un caractère emporté l'un et l'autre. Et c'est une fille qui a toujours su cogner.

Caine semblait tirer une grande fierté de la pugnacité de sa petite sœur, en tout cas. Diana ouvrit de grands yeux.

— Tu la tapais pour de bon ?

Caine les resservit en vin.

— Par moments, elle aurait mérité que je l'étale. C'était une bagarreuse hors pair, Rena.

— Mais… Caine !

Son ton horrifié le fit sourire.

— Rassure-toi, je ne lui ai jamais mis de vrais coups. Mais pas parce que j'avais affaire à une fille. Seulement parce qu'elle avait quatre années et vingt centimètres de moins que moi. Mais jusqu'à quatorze ans, Rena était un vrai garçon manqué.

Tous. Il les aime tous à sa façon, songea Diana. Son père, sa mère, son frère et sa sœur.

— Tu as eu une enfance heureuse, commenta-t-elle, le regard rivé sur le verre qu'elle tenait à la main. Avant j'étais très jalouse des familles unies. Mais depuis que j'ai revu Justin… C'est étonnant, tu sais. Lorsque je suis allée lui parler, avant de quitter Atlantic City, je voulais m'excuser, être gentille, quoi. Mais plus je m'emberlificotais dans mes explications, plus je devenais agressive. Et plus j'étais en colère, plus je me sentais proche de lui.

Avec une moue songeuse, elle secoua la tête.

— Et une fois que ma colère est retombée, il n'y avait plus, soudain, la moindre distance entre nous. Magique, non ? Cela dit, j'étais furieuse aussi contre toi, précisa-t-elle en relevant les yeux. Je t'en voulais de m'avoir aidée à voir plus clair en moi-même. Et je t'en voulais d'avoir eu raison. Tu ne peux pas imaginer comme j'ai trouvé ça détestable.

— C'est un de mes gros travers, hélas. J'ai malheureusement une fâcheuse tendance à avoir raison tout le temps.

Avec un reniflement dédaigneux, elle se servit une fourchetée de *chili*.

— Tu sais quoi, Caine ? Je crois que j'aimerais bien t'avoir en face de moi, un jour où je plaiderai.

Il la gratifia de son redoutable petit sourire carnassier.

— J'ai eu la même idée, étrangement.

Diana soutint son regard.

— Et tu es persuadé que tu l'emporterais haut la main, n'est-ce pas ?

— Je perds rarement.

— Mmm… Je vois. Le syndrome du héros de bande dessinée.

Le rire dont Caine salua ses paroles lui taquina agréablement les oreilles. Elle aimait le faire rire, constata-t-elle. Mais elle avait trop facilement tendance à oublier ses principes et ses objectifs lorsque Caine était assis en face d'elle et qu'il la regardait comme s'il n'y avait pas d'autre femme dans toute la ville de Boston.

— J'aurais dû demander à Matt Fairman de me trouver un poste auprès du procureur de district, tout compte fait. Nous aurions nécessairement été amenés à nous affronter un jour ou l'autre.

— Comme deux gladiateurs dans l'arène ? Nous croiserons le fer, Diana. Mais pas nécessairement dans un palais de justice.

— C'est possible.

Elle ressentit une excitation légère qui lui monta à la tête.

— A ta place, cependant, je ne crierais pas victoire trop tôt, Caine MacGregor, reprit-elle.

Avec un sourire énigmatique, Caine prit sa main et la porta à ses lèvres.

— Qui te dit que lorsque le verdict tombera, nous ne découvrirons pas que nous sommes gagnants l'un et l'autre ?

6

Après avoir étudié le procès-verbal d'arrestation ainsi que les notes prises par Caine au cours de son premier et unique entretien avec Chad Rutledge, Diana commençait à se demander pourquoi Caine lui avait adressé un pareil client. L'affaire était compliquée, pleine de zones d'ombre, et aucun des éléments du dossier ne jouait en faveur de l'accusé.

Chad n'avait pas été coopératif lors de son arrestation. Il avait même tenté de frapper un des officiers de police venus l'appréhender. Sa première réaction avait été de nier farouchement et en bloc toutes les accusations portées contre lui. Il avait déclaré ensuite avoir eu des relations suivies et intimes avec la victime présumée, durant les six mois qui avaient précédé son arrestation. Alors que Beth Howard, la plaignante, affirmait que le violeur présumé n'avait été pour elle qu'une vague connaissance.

Avant même que les rapports médicaux ne confirment le fait, Chad avait admis avoir eu des rapports sexuels avec la jeune fille le soir du viol présumé. En outre, lorsque la mère de Beth Howard l'avait conduite à l'hôpital afin de la faire examiner, le médecin avait constaté de nombreuses ecchymoses. Il avait noté également que la victime présumée était nerveuse, paniquée et manifestement en état de choc.

Et pourtant, lorsqu'il avait vu Chad Rutledge au commissariat, Caine avait été apparemment convaincu de sa sincérité. Diana soupira, referma le dossier et se massa pensivement l'arête du nez. Le moment était venu pour elle de se faire sa propre opinion. Chad devait lui être amené d'un instant à l'autre. Jetant un coup d'œil aux tristes murs verdâtres de la salle d'interrogatoire, elle songea que le joyeux samedi passé avec Caine, quelques jours auparavant, se situait à des années-lumière de l'ambiance lugubre de ce commissariat de quartier. Choisir un beau bureau était une chose. Mais sa profession comportait aussi des aspects nettement moins frivoles.

La lourde porte s'ouvrit et Chad Rutledge entra, poussé par un gardien.

— Je serai dans le couloir juste à côté, mademoiselle Blade, lui assura ce dernier avant de se retirer de la pièce.

— Merci.

Diana le laissa partir sans même le regarder. Son attention était rivée sur son client. Chad avait l'air plus jeune que sur ses photos d'identité judiciaire. Mais il avait le même visage aux traits bien dessinés, les mêmes épais cheveux noirs, la même beauté insolente, façon voyou de charme. Très vite, l'attention de Diana se porta sur ses yeux. Il regardait droit devant lui d'un air indifférent, comme si la procédure dont il était l'objet l'ennuyait mortellement.

Mais lorsqu'elle se concentra sur ses mains, elle vit aussitôt à quel point elles étaient crispées.

« On peut mentir avec son regard, mais pas avec ses mains. »

Avec ces paroles de Caine en tête, Diana se renversa contre son dossier. Et conclut que Chad Rutledge était mort de peur.

— Bonjour, je suis Diana Blade. J'exerce dans le même cabinet que mon confrère, Caine MacGregor. Et si vous le voulez bien, je me chargerai dorénavant de votre défense.

Chad ne desserra pas les lèvres.

— Me MacGregor s'est entretenu avec vous et avec votre mère, mais son emploi du temps très chargé ne lui permettrait pas d'accorder à votre dossier le temps et l'attention qu'il mérite.

— C'est ça. En tant que femme, vous allez drôlement vous démener pour défendre un type accusé de viol, ironisa Chad. Je vois ça d'ici.

— Je mettrai toute ma compétence et toute ma conviction au service de votre défense, Chad. Ni votre sexe ni le mien n'influeront sur ma façon de travailler. Vous avez raconté votre version des faits à Me MacGregor. J'aimerais vous entendre à mon tour.

Chad cala nonchalamment un coude sur le dossier de sa chaise.

— Dis, t'aurais pas une clope, des fois ?

— Non, répondit-elle calmement, sans relever le tutoiement.

Il jura sans trop de conviction et sortit une cigarette maladroitement roulée de la poche de sa chemise.

— Au moins, j'ai droit à une avocate canon. C'est déjà ça de gagné. Et top classe, en plus.

Se tournant vers elle pour la première fois, Chad, les yeux luisant de provocation, s'appliqua à la détailler en s'attardant sur la courbe de ses seins. Diana attendit patiemment que son regard croise de nouveau le sien.

— Ça y est ? Vous avez fini ? On peut peut-être se mettre au travail, maintenant ? proposa-t-elle froidement.

Il parut d'abord surpris, puis vaguement irrité.

— Mais qu'est-ce que vous voulez, au juste ? Que je vous ressorte mon baratin ? Vous avez lu le procès-verbal, non ? Je n'ai rien à ajouter.

— Racontez-moi très précisément et sans omettre le moindre détail ce qui s'est passé le 10 janvier.

Diana prit un bloc-notes, déboucha son stylo et attendit. Comme il restait muré dans un silence buté, elle fronça les sourcils.

— Non seulement vous me faites perdre mon temps, mais vous gaspillez l'argent de votre mère, Chad.

Il lui jeta un regard furieux et souffla ostensiblement sa fumée.

— Le 10 janvier, je me suis levé, j'ai pris mon petit déjeuner et je suis parti travailler.

Sans se formaliser de son attitude belliqueuse, elle commença à prendre des notes.

— Vous êtes mécanicien auto, n'est-ce pas ? Et vous travaillez pour le garage Mayne.

— Vous êtes bien renseignée, dites donc… Vous seriez intéressée par une petite révision générale, peut-être ? proposa-t-il avec un clin d'œil ouvertement lubrique.

Diana ne prit même pas la peine de relever les yeux.

— Vous avez passé la journée entière au garage?

— Ouais. On avait une Mercedes à réparer. Et c'est toujours moi qui m'occupe des marques étrangères.

— Je vois. A quelle heure avez-vous cessé le travail?

— A 6 heures.

Chad changea de position sur sa chaise et tira nerveusement sur sa cigarette.

— Et qu'avez-vous fait?

— Je suis rentré chez moi et j'ai dîné.

— Ensuite?

— Je suis sorti traîner un peu. Voir si je ne pouvais pas me lever une fille.

— Et pendant combien de temps avez-vous « traîné » ainsi?

— Une heure ou deux. Puis j'ai violé Beth Howard.

Diana continua à écrire d'une plume imperturbable, même si le choc de cet aveu laconique l'ébranla de la tête aux pieds.

— Vous avez décidé de changer votre version des faits? demanda-t-elle d'une voix égale, en cachant tant bien que mal sa stupéfaction.

Chad se vautra sur sa chaise en une attitude qui se voulait détendue. Mais elle nota que sa main gauche se crispait jusqu'à former un poing.

— J'ai réfléchi. Ça ne sert à rien de nier. Ils vont réunir des preuves contre moi, de toute façon.

— Très bien. Alors racontez-moi.

Comme il ne disait plus rien, elle leva les yeux.

— Racontez-moi le viol que vous avez commis sur la personne de Beth, Chad.

— Pourquoi? Ça vous excite?

— Vous l'avez fait monter dans votre voiture?

— Ouais.

Il écrasa son mégot dans le cendrier.

— Je suis tombée sur elle alors qu'elle rentrait à pied du cinéma. Alors je lui ai proposé de la raccompagner. On se connaissait un peu, la fille Howard et moi, puisqu'on était ensemble au lycée. Comme elle m'a reconnu, elle est montée sans se méfier. Au début, j'ai été sympa. On a discuté de ce qu'on était devenus depuis le bac, ce genre de conneries, quoi. Comme elle était plutôt bandante, je lui ai dit qu'il fallait que je fasse un petit détour par le garage pour récupérer des outils.

— Et elle est venue avec vous sans protester ?

Il s'humecta nerveusement les lèvres. Déjà, des perles de sueur se dessinaient sur son front.

— Ben… elle avait pas trop de raisons de se méfier, si ? Elle devait penser que j'étais réglo. Mais dès qu'on est arrivés à destination, j'ai essayé de me la taper.

— Mais elle a résisté ?

— Ouais. J'ai été obligé de la mater un peu pour qu'elle se laisse faire.

Chad fouilla dans ses poches et en sortit une seconde cigarette roulée, tout aussi tordue et chétive que la première. Diana nota que ses doigts tremblaient.

— Et ensuite ?

— Ensuite ? Eh bien, je lui ai arraché ses vêtements et je l'ai violée, voilà ! explosa-t-il. Qu'est-ce que vous voulez de plus, à la fin ? Des détails scabreux ? Si le porno vous branche, allez dans un sex-shop, mais fichez-moi la paix avec vos questions à la con !

— Pouvez-vous me décrire les vêtements que portait votre victime ?

Il se passa la main dans les cheveux.

— Un pull rose. Et un pantalon gris.

— Vous en êtes sûr ?

— Ouais, ouais. Un pull rose avec un petit col blanc.

— Et vous les lui avez arrachés, vous dites ? En les déchirant ?

— Ben, oui.

Diana cessa d'écrire pour plonger son regard dans le sien.

— Les vêtements de Beth Howard étaient intacts lorsqu'elle a été examinée, Chad.

— Putain, si je vous dis que je les ai déchirés, c'est que je les ai déchirés. Je sais quand même ce que je fais, merde ! Elle a dû se changer avant d'aller à l'hôpital.

Ses mains tremblaient franchement, à présent. Diana secoua lentement la tête.

— Non, elle ne s'est pas changée. Pour la bonne raison que vous n'avez rien déchiré du tout. Et vous n'avez pas non plus violé Beth Howard. Alors pourquoi essayer de me faire croire le contraire ?

Chad posa les deux coudes sur la table devant lui et pressa le talon de ses mains contre ses paupières.

— Bon sang, mais c'est pas vrai, murmura-t-il d'une voix étranglée. Je n'ai même pas été foutu d'être crédible.

Il respirait si bruyamment que le son précipité de son souffle emplissait toute la pièce.

— Ce n'est pas vous non plus qui l'avez frappée, n'est-ce pas ?

Lentement, sans retirer ses mains, il secoua la tête.

— Je serais incapable de faire du mal à Beth.

— Et vous êtes amoureux d'elle. Très amoureux, même.

— On peut dire ça, oui… Vous parlez d'un sac de nœuds…

— Et si nous reprenions l'histoire du début ? suggéra doucement Diana.

Chad soupira, redressa la tête, et lui fit le récit des événements. Beth et lui avaient fait une bonne partie de leur scolarité ensemble. Mais ils n'avaient pas évolué dans les mêmes cercles. Alors qu'il cultivait son image de « dur », Beth, elle, avait dirigé l'équipe de *pom-pom girls* du lycée.

Tout avait vraiment commencé six mois plus tôt, lorsqu'elle était venue au garage faire réparer sa voiture. Ils s'étaient revus à plusieurs reprises, contre la volonté du père de Beth, qui ne souhaitait pas que sa fille fréquente un simple « mécano ». Comme le père était resté intraitable, ils avaient dû se résoudre à s'aimer en cachette.

— C'était un peu comme dans les jeux d'enfants, vous savez. Le secret type croix de bois, croix de fer. Ni les amis de Beth ni les miens n'étaient au courant. Elle trouvait des prétextes pour s'échapper de chez elle et on se retrouvait dans des parcs, sur des places, dans des cafés. Parfois elle trouvait une excuse pour sortir le soir et on se donnait rendez-vous au garage. On a décidé de se marier et j'ai commencé à mettre de l'argent de côté.

— Et que s'est-il passé le soir de votre arrestation ?

— Nous avons eu notre première vraie dispute, Beth et moi. On a fait l'amour et on était tellement bien, tous les deux, qu'elle n'a pas supporté l'idée de rentrer chez elle. Elle disait qu'elle n'en pouvait plus de se cacher comme une voleuse. Comme j'essayais de la calmer, elle s'est mise à crier qu'elle n'en avait rien à faire qu'on n'ait pas d'argent ni d'endroit où habiter. Tout ce qu'elle voulait, c'était qu'on parte, tous les deux, pour se marier tout de suite. Je lui ai expliqué qu'on n'irait pas loin comme ça et qu'on pouvait bien tenir encore quelques mois à se voir en cachette. Mais elle n'a rien voulu savoir. Résultat, on a fini par se hurler dessus et je me suis retrouvé à donner un énorme coup de poing dans le mur pour me calmer.

Chad regarda sa main et fit la grimace.

— Beth est remontée dans sa voiture et elle est partie en pleurant. De mon côté, je suis allé boire une bière, puis je suis rentré chez moi. Quand les flics ont débarqué pour m'arrêter, j'ai réagi comme un fou furieux. Je ne comprenais rien à ce qui se passait. Et je crois que si j'en avais eu la force, je les aurais tous réduits en miettes, tellement ça me révoltait qu'on puisse m'accuser d'un truc pareil.

— Et pourquoi Beth a-t-elle porté plainte contre vous, à votre avis ? demanda Diana, intriguée.

La tête rentrée dans les épaules, il lui jeta un regard qui n'avait plus rien de cynique ni de provocateur.

— Elle l'a fait parce qu'elle y a été obligée. Beth a réussi à me faire passer une lettre par ma mère. Lorsqu'elle a débarqué chez elle, ce soir-là, elle était encore très secouée par notre dispute. La voyant en larmes, son père l'a prise à partie et a exigé des explications. Ils se sont balancé quelques trucs à la figure, et, dans le feu de la discussion, elle a avoué qu'on était ensemble et qu'elle avait l'intention de m'épouser. Et c'est là que son père a pété les plombs, apparemment. Il l'a frappée comme un malade en la traitant de tous les noms. Puis il a inventé cette histoire de viol en jurant qu'il nous tuerait tous les deux si elle ne faisait pas ce qu'il lui demandait. Lorsque sa mère est rentrée du travail, Beth était déjà complètement hystérique et incapable de sortir deux phrases cohérentes à la suite. Le père a raconté son histoire à la mère. Et elle y a cru, apparemment, puisqu'elle a conduit Beth à l'hôpital pour faire constater le viol.

— Cette lettre, Chad... Vous l'avez encore, n'est-ce pas ?

— Non, je m'en suis débarrassé.

Comme elle lui jetait un regard interrogateur, il se contenta de secouer la tête.

— Non, ma mère ne l'a pas lue, si c'est ce à quoi vous pensez.

— Si Beth vous récrit, gardez bien tout ce qu'elle vous enverra.

— Non. Je ne veux pas que cette histoire se retourne contre elle. Lorsque la police est venue chez moi, j'étais furieux contre elle car je croyais qu'elle avait inventé ce truc dégueulasse pour se venger, parce que j'avais refusé de l'épouser tout de suite. Mais maintenant que je sais qu'elle a été forcée à mentir, c'est différent. Je n'ai pas l'intention de lui faire du tort.

Rejetant les épaules en arrière, Chad se redressa.

— Passer quelques années en prison ne me fait pas peur.

Diana reposa ses notes et mit les mains à plat sur la table pour plonger son regard dans le sien.

— Vous aimez votre cellule, Chad ? Elle vous paraît agréable, aérée, confortable ? Eh bien, c'est un hôtel de luxe à côté de ce que vous trouverez en prison.

Elle le vit déglutir avec difficulté.

— Je ne suis pas un gamin. Je peux supporter de galérer pendant une année ou deux.

— Là-bas, vous rencontrerez de *vrais* violeurs, Chad. Et des meurtriers, aussi. Il y a toujours une ou deux brutes qui font la loi. Des types pour qui une vie humaine a si peu d'importance qu'ils peuvent vous briser en deux, comme une allumette, sans même y penser. Vous croyez qu'elle sera fière d'elle-même, Beth, une fois qu'elle aura repris ses esprits et qu'elle comprendra qu'elle vous a envoyé en enfer par pure lâcheté ?

— Beth n'est pas lâche ! Son père est très dur, et il la terrorise, c'est tout. Et puis je pourrai lui écrire pour la rassurer. Ce sera vite passé, de toute façon.

— Vite passé ? Une condamnation pour viol, ça peut mener jusqu'à vingt ans de réclusion, Chad. Sans compter qu'en entrant dans le jeu du père de Beth vous l'autorisez à tyranniser impunément sa femme, sa fille et vous-même, par ricochet. Et c'est vous qui allez le payer de votre liberté.

— Je ne veux pas créer de difficultés à Beth, s'obstina Chad.

Incrédule, Diana secoua la tête.

— Mais arrêtez de vous comporter comme un enfant, bon sang ! Nous ne sommes plus dans la cour d'école, là. Et les magistrats ne plaisantent pas avec le viol. La peine maximale appliquée est la sentence à vie.

Chad pâlit mais ne répondit pas.

— Votre place, c'est à la barre des témoins qu'elle se situe, Chad. Juste à côté de celle de Beth. Et il ne vous restera plus qu'à dire la vérité, et toute la vérité, l'un et l'autre, en sachant que vous déposez sous serment. Si vous mentez, vous pourrez être poursuivis pour faux témoignage.

— Ça n'ira pas jusque-là. Si je plaide coupable, ça arrangera tout le monde et…

Les lèvres pincées, Diana prit son carnet et le fourra dans son attaché-case.

— O.K. Si ça vous amuse de jouer au héros sacrifié parce que votre petite amie a peur de son papa, allez-y, Chad, mais sans moi. Je ne défends pas les imbéciles.

Il fallut qu'elle fasse le geste de se lever pour qu'il se décide à la retenir par le bras.

— Attendez… Tout ce que je veux, c'est éviter de la mettre dans le pétrin, vous comprenez ?

— Dans le pétrin, elle y est déjà, Chad. Et elle continuera à trembler devant son père, jusqu'au moment où elle prendra son courage à deux mains pour lui dire non. Mais elle ne connaîtra pas un seul moment de tranquillité d'ici là.

Les doigts de Chad se crispèrent sur son bras, mais Diana demeura de marbre.

— Dites-moi ce que je dois faire, alors, murmura-t-il faiblement.

Diana sentit un tel soulagement l'envahir qu'elle en aurait pleuré de joie. Mais elle se garda bien de le laisser paraître.

— Bon. J'aime mieux ça. Cette fois, je crois que nous allons pouvoir commencer à travailler ensemble, vous et moi. Vous disiez donc que...

Lorsqu'elle regagna le cabinet, une heure plus tard, Diana était lessivée. A son entrée, Lucy leva les yeux, fronça les sourcils et interrompit momentanément la danse de ses doigts sur le clavier.

— Je vous fais un café ?

Diana lui sourit avec lassitude.

— Ça se voit à ce point que je suis en manque aigu ?

— On peut dire que ça saute aux yeux, oui. Je vais mettre de l'eau à chauffer et...

Le téléphone sonna avant que Lucy n'ait atteint la porte de la cuisine.

— Allez-y, répondez, Lucy. Ne vous inquiétez pas pour moi. Je m'occupe du café.

Diana ôta son manteau et alla verser de l'eau dans la bouilloire électrique. Le visage livide de Chad restait si présent dans ses pensées qu'elle avait de la peine à se concentrer sur sa tâche. La grande inconnue dans l'histoire, c'étaient les sentiments réels de Beth Howard à l'égard de son petit ami. Si seulement elle pouvait obtenir de voir la jeune fille, ne serait-ce qu'un petit moment, elle serait fixée. Mais ce n'était même pas la peine d'y penser. Ni le procureur de district ni l'avocat général n'accepteraient qu'en tant qu'avocate de la défense, elle entre en contact avec la victime présumée.

Tout en massant d'une main sa nuque douloureuse, Diana regarda fixement par la fenêtre au-dessus de l'évier. Avec un peu de chance, elle parviendrait à tirer la vérité de Beth durant l'audience préliminaire. Mais il était fort possible que la gamine soit terrorisée par son père au point de ne pas oser parler. Une autre hypothèse, plus alarmante encore, ne cessait de la préoccuper : et si Beth n'était pas réellement amoureuse de Chad, mais qu'elle s'amusait seulement à jouer de son pouvoir sur lui ? La jeune fille serait-elle déterminée à exiger de lui qu'il aille jusqu'au bout de la comédie aberrante qu'elle lui avait demandé de jouer ?

Avec un profond soupir, Diana suivit des yeux les moineaux qui sautillaient sur le gazon jauni, à la recherche de nourriture. L'avenir d'un garçon de dix-neuf ans était en jeu et rien ne prouvait qu'elle serait en mesure de le tirer d'affaire.

— La matinée a été difficile ?

Elle se retourna au son de la voix de Caine.

— Assez, oui.

Elle dut admettre qu'elle était ravie de le voir là, debout dans l'encadrement de la porte. Quelqu'un avec qui partager ses questions et ses inquiétudes. Quelqu'un qui comprendrait à demi-mot.

— Tu as cinq minutes ? demanda-t-elle presque timidement.

Caine eut une pensée pour la montagne de paperasse sur son bureau. Mais il hocha la tête.

— Bien sûr. Je pensais faire une pause-café, de toute façon.

Il décrocha deux mugs, dosa le café instantané, et versa l'eau qu'elle avait mise à chauffer.

— Tu as vu Chad Rutledge ce matin. C'est ça ?

— Oh, Caine, j'en suis malade qu'on ait collé ce gamin innocent en cellule.

Profondément perturbée, Diana se laissa tomber sur une chaise.

— Il est arrivé en roulant les mécaniques et en jouant les Marlon Brando. Mais ses mains tremblaient tellement qu'il avait du mal à allumer ses cigarettes.

— Tu en as bavé, avec lui ? demanda Caine, sourcils froncés, en posant son café devant elle.

Diana se frotta les paupières.

— Un peu, oui… Au début, il a été dans la provocation à fond : réflexions macho, propositions lubriques et œillades. Puis il m'a annoncé nonchalamment qu'il avait violé Beth Howard.

La tasse de Caine demeura en suspens entre la table et ses lèvres.

— *Quoi* ?

— J'ai eu droit à une confession complète. Il parlait d'un

ton très détaché, comme s'il avait violé cette jeune fille pour se distraire, un soir où il n'avait rien trouvé de mieux pour s'occuper. Plus il parlait, plus ses mains tremblaient.

Caine prit une gorgée de café et secoua la tête.

— Ça ne tient pas debout, son truc.

— C'est ce que je me suis dit également. Elle me paraissait tellement étrange, son histoire, que je lui ai demandé de me livrer plus de détails. Il m'a expliqué qu'il l'avait entraînée, sous un faux prétexte, jusque dans le garage où il travaille. Puis qu'il s'était jeté sur elle pour la prendre de force — sans omettre de déchirer ses vêtements au passage.

— Les vêtements de la fille étaient intacts.

Diana eut un pâle sourire.

— C'est ce que je lui ai fait observer. En fait, il avait inventé ce scénario invraisemblable dans le seul but de protéger sa copine.

Caine se renversa contre son dossier et alluma une cigarette.

— Comment ça ?

Pendant que Diana lui relatait sa conversation avec Chad, Caine suivit le jeu des émotions qu'il lisait désormais sans difficulté sur son visage. Elle luttait pour rester objective et professionnelle, mais la partie semblait perdue d'avance.

— En gros, il était décidé à plaider coupable pour couvrir le mensonge de Beth, conclut-elle en se tordant nerveusement les mains.

Caine secoua la tête.

— C'est de la folie... Et comment as-tu réagi ?

— Je l'ai poussé dans ses retranchements jusqu'à ce qu'il change d'avis. J'ai obtenu la liste de leurs amis les plus proches. Chad pense que personne n'était au courant de leur relation, mais les amis savent parfois plus de choses qu'on ne le pense. Ils sont encore tellement jeunes, tous les deux.

Repoussant sa chaise, Diana déambula jusqu'à la fenêtre.

— J'ai été dure avec lui, Caine, tu ne peux pas imaginer.

Ainsi, la princesse de Beacon Hill avait ouvert les portes de son palais et mis un pied dans le monde réel. Il avait été le premier à la pousser à sortir de sa tour d'ivoire. Mais en la voyant bouleversée, Caine n'avait plus qu'une envie : la rattraper par un pan de sa longue robe d'hermine et la ramener en sécurité entre les murs de son château. Elle avait l'air tellement désemparée. Et tellement triste, surtout.

— Diana, tu le savais que, dans notre métier, on ne peut pas toujours prendre nos clients avec des gants. C'est tout l'avenir de Chad qui est en jeu, là.

— Je sais, murmura-t-elle. Mais ça fait bizarre de se voir assise en face d'une personne en nage, malade de solitude et d'angoisse, et de lui balancer froidement ses arguments à la figure, sans montrer ne serait-ce que la plus petite marque de sympathie. C'est d'une cruauté inouïe, ce métier.

— Tu as fait ce que tu avais à faire pour le sortir de ses aberrations romantiques. Il a sa mère pour le réconforter, le materner et prendre pitié de lui. Toi, ton rôle, c'est d'assurer sa défense. Le plus efficacement possible. Donc en le protégeant contre lui-même dans un premier temps.

Diana posa le front contre le carreau. Les moineaux étaient toujours sur la pelouse, très occupés à trouver leur subsistance en picorant ici et là.

— Le défendre, oui. Mais je ne pourrai le faire qu'en m'acharnant sans pitié contre sa petite amie pour qu'elle finisse par dire la vérité lorsqu'elle se présentera à la barre. Bon sang, c'est le père abusif que j'aurais aimé avoir sous la main. En sachant qu'il ne risque pas grand-chose, alors même qu'il a forcé sa fille à faire un faux témoignage. Au pire, il s'en tirera avec une semonce et une peine de quelques mois avec sursis. Alors que ce gamin de dix-neuf ans, qui n'a jamais fait de mal à personne, croupit dans une cellule avec une réputation détruite et un avenir en suspens !

Caine se leva pour se placer derrière elle.

— Chad n'est pas Justin, Diana.

Un léger frisson parcourut les épaules de la jeune femme.

— Je suis donc si transparente que ça ? s'enquit-elle faiblement.

— Pas toujours. Mais là, oui.

— Les similarités entre les deux situations sautent aux yeux, non ?

Les bras repliés sur la poitrine, elle se tenait les épaules comme si elle cherchait désespérément quelque chose à quoi se raccrocher.

— Chad a cette même insolence, ce même air de faux dur à cuire qu'avait Justin, adolescent. Lorsque je pense à ce que mon client endure dans la solitude de sa cellule, comment ne pas faire le rapprochement avec ce qu'a vécu mon propre frère, il y a dix-huit ans ?

Diana secoua la tête et rit faiblement.

— J'en arrive même à me demander si ce n'est pas un signe de ce que tu appelles « le destin ».

Trois personnages différents s'affrontaient en Caine. Et il ne savait plus très bien s'il devait s'adresser à elle en tant que confrère, en tant qu'ami ou en tant qu'amant.

— Attention, Diana. Tu vas perdre ton objectivité si tu tombes dans ce genre de confusion. Et, sans objectivité, tu n'as rien à faire dans une salle de tribunal.

— Je sais…

Les poings serrés, elle se détourna, incapable de retrouver la distance critique qui lui permettait de rester calme et pondérée d'ordinaire. Trop d'amertume, trop de regrets, trop de colère bouillonnaient en elle.

Diana ferma les yeux. Elle aurait eu besoin d'être tenue, apaisée. Mais elle ne pouvait rien demander. N'avait-elle pas toujours été seule pour traverser les crises qui avaient marqué son existence ?

— Il faut que je me ressaisisse avant mon prochain rendez-vous avec Chad, murmura-t-elle d'une voix qui tremblait de tension contenue.

C'étaient exactement les mots que Caine avait espéré entendre. Il posa une main sur son épaule et sentit les muscles à la base du cou se durcir sous ses doigts. Songeant qu'il aurait agi de même avec Serena, il la fit pivoter et l'amena contre lui. C'était un soutien que recherchait Diana. Pas des réponses. Les réponses, elle saurait les trouver par elle-même.

En la tenant ainsi contre lui, Caine découvrit qu'il ne l'avait encore jamais autant désirée. Mais pas comme on désire un corps souple et chaud, une bouche consentante. En cet instant, ce n'était pas la surface qui l'attirait, mais le fond secret d'elle-même : ses pensées, ses sensations, ses émois. Entre Diana et lui, il ne voulait plus ni frontières, ni limites, ni barrières. Débordant d'une incroyable tendresse, il lui caressa les cheveux avec tant de douceur qu'elle leva les yeux vers lui.

Diana fut frappé par l'intensité du regard de Caine, même si elle ne put en déchiffrer le message. Jamais encore, il ne l'avait regardée ainsi. Il lui sembla lire une question dans ses yeux bleus, mais ses lèvres trouvèrent les siennes avant qu'elle ne puisse en saisir le sens.

La bouche de Caine hésita sur la sienne. Il procédait avec une lenteur qui confinait à la timidité, comme s'il avait peur de la briser.

« Il se comporte comme si j'étais la première fille au monde qu'il se risque à embrasser », songea Diana, confondue. Cet homme qui avait aimé tant de femmes retrouvait soudain l'émouvante gaucherie d'un adolescent inexpérimenté.

Ses mains qui reposaient dans son dos ne revendiquaient rien, ne cherchaient ni à prendre ni à posséder. Il se gardait bien de l'enserrer, comme s'il craignait qu'elle ne cherche à se dérober à tout instant. Diana demeura parfaitement immobile dans son étreinte légère. Ces vibrations, ces flux, ces courants continus qui circulaient entre eux, elle aurait voulu qu'ils se prolongent à l'infini. Tout en sachant que les forces en jeu étaient infiniment plus complexes et dangereuses qu'une simple excitation physique.

Lorsque Caine finit par s'écarter lentement, ils restèrent un long moment à se regarder sans rien dire, aussi perplexes et secoués l'un que l'autre.

— Qu'est-ce qui vient de se passer là, au juste ? demanda-t-elle dans un souffle.

— Je ne sais pas trop, murmura-t-il en se détournant pour vider son café d'un trait. Ça va aller, maintenant ?

— Oui, bien sûr.

En vérité, elle n'était pas du tout certaine d'aller bien. Mais elle réussit néanmoins à sourire.

— Bon. Je monte travailler sur le dossier de Chad. Et j'ai rendez-vous avec Mme Walker demain matin.

Caine lui jeta un regard absent.

— Mme Walker ?

— C'est toi qui me l'as adressée, Caine. Le cas de divorce avec violences conjugales.

— Oui, évidemment, je suis bête… Au fait, ça y est, ton téléphone est installé depuis ce matin.

— Parfait. Ça va me faciliter la tâche… Il ne me reste plus qu'à m'y mettre, alors, conclut-elle sans bouger d'un centimètre pour autant.

— Diana…

Qu'avait-il été sur le point de lui dire ? se demanda-t-il, sidéré, lorsqu'elle tourna la tête dans sa direction. Il se passa la main sur le front pour chasser le magma de pensées confuses qui l'assaillaient dans le plus parfait désordre.

— Tu as un autre rendez-vous demain, à part Irene Walker ?

— Non, c'est le seul de la journée.

— Je dois faire un saut à Salem pour voir un témoin dans l'affaire Virginia Day. Ça te dit de m'accompagner ? Le trajet est agréable et ça t'aérerait la tête. Et rien ne t'empêche d'emmener tes dossiers pour travailler dessus pendant que je serai retenu là-bas.

— Ce serait envisageable, en effet, murmura-t-elle pensivement. Oui… pourquoi pas, après tout ? Autant que je profite de mes après-midi de congé pendant qu'il m'en reste encore.

— Alors ça roule. Nous partirons dès que tu auras vu Mme Walker.

Un silence s'ensuivit que Diana trouva particulièrement pesant et embarrassé. Pour deux personnes habituées à s'exprimer avec la plus grande facilité, ils faisaient une drôle de paire.

— Entendu. Je pense que j'aurai fini vers 10 h 30. 11 heures au plus tard. Ça te va ?

Caine hocha la tête et retourna se servir en café. Mais dès que Diana eut franchi la porte, il reposa sa tasse et la laissa intouchée sur l'évier. Pourquoi fallait-il que tout soit toujours si compliqué, avec Diana ? se demanda-t-il, exaspéré, en se passant la main dans les cheveux. Lorsqu'il lui avait proposé de venir avec lui à Salem, il en avait quasiment eu des palpitations, comme un gamin de quinze ans sollicitant un premier rendez-vous amoureux.

Avec un léger rire amusé, Caine secoua la tête. La comparaison était d'autant plus absurde qu'à quinze ans — comme à vingt ou à trente, d'ailleurs — il n'avait pas eu le moindre problème de timidité avec les filles.

Tirant une cigarette de son paquet, il fuma un instant en silence, profondément perdu dans ses pensées. Il s'était toujours senti en terrain familier dans ses rapports avec le sexe opposé. Il aimait les femmes et pas seulement en tant que partenaires sexuelles ; il appréciait également leur compagnie. Sa vie amoureuse s'était toujours déroulée de façon consensuelle et il gardait des relations très cordiales avec la plupart de ses ex-amies.

S'il y avait un domaine dans la vie où il se sentait pleinement satisfait, c'était bien celui-là. Et il n'avait aucune envie de modifier quoi que ce soit dans sa façon de fonctionner.

Mais pourquoi, si c'était le cas, passait-il tant de soirées en solitaire, depuis quelque temps ? Autre question, encore plus dérangeante : depuis quand n'avait-il pas pensé à une autre femme que Diana ?

Bizarre.

Perplexe et dérouté, Caine entreprit de disséquer le phénomène. Il avait toujours eu la faculté, précieuse dans son métier, de réfléchir de façon claire et rationnelle tout en restant en contact avec ses émotions. Depuis l'adolescence, il avait alterné les longues phases contemplatives avec les bouffées d'humeur ou les envolées passionnées. Il aimait les énigmes compliquées — celles qu'il fallait résoudre avec patience et méthode.

Pour ce qui concernait l'énigme Diana, en revanche, il ne ressentait, étrangement, aucun plaisir à l'élucider.

Mal à l'aise. Tel était le terme qui définissait le mieux son état intérieur lorsque Diana venait envahir ses pensées. Mais pourquoi ? Il appréciait sa beauté et son intelligence et adorait croiser le fer avec elle. Et il ne faisait pas l'ombre d'un doute qu'il la désirait.

Les yeux clos, Caine songea aux quelques baisers qu'ils avaient partagés. Que Diana ait une sensualité explosive sous ses dehors réservés lui apparaissait désormais comme une évidence. Mais la sensualité, si volcanique fût-elle, ne l'avait jamais effrayé. Bien au contraire. Il s'était juré qu'ils seraient amants tôt ou tard, et il tenait toujours ses promesses.

Mais lorsqu'il avait pris Diana dans ses bras, quelques minutes plus tôt, et que leurs bouches s'étaient trouvées, il avait ressenti... comme une force. Quelque chose de puissant, de pulsionnel en lui qu'il ne pouvait pas définir pour autant comme une simple envie de faire l'amour. Le désir physique, il connaissait. C'était un phénomène qu'il avait largement exploré sous toutes ses facettes.

Se serait-il agi d'un élan fraternel, alors ? Comme il en avait déjà eu avec Diana ? Caine secoua la tête et pesta tout bas. Non, ce qu'il avait éprouvé se situait à des années-lumière des sentiments que lui inspirait Serena.

Le problème, avec Diana, c'est qu'elle n'entrait dans aucune catégorie déterminée. Elle ne ressemblait pas aux jeunes femmes ouvertes, au caractère facile, à la sexualité très libre, qui l'attiraient d'ordinaire. Mais elle ne faisait pas partie pour autant de ces jeunes créatures naïves avec qui il s'amusait parfois à jouer les initiateurs.

Irrité contre lui-même, Caine se leva pour se placer face à la fenêtre. La lumière était pâle, d'une blancheur hivernale. Si Diana le mettait mal à l'aise, pourquoi diable lui avait-il proposé de l'accompagner à Salem le lendemain ? Parce qu'il avait besoin d'elle ?

Vaguement choqué par cette hypothèse, Caine secoua la tête. « Besoin » ? Quel mot étrange, pour ne pas dire dangereux. « Envie » aurait été beaucoup moins inquiétant. Mais « envie » n'était pas le terme qui lui avait traversé spontanément l'esprit.

Retournant à pas lents vers l'évier, Caine reprit son café déjà refroidi tout en se forçant à faire le vide dans ses pensées. Il se concentra sur la saveur légèrement amère du liquide, les yeux rivés sur le mur de brique en face de lui, attentif aux rafales de vent qui, par moments, ébranlaient la vitre.

Bon sang. Et s'il était amoureux d'elle ?

Non. Il n'y avait aucune raison pour qu'un pépin pareil lui tombe dessus. « Aimer », « amour », « amoureux » appartenaient à une famille de mots dont il n'avait jamais eu l'usage. Qui disait amour disait contrainte. Et il était viscéralement attaché à sa condition d'homme libre.

D'un geste résolu, Caine jeta le reste de son café dans l'évier. O.K. Pas de panique. Les états bizarres qu'il traversait en ce moment étaient de simples symptômes de surmenage. Il avait passé trop de soirées enfermé dans son bureau à se torturer les méninges pour tenter de trouver des solutions aux problèmes des autres.

Le remède, au fond, était simple : il lui fallait une soirée de détente avec une jeune femme bien disposée, ainsi qu'une bonne nuit de sommeil. « Demain, se promit Caine, j'aurai de nouveau la tête claire. »

A part que Diana serait toujours présente, songea-t-il en sortant de la cuisine. Jurant à voix basse, il gravit l'escalier d'un pas lent et regagna son bureau.

7

Le trajet en Jaguar avec Caine aurait constitué un véritable moment de détente si Diana n'avait pas ressenti comme une vague sensation de malaise. Un malaise qui émanait à la fois d'elle-même et de Caine, même si elle avait le plus grand mal à définir en quoi il consistait. L'atmosphère entre eux était plutôt détendue et amicale, pourtant. Et il n'y avait pas eu de temps mort dans la conversation depuis leur départ de Boston.

Diana finit par conclure qu'elle se faisait des idées. La tension résiduelle qu'elle ressentait était sans doute encore liée à son entrevue avec Chad, la veille. Une hypothèse qui, au demeurant, n'était pas de nature à la rassurer. Un bon avocat devait être capable de trouver une position intermédiaire entre une attitude froide et insensible et une trop forte implication émotionnelle. Le non-respect de cet équilibre ne pouvant, à la longue, que desservir le client.

Intellectuellement, elle était parfaitement au clair avec ce principe. Mais avec Chad, le plateau de la balance avait déjà lourdement basculé. Restait à trouver le moyen de redresser la barre.

Diana se mordilla pensivement la lèvre. Seule solution pour le moment : se retrousser les manches et se plonger à fond dans le dossier. Plus elle aurait de détails sur l'affaire, plus elle se focaliserait sur les aspects purement techniques de sa défense. Ce qui lui permettrait, avec un peu de chance, de faire la part des choses : Chad était Chad. Et Justin était Justin.

En attendant, elle comptait suivre le conseil de Caine à la lettre : profiter de la balade et tenter de se changer les idées.

— Tu ne m'as pas dit qui tu allais voir à Salem, au fait ?

Caine dut faire un effort pour se centrer sur sa question. Il pesta intérieurement. Ventre noué, mâchoires tendues, difficultés de concentration : il était bel et bien surmené. La nature même de ses symptômes le confortait dans l'hypothèse qu'il souffrait d'un manque de sommeil lié à un excès de stress. *Jamais* ses relations avec les femmes n'induisaient chez lui de réaction nerveuse de ce type.

— Je vais à l'hôpital, rendre visite à la grand-tante Agatha, finit-il par déclarer gravement.

Diana rit de bon cœur.

— Oh, comme c'est mignon ! Tu n'es pas obligé d'inventer une excuse aussi éventée, don Juan. Tu aurais pu me dire tout simplement de me mêler de ce qui me regarde.

— La grand-tante Agatha de Virginia Day, spécifia Caine en retrouvant le sourire.

Oui, la meilleure chose à faire, au fond, serait de parler avec Diana de l'affaire qui l'occupait en ce moment. Cela l'aiderait à chasser la désagréable sensation qu'à vouloir jouer les libérateurs de princesses il avait peut-être forcé une porte de trop.

Au point d'atterrir lui-même au beau milieu des sables mouvants…

— La grand-tante Agatha est une forte personnalité, dit-on. On prétend également qu'elle fait partie des quelques rares personnes qui connaissent bien ma cliente. Malheureusement, elle s'est fracturé la hanche au cours d'une démonstration de patinage artistique. D'où la visite à l'hôpital.

— La grand-tante Agatha pratique le patin à glace ?

— A l'évidence, oui.

— Quel âge a-t-elle ?

— Soixante-huit ans.

— Mmm… Impressionnant. Et qu'espères-tu obtenir d'elle ?

Caine accéléra et prit le temps de doubler une camionnette avant de répondre.

— L'avocat général a retenu l'hypothèse de l'homicide volontaire. Or, le premier point que je veux établir dans ma plaidoirie, c'est que notre amie Virginia portait toujours son pistolet sur elle. Si je veux démontrer qu'elle a tué en légitime défense, il faut que j'arrive à convaincre les jurés que Mme Day s'est rendue chez Mlle Simmons pour surprendre son mari avec sa maîtresse du jour et non pas dans l'idée d'assassiner qui que ce soit.

— Sa maîtresse du jour, reprit Diana pensivement. Il en a eu plusieurs, donc ?

— Virginia avait embauché un détective privé quelques mois plus tôt pour prendre son mari en filature. Apparemment, le Dr Day était un homme très occupé. Et pas seulement en salle d'opération. Je pourrais faire figurer le rapport du détective parmi les pièces à conviction, bien sûr, médita Caine à voix haute... D'un autre côté, la partie adverse pourrait s'en servir pour souligner que la meurtrière présumée avait un mobile pour tuer.

— Ce qui te ramène à ton histoire de pistolet.

Caine hocha la tête. Et constata que parler métier lui faisait du bien. Les muscles de ses épaules étaient moins tendus et ses capacités de concentration redevenaient raisonnablement élevées. *Exit* l'angoisse des sables mouvants, décida-t-il fermement. Il s'était peut-être impliqué plus qu'il ne l'aurait voulu avec Diana. Mais les dommages restaient réparables. Il n'était pas en train de s'enfoncer jusqu'au cou, contrairement à ce qu'il avait pu craindre en montant dans sa voiture ce matin.

— Virginia affirme qu'elle ne sortait jamais de chez elle autrement qu'armée. Elle est obsédée par la crainte d'être agressée et volée. Un souci qui paraît légitime chez une jeune personne qui porte régulièrement une véritable fortune en bijoux sur elle.

— Mmm... oui, vu sous cet angle... Si mes sources sont exactes, Virginia Day n'est pas quelqu'un de très apprécié dans la bonne société bostonienne, si ? On la décrit comme une petite fille égoïste et gâtée qui se prend pour le nombril du monde et ne supporte aucune contrariété.

Caine se mit à rire.

— Le portrait que tu traces d'elle est assez ressemblant. Mais je suis content que tu n'aies pas été choisie comme juré.

— Virginia Day a quelques points communs avec ma tante

Adélaïde. Autant dire que j'ai un peu de mal avec ce genre de personnalité en ce moment... Alors qu'Irene Walker, elle, en est la parfaite antithèse.

— Ah oui ? Tu ne m'as pas encore raconté comment s'était passé ton entretien de ce matin, au fait ?

Les traits de Diana s'assombrirent.

— Les traces des coups qu'elle a reçus sont encore bien visibles. Mais Irene Walker a tendance à minimiser les accès de violence de son époux. Je n'ai jamais vu quelqu'un faire aussi peu de cas de sa propre personne. C'est tout juste si elle ne m'a pas soutenu qu'elle méritait d'être frappée.

Elle s'interrompit pour secouer la tête avec impatience.

— C'est inimaginable, non ? L'amie chez qui elle a trouvé refuge a réussi à la convaincre de porter plainte contre son mari, mais je ne la sens que moyennement déterminée... J'ai l'impression que cette jeune femme est une véritable éponge et qu'elle adopte systématiquement le point de vue de la personne qui se trouve en face d'elle. Elle a réussi à se convaincre — à moins que son mari ne s'en soit chargé pour elle — qu'elle est l'insignifiance même et qu'elle ne peut pas exister sans lui. Je lui ai conseillé d'entamer une psychothérapie au plus vite. La procédure de divorce va être une véritable épreuve pour elle.

Diana renversa la tête en arrière et soupira de plus belle.

— Tu te rends compte qu'elle est venue me voir avec son alliance encore au doigt ?

— Si elle a l'impression de n'être rien sans son mari, ça ne doit pas être si simple que ça pour elle de retirer cet objet symbolique, non ?

— Avoue que c'est quand même ahurissant ! Ils ne sont mariés que depuis quatre ans. Et elle a déjà perdu le compte du nombre de fois où cette brute l'a rouée de coups.

Le regard de Diana se durcit.

— Quand j'aurai M. Walker en face de moi à la barre, je vais me faire un véritable plaisir de l'écharper.

— Je crois me souvenir que deux témoins étaient présents à

l'occasion de cette dernière scène de violence. Tu ne devrais pas avoir trop de mal à le coincer.

— C'est bien ce que j'ai l'intention de faire. Tant qu'Irene Walker verra la marque des coups sur son visage en se regardant dans le miroir le matin, elle restera disposée à agir. Mais après cela, j'ai bien peur que sa faiblesse naturelle ne reprenne le dessus.

Caine jeta un coup d'œil à la serviette de cuir que Diana avait posée à ses pieds.

— C'est sur le dossier Walker que tu comptes travailler aujourd'hui ?

— J'ai l'intention de faire un premier jet des questions que je poserai au charmant époux. Entre le divorce et la plainte pour violences conjugales, je vais faire en sorte qu'il ait un maximum d'ennuis.

— Eh bien... Tu comptes frapper là où ça fait mal, on dirait ?

Elle sourit au souvenir de leur conversation sur la plage, à Atlantic City.

— Il me semble avoir entendu dire que c'était la méthode la plus propre, non ? Quoi qu'il en soit, les M. Walker de ce monde ne me donnent aucune envie de les ménager... Mais dis-moi, Caine, ça fait longtemps que tu l'as, ta voiture ?

— Ma voiture ?

Etonné par le brusque changement de sujet, il lui jeta un regard interrogateur.

— Eh bien, oui, ta voiture... Je rêve d'en acheter une comme celle-ci, lorsque j'en aurai les moyens.

La précision le fit sourire. Diana, décidément, le surprendrait toujours.

— Une Jaguar ? Tu sais te servir d'un levier de vitesses ?

Elle eut une moue vexée.

— Evidemment ! Quelle question !

Sans plus de commentaires, Caine se gara sur le bas-côté. Diana le regarda descendre de voiture pour venir ouvrir sa portière.

— Tiens, je te laisse le volant.

— A moi ?

Il réprima un sourire en voyant ses grands yeux chocolat briller d'excitation. C'était dans ces moments-là qu'il avait le plus de mal à lui résister. Lorsqu'elle oubliait qu'elle était une brillante avocate doublée d'une femme du monde élégante et posée, et qu'elle laissait la petite fille en elle prendre le dessus.

— Si tu as envie d'en acheter une, il faut bien que tu l'essayes au préalable. A moins que ça ne t'inquiète d'avoir un véhicule aussi puissant entre les mains ?

— Moi ? Pas du tout. Je suis capable de conduire n'importe quoi.

Caine s'installa sur le siège du passager pendant que Diana passait au volant.

— A toi de jouer, ma belle. Je te dirai quelle sortie il faut prendre.

Diana était aux anges. Après un coup d'œil dans le rétroviseur, elle déboîta et prit de la vitesse.

— C'est grandiose ! s'exclama-t-elle aussitôt.

Jetant un œil sur le compteur, elle fit la grimace et leva le pied de l'accélérateur.

— Mais les limites sont vite dépassées avec ce qu'elle a dans le ventre.

Caine sourit.

— Moi, il me suffit de savoir qu'elle est prête à bondir, en cas de nécessité.

— Mmm… oui, je vois ce que tu veux dire. Sentir que c'est possible et, du coup, s'abstenir, commenta Diana en passant la cinquième vitesse. C'est pour cette raison que tu l'as achetée ?

— J'aime ce qui a de l'allure, murmura-t-il, les yeux rivés sur son profil. A condition qu'il n'y ait pas que l'apparence. Il faut aussi qu'il y ait le punch, le caractère.

Il regarda les mains de Diana qui reposaient sur le volant. C'étaient des mains sûres, des mains compétentes. Il imagina la jeune femme à bord d'une décapotable, par une tiède nuit d'été, ses cheveux de jais soulevés par le vent, son visage illuminé par le plaisir de la vitesse.

— Tu me fascines, observa-t-il.

Elle tourna la tête pour lui sourire.

— Pourquoi ? Parce que je suis capable de conduire ta voiture sans mordre continuellement sur la bande d'arrêt d'urgence ?

— Parce que tu as de l'allure, Diana. Et que le punch et le caractère ne te font pas défaut non plus… Tu peux prendre la prochaine sortie. Nous y sommes.

Pendant que Diana s'installait dans un coin de la salle d'attente pour travailler, Caine parcourut les couloirs de l'hôpital, à la recherche d'Agatha Grant. Il la trouva toute à sa solitaire splendeur, vêtue d'une liseuse en dentelle rose, ses cheveux blancs coiffés avec un soin minutieux, les joues ravivées par un blush écarlate.

A son entrée, Agatha reposa le magazine sportif qu'elle feuilletait d'un doigt nonchalant et l'examina d'un œil approbateur.

— Ah, un bel homme, enfin ! Ce n'est pas souvent que j'en vois passer devant ma porte, dans cet hôpital de malheur. Venez donc vous asseoir par ici.

Séduit d'entrée de jeu par le personnage, Caine s'approcha du lit pour se présenter.

— Ah, vous êtes l'avocat de Ginnie ! Elle a toujours eu un faible pour les beaux garçons, ma petite-nièce. Cela dit, elle aurait mieux fait de se casser une jambe plutôt que d'épouser son bellâtre de Francis Day.

Caine retira une pile de magazines d'une chaise et réussit à trouver une place pour s'asseoir.

— J'espère que vous pourrez m'aider à monter une défense solide pour Virginia, madame Grant. En tout cas, je vous remercie d'avoir accepté de me recevoir, si vite après votre accident.

Agatha balaya le problème de « l'accident » d'un geste souverain de la main.

— Ces fichus médecins ne me retiendront pas prisonnière ici indéfiniment. Je serai bientôt sur pied, vous verrez ! Mais dites-moi ce que je peux faire pour vous, jeune homme.

— Vous n'ignorez pas que votre petite-nièce est accusée du meurtre de son mari, Francis Day.

Agatha hocha la tête sans laisser transparaître d'émotion particulière. Caine poursuivit son exposé de la situation :

— Virginia se serait rendue chez Laura Simmons, en sachant qu'elle y trouverait son mari en situation compromettante avec Mlle Simmons, sa maîtresse.

— La dernière en date, oui. Il y en a eu une longue série avant elle, observa Agatha avec une moue cynique. C'était une véritable maladie, chez notre ami Francis.

Caine se contenta d'acquiescer d'un signe de tête.

— A la demande de Francis Day, Mlle Simmons les a laissés seuls quelques instants, Virginia et lui. Lorsque Laura Simmons a regagné son appartement, vingt minutes plus tard, Day était mort et Ginnie, assise sur le canapé, tenait toujours son pistolet à la main. Laura Simmons a poussé un hurlement de panique et s'est ruée chez les voisins pour appeler la police.

D'un ongle laqué rouge, Agatha repoussa un de ses magazines.

— Il n'y a aucun doute, n'est-ce pas ? C'est bel et bien Ginnie qui a tué son mari ?

— Votre petite-nièce n'a jamais cherché à le nier, madame Grant. Elle affirme, en revanche, que le comportement de Day est devenu très agressif dès que Laura Simmons a quitté l'appartement. Au début, il y a eu escalade verbale, ce qui leur arrivait couramment depuis quelque temps. Puis Virginia a menacé de le traîner en justice en entamant une procédure tapageuse de divorce pour faute. Une publicité que, pour des raisons professionnelles évidentes, Day voulait éviter à tout prix. Il espérait une promotion importante dans l'hôpital où il exerçait en tant que chirurgien et un scandale inopportun aurait compromis ses belles perspectives de carrière.

Agatha rit doucement.

— Oui, j'imagine qu'il n'aurait pas apprécié de voir sa vie intime envahir les tabloïds. Notre ami Francis tenait beaucoup à sa réputation d'homme intègre et de médecin entièrement dévoué à son art.

La grand-tante de Ginnie était une forte personnalité, en effet, conclut Caine. Avec la tête solidement posée sur les épaules.

— Affolé par les menaces de Virginia, Francis Day est devenu violent et il l'a frappée à plusieurs reprises. Hors d'elle, votre petite-nièce s'est mise à hurler de plus belle. Elle affirme que son mari l'a giflée si fort qu'elle est tombée par terre. Il s'est alors emparé d'une lampe de bureau et l'a brandie en criant qu'il allait la tuer. Lorsqu'il s'est approché, Ginnie a sorti son pistolet de son sac et a tiré à deux reprises.

Lorsqu'il eut terminé, Agatha le regarda droit dans les yeux.

— Parlons peu, parlons bien : vous la croyez ou vous ne la croyez pas, jeune homme ?

Caine ne détourna pas les yeux.

— Mon intime conviction est que Virginia Day a tiré sur son mari dans un moment de panique et sans autre but que celui de préserver sa propre vie.

Agatha eut un soupir de soulagement.

— Je suis heureuse de vous l'entendre dire. Ginnie est une femme-enfant et une vraie peste. Nous l'avons tous gâtée honteusement. Et je serai toujours la première à reconnaître qu'elle a un caractère épouvantable. Elle est capable de faire n'importe quoi sur un coup de tête sans se soucier des conséquences. Mais tuer de sang-froid, non. Je peux vous garantir qu'elle n'est pas entrée dans l'appartement de cette femme en ayant formé le projet de tuer son mari.

De nouveau leurs regards se croisèrent. Puis Caine hocha la tête.

— Nous sommes donc d'accord sur ce point. Mais il s'agit à présent d'apporter la preuve de ce que nous avançons. Et pour cela, il faut déjà que je puisse justifier le fait que Virginia avait une arme sur elle ce jour-là.

La grand-tante Agatha fit claquer ses lèvres peintes et émit un petit son dédaigneux.

— Ce jour-là ? Mais, mon pauvre ami, cette petite ne sort jamais sans cette cochonnerie de pistolet qu'elle s'obstine à toujours vouloir glisser dans son sac. Cette enfant a l'incorrigible manie de se couvrir de cailloux de couleur, pire qu'un sapin de Noël. Et elle est convaincue qu'elle peut s'afficher n'importe où avec sa collection inépuisable de rubis, de saphirs, d'émeraudes et autres pierres précieuses, à condition d'avoir toujours cette fichue arme sur elle.

— Vous l'avez vue souvent avec ce même pistolet, donc ?

— Bien sûr. Lorsque je séjournais chez elle, il m'arrivait de l'attendre dans sa chambre lorsque nous nous préparions pour nous rendre à une réception ensemble. Et chaque fois, je la voyais sortir son arme d'un tiroir pour la placer dans sa pochette. Je lui ai dit et répété que c'était de la folie, bien sûr. Mais elle ne voulait rien savoir.

— Si je vous fais comparaître comme témoin, vous seriez prête à déclarer sous serment que Virginia Day portait en permanence son arme sur elle ? Vous pourriez également attester qu'à plusieurs reprises vous avez vérifié la présence de l'objet en question dans son sac ? Et que vous avez abordé le sujet avec votre petite-nièce ?

Agatha haussa les épaules.

— J'attesterai tout ce que vous voudrez et plus que cela encore. Je serais prête à mentir comme un arracheur de dents pour venir en aide à Ginnie. Je n'ai jamais compris pourquoi elle avait épousé ce fornicateur hypocrite.

— Madame Grant…

La vieille dame gloussa.

— Ne faites donc pas cette tête ! En l'occurrence, je pourrais jurer tout ce que vous me demandez de jurer sans risquer le salut de ma pauvre âme mortelle. Si Ginnie n'avait *pas* eu son pistolet sur elle le soir où elle est allée frapper à la porte de Laura Simmons, là, oui, je me serais posé des questions.

Caine se détendit.

— Très bien. Et pour ce qui est de vos dispositions à mentir comme un arracheur de dents, que cela reste entre nous, d'accord ?

— Ne vous inquiétez pas pour ça. Mais dites-moi, charmant jeune homme, entre Ginnie et vous…

— Je suis son avocat et rien que son avocat, madame, rétorqua Caine en se levant pour prendre la main de son interlocutrice dans la sienne. Je vous remercie d'avoir accepté de répondre à mes questions, madame Grant.

— Si j'avais quarante ans de moins et que j'étais accusée de meurtre, déclara lentement Agatha, vous seriez plus — beaucoup plus — qu'un avocat pour moi.

Avec un rapide sourire, Caine porta sa main à ses lèvres.

— Alors ne tuez personne, Agatha, car vous faites partie de ces femmes auxquelles un homme ne saurait résister.

La grand-tante de Ginnie parut apprécier le compliment. Et son rire accompagna Caine jusqu'à la porte de sa chambre. Il trouva Diana exactement là où il l'avait laissée, avec un code civil sur un genou et un carnet ouvert sur l'autre. Concentrée sur ses notes, elle ne l'entendit pas entrer. Sans un mot, il s'assit et l'observa.

La princesse avait trouvé sa place dans le monde réel, loin des murs glacés de son château d'origine. Caine songea qu'il avait eu envie de la libérer de ses entraves autant que de lui faire l'amour. Mais à présent que le premier but était en voie d'accomplissement, il se rendait compte qu'il ne pouvait plus se permettre de poursuivre le second.

Il y avait trop de courants sous-jacents chez Diana. Et les courants étaient redoutables pour les nageurs imprudents. La veille, en la prenant dans ses bras, il avait senti qu'avec un peu de temps et de patience il finirait par vaincre ses résistances. Etait-ce parce qu'elle devenait soudain accessible qu'il choisissait de reculer maintenant ? Il lui paraissait beaucoup plus sage, en tout cas, de se cantonner dans une amitié tranquille et sans surprise.

Pour son bien à elle comme pour le sien, sans doute.

Quelques minutes plus tard, Diana referma son livre, commença à s'étirer, puis écarquilla les yeux en repérant sa présence.

— Caine ! Ça fait longtemps que tu attends ?

— Non. Je te regardais faire. Ce n'est pas donné à tout le monde de pouvoir travailler ainsi, en s'extrayant du contexte. Je crois que la moitié du personnel aurait pu défiler dans cette pièce sans que tu t'en aperçoives.

Diana glissa ses livres dans sa serviette.

— C'est une faculté que j'ai développée pour me mettre à l'abri des sermons de ma tante. Ça s'est bien passé ?

— Très bien, oui. La grand-tante Agatha n'a pas déçu mon attente. Elle me sera d'un précieux secours pour le procès.

Caine se leva pour l'aider à enfiler son manteau.

— Ça a été si insupportable que ça, avec ta tante, Diana ?

Il vit son visage se fermer presque hermétiquement.

— Insupportable ? Ce n'est pas le mot, non. Disons qu'Adélaïde avait ses petites maximes. Du genre : « Une dame, une vraie, ne porte pas de diamants avant l'âge de cinq ans. »

Caine commençait à se dire que son image de la princesse enfermée dans sa tour d'ivoire collait à la réalité plus qu'il ne l'avait cru au premier abord.

— Je n'y ai pas été de main morte, avec toi, lorsque nous étions à Atlantic City, murmura-t-il, pris de remords. J'espère que je ne t'ai pas trop brusquée ?

Diana lui jeta un regard surpris.

— Qu'est-ce qui te fait penser à cela, tout à coup ?

— La conversation que je viens d'avoir avec Agatha, précisa-t-il en pénétrant à sa suite dans la cabine d'ascenseur. Elle est très lucide quant aux défauts de sa petite-nièce et pas fière d'elle pour deux sous. Mais elle a une réelle affection pour sa Ginnie et se battra jusqu'au bout pour la soutenir. Et je commence à réaliser qu'avec Adélaïde tu as vécu la situation exactement inverse.

— Tante Adélaïde était fière, oui. Mais seulement de ce qu'elle *pensait* avoir réussi à faire de moi.

Avec un léger haussement d'épaules, Diana sortit de l'ascenseur.

— Quant à l'affection… elle n'en avait aucune pour moi, non. Mais elle n'a jamais prétendu le contraire non plus. Je n'ai rien à lui reprocher de ce côté-là.

— Comment ça, tu n'as rien à lui reprocher ? protesta Caine, outré.

Elle darda sur lui un regard qui disait clairement qu'il allait trop loin.

— Les sentiments ne se commandent pas, Caine. Elle s'est occupée de moi. Je pouvais difficilement exiger d'elle qu'elle m'aime de surcroît.

Révolté par ce portrait d'une enfance désolée qu'elle lui laissait entrevoir en quelques phrases, Caine lui saisit le bras.

— Si, Diana. Tout enfant a le *droit* d'être aimé. C'est le moins qu'il puisse attendre de l'adulte qui le prend en charge.

— Laisse tomber, Caine. Je n'ai pas envie de déterrer tout ça.

Il voulut insister mais elle se détourna. Et poussa un léger cri.

— Oh, mon Dieu, regarde !

Derrière les portes vitrées du hall d'entrée de l'hôpital, la neige tombait à gros flocons serrés, couvrant rapidement le sol.

— Bravo, les services météo, marmonna Caine. La tempête n'était annoncée que pour tard dans la soirée.

Diana enfila ses gants.

— Eh bien… Le trajet du retour promet d'être palpitant, commenta-t-elle lorsque le vent leur fouetta le visage.

Caine lui prit le bras pour traverser le parking déjà glissant.

— Tu aimerais qu'on attende ici que ça se tasse ?

— Cela risque de nous bloquer dans cet hôpital pendant des heures, non ? Mieux vaut essayer de rentrer. Sauf si ça t'ennuie de conduire dans cette tourmente.

Caine haussa les épaules.

— On peut toujours tenter le coup. Au pire, nous nous arrêterons en route.

Pendant les vingt premières minutes, la conduite demeura relativement aisée. Mais plus ils progressaient vers le sud, plus le vent forcissait. Déjà une épaisse couche de neige s'amoncelait sur le bord de la route et les arbres ressemblaient à de grands fantômes blancs frissonnant dans un univers d'où toute couleur avait été gommée. Les essuie-glaces peinaient à maintenir le pare-brise dégagé et la visibilité était de plus en plus réduite. Diana vit le véhicule devant le leur déraper et dévier de sa trajectoire à plusieurs reprises.

— C'est limite, non ? commenta-t-elle d'une petite voix en jetant un coup d'œil à Caine.

— Si ça empire, je me demande si nous allons atteindre Boston, en effet.

Caine veillait à maintenir une vitesse régulière. Les yeux

plissés par la concentration, il scrutait la route devant lui. Mais la neige tombait trop vite et trop dru. Et plus ils avançaient, plus ils approchaient du cœur du blizzard. De l'autre côté de la bande centrale, deux voitures glissèrent l'une contre l'autre et s'immobilisèrent. Ni Diana ni lui n'ouvrirent plus la bouche pendant les vingt kilomètres qui suivirent.

Il faisait tellement sombre à présent qu'il dut allumer ses phares. Mais les faisceaux lumineux n'éclairaient pas grand-chose hormis la danse ininterrompue des flocons. Ils passèrent à plusieurs reprises à côté de véhicules arrêtés, abandonnés de travers sur le côté de la route, et que la neige recouvrait à une vitesse vertigineuse. Une grosse cylindrée les doubla par la droite et glissa dans leur direction. Diana poussa un cri et Caine jura copieusement lorsqu'il dut freiner, puis reprendre tant bien que mal le contrôle de la Jaguar.

— Désolé, mais je ne continue pas comme ça, fit-il en empruntant la sortie suivante. C'est suicidaire de poursuivre dans ces conditions.

Diana se contenta de hocher la tête. Elle avait la gorge trop nouée par l'angoisse pour prononcer un mot.

— Dès qu'on trouve un hôtel, on s'arrête, on prend deux chambres pour la nuit et on attend demain matin pour repartir.

Comme Diana ne réagissait toujours pas, Caine tourna brièvement la tête dans sa direction.

— Ho, hé… ? Diana… ? Ça va ?

— Repose-moi la question lorsque j'aurai recommencé à respirer, d'accord ?

Caine rit doucement. Au même moment, il repéra l'éclat bleuâtre d'une enseigne au néon, à peine visible dans le blizzard.

— Tu vas bientôt pouvoir prendre une inspiration complète, Diana. Je crois que nous touchons au terme de notre périple.

La deuxième barre du M de « motel » était éteinte mais l'enseigne était à présent clairement lisible.

— Ah, c'est un « notel », commenta Diana avec l'ombre d'un sourire.

Caine examina le bâtiment et haussa les sourcils.

— Apparemment, nous ne sommes pas tombés sur le cinq étoiles du coin. La soirée Relais et Châteaux, ce ne sera pas pour cette fois-ci.

— Aucune importance. Je ne ferai pas la fine bouche.

Diana dut s'y prendre à deux mains pour ouvrir sa portière tant le vent soufflait fort. Une fois sortie de la voiture, elle se laissa tomber à genoux dans la neige et éclata de rire.

— Qu'y a-t-il de si drôle ? s'enquit Caine en la tirant vers la réception.

— Rien. Juste le bonheur d'être en vie.

— Tu aurais dû me le dire, que tu avais peur !

La tête renversée, Diana laissa le souffle de la tempête lui balayer les cheveux.

— J'étais en train de passer tout mon répertoire de prières en revue. Mais une fois arrivée au bout, j'aurais fini par crier au secours.

Le carillon de la porte émit un son strident lorsqu'ils pénétrèrent dans la réception où flottait une odeur lourde de tabac et de mauvaise bière. Derrière le comptoir, un individu grisonnant aux joues mal rasées s'arracha manifestement à regret à la lecture de son magazine.

— Ouais ?

— Bonjour. Nous voudrions deux chambres, s'il vous plaît.

Au premier coup d'œil, Caine repéra qu'ils étaient tombés dans le genre d'hôtel où les clients louaient plutôt à l'heure qu'à la nuit complète. Il réprima un sourire. La pauvre Diana risquait d'avoir des surprises. Mais compte tenu de la situation, ils pouvaient difficilement se permettre d'aller chercher mieux ailleurs.

— On n'en a plus qu'une de libre, précisa le réceptionniste en jetant un rapide regard à Diana. Avec ce qui tombe, on a fait le plein en moins d'une heure. Les affaires n'ont jamais été aussi bonnes.

Diana tourna les yeux vers Caine. Il lui laissait le choix, comprit-elle. Soit la chambre pour deux, soit le blizzard.

— Nous la prenons, trancha-t-elle.

Avec l'ombre d'un sourire narquois, l'employé de la réception tira une clé d'un tiroir.

— Tenez. Ça fera vingt-cinq dollars. Payables d'avance.

— Il y a moyen de se restaurer pas trop loin d'ici ? demanda Caine en comptant ses billets.

— Ouais. Y a un relais routier à deux pas. Votre chambre est à l'extérieur, sur votre gauche. La 27. Arrangez-vous pour la quitter avant 10 heures si vous ne voulez pas payer une nuit supplémentaire. Vous avez la télé dans votre chambre. Le service vidéo est payant.

— Aimable personnage, commenta Diana tandis qu'ils bravaient de nouveau la tempête à la recherche de la chambre 27. Il a bien dit qu'il y avait un relais routier pas loin ?

— Tu as faim ?

— Affreusement. En voiture, j'avais trop peur pour y penser, mais là…

Diana s'interrompit net en découvrant la chambre. Un seul lit aux dimensions imposantes occupait quasiment tout l'espace. Ce qui, en soi, était déjà bien assez incommode. Mais elle était trop estomaquée par l'aspect des lieux pour s'inquiéter de leur future cohabitation. Les murs peints en rose fluo étaient assortis aux motifs criards du couvre-lit chamarré. Pour le reste, il y avait une table bancale et une chaise blanche. La moquette usée jusqu'à la corde était, elle, résolument violette. Quant au plafond, il était orné d'un grand miroir ovale fixé au-dessus du lit.

— Ce n'est pas le Ritz, bien sûr, commenta Caine en réprimant un fou rire devant l'expression sidérée de sa compagne. Mais nous serons à l'abri de la tempête.

— Mmm…, murmura Diana en détournant pudiquement les yeux du miroir au-dessus du lit. Mais il ne fait pas très chaud, qu'en penses-tu ?

Se tournant vers la fenêtre, elle constata avec résignation que les rideaux avaient été fabriqués dans le même tissu que le couvre-lit.

Caine se risqua à sourire.

— J'imagine que cette chambre gagne à être vue dans l'obscurité. Je vais essayer de mettre le chauffage en route.

Etonnée de voir Caine d'humeur aussi positive, Diana s'assit avec précaution sur le lit. Si seulement on leur avait attribué une chambre avec lits jumeaux, la situation aurait été moins épineuse.

— On dirait que ça t'amuse, observa-t-elle, vaguement dépitée.

— Qui ? Moi ?

Caine donna un coup de pied dans le chauffage qui se mit docilement en route. « Amusé » n'était pas le mot qu'il aurait choisi. La perspective de partager une chambre et un lit avec Diana n'était pas faite pour le réjouir, à présent qu'il avait pris la sage décision de maintenir leur relation dans les sphères platoniques.

— Je vais chercher de quoi dîner au relais routier. Ça ne sert à rien que nous ressortions tous les deux dans le blizzard. Qu'est-ce qui te ferait envie ?

— N'importe quoi pourvu que ça aille vite et que ce soit mangeable… Je te dois douze dollars cinquante pour la chambre, au fait.

— Je te facturerai ça dès notre retour, promit-il en se penchant pour lui poser un bref baiser sur la joue avant de se lancer dans la tempête.

Une fois seule, Diana commença par réexaminer la chambre. Et décida qu'avec les yeux mi-clos l'aspect des lieux devenait presque tolérable. De plus, le chauffage fonctionnait à plein volume. Elle put même s'offrir le luxe de retirer son manteau et ses bottes. Faute de mieux, elle s'allongea sur le lit. Regarder la télévision semblait être la seule activité possible, vu les circonstances.

En se penchant, elle repéra une boîte noire sur le côté du lit et vit qu'on pouvait y introduire des pièces de monnaie. Sans doute le « service vidéo » qu'avait mentionné le réceptionniste. Parfait. Une soirée cinéma constituerait un excellent dérivatif.

Elle trouva trois pièces de vingt-cinq cents dans son porte-monnaie et suivit les instructions. Alors qu'elle arrangeait les oreillers dans son dos, un mouvement sur l'écran attira son regard. Pendant quelques secondes, elle demeura bouche bée. Puis elle se laissa tomber en arrière sur le lit, en proie à une telle crise de fou rire qu'elle en eut des crampes à l'estomac.

De tous les hôtels du Massachusetts, il avait fallu qu'ils tombent précisément sur celui-là ! Elle venait juste d'éteindre le poste lorsque Caine poussa la porte.

— Tu sais quel genre de films on peut voir pour vingt-cinq cents, dans cette chambre ? lança-t-elle avant même qu'il ait franchi le seuil.

Caine se secoua à la manière des chiens, et la neige vola dans la pièce.

— Oui, je sais. Tu as besoin d'un supplément de monnaie, peut-être ?

— Très drôle... En attendant je viens de gaspiller trois pièces dans leur fichue boîte noire. Pour peu que la brigade des mœurs vienne frapper à notre porte, nous aurons fière allure. « Deux avocats bostoniens surpris dans un notel louche... »

— Vu le temps, nous ne risquons pas grand-chose de ce côté-là, commenta Caine en posant ses sacs sur la table.

— C'est notre dîner que je sens ? s'enquit Diana en fronçant les narines.

— Dîner est un grand mot. A vue de nez, ça n'a pas l'air des plus comestibles.

Il déballa deux hamburgers et lui tendit le sien.

— Tiens, je te laisse commencer. Si tu survis à la première bouchée, je me lance.

Diana fit la grimace.

— Tu crois que ça pourrait être fatal ?

— L'avenir nous le dira. J'ai également ramené des frites. Du moins... une substance qui y ressemble. Et voici la cerise sur le gâteau : une bouteille de vin rouge avec capsule plastique, en appellation d'origine plus qu'indéterminée.

Diana mordit dans son hamburger et prit le vin de sa main libre.

— Mmm... ce petit cru a l'air prometteur, en effet. Tu crois qu'ils fournissent des verres, dans la chambre ? Ou on boit notre piquette directement à la bouteille ?

— Je vais voir ce qu'il y a dans la salle de bains.

— Je suppose qu'il est inutile de te demander si la tempête se calme ? s'enquit Diana lorsqu'il revint avec deux gobelets en plastique.

— Ça empire, plutôt. D'après ce qui se dit au relais routier, on devrait avoir près de un mètre de neige demain matin.

Diana s'assit sur le bord du lit et prit le gobelet qu'il lui tendait.

— Il y a un petit détail technique que j'aimerais que nous réglions tout de suite, Caine.

Il prit une gorgée de vin et secoua la tête.

— Désolé, mais c'est non. Tu as vu à quoi ressemble la moquette ? Je refuse de dormir par terre.

Diana fit la grimace, déconcertée qu'il ait deviné aussitôt où elle voulait en venir.

— Et la baignoire ?

— Après toi, je t'en prie.

Elle soupira démonstrativement.

— Dois-je en conclure que la galanterie se perd en ce bas monde ?

Caine prit une bouchée de hamburger.

— Honnêtement, le lit est bien assez large. Si tu ne veux pas t'en servir pour un meilleur usage que le sommeil…

— C'est tout à fait hors de question, trancha-t-elle.

C'était exactement la réponse qu'il avait souhaité entendre. S'ils abordaient le sujet de front, en s'en amusant comme d'une plaisanterie, il y aurait peut-être moyen de traverser l'épreuve tout en s'en tenant à ses résolutions platoniques.

— Bon. Alors nous partagerons bien sagement notre territoire. Et nous dormirons chacun dans notre moitié de lit. En respectant la frontière.

Diana lui jeta un regard méfiant.

— Et ça en restera là ?

— Sauf, bien sûr, si tu préfères une formule plus intime.

— Non… Bien sûr que non.

Sourcils froncés, Diana finit son hamburger. Caine avait passé deux heures à conduire dans des conditions difficiles, après tout. Elle pouvait difficilement exiger qu'il passe la nuit assis sur une chaise.

— Si tu t'engages solennellement à rester de ton côté du lit…

— Je suis un homme très patient, tu sais. Et tout à fait capable d'attendre que tu prennes toi-même l'initiative.

Caine se leva et s'étira nonchalamment.

— Je vais tremper dans un bain avant de me coucher. Toi, essaye de dormir. La journée a été longue.

Etrangement, elle ressentit comme un soupçon de regret qu'il renonce avec tant de facilité à la perspective d'une nuit de plaisir.

— Bonne nuit, Diana.

— Bonne nuit.

Diana attendit que l'eau coule dans la pièce adjacente pour s'avouer qu'elle n'avait qu'une envie, en l'occurrence : faire l'amour avec Caine MacGregor. N'y avait-il pas une forme de perversité à refuser obstinément ce qu'ils désiraient l'un et l'autre ? *Faire l'amour avec Caine… se perdre en lui…*

Se perdre en lui, oui. Là justement était le nœud du problème. A la différence des autres hommes qu'elle avait connus, Caine aurait une emprise sur elle. Il avait déjà fait tomber tant de ses défenses. Une fois qu'il aurait franchi les barrières physiques, il ne s'arrêterait pas en si bon chemin. Et il finirait par avoir tout pouvoir sur elle.

Avec un léger frisson, Diana retira sa jupe et son pull et ne garda sur elle qu'une courte combinaison de soie qui lui tiendrait lieu de chemise de nuit. Puis elle se glissa sous les couvertures et se cala à l'extrême bord du lit. Ce qui fut loin d'être aussi commode qu'elle l'avait escompté. Le matelas s'affaissait en son centre et la simple loi de la gravité voulait qu'elle glisse irrémédiablement vers la partie creuse au milieu. Se raccrochant fermement au bord, elle se mit en chien de fusil, ferma les yeux et attendit, stoïque, que le sommeil accepte de venir.

Lorsque Caine sortit de la salle de bains, un profond silence régnait dans la chambre. Il distingua vaguement la silhouette immobile de Diana à l'autre extrémité du lit. Avait-il péché par excès d'optimisme en revendiquant de partager fraternellement ce territoire du sommeil avec elle ? Le bain chaud — même prolongé — n'avait pas suffi à calmer les élans de sa libido. Bon sang, pourquoi s'était-il engagé à ne franchir sous aucun prétexte la ligne invisible qui séparait sa moitié de matelas de la sienne ?

Quoi qu'il en soit, il était trop tard pour revenir en arrière. Il lui avait donné sa parole et il la tiendrait quoi qu'il arrive.

Matinal depuis toujours, Caine se réveilla tôt et en douceur. Une agréable chaleur l'enveloppait. Mieux qu'une chaleur même : une forme humaine. A demi endormi, il identifia Diana à son parfum. Elle était blottie contre lui, toute chaude et douce dans l'abandon du sommeil.

Sans même ouvrir les yeux, il l'attira contre lui, la calant bien au chaud dans son étreinte. Elle soupira et se lova au creux de sa poitrine. Toujours dans un demi-sommeil, il murmura son nom et ses mains glissèrent sous la soie. Ils émirent des sons de plaisir simultanés, sans sortir pour autant des limbes où ils flottaient encore. Caine en conclut qu'il rêvait. Il lui était déjà arrivé de rêver qu'il faisait l'amour avec Diana, mais jamais de façon aussi réaliste.

Changeant de position, il glissa une jambe entre les siennes tandis que ses lèvres se promenaient en toute lenteur sur son visage. Avec un murmure inarticulé, Diana trouva sa bouche.

Caine goûta ses lèvres mi-closes. Miracle d'entre les miracles, le rêve se prolongeait. Même leur baiser avait un parfum d'éternité. Ses mains allaient et venaient doucement sous la soie, sans exercer de pression, sans rencontrer de résistance. La lumière était douce, le creux du matelas comme un berceau qui les entourait.

Un premier élancement de désir le tira un instant de sa torpeur lorsque ses paumes vinrent enserrer ses seins. Diana poussa un faible gémissement et se cambra pour mieux s'offrir à ses caresses. Il crut entendre son prénom sur ses lèvres. Puis les mains de Diana commencèrent à se mouvoir à leur tour.

Il se pencha sur ses épaules. Les bretelles de soie glissèrent d'elles-mêmes. Suivant rêveusement une courbe, il ôta la combinaison sans même y penser.

Elle respirait vite, maintenant. Et son souffle devenait sonore, presque haletant. Il s'aperçut alors que sa bouche était rivée à un mamelon. Le désir le submergea d'un coup, alors qu'il était déjà trop tard pour revenir en arrière. Le cœur de Diana battait furieusement contre ses lèvres. Elle était nue contre lui, découvrit-il alors. Et ses mains lui pétrissaient le dos, ses hanches ondulaient sous les siennes en un mouvement pressant de va-et-vient. Pendant une fraction de seconde, il chercha à faire la part entre le rêve et la réalité, mais son corps avait déjà pris les commandes.

Une fois qu'il fut en elle, la question cessa de se poser. Il n'y eut plus qu'un océan de plaisir moutonnant vers un horizon d'infinie félicité.

8

La lumière était pâle et grise. Ouvrant les yeux, Diana ne discerna que des ombres indistinctes. Elle était prise en sandwich entre Caine et le creux du matelas. Il avait le visage enfoui dans son cou, mais elle entendait sa respiration irrégulière, sentait son cœur battre avec force contre le sien. Elle avait encore le goût de sa peau sur ses lèvres et l'odeur de leurs corps mêlés flottait autour d'eux comme un nectar. Elle se sentait lourde, comblée. Agréablement pesante…

Dans les lointains de sa conscience, cependant, retentit un signal d'alarme. Les brumes de plaisir qui obscurcissaient son cerveau se dégagèrent d'un coup, comme sous l'effet d'une rafale de vent soudaine. Elle cligna des yeux et vit l'homme nu reposant sur elle dans la chambre sordide d'un hôtel borgne. La réalité de la situation lui fit l'effet d'une gifle monumentale. Repoussant Caine avec indignation, elle se rabattit à l'extrémité du lit.

— Comment as-tu *osé*?

Caine ouvrit un œil passablement hagard.

— Quoi?

— Tu m'avais donné ta parole!

Furieuse, elle plongea dans le désordre des draps pour essayer de retrouver sa combinaison.

Encore laminé par l'intensité de son plaisir, Caine secoua la tête.

— Diana…

— J'aurais dû me douter que je ne pouvais pas te faire confiance! Mais tu m'avais *promis* que tu resterais de ton côté!

Perplexe, Caine se frotta le visage à deux mains.

— Mais qu'est-ce qui te prend, Diana ? Tu as perdu la tête ?

— Perdu la tête ? vociféra-t-elle. Parce que j'ai eu le tort de penser que tu pouvais te comporter comme un individu normalement doué de respect et de considération ?

— Hé là, une seconde ! C'est quoi, ce procès véreux que tu me fais ? Tu te moques de moi ou quoi ?

Gagné par la colère à son tour, Caine s'extirpa du lit. Diana, qui frissonnait dans la fraîcheur du petit matin glacé, replia les bras sur ses épaules.

— Tu as eu un comportement parfaitement méprisable ! vitupéra-t-elle.

Un vent de fureur se leva en Caine, attisé par une émotion plus violente encore qu'il se refusa à identifier comme étant de la souffrance.

— Méprisable, tu dis ? Tu n'avais pourtant pas l'air horrifié du tout, il y a quelques minutes à peine.

Diana rejeta orgueilleusement les cheveux en arrière. Pendant qu'elle était dans les bras de Caine, elle n'avait pas réfléchi, non. Il n'y avait rien eu d'autre que la sensation et le désir. Mais *seulement* parce qu'il avait profité honteusement d'un moment de faiblesse.

— Tu n'avais pas le droit de faire ça, protesta-t-elle, la gorge soudain nouée.

— Pas le droit ? Et toi ? Tu l'avais, le droit, peut-être ?

— Désolée, mais *moi*, je dormais à moitié !

— Bon sang, Diana. Mais j'étais dans le même état que toi !

Jurant avec force, Caine se détourna pour récupérer son pantalon sur une chaise. Alors qu'ils avaient l'un et l'autre souhaité garder leurs distances, ils avaient perdu la tête dans un moment de semi-conscience. Résultat : les complications qu'il avait voulu éviter lui tombaient déjà sur le coin de la figure.

— Ecoute, Diana, rien ne sert d'en faire un drame. Ce sont des choses qui arrivent.

— Comment ça, « qui arrivent » ? Ne me dis pas que ça se fait tout seul ! cria-t-elle en s'enveloppant dans l'horrible couvre-lit violet et rose.

— En l'occurrence, si, ça s'est fait tout seul, marmonna-t-il d'une voix étouffée en faisant glisser son pull à col roulé sur sa tête.

Même sa colère ne parvenait pas à dissiper entièrement l'impression qu'il venait d'émerger d'un rêve magnifique.

— Je serais même incapable de te dire comment ça a commencé, poursuivit-il en lui jetant un regard sévère. Mais une chose est certaine : ça ne s'est pas passé contre ton gré. Tu participais tout aussi activement que moi.

La vérité, comme toujours, faisait mal. Ulcérée, Diana s'emporta de plus belle.

— Parce que je n'étais pas *en état* de me rendre compte de ce que je faisais ! Alors que tu avais prévu ce qui allait arriver !

Arrachant son manteau au passage, Caine se planta devant elle. Et se retint de la gifler.

— Mais oui, c'est ça, j'avais prévu ce qui allait arriver ! Tout était programmé avec un soin méticuleux, d'ailleurs : le blizzard, c'est moi. L'hôtel minable, c'était mon choix également. Et j'avais bien évidemment calculé qu'il n'y aurait qu'une chambre, avec un seul lit et un matelas qui s'incurve au milieu. Tu es victime d'une conspiration machiavélique, ma pauvre chérie.

— Je ne suis pas ta chérie et je ne suis pas paranoïaque non plus, Caine, rétorqua-t-elle d'une voix coupante. Je sais exactement ce que j'ai à te reprocher et pourquoi. Et les regrets, je les ai sur les bras, maintenant.

Un silence électrique tomba dans la chambre. On n'entendait plus que le son rapide de leur respiration et le ronflement du chauffage. Diana vit un éclair de rage flamber dans le regard de Caine.

— Tu ne regrettes pas plus que moi ce qui s'est passé.

Sur ce constat définitif, il ouvrit en grand, le temps de laisser entrer une bourrasque de neige, puis sortit en faisant claquer la porte derrière lui.

Restée seule, Diana frissonna de plus belle, malgré le couvre-lit drapé autour de ses épaules. *Hallucinant.* C'était hallucinant d'avoir un aplomb pareil. Sa colère contre Caine était parfaitement fondée, non ? Alors qu'elle avait accepté de partager son lit en toute confiance, il l'avait feintée, déçue, trahie !

Mais Caine avait *aussi* fait chanter son corps et vibrer toutes ses cordes sensibles. Et il lui avait offert les plus beaux instants de plaisir qu'elle ait jamais connus.

Avec un léger sanglot, Diana s'effondra sur le lit. Sa tête roula de droite à gauche.

— Non, non, non, gémit-elle à voix haute.

Qu'il l'ait rendue heureuse, elle ne pouvait pas se payer le luxe de l'admettre. Même pour elle-même. Si elle cédait à Caine et à ses propres élans, elle serait à sa merci. Alors qu'elle avait mis vingt ans à échapper à la tutelle de sa tante, elle accepterait de retomber sous la coupe de quelqu'un d'autre ? En sachant que Caine pourrait la prendre et la laisser au gré de ses seuls caprices ?

C'était Caine, déjà, qui l'avait aidée à se réconcilier avec Justin ; Caine qui l'avait soutenue dans un moment difficile ; Caine qui lui avait trouvé des solutions professionnelles. Si elle l'autorisait à prendre une place encore plus grande dans sa vie, elle finirait inéluctablement comme une Irene Walker *bis* !

Les yeux clos, Diana se mordit la lèvre. Non. Elle refusait catégoriquement de prendre un risque pareil. Faire l'amour avec Caine avait été une erreur qu'elle ne devait réitérer à aucun prix.

Cela dit, elle avait eu tort de se mettre en colère contre lui. Caine n'avait été ni plus ni moins responsable qu'elle de ce qui s'était passé au petit matin. A la faveur du sommeil, ils avaient roulé l'un et l'autre vers le milieu du lit. Lorsque ses mains s'étaient mises en mouvement et qu'elle avait caressé Caine, elle était à demi endormie, certes, mais pas complètement inconsciente pour autant.

De nouveau, Diana ferma les yeux. De honte, cette fois. Comment avait-elle pu réagir de façon aussi hypocrite, alors qu'elle était largement autant à blâmer que lui ?

Repoussant les cheveux qui lui tombaient sur les yeux, elle contempla l'invraisemblable chambre rose et violet où Caine et elle s'étaient aimés ce matin. Que faire, maintenant ?

« Lui présenter mes excuses. »

Incontournable, la réponse tomba comme un couperet. Elle s'était comportée de façon détestable. Et il ne lui restait plus qu'à l'admettre si elle voulait vivre en paix avec sa propre conscience.

Avec un soupir résigné, Diana s'extirpa du lit pour prendre une douche et attendre le retour de Caine.

Deux heures plus tard, Diana tournait comme un animal en cage dans la chambre minuscule. Son état oscillait entre l'exaspération et l'inquiétude. « Mais qu'est-ce qu'il fabrique, bon sang ? » Elle jeta un regard par la fenêtre et constata que la neige tombait toujours aussi dru. Difficile d'imaginer que Caine puisse marcher depuis plus de deux heures dans cette tourmente.

Diana l'imagina au relais routier, attablé devant un petit déjeuner géant comme il les aimait, avec une grande tasse de café bien chaud à la main. Et cela pendant qu'elle rongeait son frein, l'estomac vide !

Le monstre. Comment pouvait-il la laisser dépérir entre ces quatre murs rose fluo pendant qu'il vivait librement sa vie ? Refusant de s'inquiéter pour lui une seconde de plus, Diana s'installa en tailleur sur le lit, vida le contenu de sa serviette devant elle et se mit au travail. Et tant pis pour Caine s'il mourrait enseveli sous une congère. C'était le dernier de ses soucis.

Une heure s'écoula ainsi avant que le bruit d'une clé ne se fasse enfin entendre. Caine entra, couvert de neige de la tête aux pieds et d'humeur manifestement aussi peu amène que lorsqu'il avait quitté la chambre, trois heures plus tôt.

Toutes intentions pacifiques oubliées, Diana le foudroya du regard.

— Mais où étais-tu passé, à la fin ?

Caine jeta son manteau mouillé sur la table.

— Aucune chambre ne s'est libérée depuis hier. Et l'hôtel le plus proche est à plus de quinze kilomètres d'ici.

— Il t'a fallu *trois* heures pour rassembler ces deux informations ? Ça ne t'a même pas traversé l'esprit que j'étais bouclée dans la chambre à t'attendre ?

Il soutint froidement son regard.

— Tu avais besoin d'une carte topographique pour trouver la porte et sortir d'ici toute seule, comme une grande?

Furieuse, Diana se leva d'un bond.

— Tu es parti avec la clé, je te signale! J'aurais pu sortir, d'accord. Mais je rentrais comment, à ton avis?

Avec un haussement d'épaules désabusé, Caine tira la clé de sa poche et la jeta sur la table.

— Voilà. Elle est à ton entière disposition… J'ai acheté des brosses à dents, au fait.

Diana attrapa au vol celle qu'il lança dans sa direction et le remercia d'un ton glacial. Trop, c'était trop. Non seulement elle ne lui présenterait pas ses excuses, mais elle lui ferait la guerre jusqu'à ce qu'il crie grâce.

— Puisque tout semble indiquer que nous sommes condamnés à passer une seconde nuit dans ce taudis, je propose de réfléchir à un arrangement valable, cette fois.

Caine fit un louable effort sur lui-même pour rester calme. S'il laissait exploser sa colère maintenant, il serait capable de l'étrangler sur place.

— Prends toutes les mesures que tu veux, Diana. Moi, je vais me raser.

— Ah non, pas si vite! protesta-t-elle en lui barrant le passage. Nous avons d'abord une petite mise au point à faire, toi et moi.

Caine dut se faire violence pour ne pas balancer un grand coup de pied dans un mur rose.

— Diana, je te préviens! Ne me pousse pas à bout.

— Te *pousser à bout*? Parce que tu crois qu'après ce qui s'est passé ce matin tu peux te permettre de débarquer de nouveau dans la chambre la bouche en cœur comme s'il s'agissait d'un incident sans importance?

Il lui retint le poignet.

— Si j'étais toi, j'aurais la sagesse de me taire et d'oublier, Diana.

Elle se dégagea avec force pour lui faire face.

— Me taire et oublier ? Jamais ! Et tu n'iras pas te planquer dans la salle de bains avant que nous nous soyons expliqués.

— Ça ira, merci. Sans façon. J'en ai déjà suffisamment entendu ce matin.

La repoussant sans trop de douceur, Caine repartit avec son rasoir à la main.

— *Caine !* hurla-t-elle, à bout de nerfs, en le rattrapant par le bras.

— Et maintenant, ça suffit !

Le regard noir comme du charbon soudain, il lui saisit les épaules et la secoua avec une force telle que Diana laissa échapper un petit cri.

— Garde ton ramassis d'accusations idiotes pour toi, c'est clair ? Ma patience a des limites et tu viens de les franchir haut la main. Je n'ai pas besoin d'inventer des scénarios ou d'avoir recours à la ruse pour mettre une femme dans mon lit. La méthode directe marche tout aussi bien. J'aurais pu te faire l'amour hier soir et une demi-douzaine de fois avant cela. Et sans user de manœuvres compliquées, crois-moi. Alors arrête de hurler comme une poissonnière. Ce qui est arrivé ce matin est la conséquence d'un désir mutuel. Mais tu es trop hypocrite pour l'admettre !

Folle de rage, Diana se rejeta en arrière.

— Ce matin, j'étais endormie !

— Tu es réveillée maintenant ?

— Oui, je suis réveillée ! Et tu vas…

— Très bien.

Il l'enlaça d'un bras dur comme l'acier et plaqua sa bouche sur la sienne comme pour la museler à tout jamais. Caine entendit le cri étouffé qu'elle émit, la sentit se débattre comme un chat sauvage dans son étreinte. Mais il avait renoncé à toute considération galante. Plus elle se rebiffait, plus il la serrait fort contre lui.

Son souci premier était de punir, de libérer la tension qui n'avait cessé de monter en lui depuis que Diana l'avait couvert de reproches injustifiés au réveil. Mais très vite, il ne pensa plus à rien, qu'au désir qui lui broyait le ventre et le cœur.

Sans cesser de lui maintenir les épaules, il l'écarta de lui. Le souffle court, ils se fixèrent. Mais pas comme deux ennemis. Diana secoua la tête pour chasser la frénésie qui s'emparait d'elle. Mais il était déjà trop tard. Sans un mot, elle saisit le visage de Caine entre ses paumes et attira de nouveau sa bouche sur la sienne.

D'emblée leur étreinte se situa aux antipodes des tendres explorations somnolentes auxquelles ils s'étaient livrés quelques heures plus tôt. Ils étaient éveillés, tendus et affamés l'un de l'autre. Ils tombèrent sur le lit, bras et jambes mêlés, s'arrachant déjà mutuellement leurs vêtements avant même d'avoir touché le matelas.

Pour s'être muée en désir, leur colère n'avait rien perdu de son intensité pour autant. Diana s'escrimait sur le pull à col roulé de Caine comme si elle avait décidé de le mettre en pièces. Elle poussa un sourd cri de triomphe lorsqu'elle l'eut débarrassé du vêtement et savoura sa victoire, goûtant la nudité de la chair sous ses mains possessives. A demi allongée sur lui, elle cueillit de nouveau sa bouche, laissant tous les désirs réprimés remonter à la surface.

Elle avait beau boire à longs traits aux lèvres de Caine, sa soif ne cessait de croître. N'avait-elle pas su dès le début qu'il la délivrerait de sa prison, qu'il ferait sauter les derniers verrous et la rendrait à elle-même en la faisant sienne ?

Libre. Elle était libre enfin de vivre sa vraie nature pleinement. Déjà, Caine déployait toutes les qualités d'amant qu'elle avait devinées en lui. Il était puissant, animal, vibrant d'une énergie presque terrifiante. Leurs tendres ébats du matin n'avaient constitué qu'un minuscule échantillon de ce qu'il était en mesure de lui apporter.

Diana sentait un élan sauvage monter du fin fond d'elle-même. Comme si elle touchait enfin à l'essence même de son être. Elle avait pressenti — et redouté — cette nature ardente et forte en elle. Mais à présent, il n'y avait plus de peur, plus de retenue. Rien qu'une joie profonde à être elle-même avec Caine.

Son corps désenchaîné était devenu souple et fluide — à la

fois plus puissant et mille fois plus sensible, comme si chaque millimètre carré de sa peau était soudain doté d'une conscience.

Caine jura, gêné par l'ultime barrière qu'offrait sa combinaison de soie. Et Diana réagit par un petit rire tellement rauque qu'elle mit un moment à l'identifier comme émanant d'elle. Le son primitif qu'elle émit parut décupler encore l'ardeur de Caine. Il écrasa ses lèvres sous les siennes, envahit sa bouche comme pour en faire l'ultime conquête. Il tira sur une bretelle et elle entendit le craquement de la soie malmenée. Mais elle n'en avait cure. Sa langue bataillait avec celle de Caine, ses mains s'escrimaient sur lui comme s'ils se livraient une guerre sans merci.

Ils se jetaient l'un sur l'autre, aveuglés par des éclairs de passion. Les mains de Caine étaient partout à la fois, pressant, malaxant, comme pour la remodeler, la refondre, l'ajuster à lui. Et elle en redemandait, encore et encore. Plus de passion, plus d'intensité, plus de contact.

De nouveau, la soie céda avec un bruit sec lorsqu'il déchira en deux ce qui restait de sa combinaison. Diana rit à gorge déployée. Sa voix était devenue basse, grave, sensuelle. Et son corps incroyablement agile ne bougeait plus qu'à l'instinct. Sa réalité s'était réduite à Caine. Mais un Caine qui n'était plus, fondamentalement, distinct d'elle-même. Un Caine dont elle faisait partie et qui faisait partie d'elle.

Elle l'appela et il se joignit à elle. Et ce fut le départ d'une chevauchée d'amour éperdue qui les mena aux confins de la folie.

Les paupières lourdes, envahie par un bien-être incomparable, Diana ouvrit lentement les yeux et découvrit leurs reflets jumeaux dans le miroir au plafond. Elle fit aller et venir ses doigts sur le dos de Caine, observa le mouvement de sa main brune sur sa peau claire.

Il était fort, songea-t-elle avec un frisson de plaisir et de fierté. Fort et hardi en amour. Tout comme elle, d'ailleurs. Avec un soupir de satisfaction, elle remonta le long de sa colonne, effleura les muscles puissants de sa nuque et enfouit les doigts dans ses cheveux.

Caine voulut rouler sur le côté, mais elle resserra la pression de ses bras.

— Diana…

Relevant la tête, il plongea son regard dans le sien. Puis, avec un juron bref, il se dégagea de son étreinte.

— Je ne pensais pas en arriver là, Diana. Je regrette. Ça peut paraître un peu faible, comme excuse, après ce qui s'est passé ce matin, mais…

Elle l'interrompit en lui posant un doigt sur les lèvres.

— Caine, non…

Elle pressa ses lèvres sur les siennes jusqu'à sentir sa résistance céder.

— Je suis désolée pour tout ce que je t'ai dit, ce matin. J'étais en tort et je le savais. Mais ça ne m'a pas empêchée de hurler quand même. J'étais consciente que tant que je sortais les griffes, je pouvais éviter d'admettre que j'avais envie de recommencer à faire l'amour sur-le-champ.

Posant la tête sur son épaule, elle ferma les yeux. Caine lui caressa longuement les cheveux.

— Lorsque je suis revenu dans la chambre, je m'étais juré que je ne te toucherais plus, quoi qu'il arrive.

Elle rit doucement en pressant les lèvres contre la peau douce juste à la limite de l'aisselle.

— Quant à moi, je me préparais à m'excuser platement à ton retour. Et voilà le résultat.

— C'est mieux qu'on en soit arrivés là, non? murmura-t-il en tournant la tête pour plonger de nouveau son regard dans le sien. Ce que je ressens avec toi, je ne l'ai encore jamais ressenti avec personne. Je n'ai pas envie de te faire du mal. Tu crois que tu pourras me faire confiance?

Diana ouvrit la bouche pour lui répondre. Mais comment lui faire comprendre une vie entière de peur et d'insécurité affective?

— Pas de questions, pas d'explications, pour le moment, O.K.? chuchota-t-elle en se penchant sur ses lèvres. On se contente de prendre les choses comme elles viennent?

Caine acquiesça d'un signe de tête. Même s'il aurait aimé en savoir plus sur ses craintes, ses désirs et ses attentes.

— O.K., pas de questions. Pas pour le moment, en tout cas.

La sentir là, allongée à son côté, lui procura une joie indicible, presque enfantine.

— Tu sais que je commence à prendre goût à cette chambre ? observa-t-il en levant les yeux vers le plafond. Avoue qu'elle offre une vue imprenable.

Diana suivit la direction de son regard et fit la moue.

— Je te vois venir. Bientôt tu vas me demander une pièce de monnaie pour l'animation vidéo.

Il secoua la tête en riant.

— Non, merci. Je préfère de loin t'animer, toi.

Elle poussa un léger soupir de délice lorsqu'il commença à lui embrasser le cou.

— Caine… Tu vas me trouver très terre à terre, mais je meurs de faim.

— Mmm… A ce point ? s'enquit-il en lui mordillant une épaule.

— A ce point, oui. J'en suis à un stade où je pourrais même avaler un deuxième hamburger comme celui d'hier soir.

— Alors le cas est grave. Si tu es prête à risquer l'intoxication alimentaire, il faut agir vite, en effet, admit-il en se redressant. Je vais aller t'acheter une seconde version de notre dîner d'hier soir.

— Tu es un ange.

Dès que Caine eut quitté le lit, cependant, Diana se redressa à son tour. Détaché du sien, le corps de son amant laissait dans son sillage comme un soupçon de timidité et de pudeur. C'était idiot de réagir ainsi, bien sûr. La sexualité était un ingrédient comme un autre de la vie d'une femme adulte. Et pourtant…

— Je viens avec toi, trancha-t-elle.

— Il neige toujours aussi fort, tu sais.

— Tant pis. Ça me fera du bien de prendre l'air. Le rose des murs commence à devenir obsédant. Je suis mûre pour un changement de cadre.

— Très bien, nous déjeunerons en grande pompe sur place.

Il haussa les sourcils en voyant Diana examiner sa combinaison déchirée.

— Tu vas m'annoncer que je suis bon pour t'en racheter une autre, c'est ça ?

— En fait, je songe vaguement à te traîner en justice, déclara-t-elle en enfilant sa jupe.

Caine l'attrapa en riant par la taille.

— Rien que pour le plaisir de t'entendre exposer les faits, je serais prêt à me laisser convoquer par le juge.

Elle leva vers lui un regard rieur, presque tendre. Il ressentit une bouffée d'émotion si forte qu'il en eut des frissons. « Pas de panique, mon vieux. C'est juste une réaction physique. Rien de sentimental là-dedans. »

— Encore un baiser, chuchota-t-il en se penchant sur ses lèvres.

Diana ferma les yeux et laissa sa tête partir en arrière. Une fois déjà, Caine l'avait embrassée comme il l'embrassait maintenant. Si tendrement, si rêveusement, comme s'il attendait d'elle… oui, quoi, au juste ?

Lorsque sa bouche se détacha de la sienne, elle cligna des paupières, en proie à un vertige qui confinait à la confusion.

— Caine ? murmura-t-elle en l'interrogeant du regard.

Il recula d'un pas et elle vit dans ses yeux comme un soupçon de panique.

— Je te conseille instamment de te rhabiller au plus vite, Diana Blade. Du moins, si tu tiens vraiment à satisfaire ton appétit de hamburgers.

Elle attrapa son chemisier et le boutonna d'une main légèrement tremblante.

— J'ai l'impression que tes dispositions envers moi sont constamment fluctuantes, Caine. Comme si tu voulais et que tu ne voulais pas… Tu sais que tu me déconcertes, par moments ?

— Il est vrai qu'il m'arrive de perdre un peu le fil avec toi, marmonna-t-il, comme pour lui-même.

Diana le regard fixement, sans sourire.

— Est-ce que je te déconcerte, Caine ?

Il haussa les sourcils.

— Nous avions bien dit « pas de questions », je crois ?

— Mmm… intéressant, comme esquive.

— N'oublie pas de prendre tes gants, fut tout ce qu'il répondit en glissant la clé de la chambre dans sa poche.

Dehors, le vent glacial les saisit de plein fouet. Diana se raccrocha au bras de Caine et ne le lâcha plus. Sous son manteau de neige, même leur sinistre petit motel prenait un aspect presque poétique, constata-t-elle en se retournant.

— Finalement, nous ne sommes pas si mal tombés, commenta-t-elle rêveusement.

— Tu verras. Une fois que tu auras passé dix minutes dehors dans le blizzard, notre chambre te paraîtra même franchement idyllique.

Une piste étroite avait été tracée dans la neige par les autres occupants du motel qui s'étaient frayé un chemin jusqu'au relais routier. Mais même ainsi, Diana s'enfonça à plusieurs reprises jusqu'au genou.

— Tu es sûre que tu ne veux pas rentrer te mettre à l'abri ?

— Tu plaisantes… C'est notre restaurant gastronomique que j'aperçois, là ? Oh, mon Dieu, je crois que je pourrais même manger *deux* de leurs hamburgers.

— Diana, tu m'inquiètes sérieusement. Mais nous débattrons de tes tendances suicidaires une fois que tu auras vu l'intérieur… Attention, il y a des marches enterrées quelque part là-dessous.

Hors d'haleine, les joues rougies par le froid, Diana pénétra dans le relais. Une lourde odeur de friture flottait dans l'air enfumé. Il y avait là quelques tables en Formica avec leurs chaises en vinyle. Mais la plupart des clients étaient alignés devant le comptoir.

— Ah, vous revoilà ! s'exclama joyeusement la serveuse rondelette en reconnaissant Caine. Et vous avez amené votre dame, cette fois… Entrez vite vous réchauffer, ma jolie. Je suis sûre qu'un bon café vous ferait plaisir.

L'accueil était si chaleureux que Diana oublia aussitôt l'aspect minable du lieu.

— Moi, c'est Peggy, poursuivit la serveuse avec un large sourire. Asseyez-vous. Vous avez faim ?

— Je suis affamée ! admit Diana imprudemment en se perchant sur un tabouret à côté d'un jeune homme à lunettes qui fixait le contenu de sa tasse d'un œil particulièrement lugubre.

— Nous avons de la soupe de légumes maison, annonça fièrement Peggy. Fraîche de ce matin.

— Parfait, se hâta d'intervenir Caine. Vous nous en mettrez deux assiettes.

Comme Diana se plongeait dans le menu, il se pencha pour lui murmurer à l'oreille :

— La soupe me paraît un choix assez sûr. Pour le reste, nous ferons provision de barres de chocolat et de céréales.

— Voilà une riche idée, chuchota-t-elle en tournant la tête de manière que leurs lèvres se touchent. Cela paraît plus prudent que les hamburgers, en effet.

— Vous êtes du coin ? demanda aimablement Peggy en leur servant le café.

— De Boston, expliqua Caine. Nous étions sur le chemin du retour lorsque nous avons été surpris par le blizzard.

Peggy tourna les yeux vers le jeune homme à la mine sombre assis à côté de Diana.

— Charlie aussi était en route pour Boston hier soir. Avec sa jeune mariée.

— Pour notre voyage de noces, précisa le dénommé Charlie d'un ton sinistre. Et nous nous sommes retrouvés coincés ici à cause de la neige. Lorsque Lori a vu la chambre, elle a fondu en larmes. Et elle ne s'est toujours pas déridée depuis.

Diana pouvait s'imaginer sans peine la réaction de la jeune mariée.

— Elle a été très déçue, je suppose, commenta-t-elle gentiment.

— Nous avions des réservations dans un cinq étoiles, précisa Charlie en remontant ses lunettes sur son nez. Et Lori est une fille très sensible.

Il avait l'air d'un petit garçon qui n'aurait pas trouvé le cadeau escompté sous le sapin. Diana se retint de lui tapoter maternellement le bras.

— Il y aurait peut-être moyen d'égayer un peu votre chambre, non ?

— Notre chambre ? Vous avez vu à quoi elle ressemble ?

L'air plus que jamais dépité, Charlie replongea le nez dans sa tasse.

— Vous pourriez l'éclairer aux bougies, pour commencer ! Des bougies, ça devrait pouvoir se trouver, non ? demanda Diana en se tournant vers Peggy.

— Ah ! ça, oui, sans problème, j'en ai quelques-unes en réserve. Votre jeune épousée aime les éclairages romantiques, Charlie ?

— Eh bien… euh… peut-être.

— Bien sûr qu'elle aime les éclairages romantiques, déclara Diana avec force. Les femmes aiment les bougies. Et les fleurs.

— Mais j'y pense… je dois avoir une ou deux roses de Noël à vous prêter ! intervint la serveuse avec enthousiasme. Ça va mettre de la couleur, vous allez voir.

Diana gratifia Charlie d'un sourire résolument optimiste.

— Vous voyez ? Tout s'arrange !

— Vous croyez vraiment que ça va lui plaire ?

— Elle ne pourra qu'apprécier le geste, en tout cas.

Peggy s'essuya les mains sur son tablier.

— Je vais vous chercher tout ça, alors.

— Vous pensez que ça va marcher, vous ? demanda gravement Charlie en se penchant vers Caine.

Ce dernier reposa sa cuillère à soupe.

— Si ces dames pensent que oui, je m'incline devant leur avis d'expertes.

Un autre client, assis deux tabourets plus loin, tapa du poing sur le comptoir.

— Bien sûr que ça va marcher. Allez-y, mon garçon. Foncez ! Vous ne perdez rien à essayer, de toute façon.

Avec une expression soudain plus combative, Charlie se leva et prit les bougies et les fleurs que lui tendait Peggy.

— Et voilà pour vous, Charlie. Vous allez décorer votre suite royale et regarder amoureusement votre dame dans les yeux. Et pour le reste, ça ira comme sur des roulettes.

Avec un timide sourire, Charlie fourra les bougies dans ses poches et se dirigea d'un pas décidé vers la sortie.

— Merci à vous tous, en tout cas, lança-t-il avant de franchir la porte.

Notant le regard amusé de Caine, Diana fronça les sourcils.

— Espèce de monstre dépourvu de cœur ! Je trouve ça très touchant, moi.

— Je n'ai rien dit.

— Tes yeux parlent pour toi, espèce de cynique ! *Moi*, je suis émue par les histoires romantiques, lança-t-elle d'un ton hautain.

Caine lui prit la main et la porta à ses lèvres.

— Mais romantique, je le suis. La preuve : je vais commander une seconde bouteille de vin comme celle d'hier soir pour accompagner notre repas, ô ma divine.

— Gare à toi si tu me fais ce coup-là, Caine MacGregor, chuchota-t-elle en l'embrassant à pleine bouche.

9

Assise à son bureau, avec un beau feu de bois crépitant dans la cheminée, Diana travaillait à un rythme soutenu. Elle avait fait toutes ses recherches pour l'affaire Walker et passé de longues heures à mettre au point sa stratégie de défense. L'histoire du couple était on ne peut plus classique. De plusieurs années plus jeune que son mari, Irene Walker s'était mariée en sortant de l'université. Elle n'avait aucune expérience professionnelle, car son époux avait refusé qu'elle prenne un emploi. Irene s'était donc consacrée à sa maison et à sa famille, en veillant avec un soin constant au confort de son compagnon et de leur petite fille.

Et à présent que le couple battait de l'aile, la jeune femme se retrouvait sans emploi, sans revenus et avec un enfant de moins de trois ans à charge. Diana mordilla son stylo. Elle se battrait pied à pied pour qu'Irene reçoive une compensation financière. Pendant quatre ans, la jeune femme avait occupé les fonctions cumulées de cuisinière, de femme de ménage, de lavandière et d'hôtesse. Et le fait qu'elle n'ait jamais reçu que des coups pour sa peine renforçait d'autant la détermination de Diana. Elle ferait tout ce qui était en son pouvoir pour que justice soit faite.

Son époux, elle le tenait, de toute façon. Face au juge, George Walker découvrirait à ses dépens que *personne* ne pouvait se permettre de tyranniser et de frapper autrui impunément. La loi était la même pour tous. Y compris pour les riches et les influents.

Diana secoua la tête. Elle devrait éviter de prendre l'histoire d'Irene trop à cœur. Déjà que les inquiétudes pour Chad la tenaient éveillée la nuit… Songeuse, elle pressa le talon de ses mains contre ses paupières. Dans l'affaire Chad Rutledge, elle était loin d'avoir progressé de façon aussi satisfaisante que pour Irene, hélas. Et ce n'était pas faute d'avoir passé du temps sur le dossier. Elle avait déjà appelé la plupart des amis dont Chad lui avait fourni la liste. Mais jusqu'à présent, elle n'avait trouvé personne pour attester que Beth et Chad avaient des relations régulières depuis déjà six mois. Le jeune couple s'était montré très discret, de toute évidence, et rien ne semblait avoir transpiré dans l'entourage.

Le ventre noué, Diana scruta ses notes. Il lui fallait des preuves, des témoignages, bon sang ! La parole de Chad ainsi que l'intime conviction de son avocate ne suffiraient pas à convaincre le juge. Sans éléments plus concrets, elle n'irait nulle part. Surtout si Beth et ses parents faisaient bloc et que la jeune fille maintenait sa version des faits.

Diana se renversa contre son dossier et secoua la tête avec lassitude. D'un côté, la jeune étudiante blonde issue d'un milieu privilégié, appréciée de ses camarades et délicate d'aspect. De l'autre, le mécanicien belliqueux, habillé comme un voyou et multipliant les provocations. Si c'était la parole de Chad contre la parole de Beth, l'issue du procès était quasiment déterminée d'avance.

A fortiori dans la mesure où elle n'était même pas certaine de pouvoir compter sur son client.

Diana poussa un soupir de découragement. Non pas que l'innocence de Chad fasse le moindre doute. Elle était à cent pour cent certaine qu'il n'avait pas violé Beth. Mais elle craignait qu'il ne perde la tête si elle brusquait la jeune fille à la barre et la poussait dans ses retranchements. Pour protéger son amie, Chad était parfaitement capable de se lever en plein procès et de se lancer dans une confession détaillée de son viol imaginaire.

Mais trêve de scénarios pessimistes ! Elle avait encore du temps devant elle. Et il lui restait quelques noms sur la liste de Chad. Pour deux des amies de Beth, elle ne disposait que des prénoms. Elle avait prévu par conséquent d'aller faire un tour à l'université et de mener sa petite enquête. Comme quoi le métier d'avocat ne consistait pas seulement à passer des coups de fil et à consulter de gros bouquins.

Le premier sourire de l'après-midi joua sur les lèvres de Diana. C'était précisément pour cet aspect aventureux de sa profession qu'elle avait choisi de l'exercer, non ?

— Diana ?

Elle tourna la tête au son de la voix de Lucy.

— Oui ?

— Ça y est, j'ai fini ma journée. Si vous n'avez plus besoin de moi, je file... Ah oui, avant que j'oublie : Caine a appelé, il y a une demi-heure. Il a été retardé, mais il ne manquera pas de faire un saut ici avant de rentrer chez lui.

Sous l'œil attentif de Lucy, Diana hocha la tête sans parvenir à réprimer un sourire.

— Ah, très bien. Je le verrai lorsqu'il passera tout à l'heure. Je compte rester travailler encore un moment.

— Vous voulez que je vous prépare un thé avant de m'en aller ?

Diana tressaillit. Elle s'était replongée dans la contemplation rêveuse des flammes et avait déjà fait abstraction de la présence de Lucy.

— Mmm... ? Oh, non, c'est inutile, merci. Passez une bonne soirée, Lucy.

La secrétaire lui jeta un regard appuyé.

— Vous aussi, ma jolie. Amusez-vous bien. Et dites à Caine que j'ai laissé ses messages sur son bureau.

— C'est entendu. Je lui transmettrai.

Songeuse, Diana suivit la plantureuse secrétaire des yeux. Lucy était plus observatrice que son visage rond et placide ne le laissait supposer. Et dire qu'elle avait cru être si discrète ! Elle avait continué à travailler au côté de Caine comme si de rien n'était. Devant Lucy, ils avaient gardé le ton amical et léger qui seyait à de simples collègues exerçant dans un même espace.

Et pourtant, Lucy avait bel et bien capté quelque chose. Peut-être n'avait-elle pas été très réaliste en pensant pouvoir vivre son histoire avec Caine à l'insu de tous. Et pourquoi, à la réflexion, lui avait-il paru indispensable de la garder secrète ?

Perdue dans ses pensées, Diana alla s'accroupir devant la cheminée pour ajouter une bûche. Aussitôt, l'écorce s'enflamma, avec des craquements secs, des sifflements, des envolées d'étincelles. Elle sourit en songeant qu'en elle ça craquait, crépitait et flambait de même chaque fois qu'elle se trouvait en présence de son amant.

Caine l'effrayait. Il avait sur elle un pouvoir presque alarmant. D'un seul mot, d'un seul regard, il pouvait rallumer la flamme en elle. Caine, lui, était très à l'aise avec ses émotions. Alors qu'elle avait toujours veillé à contenir soigneusement les siennes. A les tuer dans l'œuf même. Elle enviait à Caine sa spontanéité, même si ses humeurs changeantes la décontenançaient par moments. Une chose était certaine, en revanche : Caine avait la faculté de dominer par la seule force de sa personnalité.

C'était une des raisons pour lesquelles elle avait exigé qu'ils maintiennent des rapports strictement professionnels pendant leurs heures de bureau. Elle gardait ainsi un espace — un créneau — où elle continuait à disposer d'elle-même. A garder le contrôle de ses actions et de ses sentiments.

« Je vais finir par tomber amoureuse de lui si je ne fais pas attention. A supposer que ce ne soit pas déjà fait, d'ailleurs… »

Prise d'un soupçon de panique, Diana se mordit la lèvre. Il aurait fallu réagir, sans doute. Raisonner. Prendre des mesures concrètes. Mais elle se sentait déjà largement débordée par la situation.

Elle se détournait du feu pour se remettre à ses dossiers lorsque le téléphone sonna dans le bureau de Caine. Avec un léger soupir, elle passa dans la pièce voisine pour prendre l'appel.

— Ici le cabinet de Caine MacGregor, répondit-elle en allumant la lampe du bureau.

— Il est revenu ? demanda une voix masculine, joviale et sonore.

— Pas encore, non. M. MacGregor est en rendez-vous extérieur.

— Ce garçon n'a jamais été fichu d'être là où on a besoin de lui, marmonna son interlocuteur.

Déconcertée, Diana sortit un carnet et un stylo.

— Si vous le souhaitez, monsieur, je peux prendre votre nom

et votre numéro de téléphone. M. MacGregor vous rappellera dès que...

— Hé! Mais vous n'êtes pas Lucy! Où diable est-elle passée, Lucy?

Amusée et plutôt perplexe, Diana reposa son stylo.

— Lucy a fini sa journée. Je suis Diana Blade, avocate, et je travaille dans le même cabinet que M. MacGregor. Si vous souhaitez lui laisser un message, je peux...

— *Diana*? La petite sœur de Justin? Ah, sacré bon sang de bonsoir! Ça tombe bien que je vous aie au bout du fil! Il y a longtemps que j'avais envie de bavarder un moment avec vous.

— Parce que vous connaissez mon frère?

A l'autre bout du fil, un rire tonitruant se fit entendre.

— Ah ça! pour le connaître, je le connais, oui. Vous croyez que j'aurais donné ma fille en mariage à n'importe qui, peut-être?

Avec un léger sourire, Diana se renversa contre le dossier du fauteuil de Caine.

— Ah, vous êtes monsieur MacGregor! Votre fils m'a beaucoup parlé de vous.

— Ha! Ne vous fiez pas à ce qu'il raconte, surtout. J'aimerais autant que vous veniez vous faire une opinion par vous-même... Ainsi, vous êtes juriste, vous aussi?

— Je suis avocate, oui. Comme Caine. J'ai fait Harvard quelques années après lui.

— Ah, comme le monde est petit! commenta Daniel d'un ton attendri. Rena m'a dit que vous étiez proche de Justin physiquement. Vous êtes gens de bonne souche, vous, les Blade.

— Gens de bonne souche?

Décontenancée par l'expression désuète, Diana ne sut trop que répondre.

— C'est qu'il faut maintenir les lignées, jeune fille. Depuis le temps que je me tue à le leur répéter. Mais personne ne m'écoute. Mon anniversaire tombe dans quelques jours, au fait.

— Mes félicitations, s'exclama Diana, amusée qu'il saute ainsi du coq à l'âne.

— Oh, je n'en fais pas tout un monde. S'il n'en tenait qu'à

moi, ce serait juste une journée comme toutes les autres. Mais mon épouse tient à marquer ce genre d'événements. Et j'ai pour principe de ne jamais décevoir mon Anna.

Diana se surprit à sourire.

— C'est le secret des mariages qui durent, acquiesça-t-elle.

— Nos enfants lui manquent, que voulez-vous ? Ils ont grandi et se sont dispersés comme les grains de sable dans le désert, lui confia Daniel d'un ton peiné. Et aucun n'a laissé de descendance. Pas de petits-enfants, vous vous rendez compte ? Aucun petit minois d'ange pour ensoleiller l'automne de nos vies.

— Rien n'est encore perdu, marmonna poliment Diana.

— Ils ne sont pas pressés, en tout cas. Quoi qu'il en soit, Anna veut voir tous ses enfants autour d'elle ce week-end. Ce sera une vraie fête de famille. Et vous en êtes, bien sûr. Vous viendrez avec Caine.

— Je vous remercie pour cette invitation, monsieur MacGregor. J'accepte avec le plus grand plaisir.

— Appelez-moi Daniel. Vous êtes la sœur de mon gendre. Donc déjà un peu une MacGregor pour moi. On a le sens de la famille, chez nous.

— C'est ce que j'avais cru remarquer en effet, acquiesça Diana en riant. Eh bien, je serai ravie d'assister à votre fête d'anniversaire, Daniel.

— Bien. Tout est arrangé, donc. Vous direz à Caine que sa mère veut le voir dès le vendredi soir… Ainsi, vous êtes juriste, aussi ? Bon, eh bien, ça paraît plutôt commode, *a priori* ! Alors à vendredi soir, mon amie Diana ?

Désorientée par cette conversation pour le moins bizarre, Diana reposa le combiné. Daniel s'était montré très chaleureux, comme Serena et Caine. Mais sa réputation d'excentricité n'avait rien d'usurpé. Pourquoi s'était-il attaché à souligner que Justin et elle étaient « de bonne souche » ? Et en quoi était-ce si « commode » que Caine et elle soient avocats l'un et l'autre ?

En entendant le bruit de la porte d'entrée, Diana descendit à la rencontre de Caine. Il jeta son duffle-coat sur une patère.

— Diana ? Je suis content de te trouver là. J'avais peur que tu ne sois déjà rentrée chez toi.

Sa voix trahissait une telle fatigue qu'elle scruta ses traits avec inquiétude.

— Il y a un problème ? Ça s'est mal passé ?

D'un geste las, il se frotta la nuque.

— Non, rien de dramatique. Il faut juste que je me remette des trois heures que je viens de consacrer à l'amie Virginia Day.

Diana posa les mains sur les muscles tendus de ses épaules et entreprit de les masser doucement.

— Tu ne l'aimes pas.

— Elle me fatigue, surtout. C'est une créature gâtée, égocentrique et futile. Et elle me fait caprice sur caprice.

— C'est joyeux.

Caine rit doucement et posa les mains sur ses poignets.

— Je n'ai pas besoin de l'apprécier pour la défendre. Mais ma tâche serait plus aisée si Virginia elle-même n'était pas la meilleure arme de la partie adverse. J'aurais beau déployer des trésors de virtuosité, jamais je ne parviendrais à la rendre sympathique aux yeux des jurés. Tout ce que je peux faire pour elle, c'est établir strictement les faits. Mais inutile d'espérer attendrir qui que ce soit sur son sort. Lorsque j'ai expliqué ça à Ginnie, elle a fait une mégacrise de nerfs et m'a signifié qu'elle se passerait désormais de mes services.

— Elle a fait ça ! se récria Diana, outrée.

Caine l'attira dans ses bras en riant.

— Mon renvoi fracassant n'a duré que cinq minutes. Virginia Day manque de la plus élémentaire courtoisie, mais elle n'est pas stupide.

— Cela lui aurait peut-être servi de leçon si tu l'avais prise au mot et que tu l'avais plantée là.

— Tu l'aurais fait, toi ?

Diana retrouva le sourire.

— Sans doute pas, non. Mais j'aurais été sacrément tentée. Tu as fini de travailler pour aujourd'hui ?

— Oh oui, j'ai fini, murmura-t-il en glissant les bras autour de sa taille.

— Alors, remets ton manteau, ordonna-t-elle sur une impulsion. Je t'emmène dîner… Et ensuite, je t'attirerai chez moi sous un prétexte quelconque et je ne te lâcherai plus avant demain matin.

Une lueur brilla dans les yeux de Caine.

— Tu ferais ça ?

— Je ferai ça, oui… Tiens, fit-elle gravement en lui tendant son duffle-coat.

— Tu sais que tu m'étonneras toujours, Diana ?

Elle se pencha pour lui boutonner elle-même son manteau.

— Et tu n'as encore rien vu, MacGregor.

Une bouteille de champagne sous le bras et les joues rosies par le froid, Diana poussa la porte de son appartement. Le dîner en tête à tête leur avait permis de se détendre. Peu à peu, les soucis et les tensions liés à leur métier étaient passés à l'arrière-plan. Ils avaient commencé comme deux avocats attablés ensemble et ils avaient quitté le restaurant comme un homme et une femme en état de fascination mutuelle.

Diana plaça la bouteille entre les mains de Caine.

— Tu t'en occupes ? Je vais chercher les verres.

— Mmm… Je te vois venir, Diana. Tu as l'intention de me faire boire et de profiter de mon état de faiblesse.

Revenant de la cuisine avec deux flûtes à la main, elle lui adressa un sourire délibérément lascif.

— Méfie-toi, en effet. J'ai des vues sur toi.

Haussant les sourcils, Caine entreprit de retirer la protection sur le goulot de la bouteille.

— Il n'est pas dit que je ne t'offrirai pas une certaine résistance.

— Ah, vraiment ?

Diana posa les verres, glissa sensuellement les mains sur les pans de son veston et le lui retira. Elle était décidée à tester son propre pouvoir et à explorer le côté passif de Caine. Ce soir, elle mènerait la danse. Du début jusqu'à la fin.

Comme il tentait de l'enlacer, elle garda ses lèvres à quelques centimètres des siennes.

— Et ce champagne ?

— Mmm… Il pourrait peut-être attendre, non ?

Avec un rire de gorge, elle attrapa l'extrémité de sa cravate.

— Non. C'est champagne d'abord, monsieur MacGregor. Chaque chose en son temps.

Elle dénoua sa cravate et la jeta sur le canapé. Et sentit un frisson d'excitation les parcourir l'un et l'autre.

— Sers-nous à boire, veux-tu ? chuchota-t-elle en défaisant les trois premiers boutons de sa chemise. Je vais mettre un peu de musique.

Diana retira ses escarpins en traversant la pièce. Elle choisit un disque de blues, baissa les lumières et ôta la courte veste cintrée qu'elle portait sur une robe sans manches.

Son verre à la main, Caine la regardait faire.

— Je crois que je suis en fort mauvaise posture.

— Une menace pèse sur toi, en effet, acquiesça-t-elle en l'entraînant avec elle sur le canapé… Je ne donne pas cher de ta vertu ce soir, MacGregor.

— Au point où j'en suis, je devrais peut-être me remettre entièrement en ton pouvoir ?

— Je te le conseille instamment.

Il tourna la tête pour l'embrasser, mais elle se contenta de le laisser prendre un bref avant-goût avant d'interrompre le baiser. Après avoir fait tinter son verre contre le sien, elle se mit à jouer avec une mèche de cheveux de Caine.

— Je t'ai déjà dit que je te trouvais fascinant ? chuchota-t-elle.

— Pas encore, non. Mais je serais ravi de l'entendre.

Il voulut la prendre sur ses genoux, mais elle secoua la tête. Ce soir, elle exercerait son pouvoir de femme. Sans modération aucune.

— J'aime tes mains, commenta-t-elle en portant les doigts de Caine à ses lèvres. Elles sont solides, carrées, légèrement calleuses. C'est une des premières choses qui m'ont frappée chez toi : ces paumes un peu rêches dont on ne peut s'empêcher d'imaginer la caresse sur la peau.

— C'est donc à cela que pensait la froide étrangère au sourire glacial que j'ai accueillie à sa descente d'avion ? Au contact de mes mains glissant sur sa chair ?

Caine chercha à capter son regard. Mais pas moyen de renverser la situation à son avantage. Diana exerçait sur lui un effet quasi hypnotique. Il l'avait crue beaucoup trop inhibée pour exercer un tel ascendant sur lui. Et pourtant il se sentait troublé, conquis, aspiré par son mystère,

— Diana…

— Et puis il y a ta bouche, poursuivit-elle en portant son regard sur ses lèvres. Une bouche incroyablement savante… La première fois que tu m'as embrassée, tu m'as coupé le souffle.

Elle se pencha pour effleurer ses lèvres, mais se retira dès qu'il chercha à approfondir le baiser.

— C'est une bouche qui sait être impérieuse, mais elle peut aussi être infiniment douce, tendre et caressante. Je passerais des heures et des heures à ne rien faire d'autre que t'embrasser.

Rejetant le buste en arrière, elle l'observa par-dessus le rebord de son verre.

— Diana…

Mais là encore, elle secoua la tête. Il lui fallait gagner encore un peu de temps, l'amener plus loin, le rendre un peu plus fou.

— J'aime tes yeux, Caine… La façon dont leur éclat s'aiguise lorsque tu me désires. J'aime me plonger en eux.

Elle laissa glisser une main sensuelle sur son torse.

— Je te sens un peu tendu, tu sais ? Ton cœur bat trop vite… tu devrais boire ton champagne, savourer ce moment de détente.

Un léger sourire joua sur les lèvres de Caine.

— Tu sais que j'ai envie de toi, cruelle… que je n'aurai pas un instant de paix avant de t'avoir dévêtue et couchée sur un lit. Et tu sais aussi que tu vas me céder.

— Peut-être.

Elle eut un sourire mystérieux, rejeta ses cheveux en arrière, prit une gorgée de champagne et laissa le liquide pétiller sur sa langue.

— Quand je pense à l'amour avec toi, ce sont toujours des images de tempête qui s'imposent… Te rappelles-tu le premier matin où nous nous sommes embrassés sur la plage ? Il y avait déjà du vent et de la neige. Puis il y a eu notre petit motel dans le blizzard. Pas de brise légère ni de chants d'oiseaux, mais la force brute des éléments.

Finissant de déboutonner la chemise de Caine, elle posa la main sur la peau nue de son torse et la laissa descendre avec une lenteur torturante.

— Si c'est de la douceur et des chants d'oiseaux que tu veux, murmura-t-il d'une voix rauque, ce n'est pas comme ça qu'il faut t'y prendre.

— Et qui te dit que je ne préfère pas les éléments déchaînés ?

Sans que son regard quitte le sien, Diana reprit sa bouche. Et, cette fois, laissa leur baiser se prolonger.

Les pensées de Caine se brouillèrent sous l'effet combiné de l'attente exacerbée et du champagne. Plongeant les doigts dans ses cheveux, il la maintint fermement et approfondit le baiser avant qu'elle ne se dérobe une fois de plus. Il voulait plus, infiniment plus qu'un simple baiser, d'ailleurs. La sentant s'abandonner dans ses bras, il tendit la main vers la fermeture Eclair de sa robe.

Contre l'embrasement du désir, Diana dut lutter de toute sa volonté déjà chancelante. Mais elle ne céderait pas avant d'avoir atteint son objectif. Elle voulait mettre à nu l'homme qui se cachait sous le masque trop civilisé. Et pour cela, elle devait le pousser à bout.

Juste au moment où sa robe commençait à s'ouvrir, elle se dégagea doucement.

— Diana…

Il voulut la retenir mais elle s'échappa. Légère. Rieuse. Provocante.

— Tu ne veux pas encore une goutte de champagne, Caine ?

D'un mouvement vif, il se mit sur pied et lui prit le bras.

— Tu sais pertinemment ce que je veux.

Elle sentit une telle excitation l'envahir que ses jambes se dérobèrent.

— Oui… oui, je le sais.

Sur une impulsion, elle but d'un trait le contenu de son verre.

— Que cette boisson est donc civilisée ! Fais-moi l'amour, Caine.

Instantanément, il lâcha tout contrôle et la plaqua presque avec brutalité contre lui.

— Ici, exigea-t-il… Et maintenant.

Sa bouche rivée à la sienne, il s'effondra avec elle sur le tapis. Le verre de Diana lui échappa des doigts et alla rouler sous la table basse. Les mains de Caine semblaient être partout à la fois tandis qu'il continuait à l'embrasser sans trêve. Elle s'appliqua à le pousser plus loin encore. Répondant à chacune de ses caresses, elle s'arquait, gémissait, le provoquait avec ses mains et avec ses lèvres.

Caine n'avait jamais fait l'amour à une femme de cette manière. Lui qui aimait savourer, prendre son temps, se sentait comme un torrent furieux dévalant vers son but. Plus que le plaisir, c'était un besoin primitif qui commandait ses gestes. Un besoin sur lequel il n'avait aucune prise. Prisonnier d'une frénésie qui le dépassait, il avait oublié jusqu'aux règles les plus élémentaires de son habituel savoir-vivre érotique.

Un juron explosa sur ses lèvres lorsqu'il la prit, presque avec rudesse. Elle cria — de plaisir ou de douleur, il n'aurait su le dire. Non sans férocité, il cueillit un gémissement sur ses lèvres. Puis il les mena l'un et l'autre en une cavalcade hallucinée où il ne perçut plus qu'une chaleur aveuglante, une ronde folle de couleurs. Emportés vers le cœur silencieux de la tempête, ils se murent comme l'éclair, se cabrèrent sur un cri ultime, puis retombèrent brisés, muets, exsangues.

Avec une sensation presque douloureuse, Caine revint lentement à la raison. Mais, même lucide, il restait incapable de faire un geste. Renonçant à maîtriser sa respiration haletante, il enfouit le visage dans les cheveux de Diana. Il tremblait, découvrit-il, saisi d'un sourd malaise.

Jamais aucune femme ne l'avait fait trembler auparavant, même lorsqu'il avait passé une nuit entière à faire l'amour. Quelle était l'arme secrète de Diana Blade ? Qu'est-ce qui, chez elle, le mettait dans un état pareil ? Son dernier souvenir conscient était de l'avoir fait rouler sous lui sur le tapis. Après cela, ses souvenirs n'avaient plus été que sensations. Il aurait été incapable de dire s'ils étaient restés là dix minutes ou pendant des heures.

Se pouvait-il qu'il lui ait fait mal ? Qu'il se soit comporté comme une brute d'un autre âge ? Quelque chose dans la façon dont elle lui avait ordonné de lui faire l'amour lui avait fait perdre d'un coup tout contrôle de lui-même.

La tête lourde, Caine se souleva sur les coudes pour la regarder. Elle avait les yeux ouverts sous ses paupières mi-closes. Et sa peau brillait de l'éclat si particulier que procure l'orgasme. Sidéré, il sentit une nouvelle poussée de désir monter en lui — presque aussi impérieuse que la première.

Diana soupira son nom et laissa ses mains aller et venir dans son dos. Dans le regard de Caine, elle avait rencontré une émotion inattendue lorsqu'il avait relevé la tête : comme un soupçon de vulnérabilité et de peur.

Fermant les yeux, elle se blottit plus étroitement contre lui. La faiblesse entrevue chez Caine n'était ni plus ni moins qu'un reflet de la sienne. Ils étaient soudain très nus et démunis l'un et l'autre. Sans défense aucune.

En bref, la situation avait cessé d'être simple.

— Tu es une fille surprenante, Diana, chuchota Caine lorsque les battements de leur cœur se furent calmés.

— De quel point de vue ? murmura-t-elle.

Il cueillit sa lèvre inférieure entre les siennes.

— Tant de passion, tant de sensualité volcanique… et tant de talent pour dissimuler ta vraie nature. Je me souviens de la première impression que j'ai eue de toi : digne, froide, imperturbable. Tu avais décidé de me faire perdre la tête, n'est-ce pas ?

Elle soupira lorsqu'il lapa le creux de son cou.

— Et j'ai réussi. Tu étais comme fou.

Caine se redressa en souriant et remplit un verre de champagne.

— On partage ? J'ai l'impression que l'autre verre s'est perdu en route.

Diana se redressa, le dos calé contre le canapé, et prit une gorgée avant de lui tendre la flûte. Caine but à son tour et lui caressa les cheveux.

— Je propose qu'on passe ce week-end chez moi, ça te dit ? On se concoctera de petites bouffes maison, on allumera un grand feu et on regardera de vieux films en se tenant la main.

Les images qu'il évoquait étaient à la fois tentantes et dangereuses. Un pas de plus vers l'intimité. Mais même si le tour que prenait leur relation lui faisait peur, Diana ne se sentait pas la force de résister.

— Pourquoi pas ? *A priori*, je n'ai pas d'autres projets pour... oh, mon Dieu, Caine ! Ton père !

Il ne put s'empêcher de rire de son air désemparé.

— Mon père ? Qu'a-t-il à voir là-dedans ?

— J'ai complètement oublié de te dire qu'il avait appelé ! s'exclama-t-elle en lui prenant le verre des mains. Nous avons été convoqués à Hyannis par décret royal dès vendredi prochain. Et apparemment, il n'y a pas à discuter.

— Ah bon ? Tous les deux ?

— Oui, pour l'anniversaire de Daniel.

Diana se pencha au-dessus de Caine pour remplir de nouveau leur verre commun.

— Ton père ne tenait pas spécialement à fêter l'événement, m'a-t-il dit, mais ta mère a insisté pour organiser quelque chose quand même...

Caine secoua la tête.

— Je vois. Mon père, cet homme discret et effacé, aurait laissé passer la date sans même y penser. Mais il ne veut pas décevoir ma mère pour qui une fête familiale s'impose. C'est ce que le vieil hypocrite t'a raconté, je suppose ? Je crois qu'on ne le changera jamais !

Riant doucement, Diana lutta pour se concentrer sur ses paroles. Les mains de Caine avaient recommencé à glisser sur sa peau nue avec une redoutable expertise.

— Ton père est sans doute un peu comédien, mais c'est gentil de sa part de m'avoir invitée. Je dois reconnaître que sa conversation n'est pas facile à suivre, en revanche.

— Ah non ? murmura Caine en dessinant le contour d'une oreille de la pointe de la langue. Parce que ?

— Il avait l'air de se réjouir que nous soyons « de bonne souche », Justin et moi. Je ne vois pas trop ce qu'il entend par là.

— Et qu'est-ce qu'il t'a raconté d'autre ? demanda Caine, satisfait de la sentir aussi délicieusement passive et abandonnée sous ses caresses.

Cette fois, ils prendraient tout leur temps pour faire l'amour. Et il savourerait chaque étape.

— Il a dit aussi que c'était « commode » que nous soyons avocats l'un et l'autre, chuchota-t-elle d'une voix alanguie. C'est surprenant comme commentaire, non ?

Caine fronça les sourcils.

— *Il a dit ça* ? Bon, c'est bien ce que je redoutais. Serena t'a expliqué comment ils se sont connus, Justin et elle ?

Elle gémit.

— Mmm… ? Non… Fais-moi l'amour, Caine.

Il se demanda comment Diana réagirait si elle apprenait *qui* avait orchestré la rencontre de son frère et de Serena. Daniel n'hésiterait pas à multiplier les allusions s'il s'était mis en tête que la sœur de Justin ferait une épouse idéale pour son fils cadet…

Caine se pencha pour soulever Diana dans ses bras. Tout en s'emparant de ses lèvres, il s'étonna que cette idée de mariage ne le fasse pas bondir plus que ça. Mais comment avoir la tête claire lorsque la plus belle femme de Boston s'alanguissait nue dans son étreinte ?

Songeant qu'il serait toujours bien assez tôt pour réfléchir à la question le lendemain, il trouva son chemin jusqu'à la chambre à coucher.

10

Le dossier d'Irene Walker à la main, Diana, immobile derrière son bureau, regardait fixement les flammes. Elle ne pouvait tout simplement pas y croire. Plainte retirée ; demande en divorce annulée.

Incrédule, elle examina le chèque posé devant elle. Rédigé d'une écriture sage et régulière, il correspondait à l'intégralité de ses honoraires. Irene Walker s'était déclarée très satisfaite de ses services. Mais elle n'avait plus besoin de l'aide d'une avocate. Elle avait décidé d'accorder une nouvelle chance à son mari.

— Il s'en veut tellement de m'avoir frappée, avait-elle expliqué de sa voix douce et timide. Et il m'a juré que ça ne se reproduirait pas.

« Que ça ne se reproduirait pas »... Consternée, Diana secoua la tête. George Walker avait refusé de se faire soigner. Il ne voulait entendre parler ni de thérapie individuelle ni de thérapie de couple. Et il serait censé avoir changé quand même ? Comme ça ? Par miracle ?

Furieuse, Diana tapa du poing sur son bureau. Irene était trop faible, trop crédule, trop fragile. La prochaine fois que son mari laisserait sa violence se déchaîner, elle pourrait s'estimer heureuse si elle s'en tirait avec seulement deux dents cassées et quelques ecchymoses.

Incapable de tenir en place, Diana s'avança jusqu'à la fenêtre pour contempler les branches figées sous le givre. Dix minutes plus tard, elle arpentait toujours la pièce, trop révoltée par la vie gâchée d'Irene pour se concentrer sur un autre dossier.

Elle mit quelques secondes à réagir lorsque Caine passa la tête par l'entrebâillement de la porte.

— Il y a un problème, Diana ?

— Irene Walker sort d'ici à l'instant. Elle est réconciliée avec son mari et fermement décidée à renouer avec les joies de la vie conjugale.

— Ah…

Diana se mordit la lèvre.

— Mais comment peut-on être aussi naïf, mon Dieu ? Ça me dépasse, Caine. Honnêtement, ça me dépasse. Son George l'appelle, la persuade de lui accorder un rendez-vous où il se présente avec un bouquet de roses, et hop ! la voilà convaincue qu'il n'est plus le même homme.

Caine se frotta pensivement le menton.

— Il a peut-être changé pour de bon.

— Tu plaisantes ? Il suffirait d'une séparation de quelques semaines, d'après toi, pour le guérir de sa violence ? Laisse-moi rire. Ce n'est pas la première fois qu'elle l'a quitté, en plus.

— Mais elle est allée jusqu'à demander le divorce, cette fois. Et elle a porté plainte. Ça l'a peut-être fait réfléchir.

— Ça, pour réfléchir, il a dû réfléchir, oui. Son intérêt, dans l'histoire, il est clair : en récupérant sa petite épouse, il retrouve une esclave docile, fait l'économie d'un procès et d'une peine de prison éventuelle et évite la pension alimentaire ainsi que le partage de son patrimoine. C'est tout bénéfice pour lui.

— Et qui te dit qu'il n'est pas sincère dans sa volonté de changer ?

— Tu parles ! Il refuse toute aide psychologique. Ce cher George ne supporte pas l'idée d'étaler ses problèmes intimes en public… En public ! La belle affaire ! La dernière fois qu'Irene a eu le malheur de faire brûler la viande, il n'a pas hésité à la tabasser dans le jardin devant les voisins horrifiés. Mais à part ça, *monsieur* a l'âme sensible et le cœur pudique !

Anéantie, Diana se laissa tomber dans un fauteuil.

— Elle me désespère, Caine. Comment peut-on aimer un

homme qui, à la moindre contrariété, va se servir de vous comme d'un punching-ball ?

Caine s'accroupit devant elle pour lui prendre les deux mains.

— Qui te dit qu'elle lui revient par amour ? Tu ne crois pas que c'est plutôt la peur qui commande sa décision, en l'occurrence ? Irene n'a pas de métier, pas d'expérience et un enfant à charge. Et elle n'a aucune confiance en ses propres capacités. Retourner auprès de son mari, c'est choisir une forme de sécurité, même relative.

Submergée par un sentiment accablant d'impuissance, Diana secoua la tête.

— Je ne sais pas, tu as peut-être raison. Je ne connais pas grand-chose à l'amour. Toujours est-il qu'*elle* est persuadée de l'aimer, en tout cas.

— Diana... Nous sommes avocats, pas psychiatres. Si problème il y a pour Irene Walker, il ne relève plus de nos compétences.

— Je *sais* ! Mais c'est quand même à se taper la tête contre les murs, non ? J'aurais pu faire quelque chose pour elle ! Et même lui aurait bénéficié d'une aide thérapeutique. Alors que maintenant...

— Maintenant, tu vas prendre son dossier, le classer soigneusement sur une étagère, et laisser Irene faire ses propres expériences. Si elle change d'avis, elle saura à quelle porte frapper. Mais ce n'est pas le rôle d'un avocat de prendre son épée de don Quichotte et d'aller ferrailler jusque dans l'arène familiale au nom du droit et de la justice. Nous ne sommes pas les sauveurs de l'humanité.

Diana se prit le visage entre les mains.

— Bon sang, mais pourquoi n'avons-nous pas choisi un métier plus simple ? En théorie, ça paraît aller de soi : il y a des lois, on les applique et basta. Mais dans notre pratique, nous nous retrouvons face à des êtres humains plus ou moins attachants et, là, tout se complique. Le fait est que je *voulais* aider Irene, Caine. C'était important pour moi.

— On ne peut apporter de l'aide qu'à ceux qui nous la demandent.

— Exact. Et Irene Walker n'est pas prête, admit-elle d'une voix lasse.

Avec un profond soupir, Diana se frotta les paupières. Trop de considérations personnelles entraient en jeu, sans doute. Parce que l'affaire Walker avait été le premier dossier qu'elle traitait en tant qu'avocate indépendante, elle vivait la défection d'Irene comme un échec.

Délivrer Irene de ses liens aurait été un acte hautement symbolique pour elle. Parce qu'elles avaient été prisonnières chacune à leur façon, elle s'était sentie impliquée, et pas seulement en tant qu'avocate.

— En fait, c'est moi qui avais *besoin* de l'aider, reconnut-elle tristement.

Touché de plein fouet par son désarroi, Caine ressentit en lui un double mouvement contradictoire : l'envie de la serrer dans ses bras et celle de fuir ventre à terre.

Mais c'était seulement en restant neutre et objectif qu'il pouvait lui apporter une aide réelle.

— Tu ne peux pas te permettre de t'identifier à tes clients, Diana. Ils ne sont pas là pour que tu règles tes propres comptes à travers eux.

Le visage de Diana se ferma.

— Je fais ce que je peux, Caine.

— Je sais... Nous ne sommes jamais à l'abri d'une erreur. Il y a quelques années, j'avais pour client un gamin inculpé pour conduite en état d'ivresse. Je me suis investi à fond dans sa défense et il s'en est tiré avec seulement quelques dollars d'amende. Trois mois plus tard, toujours ivre, il a foncé tout droit dans un poteau téléphonique. Sa passagère de dix-sept ans est morte sur le coup.

— Oh, Caine, chuchota-t-elle en lui prenant la main.

— Nous traînons tous nos casseroles... Tout ce que nous pouvons faire, c'est nous acquitter de notre tâche au mieux. Et ne jamais oublier que nous ne détenons pas « la vérité ». Ni pour nous-mêmes ni pour les autres.

Frappée par la sagesse de ces paroles, Diana prit une profonde inspiration, glissa le dossier d'Irene dans un tiroir et adressa un faible sourire à Caine. Il posa la main sur la sienne.

— Lucy m'a dit que tu avais deux nouveaux clients la semaine prochaine ?

— Ce sont d'anciens clients, du temps de Barclay, Stevens et Fitz. Apparemment, ils n'ont pas dû être trop mécontents de mes services puisqu'ils ont choisi de faire de nouveau appel à moi.

Caine se leva et la hissa sur ses pieds à son tour.

— Dois-je en conclure que tu as fini de broyer du noir pour aujourd'hui, ma chère consœur ?

— Absolument.

— Parfait. Alors, en route, Cendrillon ! Si nous arrivons en retard à Hyannis, nous en aurons pour une heure à entendre mon père se déchaîner.

Diana se pencha en riant pour sortir son sac à main d'un tiroir.

— Ne me dis pas que tu as peur de te faire gronder à ton âge ?

— Attends d'avoir rencontré mon père et tu comprendras.

Diana acheva de se détendre pendant le trajet en voiture jusqu'à Hyannis. Elle décida d'oublier Irene et de laisser Chad de côté, le temps d'un week-end. C'était la première fois qu'elle reverrait son frère depuis leur réconciliation à Atlantic City et elle avait hâte de passer deux jours entiers en compagnie de Justin. Peut-être parviendraient-ils, à eux deux, à instaurer un embryon de cellule familiale ?

Rien de comparable avec la tribu MacGregor, bien sûr. Que le clan soit soudé, Diana s'en était déjà aperçue en voyant Caine et Serena ensemble. Les propos de Caine ainsi que le coup de fil de Daniel avaient achevé de la convaincre que les MacGregor formaient une famille au sens fort du terme.

Comme la Jaguar gravissait les hauteurs au-dessus de Hyannis, elle découvrit le détroit de Nantucket en contrebas. Elle se délecta un instant du paysage maritime âpre et sauvage où la vague attaquait la falaise en soulevant de hautes gerbes d'écume. Mais ces impressions s'effacèrent lorsqu'elle vit la demeure familiale des MacGregor. Tournant le dos à la mer, la vaste construction en granit avait l'allure hautaine d'une forteresse. Bâtie à l'écart, surplombant les eaux, elle semblait tout droit sortie d'un livre de contes. Brillant de tous ses feux, la construction était démesurée, un peu folle, hésitant entre l'absurde et le grandiose.

— Oh, Caine ! Mais c'est extraordinaire ! Tu aurais dû me prévenir que nous allions changer de siècle le temps d'un week-end.

Caine tourna un instant la tête pour lui sourire.

— Je sens que tu vas plaire à mon père. Tout le monde n'est pas séduit d'emblée par notre maison de famille ! Mon père est un grand original qui, toute sa vie, n'en a jamais fait qu'à sa tête. Et il s'en est donné à cœur joie en faisant construire une version personnalisée du château écossais de ses rêves.

Ebahie par l'aspect des lieux, Diana secoua la tête en riant.

— Je vois qu'il ne s'est soucié ni des modes, ni des contraintes tyranniques de ce qu'on appelle le « bon goût », ni du regard d'autrui. Eh bien, moi, je trouve ça génial. Ça a dû être magique pour toi de grandir dans une pareille forteresse.

Le regard de Caine glissa sur la haute tour, avec le drapeau écossais qui flottait à son sommet. Il était surpris que la réaction enthousiaste de Diana lui fasse plaisir à ce point.

— Oui, pour un enfant, on peut difficilement imaginer un cadre de vie plus excitant. Si tu voyais les caves... Certaines d'entre elles ressemblent à de vrais cachots. Je me souviens d'une époque où nous étions les Grands Inquisiteurs et où nous jetions allègrement nos « hérétiques » dans d'immondes culs-de-basse-fosse.

Diana pouffa.

— Charmant ! Quels adorables chérubins vous faisiez, tous les trois.

— Je crois que nous avions une riche imagination, surtout.

Caine suivit une allée circulaire et se gara à proximité d'un majestueux escalier de granit.

— Je te préviens que l'intérieur est à l'image de l'extérieur. C'est tout sauf fonctionnel chez nous, précisa-t-il en lui ouvrant sa portière.

— Tant mieux !

Entrelaçant ses doigts aux siens, Caine gravit les hautes marches et actionna le heurtoir.

— « Royale est ma race », traduisit-il à l'intention de Diana, qui s'efforçait de déchiffrer l'inscription en gaélique.

— Je suis impressionnée, mon cher prince.

Il rit doucement et pressa ses lèvres contre les siennes.

— Et tu crois que tu ne m'impressionnes pas, toi ? chuchota-t-il avant d'approfondir le baiser.

Oubliant le lieu et l'heure, elle se sentit fondre, puis se dissoudre entièrement dans son étreinte.

— C'est une méthode comme une autre pour se protéger contre les froides nuits d'hiver, commenta une voix amusée.

Diana tourna la tête en sursaut. Un homme de haute taille se tenait adossé contre le lourd battant de chêne. Très brun, il avait un physique plus ténébreux que celui de Caine. Un sourire adoucissait la sévérité d'une bouche fermement dessinée.

Caine s'avança pour lui passer un bras affectueux autour des épaules.

— Mon frère, Alan... Diana Blade.

Pendant les quelques secondes que dura leur poignée de main, Diana demeura paralysée par l'intensité du regard que le sénateur posait sur elle. Il scrutait ses traits, comme s'il sondait directement le fond de sa personnalité, en laissant les apparences de côté. Caine aussi pouvait avoir ce même regard perçant, songea-t-elle. Même si les deux frères ne se ressemblaient pas physiquement, ils avaient au moins cette particularité en commun.

Son examen terminé, Alan sourit.

— Soyez la bienvenue ici, Diana, déclara-t-il avec une chaleur qui la surprit. Tout le monde est déjà réuni dans la Salle du trône.

— La salle du trône ?

Caine l'aida à retirer son manteau.

— C'est un salon où la famille se rassemble pour les occasions spéciales. Tu verras. C'est un peu mégalo, mais on s'y fait.

Avec la plus grande désinvolture, il jeta leurs manteaux sur la tête de lion sculptée qui ornait l'extrémité d'une rampe.

— Rena et Justin sont déjà arrivés ?

— Oui. Depuis plus d'une heure. Autrement dit, vous êtes

les derniers, répondit Alan en échangeant un rapide regard avec son frère.

Caine passa un bras autour des épaules de Diana.

— Bon, c'est moi qui vais ramasser, si je comprends bien? Cela dit, la présence de Diana devrait me racheter largement de mon petit retard. Tu es venu seul, je crois?

— Oui. Mais j'ai déjà eu droit à mon sermon. « Trente-cinq ans et encore vieux garçon, déclama Alan d'une voix sombre de tragédien, en imitant l'accent écossais de Daniel. Mais que fais-tu donc de ta vie, mon fils? »

— Je n'aurais pas aimé être à ta place, murmura Caine, compatissant.

— C'est un peu mystérieux pour le non-initié, ce que vous vous racontez là, observa Diana, intriguée.

Caine secoua la tête en souriant.

— Rassure-toi. Tu comprendras bien assez vite.

Diana n'eut pas le temps d'insister. Déjà la voix de Daniel parvenait à leurs oreilles.

— Toujours en retard, ce garçon, c'est tout de même malheureux. Boston n'est pas si loin d'ici, pourtant. Mais croyez-vous qu'il ferait un saut de temps en temps pour venir voir la mère qui l'a mis au monde et bercé dans ses bras? Il n'y a plus rien de sacré, de nos jours. Entendez bien mes paroles : une société qui perd le respect de ses ancêtres est une société qui se meurt!

Caine resserra la pression de son bras autour des épaules de Diana.

— Et voilà... Mon père dans toute sa gloire! Il est comme ça du matin au soir.

Toujours en la maintenant contre lui, il s'immobilisa à l'entrée de la pièce monumentale. Avec les hautes fenêtres à meneaux, la cheminée où on aurait pu faire rôtir un bœuf, les parquets luisants et sombres, l'illusion d'un château d'un autre âge restait intacte. Un large fauteuil sculpté avec un haut dossier droit tendu du même velours d'un rouge profond que les rideaux dominait toute la salle. Le regard de Diana fut immédiatement attiré par l'homme qui l'occupait. Massif, le menton orné d'une barbe rousse, il avait la beauté majestueuse d'un guerrier dans la force de l'âge. Même si Daniel portait bien son costume de couturier italien, Diana l'aurait imaginé sans peine vêtu d'un kilt et armé du poignard écossais traditionnel.

A sa droite était assise une femme brune, aux cheveux à peine grisonnants, avec des traits fins, une grâce altière. Penchée sur un canevas, elle tirait l'aiguille avec une expression sereine pendant que son mari à la voix de stentor poursuivait ses diatribes. La belle Serena était allongée sur un sofa et regardait rêveusement les flammes. Sa tête reposait sur les genoux de Justin qui caressait amoureusement ses cheveux.

Diana ne put s'empêcher de sourire. Tous trois formaient une cour autour de Daniel le Patriarche, assis en majesté dans ce qui ressemblait fort à un trône. Pour être excentrique, le père de Caine était excentrique, en effet. Mais le personnage avait une réelle grandeur. Diana fut instantanément séduite.

— Est-ce trop exiger d'un fils que de lui demander de venir présenter ses respects à son père le jour de son anniversaire de naissance ? poursuivait Daniel, le bras levé vers le ciel. Rien ne prouve que je serai encore là l'année prochaine pour fêter le suivant !

— Tu nous dis ça chaque fois, intervint Caine.

Serena se leva sur un éclat de rire et vint se jeter à son cou. Puis elle embrassa Diana en la serrant dans ses bras.

— Diana ! Tu es venue ! Si tu savais comme je suis contente de te revoir.

Les MacGregor avaient une façon très physique de manifester leur affection. Et leurs débordements séduisaient Diana et l'intimidaient à la fois.

— Je suis ravie, moi aussi. Tu as une mine superbe, Serena.

— Merci ! Puisque tu me complimentes si gentiment, je vais vous servir à boire, à tous les deux… Tiens, viens m'aider, Alan.

Justin s'était levé à son tour et se tenait devant elle. Ne sachant soudain que faire d'elle-même, Diana lui tendit la main. Il la prit et la serra fort.

— Tu veux bien m'embrasser, petite sœur ?

Les yeux verts si extraordinairement limpides étaient rivés

sur son visage : une fois de plus, Justin prenait garde à ne pas la brusquer. Avec un cri de joie étouffé, elle lui noua les bras autour du cou.

— Oh, Justin… Je suis si heureuse.

Justin lui déposa un baiser dans les cheveux et tourna les yeux vers Caine. Les deux hommes se fixèrent quelques instants en silence. Caine vit comme un éclair traverser le regard de Justin. Et il n'eut aucun mal à imaginer ce que son beau-frère ressentait. Il avait éprouvé un choc en tout point similaire lorsqu'il avait découvert que sa « petite sœur » partageait la suite de Justin.

Aujourd'hui, ils se retrouvaient dans la situation exactement inverse. Et c'était Justin qui devait sentir une pointe de possessivité fraternelle lui chatouiller le cœur.

— Hé là, qu'est-ce que vous faites, tous, groupés près de la porte ? tonitrua Daniel. Vous voulez la garder en otage, cette belle fille, ou quoi ?

Se hissant hors de son fauteuil, le patriarche s'avança dans leur direction.

— Rena, mon verre est vide. Quant à toi, Justin, tu pourrais peut-être me présenter ta sœur ?

— Et moi ? Je n'existe plus ? protesta Caine.

Daniel lui jeta un regard sévère. Mais devant le sourire imperturbable de Caine, il finit par éclater de son grand rire sonore.

— Viens embrasser ton père, rejeton insolent !

Daniel serra son fils dans ses bras et lui assena trois grandes claques dans le dos.

— Tu sais bien que ta mère se fait du souci lorsque tu es en retard.

— Tant que nous n'avons pas manqué le dîner…

Laissant Caine se diriger vers sa mère, Daniel se tourna vers Diana.

— Ah, que vous êtes donc jolie ! Je retrouve beaucoup de traits communs avec votre frère. Vous êtes grande et forte. La nature vous a pourvue de tous les attributs nécessaires.

De tous les attributs nécessaires ?

— Euh… merci, Daniel. C'est vraiment très gentil de votre part de m'avoir invitée à cette fête de famille.

— Ah, mais vous en faites partie désormais… N'est-elle pas jolie, Anna ?

— Comme un cœur.

Anna lui prit les deux mains.

— Soyez la bienvenue, Diana. Et ne vous offusquez pas des manières de mon mari, surtout. Ne pensez pas qu'il vous traite comme un pur-sang fraîchement mis en vente. C'est juste sa façon d'être.

— Un pur-sang fraîchement mis en vente ! protesta Daniel de sa voix retentissante. Mais qu'est-ce que tu racontes, mon Anna ?

— Maman appelle un chat un chat, intervint Caine en se perchant sur l'accoudoir du fauteuil de sa mère.

Daniel émit un grognement de protestation en reprenant place dans son fauteuil royal.

— Ainsi, notre famille s'enrichit d'un troisième juriste, commenta-t-il, ignorant le regard meurtrier que lui jeta son fils cadet. Et vous avez fait Harvard également, Diana. Avouez qu'une coïncidence aussi extraordinaire ressemblerait presque à un présage… Et maintenant, vous voici associés, tous les deux.

— Nous ne sommes pas associés, protestèrent Caine et Diana avec un ensemble parfait.

Daniel eut un sourire un peu trop innocent au goût de Caine.

— Ah, non ? Dieu sait pourquoi je m'étais mis cela en tête… Mais dites-moi, Diana, vous aimez les enfants ?

Décontenancée, Diana cligna des paupières. Le père de Caine restait décidément un mystère absolu pour elle.

— Les enfants ?

Elle perçut un rire étouffé derrière elle qu'Alan dissimula habilement sous une quinte de toux. Caine marmonna quelques syllabes indistinctes qui ressemblaient fort à un juron.

— Eh bien, je les aime beaucoup, oui, murmura-t-elle, perplexe. Mais je n'ai pas une grande expérience de…

Le visage grave, Daniel riva son regard au sien.

— Les enfants sont le sel de la terre, mon petit. Si on nous a donné la vie, c'est pour la transmettre. Ce sont les enfants qui nous procurent un sentiment de permanence ; ce sont eux qui font que nous nous sentons responsables vis-à-vis des générations futures. L'amour et l'enfantement sont…

— Je vais te resservir à boire, papa, le coupa Caine en se levant.

En se penchant pour prendre le verre vide des mains de son père, il lâcha entre ses dents :

— Continue comme ça et je jette tes meilleures bouteilles de whisky écossais pur malt à la mer. Toutes, jusqu'à la dernière.

Daniel se frotta le menton et opta pour un recul stratégique sous la menace.

— Bien… Nous n'allons pas tarder à passer à table, je crois. N'est-ce pas, Anna ? Vous devez avoir faim, tous autant que vous êtes.

Serena et Justin échangèrent un regard.

— Moi, je trouve que papa a raison de s'inquiéter des générations futures, observa Serena, ignorant le regard furibond de Caine. Nous avons donc décidé de prendre les choses en main, Justin et moi. Dans six mois et quelques, nous devrions avoir remédié à la scandaleuse absence de petits-enfants qui pèse sur notre famille.

— Ah, quand même ! Il était temps que l'un de vous s'y mette, bougonna Daniel. Je…

Bouche bée, il laissa sa phrase en suspens.

— Attends, Rena… Tu veux dire que… que…

Serena s'approcha de son père en souriant.

— Resterais-tu sans voix, pour une fois, MacGregor ?

— Tu vas donc enfanter, ma petite fille ?

Elle se pencha pour l'embrasser sur la joue.

— Avant que les feuilles ne rougissent cet automne, tu seras grand-père.

Diana vit les yeux de Daniel se remplir de larmes.

— Oh, ma puce, ma toute petite, chuchota-t-il.

— Il sera plus exact de dire « ma toute grosse », bientôt ! observa Serena en riant.

Etrangement émue, Diana détourna les yeux. Elle vit le regard intense que Caine posait sur sa sœur et comprit qu'il était touché, lui aussi. « Je vais être tante », songea-t-elle en se tournant vers Justin. Spontanément, elle alla vers son frère et leva son verre.

— A toi et à votre enfant, dit-elle tout bas. A sa santé. Et à nos parents qui auraient eu tant de joie à être là.

Justin lui prit la main et prononça quelques paroles en langue comanche.

— Merci à toi, tante de mes enfants, traduisit-il à son intention.

— Ce soir, c'est champagne à volonté ! proclama Daniel en serrant sa fille contre lui. Un nouveau MacGregor est en route.

— Un nouveau Blade ! rectifièrent Justin et Diana en chœur.

— Blade, oui, ma foi, admit Daniel avec bonne humeur en donnant l'accolade à Justin.

Dans son élan, le patriarche embrassa également Diana, avec tant de force et d'enthousiasme qu'elle demeura un instant le souffle coupé.

— Et que votre sang aussi vienne enrichir celui des MacGregor ! ajouta-t-il fièrement.

Diana demeura un instant interdite. Puis elle sentit le feu lui monter aux joues. Sidérée, elle tourna un regard interrogateur vers Caine. Haussant les épaules en signe d'impuissance, il se contenta de lever son verre à sa santé.

Assis dans un fauteuil de cuir devant la fenêtre de sa chambre, Caine contemplait les branches nues des arbres sous l'éclat froid de la lune. Le calme profond qui régnait dans la vaste demeure endormie formait un contraste saisissant avec l'agitation de ces dernières heures.

La soirée avait été animée et ils avaient tous dîné dans l'euphorie. Que de fois il avait entendu le rire de Diana se mêler spontanément à celui d'Alan ou de Serena ! C'était étonnant comme sa présence semblait aller de soi, ici, dans la maison de son enfance.

Il alluma pensivement une cigarette. Jusqu'à présent, il avait réussi à ne pas trop se poser de questions sur ce qu'il ressentait pour Diana. Bon, d'accord, il était attiré. Très attiré, même. Il appréciait sa compagnie, aimait l'entendre rire, prenait le plus grand plaisir à faire l'amour avec elle.

Mais il en avait été de même avec d'autres filles. D'autres femmes. Des quantités de filles. Des quantités de femmes.

Trop peut-être.

Mais si Diana n'était pour lui qu'une amie parmi tant d'autres, pourquoi ne cessait-il de penser à elle, jour et nuit ? Et pourquoi ne parvenait-il à envisager la fin de leur relation — que ce soit dans un jour, dans une semaine ou dans un mois ?

Avec une exclamation sourde, Caine se leva de son fauteuil. Dans des moments de calme méditation comme celui-ci, il lui était impossible de se convaincre qu'il prenait simplement plaisir à accompagner Diana sur le chemin de la découverte de soi. Dans des moments de calme méditation comme celui-ci, il se sentait même à deux doigts de reconnaître qu'il était fou amoureux d'elle.

— Bon sang, dire qu'il a fallu que ça m'arrive à moi.

« Aimer » n'était pas un mot facile pour Caine. Et il s'était toujours gardé soigneusement de l'utiliser avec les femmes qui avaient traversé sa vie.

Appliqué à d'autres, l'amour lui apparaissait comme un concept relativement simple. Que ses parents ou Justin et Serena puissent être unis par ce sentiment, il le concevait volontiers. Mais dans son cas, le chemin paraissait plus tortueux, plus obscur. Plus aléatoire, surtout.

Les mains posées à plat sur le rebord de la fenêtre, il scruta la nuit d'hiver, lumineuse et froide. Si encore il avait la certitude que Diana ressentait la même chose de son côté ! Mais elle n'avait jamais prononcé le mot fatidique, elle non plus. Comment était-il censé s'y prendre pour amener Diana à tomber amoureuse de lui ? En lui tenant de beaux discours ? Sûrement pas, non. Ce n'était pas le genre de fille à se laisser manœuvrer.

Soit elle l'aimait aussi et il avait ses chances. Soit elle ne l'aimait pas et il faudrait qu'il se fasse une raison.

Mais même à supposer qu'elle partageât ses sentiments, serait-elle pour autant disposée à le reconnaître ?

Brusquement, de façon presque douloureuse, Caine éprouva le besoin de sa présence. Il voulait sa chaleur, sa douceur ; il voulait l'entendre soupirer de plaisir sous ses caresses. Sans même se donner le temps de réfléchir, il sortit de sa chambre, traversa le couloir dans l'obscurité et poussa sa porte sans frapper. Seule la lune éclairait la pièce. Dans la cheminée, quelques braises rougeoyaient encore faiblement, sans plus donner ni chaleur ni lumière.

Blottie sous l'édredon, Diana dormait paisiblement. C'était à peine si le bruit léger de sa respiration venait troubler le profond silence de la nuit d'hiver. Caine s'approcha pour la regarder et sentit un flot de douloureuse tendresse l'envahir. Il sut avec une déconcertante certitude qu'il pourrait partager toutes ses nuits avec elle, se réveiller chaque matin à son côté.

Il sut également ce que serait sa vie si elle décidait de le quitter.

— Diana, murmura-t-il lorsqu'elle soupira et changea de position.

Il se pencha pour presser les lèvres sur ses paupières, sur ses joues.

— J'ai besoin de toi, chuchota-t-il contre sa bouche.

Avec un murmure de plaisir, elle le laissa approfondir le baiser. Puis, se réveillant d'un coup, elle poussa un léger cri de surprise et se redressa en sursaut.

— Caine ! Tu m'as fait peur !

Il s'assit sur le bord du lit et lui prit les épaules.

— Peur ? Tu es sûre ? Tu n'avais pas l'air très effrayée.

— Mais qu'est-ce que tu fabriques dans ma chambre au beau milieu de…

Tout en douceur, il la réduisit au silence. Et découvrit avec le plus grand plaisir qu'elle dormait nue.

— Caine, protesta-t-elle lorsqu'il eut libéré sa bouche pour lui mordiller les épaules et le cou. Tu ne peux pas faire ça… Pas sous ce toit, dans la maison de tes parents.

— J'ai envie de toi où que je me trouve, Diana. Ici comme ailleurs. Je te désire tellement que je ne peux pas dormir. Tu veux que je te montre ?

Sans attendre sa réponse, Caine la renversa contre ses oreillers. Et comment l'aurait-elle repoussé, alors que ses mains, ses lèvres n'étaient que tendresse ? Une fois déjà, ils s'étaient aimés de cette façon, avec cette douceur, cette légèreté, cette langueur délicieuses. Mais quand ?

Le premier matin, au motel, se remémora-t-elle. Lorsqu'ils s'étaient trouvés dans un demi-sommeil et que leurs corps encore somnolents avaient improvisé une chorégraphie d'amour au ralenti. Ce soir non plus, ils n'étaient poussés par aucune hâte. Comme s'ils avaient l'éternité pour eux.

Peu à peu, le toucher de Caine infusait en elle, se propageait jusque dans les couches les plus profondes de son être. Et elle se laissait imprégner en douceur, sans chercher à faire monter la tension. Ils se mouvaient avec une même lenteur, chuchotant parfois une demande, s'émerveillant à haute voix de la calme intensité de leurs sensations. C'était comme s'ils chantaient le même chant, rêvaient le même rêve. Jamais Diana n'aurait imaginé que Caine eût de telles réserves de tendresse à offrir. Et elle s'étonnait de découvrir qu'elle en avait un besoin inextinguible. Ils ne cherchaient ni à prendre ni à posséder. Juste à explorer, à affiner une forme de partage aux nuances infinies.

Mais même les plus subtils effleurements finissaient par stimuler, ouvrir, exciter. Plus Caine la touchait, plus Diana se sentait vivante. Son souffle s'accéléra, son corps trouva un nouveau rythme, ses mains cherchèrent à prendre, à attirer.

Sensible à ces modifications à peine perceptibles, Caine affermit ses caresses. A mesure que le désir se faisait plus lancinant, ils s'enfonçaient dans des profondeurs veloutées, suaves et obscures.

Il la pénétra d'un coup, excité par sa réaction de surprise qui, très vite, se mua en gémissement de plaisir. Même lorsqu'elle s'arc-bouta contre lui, l'incitant à l'investir plus fort et plus vite, il maintint une même lenteur tendre, chuchotant contre ses lèvres des mots dépourvus de sens, tandis qu'elle vibrait, tremblait, le suppliait de l'accompagner dans un lâcher prise éperdu.

Mais il garda le contrôle, l'amena à culminer seule d'abord, encore et encore, jusqu'à ce qu'elle murmure son nom dans l'ivresse. Comme elle se contractait autour de lui, l'appelait de tout son corps, il l'apaisa d'un long baiser intense, échevelé. Il la sentit fondre, muscle après muscle, jusqu'à ce qu'elle ne soit plus qu'abandon et extase dans ses bras. Et là seulement, lorsqu'il ne la sentit plus habitée que de lui, il laissa son désir se déchaîner à son tour.

Alors la flamme rougeoyante se mua en un brasier d'ardente blancheur qui les engloutit l'un et l'autre, comme amalgamés dans une fusion définitive.

11

Il aurait fallu des journées entières pour explorer la maison-château des MacGregor. Diana éprouvait le plus grand plaisir à errer dans la surprenante demeure. Elle avait été élevée dans un décor d'un goût irréprochable, mais où la fantaisie n'avait eu aucune place. Alors qu'au royaume de Daniel et d'Anna, l'imagination était reine. Certaines pièces avaient de hauts plafonds voûtés d'église, avec des poutres énormes, des rangées de statues, et même des gargouilles. Partout, on trouvait de hautes cheminées de pierre avec leur manteau orné de deux épées croisées. Des armures se dressaient ici et là, faisant bon voisinage avec quelque sculpture résolument moderne. C'était un bric-à-brac hallucinant, une caverne d'Ali Baba, un mélange invraisemblable de barbarie et de raffinement.

Certains couloirs sombres et étroits étaient chichement éclairés par des lampes à pétrole. Mais en empruntant un de ces passages quasi médiévaux, on pouvait très bien tomber sur une confortable piscine chauffée, avec Jacuzzi.

Diana n'aurait su dire si c'était leur décor de vie qui déteignait sur les MacGregor ou si les lieux étaient à leur image. Mais ils formaient, eux aussi, un mélange déconcertant où le mondain et le primitif étaient étroitement imbriqués. C'était Daniel, incontestablement, qui donnait le ton, avec sa fierté, son sens immodéré de l'hérédité, du clan, de la famille.

Désireuse de se ménager un moment de calme, Diana faussa compagnie au petit groupe pour flâner dans ce que Caine appelait en riant la « Salle de guerre ». C'était là que Daniel entreposait sa collection d'armes. On y trouvait de tout, des poignards ciselés, des épées, de vieux pistolets, des hallebardes, des mousquetons et même un petit canon. Il faisait froid dans la pièce où aucun feu n'avait été allumé. Diana allait de vitrine en vitrine. Mais, très vite, le tourbillon de ses pensées détourna son attention des armes exposées.

Daniel, très clairement, lui avait tendu un piège en l'invitant pour le week-end. Et Caine n'avait même pas pris la peine de la prévenir.

Diana sentit une tension s'installer dans sa poitrine. Il était hors de question qu'elle accepte de se laisser influencer dans ses décisions. Surtout par des gens qu'elle connaissait à peine. La manœuvre était d'autant plus hallucinante que l'idée d'épouser Caine ne lui avait même jamais traversé l'esprit! *Du moins...* La pensée l'avait effleurée, autant le reconnaître. Mais elle s'était toujours empressée de la chasser au plus vite.

On pouvait donc affirmer sans crainte qu'elle n'y avait jamais songé *sérieusement.* Ni le mariage ni la maternité ne figuraient en bonne place parmi ses projets d'avenir. Au contraire, même. Se marier, c'était, à ses yeux, renoncer à une partie de soi-même. Pire que cela, c'était prendre le risque de l'abandon. Et s'il y avait une leçon que la vie lui avait apprise, c'était qu'il n'existait pas d'amour stable. Même l'amour parental, solide et durable par essence, pouvait vous être retiré du jour au lendemain.

L'amour? Non, elle ne voulait même pas y penser, à la réflexion. Elle n'avait pas *choisi* d'être amoureuse de Caine. Donc, elle ne l'aimait pas. C'était aussi simple que ça. De toute façon, la question était purement rhétorique. Ce n'était pas Caine qui brandissait le sceptre du mariage, mais son père. Et la nuance était tout de même de taille.

Caine lui-même ne demandait rien, ne promettait rien, ne posait aucune exigence.

— Tu es venue chercher un peu de calme, Diana?

Elle sourit à Justin, qui venait déambuler dans la salle des armes à son tour.

— J'adore cette maison. C'est comme un voyage à travers les

siècles d'habiter entre ces murs. Les MacGregor sont des gens fascinants.

— La première fois que j'ai mis les pieds ici, je me suis demandé si Daniel MacGregor était un fou ou un génie... Et j'avoue que, depuis dix ans que je le connais, je n'ai pas encore réussi à trancher dans un sens ou dans un autre.

— Tu as une réelle affection pour lui, n'est-ce pas?

Le sérieux de sa question suscita un haussement de sourcils chez son frère.

— Oui, il y a tout de suite eu une amitié forte entre Daniel et moi. C'est quelqu'un qui s'investit dans ses relations. Tous les MacGregor fonctionnent à l'affectif, d'ailleurs. Mais il a fallu l'enlèvement de Serena pour que je me rende compte qu'au fil des ans ils étaient devenus, peu à peu, ma seconde famille... Je regrette que tu n'aies pas eu cette chance, Diana.

Détournant les yeux, elle examina une armure.

— J'ai eu d'autres avantages. Enfant, déjà, j'étais très indépendante, en fait. Je me suffis à moi-même.

— Un peu trop, peut-être?

Cette fois, elle soutint le regard de son frère sans ciller.

— Toi aussi, Justin, tu t'es mis en tête de me pousser dans les bras de Caine?

— Apparemment vous n'avez pas eu besoin d'aide pour y parvenir tout seuls.

— Ma vie sexuelle et affective ne concerne que moi, Justin.

Il glissa les mains dans ses poches.

— C'est vrai. Je n'ai pas été présent pour toi lorsque tu as grandi, Diana. Mais à défaut de jouer les grands frères protecteurs, je peux au moins être ton ami. Ton allié, souviens-toi.

Dans un élan de tendresse et de contrition, elle alla poser le front sur son épaule.

— Je suis désolée, chuchota-t-elle. Tu dois me trouver très distante, par moments, mais c'est plus fort que moi. J'ai peur de m'attacher à toi et de te perdre une seconde fois.

— Il n'y a pas qu'à moi que tu as peur de t'attacher, non? s'enquit-il en lui soulevant le menton.

Elle ne répondit pas, mais il dut lire la vérité dans ses yeux car il fronça les sourcils.

— Il y a tant d'aspects de toi que je reconnais. Nous nous ressemblons plus que tu ne le penses, petite sœur. Tu accepterais de me parler des années que tu as passées chez Adélaïde ?

Diana ouvrit la bouche, puis la referma.

— Non, trancha-t-elle en secouant la tête. A quoi bon ? C'est fini maintenant. J'ai laissé cette période de ma vie derrière moi.

— Si c'était vraiment fini, tu pourrais en parler librement. Mais je ne veux pas te brusquer avec mes questions, Diana. Juste te parler un peu de moi. Lorsque j'ai rencontré Serena, je suis tombé amoureux au premier regard. J'étais fou d'elle. Mais il m'a fallu du temps — et des épreuves — pour l'admettre.

Il eut un sourire teinté de tristesse.

— Moi aussi, j'étais indépendant. Moi aussi, je me suffisais à moi-même. L'amour, ça ne voulait pas dire grand-chose pour moi. Avouer à Serena que je l'aimais a été un véritable tour de force. Il y a des gens pour qui l'amour va de soi. Mais ce n'est pas notre cas.

— Et pour Rena ? Ça a été facile, tu crois ?

Avec un sourire en coin, Justin se percha sur l'accoudoir d'un fauteuil et alluma un de ses petits cigares.

— Serena ? Au début, elle a freiné des quatre fers. Mais ça n'a pas duré longtemps. Il lui a fallu juste un peu plus de dix jours pour faire le constat qu'elle m'aimait et qu'elle voulait faire sa vie avec moi. A partir de là, elle a foncé tout droit. C'est même elle qui m'a demandé en mariage, confia-t-il en riant. Le complot de Daniel a fonctionné à merveille.

— Le complot de Daniel ?

Justin rejeta un nuage de fumée.

— Disons qu'il s'est arrangé pour nous mettre en situation de rencontre, Serena et moi. Et il s'y est pris assez magistralement, il faut le reconnaître. Il m'a offert une croisière sur le paquebot où sa fille était employée comme croupière. Moi, j'ignorais qu'elle travaillait à bord et elle ne savait pas qu'un ami de son père se trouvait parmi les passagers. Il comptait sur le destin, comme il dit.

— Le destin ? murmura Diana en secouant la tête. On peut dire que Daniel lui a donné un sacré coup de pouce, en l'occurrence !

— Daniel a toujours su fixer ses objectifs et faire ce qu'il fallait pour les atteindre. Tous les MacGregor sont comme ça, d'ailleurs. Toi et moi, Diana, nous pouvons être tout aussi déterminés et volontaires. La seule différence, c'est que nous avons peut-être plus de mal à identifier ce que nous voulons vraiment.

Comme elle ouvrait la bouche pour protester, Justin lui posa un doigt sur les lèvres.

— Viens, allons rejoindre le clan. Sinon Daniel serait capable d'envoyer des équipes de secours à notre recherche.

Caine n'était plus le même depuis la veille.

Diana avait du mal à mettre le doigt sur ce qui avait changé, mais elle le sentait… différent. En apparence, il avait l'air détendu, pourtant. Il taquinait sa sœur sur son futur ventre rond, riait avec Alan, plaisantait avec Daniel. Et questionnait sa mère sur Francis Day qu'Anna avait connu comme interne, quelques années auparavant.

Mais malgré le naturel parfait de son attitude, Diana percevait une tension sous-jacente. A plusieurs reprises au cours de la journée, elle avait surpris son regard posé sur elle. Un regard perplexe, interrogateur. Comme s'il la voyait pour la première fois et qu'il se posait mille questions à son endroit.

Malgré le plaisir qu'elle éprouvait à partager le quotidien des MacGregor, Diana était sur le qui-vive. Même la façon dont Caine et elle avaient fait l'amour au cours de la nuit avait changé insidieusement. Comme si leurs gestes, leurs caresses, leur jouissance même avaient pris une dimension supplémentaire.

— Ah, mes enfants, vous m'avez gâté royalement ! s'exclama Daniel en contemplant avec satisfaction la riche moisson de cadeaux étalée autour de lui. Ça me console d'avoir pris une année.

Ses pieds nus posés sur la table basse, Serena regarda son père avec bienveillance.

— Tu as toujours adoré recevoir des cadeaux, papa. C'est le plus attachant de tes nombreux défauts.

Daniel se tourna vers Diana en soupirant.

— C'est la lourde épreuve de ma vie : j'ai échoué à inculquer la moindre notion de respect à mes enfants.

— C'est une malédiction, en effet, acquiesça-t-elle, jouant le jeu.

— Tenez, l'année dernière encore, Rena a fait irruption dans mon bureau en hurlant comme une possédée. Elle a même poussé l'offense jusqu'à briser six de mes plus beaux cigares. Et tout cela parce que j'avais eu la délicatesse de lui présenter son futur mari. Ce n'est pas de l'ingratitude, ça?

— Des cigares? releva Anna de sa voix douce. Quels cigares?

Daniel eut un geste évasif de la main.

— Oh, des anciens qui traînaient par là... Quant à Caine, il nous a toujours fait une vie infernale. Nous n'avions jamais une seconde de tranquillité avec lui. Pas vrai, Anna? Et il fallait voir toutes les filles qui lui couraient après lorsqu'il était jeune. Une vraie parade, ma foi.

— Une parade! Carrément?

Diana leva la tête pour échanger un sourire avec Caine. Mais elle trouva de nouveau son regard si étrangement fixe rivé sur elle. Contre toute attente, il lui saisit soudain le visage entre les paumes et l'embrassa avec tant d'ostensible détermination qu'elle demeura muette sous le choc.

— Eh bien..., commenta Daniel avec satisfaction lorsqu'elle porta les doigts à ses joues écarlates.

Et il se mit à fredonner les premières mesures de la *Marche nuptiale.*

— Tu as envie de fêter ton prochain anniversaire, papa? s'enquit Caine d'un ton suave. Ou tu es vraiment fatigué de la vie à ce point?

Anna posa doucement la main sur le bras de Diana.

— Vous n'avez pas encore essayé le piano, je crois. Et il y a si longtemps qu'il n'a pas servi. Cela vous ennuierait de nous jouer quelque chose?

Diana lui jeta un regard reconnaissant.

— Mais non. Au contraire.

Soulagée d'échapper à une atmosphère devenue oppressante, elle se dirigea vers le demi-queue. Du coin de l'œil, elle nota qu'Anna, penchée vers Daniel, semblait lui faire la leçon. Feuilletant parmi les partitions, elle choisit un morceau qui lui était familier et laissa la musique prendre son essor sous ses doigts.

Dans quel but Caine l'avait-il embrassée devant toute sa famille ? Même si elle n'était pas entièrement à l'aise avec les démonstrations d'affection publiques, elle aurait pu accepter un simple baiser. Mais il lui avait semblé percevoir comme un soupçon de possessivité démonstrative dans la façon dont il s'était emparé de ses lèvres.

Peut-être étaient-ce les manœuvres peu subtiles de Daniel qui finissaient par la mettre sur la défensive. Ou la conversation qu'elle avait eue le matin même avec Justin. Mais elle avait la sensation désagréable, tout à coup, qu'on cherchait à lui forcer la main de tous les côtés.

La veille, les machinations de Daniel l'avaient simplement amusée, pourtant. Alors pourquoi cette impression angoissante que les mâchoires d'un piège se resserraient sur elle ? Tournant la tête, elle croisa le regard de Caine. Il était songeur, perdu dans ses pensées. Un état d'esprit qui ne lui ressemblait pas. Se pouvait-il vraiment que leurs rapports se soient modifiés durant la nuit ? Que quelque chose ait basculé entre eux, irrémédiablement ?

Brusquement, Diana se prit à regretter d'être venue pour le week-end. Elle s'était laissé subjuguer par l'atmosphère de la maison, par l'ambiance détendue qui régnait dans la famille. Il n'en faudrait pas beaucoup pour qu'elle se laisse entraîner dans leur orbite.

Pour qu'elle adhère à leurs valeurs.

« Prudence ! » cria une voix alarmée en elle. En aucun cas, elle ne devait oublier les buts qu'elle s'était fixés. Lorsqu'elle avait choisi son métier d'avocate, elle avait passé un pacte avec elle-même : quoi qu'il arrive, sa carrière aurait la priorité. Et elle ne laisserait aucun homme l'en détourner.

De nouveau, son regard glissa sur Caine. Et son malaise s'accentua. Ce n'était pas pour rien qu'elle avait tant lutté contre l'attirance qu'il exerçait sur elle, au début. Lorsqu'ils étaient devenus amants malgré tout, elle avait cru qu'elle parviendrait à vivre la relation sans se laisser déborder.

Et c'est là qu'elle s'était leurrée. Complètement leurrée.

Ses doigts s'animèrent sur le clavier et elle sentit la musique couler en elle, vivante, fluide…, amoureuse. Soudain suffoquée par l'émotion, Diana mesura à quel point ses sentiments pour Caine avaient évolué vite. Un vent de panique souffla en elle. Comment avait-elle pu laisser les choses aller aussi loin ?

Lorsque l'écho de la dernière note expira dans le silence, Diana demeura un instant sans bouger face au piano. Ses mains tremblaient, nota-t-elle, consternée.

Daniel la complimenta avec enthousiasme, puis annonça à la ronde que gâteau et champagne étaient servis dans la salle à manger.

— Caine, je te laisse rajouter une bûche ou deux avant de nous rejoindre ? lança-t-il en se levant.

Toute la famille quitta la pièce. Toujours clouée sur son tabouret de piano, Diana regarda Caine tisonner le feu. Et comprit que la tension qui s'était installée dans sa nuque n'allait pas tarder à se muer en mal de tête.

— Je peux te servir quelque chose à boire ? proposa Caine en se redressant.

— Je veux bien.

Comme elle s'approchait pour prendre son verre, Caine lui caressa les cheveux d'un geste qui lui était devenu familier. Elle eut un mouvement de recul.

— Que se passe-t-il, Diana ? Pourquoi ai-je l'impression d'être au banc des accusés, tout à coup ?

Irritée, elle secoua la tête.

— Absolument pas, non. Arrête de te faire des idées !

Avec un léger soupir, Caine posa la main sur sa nuque et s'empara de ses lèvres. Percevant sa résistance instinctive, il la laissa aller aussitôt.

— Tu vois bien que tu es distante, tout à coup ! Fournis-moi au moins la liste des charges retenues contre moi. Je peux difficilement me défendre si je ne connais pas les chefs d'accusation.

— Ne sois pas ridicule, protesta-t-elle en portant son verre à ses lèvres.

— Ne sois pas évasive, contre-attaqua-t-il.

— Arrête, Caine.

Il la regarda fixement.

— Tu peux préciser ta pensée, là ? Tu veux que j'arrête quoi, au juste ?

Elle soupira avec impatience.

— Je ne sais pas, O.K. ? Restons-en là et allons rejoindre les autres. Je n'ai pas envie de me disputer avec toi chez tes parents.

— Parce que c'est bel et bien d'une dispute qu'il s'agit, autrement dit ? Tant qu'à entrer dans un conflit, autant ne pas faire les choses à moitié. A toi l'honneur. Je te laisse ouvrir les hostilités.

Soudain furieuse, Diana reposa son verre avec fracas.

— Mais fiche-moi la paix, à la fin ! Je n'ai jamais dit que je voulais me quereller avec toi.

Les mâchoires crispées, il la retint par le bras.

— Je te ficherai la paix lorsque tu m'auras expliqué pourquoi tu t'éloignes de moi.

— Mais je ne m'éloigne pas de toi. Je ne comprends pas pourquoi tu te fais ce scénario !

Lorsqu'il voulut la prendre par les épaules cependant, elle tressaillit si violemment qu'il jura tout bas.

— Tu ne supportes même plus que je te touche !

— Caine, s'il te plaît, murmura-t-elle en se détournant. Je suis fatiguée. Ne me mets pas la pression maintenant.

— Parce que tu penses que je te mets la pression ?

— *Evidemment* que tu me mets la pression ! Ça n'a pas arrêté une seconde depuis notre arrivée. Toi, ta famille, Justin. Chacun à votre façon, vous y allez de votre couplet.

Caine serra les poings. Ses paroles lui faisaient mal et il n'était pas habitué à souffrir. Pas sous cette forme, en tout cas.

— Je n'ai pas l'intention de te contraindre à quoi que ce soit,

Diana. Mais je pense qu'une mise au point s'impose en revanche. Et pas plus tard que maintenant.

— Mais *pourquoi* ? se récria-t-elle en pivotant vers lui. Et en quoi serait-ce si urgent de s'expliquer, tout à coup ? Il n'y avait aucune complication entre nous lorsque nous étions à Boston.

— Et tu penses que des complications ont surgi aujourd'hui ?

— Je t'ai posé une question, Caine. Ne me réponds pas en la retournant contre moi.

Les nerfs à vif, elle enfonça les poings dans les poches de sa jupe et arpenta la pièce.

— Depuis que j'ai passé la porte de cette maison, j'ai l'impression de me mouvoir en permanence sous l'œil d'un microscope. Tu aurais au moins pu me prévenir que ton père m'avait élue d'office comme « Meilleure Candidate de l'année au poste d'épouse pour son fils cadet ».

— Mon père n'a strictement rien à voir avec ce qui se passe entre toi et moi, Diana. Je te présenterais mes excuses pour son manque de tact si je me sentais responsable de sa façon d'agir. Mais ce n'est pas le cas. Son attitude ne regarde que lui.

— Je ne te demande pas d'excuses, bon sang ! Mais tu admettras que ma situation aurait été plus confortable si j'avais été préparée à ce qui m'attendait.

— Parce que tu crois que c'est confortable pour *moi* ?

— C'est ta famille, Caine. Tu es habitué à leur façon d'être. Et tout à fait à même de te défendre, qui plus est... Moi, j'ai passé vingt ans à jouer les marionnettes pendant que ma tante tirait les ficelles. Et je n'ai pas envie que ça recommence, c'est tout.

— Adélaïde, c'est Adélaïde, bon sang ! Mais tu peux difficilement prétendre que je te traite comme une poupée docile ! Enfin, de quoi m'accuses-tu au juste ? Tu vas te décider, oui ou non, à formuler tes reproches clairement ?

— *Quels* reproches ? explosa-t-elle. Je n'ai jamais dit que je te reprochais quoi que ce soit. Tout ce que je sais, c'est que je ne supporte plus qu'on se mêle de vouloir organiser ma vie. C'est à moi de prendre mes propres décisions. Et basta !

Caine lui jeta un regard de défi.

— Puisque tu veux prendre des décisions, autant que tu aies toutes les données en main : je t'aime, Diana. Qu'est-ce que tu dis de ça ? Intéressant, non ?

Elle se pétrifia sous le choc. Même son cœur semblait avoir cessé de battre. Ils se fixèrent en silence, le regard noir, comme deux adversaires plus que jamais décidés à se battre. Comment en étaient-ils arrivés là ? se demanda-t-elle, consternée.

— Super… ma déclaration d'amour t'enchante, à ce que je vois.

Furieux contre lui-même de lui avoir assené la nouvelle de cette façon, Caine se resservit à boire. Une douleur lancinante lui cisaillait les entrailles. Il avait attendu trente ans pour dire « je t'aime » à une femme. Et seul le vide avait accueilli ses paroles.

— Souhaitez-vous que je retire ma déclaration, maître Blade ?

— Arrête, Caine, s'il te plaît… Je ne sais pas quoi te répondre. Je suis dépassée, O.K. ? Largement dépassée par la situation. Pour toi, c'est plus facile. Il y a eu d'autres femmes.

— D'autres femmes ? hurla-t-il. Comment peux-tu me sortir ce genre d'ineptie à un moment pareil ? Je t'*aime*, bon sang ! Ce n'est quand même pas rien !

Il l'enlaça, mêla sa bouche à la sienne avec une sorte de rage désespérée. Diana se dégagea avec un léger cri d'effroi.

— Tu me fais peur, Caine, murmura-t-elle, le visage baigné de larmes en reculant d'un pas. Tu représentes tout ce que je me suis toujours juré d'éviter. Toute ma vie, il y a eu quelqu'un derrière moi pour me faire marcher au pas… Je ne peux plus me plier aux exigences de quelqu'un d'autre.

— *Quelles* exigences, bon sang ? Est-ce que je te demande de renoncer à quoi que ce soit ? A ton métier ? Surtout pas. A toi-même ? Encore moins. J'ai toujours eu à cœur de t'aider à trouver ta propre voie, ta propre personnalité, au contraire.

Diana baissa la tête. Il avait raison. Mais alors pourquoi se sentait-elle si vulnérable ? Et si terrifiée, surtout…

— Et qu'est-ce qui me prouve que tu resteras ? s'enquit-elle dans un souffle. Que tu ne me quitteras pas pour une autre en me laissant plus seule que seule, une fois de plus ? Ma solitude d'aujourd'hui, je la vis bien parce que je l'ai choisie. Mais je ne peux pas prendre le risque d'être quittée une nouvelle fois. C'est au-dessus de mes forces, Caine. Alors ne me demande rien, je t'en supplie.

Jamais Caine n'avait été confronté à un pareil sentiment d'impuissance.

— C'est si difficile que ça, pour toi, de faire confiance ? Tu crois que tu as peur de moi, Diana, mais ce sont les fantômes de ton passé qui te terrassent ! C'est de toi que tu doutes le plus, dans le fond, pas de moi !

Elle déglutit.

— Oui, je doute, et alors ? Tu n'as jamais perdu tout ce que tu avais au monde, toi. Comment pourrais-tu comprendre ?

— Ainsi, tu as l'intention de passer le reste de ta vie à te démunir de tout pour n'être jamais privée de rien ? C'est une superpolitique, ça, Diana. Très efficace comme méthode d'autoeuthanasie lente.

Furieuse, elle secoua la tête.

— Des risques, je suis capable d'en prendre. Mais à condition de les choisir moi-même.

Il allait répondre lorsque la voix amusée de Serena s'éleva à l'autre extrémité de la pièce.

— Hé, Caine ? Diana ? Q'est-ce que vous fabriquez, tous les deux ? On ne vous a pas demandé d'abattre un arbre, juste de rajouter une bûche. Tout le monde…

Elle s'interrompit net en les voyant.

— Oups, désolée. Je vous laisse.

— Non, reste, trancha Diana en se hâtant vers la porte. Je monte me coucher. Vous m'excuserez auprès de Daniel et d'Anna, mais je suis fatiguée.

Clouée sur place, Serena la suivit des yeux pendant que Caine se détournait pour se servir une copieuse rasade de whisky.

— Je suis désolée, Caine. Je suis tombée au pire moment.

— Ne t'inquiète pas. Nous nous sommes dit tout ce que nous avions à nous dire, de toute façon.

Le visage contracté en une expression soucieuse, Serena lui posa la main sur le bras.

— Tu as besoin d'une oreille attentive ou qu'on te fiche la paix ?

— J'ai besoin d'une cuite, maugréa-t-il en se laissant tomber dans un fauteuil.

— Tu es amoureux de Diana ?

Il émit un sifflement admiratif.

— Quelle perspicacité ! Comment as-tu deviné, ô ma sœur ?

Sans se laisser rebuter par ses sarcasmes, Serena se percha sur son accoudoir.

— Et, en même temps, tu as envie de l'étrangler, c'est ça ?

Caine leva son verre.

— Bravo. Encore une réponse gagnante. Continuez comme ça et vous toucherez le gros lot, madame Blade !

— Parce que tu l'aimes et qu'elle ne veut rien en savoir ? questionna Serena, imperturbable.

— Il y a de cela, oui. Il faut dire que j'ai mal choisi mon moment pour lui parler sentiments. On était en train de se lancer toutes sortes d'amabilités à la figure.

Serena soupira.

— Je vais faire quelque chose que j'ai en horreur, annonça-t-elle gravement.

— C'est-à-dire ?

— Donner des conseils.

— Le conseil, c'est mon rayon, sœurette. Laisse tomber.

— Tais-toi, ordonna-t-elle en lui prenant d'autorité son verre des mains. Je n'en ai pas pour longtemps, de toute façon. Ma recommandation sera la suivante : sois *très*, très patient avec Diana. Tu n'es pas un individu facile à aimer, même dans tes bons jours.

— Merci. Tu es réconfortante.

—… et Diana est une fille prudente. Elle est passée par pas mal de bouleversements, ces derniers temps. Si elle a une décision à prendre, elle le fera par étapes, en passant par des prises de conscience progressives.

Caine rit doucement.

— Tu es redoutablement perspicace, Rena. Tu aurais fait une avocate hors pair.

— Dans mon métier aussi, ça peut servir d'avoir de bonnes facultés d'observation, rétorqua-t-elle en lui prenant la main. Ne la brusque pas trop, Caine. Tu risques de lui faire peur. C'est une fille qu'il faut apprivoiser tout en douceur.

— Eh bien, c'est raté. J'ai déjà tout fichu en l'air. Elle n'a pas supporté qu'on lui mette la pression, comme elle dit.

Comme Serena le regardait sans rien dire, Caine poussa un soupir et ferma les yeux.

— Je me sens aussi ratatiné que si je venais de passer sous un train.

— Normal. L'amour fait souffrir. Et maintenant, va te coucher. Tu verras plus clair demain matin.

Il ouvrit un œil lugubre.

— A quoi la vie nous réduit-elle ? Me voici, comme un idiot, à me faire materner par la petite sœur qui s'est entraînée à la boxe sur moi.

Serena prit une pause majestueuse et se tapota le ventre.

— Je suis une digne mère de famille, maintenant.

— Ce qu'il ne faut pas entendre !

— Allez, va te coucher avant que je me mette en tête de vérifier que je n'ai pas perdu la main.

— Tu as toujours été infernale, commenta Caine comme ils se dirigeaient vers la porte. Mais je continue à avoir un faible marqué pour ta petite personne.

Serena lui adressa un large sourire.

— Et le plus étonnant, c'est que c'est réciproque.

12

Le cœur lourd, comme anesthésiée, Diana contempla la salle de tribunal désertée de ses occupants. Ses mains inertes reposaient sur sa serviette en cuir. Tout le monde était parti depuis plus d'une demi-heure. Et elle restait clouée sur son banc.

Normalement, il y aurait eu lieu de se réjouir, pourtant. Elle avait gagné son procès haut la main. Chad Rutledge, reconnu innocent, avait quitté le tribunal en homme libre. Quant au père de Beth Howard, il serait inculpé pour faux témoignage. Tout comme Beth elle-même, d'ailleurs. Mais Diana ne se faisait pas trop de souci pour la jeune fille. Une bonne douzaine de témoins avait pu se rendre compte qu'elle avait menti sous l'empire de la peur.

Cette même douzaine de témoins avait vu Beth s'effondrer pitoyablement lorsqu'elle avait été appelée à la barre. Parce qu'elle, Diana, s'était acharnée inexorablement à la détruire. Elle l'avait interrogée sans relâche, soulignant les contradictions de son récit, l'amenant à se recouper, jusqu'à ce que, anéantie, Beth finisse par reconnaître que Chad ne l'avait pas violée.

Diana frissonna. C'était comme si l'écho de sa propre voix résonnait encore dans la salle de tribunal vide. Une voix froide, accusatrice, impitoyable. Les yeux clos, elle revécut la scène : le visage livide de Beth, les larmes qui s'étaient mises à couler sur son visage, ses aveux entrecoupés de sanglots.

Chad, horrifié, s'était levé en exigeant qu'elle laisse Beth tranquille. Très vite, le ton était monté et la salle de tribunal avait été évacuée. Il avait fallu maîtriser l'accusé afin que la « victime » présumée puisse continuer à subir son contre-interrogatoire.

Diana porta une main tremblante à ses lèvres. Tout était terminé, à présent. Elle avait obtenu sa victoire. Mais à quel prix ?

Elle ne se souvenait pas de s'être jamais sentie aussi perdue, aussi seule. « Caine… Oh, Caine, si seulement tu étais là… » Diana ferma les yeux lorsque sa torpeur hébétée se mua en souffrance.

De quel droit ferait-elle appel à lui maintenant ? Elle ne pouvait pas se servir de lui comme d'une bouée de sauvetage, sous prétexte qu'elle était en train de sombrer. Même si deux semaines s'étaient écoulées depuis, elle n'avait pas oublié l'expression du visage de Caine lorsqu'ils s'étaient disputés à Hyannis.

Blessé. Elle l'avait blessé. Sans le vouloir, mais cruellement.

Et à présent, ils se comportaient comme deux étrangers. Huit fois, dix fois, vingt fois, elle s'était répété que cette indifférence polie constituait, entre eux, la meilleure attitude possible. Mais plus le temps passait, plus elle se sentait démunie, perdue, misérable.

Diana se mordit violemment la lèvre. Chaque fois qu'elle se remémorait la scène, un même élan de passion bouillonnait en elle. C'était comme une crue d'amour sans fin, débordant de tous côtés et qu'il fallait néanmoins contenir par n'importe quel moyen.

— Non… non, protesta-t-elle dans un souffle.

Elle ne pouvait pas s'offrir le luxe d'aimer. C'était infiniment trop risqué.

Le mieux serait de s'en aller. De lui laisser le cabinet. De quitter Boston pour s'installer ailleurs. « Tu fuis, Diana ? » s'éleva en elle comme l'écho de la voix ironique de Caine. Mais elle aurait beau faire trois fois le tour de la planète, elle n'échapperait ni à elle-même ni à ses propres sentiments.

A quel moment était-elle tombée amoureuse de Caine ? Le premier jour, lorsqu'elle avait pleuré dans ses bras après avoir revu Justin ? Ou le lendemain matin sur la plage déserte, lorsqu'ils s'étaient embrassés sous la neige et qu'elle avait oublié d'avoir froid ? Dès le début, elle avait succombé à son amour pour Caine.

Mais elle avait refusé de voir. La peur avait été la plus forte. Et elle s'était enfermée dans une attitude de déni acharné.

Diana laissa courir un dernier regard sur la salle de tribunal vide. Puis elle se leva pesamment. Le crépuscule tombait déjà lorsqu'elle sortit enfin du palais de justice. A l'ouest, de gros nuages joufflus s'irisaient d'or et de mauve. Quant au printemps, il continuait à se faire attendre. Les jours s'allongeaient, mais le vent restait glacial et une fine couche de givre ornait les branches encore nues.

Engoncé dans son blouson de cuir, Chad Rutledge était assis au pied de l'escalier. Un instant, Diana hésita à faire demi-tour et à se replier dans le bâtiment. Mais elle était lasse de fuir. Résignée à affronter son client, elle descendit vers lui.

Il leva les yeux à son approche.

— Je vous attendais.

Diana frissonna en remontant le col de son manteau.

— C'est ce que je vois. Vous auriez dû patienter à l'intérieur.

— J'avais besoin de respirer. Depuis le temps que je n'avais pas mis le nez dehors…

La tête rentrée dans les épaules, les mains enfoncées dans ses poches, il lui jeta un regard scrutateur.

— Ils n'ont même pas voulu que je voie Beth.

Diana s'arma de courage.

— Je suis désolée, murmura-t-elle en s'efforçant de gommer toute émotion de sa voix. Je prendrai les dispositions nécessaires pour que vous puissiez lui rendre visite dès demain.

Elle souffrait. Pour lui. Mais aussi pour elle. Et quelles certitudes avait-elle encore à lui offrir ? A bout de forces, elle se détournait pour partir lorsqu'il la retint timidement par le bras.

— Mademoiselle Blade ? J'ai été dur avec vous, tout à l'heure… En fait, je vous ai compliqué la tâche depuis le début.

— Ce sont les aléas du métier. Ne vous inquiétez pas pour ça.

Chad détourna les yeux.

— Quand j'ai vu Beth pleurer, ça a été plus fort que moi. Je vous ai détestée. Alors je suis sorti pour vous attendre de pied ferme et vous dire ma façon de penser.

Diana serra presque nerveusement la poignée de sa serviette en cuir.

— Allez-y, Chad. Je vous écoute. Dites-moi ce que vous avez sur le cœur.

Il émit un rire hésitant et leva de nouveau les yeux vers elle.

— Eh bien, vous voyez, assis là, j'ai eu le temps de réfléchir... J'aurais pu faire fonctionner ma cervelle plus tôt, vous me direz. Mais en tout cas, je me suis calmé.

Chad s'interrompit pour allumer une cigarette. Diana nota que ses gestes étaient sûrs et qu'il semblait effectivement apaisé.

— Je me suis rendu compte que vous m'aviez sorti d'un sacré traquenard, mine de rien. Et je crois que, contrairement aux apparences, vous avez aussi rendu service à Beth. Et pour ça, je voudrais vous remercier.

La gorge trop nouée pour prononcer un mot, Diana serra la main qu'il lui tendait.

— Je suis désolé de m'être emporté comme ça. Mais je ne voyais qu'une chose : vos questions mettaient Beth à la torture. Et ça m'a pris aux tripes, vous comprenez? Mais là, dehors, à l'air libre, j'ai repensé à ma cellule et à la vie que j'aurais eue si j'avais passé les vingt prochaines années en prison. Et je me suis fait peur rétrospectivement.

Toujours cramponné à sa main, Chad déglutit.

— J'aurais accepté l'enfermement pour elle. Mais je crois qu'au bout d'un certain temps je me serais mis à la haïr. Et elle... elle serait restée sous la coupe de son père, avec ce mensonge qui l'aurait travaillée en permanence. Je suis sûr qu'à la longue elle n'aurait pas supporté.

De sa main libre, Diana couvrit celle de Chad.

— Elle va s'en tirer. Vous verrez. Aucun magistrat au monde ne serait assez cruel pour la punir d'avoir eu peur.

— Mais si elle doit être jugée, vous accepteriez de l'aider? demanda Chad en levant vers elle un regard luisant d'espoir.

— Bien sûr. Si elle le souhaite. Et vous serez là pour la soutenir.

— Oui. Dès qu'elle sera sortie, on se mariera. Et tant pis pour l'argent, on se débrouillera avec le peu qu'on a.

Sous sa main, elle sentit les doigts de Chad se détendre.

— Mon obsession à moi, c'était de prouver que j'étais indépendant et que je n'avais besoin de personne, vous voyez ? Il fallait absolument que je montre à Beth et au monde entier que j'étais capable d'y arriver seul. C'est bête, non ?

Diana demeura un instant muette. *Etre capable d'y arriver seul... N'avoir besoin de personne...* N'était-ce pas, en gros, son propre credo ? Celui qu'elle avait appliqué aveuglément toutes ces années ?

Elle se surprit à sourire.

— Vous avez raison, Chad. Il n'y a que les idiots qui pensent pouvoir construire leur vie sans l'aide de personne.

— Il faudra trouver des solutions pour que Beth puisse continuer ses études, bien sûr. Ça ne va pas toujours être facile. Mais je sens qu'on va y arriver.

Diana laissa retomber les bras le long de ses flancs.

— Vous croyez que l'amour en vaut la peine, Chad ? demanda-t-elle d'une voix mal assurée. Malgré les risques ? Malgré les souffrances ?

Avec un sourire rayonnant de confiance, Chad renversa la tête en arrière.

— Bien sûr que ça en vaut la peine. Vivre sans aimer, c'est vivre à moitié... Dites, vous viendrez à notre mariage, mademoiselle Blade ?

Elle se pencha spontanément pour lui poser un baiser sur la joue.

— Bien sûr que je viendrai à votre mariage. Mais maintenant, rentrez vite chez vous avant d'attraper une pneumonie. Et je vous promets que vous pourrez voir Beth demain.

En longeant le trottoir pour regagner sa voiture, Diana s'aperçut qu'elle marchait de nouveau d'un pas léger. Ils étaient encore si jeunes, tous les deux. Et les obstacles qui se dressaient devant eux étaient innombrables. Mais le regard rayonnant de Chad lui avait redonné espoir.

Pour eux, oui. Mais qu'en était-il pour Caine et elle ?

Continuerait-elle à se comporter comme une lâche ou était-elle prête à prendre un pari sur l'avenir ? Elle eut une pensée pour

Justin, pour la tranquille audace avec laquelle son frère pouvait s'asseoir à une table de jeu et défier le destin. Quelques gouttes de ce sang de joueur ne coulaient-elles pas également dans ses veines ?

Comme Chad, elle avait flirté avec l'idée de passer le reste de ses jours enfermée — cloîtrée dans la prison d'une solitude choisie. Parce que l'enfermement offrait une forme de sécurité. Si elle avait refusé d'accorder sa confiance à Caine, c'était uniquement, au fond, par crainte de l'abandon.

Mais pouvait-on être plus seul qu'elle ne l'était maintenant ?

En optant pour une frileuse stratégie de repli, elle laissait les spectres de son passé gouverner sa vie et tirer les ficelles à sa place. Autrement dit, elle renonçait à un des buts principaux qu'elle s'était fixés : devenir elle-même.

Alors qu'elle avait eu l'intention de rentrer tout droit chez elle, Diana s'aperçut qu'elle était arrivée devant le cabinet. La voiture de Caine était encore sur le parking et de la lumière brillait à la fenêtre de son bureau, même si le rez-de-chaussée était plongé dans le noir.

Diana se demanda s'il travaillait encore à la défense de Virginia. Le procès Day touchait à sa fin. Mais le peu qu'elle en savait, elle l'avait appris par les journaux. Caine et elle n'avaient pas dû échanger plus de dix mots depuis quinze jours qu'ils étaient rentrés de Hyannis.

Diana hésita au pied de l'escalier. Le moment était-il bien choisi pour tenter une réconciliation ? Caine devait être surmené, fatigué. Pourquoi ne pas attendre la fin de son procès pour refaire calmement le point sur leur relation ?

Elle porta la main à sa poitrine. Le courage que Chad lui avait donné ce soir, l'aurait-elle encore dans quelques jours ? « Inutile de rêver. Si tu ne le fais pas maintenant, tu ne le feras jamais. » Le cœur battant, elle gravit lentement les marches.

La porte du bureau de Caine était ouverte et on entendait le feu crépiter dans la cheminée. Assis à sa table de travail, il griffonnait des notes. Ses cheveux blonds tombaient sur son front. Il avait retiré son veston et sa cravate et portait son gilet déboutonné. Une cigarette oubliée se consumait dans le cendrier.

De temps en temps, sans lever les yeux, il tendait la main vers sa tasse de café et buvait une gorgée. Notant à quel point il avait l'air fatigué, Diana sentit sa gorge se serrer. Lorsqu'il jura à voix basse et se passa les mains sur le visage, elle n'y tint plus.

— Caine ? murmura-t-elle, inquiète.

Il leva la tête en sursaut. Pendant une fraction de seconde, elle crut voir une nostalgie déchirante dans son regard. Mais très vite, il revint à une neutralité inexpressive.

— Ah, c'est toi. Je ne pensais pas que tu repasserais ce soir.

L'accueil n'était pas des plus encourageants. Diana songea aux milliers de choses qu'elle voulait lui dire et se demanda par où commencer.

— Chad Rutledge a été acquitté, fut tout ce qu'elle parvint à murmurer.

— Félicitations.

— Ça n'a pas été facile. Il a fallu que je déstabilise Beth pour la faire parler. Chad était furieux. J'ai bien cru que tout allait se terminer dans la tragédie et le chaos.

En songeant à l'épreuve qu'elle venait de traverser, Caine fut à deux doigts de la prendre dans ses bras pour la consoler. Jamais il ne serait immunisé contre sa fragilité, comprit-il, découragé.

— Tu veux boire quelque chose pour te remettre ?

— Non… enfin, si. Ne bouge pas, je vais me servir.

Traversant la pièce, Diana prit une bouteille au hasard dans le placard à liqueurs. La scène ne se déroulait pas du tout comme elle l'avait espéré. Et aucun des aveux qu'elle voulait prononcer n'avait franchi le seuil de ses lèvres.

Par manque de confiance en soi, sans doute. Caine ne lui avait-il pas fait remarquer qu'elle doutait d'elle-même encore plus que de lui ?

Diana s'humecta les lèvres. Autant commencer par essayer de détendre l'atmosphère en abordant un sujet neutre.

— Le procès Day te donne du fil à retordre ?

Il secoua la tête.

— Non, il se termine, en fait. Je pensais que l'avocat de la partie civile avait des arguments en béton. Mais sa plaidoirie n'a pas vraiment convaincu. J'ai fait venir Virginia à la barre. Elle a été froide, antipathique mais parfaitement crédible. Et elle ne s'est pas démontée une seule fois pendant le contre-interrogatoire.

— Tu es rassuré pour le verdict, alors ?

Sourcils froncés, Caine se renversa contre son dossier.

— J'ai la certitude qu'elle sera acquittée. Mais justice ne lui sera pas rendue pour autant.

Comme Diana lui jetait un regard interrogateur, il se leva pour s'étirer.

— Elle échappe à la prison, c'est un fait. Mais aux yeux du public, elle passera toujours pour une fille riche, gâtée et capricieuse qui a pu s'offrir le luxe d'assassiner son mari sans que la société lui en fasse payer le prix. J'ai pu lui éviter la prison, mais pas la rétablir dans sa dignité.

— Tu as fait ce que tu as pu, compte tenu de la personnalité de ta cliente. Un de mes confrères que j'admire beaucoup m'a dit, il n'y a pas si longtemps, qu'un avocat ne devait pas se prendre pour un « sauveur de l'humanité ».

Une brève lueur brilla dans le regard de Caine. Mais il haussa les épaules.

— Il ne savait pas ce qu'il disait.

Diana reposa son verre et fit un pas dans sa direction.

— Sortons d'ici, Caine. Cela te fera du bien. Je t'offre à dîner.

Caine hésita. Elle était si près qu'il aurait pu la toucher. Mais le spectre d'un nouveau rejet le fit reculer.

— Non. J'ai du travail en retard à rattraper.

— Comme tu voudras. Je vais voir en bas ce qu'il y a dans le réfrigérateur.

— Non.

Stoppée net par la sécheresse de son ton, Diana se tourna vers la cheminée pour contempler les flammes.

— Tu as envie que je m'en aille, n'est-ce pas ? demanda-t-elle, le cœur lourd.

— Je viens de te dire que j'avais du travail.

— Je peux t'attendre si tu veux, murmura-t-elle en jouant nerveusement avec la poignée en cuivre d'un tisonnier. Rejoins-moi à la maison quand tu auras fini. Je préparerai à manger dans l'intervalle.

Caine laissa glisser son regard sur la mince et élégante silhouette vêtue de cachemire vert jade. Ainsi, Diana était venue lui proposer un retour au *statu quo*? Rien ne l'empêchait de renouer avec elle, après tout. Ils reprendraient la relation sur un mode qu'il connaissait bien puisqu'il avait fonctionné ainsi avec toutes ses amies précédentes : une ou deux rencontres hebdomadaires, un week-end occasionnel. Pas de complications, pas d'obligations. Rien que de la légèreté et du plaisir.

La perspective, soudain, lui parut morne, vide et dépourvue d'intérêt.

Caine soupira en regardant ses mains. Il avait envisagé toutes les possibilités au cours des deux semaines écoulées : lui écrire une lettre de dix pages, la supplier à genoux de lui accorder au moins une chance, rentrer chez elle par effraction et l'enlever de force.

Mais il avait repoussé toutes ces fausses solutions une à une. Pas parce qu'il était trop fier pour supplier. Pas parce qu'il était trop respectueux pour employer la force. Mais simplement parce qu'il n'existait aucun moyen au monde pour *contraindre* Diana Blade à l'aimer.

Il la désirait toujours autant; mais si faire l'amour avec elle avait été simple, avant, il ne pourrait plus vivre leur intimité physique que comme un déchirement.

— Merci. C'est gentil de me le proposer. Mais ça ne m'intéresse plus.

Diana ferma les yeux, surprise que des mots — de simples mots — puissent faire mal à ce point.

— Je t'ai blessé, l'autre fois, à Hyannis, murmura-t-elle. Je suis désolée.

Caine émit un bref rire cynique.

— Je me passe de tes élans charitables, O.K. ?

— Caine! protesta-t-elle, choquée par l'amertume dans sa voix. Ça n'a rien à voir avec…

— Laisse tomber.

— Mais…

— Ça suffit maintenant !

Caine reprit son café froid et but une gorgée pour tenter de recouvrer son calme.

— Sois gentille et rentre chez toi, maintenant. Je suis occupé.

— J'ai des choses à te dire.

— Et ça ne t'a pas traversé l'esprit que je pourrais ne pas vouloir les entendre ? Je me suis mis à nu devant toi, l'autre fois, et j'en ai pris plein la figure. Tu m'as déjà envoyé bouler en beauté. Et je n'ai aucune envie de revenir sur le débat.

— Tu ne me facilites vraiment pas les choses, Caine ! cria-t-elle, excédée.

— Je me fiche de ce que tu ressens, en ce moment !

Pris d'une rage folle soudain, il l'attrapa par le poignet et la tira presque brutalement contre lui. Avant qu'il parvienne à reprendre le contrôle de lui-même, il s'était emparé de ses lèvres et l'embrassait sauvagement. Si c'était tout ce qu'elle voulait accepter de lui, alors c'était tout ce qu'il lui donnerait. Il fit passer dans son baiser toute la fureur accumulée depuis deux semaines. Mais lorsqu'il la sentit défaillir dans ses bras, il la lâcha dans un sursaut d'horreur et de dégoût de lui-même.

A quoi bon se raccrocher à des leurres, de toute façon ? Même dans le plaisir, l'amour — ce despote — ne se laisserait pas oublier.

— Va-t'en, Diana.

Les mains cramponnées au dossier d'une chaise, elle ne bougea pas d'un pouce.

— Je partirai quand je t'aurai parlé.

— Bon. Reste si tu veux. Moi, je m'en vais.

Se précipitant pour le retenir, elle lui barra l'accès de la porte.

— J'ai dit stop ! Va t'asseoir et écoute-moi.

L'espace d'une seconde, Diana se demanda s'il n'allait pas l'écarter de force et l'étrangler dans la foulée. Une lueur meurtrière scintillait dans le regard de Caine. Mais il se contenta de se planter devant elle.

— O.K., tu as deux minutes pour dire ce que tu as à dire.

— Assieds-toi, d'abord.

— Attention, Diana. Tu crois que tu n'as pas déjà suffisamment tiré sur la corde comme cela ?

Le menton levé, elle accepta de transiger.

— Bon. Restons debout si tu préfères. Je ne vais pas m'excuser pour ce que je t'ai dit il y a quinze jours. J'étais sincère. Rien n'est plus difficile pour moi que de prendre des risques émotionnels. Je ne peux donner ma confiance que si je choisis de le faire.

— Très bien. Maintenant laisse-moi passer.

— Je n'ai pas fini !

Diana déglutit et s'entendit ajouter :

— Je pense qu'il serait temps que nous nous associions.

La colère céda la place à l'incrédulité dans le regard de Caine.

— Après tout ce qui s'est passé entre nous, tu viens me faire une proposition *professionnelle* ? Tu délires ou quoi, Diana ?

— Je ne te parle pas boulot, Caine MacGregor, je te parle mariage ! Voilà, c'est dit. Tu es content ?

Les yeux de Caine se plissèrent en deux fentes minces à l'expression indéchiffrable.

— Pardon ?

— Je te demande de m'épouser, répéta-t-elle, les joues en feu.

Il se mit à rire — faiblement, tout d'abord, puis avec une certaine conviction. Se passant les mains sur le visage, il se dirigea vers la fenêtre.

— Incroyable, marmonna-t-il tout bas.

— Je ne vois pas ce que ça a de drôle, protesta-t-elle, les bras croisés sur la poitrine.

De sa vie, elle ne s'était sentie aussi pathétique, aussi ridicule.

— Je ne sais pas ce qui me fait rire, au juste, admit Caine. C'est le côté inattendu de la situation, peut-être. Après quinze jours de silence, tu débarques dans mon bureau et tu me demandes en mariage. Avoue que la situation ne manque pas d'humour.

— Eh bien, je suis ravie d'avoir égayé ta soirée. Je te laisse savourer cette joyeuse plaisanterie en toute tranquillité.

Elle avait déjà la main sur la poignée lorsque Caine s'adossa contre le battant clos pour l'empêcher d'ouvrir.

— Ah non, pas si vite.

— Laisse-moi passer !

— Dans un instant.

Caine la saisit par les épaules et la pressa contre la porte.

— Ça va durer longtemps ce dialogue de sourds, Diana ?

Ses yeux ne riaient plus, nota-t-elle. Les lèvres serrées, elle luttait contre une furieuse envie de pleurer.

— J'aimerais savoir pourquoi tu m'as proposé le mariage, Diana.

Elle commença par le fusiller du regard. Puis elle prit une grande inspiration et ravala sa fierté.

— J'ai pris l'initiative parce que j'ai pensé que tu ne le ferais jamais toi-même à cause de tout ce que je t'ai dit l'autre fois. Je n'étais pas certaine que tu me pardonnerais.

Les doigts de Caine se resserrèrent sur ses épaules.

— Ne sois pas ridicule. Ce n'est pas une question de pardon.

— Caine…

Elle aurait voulu prendre son visage entre ses paumes, mais elle avait peur de le toucher.

—… Je suis désolée.

— Tu n'as toujours pas répondu à ma question. Pourquoi veux-tu que je t'épouse ?

Diana baissa les yeux.

— Je crois que j'ai besoin d'un contrat formel. Quand un homme et une femme se contentent de vivre ensemble, c'est tellement facile de tout arrêter pour un oui ou pour un non. Et…

Caine l'arrêta d'un signe de tête.

— Ce n'est pas ce que je te demande et tu le sais. Pourquoi, Diana ? Dis-le-moi.

Elle déglutit.

— Je…

Sa gorge se noua, ne laissa plus filtrer aucun son. Elle ferma les yeux.

— Diana ?

Elle se força à soulever les paupières. Une fois que les mots seraient prononcés, il n'y aurait plus de retour en arrière possible.

Elle serait engagée. Caine le savait. Et il avait besoin d'entendre les mots, d'être rassuré. Comment avait-elle pu se focaliser sur ses propres peurs au point de ne pas voir les siennes ?

— Je t'aime, murmura-t-elle sur un long soupir tremblant.

Sa peur s'évapora en même temps que l'air expiré.

— Oh, mon Dieu, Caine, oui, je t'aime !

Elle lui tomba dans les bras, se cramponna à son cou.

— Je t'aime. Je t'aime… Combien de fois aimerais-tu que je te le répète ?

— Je vais te dire ça dans une seconde, chuchota-t-il en trouvant ses lèvres.

Avec un grognement de joie, il l'attira à lui.

— Encore, exigea-t-il tout contre sa bouche. Dis-le-moi encore.

Avec un rire heureux, elle se laissa tomber avec lui sur le tapis.

— Je t'aime… Si j'avais su que cela faisait tant de bien, je te l'aurais dit plus tôt.

Cueillant son visage entre ses paumes, elle plongea son regard dans le sien.

— Vivre l'amour avec toi, c'est de loin ce qu'il y a de plus précieux pour moi au monde, Caine. Cela vaut mille fois tout le reste. Je le savais, mais je préférais me boucher les yeux et les oreilles et ne surtout pas le reconnaître. Je me raccrochais à l'illusion pathétique que je pouvais me passer de toi.

Il lui prit la main et la porta à ses lèvres.

— Je n'ai toujours pas de garanties à t'offrir. Juste de l'amour à te donner. De l'amour à revendre.

— Je ne veux pas de garanties, chuchota-t-elle en pressant sa joue contre la sienne. Je vais parier sur toi, MacGregor. Et parier gagnant, qui plus est.

Avec des gestes infiniment tendres, Caine commença à lui retirer ses vêtements.

— C'est la nuit des grandes premières. Ma première demande en mariage… La première fois que j'arrive à t'arracher ces trois petits mots magiques… et la première fois que nous faisons l'amour dans mon bureau.

Diana se laissa rouler sur lui et s'attaqua aux boutons de sa chemise.

— Tu oublies juste un détail, mon cher maître.

— Mmm…

— Tu ne m'as toujours pas dit si tu acceptais de m'épouser.

Il leva la tête pour lui mordiller l'oreille.

— Quel délai de réflexion m'accordes-tu ? Un mois ? Un an ? Une décennie ?

— Très exactement deux secondes.

— Parfait. Alors, c'est oui.

Le regard de Caine se fit rieur.

— Entre-t-il dans nos intentions d'enrichir la lignée des MacGregor ?

— Mais très certainement. Je suis d'excellente « souche ».

Caine éclata de rire.

— Tu viens de faire de mon père un homme heureux, Diana.

LE RENDEZ-VOUS DES AMANTS

1

Cette année-là, en Nouvelle-Angleterre, l'hiver n'avait paru céder qu'à contrecœur la place au printemps. Par endroits, la neige recouvrait encore les prairies. Mais les premiers bourgeons avaient fait leur apparition sur les branches des arbres et certains s'ornaient de nouvelles feuilles d'un vert tendre. La substance même de l'air semblait s'être modifiée et portait la promesse de l'été à venir.

B.J. était accoudée à sa fenêtre et observait attentivement le paysage bucolique qui s'étendait sous ses yeux. Une brise légère caressait ses longs cheveux blonds, la faisant frissonner de bien-être. Elle décida de profiter de cette belle journée pour aller se promener.

Il restait encore quelques semaines avant le début des vacances et la moitié seulement des chambres de Lakeside Inn, l'auberge dont la jeune femme assurait la gérance, était occupée. Cela lui permettait de jouir d'une certaine liberté dans l'organisation de son emploi du temps.

D'autant qu'elle accordait une entière confiance à ses employés. A ses yeux, son équipe formait une grande famille. Bien sûr, elle n'était pas à l'abri de disputes, de rancœurs et de bouderies. Mais elle parvenait toujours à surmonter ces épreuves et en sortait généralement plus forte et plus unie.

Cette complicité constituait pour elle l'un des facteurs clés expliquant le succès de l'hôtel. Et elle était très fière d'avoir su cultiver cet esprit de camaraderie au cours des années.

Se détournant de la fenêtre, B.J. entreprit de tresser ses cheveux.

Le miroir lui renvoyait son reflet et elle se prit à sourire. Cette coiffure ainsi que le jean et le pull-over trop larges qu'elle portait la faisaient paraître plus jeune encore que ses vingt-quatre ans. C'était peut-être aussi à cause de ses grands yeux bleus qui lui donnaient un air faussement innocent.

Mais ceux qui travaillaient à ses côtés savaient qu'il ne fallait pas s'y fier. B.J. gérait l'auberge avec un professionnalisme pointilleux et avait su gagner le respect de son équipe et de ses clients.

Après avoir enfilé une paire de baskets, la jeune femme quitta sa chambre et descendit au rez-de-chaussée. Gagnant la réception, elle constata avec satisfaction que des fleurs fraîchement coupées avaient été disposées dans le vase qui ornait le comptoir.

B.J. se dirigea alors vers la salle à manger et, comme elle approchait, elle entendit deux serveuses qui discutaient.

— Je suppose que tu n'as pas à te plaindre, déclara Dot d'une voix sardonique. Du moins, si tu aimes les hommes aux petits yeux porcins…

— Wally n'a pas des yeux porcins, répliqua Maggie. Il a même un très beau regard. Et, à mon avis, c'est pour cela que tu es jalouse.

— Jalouse ? Moi ? s'exclama Dot, moqueuse. Ce n'est pas demain la veille que l'un de tes petits amis me rendra jalouse, crois-moi !

La jeune femme avisa alors la présence de B.J., qui les observait d'un air amusé.

— Bonjour, dit-elle.

— Bonjour, Dot. Bonjour, Maggie. Dot, tu viens de mettre deux cuillères et un couteau dans cette serviette.

— Cela ne m'étonne pas, intervint Maggie, moqueuse. C'est la jalousie qui lui fait faire n'importe quoi. Tu sais que Wally doit m'emmener au cinéma, ce soir ?

— Félicitations, répondit B.J. J'espère que cette fois, ce sera le bon…

Dot ne put retenir un ricanement dubitatif. B.J. décida de les laisser à leur dispute et s'éloigna en direction de la cuisine. Contrairement à la salle à manger, qui avait conservé un cachet ancien, cette pièce était équipée de ce qui se faisait de mieux et de plus moderne.

D'une propreté impeccable, elle était à la hauteur de la réputation de l'auberge en matière de gastronomie. Comme chaque fois que B.J. posait les yeux sur cet impressionnant alignement de fourneaux, de placards et de robots ménagers, elle eut l'impression de regarder des soldats en ordre de bataille, prêts à passer à l'action dès que la nécessité s'en ferait sentir.

— Bonjour, Elsie, dit-elle à la corpulente cuisinière qui régnait en maîtresse incontestée sur cet univers étincelant.

Celle-ci grommela une réponse sans lever les yeux de la sauce qu'elle était en train de faire monter dans une large casserole de cuivre.

— Je vais aller me promener, lui dit B.J. en se servant une tasse de café. Est-ce que tout se passe bien ?

— Oui. Sauf que Betty Jackson refuse de nous livrer de la gelée de mûre.

— Vraiment ? s'étonna B.J. Et pourquoi cela ?

— Elle a dit que, si tu ne te donnais même pas la peine de rendre visite à une vieille femme solitaire de temps à autre, elle ne voyait pas pourquoi elle nous fournirait en confiture.

— Une vieille femme solitaire ? répéta B.J. en riant. Elle voit plus de gens chaque jour qu'un député en campagne ! Et je n'ai vraiment pas le temps d'aller écouter les derniers ragots de la région.

— Tu t'inquiètes au sujet du nouveau propriétaire ? demanda Elsie.

— Pas vraiment, répondit-elle en haussant les épaules. Simplement, je suis bien décidée à ce que tout soit parfaitement en ordre lorsqu'il arrivera.

— Vraiment ? Eddie m'a pourtant dit que tu avais passé une bonne partie de la journée d'hier à tourner dans ton bureau comme un fauve en cage. Et que tu n'arrêtais pas de marmonner des imprécations au sujet de la visite de ce Reynolds.

— Il exagère. Taylor Reynolds a parfaitement le droit de venir inspecter l'hôtel qu'il vient juste d'acquérir. Mais, lorsqu'il m'a téléphoné, il a vaguement évoqué la possibilité de moderniser les lieux et j'avoue que cela m'inquiète un peu. J'espère qu'il ne compte pas transformer l'auberge du tout au tout. Si tel est le cas, je devrai m'efforcer de le convaincre que c'est parfaitement inutile et que nous n'avons besoin de rien…

— Sauf de gelée de mûre, objecta Elsie d'un ton moqueur.

— C'est vrai, acquiesça la jeune femme en riant. Très bien, je vais m'en occuper. Mais si Betty me répète une fois de plus qu'Howard Beall est un garçon très bien et qu'il ferait un mari idéal, je l'étrangle !

— Elle n'a pourtant pas tort, tu sais ? répondit malicieusement la cuisinière.

Réprimant un petit soupir d'exaspération, B.J. quitta la cuisine par la porte qui donnait directement sur le parc. Elle alla chercher sa vieille bicyclette rouge au garage et remonta ensuite l'allée bordée d'érables qui permettait de rejoindre la route principale.

Le panorama splendide ne tarda pas à dissiper les idées noires que lui inspirait l'arrivée prochaine de Taylor Reynolds et elle laissa son regard errer sur le paysage familier qui l'entourait.

Les prairies ondulantes s'étaient couvertes de violettes et de coquelicots. Au loin, le lac Champlain miroitait sous les rayons du soleil qui éveillaient à sa surface de beaux reflets d'argent. Les montagnes étaient encore recouvertes de neige. Bientôt, celle-ci fondrait pour laisser place à de verts pâturages entrecoupés de petits bois de pins.

Quelques nuages blancs dérivaient paresseusement dans le ciel azuré, poussés par une brise agréable qui se chargeait d'odeurs printanières. Enchantée par le caractère bucolique de cette belle matinée, B.J. se mit à pédaler à vive allure. Et lorsqu'elle arriva enfin en ville, elle avait complètement oublié ses préoccupations et ses inquiétudes.

Lakeside était une petite bourgade typique de cette partie de la Nouvelle-Angleterre. Les maisons blanches étaient entourées de pelouses méticuleusement entretenues et bordées de barrières blanches.

B.J. avait grandi là et connaissait de vue presque tous les habitants. Elle n'avait quitté la région que le temps de décrocher son diplôme universitaire et était revenue sans la moindre hésitation dès la fin de ses études.

Elle aimait la vie simple que menaient les gens d'ici. Et, après avoir vécu quelques années dans une grande ville, elle n'en appréciait que plus le caractère familier et rassurant de cet endroit.

B.J. parvint enfin devant la maison de Betty Jackson et descendit de bicyclette. A peine eut-elle franchi le petit portail du jardin que la porte d'entrée s'ouvrit, révélant Betty, qui la regarda approcher avec une expression malicieuse.

— B.J. ! Quelle surprise ! s'exclama-t-elle enfin. Je me demandais si tu n'étais pas repartie pour New York…

— J'ai été très occupée, ces derniers temps, reconnut la jeune femme d'un ton faussement contrit.

— Je suppose que c'est à cause du nouveau propriétaire, remarqua Betty en faisant signe à B.J. d'entrer. J'ai entendu dire qu'il voulait transformer l'auberge.

Stupéfaite une fois de plus par le fait que rien de ce qui se passait en ville ne paraissait échapper à la vieille dame, B.J. la suivit à l'intérieur. Toutes deux s'installèrent dans le petit salon décoré de centaines de sculptures en forme de grenouille dont Betty faisait la collection.

— Tu savais que Tom Myers comptait ajouter une pièce à sa maison ? demanda la vieille dame en prenant place dans un confortable fauteuil en velours. Loïs va avoir un nouveau bébé. Trois en quatre ans, cela fait tout de même beaucoup… Mais je crois que tu aimes les enfants, n'est-ce pas, B.J. ?

— Bien sûr, madame Jackson, acquiesça la jeune femme, comprenant où elle voulait en venir.

— Mon neveu, Howard, les adore, lui aussi.

B.J. dut faire appel à toute la force de sa volonté pour retenir un soupir d'agacement.

— Justement, dit-elle, il y en a plusieurs à l'auberge, en ce moment. Et ils ont littéralement dévoré nos réserves de confiture. Il ne me reste plus qu'un pot de gelée de mûre et je me demandais si vous en aviez encore à vendre. Personne ne les prépare mieux que vous, madame Jackson, et je suis certaine que vous ruineriez les principaux fabricants du pays si vous décidiez de les commercialiser !

— Ce n'est pourtant pas sorcier, répondit Betty, rayonnante de fierté. Tout est une question de dosage.

— Je crois bien que je serais obligée de fermer si vous ne m'en cédiez pas régulièrement quelques pots, renchérit B.J. M. Conners, notamment, serait effondré s'il en était privé. Vous savez comment il appelle votre gelée ? De l'ambroisie !

— De l'ambroisie, répéta Betty, songeuse. C'est peut-être un tout petit peu exagéré…

Mais le compliment avait eu l'effet escompté et, quelques minutes plus tard, B.J. plaça dans le panier de sa bicyclette une douzaine de pots de confiture. Elle prit alors congé de la vieille dame et remonta en selle pour reprendre le chemin de l'auberge.

Comme elle passait devant le terrain de base-ball, elle se fit héler par les garçons qui s'entraînaient. Aussitôt, elle arrêta son vélo et descendit pour aller à leur rencontre.

— Quel est le score ? demanda-t-elle, curieuse.

— Cinq à quatre en faveur de l'équipe de Junior, répondit l'un des jeunes.

Se tournant en direction dudit capitaine, elle vit que celui-ci l'observait avec attention, un sourire de fierté aux lèvres.

— Je vais vous donner un coup de main, dit-elle en attrapant au vol la casquette du garçon le plus proche.

Elle la vissa sur sa tête et s'avança sur le terrain.

— Tu vas vraiment jouer avec nous, B.J. ? demanda un autre garçon.

— Juste pour un tour de batte. Ensuite, il faut que je retourne travailler.

Junior s'approcha de B.J. et se planta devant elle, les mains sur les hanches.

— C'est moi le lanceur. Et je te parie dix dollars que tu ne toucheras pas une balle, déclara-t-il crânement.

— Je m'en voudrais de te dépouiller de ton argent de poche, répondit la jeune femme.

— Très bien, alors si tu les rates toutes, j'aurai droit à un baiser.

— Si tu veux, répondit-elle en riant. Mais prépare-toi à être déçu !

Junior sourit et alla se placer sur sa base tandis que B.J. s'emparait de la batte. Elle se mit en position et lui fit signe. D'un geste vif, il lança la balle dans sa direction et elle frappa, la manquant de quelques centimètres.

— Et d'une ! s'exclama Junior.

— Parce que tu appelles ça lancer ? s'exclama B.J. avec une parfaite mauvaise foi. Elle était à hauteur de menton.

— Ce n'est pas ma faute si tu as deux mains gauches, B.J., répondit Junior, narquois.

Sur ce, il se replaça.

— Tu peux déclarer forfait, tu sais ? la nargua-t-il en faisant sauter la balle dans son gant. Celle-là, tu ne l'auras jamais...

— Regarde-la bien, Junior, répliqua B.J., parce que c'est la dernière fois que tu la vois. Je vais la frapper si fort qu'elle volera directement jusqu'à New York !

Junior sourit et propulsa la balle aussi vite qu'il le put. Mais, cette fois, B.J. était prête et elle la cueillit à la perfection. Tandis qu'elle s'élevait en cloche au-dessus du terrain, la jeune femme se mit à courir. Elle effaça sans problème les trois premières bases sous les vivats des joueurs de son équipe.

Mais, comme elle approchait de la dernière, elle réalisa qu'elle n'aurait pas le temps de l'atteindre et plongea en avant pour la toucher. Quasiment au même instant, Scott Temple rattrapa la balle.

— *Out* ! s'exclama-t-il.

— *Out* ? répéta-t-elle, furieuse. Je l'ai atteinte à temps ! C'est un *home run* !

— *Out*, répéta-t-il en croisant les bras.

— Je crois que tu as besoin de lunettes. En tout cas, je demande un avis impartial ! s'exclama B.J. en se tournant vers les autres garçons.

— Vous étiez *out*, déclara une voix sur sa droite.

Surprise, B.J. se retourna et se retrouva face à un homme

qu'elle ne connaissait pas. Brun, grand et bien bâti, il portait un costume sombre très élégant qui le désignait immanquablement comme un étranger à la petite ville. Quittant le bord du terrain, il s'approcha du groupe.

— Vous auriez dû vous contenter de la troisième base au lieu de tenter le *home run*, ajouta-t-il.

— Je n'ai pas *tenté* un *home run*, protesta-t-elle. Je l'ai réussi.

— Non, tu étais *out*, insista Scott.

B.J. lui adressa un regard noir avant de se tourner de nouveau vers l'inconnu. Elle ne put s'empêcher d'admirer son visage aux traits parfaitement dessinés. Ses pommettes hautes, son nez droit et ses yeux de jais lui conféraient une indéniable prestance. Le soleil éveillait des reflets cuivrés dans ses cheveux noirs et soyeux.

Ses vêtements, visiblement taillés sur mesure, et ses chaussures en cuir soigneusement cirées trahissaient un homme aisé. Constatant que la jeune femme l'observait, il lui sourit.

— Je vais devoir rentrer, déclara-t-elle, mal à l'aise. Mais ne va pas t'imaginer que je ne parlerai pas à ta mère de tes problèmes de vue, ajouta-t-elle à l'intention de Scott.

Se détournant, elle regagna sa bicyclette.

— Jeune fille! la rappela l'inconnu.

Se tournant vers lui, elle comprit qu'il la prenait pour une adolescente. Amusée, elle plaqua sur son visage une expression insolente.

— Ouais? fit-elle.

— Savez-vous par hasard où se trouve Lakeside Inn?

— Ecoutez, monsieur, ma mère m'a conseillé de ne pas adresser la parole à des inconnus.

— C'est une recommandation judicieuse, répondit-il en riant. Mais ce n'est pas comme si je vous proposais de faire un tour en voiture!

— C'est vrai, acquiesça-t-elle. C'est à environ cinq kilomètres par là, ajouta-t-elle en lui indiquant la direction. Vous ne pouvez pas vous tromper.

— Merci beaucoup pour votre aide.

— Il n'y a pas de quoi.

L'homme se détourna et se dirigea vers la Mercedes qui était garée au bord du terrain.

— Hé, attendez ! cria la jeune femme.

Il se retourna, curieux.

— Je n'étais pas *out* ! s'écria-t-elle.

Sur ce, elle enfourcha sa bicyclette et s'éloigna à vive allure en direction de l'auberge. Suivant le raccourci qu'elle connaissait, elle y parvint avant la Mercedes, se réjouissant d'avance de la mine surprise que ne manquerait pas de faire son client en découvrant qu'il avait pris la gérante de l'hôtel pour une adolescente.

Tandis qu'elle garait son vélo devant l'auberge, la jeune femme vit sortir un couple de jeunes mariés qui y séjournait.

— Bonjour, mademoiselle Clark, la saluèrent-ils d'une même voix.

— Bonjour ! répondit-elle avec un sourire. Et bonne promenade.

Elle suivit le couple des yeux tandis qu'ils s'éloignaient main dans la main en direction du lac. Puis elle récupéra son chargement de confitures dans le panier de la bicyclette et alla le porter dans la cuisine. Elle regagna ensuite la réception pour prendre son courrier.

Parmi les lettres qui lui étaient adressées, elle trouva une carte postale de sa grand-mère, ce qui la mit d'excellente humeur.

— Vous avez fait vite ! fit une voix, la tirant brusquement de sa lecture.

Levant les yeux, elle se retrouva face au mystérieux inconnu.

— J'ai pris un raccourci, répondit-elle. Est-ce que je peux vous aider ?

— J'en doute, répondit l'homme. Sauf si vous savez où je peux trouver le gérant.

— Si vous voulez une chambre, je peux parfaitement vous en donner une, remarqua-t-elle.

— Vous êtes charmante mais il faut vraiment que je parle au gérant.

— Vous êtes en face de lui, répondit B.J. Enfin… d'elle…

L'homme fronça les sourcils et la considéra avec un mélange

d'étonnement et d'incrédulité, se demandant visiblement si elle se moquait de lui.

— Et je suppose que vous gérez l'auberge le soir en sortant du lycée, répondit-il enfin d'un ton sarcastique.

Ce malentendu qui avait initialement amusé la jeune femme commençait à l'agacer.

— Il se trouve que je dirige Lakeside Inn depuis près de quatre ans, déclara-t-elle d'une voix glaciale. Si vous avez le moindre problème ou la moindre question, je suis donc parfaitement à même d'y répondre. Et s'il vous faut simplement une chambre, signez le registre et je serai ravie de vous en proposer une.

L'homme hésita, réalisant apparemment qu'elle était sérieuse.

— Vous êtes vraiment B.J. Clark ? demanda-t-il.

— C'est exact.

Il hocha la tête, médusé, et, d'un geste presque mécanique, tira vers lui le registre qu'elle lui présentait pour y inscrire son nom.

— Je suis désolé, lui dit-il alors. Mais reconnaissez que votre apparence et les circonstances dans lesquelles nous nous sommes rencontrés expliquent mon erreur…

— Si cela peut vous rassurer, mon apparence ne reflète aucunement les mérites de l'auberge, répliqua-t-elle un peu sèchement.

— Ce n'est pas ce que je voulais dire, protesta-t-il, légèrement mal à l'aise.

— En tout cas, je suis certaine que vous serez parfaitement satisfait de nos services, monsieur…

B.J. tourna le registre vers elle et, en lisant le nom de l'inconnu, sentit sa belle assurance fondre comme neige au soleil.

— Monsieur Reynolds ? s'exclama-t-elle, sidérée.

— Taylor Reynolds, en effet, acquiesça-t-il avec un sourire amusé. Ravi de faire votre connaissance, mademoiselle Clark.

— Mais…, balbutia-t-elle, terriblement gênée, nous ne vous attendions pas avant lundi…

— Je me suis libéré plus tôt que prévu.

— Très bien. Bienvenue à Lakeside Inn, dans ce cas.

— Merci. Vous serait-il possible de mettre un bureau à ma disposition durant mon séjour ici ?

— J'ai bien peur que nous n'en ayons pas de disponible. Mais vous pourrez utiliser le mien, si vous le désirez, répondit la jeune femme en lui tendant la clé de leur meilleure chambre.

— Parfait. J'aimerais également voir vos livres de comptes le plus rapidement possible.

— Mais certainement, répondit-elle en s'efforçant de dissimuler l'agacement que lui inspiraient les exigences de ce nouveau propriétaire. Si vous voulez bien me suivre…

A cet instant, ils furent interrompus par Eddie, qui venait de dévaler l'escalier pour rejoindre la réception.

— B.J. ! s'exclama-t-il, hors d'haleine. Le poste de télévision de Mme Pierce Lowell est tombé en panne et elle ne peut plus regarder ses dessins animés !

— Tu n'as qu'à lui donner le mien et appeler Max pour faire réparer celui de Mme Lowell.

— Malheureusement, il est parti en week-end, répondit son adjoint.

— Tant pis, répliqua-t-elle. Je crois que je survivrai deux jours sans télévision. Donne-lui mon poste et laisse une note sur mon bureau pour me rappeler que je dois contacter Max dès lundi.

Eddie hocha la tête et remonta les marches quatre à quatre. Se tournant vers Taylor, elle lui adressa un sourire d'excuse.

— Je suis désolée, lui dit-elle. Eddie a toujours tendance à dramatiser. Mais Mme Lowell est l'une de nos meilleures clientes et elle ne rate jamais son émission de dessins animés du samedi matin.

— Je vois, répondit Taylor.

B.J. lui fit signe de la suivre et le conduisit à son bureau. Tous deux pénétrèrent à l'intérieur et Taylor observa attentivement la petite pièce encombrée d'étagères et de classeurs qui contenaient tous les documents ayant trait à la gestion de l'auberge.

— Ce n'est pas très spacieux, s'excusa B.J., mais j'espère que cela fera l'affaire pour quelques jours.

— Je compte rester deux semaines, corrigea Taylor d'un ton sans appel.

Traversant la pièce, il s'approcha du bureau et souleva le presse-papiers en bronze de la jeune femme, qui représentait une tortue coiffée d'une casquette.

— Deux semaines ? répéta B.J. d'un ton incertain.

— C'est exact. Cela vous pose-t-il un problème ?

— Non, pas du tout, répondit-elle, gênée par la façon dont il la regardait.

Elle avait brusquement l'impression d'être un insecte soumis à l'observation attentive d'un entomologiste.

— Est-ce que vous jouez souvent au base-ball, mademoiselle Clark ? demanda-t-il en s'adossant au bureau.

— Non. Je passais simplement par là...

— En tout cas, votre saut vers la dernière base était particulièrement audacieux. D'ailleurs, ça se lit encore sur votre visage.

Du bout du doigt, Taylor effleura la joue de la jeune femme, qui ne put s'empêcher de frissonner à ce contact. Elle constata avec une pointe d'embarras que son index était maculé de poussière.

— En tout cas, je n'étais pas *out*, déclara-t-elle fièrement. Et si Scott le pense, c'est qu'il a besoin d'un bon ophtalmo !

— J'espère juste que vous gérez cette auberge avec autant d'enthousiasme, déclara Taylor en riant. Je jetterai un coup d'œil à vos comptes dès cet après-midi.

— Je suis certaine que vous serez parfaitement satisfait de ce que vous y trouverez, répondit-elle aussi dignement qu'elle le put. L'hôtel fonctionne sans problème. Notre chiffre d'affaires est bon et nous dégageons des profits substantiels.

— Tant mieux. Je suis certain que les changements que je compte apporter ne feront que conforter ces excellents résultats.

— J'ai effectivement cru comprendre que vous entendiez procéder à quelques aménagements, reconnut B.J., incapable de dissimuler la méfiance que lui inspirait cette idée. Puis-je savoir ce que vous avez en tête ?

— Eh bien, il faut que je me familiarise avec la situation actuelle avant de prendre la moindre décision, mais il me semble que cet endroit serait parfait pour implanter un centre de vacances. J'envisage de financer la construction de courts de tennis, d'une piscine, d'un centre de remise en forme. Je compte aussi moderniser les bâtiments actuels.

B.J. le regarda d'un air atterré.

— Mais ils n'en ont pas besoin ! protesta-t-elle enfin. Et notre clientèle n'est pas adaptée à ce type de projet. Ce que cherchent nos visiteurs, c'est un endroit paisible, une chambre confortable et une cuisine de qualité. C'est pour cela qu'ils reviennent régulièrement nous voir.

— La transformation de cette auberge vous ferait peut-être perdre quelques habitués mais, croyez-moi, vous attireriez une nouvelle clientèle bien plus large. D'autant qu'aucun établissement n'offre de services similaires dans la région.

— C'est parce que nous sommes à Lakeside et pas à Los Angeles, répliqua vivement la jeune femme. Les gens qui viennent ici recherchent la tranquillité. Ils veulent un cadre bucolique, pas un club de vacances à la mode !

— Vous paraissez bien sûre de vous, mademoiselle Clark.

— Je le suis. Vous possédez peut-être cette auberge mais moi, je connais l'endroit où elle se trouve, monsieur Reynolds. Et, surtout, je connais nos clients. Ils aiment cet hôtel parce qu'il répond à certaines attentes précises. Et je ne vous laisserai pas les décevoir au nom de vos projets pharaoniques !

Taylor la contempla durant quelques instants, un sourire amusé aux lèvres.

— Mademoiselle Clark, déclara-t-il enfin d'une voix teintée d'ironie, s'il me prenait la fantaisie de démolir cette auberge brique par brique, rien ne pourrait m'empêcher de le faire. Je suis le seul à pouvoir décider des modifications qu'il convient d'apporter ou non. Votre poste de gérante ne vous confère absolument aucune autorité en ce domaine. Est-ce bien clair ?

— Parfaitement ! s'exclama B.J., furieuse. Mais ce qui est encore plus clair à mes yeux, c'est que le fait d'avoir assez d'argent pour acheter cette auberge ne vous permet pas pour autant de comprendre comment elle fonctionne. Vous considérez peut-être l'arrogance et l'entêtement comme de précieuses qualités dans le monde des affaires mais, personnellement, je n'y vois que la marque d'une profonde bêtise.

Sur ce, B.J. tourna dignement les talons et quitta la pièce, prenant bien soin de claquer la porte du bureau derrière elle.

2

Folle de rage, B.J. retourna dans sa chambre. Taylor Reynolds était probablement l'homme le plus insupportable qu'il lui avait jamais été donné de rencontrer.

Pourquoi avait-il fallu qu'il choisisse précisément son auberge pour développer ses sombres projets ? Ne pouvait-il donc pas aller jouer au Monopoly ailleurs ? Il possédait suffisamment d'hôtels pour cela.

La compagnie de Reynolds détenait en effet plus d'une centaine d'établissements aux Etats-Unis, sans compter quelques hôtels de luxe implantés à l'étranger. Si Taylor tenait vraiment à relever de nouveaux défis, pourquoi ne montait-il pas un club de vacances en Antarctique ?

Comme elle se faisait cette réflexion, B.J. aperçut le reflet que lui renvoyait le miroir de l'armoire. Son visage était maculé de boue, le jean et le pull qu'elle portait étaient couverts de poussière et ses cheveux étaient tressés en couettes.

En fait, elle avait l'apparence d'une enfant de dix ans qui aurait passé la journée à jouer dans les bois.

— Pas étonnant qu'il m'ait traitée avec une telle condescendance ! s'exclama-t-elle avec une pointe d'agacement.

B.J. savait qu'elle paraissait beaucoup plus jeune qu'elle ne l'était réellement et que cela avait nui plus d'une fois à sa crédibilité. Aussi s'efforçait-elle d'ordinaire de faire très attention à la façon dont elle s'habillait et de gommer autant qu'elle le pouvait cet aspect juvénile.

— Non seulement j'ai l'air d'une adolescente attardée mais,

en plus, je me suis bêtement mise en colère, soupira-t-elle. Je suis sûre que, s'il n'en avait pas déjà l'intention, il est à présent bien décidé à me renvoyer... Mais il n'aura pas à se donner cette peine ! Je préfère démissionner plutôt que travailler pour un tyran dans son genre ! Qu'espère-t-il, au juste ? Que je le regarderai démanteler mon auberge sans rien dire ?

Forte de cette décision, la jeune femme se débarrassa de ses vêtements et enfila une robe couleur ivoire et des chaussures à talon. Après s'être recoiffée, elle choisit des boucles d'oreilles et un collier dans sa boîte à bijoux.

S'observant avec attention dans le miroir, elle jugea que cette nouvelle tenue lui conférait un surcroît de maturité et de crédibilité. Il ne lui restait plus à présent qu'à rédiger la lettre qu'elle comptait remettre à Taylor Reynolds.

Lorsque B.J. pénétra en trombe dans son bureau, elle trouva Taylor assis à sa table de travail. Il était en train de consulter les registres de l'auberge. D'un pas décidé, elle traversa la pièce et se planta devant lui, attendant qu'il daigne lever les yeux vers elle.

Lorsqu'il y consentit enfin, elle se raidit en avisant le sourire amusé qu'il arborait.

— B.J. Clark..., s'exclama-t-il, ironique. Quelle transformation ! J'ai presque du mal à vous reconnaître...

Se carrant dans son fauteuil, il l'observa de la tête aux pieds, sans paraître se soucier le moins du monde du caractère insultant de cette inspection. Mais ce machisme assumé ne surprit guère la jeune femme. Après tout, il ne faisait que conforter l'impression d'arrogance naturelle qui se dégageait de cet homme...

— Il est toujours incroyable de découvrir les trésors que peuvent dissimuler un jean et un pull-over informe.

Bien décidée à ne pas répondre à ses provocations, B.J. déposa sur le bureau la lettre qu'elle venait de rédiger.

— De quoi s'agit-il ? demanda Taylor en haussant un sourcil étonné.

— De ma démission, répondit-elle en le défiant du regard. Et, maintenant que je ne suis plus votre employée, monsieur Reynolds, je vais pouvoir vous dire ce que je pense de vos méthodes. Vous n'êtes qu'un tyran opportuniste qui s'imagine que tout est à vendre, que tout problème peut se régler en y mettant le prix. Eh bien, vous vous trompez ! Cette auberge existe depuis des dizaines d'années et a su préserver un charme et un cachet qui lui assurent une clientèle fidèle. Et vous voulez la transformer en parc d'attractions ! Je ne doute pas du fait que vous parviendrez à vos fins. Mais, pour cela, vous réduirez à néant le travail de tous ceux qui vous ont précédé, vous pousserez à la démission certaines personnes qui travaillent ici depuis plus de vingt ans et vous anéantirez tout le charme de la région. Les gens ne viennent pas ici pour jouer au squash ou pour une cure de thalassothérapie mais pour se promener et profiter du calme et du grand air…

— Est-ce que vous avez terminé votre réquisitoire, maître ? demanda Taylor d'un ton sarcastique qui ne parvenait pas réellement à dissimuler la menace sous-jacente que B.J. percevait dans sa voix.

— Pas tout à fait, répondit-elle, bien décidée à ne pas se laisser intimider. J'ai encore une chose à vous dire : vous êtes un homme détestable et je suis vraiment heureuse de ne pas avoir à travailler pour vous.

Sur ce, elle tourna les talons et se dirigea vers la porte. Mais Taylor ne lui laissa pas le temps de quitter la pièce. Contournant le bureau, il l'agrippa par le bras et la força à faire volte-face pour le regarder.

— Mademoiselle Clark, je vous ai laissée exprimer votre opinion en toute liberté pour deux raisons. Tout d'abord, vous êtes absolument charmante lorsque vous êtes en colère. Je l'avais déjà remarqué tout à l'heure et je viens d'en avoir l'éclatante confirmation. Il s'agit d'une considération purement personnelle, mais je tenais à être parfaitement honnête à cet égard. La seconde raison est d'ordre professionnel : contrairement à ce que vous pouvez penser, je me refuse à me conduire en tyran et à prendre des décisions sans consulter les personnes les plus qualifiées. Et je respecte votre opinion, dans le fond sinon dans la forme…

A cet instant, Taylor fut interrompu par Eddie, qui passait la tête par l'embrasure de la porte.

— Nous avons retrouvé Julius, annonça-t-il joyeusement à la jeune femme. Je pensais que tu serais heureuse de l'apprendre...

Sur ce, il disparut aussi soudainement qu'il était apparu.

— Qui est ce Julius ? demanda Taylor, étonné.

— Le basset danois de Mme Frank, répondit B.J. Elle ne va nulle part sans lui.

— Je pensais que les chambres étaient interdites aux animaux.

— C'est exact. Mais nous lui avons installé une niche à l'arrière du bâtiment.

Taylor hocha la tête. Réalisant qu'il la tenait toujours par le bras, la jeune femme tenta de se dégager. Mais il ne lui en laissa pas la possibilité. Au contraire, il la guida vers le bureau et la fit asseoir sur l'une des chaises qui lui faisaient face avant de le contourner pour reprendre sa place initiale.

Comme elle faisait mine de se lever, il secoua la tête.

— Vous vous êtes exprimée librement, remarqua-t-il. A présent, c'est à mon tour de le faire. Je considère que vous connaissez bien mieux que moi cet établissement. Et, bien que je m'estime libre d'en faire ce que bon me semble, je tiendrai compte de votre opinion en la matière.

Il ramassa la lettre de démission de B.J., la déchira en quatre et jeta les morceaux dans la poubelle.

— Vous ne pouvez pas faire cela, protesta-t-elle.

— Je viens pourtant de le faire, objecta-t-il en souriant.

— Cela ne m'empêchera pas d'en rédiger une nouvelle, vous savez ?

— Et elle subira le même sort. Inutile de gâcher votre papier à lettres, mademoiselle Clark. Je n'ai aucunement l'intention d'accepter votre démission pour l'instant. Le moment viendra peut-être et, dans ce cas, je vous le ferai savoir.

B.J. ouvrit la bouche pour protester, mais il l'interrompit d'un geste.

— Si vous insistez, je n'aurai pas d'autre choix que de fermer l'auberge le temps de chercher quelqu'un qui soit capable de vous remplacer, déclara Taylor. Bien sûr, cela prendra peut-être quelques mois...

— Vous plaisantez! Je suis certaine que vous trouverez très rapidement.

— Qui sait? répondit Taylor en la regardant droit dans les yeux. Il me faudra peut-être six mois...

La jeune femme frémit, réalisant ce qu'il était en train de dire.

— Six mois? répéta-t-elle. Mais c'est impossible! Nous avons de nombreuses réservations pour cet été. Et que deviendra le personnel?

— Il risque effectivement de se retrouver au chômage technique pendant quelque temps, concéda Taylor en souriant d'un air faussement ennuyé.

— Mais c'est du chantage! protesta vivement B.J.

— Je crois que c'est le terme qui convient, en effet. Je suis heureux de constater que vous comprenez très vite, mademoiselle Clark.

— Vous n'êtes pas sérieux! s'exclama-t-elle, révoltée. Vous n'allez pas fermer l'auberge juste parce que j'ai démissionné!

— Peut-être, peut-être pas... En tout cas, vous ne me connaissez pas assez pour en être certaine. Etes-vous prête à courir un tel risque?

Un silence suivit cette question.

— Non, répondit enfin la jeune femme. Contrairement à vous, j'ai le sens de l'éthique et des responsabilités. Mais j'avoue que je ne comprends vraiment pas pourquoi vous tenez tant à me voir rester alors que mes idées sont diamétralement opposées aux vôtres.

— Vous n'avez pas besoin de le savoir, répondit Taylor en haussant les épaules.

Une fois de plus, B.J. fut tentée de le gifler. Mais cela n'aurait probablement fait qu'envenimer une situation qu'elle jugeait déjà suffisamment tendue comme cela.

— Quel âge avez-vous, mademoiselle Clark? demanda brusquement Taylor.

— Je ne vois pas en quoi c'est important, répliqua-t-elle.

— Vingt et un ? Vingt-deux ans ?

— Vingt-quatre.

— Vingt-quatre ans, répéta Taylor d'un ton songeur. Cela signifie que j'ai huit ans de plus que vous. Vous deviez encore être majorette au lycée lorsque j'ai ouvert mon premier hôtel…

— Je n'ai jamais été majorette.

— Soit. Mais cela ne change rien à ce que je voulais dire. J'ai bien plus d'expérience professionnelle que vous. Mais je sais aussi que cela ne suffit pas toujours. Et c'est pour cette raison que j'ai besoin de vous : parce que vous connaissez mieux que personne la clientèle, les fournisseurs et le personnel de cette auberge. Et j'aurai besoin de ces connaissances durant la période de transition.

— Très bien, monsieur Reynolds. Puisque vous ne me laissez pas le choix, je suis prête à conserver mon poste le temps que vous vous fassiez une idée plus précise de nos activités. Mais je tiens à ce que vous soyez conscient d'une chose : tant que je serai gérante, je m'efforcerai de préserver l'identité de l'auberge. Et si vous entendez la modifier, vous ne pourrez pas compter sur ma coopération.

— Je ne me faisais aucune illusion à ce sujet, répondit Taylor avec un sourire malicieux. Mais, puisque nous avons trouvé un compromis, j'aimerais que vous me fassiez visiter les lieux afin que je puisse me rendre compte de la façon dont les choses fonctionnent. Vous aurez ensuite deux semaines pour me convaincre de la justesse de vos idées.

— Je ne suis pas certaine que ce soit suffisant, objecta la jeune femme.

— Ne vous en faites pas pour moi. Je me targue d'être capable d'évaluer rapidement une situation. D'ailleurs, je suis convaincu que vous aurez à cœur de me montrer que j'ai tort et que l'auberge doit demeurer en l'état.

Quittant son siège, Taylor contourna le bureau et la prit par le bras.

— Venez, lui dit-il en l'aidant à se lever. Faites-moi faire le tour du propriétaire.

Résignée, B.J. entreprit donc de lui faire visiter l'hôtel. Elle s'efforça d'adopter à son égard une attitude aussi détachée que professionnelle mais ne tarda pas à réaliser combien cela lui était difficile.

Il y avait en lui quelque chose qui la mettait vaguement mal à l'aise. A la dérobée, elle se mit à l'observer, cherchant à comprendre les raisons de cette gêne.

Et elle ne tarda pas à réaliser avec une pointe d'effroi que, si Taylor lui apparaissait comme un homme des plus détestable, il n'était pas pour autant départi d'un certain charme auquel elle n'était pas insensible.

Il émanait de lui un mélange d'assurance, de force et d'humour qu'en de tout autres circonstances elle aurait pu trouver très attirant.

Cette idée avait quelque chose de terrifiant. Et la perspective de passer les deux prochaines semaines en sa compagnie ne contribuait guère à la rassurer.

— Vous rêvez, mademoiselle Clark ? demanda brusquement Taylor.

Arrachée à ses pensées, la jeune femme s'aperçut qu'elle n'avait pas écouté un mot de ce qu'il venait de lui dire.

— A vrai dire, improvisa-t-elle en s'efforçant de dissimuler son embarras, j'étais en train de me demander si vous aviez envie de manger quelque chose.

— Avec plaisir, répondit-il en souriant.

Elle le guida jusqu'à la salle à manger. C'était une grande pièce meublée de façon rustique. Le papier peint légèrement décoloré par le temps, les appliques de style Arts déco et l'épaisse moquette qui recouvrait le sol conféraient aux lieux un charme un peu compassé. La grande cheminée dans laquelle pétillait un joyeux feu de bois ajoutait à la convivialité de l'ambiance.

La plupart des tables étaient disposées de façon à permettre aux convives de discuter entre eux s'ils le désiraient. Quelques-unes, au contraire, étaient installées un peu à l'écart pour ménager l'intimité de ceux qui y étaient attachés.

Taylor parcourut la pièce des yeux et hocha la tête d'un air appréciatif.

— Parfait, murmura-t-il comme pour lui-même.

A cet instant, ils furent rejoints par un homme corpulent qui s'inclina galamment devant B.J.

— Si la musique est la pâture de l'amour, jouez encore! s'exclama-t-il avec emphase.

— Donnez-m'en jusqu'à l'excès, répondit la jeune femme. En sorte que ma faim gavée languisse et meure.

L'homme éclata de rire et, après un dernier petit salut, s'éloigna en direction de l'une des tables disponibles.

— Shakespeare? s'étonna Taylor. A l'heure du déjeuner?

Malgré elle, B.J. ne put s'empêcher de sourire.

— Vous venez de faire la connaissance de M. Leander. Il vient à l'auberge deux fois par an depuis plus de dix ans. Il était comédien dans une petite troupe shakespearienne et ne peut s'empêcher de déclamer des vers en toute occasion.

— Et vous lui donnez toujours la réplique?

— J'adore Shakespeare. Mais j'avoue que je révise un peu chaque fois qu'il effectue une réservation.

— Cela fait-il partie des prestations que vous offrez à vos clients? demanda Taylor en souriant.

— En quelque sorte.

Elle parcourut la pièce du regard et choisit une table à prudente distance des Dobson, de jumeaux facétieux dont elle jugeait avisé de se tenir à l'écart. Tandis qu'ils prenaient place, Dot s'approcha d'eux et jeta à Taylor un regard admiratif.

— B.J., Wilbur vient d'apporter des œufs et ils sont toujours aussi petits. Elsie est folle de rage.

— Je m'en occupe, soupira la jeune femme. Prends la commande de M. Taylor. Excusez-moi, ajouta-t-elle à l'intention de ce dernier, je vais devoir vous laisser. Bon appétit. Et n'hésitez pas à m'appeler si vous avez la moindre question ou si quelque chose n'est pas à votre convenance.

Sur ce, B.J. s'éloigna en direction de la cuisine, soulagée d'avoir enfin un prétexte pour échapper à la présence aussi troublante qu'exaspérante de Taylor Reynolds.

Durant les heures qui suivirent, son attention fut monopolisée par une foule de détails qui détournèrent son esprit du magnat de l'hôtellerie et de ses grands projets.

Elle dut convaincre les jumeaux Dobson de relâcher les grenouilles qu'ils gardaient dans la baignoire de leur chambre, au grand mécontentement de leur voisin de palier que les coassements des batraciens tenaient éveillé une bonne partie de la nuit.

Elle tenta ensuite de consoler une femme de chambre que sa récente rupture avec son petit ami rendait sujette à des crises de larmes aussi incontrôlables qu'embarrassantes pour les clients.

Mais, comme l'après-midi touchait à sa fin, B.J. finit par s'étonner de ne pas avoir croisé Taylor. Elle se demanda ce qu'il avait bien pu faire de sa journée et finit par conclure qu'il était probablement resté enfermé dans son bureau pour éplucher ses livres de comptes et imaginer où il pourrait faire construire ses courts de tennis et son Jacuzzi.

A l'heure du dîner, la jeune femme s'accorda une pause et monta dans sa chambre pour lire. Lorsqu'elle redescendit vers 22 heures, la salle à manger était quasiment déserte. Quelques clients s'attardaient au bar, discutant à mi-voix tandis que le pianiste improvisait sur un thème de jazz.

Une fois de plus, elle ne vit pas trace de Taylor Reynolds. S'installant à l'une des tables disponibles, elle commanda un cocktail et s'autorisa enfin à réfléchir à la situation dans laquelle elle se trouvait.

Il lui restait deux semaines pour convaincre le nouveau propriétaire des lieux de l'absurdité de ses projets insensés. Et, si elle comptait y parvenir, il allait lui falloir faire preuve d'un peu plus de diplomatie qu'elle n'en avait montré le matin même.

Taylor était visiblement un homme très décidé. Il le lui avait prouvé en menaçant de fermer l'auberge pour la forcer à rester. Si elle continuait à lui tenir tête, elle ne réussirait probablement qu'à l'agacer et à renforcer ses convictions.

Face à un homme comme lui, mieux valait faire patte de velours que sortir ses griffes, décida-t-elle. Après tout, il lui avait clairement laissé entendre qu'il n'était pas insensible à son charme et elle marquerait certainement plus de points en lui souriant qu'en lui déclarant une guerre ouverte.

Forte de cette conviction, la jeune femme quitta le bar et gagna la pièce attenante où était installé un poste de télévision. Aucun client ne s'y trouvait et B.J. décida de s'accorder quelques minutes de solitude bien méritées.

Mais comme elle prenait place dans l'un des confortables fauteuils qui entouraient l'écran, elle reconnut le film d'horreur qui était diffusé ce soir-là. Elle ne tarda pas à se laisser happer par l'histoire et à suivre avec fascination les tribulations des malheureuses victimes sur lesquelles s'acharnait un tueur en série.

— Vous savez que vous verriez mieux si vous ne mettiez pas votre main devant vos yeux, fit une voix derrière elle alors qu'à l'écran le psychopathe massacrait une famille à la tronçonneuse.

Surprise, B.J. sursauta et se tourna vers Taylor, qui la contemplait avec amusement.

— Désolé de vous interrompre, s'excusa-t-il. Mais j'avoue que je me demande pourquoi vous regardez ce film alors qu'il vous met dans un tel état.

— C'est une véritable malédiction, répondit-elle avec un rire un peu nerveux. J'adore ce genre de films mais ils me terrifient. J'ai dû voir celui-ci au moins trois fois mais je n'arrive pas à m'y faire. Regardez ! C'est le moment que je préfère...

Taylor se rapprocha d'elle et s'agenouilla auprès de son fauteuil pour regarder la scène. Tous deux suivirent des yeux l'héroïne qui parcourait les couloirs de la maison dans laquelle se cachait le maniaque.

— Quelle gourde ! s'exclama-t-elle. Franchement, n'importe qui ayant un tant soit peu de jugeote sortirait de là en vitesse ou s'enfermerait à double tour dans sa chambre pour appeler la police ! Qu'espère-t-elle faire, avec ce couteau de cuisine ?

Brusquement, le tueur surgit des ténèbres et se rua sur l'héroïne. Aussitôt, B.J. détourna les yeux.

— Je ne peux pas voir ça ! lui dit-elle. Prévenez-moi quand ce sera terminé.

La jeune femme sentit alors le bras de Taylor entourer ses

épaules et il plaqua doucement son visage contre son torse comme pour la protéger. Elle sentit les battements réguliers de son cœur contre sa joue et l'odeur de son corps qui s'insinuait en elle, éveillant une sensation troublante.

D'une main très douce, il effleura ses cheveux, lui arrachant un petit frisson. Instinctivement, elle se raidit et tenta de se dégager mais il la retint contre lui.

— Pas encore ! lui dit-il. Le tueur est toujours là à rôder...

Un instant plus tard, il s'écarta d'elle et lui tapota l'épaule.

— Sauvée par une page de publicité ! s'exclama-t-il en souriant.

Terriblement embarrassée, B.J. se leva et entreprit de ranger les magazines éparpillés sur la table basse pour se donner une contenance. Taylor la regardait faire avec une pointe d'amusement qui l'agaça prodigieusement.

— Je voulais m'excuser au sujet de ce qui s'est passé cet après-midi, lui dit-elle d'une voix aussi professionnelle que possible. Et également pour ne pas avoir pu finir de vous faire visiter l'auberge.

— Ce n'est pas grave, répondit-il sans la quitter des yeux. J'ai exploré les lieux par moi-même. Et j'ai même réussi à discuter un peu avec Eddie entre deux urgences. Il a l'air de prendre son travail très à cœur !

— C'est vrai, acquiesça la jeune femme. Je suis certaine qu'il fera un excellent gérant dans quelques années. Tout ce qui lui manque, c'est un peu d'expérience.

— Venant de quelqu'un d'aussi jeune que vous, c'est une remarque intéressante.

— L'expérience n'est pas une question d'âge mais d'années passées à exercer un métier, déclara B.J. un peu sèchement.

— Vous avez raison. D'ailleurs, ma remarque n'était pas une critique, lui assura Taylor. J'ai parlé avec plusieurs clients et tous semblent vous tenir en très haute estime.

S'approchant de B.J., il écarta une mèche de cheveux qui lui tombait sur l'œil.

— Au fait, qu'est-ce qu'elles représentent ? demanda-t-il en effleurant sa joue du bout des doigts.

— Quoi donc ? demanda celle-ci, plus troublée qu'elle ne l'aurait souhaité.

— Les initiales de votre prénom.

— C'est un secret très bien gardé, répondit-elle. Même ma mère n'est pas au courant.

Derrière elle, l'héroïne du film poussa un cri strident, la faisant sursauter violemment. Sans savoir comment, elle se retrouva de nouveau nichée entre les bras de Taylor. Aussitôt, elle fit mine de se dégager mais il secoua la tête.

— Non, lui dit-il d'une voix très douce en caressant légèrement sa joue. Cette fois, je ne vous laisserai pas vous échapper aussi facilement.

Avant même qu'elle ait eu le temps de protester, il se pencha vers elle et l'embrassa. Ce n'était pas un baiser tendre et séducteur. C'était une conquête destinée à obtenir une reddition complète et inconditionnelle. Il l'attira contre lui, pressant son corps contre le sien.

Sa langue trouva celle de la jeune femme et il redoubla d'audace, lui mordillant les lèvres et laissant ses mains courir le long de son dos. Malgré elle, B.J. se trouva emportée par cette étreinte.

Elle eut brusquement l'impression que son corps tout entier s'embrasait tandis qu'un mélange de désir et de terreur s'emparait d'elle. Incapable de résister à la violence de sa propre réaction, elle rendit à Taylor son baiser, s'émerveillant presque de l'intensité de ses propres sensations.

Jamais personne ne l'avait embrassée de cette façon. Il y avait quelque chose de vertigineux dans le pouvoir qu'il exerçait sur elle en cet instant. C'était presque comme si son corps s'était soudain libéré du joug de son esprit pour exprimer une passion trop longtemps réprimée.

Lorsque Taylor la libéra enfin, elle était pantelante, vaincue, incapable de trouver la force de protester ainsi qu'elle aurait probablement dû le faire.

— C'était très agréable, dit-il d'une voix un peu rauque.

Il caressa doucement sa joue et sourit d'un air presque espiègle.

— Nous pourrions peut-être recommencer, suggéra-t-il.

Alors qu'il se rapprochait de nouveau d'elle, B.J. plaça ses mains sur sa poitrine pour le repousser. Elle n'était pas certaine de pouvoir résister à un nouvel assaut de ce genre et avait besoin de temps pour comprendre ce qui venait de lui arriver.

— Je ne crois pas que ce soit une bonne idée, monsieur Reynolds, objecta-t-elle aussi froidement qu'elle le put.

— Taylor, lui rappela-t-il en la regardant droit dans les yeux. Ce matin, ajouta-t-il, lorsque nous étions dans votre bureau, je me suis dit qu'il serait plaisant d'apprendre à mieux vous connaître. Je ne pensais pas que cela irait aussi vite.

— Monsieur Reynolds…

— Taylor.

— Taylor, répéta-t-elle, j'aimerais savoir si vous agissez de cette façon avec tous les gérants de vos hôtels.

Si elle avait espéré le blesser par cette remarque, elle fut très déçue. Car il se contenta d'éclater de rire.

— Ce que nous venons de faire n'a absolument aucun rapport avec l'auberge ou la façon dont elle est gérée, répondit-il enfin. Je ne fais que céder à mon irrésistible attirance pour les femmes qui portent des couettes.

Il fit mine de la reprendre dans ses bras, mais elle le repoussa violemment.

— Je ne veux pas ! s'exclama-t-elle, terrifiée.

Il dut percevoir la détresse qui perçait dans sa voix car il s'immobilisa aussitôt et hocha la tête.

— Très bien, dit-il. Comme vous voudrez. Mais, même si cela prend plus de temps, je finirai par l'emporter.

— Ce n'est pas un jeu ! protesta B.J.

Taylor s'écarta d'elle et plongea les mains dans ses poches. Il étudia attentivement le visage de la jeune femme, qui trahissait un mélange de colère et de désarroi.

— C'est intrigant, déclara-t-il enfin. Il y a en vous quelque chose de tout à la fois innocent et provocateur.

— Ecoutez, s'exclama B.J., que son comportement rendait folle, je ne le fais pas exprès et je n'ai jamais cherché à vous intriguer ! La seule chose qui m'importe, pour le moment, c'est de vous convaincre de ne pas toucher à cette auberge. Lorsque j'y serai parvenue, je serai ravie de vous voir repartir pour votre loft de New York.

Sans lui laisser le temps de répondre, elle tourna les talons et quitta la pièce à grands pas.

3

En se levant ce matin-là, B.J. décida que Taylor Reynolds portait l'entière responsabilité de la scène embarrassante qui s'était jouée entre eux la veille. Elle décida pourtant de se cantonner à un professionnalisme sourcilleux afin d'éviter la moindre ambiguïté.

Tout en enfilant son tailleur le plus strict, elle repensa au plaisir qu'elle avait éprouvé lorsque Taylor l'avait embrassée et à la façon pitoyable dont elle l'avait supplié de ne pas recommencer.

Si seulement elle avait su trouver une réplique cinglante pour refroidir les ardeurs de ce goujat, songea-t-elle. Mais, pour cela, il aurait fallu qu'elle puisse contrôler la façon dont elle avait réagi à ce baiser.

Jamais encore elle ne s'était sentie aussi profondément troublée. Son corps tout entier s'était brusquement embrasé et son esprit avait perdu tout contrôle, assistant impuissant à sa propre démission. Tout en sachant qu'elle était en train de commettre une erreur, elle avait répondu avec passion à cette étreinte et s'y était noyée avec délice.

Avec le recul, elle chercha à se convaincre que c'était parce que Taylor l'avait surprise, parce qu'elle n'avait pas eu le temps de comprendre ce qu'il s'apprêtait à faire. A présent, elle connaissait le risque qu'elle courait en le laissant prendre l'initiative et serait prête à le repousser s'il s'avisait de recommencer.

Elle ne pouvait se permettre de céder au magnétisme qu'il exerçait sur elle alors que son propre avenir professionnel et celui de tout le personnel de l'auberge étaient en jeu.

D'ailleurs, Taylor et elle ne partageaient rien : ils étaient issus de deux mondes différents que tout opposait, en dehors de cette regrettable attirance d'ordre purement physique.

Ne le lui avait-il pas amplement prouvé en exerçant sur elle cet odieux chantage ?

Comme elle se rappelait leur confrontation à ce sujet, la jeune femme réalisa que, hélas, c'était lui qui tenait toutes les cartes en main. Après tout, elle était son employée et n'avait aucune légitimité pour s'opposer à ses projets, si ridicules soient-ils.

Et si elle voulait avoir la moindre chance de l'emporter, il allait falloir jouer serré. Mais B.J. n'était pas le genre de femme à se laisser décourager par un tel défi. Tant qu'elle conserverait la moindre chance de convaincre Taylor de préserver l'auberge, elle continuerait à se battre.

Forte de cette décision, elle quitta sa chambre et descendit au rez-de-chaussée. Comme souvent le dimanche matin, l'hôtel était calme. Les clients dormaient tard et descendaient par petits groupes pour prendre leur petit déjeuner.

En temps normal, B.J. en profitait pour se consacrer à des tâches administratives et rattraper le retard qu'elle avait accumulé durant la semaine. Avant de gagner son bureau, elle décida néanmoins de passer par la salle à manger pour prendre un café et s'assurer que tout était en ordre.

Là, elle eut la désagréable surprise de découvrir que Taylor était déjà levé.

— Quelle chance ! s'exclama-t-il d'un ton parfaitement cordial. Moi qui pensais déjeuner seul…

A contrecœur, la jeune femme prit place en face de lui et lui décocha un sourire aussi froid que poli.

— J'espère que vous avez bien dormi, lui dit-elle.

— Merveilleusement ! Votre brochure ne ment pas. Cet endroit est d'un calme étonnant.

— Je suis ravie de vous l'entendre dire, monsieur Reynolds, répondit-elle en insistant sur l'emploi de son nom de famille.

— Je dois dire que, jusqu'à présent, je ne suis pas déçu par cet endroit. Il correspond en tout point à l'idée que je m'en étais faite.

Maggie s'approcha d'eux, arborant une expression rêveuse.

B.J. comprit aussitôt qu'elle devait penser à la soirée qu'elle avait passée avec Wally, son petit ami.

— Je prendrai du café et des toasts, dit-elle d'un ton légèrement insistant.

Prise en faute, Maggie rougit et hocha la tête.

— Moi aussi, dit Taylor, amusé.

Lorsque la serveuse se fut éloignée en direction de la cuisine, il observa attentivement B.J., qui sentit aussitôt renaître en elle le malaise qu'il lui inspirait.

— Vous savez, déclara-t-il enfin, je suis impressionné par la façon dont vous dirigez votre personnel.

— Pourquoi dites-vous cela ? demanda-t-elle, étonnée.

— Cette fille avait visiblement l'esprit ailleurs. Mais il vous a suffi d'un regard pour lui rappeler ses responsabilités.

— C'est probablement parce que nous nous connaissons bien. Je serais prête à parier que Maggie pensait à Wally et au film que tous deux sont allés voir au cinéma, hier soir.

— Je vois, acquiesça Taylor en riant.

— A mes yeux, reprit-elle, les membres du personnel doivent former une famille. Cela permet de créer une atmosphère moins formelle, plus détendue. Nos clients le sentent et c'est l'une des choses qu'ils apprécient lorsqu'ils viennent ici.

La jeune femme s'interrompit tandis que Maggie revenait avec leur commande.

— Dois-je comprendre que vous avez un a priori contre les clubs de vacances ? demanda Taylor lorsque la jeune serveuse se fut éloignée.

B.J. hésita quelques instants avant de répondre, cherchant les mots justes.

— Non, dit-elle enfin. Simplement, ces centres ont une fonction totalement différente de celle de l'auberge. Les clients qui les fréquentent s'attendent à se voir proposer une foule d'activités différentes. Ici, au contraire, ils viennent pour se détendre et se délasser. Ils aiment prendre leur temps. Certains vont à la pêche, d'autres font un peu de ski de fond en hiver. Mais la plupart préfèrent se promener et jouir simplement de la tranquillité des lieux. Et nous nous efforçons de leur offrir le calme et le confort qu'ils recherchent. Je crois que c'est tout l'intérêt de Lakeside Inn...

— Cela reste à prouver, objecta Taylor.

Il s'était exprimé d'un ton affable mais, dans ses beaux yeux noirs, B.J. vit briller d'autres ambitions qu'elle était certaine de ne pas partager.

— L'aube aux yeux gris couvre de son sourire la nuit grimaçante...

Levant la tête, B.J. découvrit le visage sympathique de M. Leander, qui lui souriait, attendant qu'elle lui donne la réplique.

— Et diapre de lignes lumineuses les nuées d'Orient, répondit-elle sans hésiter.

Leander s'inclina et s'éloigna d'un pas étonnamment léger pour un homme de sa corpulence.

— Un jour, il vous prendra en défaut, fit observer Taylor en le suivant des yeux.

— La vie n'est qu'une succession de risques, répondit-elle en souriant. Mieux vaut les accepter comme ils viennent.

Se tournant vers elle, Taylor posa sa main sur la sienne, lui arrachant un frisson.

— Si vous le pensez vraiment, les jours qui viennent risquent d'être fascinants, murmura-t-il d'une voix lourde de sous-entendus.

Avec une pointe d'angoisse, B.J. se demanda s'il fallait y voir une promesse ou un avertissement.

A travers la fenêtre entrouverte, on pouvait apercevoir les pelouses verdoyantes du parc qui entourait l'auberge et le ciel d'azur. Le pépiement des oiseaux et l'odeur de l'herbe fraîchement coupée constituaient une invitation presque irrésistible à la promenade.

Mais B.J. et Taylor ne prêtaient guère attention à ce panorama idyllique. Enfermés dans le bureau de la jeune femme, ils venaient de passer en revue tous les documents administratifs ayant trait à la vie de l'hôtel : livres de comptes, fiches de paie des employés, commandes aux fournisseurs, budget pour l'année en cours...

B.J. avait présenté en détail le bilan de ses activités et pensait s'être tirée avec brio de cet exigeant exercice. Taylor l'avait écoutée avec beaucoup d'attention avant de la féliciter pour la précision de son exposé et la qualité de son travail.

Puis il lui avait posé toutes sortes de questions qui lui prouvèrent, s'il en était besoin, qu'il connaissait son métier à la perfection. Ainsi, malgré leurs différends, ils étaient parvenus à gagner un certain respect mutuel.

Au moins, songea-t-elle, Taylor ne paraissait plus la considérer comme une adolescente attardée, incapable de gérer l'auberge. Elle se prit même à espérer qu'il verrait à présent d'un œil plus favorable les recommandations qu'elle pourrait lui faire.

— Je remarque que vous vous approvisionnez en grande partie auprès des fermes de la région, remarqua Taylor, qui parcourait le facturier.

— C'est exact, acquiesça-t-elle. Cela profite à tout le monde. Nos produits sont de première fraîcheur et nous contribuons à dynamiser l'économie locale. Lakeside Inn joue un rôle non négligeable dans l'équilibre de la région : nous fournissons des emplois, nous consommons divers produits et services et nous attirons des clients qui font vivre les boutiques des environs.

Comme Taylor s'apprêtait à lui répondre, Eddie ouvrit la porte et pénétra dans le bureau, arborant une expression angoissée.

— B.J., s'exclama-t-il, les Bodwin sont arrivées !

Réprimant un soupir résigné, la jeune femme se tourna vers Taylor, qui la contemplait avec une pointe d'étonnement.

— A l'entendre, ces Bodwin doivent s'apparenter aux sept plaies d'Egypte, déclara-t-il.

— Vous n'êtes pas très loin de la vérité, concéda-t-elle. Si vous voulez bien m'excuser, je n'en ai que pour une minute.

B.J. quitta la pièce et se dirigea à grands pas vers la réception. Là, les deux sœurs Bodwin l'attendaient. Elles se ressemblaient comme deux gouttes d'eau : grandes et décharnées, elles arboraient le même visage ridé, les mêmes yeux perçants, le même nez en bec d'aigle surmonté de lunettes à monture d'acier.

— Mademoiselle Patience, mademoiselle Hope, s'exclama la

jeune femme, faisant visiblement des efforts d'amabilité. Je suis ravie de vous revoir !

— C'est toujours un plaisir pour nous de revenir chez vous, déclara Patience d'une voix claironnante.

— Tout à fait, murmura sa sœur.

— Eddie, prends les bagages de ces demoiselles et installe-les dans leur chambre habituelle.

Eddie hocha la tête et s'exécuta, visiblement ravi d'échapper momentanément aux deux harpies. B.J. vit alors Taylor sortir du bureau et se diriger vers eux.

— Mesdemoiselles, je vous présente Taylor Reynolds, déclara-t-elle. C'est le nouveau propriétaire de l'auberge.

— Enchanté de faire votre connaissance, les salua ce dernier avant de leur serrer la main.

B.J. eut la stupeur de voir Hope Bodwin rougir légèrement à ce contact. Décidément, songea-t-elle, Taylor semblait exercer la même fascination sur toutes les femmes.

— Mes félicitations, jeune homme, lui dit alors Patience. Vous avez acquis une excellente maison. Mlle Clark est une gérante hors pair et j'espère que vous saurez la récompenser à la hauteur de ses mérites.

Taylor décocha à B.J. un sourire amusé et posa doucement la main sur son épaule.

— Je suis tout à fait convaincu des qualités de Mlle Clark, certifia-t-il. Soyez assurées, mesdemoiselles, que je saurai lui témoigner toute ma gratitude.

Le sous-entendu qui perçait dans sa voix n'échappa pas à la jeune femme. Elle se déplaça de façon à dégager son épaule.

— Je vais demander qu'on prépare votre table habituelle, mesdemoiselles, déclara-t-elle en indiquant la salle à manger sur le seuil de laquelle venait d'apparaître Maggie. Donnez-leur la numéro deux, ajouta-t-elle à l'intention de la serveuse. Et veillez à ce qu'elles ne manquent de rien.

— Merci, mademoiselle Clark, répondit Patience Bodwin. Vous êtes adorable.

Sur ce, les deux sœurs s'éloignèrent en direction du restaurant.

— Vous leur donnez la table numéro deux ? s'étonna Taylor. Je croyais qu'elle était faite pour six.

— C'est exact. Mais c'est celle que préfèrent les sœurs Bodwin. M. Campbell la leur attribue toujours.

— Vous oubliez que M. Campbell n'est plus le propriétaire des lieux.

— Et alors ? répliqua durement B.J. Voulez-vous que je leur refuse leur table ? Que je les fasse manger dans la cuisine ? Vous êtes peut-être habitué à parcourir des bilans et des livres de comptes mais je crois que vous manquez de discernement lorsqu'il s'agit de vos clients. Les gens ne sont pas de simples numéros et on ne peut pas les placer où l'on veut simplement parce que cela nous arrange !

A la grande surprise de la jeune femme, Taylor éclata de rire.

— Vous savez que vous avez un caractère impossible ! s'exclama-t-il joyeusement. Je n'arrive pas à comprendre pourquoi vous déformez toujours mes paroles.

— Mais c'est vous qui m'avez demandé de donner une autre table aux sœurs Bodwin ! protesta vivement B.J.

— Vous devriez apprendre à écouter les autres, répliqua Taylor. J'ai simplement dit que j'étais surpris que vous attribuiez une table pour six à deux personnes.

— Très bien, soupira-t-elle. Dans ce cas, dites-moi ce que vous auriez fait à ma place.

— Exactement la même chose que vous, B.J., répondit-il en haussant les épaules. Je ne vois pas de raison de troubler les habitudes de vos clients tant qu'il y a assez de tables libres.

B.J. serra les dents, luttant désespérément pour conserver son calme. Dans les yeux de Taylor, elle lisait une lueur d'amusement qui la rendait folle de rage. Mais force était de reconnaître qu'une fois de plus elle l'avait laissé la pousser à bout sans raison.

— Monsieur Reynolds..., commença-t-elle.

— Taylor, la reprit-il. J'ai remarqué que vous appeliez tous vos collaborateurs par leurs prénoms mais que vous évitiez toujours d'employer le mien. C'est un peu vexant, vous savez...

Taylor posa ses mains sur les épaules de la jeune femme.

Lorsqu'elle essaya de se dégager, il raffermit son emprise et la regarda droit dans les yeux.

— Allons, insista-t-il. Ce n'est pas si difficile que cela. Essayez...

Le cœur battant, B.J. sentit son corps tout entier réagir à la proximité de Taylor. C'était une sensation terriblement troublante. Une douce chaleur se répandait en elle, éveillant des fourmillements sur sa peau et la faisant frissonner malgré elle. Furieuse et impuissante, elle prenait une fois de plus toute la mesure de l'attraction qu'il exerçait sur elle.

— Taylor..., protesta-t-elle faiblement.

— Très bien, acquiesça-t-il. J'adore entendre mon prénom dans votre bouche. J'espère que vous le prononcerez plus souvent, désormais.

B.J. ne répondit pas, se contentant de le contempler avec défiance.

— Dites, B.J., est-ce que par hasard je vous ferais peur ?

— Non, balbutia-t-elle d'une voix mal assurée. Pas du tout, ajouta-t-elle en s'efforçant de paraître plus convaincue.

— Vous savez que vous êtes une piètre menteuse ! s'exclama Taylor en riant.

Sans attendre sa réponse, il se pencha vers elle et effleura sa bouche de la sienne, la faisant frémir de la tête aux pieds. Il ne cherchait pas vraiment à l'embrasser, se contentant de la caresser du bout des lèvres, éveillant en elle une passion incoercible.

Finalement, incapable de résister à ce supplice de Tantale, elle se pressa contre lui et lui rendit son baiser avec une ardeur qui la surprit elle-même. Mais c'était plus fort qu'elle. Pour la première fois de sa vie, elle se sentait absolument incapable de résister à la tentation.

Bien sûr, elle regretterait probablement par la suite d'avoir cédé aussi facilement mais, pour le moment, tout ce qui comptait, c'était de sentir la bouche de Taylor contre la sienne et ses mains qui avaient glissé de ses épaules pour se poser sur ses hanches.

Le monde entier paraissait avoir disparu pour laisser place au plaisir brûlant qu'il lui offrait. Mais, lorsque leurs lèvres se séparèrent enfin, elle le sentit brusquement refluer pour laisser place à un mélange de honte et de confusion. Pendant quelques instants, tous deux restèrent immobiles.

— Je ferais mieux d'aller m'assurer que tout va bien en cuisine, murmura-t-elle enfin pour dissiper le silence pesant qui s'était installé.

Taylor sourit et, dans ses yeux, elle vit briller une lueur moqueuse.

— Bien sûr, concéda-t-il. Mais vous ne pourrez pas fuir éternellement l'évidence, B.J. Tôt ou tard, vous serez à moi. D'ici là, je saurai bien patienter.

La jeune femme le foudroya du regard.

— C'est incroyable! s'exclama-t-elle, furieuse. Jamais je n'ai rencontré quelqu'un d'aussi présomptueux! Je ne suis pas un objet, Taylor! Et je n'appartiens qu'à moi-même!

— C'est peut-être ce que vous croyez, répondit-il en riant. Mais vous vous trompez. Vous serez à moi. Si j'avais le moindre doute à ce sujet, vous venez de le dissiper avec brio.

B.J. serra les poings, luttant de toutes ses forces contre la tentation qu'elle avait de le gifler.

— Je n'ai absolument pas l'intention de figurer au nombre de vos trophées, monsieur Reynolds, articula-t-elle d'une voix glaciale.

Sur ce, elle tourna les talons et se dirigea vers le restaurant, s'efforçant de ne pas se laisser déstabiliser par le sourire ironique de Taylor, qui la suivait des yeux.

4

Le lundi était toujours la journée la plus chargée pour B.J. Elle était d'ailleurs intimement convaincue que, si quelque calamité devait se produire, ce serait ce jour-là, justement parce qu'elle n'aurait pas le temps de gérer la crise de façon satisfaisante.

Evidemment, la présence de Taylor Reynolds dans son bureau ne rendait pas les choses plus faciles. Elle n'avait pas oublié ce qu'il lui avait dit la veille et lui en voulait toujours pour l'arrogance dont il avait fait preuve à son égard.

Pourtant, elle était bien décidée à ne pas laisser leurs différends personnels prendre le pas sur leurs relations de travail. D'une voix glaciale, elle lui détailla donc chaque coup de téléphone qu'elle passait, chaque lettre qu'elle rédigeait et chaque facture qu'elle réglait.

Il l'accuserait peut-être d'être distante et insensible mais certainement pas de ne pas se montrer coopérative.

Taylor, quant à lui, avait opté pour une attitude tout aussi professionnelle. Il se garda de toute allusion déplacée, se contentant de la traiter avec une politesse sourcilleuse et d'ignorer la froideur ostensible dont elle faisait preuve à son égard.

Jamais elle n'avait rencontré un homme aussi maître de lui. Rien ne paraissait le toucher. Bien sûr, cela ne faisait qu'alimenter la colère et la frustration de la jeune femme. Elle fut même tentée de renverser sa tasse de café sur son beau costume pour voir s'il prendrait la chose avec autant de philosophie.

— J'ai raté quelque chose ? demanda alors Taylor.

— Pardon ?

— Pour la première fois de la journée, vous étiez en train de sourire.

B.J. rougit et détourna les yeux, s'efforçant de retrouver un semblant de contenance.

— Je suis désolée, répondit-elle. Je pensais à autre chose. Si vous voulez bien m'excuser, ajouta-t-elle en se levant, je vais aller m'assurer que le ménage a bien été fait dans les chambres. Voudrez-vous prendre votre déjeuner ici ou dans la salle à manger ?

— Dans la salle à manger, répondit Taylor en s'adossant confortablement à son siège. Est-ce que vous me tiendrez compagnie ?

— Je suis désolée, s'excusa la jeune femme d'une voix faussement contrite. Mais j'ai beaucoup de choses à faire, aujourd'hui. Néanmoins, je vous recommande le rosbif. Il est succulent.

Taylor hocha la tête et la suivit des yeux en silence tandis qu'elle quittait la pièce. Soulagée, B.J. gravit l'escalier pour aller inspecter les chambres.

Au cours de l'après-midi qui suivit, elle parvint habilement à éviter Taylor. Il lui fallut pour cela redoubler de méfiance et d'habileté et ce petit jeu de cache-cache l'amusa beaucoup. Evidemment, tôt ou tard, elle serait obligée de se retrouver en face de lui. Mais elle ne se sentait pas encore prête à le faire.

L'heure du dîner approchait et l'auberge était parfaitement silencieuse. La plupart des clients s'étaient retirés dans leur chambre en attendant l'ouverture du restaurant et les couloirs étaient déserts.

En chantonnant, B.J. se dirigea vers la lingerie pour vérifier l'état des stocks de draps, de taies d'oreiller et de serviettes. Après avoir calculé ce dont ils auraient besoin pour la période estivale, elle nota sur son calepin la commande qu'elle enverrait dès le lendemain à son fournisseur. Puis elle s'intéressa aux réserves de produits de toilette que l'hôtel mettait gracieusement à la disposition de ses clients.

Tandis qu'elle effectuait ces tâches familières, elle se prit à rêver aux promenades qu'elle ferait durant la belle saison, aux excursions en barque sur le lac, aux longues soirées qu'elle passerait sur la terrasse de l'auberge.

Ces rêveries plaisantes ne tardèrent pourtant pas à se teinter d'une légère impression de malaise. Pour la première fois de sa vie, elle se prit à regretter de ne pas avoir à ses côtés quelqu'un avec qui elle aurait pu partager ces moments privilégiés.

Jusqu'alors, la jeune femme n'avait jamais souffert de la solitude. Après tout, elle vivait dans une auberge et il y avait toujours du monde autour d'elle : les employés qui travaillaient à ses côtés, les clients de passage et les habitués avec lesquels elle s'était liée d'amitié…

Mais elle réalisa brusquement qu'elle n'en était pas moins seule. Elle n'avait personne pour l'entraîner main dans la main au bord du lac, les soirs où la lune était pleine, pour partager ses secrets, ses doutes, ses joies et ses angoisses, pour discuter de tout et de rien pendant des heures au gré de sa fantaisie.

Chaque fois qu'on lui avait parlé de mariage ou de relation stable, elle avait éludé la question. Peut-être parce qu'elle ne se sentait pas prête à endosser de telles responsabilités. Peut-être parce qu'elle rêvait encore au prince charmant, à un mystérieux inconnu qui saurait éveiller en elle une vertigineuse passion.

Ce serait un homme charismatique, fort, sûr de lui et, bien entendu, terriblement beau.

Un homme comme Taylor Reynolds.

Cette pensée prit B.J. de court et elle se figea brusquement, le cœur battant à tout rompre.

Naturellement, force était de constater qu'il existait entre eux une certaine alchimie. Les baisers qu'ils avaient échangés le prouvaient de façon incontestable. Il était aussi très beau. Et doué d'une intelligence aiguë. Et d'un charisme indéniable…

Mais il était aussi arrogant, suffisant et égoïste. Et il avait le don de la mettre hors d'elle.

N'était-ce pas justement parce qu'au fond il l'attirait ? lui souffla une petite voix pernicieuse.

— Non, déclara-t-elle résolument. Je n'ai vraiment pas besoin de quelqu'un comme lui !

Cette affirmation la rasséréna quelque peu et elle se dirigea vers la porte de la lingerie d'un pas décidé. Mais, lorsqu'elle l'ouvrit, ce fut pour se trouver nez à nez avec Taylor Reynolds.

Malgré elle, elle sursauta, comme prise en faute. Il l'observa d'un air amusé.

— Vous êtes drôlement nerveuse, remarqua-t-il. Et vous marmonnez toute seule. Peut-être avez-vous besoin de vacances...

— Je...

— De longues vacances, ajouta-t-il en lui caressant doucement la joue.

B.J. se raidit, furieuse.

— C'est vous qui m'avez fait peur, protesta-t-elle. Que faites-vous ici ?

— Il faut croire que je jouais à cache-cache, tout comme vous, répondit-il avec un sourire sardonique.

— Je ne vois vraiment pas de quoi vous voulez parler, répliqua B.J. avec une parfaite mauvaise foi.

En réalité, elle était mortifiée d'avoir été percée à jour aussi facilement.

— Si vous voulez bien m'excuser, reprit-elle en faisant mine de s'éloigner.

— Savez-vous que, lorsque vous êtes en colère, une petite ride verticale apparaît entre vos sourcils ?

— Je ne suis pas en colère, répondit-elle d'une voix glaciale. Je suis juste très occupée.

Sa froideur ne parut pas le décourager le moins du monde. Au contraire, son sourire s'élargit encore. B.J. maudit intérieurement le trouble qu'elle éprouvait lorsqu'elle se trouvait en sa présence.

— Taylor, si vous voulez me dire quelque chose en particulier, je vous écoute.

— A vrai dire, je tenais à vous transmettre un message.

Il tendit la main vers son front, qu'il effleura du bout du doigt, comme pour faire disparaître le froncement de sourcils de la jeune femme.

— Un message des plus intrigant, reprit-il.

— Vraiment ? dit-elle en reculant nerveusement pour échapper à cette caresse qui la troublait bien plus qu'elle ne l'aurait voulu. De quoi s'agit-il ?

— Je l'ai noté pour être certain de ne commettre aucune erreur, répondit Taylor.

Il tira un petit papier de la poche intérieure de sa veste et le déplia.

— C'est de la part d'une certaine Mme Peabody, lut-il. Elle voulait vous dire que Cassandra a accouché. Elle a eu quatre filles et deux garçons. Des sextuplés. C'est incroyable, non ?

— Pas lorsqu'il s'agit d'une chatte, répondit la jeune femme en souriant malgré elle. Mme Peabody est l'une de nos plus vieilles clientes. Elle vient à l'auberge deux fois par an.

— Je vois, acquiesça Taylor, amusé par sa propre méprise. En tout cas, j'ai fait mon devoir. A vous de faire le vôtre.

La prenant par la main, il l'entraîna en direction de l'escalier.

— L'air de la campagne m'a ouvert l'appétit, déclara-t-il. Vous connaissez le menu du soir et vous pourrez commander pour nous !

— C'est impossible, protesta-t-elle.

— Au contraire, s'exclama Taylor d'un ton malicieux. Je séjourne dans cette auberge. Or vous m'avez dit que vous faisiez toujours de votre mieux pour satisfaire vos clients. Je vous demande juste de dîner en ma compagnie. Ce n'est tout de même pas si terrible, si ?

A contrecœur, B.J. dut se rendre à ses arguments. Si elle avait insisté, elle serait apparue comme une enfant entêtée et elle ne tenait pas à se ridiculiser une fois de plus aux yeux de Taylor.

Résignée, elle le suivit donc jusqu'à la salle à manger, où ils prirent place à l'une des tables disponibles. Le repas ne fut pas aussi terrible qu'elle l'avait craint. En fait, elle s'aperçut même que Taylor pouvait être un compagnon des plus agréable lorsque la fantaisie lui en prenait.

Il se montra tout à fait charmant et tous deux discutèrent de politique, des films qu'ils avaient vus récemment, des livres qu'ils avaient aimés et de leurs études respectives.

B.J. dut reconnaître que Taylor ne manquait pas d'humour et

se surprit à plusieurs reprises à rire à gorge déployée tandis qu'il lui racontait quelques-unes des anecdotes les plus savoureuses à propos de ses études à l'université.

Elle fut plus étonnée encore de découvrir en lui un auditeur attentif. Il lui posa de nombreuses questions sur sa famille, sur son enfance et sa vie à Lakeside et écouta les réponses qu'elle lui donna, paraissant réellement s'intéresser à ce qu'elle disait.

La jeune femme finit par regretter qu'ils ne se soient pas rencontrés en d'autres circonstances. Car si elle n'avait pas su quel tyran Taylor pouvait être en affaires, elle serait certainement tombée sous son charme.

Hélas, quelles que soient les qualités dont il faisait preuve, il n'en restait pas moins l'homme qui l'avait menacée de renvoyer tout le personnel de l'hôtel pour obtenir ce qu'il désirait, celui qui avait décidé de transformer Lakeside Inn en complexe touristique et qui s'était conduit à son égard de façon plus que cavalière.

Et, chaque fois qu'elle était sur le point de céder au dangereux pouvoir de séduction qui émanait de lui, elle se forçait à se rappeler tout cela et à reprendre de la distance. Tous deux étaient en guerre et elle n'était pas encore prête à rendre les armes.

Comme le repas touchait à sa fin et qu'ils étaient en train de prendre leur café, Eddie s'approcha de leur table.

— Monsieur Reynolds ? Vous avez un appel de New York.

— Merci, Eddie, répondit Taylor. Je le prendrai dans le bureau. Je n'en aurai pas pour longtemps, ajouta-t-il à l'intention de B.J.

— Inutile de vous dépêcher à cause de moi, lui assura la jeune femme. J'ai beaucoup de choses à faire ce soir.

— Je passerai tout de même vous voir plus tard, déclara Taylor d'un ton qui n'admettait pas de réplique.

Leurs regards se croisèrent et elle se prépara à un nouveau conflit. Mais, brusquement, il éclata de rire et se pencha vers elle pour déposer un léger baiser sur son front. Interloquée, elle ne chercha même pas à le repousser ou à protester.

Avant même qu'elle ait pleinement recouvré ses esprits, il avait disparu. D'un geste absent, elle se frotta le front pour chasser la sensation de brûlure qui persistait, à l'endroit précis où s'étaient posées les lèvres de Taylor.

Prenant une profonde inspiration, elle se força à repousser le trouble qui l'habitait et vida sa tasse de café d'un trait avant de quitter le restaurant. Elle se dirigea alors vers le bar.

Là, l'ambiance était très différente. Dans la lumière tamisée, quelques couples installés autour des petites tables réparties dans la pièce discutaient et plaisantaient en sirotant un cocktail ou une pinte de bière.

Une odeur de cigarette, de feu de cheminée et de vieux bois flottait dans l'air. Aux yeux de B.J., cette scène familière avait quelque chose de profondément réconfortant. D'un pas lent, elle s'approcha d'un meuble sur lequel était posé un vieux Gramophone à pavillon.

Elle ouvrit le buffet et s'agenouilla pour passer amoureusement en revue la collection de vieux soixante-dix-huit tours qui y était rangée. Finalement, elle en choisit un et, le tirant de sa pochette, le plaça précautionneusement sur le tourne-disque.

D'une main experte, elle remonta le mécanisme à ressort et lança la platine avant de poser délicatement l'aiguille sur le sillon extérieur. Un discret crachotement se fit entendre, suivi par la voix rauque et sensuelle de Billie Holiday. Quelques couples quittèrent leurs tables et se mirent à évoluer lentement au rythme de la musique.

Durant l'heure qui suivit, B.J. enchaîna les standards de jazz des années 30 et 40, passant des ballades mélancoliques au *ragtime* et au *rythm and blues* le plus endiablé avec l'habileté d'un disc-jockey accompli.

Comme chaque lundi, elle prenait un plaisir immense à voir son public apprécier ces morceaux d'un autre âge. Elle avait souvent remarqué que cette musique avait le don de réunir les auditeurs de toutes générations, peut-être parce que sa simplicité apparente était à la source de tant de courants musicaux divergents. Peut-être aussi parce qu'elle s'accordait parfaitement avec l'ambiance hors du temps qui régnait dans l'auberge.

Au fond, cela n'avait aucune importance, songea-t-elle en

souriant. Et, comme à son habitude, elle se contenta de laisser la magie opérer, retrouvant avec bonheur ces chansons qu'elle connaissait par cœur et dont elle ne se lassait jamais.

— Mais qu'est-ce que vous faites ? fit une voix, juste derrière elle, la rappelant brusquement à la réalité.

La jeune femme se retourna pour découvrir Taylor qui l'observait d'un air interloqué.

— Je vois que vous avez fini de téléphoner, lui dit-elle. J'espère qu'il ne s'agissait de rien de grave.

— Rien d'important, éluda-t-il. Puis-je savoir ce qui se passe, ici ?

B.J. le regarda avec une pointe d'étonnement. Puis elle haussa les épaules.

— Je ne sais pas, répondit-elle. Je passe seulement de la musique. Mais asseyez-vous et demandez à Don de vous servir un bon cocktail. Désolée, il va falloir que je change l'aiguille…

Se détournant, elle attendit la fin du morceau pour remplacer l'aiguille du tourne-disque avant de lancer un nouveau soixante-dix-huit tours.

— Je vais aller me chercher un verre, dit-elle alors à Taylor. Vous voulez quelque chose ?

— Je vous l'ai dit : une explication.

— Une explication à propos de quoi ?

— B.J., seriez-vous en train de jouer les ravissantes idiotes ? Je vous connais suffisamment pour ne pas être dupe, vous savez !

— Je suppose que c'est un compliment, répondit la jeune femme d'un ton sarcastique. Du moins ce qui s'en rapproche le plus chez vous. Merci, donc. Mais j'avoue que cela ne m'aide pas pour autant à comprendre votre question.

— Dans ce cas, je vais la reformuler : pourquoi utilisez-vous cette vieillerie alors que le bar est équipé d'une chaîne hi-fi et d'une sono modernes ?

— Vous êtes sérieux ? s'exclama-t-elle. Vous ne comprenez vraiment pas ?

— Non, répondit-il. Il faut croire que c'est moi qui ne suis pas très malin.

— Nous sommes lundi, répondit-elle.

Taylor laissa errer son regard sur la pièce, s'attardant un instant sur les couples qui dansaient.

— Je suppose que cela explique tout, répondit-il enfin avec une pointe d'ironie.

— En quelque sorte, dit-elle très sérieusement. Tous les lundis, je passe de vieux disques. Je suppose que, dans les milieux branchés que vous devez fréquenter, vous appelleriez ça une « soirée rétro ». Quant à ce Gramophone, ce n'est pas une vieillerie, comme vous dites, mais une vénérable antiquité, d'autant plus précieuse qu'elle est encore en parfait état de marche. Je l'ai rénovée moi-même.

— Mais… pourquoi ? demanda Taylor, passablement interdit.

— Pourquoi quoi ? soupira-t-elle avec une pointe d'agacement.

— Pourquoi passez-vous de vieux disques le lundi soir ?

B.J. prit une profonde inspiration, se demandant comment elle aurait pu lui expliquer cela. Alors qu'elle allait répondre, Taylor leva la main.

— Attendez, lui dit-il.

Se détournant, il alla parler à l'un des clients. Quelques instants plus tard, il était de retour avec un sourire satisfait.

— J'ai trouvé quelqu'un pour vous remplacer pendant quelques minutes. Nous discuterons plus tranquillement si vous n'avez pas à vous arrêter toutes les trois minutes pour changer de disque. Venez.

Il la prit par le bras et l'entraîna dehors. L'air frais de la nuit ne contribua pourtant pas le moins du monde à dissiper la colère qui montait en B.J.

— Maintenant, je vous écoute, déclara Taylor en s'adossant au mur de l'auberge.

— Je crois que vous allez me rendre folle ! s'emporta la jeune femme. Comment pouvez-vous être toujours aussi… aussi…

Elle s'interrompit, cherchant vainement le mot juste.

— Borné ? suggéra Taylor. Etroit d'esprit ?

— Exactement ! s'exclama-t-elle. Tout se passait parfaitement bien et voilà que vous arrivez avec vos questions et vos petits airs supérieurs.

Tapant du pied, elle poussa un petit soupir de frustration en avisant le sourire amusé de Taylor.

— Les gens s'amusent, ajouta-t-elle en désignant la salle du bar que l'on apercevait par la fenêtre. Vous avez parfaitement le droit de trouver ce genre de soirée ringarde, dépassée ou tout simplement ennuyeuse. Mais pas d'interdire aux autres d'en profiter ! Tout le monde n'a pas besoin d'un groupe ou des morceaux du top cinquante pour danser !

— Du calme, l'interrompit Taylor en riant. Vous n'êtes pas obligée de vous mettre dans un état pareil.

— C'est à cause de vous, protesta-t-elle.

— Pas du tout, répondit-il. Si vous vous souvenez bien, je me suis contenté de poser une question qui me paraissait parfaitement légitime.

— Et je vous ai répondu. Du moins, je le crois.

Frustrée, elle leva les yeux au ciel.

— Bon sang, soupira-t-elle, comment suis-je censée me rappeler votre question ou ma réponse alors que vous avez bien mis dix minutes à en venir au fait ?

Elle s'interrompit, s'efforçant de retrouver un semblant de calme.

— Très bien, dit-elle enfin. Quelle était donc votre question parfaitement légitime ?

— B.J., je crois que vous épuiseriez la patience d'un saint, fit observer Taylor en secouant la tête. La seule chose que je désirais savoir, c'est pourquoi, en poussant la porte du bar, je m'étais brusquement retrouvé projeté en 1935.

— Parce que, chaque lundi, c'est exactement ce qui se passe depuis plus de cinquante ans. C'est une sorte de tradition à laquelle nos clients réguliers sont très attachés. Bien sûr, nous avons également une sono. Et nous l'utilisons les autres soirs de la semaine en alternance avec des concerts de groupes de la région. Mais le lundi est un jour à part.

— Voilà une réponse parfaitement raisonnable, admit Taylor en s'approchant de la jeune femme. Et je commence même à comprendre l'intérêt d'une telle soirée. Voulez-vous m'accorder cette danse ?

Avant même que B.J. ait eu le temps de lui répondre, il la prit dans ses bras et commença à la faire tourner au rythme d'*Embraceable You,* dont les notes leur parvenaient à travers la fenêtre entrouverte.

Leurs visages étaient si proches l'un de l'autre qu'elle pouvait sentir son souffle sur ses lèvres. Cette sensation lui arracha un petit frisson.

— Vous avez froid? lui demanda Taylor.

Elle secoua la tête mais il la serra tout de même un peu plus contre lui et elle sentit la chaleur de son corps s'insinuer en elle, éveillant un trouble aussi dangereux que délicieux. La joue de Taylor reposait à présent contre la sienne et elle ferma les yeux, se laissant aller à cette sensation envoûtante.

— Nous devrions peut-être rentrer, murmura-t-elle sans conviction.

— Certainement, répondit Taylor.

Mais ses lèvres se posèrent sur le lobe de son oreille qu'il caressa du bout de la langue, lui arrachant un petit soupir de plaisir. Elle aurait probablement dû se dégager et lui dire qu'il n'était qu'un goujat et qu'elle ne pouvait plus supporter ce harcèlement continuel.

Elle aurait dû le gifler pour lui faire comprendre une fois pour toutes qu'elle n'était pas intéressée par ses petits jeux, qu'elle n'avait aucune envie de céder à ses avances parfaitement déplacées.

Elle aurait dû démissionner et refuser de rester plus longtemps l'employée de cet homme qui ne paraissait pas faire la différence entre ses intérêts professionnels et ses penchants personnels.

Mais, tandis qu'elle formulait ces pensées parfaitement cohérentes et sensées, elle ne feignit pas de bouger. Prise au piège, elle ne pouvait que s'abandonner à cette inexplicable sérénité qui l'avait envahie.

Tandis que les lèvres de Taylor effleuraient son cou, elle sentit son cœur s'affoler. Sa respiration se fit légèrement haletante et une douce chaleur se répandit en elle, se communiquant à chacun de ses membres.

Rouvrant les yeux, elle contempla le ciel piqueté d'étoiles. Les caresses de Taylor paraissaient être en harmonie parfaite avec l'air frais de la nuit, le chant lointain des hiboux et l'odeur entêtante des jacinthes qui décoraient la balustrade du porche.

Elle se demanda si elle n'était pas victime de quelque sortilège, s'il ne l'avait pas envoûtée. Peut-être tourneraient-ils à jamais au rythme de cette musique qu'elle aimait tant. Curieusement, cette idée avait quelque chose de terriblement séduisant.

Les doigts de Taylor plongèrent dans ses cheveux, la ramenant brusquement à la réalité. Tandis qu'il caressait doucement sa nuque, la jeune femme avait l'impression que sa volonté se dissolvait sous l'effet du bien-être qu'il faisait naître en elle.

Ses sens paraissaient brusquement aiguisés et elle percevait aussi bien le battement puissant et régulier du cœur de Taylor contre sa joue que l'odeur de son corps, la texture de sa peau à travers le tissu de sa chemise ou son souffle brûlant qui effleurait sa peau.

Ces sensations alimentaient en elle un besoin qu'elle ne parvenait pas réellement à identifier mais qui grandissait à chaque instant, prenant possession de tout son être.

Elle comprit instinctivement qu'elle était sur le point de découvrir quelque chose qu'elle n'était pas encore prête à accepter. Quelque chose qui avait trait aux sentiments que lui inspirait Taylor.

Et, lorsqu'il se pencha vers elle pour l'embrasser, elle fut saisie d'un mouvement de panique aussi intense qu'irrationnel. Brusquement, elle recula, s'arrachant à ses bras sans même qu'il ait eu le temps d'anticiper son mouvement.

— Non, murmura-t-elle d'une voix tremblante. S'il vous plaît...

Elle s'appuya contre la balustrade du porche, luttant désespérément pour recouvrer un semblant de maîtrise de soi.

— Je ne veux pas, opposa-t-elle.

D'un pas, Taylor couvrit la distance qui les séparait. Il posa la paume de sa main sur la joue de la jeune femme et lui sourit sans la quitter des yeux.

— Mais si, c'est ce que vous voulez, lui assura-t-il d'une voix très douce.

B.J. avait l'impression de se perdre sans rémission dans ses yeux de jais. De toute la force de sa volonté, elle lutta pour s'arracher à ce sortilège, pour se rappeler les résolutions qu'elle avait prises et le fait que Taylor et elle demeuraient des adversaires.

Elle savait d'instinct que, s'il la reprenait dans ses bras, elle serait perdue. Jamais elle n'aurait suffisamment de force pour échapper deux fois de suite à cette étreinte délicieuse, à ses lèvres envoûtantes, à ses caresses qui lui faisaient perdre toute emprise sur elle-même.

— Non! s'exclama-t-elle lorsqu'il fit mine de s'approcher un peu plus encore.

Levant les mains vers lui, elle le repoussa fermement.

— Ne me dites pas ce que je veux ou ce que je ne veux pas, reprit-elle, partagée entre terreur et colère.

Taylor parut hésiter et elle en profita pour faire volte-face et prendre la fuite. Ce n'était peut-être pas une attitude très héroïque, songea-t-elle en pénétrant dans l'auberge. Mais elle ne pouvait se permettre de succomber à l'attirance inexplicable qu'elle éprouvait pour Taylor.

Comme elle atteignait le hall de réception, B.J. s'arrêta pour reprendre haleine. Décidément, songea-t-elle avec un sourire ironique, ce lundi soir ne ressemblait guère à ceux dont elle avait l'habitude.

Et, tandis qu'elle se dirigeait vers la cuisine pour aller trouver Dot, la jeune femme se mit à chantonner à voix basse. Ce ne fut qu'à la troisième mesure qu'elle reconnut l'air qu'elle interprétait : *Embraceable You.*

Elle comprit alors que ses problèmes ne faisaient que commencer.

5

Ce matin-là, lorsqu'elle se réveilla, B.J. fut assaillie par les souvenirs de ce qui s'était passé la veille au soir entre Taylor et elle. L'espace d'un instant, elle fut tentée de refermer les yeux et de se rendormir. Mais, bien sûr, c'était impossible. Tôt ou tard, il lui faudrait bien affronter la réalité.

Si seulement elle avait pu conserver un semblant de contrôle de soi lorsqu'elle se trouvait en présence de cet homme. Mais c'était plus fort qu'elle : quand il ne la mettait pas en colère, elle ne pouvait s'empêcher de le trouver irrésistible.

Et, chaque fois, elle perdait un peu plus de crédibilité.

La jeune femme finit à contrecœur par sortir de son lit et enfila un nouveau tailleur très strict. Une fois habillée, elle noua ses cheveux en chignon et se répéta plusieurs fois devant la glace qu'elle était une professionnelle et que rien ni personne ne pourrait la détourner de son seul et unique but : défendre les intérêts de Lakeside Inn.

Au moins, songea-t-elle, il n'y aurait ce matin-là ni clair de lune ni musique envoûtante. Qui sait ? Cela lui permettrait peut-être de conserver un semblant de maîtrise de soi. A moitié convaincue par ces arguments, elle descendit l'escalier et gagna la salle à manger.

Elle était bien décidée à décliner l'inévitable invitation de Taylor à partager son petit déjeuner. Aussi fut-elle surprise de le trouver déjà installé devant un café et une assiette sur laquelle trônaient un œuf au plat et des toasts beurrés.

Il se trouvait à la table de M. Leander et tous deux étaient en grande discussion. Lorsqu'il vit B.J. entrer, il lui adressa tout juste un petit signe de la main sans l'inviter pour autant à se joindre à eux.

Malgré elle, B.J. se sentit vexée par cette marque de désinvolture. Comment était-elle censée snober Taylor s'il ne faisait même pas l'effort de s'intéresser à elle ?

Boudeuse, elle s'éloigna en direction de la cuisine. Là, elle eut à peine le temps d'avaler un café avant qu'Elsie lui fasse clairement comprendre qu'elle la gênait. La jeune femme se réfugia donc dans son bureau.

Elle y travailla pendant une demi-heure, réglant les questions les plus urgentes. Mais, tout en s'activant, elle ne cessait de prêter l'oreille aux bruits du couloir, guettant l'approche de Taylor.

Comme les minutes se succédaient sans qu'il la rejoigne, elle sentit une étrange tension la gagner. C'était presque comme si elle regrettait qu'il ne soit pas là. Ce qui était absurde, bien sûr.

Après tout, elle lui en voulait toujours pour sa conduite de la veille. Et elle était ravie qu'il ait enfin décidé de la laisser tranquille.

Hélas, plus elle se répétait ce credo et moins elle parvenait à s'en convaincre. En vérité, malgré sa goujaterie, son arrogance et son caractère impossible, elle commençait à s'accoutumer à la présence de Taylor et à leurs disputes incessantes.

Brusquement, la porte s'ouvrit et Eddie pénétra dans le bureau.

— B.J. ! s'exclama-t-il, visiblement paniqué. Nous avons un problème !

— Tu parles, marmonna-t-elle, préoccupée par la découverte qu'elle venait de faire.

— C'est la machine à laver la vaisselle, reprit Eddie d'un air aussi accablé que s'il venait de perdre l'un des membres de sa famille. Elle nous a lâchés au beau milieu du petit déjeuner.

B.J. poussa un profond soupir. Décidément, songea-t-elle, cette journée allait de mal en pis.

— D'accord, répondit-elle, je vais appeler Max. Avec un peu de chance, il sera là avant l'heure du déjeuner.

En réalité, il fallut moins d'une heure au réparateur pour arriver à l'auberge. B.J. s'efforça d'attendre patiemment qu'il ait fini d'inspecter la machine à laver avec force grommellements et claquements de langue réprobateurs. Il lui sembla pourtant que Max mettait un temps fou à découvrir l'origine de la panne.

— Dis, tu ne pourrais pas… ?

Max leva la main pour lui intimer le silence.

— B.J., soupira-t-il, je ne te dis pas comment gérer ton auberge. Alors laisse-moi travailler en paix.

La jeune femme se redressa et lui tira la langue avant de s'apercevoir que Taylor se tenait sur le seuil de la cuisine, l'observant d'un air moqueur. Elle rougit et s'efforça vainement de se donner une contenance.

— Vous avez un problème ? demanda-t-il en s'approchant.

— Je m'en occupe, répondit-elle un peu sèchement. Et je suis certaine que vous avez mieux à faire que de vous occuper d'une machine à laver en panne.

Cette fois, Taylor ne put s'empêcher de sourire.

— Voyons, B.J., vous savez bien que j'ai toujours un peu de temps lorsqu'il s'agit de vous, lança-t-il d'une voix malicieuse.

Sans lui laisser le temps de répondre, il leva la main vers son visage et lui caressa tendrement la joue. Max étouffa un petit ricanement amusé. Passablement agacée par cette manifestation de solidarité masculine, B.J. repoussa la main de Taylor et fit un pas en arrière.

— C'est très aimable à vous, dit-elle en essayant de prendre un air détaché. Mais je suis sûre que le problème sera réglé d'ici l'heure du déjeuner. N'est-ce pas, Max ?

— Cela me paraît un peu optimiste, répondit ce dernier en se redressant.

— Optimiste ? répéta la jeune femme. Mais il le faut absolument ! Nous avons besoin de cette machine !

— Ce dont vous avez besoin, c'est de ça, affirma Max en lui tendant un petit disque dentelé.

— Eh bien, tu n'as qu'à en mettre un nouveau. Encore que je ne comprenne pas comment un truc aussi petit peut causer tant de problèmes.

— Ç'aurait pu être pire, rétorqua Max. La machine aurait

très bien pu déborder. En tout cas, je n'ai pas ce genre de pièce en stock et je vais devoir la commander à Burlington.

— La commander ? s'exclama B.J. Mais elle risque de mettre plusieurs jours à arriver !

Elle lui décocha son regard le plus suppliant, sachant que Max, malgré ses cinquante-cinq ans, n'était pas encore immunisé contre ce genre d'argument. Il essaya bien de s'y soustraire en détournant les yeux mais finit par soupirer d'un air résigné.

— Très bien, B.J. J'irai la chercher moi-même à Burlington. Ta machine sera réparée d'ici ce soir. Mais il est inutile d'espérer quoi que ce soit d'ici l'heure du déjeuner. Je ne suis pas un magicien.

— Merci, Max ! s'exclama la jeune femme.

Se dressant sur la pointe des pieds, elle lui déposa un petit baiser sur la joue.

— Qu'est-ce que je ferais sans toi ?

En marmonnant, il rassembla ses outils et se dirigea vers la porte.

— Viens dîner ce soir avec ta femme, lui proposa B.J. C'est la maison qui invite.

— Compte sur moi. A tout à l'heure, B.J.

Elle le suivit des yeux avant de se tourner vers Taylor, qui sourit.

— C'est incroyable ce que vous arrivez à faire d'un simple regard. Je pense que ce devrait être puni par la loi. Les hommes qui croisent votre route n'ont vraiment aucune chance.

— Je ne vois pas de quoi vous voulez parler, protesta-t-elle en haussant les épaules.

— Je crois que si, répondit Taylor en riant.

Il prit doucement le menton de B.J. entre ses doigts.

— Ce regard que vous lui avez lancé était parfaitement calculé.

— Même si tel était le cas, affirma-t-elle, le cœur battant à tout rompre, je ne vois pas de quoi vous avez à vous plaindre. Je n'ai agi que dans l'intérêt de l'auberge. C'est mon métier, après tout.

— C'est vrai, acquiesça Taylor.

Lâchant le menton de la jeune femme, il se tourna vers la machine à laver.

— Qu'allons-nous faire en attendant que la machine soit réparée ? demanda-t-il.

— Ce que faisaient nos arrière-grands-parents, répondit-elle en désignant l'évier.

Jamais elle n'aurait imaginé que Taylor puisse la prendre au mot. C'est donc avec stupeur qu'elle le vit ôter sa veste et retrousser les manches de sa chemise, révélant des avant-bras musclés dont la simple vue suffit à éveiller en elle un petit frisson de désir qu'elle réprima aussitôt.

Pendant près d'une demi-heure, ils firent la vaisselle côte à côte et, pour la première fois depuis qu'ils avaient fait connaissance, la barrière invisible qui les séparait parut se résorber quelque peu. La situation était bien trop absurde pour ne pas en rire et ils ne tardèrent pas à échanger des plaisanteries et à s'asperger copieusement l'un l'autre.

Cela suffit à dissiper la tension qui subsistait entre eux et, lorsque Elsie revint dans la cuisine, ils ne s'en rendirent même pas compte, continuant à chahuter comme des enfants.

— Pas une seule victime ! s'exclama enfin Taylor tandis que B.J. posait la dernière assiette sur l'égouttoir. C'est un véritable miracle !

— C'est seulement parce que j'en ai rattrapé deux que vous avez failli laisser tomber, objecta B.J., narquoise.

— Mauvaise langue ! s'écria-t-il en la prenant par les épaules pour l'entraîner hors de la pièce. Vous feriez bien d'être un peu plus gentille avec moi. Que se passera-t-il si Max n'arrive pas à réparer la machine d'ici ce soir ? Imaginez toutes les assiettes qu'il vous faudra laver toute seule !

— Je ne préfère pas, répondit-elle en riant. J'avoue cependant que j'ai envisagé cette possibilité. Et je connais quelques gamins en ville que je pourrais embaucher si cela arrivait. Mais je suis certaine que Max ne nous laissera pas tomber.

— Vous avez vraiment confiance en lui, admit Taylor comme ils pénétraient dans le bureau de la jeune femme.

B.J. prit place à sa table de travail tandis qu'il s'installait en face d'elle et posait ses pieds sur le bureau d'un air parfaitement décontracté.

— Vous ne connaissez pas Max, lui dit-elle. S'il affirme qu'il aura réparé la machine avant le dîner, c'est qu'il le fera. Dans le cas contraire, il aurait dit « je vais essayer » ou « j'y arriverai peut-être ». C'est l'avantage de connaître personnellement les gens avec lesquels on travaille, ajouta-t-elle.

Taylor hocha la tête mais, avant qu'il ait pu lui répondre, le téléphone sonna et B.J. décrocha.

— Lakeside Inn, annonça-t-elle. Salut, Marilyn... Non, j'étais occupée ce matin.

Elle adressa un sourire complice à Taylor avant de s'asseoir sur le bord du bureau.

— Oui, il m'a bien transmis ton message. Mais je viens juste de rentrer au bureau. Désolée... Non, il vaut mieux que tu me rappelles quand tu auras une idée du nombre de convives. Ce sera plus simple pour planifier le repas... Ne t'en fais pas, nous avons tout le temps! Il reste encore plus d'un mois avant le mariage... Fais-moi confiance : j'ai déjà organisé des tas de réceptions de ce genre... Oui, je sais que tu es nerveuse. C'est normal... Bien, rappelle-moi lorsque tu connaîtras le nombre de convives, d'accord? Il n'y a pas de quoi, Marilyn. Au revoir.

B.J. raccrocha et s'étira pour chasser la raideur de sa colonne vertébrale. Elle réalisa alors que Taylor attendait une explication et se tourna vers lui.

— C'était Marilyn, lui dit-elle. Elle voulait me remercier.

— Telle était bien mon impression.

— Elle doit se marier dans un mois, expliqua B.J. en se massant la nuque. Si elle parvient à la date fatidique sans faire un infarctus, ce sera déjà un miracle! Franchement, les gens feraient mieux de se marier en petit comité plutôt que d'organiser de telles réceptions.

— Je suis certain que nombreux sont les parents qui doivent être de votre avis après avoir reçu la facture, acquiesça Taylor.

Se levant, il contourna le bureau pour venir se placer face à la jeune femme.

— Laissez-moi faire, lui dit-il.

Posant ses mains sur ses épaules, il entreprit de la masser délicatement. Les protestations de B.J. se noyèrent dans un soupir de bien-être. Elle essaya sans grande conviction de se rappeler les bonnes résolutions qu'elle avait prises le matin même.

— Ça va mieux ? lui demanda Taylor tandis qu'elle fermait les yeux pour mieux s'abandonner à ses doigts.

— Mmm…, ronronna-t-elle. Continuez encore une heure ou deux et ce sera parfait.

Elle baissa la tête pour mieux s'offrir à son massage.

— Depuis que Marilyn a réservé le restaurant, elle m'appelle à peu près trois fois par semaine pour vérifier que tout va bien. Je crois que je n'avais encore jamais vu quelqu'un de si impatient à l'idée de se marier !

— Que voulez-vous ! Tout le monde n'est pas aussi détaché et maître de soi que vous, ironisa Taylor tandis que ses doigts remontaient le long du cou de la jeune femme jusqu'à ses mâchoires. Et, à ce propos, à votre place, je ne parlerais pas trop de mes idées sur le mariage. Je suis certain que l'auberge tire un bénéfice substantiel de l'organisation de ce genre de réceptions.

— Un bénéfice ? répéta B.J., qui s'efforçait de se concentrer sur ce qu'il disait.

Hélas, le contact de ses doigts sur sa peau rendait l'exercice presque impossible. Elle rouvrit les yeux et prit une profonde inspiration.

— Un bénéfice, répéta-t-elle. Oui…

A contrecœur, elle se dégagea, regrettant brusquement d'avoir oublié qui était réellement Taylor.

— La plupart du temps, en tout cas…, ajouta-t-elle. Mais parfois… C'est-à-dire…

— Peut-être pourriez-vous me traduire cette réponse, fit remarquer Taylor, amusé.

De plus en plus mal à l'aise, B.J. contourna le bureau pour mettre un peu de distance entre eux.

— Eh bien, commença-t-elle, vous voyez, dans certains cas,

nous ne facturons pas l'organisation de la fête. Nous faisons payer le repas et la décoration, bien sûr, mais pas la location de la salle.

— Pourquoi cela ? demanda Taylor, surpris.

— Pourquoi ? répéta B.J. en détournant les yeux.

Malheureusement, la contemplation du plafond ne lui apporta aucune réponse à cette question.

— Tout dépend, dit-elle enfin. Et, bien sûr, il s'agit de l'exception et non de la règle.

Elle se maudit intérieurement, regrettant amèrement de ne pas savoir tenir sa langue.

— Dans ce cas précis, reprit-elle, il se trouve que Marilyn est la cousine de Dot. Vous connaissez Dot, c'est l'une de nos serveuses.

Taylor resta parfaitement silencieux, attendant qu'elle poursuive.

— Elle travaille souvent à l'auberge pendant l'été. Et la réception est en quelque sorte un cadeau de mariage de notre part.

— Notre ? répéta Taylor en levant un sourcil.

— Le personnel et moi, précisa la jeune femme. Marilyn paie le repas, les fleurs et l'orchestre, mais nous fournissons le lieu, le service et…

Elle hésita un instant puis estima qu'il était trop tard pour reculer.

— Et le gâteau de mariage, conclut-elle.

Taylor croisa les doigts et hocha la tête.

— Je vois, murmura-t-il. Le personnel offre son temps, son talent et l'auberge, en quelque sorte.

— Pas l'auberge, protesta vivement B.J. Juste la salle à manger pour la soirée. Cela n'arrive qu'une ou deux fois par an. Et c'est une excellente opération de relations publiques. Qui sait, nous pourrions peut-être même la déduire de notre déclaration fiscale. Il faudrait que vous posiez la question à votre comptable.

Plus elle essayait de se justifier et plus elle se sentait envahie par une colère qui n'était pas tant dirigée contre Taylor que contre elle-même.

— Je ne vois pas ce que vous trouvez de si choquant là-dedans, ajouta-t-elle. Cela fait des années que nous pratiquons ainsi et cela fait partie intégrante de…

— … la politique de la maison ? suggéra Taylor. Peut-être devrions-nous constituer ensemble une liste de toutes les excentricités qui font partie de cette politique.

— Ne me dites pas que vous iriez jusqu'à priver Marilyn de son mariage ! protesta vivement B.J.

Cette fois, elle était prête à se battre jusqu'au bout. Elle avait donné sa parole à Marilyn et il s'agissait pour elle d'une question d'honneur.

— Désolé de vous décevoir, répondit Taylor. Contrairement à ce que vous semblez croire, je ne suis pas un monstre. Vous vous êtes engagée à mettre l'auberge à sa disposition et il serait très préjudiciable de revenir sur cette promesse. Néanmoins, je tiens à ce que nous discutions de la politique qu'il convient d'adopter à l'avenir.

— Très bien, monsieur Reynolds, répondit froidement B.J.

Un nouveau coup de téléphone providentiel leur évita une nouvelle dispute et la jeune femme tendit la main pour décrocher.

— Je vais nous chercher du café, déclara Taylor.

B.J. hocha la tête et le regarda quitter la pièce. Quelques minutes plus tard, il était de retour, au moment même où elle raccrochait.

— C'était le fleuriste, expliqua-t-elle. Il me disait qu'il ne pourrait pas me livrer les six douzaines de jonquilles que j'avais commandées.

Taylor plaça une tasse de café devant elle et s'installa sur une chaise qui lui faisait face.

— Je suis désolé d'apprendre cela, dit-il avec un sourire amusé.

— Vous pouvez ! C'est votre auberge et, techniquement, ce sont donc vos jonquilles.

— Je suis touché que vous m'offriez des fleurs, répondit-il en riant. Mais six douzaines, c'est peut-être un peu excessif.

— Vous trouverez peut-être cela moins drôle lorsque vous ne verrez pas ces fleurs sur les tables.

— Pourquoi ne pas commander autre chose que des jonquilles ?

— Vous me prenez pour une imbécile ? s'exclama B.J. Je

lui ai demandé, évidemment ! Mais il est en rupture de stock jusqu'à la semaine prochaine. Apparemment, son pépiniériste ne l'a pas livré.

La jeune femme poussa un profond soupir et avala une gorgée de café.

— Je ne comprends pas, remarqua Taylor en fronçant les sourcils. Il doit bien y avoir une dizaine de fleuristes à Burlington. Vous n'avez qu'à les appeler et leur demander de vous livrer ce dont vous avez besoin.

B.J. le regarda avec stupeur.

— Commander des fleurs à Burlington ? s'exclama-t-elle. Vous n'y pensez pas ! Cela nous coûterait une fortune !

Taylor la suivit des yeux tandis qu'elle se levait pour faire les cent pas dans le bureau.

— Il est hors de question que nous utilisions des fleurs artificielles, décréta-t-elle. C'est presque pire que de ne pas mettre de fleurs du tout. Il n'y a donc qu'une seule solution. Mais je vais devoir la supplier. Et elle va encore me parler de son neveu. Je déteste ça. Pourtant, Betty est la seule qui ait un jardin assez grand…

B.J. se rassit derrière le bureau et décrocha le téléphone.

— Souhaitez-moi bonne chance, dit-elle à Taylor, qui la contemplait d'un air étonné. Je vais en avoir besoin.

— Bonne chance, répondit-il, se demandant visiblement ce qu'elle avait en tête.

Il continua à siroter son café tandis que B.J. appelait Betty Jackson à la rescousse. Lorsqu'elle raccrocha, il l'observa avec un mélange d'admiration et d'ironie.

— Je crois que je n'avais encore jamais vu quelqu'un utiliser la flatterie de façon aussi éhontée, remarqua-t-il malicieusement.

— La subtilité ne fonctionne pas avec elle, répondit B.J. en souriant. Et je ferais mieux d'aller chercher ces fleurs avant qu'elle ne change d'avis.

— Je vous accompagne, déclara Taylor en se levant pour la suivre en direction de la porte.

— Ce n'est pas la peine, protesta-t-elle.

— Oh, mais j'y tiens ! Il me faut absolument rencontrer cette femme qui, selon vous, « fait pousser ses fleurs de ses doigts de fée ».

— J'ai vraiment dit ça ? demanda B.J. en ouvrant de grands yeux.

— Oui. Et c'était l'un de vos compliments les plus mesurés, je vous assure.

— A situation désespérée, mesures désespérées, je suppose, répondit B.J. en riant.

Tous deux quittèrent l'auberge pour rejoindre la Mercedes de Taylor.

— Vous verrez, promit la jeune femme, Betty a vraiment un jardin extraordinaire. Ses rosiers ont même remporté un prix, l'année dernière. D'ailleurs, au lieu de vous moquer de moi, vous feriez mieux de me remercier. Si j'avais opté pour la solution que vous me proposiez, cela nous aurait coûté les yeux de la tête.

— Très chère Mademoiselle Clark, déclara Taylor en lui jetant un regard incendiaire, s'il y a une chose que je ne peux nier, c'est bien que vous êtes une gérante de premier ordre. Et j'ai parfaitement conscience du fait que vous méritez une augmentation.

— Je n'ai rien demandé, protesta vivement B.J.

Se détournant, elle contempla le paysage magnifique qui s'offrait à ses yeux. Une fois de plus, elle songea que sa position vis-à-vis de Taylor était bien trop ambiguë. L'alchimie qui existait entre eux et le trouble que lui inspirait sa présence n'étaient guère compatibles avec leurs rôles de propriétaire et de gérante.

Leurs relations oscillaient entre le formalisme professionnel et le flirt à peine déguisé et la jeune femme avait de plus en plus de mal à concilier ces deux attitudes qui la mettaient continuellement en porte-à-faux.

Le pire, c'était que plus elle fréquentait Taylor, plus elle percevait les qualités qui se dissimulaient sous son apparente arrogance. Elle aurait parfois préféré pouvoir le réduire à l'homme d'affaires tyrannique et trop sûr de lui qu'elle avait initialement cru voir en lui.

Mais c'était impossible, bien sûr. Au cours des jours précédents,

Taylor avait montré bien d'autres facettes de sa personnalité, faisant preuve d'un humour indéniable et d'une intelligence aiguë. Il savait l'écouter, s'adapter à diverses situations et faire des concessions lorsqu'il l'estimait nécessaire.

Et, surtout, il exerçait sur elle une véritable fascination. Il suffisait qu'il la touche pour qu'elle sente s'éveiller en elle un désir inexplicable. Lorsqu'il l'avait massée, elle n'avait pu s'empêcher d'imaginer ce qu'elle éprouverait en sentant ses doigts courir sur sa peau nue et explorer les replis les plus secrets de son corps.

Ce simple souvenir suffisait à éveiller en elle une envie brûlante, un besoin qu'elle aurait voulu ignorer mais qui s'imposait à elle avec une acuité presque terrifiante.

Comment était-elle censée réagir à cela ? Comment pouvait-elle désirer un homme qui avait les moyens de lui faire perdre son travail et de réduire à néant tous les efforts qu'elle avait investis dans cette auberge ?

B.J. avait l'impression d'être déchirée entre deux impulsions contradictoires, d'assister impuissante à la guerre que se livraient deux moitiés inconciliables d'elle-même. Et elle n'était pas certaine de vouloir découvrir laquelle l'emporterait.

En attendant, songea-t-elle, elle devrait continuer à marcher sur le fil du rasoir. Et ce n'était pas une situation très agréable.

— Remarquez, dit-elle en souriant, si vous insistez vraiment, je veux bien considérer l'idée d'une augmentation.

Taylor éclata de rire.

— Vous êtes vraiment une fille très étrange, B.J., remarqua-t-il.

— On me l'a déjà dit, reconnut-elle avec une pointe de malice. Ralentissez, nous y sommes presque. C'est la quatrième maison sur la gauche.

Taylor se gara devant la maison de Betty et tous deux descendirent de voiture. Ils remontèrent l'allée conduisant à la porte d'entrée et B.J. ne put s'empêcher de penser que leur visite offrirait à la vieille dame de nombreux sujets de ragots et de spéculations pour les semaines à venir.

En voyant Taylor, elle imaginerait sûrement qu'il se passait quelque chose entre B.J. et ce bel homme qui roulait en Mercedes et était vêtu avec tant d'élégance. La jeune femme jugea plus sage de dissiper ce malentendu au plus vite. Lorsque Betty leur ouvrit la porte, elle présenta donc Taylor comme le nouveau propriétaire de l'auberge.

— Madame Jackson, déclara ce dernier en lui serrant cordialement la main, je suis ravi de faire votre connaissance. J'ai beaucoup entendu parler de vos talents et j'étais curieux de voir votre magnifique jardin.

Avec stupeur, B.J. vit Betty rougir comme une adolescente et, pour la première fois depuis plus de soixante ans, elle parut avoir du mal à trouver ses mots. Une fois de plus, le charme naturel de Taylor provoquait des ravages, songea B.J. avec une pointe d'ironie.

— Nous sommes venus chercher les fleurs, dit-elle.

— Oh, bien sûr ! s'exclama Betty, paraissant recouvrer ses esprits.

Elle les fit entrer dans la maison. Là, Taylor contempla le salon décoré de statuettes de grenouilles et hocha la tête d'un air approbateur.

— C'est charmant, déclara-t-il à la grande stupeur de B.J. Je tenais à vous remercier du fond du cœur pour l'aide que vous nous apportez, Betty, ajouta-t-il à l'intention de leur hôtesse. Vous nous sauvez la vie !

— Pensez-vous ! s'exclama la vieille dame en rosissant de plus belle. Ce n'est rien du tout. Je vous en prie, asseyez-vous. Je vais nous préparer un peu de thé. Viens m'aider, B.J.

La jeune femme suivit Betty dans la cuisine. Lorsqu'elles furent hors de portée de voix, celle-ci se tourna vers elle d'un air de reproche.

— Pourquoi ne m'as-tu pas prévenue que tu viendrais avec lui ? demanda-t-elle.

— A vrai dire, je ne savais pas qu'il m'accompagnerait, répondit B.J., étonnée.

— Cela m'aurait au moins laissé le temps de me coiffer ou d'enfiler quelque chose de plus élégant, soupira Betty.

Passablement stupéfaite, B.J. fit l'impossible pour retenir un sourire amusé.

— Je suis désolée, s'excusa-t-elle. J'aurais dû y penser, bien sûr.

— Peu importe, conclut la vieille dame en allumant la bouilloire. L'essentiel, c'est qu'il soit là. Va cueillir les fleurs dont tu as besoin pendant que je finis de préparer le thé. Prends celles que tu veux.

Betty lui tendit alors un sécateur et la poussa littéralement dehors. Partagée entre stupeur, amusement et exaspération, B.J. se dirigea vers les magnifiques plates-bandes de Betty et entreprit de couper les fleurs dont elle avait besoin.

Lorsqu'elle revint quelques minutes plus tard dans la cuisine avec un gros bouquet de jonquilles et de tulipes, elle entendit Betty et Taylor rire dans le salon. Déposant ses fleurs sur la table, elle les rejoignit. Ils étaient installés devant des tasses de thé fumantes et discutaient comme deux amis de toujours.

— Taylor ! s'exclama Betty, qui riait toujours. Vous êtes incroyable !

B.J. observa la scène en silence. Jamais elle n'aurait imaginé que Betty Jackson puisse flirter de cette façon. Cela ne s'était d'ailleurs probablement pas produit depuis plus de trente ans.

Et le plus incroyable, c'est que Taylor agissait ouvertement de même. En avisant la présence de la jeune femme, pourtant, il lui décocha un sourire ravageur et, l'espace d'un instant, elle fut tentée de traverser la pièce pour se jeter dans ses bras.

L'intensité de sa propre réaction la prit de court. Comment faisait-il ? se demanda-t-elle. Aucune femme ne paraissait immunisée contre son charme. Le pire, c'est qu'il le savait pertinemment et en jouait sans aucun état d'âme. Et que, tout en en étant consciente, elle était incapable d'y résister.

Malgré elle, elle lui rendit son sourire avant de se tourner vers Betty.

— Madame Jackson, votre jardin est vraiment splendide.

— Merci, B.J. J'y consacre beaucoup de temps. Est-ce que tu as tout ce qu'il te fallait ?

— Oui, merci beaucoup. Je ne sais vraiment pas ce que j'aurais fait sans vous.

— Je vais aller te chercher un carton pour que tu puisses transporter les fleurs, déclara Betty.

Un quart d'heure plus tard, ils prirent congé d'elle. Taylor lui promit de revenir et ils regagnèrent la voiture.

— Vous êtes incroyable ! lança B.J.

— Moi ? dit-il en lui lançant un regard parfaitement innocent. Pourquoi donc ?

— Vous savez très bien pourquoi ! s'exclama-t-elle. Je n'avais jamais vu Betty dans un état pareil.

— Ce n'est tout de même pas ma faute si je suis irrésistible, répliqua-t-il en riant.

— Oh, si ! Vous n'avez pas arrêté de l'encourager. Vous auriez pu lui demander n'importe quoi.

— Voyons, c'est absurde ! Nous avions juste une petite conversation amicale.

— En tout cas, je ne vous savais pas amateur de thé à la bergamote. Vous en avez repris deux fois.

— C'est très rafraîchissant. Vous auriez vraiment dû en boire une tasse.

— Betty ne m'en a pas proposé, lui fit remarquer la jeune femme.

— Ah, je vois, ironisa Taylor tandis qu'ils approchaient de l'auberge. La vérité, c'est que vous êtes jalouse.

— Jalouse ? s'exclama B.J. C'est ridicule !

— Au contraire, protesta-t-il en riant de plus belle.

Il gara sa voiture devant l'hôtel avant de se tourner vers la jeune femme pour la regarder droit dans les yeux.

— Ne vous en faites pas, murmura-t-il d'une voix qui la fit frissonner des pieds à la tête. Comment pourrais-je m'intéresser à une autre femme alors que je vous ai rencontrée ?

Sur ce, il se pencha vers elle et l'embrassa. B.J. s'abandonna un instant à cette sensation délicieuse avant de se dire qu'elle était probablement en train de commettre une énorme erreur. Presque à contrecœur, elle s'arracha à l'étreinte de Taylor.

— Non, murmura-t-elle d'une voix mal assurée.

Il l'observa longuement et elle comprit qu'il avait parfaitement conscience du dilemme qui l'habitait. Elle lui fut reconnaissante de ne pas chercher à pousser son avantage.

— Taylor, soupira-t-elle enfin, je crois qu'il serait temps d'établir certaines règles de conduite entre nous.

— Je ne crois pas aux règles dans les relations entre les hommes et les femmes, déclara-t-il posément. Et je n'en suis aucune.

Une fois de plus, B.J. fut prise de court par le mélange de franchise et d'arrogance qui le caractérisait.

— Si je n'insiste pas, c'est simplement parce que je n'ai pas envie de faire l'amour avec vous en plein jour sur le siège avant d'une voiture. Le moment venu, je suis certain que nous trouverons un endroit bien plus agréable.

— Le moment venu ? répéta-t-elle, interdite. Vous ne pensez quand même pas que je serai d'accord !

— Je crois que vous l'êtes déjà, même si vous ne le savez pas encore. Mais je vous assure que cela viendra.

— Je crois que vous prenez vos rêves pour des réalités ! s'exclama la jeune femme, que la tranquille assurance de Taylor rendait furieuse.

Sur ce, elle descendit de voiture et claqua la portière derrière elle. Mais, en dépit de sa colère, elle ne pouvait s'empêcher de se demander si, au fond, il n'avait pas vu juste. Et cette idée avait quelque chose de terrifiant…

6

Fermant les yeux, B.J. offrit son visage aux doux rayons du soleil et réfléchit à la situation dans laquelle elle se trouvait. Depuis la visite qu'ils avaient rendue à Betty, elle avait décidé d'éviter Taylor aussi souvent qu'elle le pouvait et de se concentrer sur son travail.

Mais cela n'avait pas été aussi facile qu'elle l'avait espéré. En tant que gérante, elle était amenée à lui fournir nombre d'informations sur le fonctionnement de l'auberge et à répondre à toutes les questions qu'il pouvait se poser à ce sujet.

Fort heureusement, il n'avait pas cherché à l'embrasser de nouveau et n'avait pas fait la moindre allusion à la tournure plus intime qu'il entendait donner à leurs relations.

La jeune femme rouvrit les yeux et contempla le paysage qui l'entourait. De nombreuses fleurs piquetaient à présent les pelouses de l'auberge et le manteau neigeux qui recouvrait la montagne avait quasiment disparu. L'été approchait et, bientôt, les vacances commenceraient.

Avec elles viendrait la saison la plus active de l'année pour B.J. Les clients ne tarderaient pas à affluer et elle verrait ses responsabilités démultipliées. Qui sait ? Cela lui donnerait peut-être une excellente excuse pour échapper à Taylor…

Se tournant vers l'auberge, elle admira le beau bâtiment de brique dans lequel elle vivait depuis près de quatre ans. Sous le porche, deux clients étaient plongés dans une partie d'échecs. B.J. les entendait discuter sans pouvoir discerner ce qu'ils disaient exactement.

La scène dégageait une impression de calme et de sérénité qui réchauffa le cœur de la jeune femme. Depuis qu'elle connaissait les projets de Taylor et qu'elle savait cette tranquillité menacée, elle réalisait mieux à quel point elle était attachée à cet endroit.

Une fois de plus, elle se jura de ne pas le laisser le dénaturer, le transformer en temple du divertissement.

Mais il ne lui restait plus que dix jours pour le convaincre d'y renoncer.

Si seulement il n'avait pas racheté l'hôtel, songea-t-elle tristement. Si seulement il n'était pas arrivé, par un beau jour de printemps, pour semer le trouble dans son esprit et dans son cœur.

Depuis qu'elle l'avait rencontré, elle avait l'impression d'avoir perdu un peu de son innocence, de se trouver sans cesse déchirée entre fascination et défiance.

— Vous semblez bien sombre, fit une voix sur sa droite. J'ai peur que vous ne fassiez fuir les clients...

Se tournant vers Taylor, elle avisa l'irrésistible sourire qui jouait sur ses lèvres. Curieusement, cela ne fit qu'accroître son propre désarroi.

— Je crois qu'il vaudrait mieux que je vous aide à vous changer les idées, ajouta-t-il en s'approchant pour prendre la main de B.J. dans la sienne.

— Je dois retourner travailler, protesta-t-elle. Il faut que j'appelle notre fournisseur de draps.

— Cela peut attendre. J'aimerais que vous me serviez de guide.

— De guide ? répéta-t-elle en essayant vainement de dégager sa main. Où comptez-vous donc aller ?

— Profiter du beau temps et de ce délicieux pique-nique que nous a préparé Elsie, répondit Taylor en lui montrant le panier qu'il tenait à la main. Que diriez-vous d'aller au bord du lac ?

— Vous n'avez pas besoin de moi pour cela, objecta-t-elle. Vous ne pouvez pas le manquer : c'est la grande étendue d'eau qui brille au bout de ce sentier.

— Très drôle, répliqua Taylor en la regardant droit dans les yeux. J'ai bien remarqué que vous faisiez tout pour m'éviter, depuis deux jours. Je sais que nous avons quelques différends sur ce qu'il doit advenir de l'auberge mais…

— Ce n'est pas à cause de cela, protesta la jeune femme.

— Peut-être. Mais je tiens à vous dire que je ne procéderai à aucun aménagement sans vous en avertir préalablement. Et je vous soumettrai tous les plans de l'architecte au fur et à mesure. Croyez-moi, je respecte votre attachement à cet hôtel et je sais ce qu'il représente pour vous.

— Mais…

— Néanmoins, poursuivit Taylor sans lui laisser le temps de finir sa phrase, je suis le propriétaire des lieux et vous faites partie de mes employés. A ce titre, je vous accorde deux heures de repos. Maintenant, que diriez-vous d'un pique-nique ?

— Je…

— Excellent ! Moi aussi, je serais ravi de déjeuner en votre compagnie.

B.J. comprit qu'elle n'avait aucune chance et, renonçant à arracher sa main à celle de Taylor, elle le suivit en direction du lac. Le sentier qui y conduisait serpentait dans une petite forêt de pins.

Les sous-bois étaient recouverts de fougères et de fleurs sauvages, formant un joli tapis multicolore. Ils aperçurent même quelques écureuils qui jouaient dans les branches des arbres.

— Est-ce que vous avez pour habitude d'enlever de force les femmes avec lesquelles vous voulez pique-niquer ? demanda B.J. qui devait presser le pas pour s'accorder aux longues enjambées de son compagnon.

— Seulement lorsque c'est nécessaire, répondit-il en souriant.

Le sentier s'élargit et déboucha bientôt hors du bois, sur les berges herbues du lac. Taylor s'arrêta un instant pour observer attentivement le panorama. Les eaux étaient parfaitement immobiles, reflétant les nuages qui dérivaient paresseusement dans le ciel.

Au fond, on apercevait les montagnes aux pentes recouvertes de prairies qui, à cette distance, prenaient une teinte légèrement bleutée. Le silence n'était interrompu que par le chant des oiseaux et le bourdonnement des insectes.

— C'est vraiment très beau, déclara Taylor. Est-ce qu'il vous arrive de venir nager dans le lac?

— Je l'ai fait quelquefois, lorsque j'étais petite, répondit-elle en s'efforçant d'adopter un ton léger.

Mais, en réalité, le fait que Taylor la tienne toujours par la main la mettait terriblement mal à l'aise. Elle aurait préféré que ce geste ne lui paraisse pas si naturel, si évident.

— J'oubliais que vous aviez grandi dans la région. Vous êtes vraiment de Lakeside?

— Oui. J'y ai passé presque toute ma vie.

La jeune femme prit le panier de Taylor et il lâcha enfin sa main pour lui permettre d'étendre le plaid qui se trouvait à l'intérieur.

— En fait, reprit-elle, je ne suis partie que pour entrer à l'université.

— Vous avez étudié à New York, n'est-ce pas?

— Oui.

— Et comment avez-vous trouvé la ville? demanda Taylor en s'asseyant à côté de B.J.

Il releva les manches de sa chemise et elle fut tentée de caresser son avant-bras bronzé. Evidemment, elle se força aussitôt à réprimer cette impulsion.

— Bruyante, répondit-elle enfin. Je ne dis pas que vivre là-bas m'a déplu. C'était une expérience intéressante. Mais j'étais heureuse de revenir ici.

— Cela ne m'étonne pas.

Taylor tendit la main vers elle et détacha le ruban qui retenait ses cheveux. Ses longs cheveux blonds retombèrent en cascade sur ses épaules et il sourit d'un air appréciateur.

— Je vous préfère comme cela, déclara-t-il.

Comme elle tendait la main pour récupérer le ruban, il le lança au loin.

— Vous êtes vraiment insupportable! s'exclama-t-elle d'un air de reproche. Et terriblement mal élevé.

— On me l'a déjà dit, répondit-il avant de déboucher la bouteille de vin blanc qu'il avait apportée.

B.J. sortit les victuailles qui se trouvaient dans le panier et les disposa sur le plaid devant eux.

— Comment êtes-vous devenue gérante de Lakeside Inn? demanda alors Taylor en remplissant deux verres.

Il en tendit un à la jeune femme qui avala une gorgée de vin avant de répondre.

— Cela s'est fait assez naturellement, avoua-t-elle.

— Que voulez-vous dire?

— Lorsque j'étais au lycée, je complétais mon argent de poche en y travaillant durant les vacances scolaires. Cela me plaisait et, lorsque je suis entrée à l'université, je me suis spécialisée dans la gestion hôtelière. J'ai fait mon stage de fin d'études à Lakeside Inn, aux côtés de M. Blakely, le gérant de l'époque. Quand je suis revenue définitivement, il m'a embauchée comme assistante. Lorsqu'il a pris sa retraite, je connaissais parfaitement l'auberge et j'ai pris sa succession.

La jeune femme prit un sandwich et commença à manger avec appétit.

— Et à quel moment de votre vie avez-vous appris à jouer si bien au base-ball? demanda Taylor, curieux.

— J'ai commencé lorsque j'avais quatorze ans, répondit-elle en souriant. J'étais folle amoureuse du capitaine de l'équipe de mon collège. C'est lui qui m'a appris les bases du jeu. J'ai tout de suite accroché et j'ai continué par la suite. Je faisais même partie de l'équipe féminine à l'université.

— Et qu'est devenu le capitaine de l'équipe dont vous étiez amoureuse?

— Il s'est marié et a eu deux enfants, répondit-elle en haussant les épaules. Je crois qu'il vend des voitures, aujourd'hui.

— Je me demande comment il a pu être assez stupide pour vous laisser filer, remarqua pensivement Taylor.

Gênée par le tour que prenait la conversation, la jeune femme décida de faire diversion.

— Je me posais une question, dit-elle. Est-ce que vous passez autant de temps dans tous vos hôtels?

— Cela dépend, répondit-il en la regardant droit dans les yeux.

B.J. s'efforça de soutenir son regard. Mais elle avait l'impression de se noyer dans ses yeux noirs magnifiques et elle craignit un instant de s'y perdre sans rémission.

— De quoi ? articula-t-elle.

— De la compétence du gérant, tout d'abord. Il est important pour moi de déterminer si j'ai affaire à des gens en qui je peux avoir confiance. Des problèmes que je rencontre, ensuite. Certains requièrent mon attention, notamment lorsqu'ils ont un impact sur le budget de l'hôtel. Et puis il y a le cas des nouvelles acquisitions. J'essaie alors généralement de déterminer de façon précise comment l'établissement fonctionne et s'il y a lieu de procéder à des transformations. C'est ce qui prend le plus de temps.

— Mais le siège est à New York, remarqua B.J. Vous devez donc passer votre temps à parcourir le pays.

Au grand soulagement de la jeune femme, la conversation avait pris un tour moins personnel. Mais au moment même où elle s'en félicitait, Taylor la prit de nouveau de court.

— C'est vrai, acquiesça-t-il. Je voyage beaucoup. Mais, je n'ai pas souvent l'occasion de rencontrer de gérant aussi séduisant que vous, B.J. Et, très honnêtement, c'est peut-être l'une des raisons pour lesquelles je m'attarde si longtemps à Lakeside.

B.J. avala sa salive, sentant les battements de son cœur s'accélérer. Comment était-elle censée garder le contrôle d'elle-même s'il lui faisait de telles déclarations ? A force de volonté, elle parvint à conserver un semblant de maîtrise de soi et ne pas révéler à quel point ses compliments la troublaient.

— Vous feriez mieux de manger au lieu de jouer les beaux parleurs, répliqua-t-elle d'un ton moins enjoué qu'elle ne l'aurait voulu.

Taylor éclata de rire et hocha la tête.

— Bien parlé, répondit-il. D'autant que ce pique-nique est délicieux. Elsie est vraiment une cuisinière hors pair.

Il resservit un peu de vin à la jeune femme et mordit à belles dents dans son sandwich.

— Au fait, dit-il après quelques instants de silence, vous avez reçu un appel, ce matin.

— Vous vous souvenez de qui il s'agissait ?

— Oui, répondit Taylor. D'un certain Howard Beall. Il a demandé que vous le rappeliez et a dit que vous aviez son numéro.

B.J. ne put s'empêcher de soupirer. Betty Jackson avait fini par la persuader de laisser une chance à son neveu et de passer quelques soirées en sa compagnie. Mais cette perspective ne la réjouissait guère.

— Eh bien ! s'exclama Taylor en avisant son expression. On peut dire que cette nouvelle semble faire naître en vous un enthousiasme délirant…

B.J. ne put s'empêcher de sourire et haussa les épaules. Dans les yeux de Taylor, elle lisait une certaine curiosité mais n'avait aucune envie d'entrer dans les détails. Elle trouvait déjà bien assez embarrassante l'insistance dont Betty Jackson faisait preuve pour la pousser à sortir avec son neveu.

S'allongeant sur le dos, elle contempla les petits nuages blancs qui flottaient au-dessus du lac. Malgré le peu d'enthousiasme dont elle avait fait preuve initialement, elle était heureuse d'avoir accepté l'invitation de Taylor. Elle adorait cet endroit et venait souvent s'y installer lorsqu'elle voulait s'isoler.

— Je crois que vous aimeriez beaucoup le lac en hiver, déclara-t-elle, pensive. Lorsque la neige recouvre les berges et que le lac est gelé. Parfois, les gens viennent pour y faire du patin à glace. Est-ce que vous aimez le ski ?

— Beaucoup, répondit Taylor.

— C'est l'endroit idéal pour cela. On peut aussi bien faire du ski de fond autour du lac que du ski de descente en montagne. Et cela attire de nombreux clients à l'auberge. Nous servons alors de délicieuses fondues…

Taylor s'allongea à côté d'elle. Elle se sentait si bien qu'elle ne s'en alarma pas, heureuse au contraire d'avoir quelqu'un avec qui partager ce moment de calme et de tranquillité.

— Ce que je préfère, lui dit-il, c'est la fondue au chocolat.

— Dans ce cas, vous seriez aux anges. Elsie n'a pas son pareil pour la préparer. Elle ajoute toujours un peu de rhum et une pointe de fleur d'oranger.

— J'en viens presque à regretter de ne pas avoir acheté l'auberge plus tôt, dit Taylor en riant.

— Ne vous en faites pas, vous aurez bientôt droit à son célèbre gâteau à la fraise. Sans compter que la saison de pêche va bientôt commencer. Nous aurons alors de la truite et du brochet.

— J'ai bien peur de ne pas être un grand fanatique de pêche. Y a-t-il d'autres activités à pratiquer, dans la région ?

— Eh bien, il est possible de faire de l'équitation. Ou de la voile sur le lac…

B.J. s'interrompit, sentant les doigts de Taylor se poser sur son bras où il commença à dessiner d'invisibles arabesques qui arrachaient à la jeune femme de délicieux frissons. Cette sensation était si agréable qu'elle ne chercha pas à le repousser.

— Bien sûr, ce que les gens préfèrent, c'est la marche. Il y a de très nombreuses promenades aux alentours.

Les doigts de Taylor remontaient à présent le long de son épaule pour se poser sur sa joue, qu'il caressa doucement.

— Il est aussi possible de camper, articula-t-elle avec difficulté.

— Et la chasse ? demanda Taylor en lui effleurant les lèvres, la faisant frémir de part en part.

— Qu'est-ce que vous dites ? demanda-t-elle, se sentant perdre pied.

— Je me demandais s'il était possible de chasser, lui dit Taylor.

Ses doigts s'étaient glissés sous le pull-over de B.J. pour se poser sur son ventre, éveillant instantanément au creux de ses reins une délicieuse sensation de chaleur qui se répandit rapidement dans chacun de ses membres. Fermant les yeux, elle s'abandonna à cette exploration.

— Bien sûr, murmura-t-elle d'une voix un peu rauque. Le gibier est abondant dans la région. Il paraît qu'il y a même des lynx dans la montagne.

— C'est fascinant, assura Taylor, dont la main reposait à présent sur l'un de ses seins qu'il caressait délicatement. Le syndicat d'initiative serait fier de vous.

Son pouce glissa sur le téton de la jeune femme et elle le sentit se dresser contre le tissu de son soutien-gorge. Malgré elle, elle ne put retenir un petit soupir de plaisir. Elle avait à présent l'impression que ses veines charriaient un feu liquide qui l'embrasait de l'intérieur. Son cœur battait la chamade et tous ses sens paraissaient aiguisés.

— Taylor, murmura-t-elle d'une voix presque suppliante. Embrassez-moi.

— Pas tout de suite, répondit-il.

Ses lèvres s'attardèrent sur son cou, qu'il couvrit de petits baisers. Lentement, il remonta jusqu'à sa joue avant de se poser enfin sur sa bouche. Tremblante de désir, B.J. lui rendit son baiser avec passion, se noyant sans rémission dans cette étreinte délicieuse.

L'envie qu'elle avait de lui en cet instant était si intense qu'elle confinait presque à la souffrance. Son corps tout entier paraissait se disloquer sous l'effet de ce besoin incoercible. Et lorsque Taylor se fit plus pressant, elle crut qu'elle allait défaillir.

Mû par un instinct primordial, son corps se pressait contre le sien comme s'il espérait fusionner avec lui. Elle aurait voulu que tous deux ne fassent plus qu'un, que le plaisir qu'ils se donnaient l'un à l'autre ne prenne jamais fin.

S'arquant pour mieux s'offrir à ses mains qui parcouraient son corps, elle gémit contre sa bouche. Le temps lui-même semblait se dissoudre alors que la faim qu'elle avait de Taylor redoublait.

Mais, lorsqu'il commença à déboutonner son chemisier, elle réalisa brusquement ce qui était en train de se passer. Si elle ne réagissait pas très rapidement, ils dépasseraient un point de non-retour. Cet accès de passion culminerait en une étreinte aussi sauvage que vide de sens.

Quel avenir pouvait-elle espérer d'une telle liaison ? Taylor et elle étaient trop radicalement différents l'un de l'autre. Ils appartenaient à des mondes qui n'étaient même pas censés se rencontrer.

Or, si elle se donnait à lui, elle risquait de s'investir émotionnellement et de transformer ce qui n'était qu'une simple passade en un sentiment plus profond. Et, lorsqu'il partirait sans un regard en arrière, il lui briserait le cœur.

Elle tenta donc de le repousser, luttant pour se libérer de ses bras qui l'enserraient, de ce corps qui lui faisait perdre la raison. Sentant sa résistance, Taylor s'écarta immédiatement, la regardant avec un mélange de désir et de frustration.

— Laissez-moi, dit-elle, suppliante.

— Pourquoi ferais-je une chose pareille ? s'enquit-il d'une voix rauque qui la fit frémir au plus profond d'elle-même.

S'il choisissait d'insister, comprit-elle, elle n'aurait ni la force ni le courage de lui résister. Elle attendit donc qu'il parle, sachant que son destin était suspendu aux mots qu'il s'apprêtait à prononcer.

Pendant ce qui lui parut une éternité, il se contenta de contempler le visage de la jeune femme. Il dut y lire le désespoir qui l'habitait car sa colère reflua lentement. Finalement, il se pencha vers elle et déposa un léger baiser sur ses lèvres tuméfiées.

— Les couettes vous conviennent peut-être plus encore que je ne le pensais, lui dit-il enfin. Il y a en vous une innocence que je m'en voudrais de détruire.

Soulagée et déçue à la fois, B.J. commença à réunir les restes de leur pique-nique qu'elle rangea dans le panier.

— Je suis désolée, murmura-t-elle.

— Cela ne fait rien, déclara Taylor en souriant. Il me faudra juste un peu plus de temps pour parvenir à mes fins.

B.J. frissonna, blessée par ses paroles. Visiblement, il la considérait toujours comme un trophée qu'il était désireux d'ajouter à sa collection. Et c'était une sensation d'autant plus humiliante qu'elle-même se sentait de plus en plus attirée par lui.

— Je vous ai dit que je gagnais toujours, B.J., reprit-il.

— Pas cette fois ! s'exclama-t-elle, furieuse. Je refuse que vous m'ajoutiez à la liste de vos conquêtes ! Ce qui vient de se passer était…

— … juste un début, l'interrompit-il en se levant.

Il prit le bras de la jeune femme et l'aida à se relever.

— En fait, ajouta-t-il, nous commençons à peine à nous connaître, tous les deux. Et, un jour, je prendrai ce que vous m'avez promis ici. Et, cette fois, vous ne me repousserez pas, j'en suis certain.

— Vous n'êtes qu'un monstre d'arrogance !

Mais ces paroles sonnaient faux, aussi bien aux oreilles de Taylor qu'à celles de B.J. Tous deux savaient qu'il s'en était fallu de peu qu'elle ne s'offre à lui sans la moindre retenue. Et que, si une telle situation devait se renouveler, elle n'aurait peut-être pas la force de se refuser.

— Je crois que nous devrions rentrer, déclara Taylor. Le charme de ce pique-nique est rompu.

Sur ce, il ramassa leur panier et se mit en marche en direction de l'auberge. Et, après quelques instants d'hésitation, B.J. se résigna à le suivre.

7

De retour à l'auberge, B.J. n'avait qu'une envie : s'éloigner aussi vite que possible de Taylor et trouver un endroit où elle pourrait se terrer, le temps de recouvrer un semblant d'amour-propre. Car elle était parfaitement consciente d'être entièrement responsable du désastre qui venait de se produire.

Non seulement elle avait été incapable de résister au charme de Taylor ainsi qu'elle se l'était promis, mais, en plus, elle l'avait encouragé. Et le pire, c'est qu'elle ne parvenait pas à comprendre ses propres réactions.

Jamais elle n'avait eu tant de mal à maîtriser ses propres émotions, à savoir ce qu'elle voulait vraiment. Et lorsque Taylor avait posé les mains sur elle, elle avait perdu tout contrôle. C'était comme si, d'un geste, il avait balayé toutes ses défenses pour éveiller en elle un feu qui l'avait consumée tout entière.

Elle aurait voulu croire qu'il ne s'agissait que d'une réaction physiologique qui relevait exclusivement de la biologie. Après tout, Taylor était incontestablement un homme très attirant. Et la façon dont il l'avait regardée aurait probablement suffi à faire chavirer n'importe quelle femme.

Mais il y avait bien plus que cela, c'était évident. Lorsqu'il posait les yeux sur elle, elle avait l'impression que plus rien d'autre n'existait, qu'ils étaient seuls au monde. Et lorsqu'il la touchait, elle se sentait devenir flamme.

Jamais un homme n'avait produit sur elle un tel effet. Entre ses bras, elle se transformait, découvrait une part d'elle-même qu'elle n'avait jusqu'alors fait qu'entrevoir. Elle était femme. Elle était désir. Elle était tentation. C'était une sensation grisante, vertigineuse, qui lui donnait l'impression que tout était possible, que plus rien ne lui était interdit.

C'était pour cela qu'elle lui avait demandé de l'embrasser, oubliant toutes les résolutions qu'elle avait prises, toutes les raisons qui rendaient impossible une liaison entre Taylor et elle.

Comme ils arrivaient devant l'auberge, la jeune femme se tourna vers son compagnon.

— Je vais rapporter le panier dans la cuisine, lui dit-elle, terriblement gênée. Est-ce que vous aurez besoin de moi pour autre chose ?

— Je ne suis pas sûr que vous teniez vraiment à entendre la réponse à cette question, répondit Taylor avec un sourire malicieux.

— Je ferais mieux de retourner travailler, déclara B.J. en rougissant jusqu'à la racine des cheveux.

Mais, lorsqu'ils pénétrèrent dans le hall de l'auberge, B.J. oublia brusquement son embarras. Devant le comptoir de la réception se tenait une jeune femme qu'elle ne connaissait pas. Grande, brune et très mince, elle aurait aisément pu passer pour un mannequin tout droit surgi d'un magazine de mode.

Le tailleur qu'elle portait contrastait par son élégance et son raffinement avec la tenue décontractée qu'adoptaient la plupart des clients de l'auberge. Un nombre impressionnant de luxueuses valises en cuir était posé à ses pieds, comme si elle entendait séjourner à l'hôtel durant plusieurs mois.

— Je vous laisse vous occuper de mes bagages, disait-elle à Eddie, qui était visiblement tombé sous le charme et qui la regardait avec une admiration confinant à la vénération. Prévenez M. Reynolds que je suis arrivée.

— Darla ! s'exclama ce dernier. Quelle surprise ! Qu'est-ce que tu fais ici ?

La belle brune se tourna vers Taylor, et B.J. découvrit un visage presque trop parfait pour être réel.

— Taylor ! s'écria-t-elle, ravie. J'arrive tout juste de Chicago, où j'ai terminé le travail que tu m'avais confié.

S'approchant de lui, elle le serra dans ses bras et l'embrassa affectueusement sur les deux joues.

— J'ai pensé que tu voudrais que je te donne mon avis au sujet de ta dernière acquisition et je suis venue directement, reprit-elle.

— Ta conscience professionnelle ne cessera jamais de m'étonner, répondit Taylor avec un sourire légèrement teinté d'ironie. Laisse-moi te présenter B.J. Clark, la gérante de l'auberge. B.J., voici Darla Trainor. C'est la décoratrice à laquelle je confie l'aménagement de la plupart de mes hôtels.

— Enchantée, déclara Darla en serrant la main de B.J.

Le regard amusé qu'elle lança au jean fatigué et au pull-over trop large que portait B.J. n'échappa pas à cette dernière qui se sentait déjà intimidée par l'élégance de la décoratrice.

— D'après ce que j'ai pu constater, reprit Darla à l'intention de Taylor, il y a beaucoup à faire.

Elle contempla la pièce dans laquelle ils se trouvaient d'un air mi-dédaigneux, mi-amusé.

— Que voulez-vous dire ? demanda B.J. sur la défensive.

— Eh bien… Disons que la décoration est un peu fruste. Rurale, je dirais. Cela a sans doute du charme pour certaines personnes, mais ce n'est pas digne d'un hôtel de grand standing. Prenez l'entrée, par exemple, il me semble évident qu'il faudrait l'agrandir. Pour le moment, elle ressemble plus à un placard qu'à un véritable hall de réception. J'imagine du rouge. Pour le tapis, peut-être, ou bien pour la tapisserie… C'est une couleur qui donne tout de suite une impression de luxe.

— C'est ridicule, s'exclama B.J. en se tournant vers Taylor.

— Nous en discuterons plus tard, répondit celui-ci, diplomate.

B.J. ouvrit la bouche pour protester de plus belle, mais il lui décocha un regard noir et elle jugea préférable de garder pour elle ce qu'elle pensait des idées de Darla Trainor.

— Si cela ne vous ennuie pas, déclara cette dernière, je vais aller me rafraîchir un peu. Rejoins-moi dans ma chambre si tu veux, Taylor. Et commande-nous quelque chose à boire.

— Pas de problème, acquiesça-t-il. Eddie, vous ferez porter

deux Martini dans la chambre de Mlle Trainor. Quel est le numéro, Darla ?

— Je ne sais pas encore, répondit-elle avant de se tourner vers Eddie, qui paraissait toujours aussi fasciné par la belle inconnue.

— Donne-lui la 314, intervint B.J. d'un ton sec. Et occupe-toi de ses bagages.

Son assistant parut brusquement recouvrer ses esprits et prit la clé qui se trouvait sur le tableau derrière lui.

— J'espère que la chambre sera à votre convenance, déclara B.J. en se forçant à sourire à Darla. N'hésitez pas à faire appel à nous si vous avez besoin de quoi que ce soit.

Sur ce, elle fit mine de s'éloigner.

— Je passerai vous voir tout à l'heure, lui dit Taylor.

B.J. se tourna vers lui.

— Mais certainement, monsieur Reynolds, répondit-elle d'une voix acidulée. Je reste à votre entière disposition. Bienvenue à Lakeside Inn, mademoiselle Trainor, ajouta-t-elle. Je vous souhaite un excellent séjour parmi nous.

Taylor demeura en compagnie de Darla Trainor durant la majeure partie de la journée et B.J. n'eut donc aucun mal à l'éviter. Elle ne put cependant s'empêcher de remarquer qu'ils passaient beaucoup de temps dans la chambre de la décoratrice et en conclut que celle-ci n'opposait peut-être pas à Taylor une résistance aussi farouche qu'elle-même.

Cette idée, loin de la réconforter, fit naître en elle une sensation qui ressemblait fort à de la jalousie. Elle essaya de se convaincre qu'il ne s'agissait en fait que d'un simple sursaut d'amour-propre.

Car si ce qu'elle soupçonnait était fondé, cela signifiait que Taylor n'avait pas mis longtemps à la remplacer. Pour lui démontrer qu'elle ne s'en souciait pas le moins du monde, B.J. appela Howard Beall et convint de le retrouver le lendemain soir.

Il n'était peut-être pas aussi séduisant que Taylor, mais, au moins, il ne la laisserait pas tomber pour quelques Martini en compagnie d'une pseudo-décoratrice qui ressemblait à Cindy Crawford…

Ce soir-là, B.J. choisit avec un soin tout particulier la tenue qu'elle porterait pour dîner. Après mûre réflexion, elle se décida pour une robe de soie noire qui mettait parfaitement en valeur sa silhouette. Le col fermé par une rangée de petits boutons de nacre soulignait sa poitrine menue et la finesse de son cou. La jupe, légèrement fendue, révélait le galbe de ses mollets.

Elle décida de ne pas attacher ses cheveux et se contenta de les laisser retomber en cascade dorée sur ses épaules. Pour parfaire l'ensemble, elle ajouta une pointe de maquillage et une légère touche de parfum. Lorsqu'elle fut prête, elle observa attentivement le résultat dans sa glace et sourit.

Elle n'était pas aussi parfaite que Darla Trainor mais, en la voyant, Taylor regretterait peut-être l'occasion qu'il avait définitivement ratée. Satisfaite, la jeune femme quitta sa chambre et descendit l'escalier pour gagner le restaurant.

Là, elle aperçut Taylor et Darla, qui s'étaient installés à une table située légèrement à l'écart, comme s'ils tenaient à préserver leur intimité. Malgré elle, B.J. sentit son cœur se serrer dans sa poitrine.

Ils formaient indubitablement un très joli couple, songea-t-elle. Il émanait d'eux un mélange de sophistication et d'élégance qui les distinguait de tous les autres convives présents et les rendait presque intimidants.

Comme B.J. hésitait sur le seuil de la pièce, Taylor l'aperçut. Son regard glissa sur la jeune femme et elle sentit naître sur sa peau un léger fourmillement, comme s'il venait de l'effleurer. Elle s'efforça pourtant de ne rien laisser paraître de son trouble.

Lorsque Taylor eut achevé son inspection, il fit signe à B.J. de le rejoindre. Cela suffit à éveiller en elle une colère froide. S'imaginait-il qu'elle était à son service ? Qu'il lui suffisait d'un geste pour qu'elle se précipite vers lui ? Pour qui se prenait-il donc ?

La voix de la raison lui souffla que, quoi qu'elle puisse penser de lui, il n'en restait pas moins le propriétaire de l'auberge et qu'elle était son employée. Que cela lui plaise ou non, elle devait lui obéir.

Elle prit pourtant tout son temps pour le faire, s'arrêtant délibérément auprès de plusieurs clients pour échanger quelques mots. Lorsqu'elle rejoignit enfin Taylor et Darla, elle leur adressa son sourire le plus professionnel.

— Bonsoir, leur dit-elle. J'espère que votre repas se passe bien.

— C'est absolument délicieux, comme toujours, répondit Taylor en se levant pour offrir une chaise à la jeune femme.

Elle hésita un instant avant de s'asseoir, décidant qu'elle n'avait rien à gagner en le provoquant inutilement.

— Votre chambre est-elle à votre convenance, mademoiselle Trainor? demanda-t-elle.

— Tout à fait, acquiesça celle-ci avec un sourire indulgent. Même si la décoration m'a quelque peu étonnée.

— Vous boirez bien un verre avec nous, suggéra alors Taylor.

— Volontiers, répondit B.J. à contrecœur. Je prendrai un kir, ajouta-t-elle à l'intention de Dot, qui venait de les rejoindre.

Taylor commanda un verre de vin blanc et Darla une coupe de champagne.

— Puis-je savoir ce qui vous a surprise? s'enquit alors B.J.

— A vrai dire, je ne pensais pas que cette auberge serait si... provinciale. Evidemment, j'ai remarqué quelques jolis meubles anciens mais j'avoue que, comme Taylor, mes goûts en matière de décoration hôtelière me portent plus vers le contemporain.

— Puis-je savoir comment vous imagineriez les chambres, dans ce cas? demanda B.J. en s'efforçant de maîtriser la colère qui bouillonnait en elle.

— Tout d'abord, je changerais l'éclairage, déclara Darla d'un ton pensif. Les lampes sont archaïques et je les remplacerais par des néons installés dans les plinthes. Cela donnerait quelque chose de plus tamisé, de moins jaune... Evidemment, j'enlèverais les papiers peints qui sont terriblement démodés. J'opterais sans doute pour une tapisserie beige clair ou saumon. Le parquet n'est pas parfait mais je crois qu'une fois vitrifié il fera l'affaire. Par contre, la salle de bains est un véritable désastre. Ces baignoires sont d'un autre âge.

Darla s'interrompit pour porter sa coupe de champagne à ses lèvres.

— Nos clients ont toujours trouvé que ces baignoires avaient beaucoup de charme, objecta B.J.

— Je n'en doute pas. Mais, une fois que nous aurons procédé aux changements qui s'imposent, je suis persuadée que votre clientèle évoluera rapidement. La région est très belle et située à proximité de grands centres urbains. Des prestations de luxe attireraient certainement de nombreux cadres supérieurs à la recherche d'un week-end de tranquillité.

Darla sortit un paquet de cigarettes de son sac à main et en alluma une. Elle exhala une bouffée avec un plaisir évident sans se soucier le moins du monde du panneau qui indiquait que la salle à manger était un lieu non-fumeur.

— Et vous? demanda B.J. à Taylor. Est-ce que vous avez également quelque chose contre les vieilles baignoires?

— Je dirais qu'elles conviennent parfaitement à l'atmosphère actuelle de l'auberge. Mais Darla a raison : si nous voulons attirer de nouveaux clients, il faudra probablement effectuer certaines transformations.

— Je vois, s'exclama B.J., furieuse. Dans ce cas, laissez-moi vous faire quelques suggestions, à tous les deux. Que diriez-vous d'installer des miroirs au plafond des chambres? Cela leur donnerait un petit côté décadent qui leur manque. Du chrome et du verre. Des murs blancs. Et un lit rond géant avec des coussins fuchsia. Vous aimez le fuchsia, n'est-ce pas, Taylor?

— Je ne crois pas avoir sollicité votre avis en matière de décoration, répondit ce dernier un peu sèchement.

Dans ses yeux, elle lisait une colère naissante et elle comprit brusquement qu'elle était en train d'aller trop loin. Mais c'était plus fort qu'elle. Elle ne pouvait tout de même pas les laisser défigurer cette auberge et la priver de tout son charme.

— J'ai bien peur que vos goûts ne soient quelque peu vulgaires, remarqua Darla, encouragée par la réprobation de Taylor.

— Vraiment? dit B.J., narquoise. Je suppose que cela ne devrait pas vous étonner. Après tout, je ne suis qu'une provinciale pas très au fait des dernières tendances contemporaines...

— Je suis certaine que mes propositions te conviendront, Taylor, déclara Darla sans relever la remarque caustique de la jeune femme.

Elle plaça doucement la main sur son bras et B.J. sentit sa colère monter d'un cran. Il était évident que tous deux étaient bien trop proches pour qu'elle puisse espérer faire entendre sa voix.

— Bien sûr, reprit Darla, cela prendra un peu de temps. Après tout, nous parlons d'une transformation drastique et pas de simples aménagements.

— Prenez tout le temps que vous voudrez, répliqua B.J. en se levant brusquement. Mais, en attendant, ne vous avisez pas de toucher à mes baignoires!

Sur ce, elle s'éloigna à grands pas, manquant de percuter Dot, qui revenait prendre leur commande.

— Sers-leur une généreuse portion d'arsenic, lui dit-elle. C'est la maison qui invite!

Ignorant l'expression stupéfaite de la serveuse, elle traversa alors la salle à manger et quitta la pièce. Comme elle débouchait dans le hall, elle aperçut la commode rustique et les aquarelles accrochées aux murs. Rageusement, elle songea qu'elles seraient bientôt remplacées par une étagère asymétrique noir et blanc et des lithographies d'art contemporain. Quant au Gramophone qui avait tant étonné Taylor, il céderait probablement la place à une chaîne hi-fi dernier cri.

Comment pouvaient-ils être aussi stupides? se demanda-t-elle. Ne voyaient-ils pas que chaque pièce portait la marque du temps et s'inscrivait dans une tradition qui façonnait la personnalité même de l'auberge? Que c'était justement ce qui la rendait si attachante pour leurs clients?

Chaque chambre était unique et possédait sa propre personnalité. Dans celle de Darla étaient accrochée une série de pastels qui formaient un savant contraste avec ce papier peint dont elle faisait si peu de cas.

Il y avait une fenêtre en alcôve d'où l'on pouvait contempler le parc et le lac qui s'étendait au-delà. Quant au mobilier, il renfermait un véritable trésor : un petit secrétaire en noyer qui dissimulait en son sein plusieurs tiroirs secrets.

Et combien de fois B.J. avait-elle entendu les clients qui avaient séjourné dans cette chambre louer le calme et la sérénité qui y régnaient ?

Mais, bientôt, tous ces trésors disparaîtraient pour céder la place à une décoration aussi stylée qu'anonyme, aussi moderne que dénuée de tout caractère. Et B.J. se refusait à l'accepter.

Si Taylor devait vraiment laisser carte blanche à Darla, elle n'aurait d'autre choix que de démissionner. Et, cette fois, elle ne se laisserait pas intimider par ses menaces ou ses tentatives de chantage. Mais, en attendant, elle ferait tout son possible pour éviter qu'une telle catastrophe ne se produise.

Forte de cette résolution, B.J. monta dans sa chambre. Comme elle y pénétrait, elle aperçut son reflet dans le miroir en pied qui trônait près du petit bureau. Et cette vision acheva de la déprimer. La tenue qu'elle portait ne faisait que souligner la différence irréductible qui existait entre Darla et elle.

La jeune décoratrice possédait une grâce et une sophistication qu'elle ne pouvait espérer égaler. Et, aux yeux d'un homme comme Taylor, elle devait paraître bien quelconque : une fille de la campagne dénuée du raffinement des femmes qu'il fréquentait d'ordinaire.

Serrant les dents, B.J. songea que cela n'avait aucune importance. Son but n'était pas de le séduire mais de le convaincre de la justesse de ses arguments.

D'un autre côté, Darla paraissait très intime avec lui. Et, si elle était vraiment l'une de ses maîtresses comme le laissaient supposer le temps qu'ils avaient passé dans sa chambre et la familiarité dont elle faisait preuve à son égard, elle possédait un avantage évident sur B.J. qui ne pouvait se prévaloir que de ses compétences professionnelles.

Cela ne l'empêcherait pourtant pas de se battre, décida-t-elle en gagnant la salle de bains pour se brosser les dents. Après tout, elle avait consacré des années de sa vie à cette auberge et, au fil du temps, elle s'y était beaucoup attachée.

Ne connaissait-elle pas mieux que personne les clients qui fréquentaient régulièrement l'établissement ? N'était-elle pas dépositaire des années qu'avaient passées ses prédécesseurs à aménager et à gérer cet endroit ?

La lutte qu'elle s'apprêtait à mener dépassait d'ailleurs ces simples considérations. Elle reflétait le combat de tous ceux qui restaient attachés à la tradition et refusaient de céder devant les sirènes d'un progrès qui transformait les lieux comme les gens en clones anonymes.

Comme elle se faisait cette réflexion, elle entendit la porte de sa chambre s'ouvrir. Stupéfaite, elle reposa sa brosse à dents et quitta la salle de bains pour se retrouver face à Taylor.

— Comment êtes-vous entré ? demanda-t-elle, choquée par son attitude cavalière.

— Vous m'avez donné un passe, répondit-il en haussant les épaules.

— Le fait d'être propriétaire de l'auberge ne vous donne pas le droit de pénétrer dans ma chambre de cette façon, objecta-t-elle vivement.

— Je crois que je n'ai pas été suffisamment clair à votre égard, répondit Taylor en s'approchant d'elle. Et je tenais à préciser ma pensée si tel est le cas. Pour le moment, je vous ai laissé une liberté totale en ce qui concerne la gestion de l'hôtel au quotidien. Je n'ai pas empiété sur vos prérogatives et n'ai aucune intention de le faire. Néanmoins, je me réserve le droit de prendre toute décision concernant l'avenir de cet établissement.

— Mais…, commença B.J.

— Il est inutile de protester, l'interrompit Taylor. Cette décision n'est pas sujette à débat. Cela vous paraît peut-être tyrannique, pour reprendre votre propre expression, mais je crois que vous oubliez un peu trop facilement que cette auberge représente un capital dont vous n'êtes pas propriétaire. De plus, ce n'est pas vous qui assumez les risques financiers liés à son exploitation. Et je ne tolérerai pas que vous donniez des ordres à Darla, qui se trouve être l'une de mes employées et ne relève aucunement de votre autorité. C'est moi et moi seul qui suis habilité à lui dire ce qu'elle doit faire et quand elle doit le faire.

— Ce n'est pas cela que je remets en cause, protesta vivement B.J., se sentant prise en faute. Je ne fais que souligner ce que vous paraissez tous deux ne pas remarquer. Les vieilleries que condamne si allègrement Mlle Trainor sont pour la plupart des antiquités de prix. La desserte de la salle à manger est un authentique Hepplewhite. Votre propre chambre renferme deux meubles Chippendale. Quant au Gramophone dont vous vous moquiez, il vaut une véritable fortune…

Taylor fit un pas de plus vers la jeune femme et posa la main sur son cou, interrompant brusquement son éloquent plaidoyer. Elle avait terriblement conscience de sa force et, même si la pression de ses doigts était infime, son geste n'en conservait pas moins un caractère menaçant.

— Ce que je demande à Darla ne regarde que moi, dit-il d'une voix vibrante de colère.

Ses yeux noirs brillaient maintenant d'une rage contenue et B.J. comprit qu'elle avait outrepassé les limites de sa patience.

— J'aimerais donc que vous gardiez vos opinions pour vous ou que vous m'en fassiez part en privé avant d'en faire état devant des tiers. Si vous persistez à interférer dans mes décisions, je vous le ferai regretter amèrement. Est-ce bien compris ?

— Parfaitement, répondit B.J. d'une voix sourde. Et je ne me laisserai plus influencer par la nature de vos relations avec Mlle Trainor.

— Tant mieux. Parce qu'elles ne vous regardent nullement.

— Mais je tiens à vous dire que je continuerai à vous faire part de ma plus extrême réserve concernant vos projets d'aménagement. Lorsque vous m'en avez parlé, je vous ai proposé ma démission et vous l'avez refusée. Je considère donc qu'il est de ma responsabilité de gérante de défendre les intérêts de cet établissement. Si vous n'êtes pas d'accord, vous pouvez toujours me renvoyer.

— Ne me tentez pas, répondit Taylor en laissant glisser sa

main un peu plus bas sur la gorge de la jeune femme. J'ai de bonnes raisons de vous maintenir à votre poste, mais votre attitude pourrait finir par me pousser à bout. Je vous ai promis que je vous informerais de toute modification que je déciderais d'apporter à l'auberge et je tiendrai parole. Mais si vous persistez à vous montrer discourtoise envers mes autres employés, je n'aurai d'autre choix que de vous licencier pour faute professionnelle.

— Je ne suis pas certaine que Darla Trainor ait besoin de votre protection, railla B.J.

— Vraiment ? répondit Taylor avec une pointe d'amusement. Il me semble pourtant que cette robe que vous avez choisie est une véritable déclaration de guerre. Pourquoi avez-vous décidé de la porter précisément ce soir ? Jusqu'à présent, vous aviez opté pour des tenues beaucoup plus décontractées et moins ouvertement séductrices.

Tout en parlant, Taylor avait commencé à déboutonner sa robe. Fascinée par son regard de braise, B.J. ne trouva pas la force de protester.

— Je ne vois pas de quoi vous voulez parler, protesta-t-elle faiblement. Vous feriez mieux de partir, à présent.

— Vous ne pensez pas ce que vous dites.

Comme pour le lui prouver, Taylor écarta le col de sa robe, révélant la naissance de ses seins. Elle sentit ses doigts effleurer sa peau nue et frissonna des pieds à la tête. Il l'attira alors de nouveau contre lui.

— Vous me désirez autant que je vous désire, lui dit-il.

Comme B.J. s'apprêtait à protester, il l'embrassa. Une fois de plus, l'attirance qui les poussait l'un vers l'autre eut raison de tous les arguments sensés qu'elle aurait pu lui opposer.

Fermant les yeux, elle s'abandonna avec fatalisme au désir qui la submergeait déjà, balayant toute volonté. C'était plus fort qu'elle. Taylor faisait naître en elle un besoin primaire, absolu, contre lequel elle était complètement démunie.

Comme elle capitulait, l'audace de Taylor s'accrut encore et elle n'eut pas la force de lui résister. Elle offrit son corps à ses caresses, sa bouche à ses baisers passionnés et sombra dans un tourbillon de sensations vertigineuses.

Une petite partie d'elle était horrifiée par cette preuve de faiblesse et lui soufflait qu'elle regretterait amèrement de s'être laissée aller à ses pulsions. Mais c'était son corps qui avait pris les commandes et il n'entendait pas se laisser priver des délices que lui offrait Taylor.

Lorsqu'il délaissa sa bouche pour mordiller sa gorge, elle rejeta la tête en arrière et s'accrocha à ses épaules, incapable de retenir les soupirs de plaisir qui lui montaient aux lèvres. Un nouveau baiser suivit, plus enivrant encore que le premier.

Et, brusquement, elle comprit que l'intensité de sa réaction ne pouvait s'expliquer uniquement par l'indéniable attirance physique qu'il exerçait sur elle. Avec une clarté terrifiante, elle réalisa que, sans même s'en apercevoir, elle avait franchi la limite qu'elle s'était juré de ne pas dépasser.

Elle était tombée amoureuse.

Ce n'était pas seulement son corps qui la poussait vers Taylor. Il avait su conquérir son cœur et chaque frisson qu'il éveillait sur sa peau se répercutait au plus profond d'elle, touchant son âme même.

Cette certitude l'emplit d'un profond désespoir. Car ses sentiments à l'égard de Taylor la condamneraient sans doute aux plus amères déceptions. Elle ne pouvait imaginer qu'une fois épuisée la nouveauté de leur liaison il puisse décider de rester auprès d'elle.

Sa vie était ailleurs, dans ces buildings de verre et d'acier où l'argent ne se comptait qu'en millions de dollars, auprès de ces femmes improbables dont la photo s'étalait dans les magazines. Il lui faudrait à peine quelques semaines pour l'oublier et reprendre son existence habituelle, sans même se douter que, quelque part en Nouvelle-Angleterre, une femme au cœur brisé rêvait encore aux quelques moments de bonheur qu'ils avaient partagés.

Malheureusement, ces sombres présages ne suffisaient pas à endiguer le trouble que lui inspirait Taylor. Chacune de ses caresses, chacun de ses baisers alimentaient un peu plus la flamme qui brûlait en elle, menaçant de la dévorer tout entière.

Brusquement, il s'immobilisa et se recula légèrement, éveillant en elle une terrible sensation de vide et de manque. Instinctivement, elle se serra contre lui et lui tendit ses lèvres.

— Admettez-le, murmura-t-il en les effleurant des siennes. Admettez que vous me désirez et que vous voulez me voir rester.

— Oui, avoua-t-elle en nichant son visage contre son épaule. Je vous désire comme je n'ai jamais désiré personne auparavant. Et je veux que vous restiez.

Il lui prit doucement le menton au creux de sa main et la força à le regarder. Dans ses yeux, elle lut mille sentiments contradictoires : du désir, du triomphe et aussi une frustration qu'elle ne s'expliquait pas.

De toutes ses forces, elle résista à l'envie qu'elle avait de l'attirer à elle et de sentir de nouveau sa bouche sur la sienne. Taylor, quant à lui, se contentait de la regarder comme s'il voulait lire au plus profond d'elle-même.

Elle craignit un instant qu'il ne perçoive ses sentiments naissants. Cela lui aurait donné sur elle une emprise absolue et cette simple idée la terrifiait. Mais, finalement, le visage de Taylor se ferma et elle vit briller dans ses yeux une lueur de colère.

Lorsqu'il parla, sa voix était froide et détachée, aussi douloureuse qu'une gifle en plein visage.

— Il semble bien que nous ayons perdu de vue l'objectif initial de cette discussion, lui dit-il.

Reculant d'un pas, il plongea ses mains dans les poches de son pantalon.

— J'espère néanmoins m'être montré assez clair, ajouta-t-il d'un ton posé.

La jeune femme sentit le sol tanguer sous ses pieds. Comment pouvait-il lui parler de cette façon après ce qui venait de se passer entre eux ? Ne voyait-il pas combien elle avait envie de lui ?

— Taylor, je…

— Nous en discuterons demain, l'interrompit-il, impitoyable. J'espère que vous collaborerez pleinement avec Mlle Trainor et que vous ferez preuve à son égard de toute la courtoisie qui lui est due. Quels que soient vos différends personnels, elle réside à l'auberge et doit être traitée avec respect et politesse.

— Bien sûr, articula B.J., incapable de retenir les larmes qui lui montaient aux yeux. J'accorderai à Mlle Trainor toute la considération qu'elle mérite.

Profondément humiliée, elle s'essuya les yeux du revers de la main.

— Vous avez ma parole, ajouta-t-elle d'une voix tremblante.

Taylor fit un pas dans sa direction mais B.J. se détourna brusquement et gagna la salle de bains dans laquelle elle s'enferma à double tour.

— Allez-vous-en, s'exclama-t-elle, incapable de retenir les sanglots qui la secouaient à présent.

Mais Taylor frappa à la porte.

— Allez-vous-en et laissez-moi tranquille ! lui dit-elle. Je vous ai donné ma parole.

— B.J., ouvrez cette porte, ordonna-t-il.

La colère qu'elle percevait dans sa voix ne fit qu'alimenter son propre désespoir. Comment avait-elle pu être assez stupide pour s'imaginer qu'il la désirait vraiment ?

— Je ne veux plus vous voir, lui cria-t-elle. Allez retrouver votre précieuse Darla et fichez-moi la paix ! J'obéirai à vos ordres mais, ce soir, je ne suis pas de service !

Taylor poussa un juron et, après quelques instants, il quitta la chambre en claquant la porte derrière lui. B.J., quant à elle, resta longuement prostrée sur le sol carrelé de la salle de bains, pleurant toutes les larmes de son corps.

8

— Tu peux être fière de toi, marmonna B.J. en jetant un regard accusateur au reflet que lui renvoyait la glace, ce matin-là.

Une fois de plus, elle s'était rendue complètement ridicule. Non seulement elle s'était offerte à Taylor alors qu'il venait de la chapitrer durement mais, en plus, il l'avait repoussée sans ménagement.

Bien sûr, ce n'était pas entièrement sa faute. Après tout, n'était-ce pas lui qui flirtait avec elle de façon éhontée ? Qui l'avait embrassée à plusieurs reprises ? Qui l'avait entraînée de force à ce pique-nique où il l'avait conquise à force de caresses ? Qui avait commencé à la déshabiller, la veille ?

Etait-il surprenant, dès lors, qu'elle ait fini par tomber amoureuse de lui ? Car c'était bien ce qui lui était arrivé, qu'elle le veuille ou non. Elle ne l'avait pas choisi et aurait certainement préféré que les choses se passent différemment. Mais cela ne changeait rien à la réalité de ses sentiments.

Sa propre attitude à l'égard de Darla ne s'expliquait pas uniquement par leurs divergences d'opinions en matière de décoration. Elle était jalouse. Et Taylor avait vu juste : c'était pour cette raison qu'elle avait choisi cette robe noire qui, elle le savait, la mettait en valeur.

Evidemment, elle n'avait probablement aucune chance face à cette femme fatale aux manières policées et aux goûts très sûrs. Elle n'était pas une femme du monde, ne maîtrisait pas ces petits détails qui conféraient à Darla ce mélange détonant d'élégance et de raffinement.

Si Taylor devait choisir entre elles, il ne faisait guère de doute qu'il opterait pour la belle décoratrice. Après tout, ils étaient du même monde, partageaient les mêmes valeurs et évoluaient probablement dans les mêmes cercles.

A ses yeux, une liaison avec B.J. n'avait probablement aucun avenir. Il s'agissait d'une simple aventure, d'un moyen de passer le temps pendant qu'il séjournait dans ce coin perdu de la Nouvelle-Angleterre.

Et elle ne pouvait se résoudre à l'accepter. Elle ne se contenterait pas d'être une simple distraction, un vulgaire passe-temps. Malheureusement, c'était probablement plus facile à dire qu'à faire, songea-t-elle amèrement.

Comment était-elle censée résister à un homme dont les baisers lui faisaient perdre la raison, dont les caresses éveillaient en elle un désir si ardent qu'il balayait toute prudence et toute modestie ?

La nuit précédente, elle se serait offerte sans hésiter un seul instant, ne demandant rien d'autre que la satisfaction de ce besoin impérieux qu'elle avait de lui. Et, ce matin, il l'aurait certainement quittée sans un regard, honteux, peut-être, de ce moment de faiblesse.

Comment avait-elle pu être aussi stupide ?

Heureusement, Taylor avait eu suffisamment de maîtrise de soi pour ne pas céder à son invitation. Mais cette marque de respect ne rendait la situation que plus humiliante aux yeux de la jeune femme.

A moins, songea-t-elle tristement, qu'il n'ait tout simplement préféré passer la nuit avec Darla. Cette simple idée lui était intolérable. Lorsqu'elle les imaginait en train de s'embrasser, elle sentait sa gorge se serrer sous l'effet combiné de la tristesse, de la frustration et de la jalousie.

Pendant plus de dix minutes, elle essaya de se raisonner, se répétant qu'un amour qui n'était pas payé de retour ne pouvait se solder que par de l'amertume et de la déception. Elle devait oublier Taylor. Ne voir en lui que le propriétaire de l'auberge et non l'homme qui savait faire naître en elle un désir qui dépassait tout ce qu'elle avait connu jusqu'alors.

Ce serait sans doute l'une des choses les plus difficiles qu'il lui eût jamais été donné de faire mais elle n'avait pas le choix. Toute autre attitude relèverait d'une forme aiguë de masochisme.

Bien décidée à affronter les épreuves que lui réservait cette nouvelle journée, elle attacha ses cheveux, prit une profonde inspiration et quitta sa chambre. Dans le hall, Eddie l'informa que Taylor s'était déjà installé dans son bureau et que Darla n'était pas encore levée.

Pour les éviter, B.J. consacra une bonne partie de la matinée dans le bar dont elle effectua l'inventaire afin d'établir une nouvelle commande avant les vacances d'été.

Ce fut là que Darla finit par la trouver.

— Alors voici le fameux bar ! s'exclama-t-elle en contemplant la pièce d'un œil critique.

Résignée, B.J. avisa le tailleur élégant qu'elle portait et qui devait avoir été dessiné par un grand couturier parisien. La décoratrice tenait à la main un calepin sur lequel elle avait déjà inscrit un nombre conséquent de notes dont B.J. préférait ignorer la teneur.

Darla s'approcha de l'antique comptoir en chêne derrière lequel se trouvait la jeune femme et secoua la tête d'un air désolé.

— J'ai l'impression de me retrouver dans les années 50, soupira-t-elle.

B.J. se mordit la langue pour retenir la réplique acerbe qui lui démangeait les lèvres.

— Servez-moi un vermouth, lui demanda Darla en prenant place sur l'un des tabourets.

Piquée au vif par le manque de considération dont elle faisait preuve à son égard, B.J. faillit lui répondre qu'elle pouvait très bien se servir elle-même. Mais elle se rappela alors la promesse qu'elle avait faite à Taylor et se résigna à remplir un verre qu'elle plaça devant Darla.

— Souvenez-vous que je ne fais que mon travail, déclara celle-ci avec un sourire aussi cordial qu'artificiel. Vous ne devez pas prendre mes remarques comme une critique personnelle.

— Vous avez sans doute raison, concéda B.J. à contrecœur.

Mais je suis très attachée à Lakeside Inn. Cette auberge est beaucoup plus qu'un simple lieu de travail pour moi.

— C'est effectivement ce que m'a dit Taylor. Cela paraissait d'ailleurs beaucoup l'amuser.

— Vraiment ? fit B.J. d'une voix mal assurée.

L'idée que Taylor puisse la considérer avec une telle condescendance la blessait bien plus encore qu'elle n'aurait pu l'imaginer. En fait, Darla n'aurait pas pu trouver meilleur moyen de lui faire du mal si elle l'avait voulu.

— Il a un curieux sens de l'humour, ajouta-t-elle en s'efforçant de dissimuler sa détresse.

— C'est vrai. Je le connais depuis longtemps mais il arrive encore à m'étonner. En tout cas, il semble penser que vous êtes une employée compétente. Il dit que vous avez un don inné pour mettre les gens à l'aise. Mais il regrette que vous soyez si rétive à son autorité. C'est un homme de pouvoir, vous savez, et il n'hésite pas à recourir à des méthodes peu orthodoxes pour obtenir ce qu'il désire.

— Je suis certaine que vous êtes bien placée pour en parler, ne put s'empêcher de répondre B.J.

— C'est vrai. Taylor et moi sommes plus que de simples collaborateurs. Et je sais qu'il lui arrive de mêler le plaisir et le travail.

— Vraiment ? articula B.J., livide.

— Oui. Mais je ne saurais vous conseiller de capitaliser sur un éventuel investissement émotionnel de sa part, lui dit Darla en lui jetant un regard lourd de sous-entendus. Il n'a aucune patience et ne supporte ni les scènes ni les complications.

B.J. se rappela la colère de Taylor lorsqu'elle avait fondu en larmes et jugea que Darla avait probablement raison.

— Je vous dis cela en toute amitié, reprit celle-ci en souriant d'un air affable. Ne vous attachez pas trop à lui. Et n'empiétez pas sur mon territoire.

— Est-ce que vous voulez parler de Taylor ou de vos opinions concernant la décoration intérieure de l'auberge ? demanda B.J.

— Disons qu'il s'agit d'une considération générale.

Se penchant en avant, Darla posa la main sur le poignet de la jeune femme et le serra violemment. B.J. sentit ses ongles soigneusement manucurés s'enfoncer impitoyablement dans sa chair.

— Et si vous n'en tenez pas compte, je ne donne pas cher de votre statut de gérante.

— Lâchez-moi immédiatement! s'exclama B.J., furieuse de se voir ainsi menacée.

Darla s'exécuta et porta langoureusement son verre à ses lèvres.

— L'essentiel est que nous nous comprenions, toutes les deux, mademoiselle Clark, conclut-elle avec un charmant sourire.

— Ne vous en faites pas, lui assura B.J. d'un air de défi. J'ai bien reçu le message.

S'emparant du verre vide de Darla, elle le plaça dans l'évier.

— Le bar est fermé à cette heure-ci, mademoiselle Trainor, déclara-t-elle en se détournant pour reprendre son inventaire.

— Quelle surprise ! s'exclama Taylor en pénétrant dans la pièce. Je ne pensais pas vous trouver ici toutes les deux à une heure pareille.

Sa voix trahissait une certaine ironie mais, en l'observant plus attentivement, B.J. avisa la réprobation qui se lisait dans son regard. Il les soupçonnait probablement de s'être de nouveau disputées.

— J'ai fait le tour de l'auberge pour prendre des notes, expliqua Darla en se rapprochant de lui. Et j'ai bien peur que cette pièce, comme la plupart des autres, ne nécessite une rénovation en profondeur. Son seul mérite est sa taille. On pourrait aisément y disposer deux fois plus de tables. Par contre, la décoration est totalement dénuée de cachet. Il faudra que tu me dises ce que tu comptes en faire : un bar moderne et branché ou une salle de détente. En fait, il serait même possible de couper la salle en deux pour jouer sur les deux tableaux comme nous l'avons fait à San Francisco.

Taylor marmonna un acquiescement qui n'engageait à rien mais ses yeux ne quittaient pas B.J.

— J'irai jeter un coup d'œil à la salle à manger lorsque les clients auront fini de déjeuner, ajouta Darla avec un sourire. Tu pourrais peut-être venir avec moi et me donner ton avis sur la question.

— Je n'ai pas encore pris de décision à ce sujet, répondit-il. Je te laisse te faire ta propre idée et nous en reparlerons plus tard, d'accord ?

Comprenant qu'elle venait d'être congédiée, Darla tiqua. Mais elle était bien trop maîtresse d'elle-même pour laisser paraître son mécontentement.

— Parfait ! s'exclama-t-elle d'un ton faussement enjoué. Je passerai te voir dans ton bureau lorsque j'aurai fait le tour de l'auberge et nous discuterons de tout cela.

Sur ce, elle s'éloigna d'un pas décidé, laissant derrière elle l'odeur subtile et élégante de son parfum.

— Voulez-vous boire quelque chose ? demanda B.J. à Taylor.

— Non. A vrai dire, je voulais vous parler.

La jeune femme continua son inventaire, se forçant à ne pas le regarder en face. Elle craignait trop de succomber une fois de plus à son charme.

— Je pensais que vous m'aviez exposé tout ce que vous aviez à me dire, hier soir, remarqua-t-elle d'un ton qui se voulait léger mais trahissait la tension qui l'habitait.

— Pas tout à fait, répondit Taylor. Pourriez-vous me regarder ? Il n'est pas agréable de parler à quelqu'un qui vous tourne le dos.

— Très bien, soupira-t-elle en se retournant. C'est vous le patron, après tout. Vous me l'avez fait clairement comprendre.

— Est-ce que vous aimez me provoquer, B.J., ou est-ce chez vous une seconde nature ?

— Je ne sais pas, répliqua-t-elle. Prenez-le comme vous voulez.

Brusquement, une idée lui traversa l'esprit et elle se figea, stupéfaite de ne pas y avoir pensé auparavant.

— Taylor, dit-elle, le cœur battant. Il y a quelque chose dont j'aimerais vous parler. Nous ne sommes pas d'accord quant à ce qu'il convient de faire de cette auberge. Et vous savez combien elle est importante à mes yeux. Je me demandais donc si vous envisageriez de me la vendre. Vous pourriez alors acheter un terrain dans la région et faire construire le centre de vacances dont vous rêvez. Et vous ne seriez pas handicapé par une structure préexistante.

— C'est absurde, protesta Taylor. Où trouveriez-vous l'argent nécessaire pour effectuer un tel investissement ?

— Je ne sais pas, avoua la jeune femme. Je pourrais contracter un emprunt auprès de ma banque. Et solliciter la participation des employés. Je suis sûre que certains d'entre eux seraient prêts à s'associer pour racheter l'hôtel.

— Il n'en est pas question, déclara posément Taylor en se rapprochant du bar. Je n'ai aucunement l'intention de vendre ce que je viens tout juste d'acheter.

— Mais je…

— Il est inutile d'insister, l'interrompit-il.

— Je ne comprends pas les raisons de votre entêtement, s'exclama B.J. Pourquoi n'acceptez-vous pas au moins d'en discuter ? Si vous me laissez un peu de temps, je pourrai même peut-être vous offrir plus d'argent que ce que l'établissement vous a coûté initialement.

— Peu importe. Je ne suis pas venu pour discuter de nos différends professionnels mais de questions personnelles.

Tout en parlant, Taylor s'était emparé du poignet de B.J., à l'endroit exact où Darla avait enfoncé ses ongles et elle ne put retenir un petit cri de douleur. Aussitôt, il retira sa main. Déséquilibrée, elle partit en arrière et heurta l'étagère, renversant quelques verres qui se brisèrent sur le sol.

— Mais qu'est-ce qui vous prend ? s'écria Taylor, sidéré. Je vous ai à peine touchée. Pourquoi faut-il que vous réagissiez si violemment chaque fois que je fais mine de m'approcher ? Vous savez pourtant bien que je ne vous veux aucun mal…

Il s'interrompit brusquement, avisant les marques laissées par les ongles de Darla dans la chair de la jeune femme.

— Je suis désolé, s'excusa-t-il, interloqué. Je ne pensais pas avoir serré aussi fort…

Il paraissait se sentir terriblement coupable et B.J. fut tentée un instant de ne pas corriger sa méprise.

— Ce n'est pas votre faute, lui dit-elle pourtant, refusant de se conduire de façon aussi mesquine. Je me suis blessée, mais vous ne pouviez pas le savoir.

— Mais comment pouvez-vous avoir de telles marques ? s'enquit Taylor en lui prenant le bras pour l'observer de plus près.

B.J. retira aussitôt sa main, craignant qu'il ne reconnaisse la marque des ongles et ne la presse de questions.

— Ce n'est rien, répondit-elle évasivement.

S'accroupissant, elle commença à ramasser les morceaux de verre qui constellaient le plancher.

— Il vaudrait mieux utiliser une balayette, remarqua Taylor. Vous risquez de vous couper.

Comme pour illustrer cette mise en garde, B.J. sentit l'un des tessons lui entailler cruellement la peau et ne put retenir un nouveau cri de douleur. Immédiatement, Taylor contourna le bar et sortit un mouchoir en papier de la poche de sa veste.

— Laissez-moi voir, lui dit-il en l'aidant à se redresser.

Il tamponna délicatement la plaie et vérifia qu'elle ne contenait aucun bout de verre.

— Décidément, il semble que je ne vous attire que des ennuis, soupira-t-il.

— Ce n'est rien, protesta-t-elle, troublée par le contact de sa main. Vous allez tacher votre costume.

— Ce sont les aléas de la guerre, répondit-il en souriant.

Il porta le pouce de B.J. à ses lèvres et y déposa un petit baiser avant de l'entourer du mouchoir.

— Pourquoi vous entêtez-vous à attacher vos cheveux alors qu'ils sont si jolis ? demanda-t-il en ôtant les épingles qui retenaient le chignon de B.J.

Il la contempla alors attentivement et hocha la tête d'un air satisfait. Son sourire ne fit pourtant qu'accentuer le désarroi de la jeune femme qui, à présent qu'elle se trouvait face à lui, réalisait avec une acuité accrue à quel point elle était amoureuse.

— Je me demande comment vous parvenez toujours à me mettre en colère, soupira-t-il. Pour l'instant, vous avez l'air d'un petit animal blessé.

Presque tendrement, il passa une main dans ses longs cheveux blonds et elle sentit une faiblesse familière se communiquer à chacun de ses membres. Une fois de plus, elle brûlait de sentir ses lèvres sur les siennes, mais elle savait à présent que les baisers de Taylor auraient un arrière-goût amer.

— Vous savez que j'ai bien failli défoncer la porte de votre salle de bains, hier, lui dit-il d'une voix très douce. Je ne pouvais pas supporter de vous entendre pleurer.

— Ce n'était pas plus plaisant pour moi, répondit-elle en luttant contre les sanglots qui menaçaient justement de la submerger. Et c'était entièrement votre faute.

— C'est vrai, reconnut-il. Et j'en suis profondément désolé.

B.J. ouvrit de grands yeux, stupéfaite par ce *mea culpa* inattendu. Taylor se pencha alors vers elle et effleura sa bouche d'un baiser. Malgré le désir brûlant qu'elle avait de lui, elle se força à reculer d'un pas.

— Ce n'est pas grave, répondit-elle d'un ton mal assuré.

Taylor la regarda attentivement, comme s'il cherchait à lire ses pensées.

— Venez dîner dans ma chambre, ce soir, lui proposa-t-il. Nous pourrons parler sans être dérangés.

La jeune femme secoua la tête, mais les mots qu'elle aurait voulu prononcer restèrent coincés dans sa gorge. Taylor fit un pas en avant, comblant la distance qu'elle avait mise entre eux.

— Cette fois, je ne vous laisserai pas vous échapper aussi facilement, lui dit-il. Il faut que nous puissions discuter calmement, vous et moi. Vous savez que j'ai envie de vous et…

— Je pense que vous devriez vous contenter de ce que vous avez déjà au lieu de courir plusieurs lièvres à la fois.

— Qu'est-ce que c'est censé vouloir dire ? demanda Taylor en fronçant les sourcils.

— Je suis sûre que si vous y réfléchissez un peu, vous comprendrez parfaitement, répliqua-t-elle durement.

Elle leva la main pour lui montrer les marques sur son bras. Mais il se contenta de la regarder avec stupeur.

— Peut-être serait-ce plus facile si vous m'expliquiez de quoi il retourne, objecta-t-il enfin.

— Je ne crois pas. Vous considérez peut-être tout cela comme un jeu, Taylor, mais ce n'est pas mon cas. Et, de toute façon, j'ai déjà un rendez-vous de prévu, ce soir.

— Un rendez-vous ? répéta-t-il, suspicieux. Vous voulez dire un rendez-vous amoureux ?

— Vous avez l'air surpris. Mais il se trouve que j'ai une vie privée, répondit-elle en le regardant droit dans les yeux. Et mon contrat de travail ne stipule nulle part que je dois être à votre disposition jour et nuit. D'ailleurs, je suis certaine que Mlle Trainor ne demandera pas mieux que de me remplacer, ce soir.

— Certainement, répondit froidement Taylor.

Humiliée par le calme avec lequel il lui avait répondu, B.J. perdit les dernières bribes de sang-froid qu'il lui restait et le foudroya du regard.

— Eh bien, le problème est réglé, dans ce cas, s'exclama-t-elle. Passez une délicieuse soirée, Taylor. Je vous assure que j'ai bien l'intention de faire de même. Maintenant, si vous voulez bien m'excuser, j'ai du travail !

Elle s'éloignait déjà mais il la retint par l'épaule et la força à lui faire face.

— Puisque nous avons tous deux d'autres obligations pour ce soir, il vaudrait peut-être mieux que nous réglions dès maintenant la question qui me préoccupe.

Sans attendre sa réponse, il se pencha vers elle et l'embrassa. B.J. garda obstinément les lèvres fermées, mais il tira ses cheveux en arrière et profita de son petit cri de douleur pour la forcer à lui rendre son baiser.

Malgré elle, la jeune femme sentit déferler en elle une sensation désormais familière et, au bout de quelques instants, elle comprit que toute résistance était inutile. A ce moment précis, Taylor s'arracha à elle.

— Vous avez terminé ? demanda-t-elle d'une voix glacée qui cachait mal le trouble qui l'avait envahie.

En réalité, elle n'avait qu'une envie : qu'il recommence. Et ce désir avait quelque chose de terriblement humiliant.

— Oh, non, B.J., répondit Taylor, très sûr de lui. Je suis loin d'avoir fini. Mais, pour le moment, vous feriez mieux d'aller désinfecter cette coupure.

Trop furieuse pour formuler une réponse cohérente, elle tourna brusquement les talons et quitta le bar à grands pas. Elle avait l'insupportable impression d'avoir perdu le peu de dignité que Taylor avait jusqu'alors épargnée.

Ne sachant où aller, elle gagna la cuisine au prétexte de se servir un café.

— Qu'est-il arrivé à ta main ? lui demanda Elsie, alarmée, en abandonnant la préparation des madeleines qu'elle était sur le point de mettre au four.

— C'est juste une égratignure, éluda-t-elle en se servant une tasse de café.

— Tu devrais tout de même mettre un peu de teinture d'iode dessus, lui conseilla la cuisinière.

— Ce n'est vraiment pas la peine.

— Ne fais pas l'enfant et assieds-toi, lui ordonna Elsie en allant chercher une petite bouteille de désinfectant et des pansements dans l'armoire à pharmacie.

Elle s'installa en face de la jeune femme et entreprit de la soigner.

— Ça fait mal ! s'exclama B.J. en grimaçant.

Elsie lui banda le doigt et hocha la tête d'un air satisfait.

— Voilà ! lança-t-elle. Cela ne risque plus de s'infecter.

— Est-ce que tout se passe bien ? demanda B.J. après avoir avalé une gorgée de café. Pas de machine en panne ? Pas de rupture de stock de gelée de mûre ?

— Non, tout va bien. Ou plutôt, tout irait bien si cette fille n'était pas venue se fourrer dans mes pattes ce matin.

— Quelle fille ? demanda B.J., surprise.

— Mlle Trainor…

— Qu'a-t-elle encore fait ? soupira la jeune femme.

— Elle n'arrêtait pas de tourner dans la cuisine en faisant des commentaires désobligeants.

— Et qu'est-ce que tu lui as dit ?

— Eh bien, je l'ai jetée dehors, bien sûr ! s'exclama Elsie en haussant ses massives épaules.

B.J. ne put s'empêcher de rire en imaginant la scène. Après tout, Darla n'avait eu que ce qu'elle méritait.

— Elle a dû être furieuse.

— Elle était folle de rage, reconnut la cuisinière avec un sourire malicieux. Mais, dis-moi, il paraît que tu sors avec Howard, ce soir.

B.J. ne s'étonna même pas du fait qu'Elsie soit au courant. La cuisinière semblait toujours être au fait de ce qui se passait à l'auberge sans que personne ne comprenne réellement comment. Peut-être était-ce simplement parce qu'elle se trouvait près du pot à café où tous venaient se ravitailler au cours de la journée.

— C'est vrai, confirma B.J. Je crois qu'il veut m'emmener au cinéma.

— Je ne comprends vraiment pas pourquoi tu perds ton temps avec lui alors que M. Reynolds est dans les parages, fit observer Elsie.

— Cela fait plaisir à Betty et…

B.J. s'interrompit brusquement, réalisant ce qu'Elsie venait de dire.

— Que vient faire Taylor là-dedans ? demanda-t-elle, stupéfaite.

— Eh bien, tu es amoureuse de lui, n'est-ce pas ? Alors pourquoi sors-tu avec Howard ? demanda la cuisinière sur le ton de l'évidence.

— Je ne suis pas amoureuse de lui ! protesta B.J., passablement sidérée.

— Bien sûr que si ! s'exclama Elsie en riant.

— Mais non.

— Mais si.

— C'est vraiment n'importe quoi ! clama la jeune femme. Comment peux-tu dire une chose pareille ?

— Eh bien, cela fait cinquante ans que je suis sur cette planète et vingt-quatre ans que je te connais. J'ai fini par comprendre deux ou trois petites choses…

— Dans ce cas précis, tu te trompes du tout au tout.

— Si tu le dis… En tout cas, quand vous vous marierez, j'espère que vous viendrez habiter ici et que tu continueras à diriger l'auberge.

Cette fois, B.J. manqua s'étrangler avec la gorgée de café qu'elle venait d'avaler.

— Je crois que tu devrais continuer à te concentrer sur la cuisine, remarqua-t-elle enfin. Tes talents de voyante laissent vraiment trop à désirer. Il y a plus de chances que Taylor épouse un porc-épic pour aller vivre sur la Lune ! Franchement, cette auberge et moi sommes bien trop provinciales pour un homme comme lui.

— Pour quelqu'un qui ne s'intéresse pas à toi, je trouve qu'il te presse vraiment de très près, remarqua Elsie, narquoise.

— Je suis certaine que, du haut de ces cinquante années de sagesse et d'expérience, tu es parfaitement capable de faire la différence entre une simple attirance physique et la volonté de se marier et de s'installer.

— Eh bien ! On dirait que ma petite B.J. a brusquement grandi, déclara affectueusement Elsie. Mais, quoi que tu puisses en penser, je suis certaine de ce que j'avance. Je connais suffisamment les hommes pour savoir que, cette fois, il ne s'agit pas d'un simple engouement passager. Ce M. Reynolds est bel et bien mordu. Maintenant, file ! J'ai des côtes de porc à faire cuire et tu m'as fait suffisamment perdre de temps comme cela !

Comme B.J. se préparait pour son rendez-vous avec Howard, elle se fit la réflexion qu'elle manquait peut-être un peu d'autorité. Le matin même, Darla, Taylor et Elsie l'avaient traitée chacun à leur manière comme une enfant. Apparemment, si elle voulait être prise au sérieux, il allait lui falloir travailler son image.

Comme elle n'était pas partisane de remettre à plus tard ce qu'elle pouvait faire le jour même, la jeune femme sortit de son armoire le chemisier que lui avait offert sa grand-mère. Il mettait parfaitement en valeur son buste et la courbe de sa poitrine, et soulignait son ventre plat. Elle choisit également un pantalon noir qui moulait ses hanches et ses longues jambes.

— Je ne suis pas certaine d'être tout à fait prête pour ce genre de tenue, murmura-t-elle en contemplant d'un œil critique le résultat dans sa glace. Et je ne suis pas sûre non plus que ce soit le cas d'Howard.

De fait, elle associait souvent dans son esprit l'image du neveu de Betty à celle d'un petit animal timide. C'était peut-être parce qu'il manquait un peu trop de caractère à son goût. Il était toujours si sage, si réservé et si aimable. Avec lui, elle ne pourrait espérer la moindre fantaisie.

D'un autre côté, songea-t-elle, il était fiable, avait des goûts simples et était doté de valeurs qu'elle partageait et respectait. Et, en cela, il était certainement plus fait pour elle que Taylor Reynolds et ses impitoyables petits jeux de séduction.

Elle décida donc de conserver sa tenue et descendit au rez-de-chaussée pour attendre Howard. Mais, alors qu'elle atteignait la réception, Eddie se précipita vers elle, arborant une expression plus alarmée encore que d'habitude.

— B.J. ! s'exclama-t-il en la rattrapant juste avant qu'elle ne franchisse la porte d'entrée. B.J., il faut que je te parle !

— Eddie, tant que ce n'est pas pour me dire que l'auberge est en train de brûler, cela peut attendre demain, d'accord ? Je dois absolument y aller.

— Mais Maggie a dit que Mlle Trainor avait l'intention de changer la décoration de l'hôtel ! s'écria-t-il d'un air horrifié. Et que M. Reynolds veut le transformer en centre de vacances avec un sauna dans chaque chambre et une salle de jeu illégale !

B.J. sourit, amusée par ces prédictions apocalyptiques. Mais Eddie semblait réellement terrifié à l'idée qu'elles puissent se réaliser et elle ne tenait pas à le laisser dans un tel état.

— Tout d'abord, lui dit-elle, M. Reynolds n'a pas l'intention d'ouvrir une salle de jeu illégale.

— Mais il en possède déjà une à Las Vegas, murmura Eddie sur le ton de la confidence.

— A Las Vegas, le jeu n'est pas illégal, répondit-elle patiemment. C'est même plus ou moins une condition nécessaire pour monter un hôtel rentable.

— Mais Maggie a dit que Mlle Trainor comptait mettre des tapisseries rouges et des tableaux de femmes nues dans le bar !

— C'est absurde ! lança la jeune femme en riant. J'ai entendu M. Reynolds lui-même dire qu'il n'avait encore rien décidé. Et lorsque ce sera le cas, je doute fort qu'il opte pour une décoration aussi radicale.

— Merci pour cette marque de confiance inattendue, fit la voix de leur employeur.

Eddie et B.J. se retournèrent et s'aperçurent qu'il venait tout juste de sortir du bureau.

— Eddie, je crois que les sœurs Bodwin vous cherchent, ajouta-t-il.

— J'y vais tout de suite, monsieur, répondit l'assistant de B.J. en rougissant jusqu'à la racine des cheveux.

Il s'éclipsa prestement, laissant B.J. seule face à Taylor, ce qu'elle avait ardemment souhaité éviter. Pendant quelques instants, il se contenta de la regarder attentivement, la buvant littéralement du regard et s'attardant sur la naissance de ses seins que dévoilait son décolleté.

— Eh bien, conclut-il avec un sourire ironique, on dirait que vous avez décidé de mettre à l'épreuve le self-control de votre petit ami.

Elle faillit répondre qu'Howard n'était pas son petit ami et qu'elle avait une entière confiance dans ses capacités de résistance. Mais elle jugea préférable de n'en rien faire.

— Cela vous plaît vraiment ? demanda-t-elle en tournant sur elle-même pour lui faire admirer sa tenue.

S'immobilisant, elle lui décocha un sourire charmeur et passa la main dans ses cheveux de façon provocante.

— Disons qu'en de tout autres circonstances j'aurais pu apprécier ces vêtements à leur juste mesure, répondit-il sèchement.

Ravie de constater qu'elle était parvenue à entamer le détachement dont il faisait preuve d'ordinaire, la jeune femme s'approcha de lui et lui tapota doucement la joue.

— Bonne nuit, Taylor, murmura-t-elle d'une voix sirupeuse. Et ne m'attendez pas !

Sur ce, elle passa la porte et sortit d'un pas triomphant.

Dehors, Howard l'attendait au pied des marches. Lorsqu'il la vit approcher, il ouvrit de grands yeux, apparemment stupéfié par sa nouvelle apparence.

Il bégaya un salut et s'empressa de lui ouvrir la portière de sa voiture. Durant le trajet jusqu'à Lakeside, il ne cessa de jeter à B.J. des coups d'œil admiratifs et elle se sentit lentement reprendre confiance en elle. Au moins, certaines personnes paraissaient capables de l'apprécier à sa juste valeur.

Lorsqu'ils parvinrent enfin au centre-ville, la nuit était en train de tomber et la plupart des fenêtres des maisons étaient illuminées. Les rues, en revanche, étaient presque désertes. Comme ils approchaient du quartier où étaient regroupés le cinéma et la plupart des restaurants, ils virent un peu plus d'animation.

Howard se gara sur le parking où stationnait déjà une petite dizaine de véhicules et ils descendirent de voiture. B.J. ne put s'empêcher de sourire en contemplant l'enseigne au néon à laquelle manquait une lettre.

— Crois-tu que M. Jarvis la fera un jour réparer? demanda-t-elle à Howard. Ou qu'il attendra que toutes les lettres s'éteignent les unes après les autres pour la changer?

Howard ne répondit pas, se contentant de lui décocher un coup d'œil qui la mit vaguement mal à l'aise. Jamais elle ne l'avait vu aussi tendu.

Et lorsqu'il lui prit le bras pour l'escorter jusqu'au cinéma, elle fut très étonnée par la façon possessive dont il la serrait contre lui. On aurait dit qu'il cherchait à indiquer au monde entier qu'elle était à lui.

Mais la jeune femme n'était pas au bout de ses surprises. Lorsqu'ils furent installés dans la salle de cinéma, contrairement à ses habitudes, Howard ne toucha quasiment pas au paquet de pop-corn qu'ils avaient acheté.

Au lieu de garder les yeux fixés sur l'écran, il ne cessait de se tourner vers B.J. Dans l'obscurité, elle ne pouvait deviner son expression mais cela ne fit qu'accentuer le malaise qu'elle éprouvait.

Finalement, elle posa une main sur son bras, le faisant violemment sursauter.

— Howard, lui murmura-t-elle, qu'est-ce qui ne va pas?

Au lieu de lui répondre, il se pencha vers elle, renversant le pop-corn qui restait, et se pressa contre elle pour essayer de l'embrasser. B.J. mit quelques instants à comprendre ce qu'il avait en tête.

Jamais encore il ne s'était montré aussi entreprenant. D'ordinaire, il se contentait d'un baiser presque fraternel sur la joue lorsqu'il la raccompagnait à l'auberge à la fin de la soirée.

Elle en était même venue à penser qu'il ne comptait pas vraiment aller au-delà et qu'ils sortaient ensemble plus pour faire plaisir à sa tante et pour passer le temps que dans l'espoir de voir leur relation déboucher sur quelque chose de vraiment sérieux.

Mais elle commençait à se demander si les intentions d'Howard étaient vraiment aussi désintéressées. Se dégageant de son étreinte, elle le repoussa durement, provoquant quelques rires parmi les spectateurs de la rangée qui se trouvait juste derrière eux.

— Howard ! murmura-t-elle d'un ton réprobateur. Qu'est-ce qui t'arrive ?

Au lieu de lui répondre ou de se carrer dans son fauteuil pour regarder le film, il se leva brusquement et lui prit le bras. Stupéfaite, elle se leva et le suivit jusqu'à l'allée qui conduisait à la sortie.

— Puis-je savoir ce qui te prend ? lui demanda-t-elle.

— Pas ici, répondit-il. Il y a trop de monde.

A grands pas, il regagna le foyer du cinéma et elle n'eut d'autre choix que de le suivre.

— Howard, tu n'as pas l'air dans ton assiette, lui dit-elle tandis qu'ils se dirigeaient vers le parking. Tu ferais peut-être mieux de rentrer chez toi. Je trouverai bien quelqu'un pour me ramener à l'auberge.

— Pas question ! répondit-il d'un ton véhément.

Il lui ouvrit la portière et elle s'installa sur son siège tandis qu'il contournait la voiture pour venir s'asseoir au volant. Il paraissait très fébrile et B.J. se sentit gagnée par cette inexplicable nervosité.

— Où allons-nous ? demanda-t-elle comme il démarrait.

Il ne répondit pas mais, lorsqu'ils quittèrent le centre-ville, il prit la direction de l'auberge. B.J. se demanda si, vexé par sa rebuffade, il n'avait pas tout simplement décidé de mettre un terme à cette soirée et de la raccompagner chez elle. Cette idée rassura quelque peu la jeune femme que l'attitude d'Howard commençait réellement à inquiéter.

Mais, comme elle finissait par se détendre un peu, il bifurqua sur la droite et s'engagea sur une petite route qui s'enfonçait dans les bois. Au bout de quelques mètres, il se rangea sur le côté et coupa le moteur. Comprenant ce qu'il avait en tête, B.J. se tourna vers lui, furieuse.

Mais, avant qu'elle n'ait eu le temps de lui dire ce qu'elle pensait de son attitude, il la prit par les épaules et l'embrassa à pleine bouche. Ses mains s'égarèrent presque aussitôt sur son chemisier. Elle le repoussa si violemment que sa tête percuta la vitre.

— Howard Beall ! Tu devrais avoir honte de toi ! Je crois que tu ferais mieux de rentrer et de prendre une douche glacée !

— B.J., tu ne peux pas me faire cela, protesta-t-il faiblement.

Révoltée par ce mélange d'agressivité et de faiblesse, la jeune femme lui lança un regard méprisant.

— Je ne plaisante pas, Howard. Rentre chez toi !

Le ton sur lequel elle venait de s'exprimer acheva de refroidir ses ardeurs et il lui lança un regard de chien battu.

— Tu veux que je te raccompagne ? demanda-t-il d'un ton piteux.

— Je préfère ne pas prendre ce risque, répliqua-t-elle. Estime-toi heureux que je ne parle pas à ta tante de ce qui s'est passé ce soir.

— Est-ce que je te reverrai ?

— Je ne crois pas, Howard, répondit-elle.

Sur ce, elle descendit de voiture et s'éloigna à grands pas en direction de l'hôtel.

Une demi-heure plus tard, elle parvint en vue de l'auberge. Cette marche nocturne, loin de la calmer, n'avait fait qu'accentuer la colère glacée que lui avait inspirée l'attitude d'Howard. Elle maudit intérieurement les hommes et décida que, désormais, elle les éviterait prudemment.

Mieux valait courir le risque de finir vieille fille plutôt que de passer son temps à résister aux avances de goujats dénués de toute moralité. Comme elle se faisait cette réflexion, un hibou hulula d'un air réprobateur.

— Toi, je ne t'ai rien demandé ! s'exclama-t-elle avec humeur.

— Mais je n'ai encore rien dit, fit une voix basse et profonde sur sa droite.

B.J. poussa un cri de frayeur et fit mine de s'enfuir. Mais quelqu'un la retint par la taille et elle sentit son angoisse se muer brusquement en panique.

— Du calme, dit Taylor en la relâchant. Je ne pensais pas vous trouver ici. Est-ce que vous avez brusquement décidé de faire une petite promenade ?

— Très drôle ! s'exclama-t-elle rageusement.

Se détournant de lui, elle se dirigea vers l'auberge. Mais elle n'eut le temps de faire que quelques pas avant que Taylor ne l'attrape par le poignet.

— Que se passe-t-il ? demanda-t-il. Votre ami est tombé en panne d'essence ?

— Ecoutez, lança la jeune femme, furieuse, je n'ai vraiment pas envie de supporter vos sarcasmes, pour le moment ! Je viens de marcher plusieurs kilomètres après avoir échappé aux assauts d'un véritable obsédé !

— Qu'est-ce qu'il vous a fait ? demanda Taylor, recouvrant brusquement son sérieux. Vous n'avez rien, j'espère.

— Bien sûr que non, répondit B.J. avec un soupir d'exaspération. Howard ne ferait pas de mal à une mouche. Je ne comprends vraiment pas ce qui lui a pris ! Il ne s'était jamais conduit de cette façon auparavant.

— Je ne sais pas si vous êtes cruelle ou particulièrement naïve, remarqua Taylor. Vous êtes-vous seulement regardée ? Ce pauvre type n'avait aucune chance de résister à la tentation.

B.J. le contempla avec stupeur, se demandant comment il pouvait prendre le parti d'Howard dans cette histoire.

— Ne soyez pas ridicule ! hurla-t-elle. Howard me connaît depuis toujours. Nous allions même nous baigner tout nus dans le lac lorsque nous avions dix ans ! Et il n'avait jamais eu le moindre geste déplacé avant ce soir. Il a simplement dû regarder trop de films romantiques, ces derniers temps.

— B.J., soupira Taylor. Etes-vous consciente du fait que vous n'avez plus dix ans ?

La jeune femme perçut dans sa voix une pointe de désir qui la fit frissonner. Pendant quelques secondes, ils restèrent immobiles, se faisant face à la lueur de la lune. Le temps paraissait comme suspendu. Puis le cri d'un oiseau de nuit se fit entendre et Taylor parut émerger de cette transe.

D'un pas, il se rapprocha d'elle et la prit dans ses bras. Elle n'avait ni le courage ni l'envie de lui résister. Levant son visage vers lui, elle lui offrit ses lèvres qu'il embrassa avec fougue.

Elle se pressa contre lui et ferma les yeux, se laissant envahir par un flot de sensations délicieuses qui ne tardèrent pas à la submerger complètement.

En cet instant, elle lui appartenait pleinement. Le passé et l'avenir n'existaient plus. Seuls comptaient le moment présent et l'émotion profonde que lui inspirait cette étreinte.

Elle gémit doucement contre sa bouche et il se fit plus ardent encore. Ses doigts plongèrent dans les longs cheveux de la jeune femme tandis qu'elle sentait s'éveiller son désir contre ses hanches.

Enlacés, ils s'abandonnaient pleinement l'un à l'autre, oubliant l'endroit où ils se trouvaient. Seule existait la certitude troublante de cette envie qu'ils avaient l'un de l'autre et leur baiser prenait la valeur d'une promesse muette de félicités à venir.

Soudain, la porte de l'auberge s'ouvrit, laissant apparaître Darla, vêtue seulement d'un négligé de soie qui soulignait la pâleur laiteuse de sa peau et la sensualité de sa longue chevelure noire, qui retombait librement sur ses épaules.

— Je te signale que je t'attends, Taylor, déclara-t-elle d'un ton boudeur.

— Pour quoi faire ? demanda ce dernier tandis que B.J. s'écartait de lui.

— Quelle question ! s'exclama Darla en riant.

Jamais B.J. ne s'était sentie aussi profondément humiliée.

Comment Taylor pouvait-il l'embrasser de cette façon alors

qu'une autre femme l'attendait dans son lit? Choquée, elle fit un pas en arrière. Il essaya alors de la prendre par la main mais elle se dégagea vivement.

— Qu'est-ce que vous faites? demanda-t-il en fronçant les sourcils.

— Je vais me coucher. Apparemment, vous aviez prévu un autre rendez-vous et je m'en voudrais de vous le faire rater.

— Ne soyez pas ridicule! protesta-t-il en faisant un pas dans sa direction.

B.J. recula de nouveau. Elle se sentait tiraillée entre la honte, la déception, la tristesse et la colère. Et, finalement, ce fut celle-ci qui l'emporta et elle fusilla Taylor du regard.

— Ne me touchez pas! vociféra-t-elle. J'ai eu mon comptant de harcèlement pour ce soir!

Sur ce, elle tourna brusquement les talons et s'éloigna en courant en direction de l'auberge, s'efforçant d'ignorer le regard ironique de Darla.

9

B.J. décida que le meilleur moyen d'éviter Taylor était de rester enfermée dans sa chambre. Elle y transféra donc tous les dossiers dont elle avait besoin et s'installa à son bureau pour travailler.

Au-dehors, de lourds nuages avaient envahi le ciel et une pluie discontinue crépitait contre les vitres, offrant un parfait contrepoint à l'humeur maussade de la jeune femme.

Durant toute la matinée, elle se concentra sur des tâches administratives rébarbatives qui avaient néanmoins le mérite de détourner son esprit des événements de la veille. Elle commença par mettre à jour la comptabilité de l'hôtel puis passa deux heures au téléphone avec ses différents fournisseurs afin de préparer la saison touristique.

Alors qu'elle s'apprêtait à préparer l'emploi du temps des employés pour les semaines à venir, la porte de sa chambre s'ouvrit et elle vit entrer Taylor. Le simple fait de poser les yeux sur lui suffit à éveiller le mélange de tristesse et d'humiliation qu'elle s'était efforcée de réprimer au cours des heures précédentes.

— On dirait que vous vous cachez, dit-il d'un ton narquois.

Son ironie ne fit qu'accentuer le profond désarroi de la jeune femme et elle s'efforça de rassembler les dernières bribes d'amour-propre qu'elle avait réussi à sauvegarder pour le défier du regard.

— Pas du tout, répondit-elle en se contraignant à sourire. J'ai simplement pensé qu'il serait plus pratique de travailler ici et de vous laisser le bureau.

— Je vois, lâcha-t-il.

Il n'était visiblement pas dupe de cette explication mais se garda de tout commentaire.

— Darla m'a parlé de votre dispute d'hier, reprit-il.

B.J. fronça les sourcils, certaine que, si tel était le cas, la décoratrice avait dû déformer les faits à son avantage.

— Je vous avais demandé de la traiter avec autant de considération que les clients de l'auberge, ajouta-t-il, confirmant ses doutes.

— C'est exactement ce que j'ai fait, répondit-elle en le regardant droit dans les yeux.

— Elle m'a pourtant dit que vous vous étiez montrée discourtoise à son égard, que vous aviez fait des allusions parfaitement déplacées à nos relations, que vous aviez refusé de lui servir un verre et que vous aviez expressément demandé aux membres de votre personnel de ne pas coopérer avec elle.

B.J. serra les dents, sentant monter en elle une rage glacée devant cette manifestation de mauvaise foi.

— Elle a vraiment dit cela ? articula-t-elle froidement en se levant pour faire face à Taylor. Il est fascinant de voir à quel point une même scène peut donner lieu à des interprétations divergentes…

— Si votre version des faits est différente, je ne demande pas mieux que de l'entendre, répondit Taylor.

— Voilà qui est vraiment magnanime de votre part, railla B.J. Mais je ne perdrai pas mon temps à vous raconter comment les choses se sont passées. Ce serait ma parole contre celle de Darla et je ne me fais aucune illusion sur les conclusions que vous en tireriez.

— B.J., protesta-t-il, pourquoi faut-il que vous vous méfiiez sans cesse de moi ?

— Peut-être est-ce simplement parce que vous passez votre temps à m'accuser, répliqua-t-elle vertement.

— Ce n'est pas du tout ce que j'essayais de faire.

— Vraiment ? Pourtant, bizarrement, je me retrouve sans cesse en train de me justifier. Et je ne veux plus avoir à expliquer le moindre de mes actes, la moindre de mes décisions. Je suis lasse de devoir supporter vos constants changements d'humeur. D'un instant à l'autre, je n'ai aucun moyen de savoir si vous allez m'embrasser, me menacer ou m'accabler de reproches. J'en ai plus qu'assez de me sentir naïve et stupide, d'être infantilisée, d'avoir l'impression de ne pas être à la hauteur. Je n'ai pas l'habitude d'être traitée de cette façon et je n'aime pas du tout ça!

Taylor s'était contenté de l'écouter attentivement, ne trahissant rien des sentiments que lui inspirait cette tirade passionnée. Cette apparente indifférence ne fit qu'accentuer la rancœur de la jeune femme.

— Et surtout, reprit-elle, bien décidée à lui dire tout ce qu'elle avait sur le cœur, je ne peux plus supporter votre précieuse Darla. Elle passe son temps à critiquer cette auberge, à rabaisser tous ceux qui y travaillent et qui ne ménagent pas leurs efforts pour en faire un lieu accueillant. Elle se montre méprisante à mon égard et n'hésite pas à inventer des histoires montées de toutes pièces pour détruire le peu de crédibilité que j'ai à vos yeux. Quant à vous, vous vous servez de moi pour flatter votre ego, n'hésitant pas à me faire du charme alors que Darla est en train de réchauffer votre lit…

La jeune femme fut interrompue par la sonnerie du téléphone. Par réflexe, elle décrocha.

— Qu'y a-t-il? demanda-t-elle d'un ton hargneux.

— Je suis désolé de te déranger, lui dit Eddie, surpris par cette agressivité inattendue.

— Tu ne me déranges pas, lui assura-t-elle en s'efforçant de dominer sa colère. Que se passe-t-il, Eddie?

— J'ai un certain Paul Bailey en ligne pour M. Taylor et je crois qu'il est avec toi.

B.J. se massa la nuque pour lutter contre le mal de tête qui commençait à la tarauder.

— Oui, il est là, répondit-elle. Je te le passe.

Elle tendit le combiné à Taylor, qui le prit sans la quitter des yeux. Comme elle s'apprêtait à quitter la pièce pour le laisser seul, il la retint par le poignet.

— Restez là, lui ordonna-t-il.

A contrecœur, elle hocha la tête et alla se placer devant la fenêtre pour regarder d'un œil morne la pluie qui tombait au-dehors. Les réponses de Taylor à ce que lui disait Paul Bailey se limitaient à quelques interjections monosyllabiques auxquelles elle ne prêta aucune attention.

Elle se sentait terriblement frustrée de ne pas avoir pu aller jusqu'au bout de son réquisitoire à l'encontre de Taylor et de Darla, son âme damnée. D'un autre côté, elle en avait probablement déjà dit assez pour justifier son renvoi.

Peut-être était-ce d'ailleurs ce qu'elle pouvait espérer de mieux, songea-t-elle tristement. Car elle ne pourrait supporter indéfiniment la situation dans laquelle elle se trouvait.

Sans parler du fait que l'auberge qu'elle aimait tant ne tarderait pas à se transformer en centre de vacances dénué de toute personnalité...

Lorsque Taylor raccrocha enfin, elle se tourna vers lui, attendant le verdict auquel elle s'était déjà résignée.

— Faites vos valises, lui dit-il, confirmant ses craintes.

Elle hocha la tête et se tourna de nouveau vers la fenêtre, réalisant qu'une page de sa vie venait de se tourner. Qui sait ce que l'avenir lui réservait, à présent ?

— Prenez tout ce dont vous aurez besoin pour trois jours, ajouta Taylor.

Stupéfaite, elle se tourna vers lui.

— Nous partons dans un quart d'heure. Je vais préparer mes affaires.

— Je croyais que vous alliez me renvoyer, avoua-t-elle, désorientée.

— Comment pouvez-vous imaginer une chose pareille ? s'exclama-t-il comme si cette idée même lui paraissait parfaitement absurde. Vous devriez tout de même m'accorder un peu plus de crédit que cela.

Malgré elle, B.J. sentit un profond soulagement l'envahir. Elle réalisa alors combien elle était attachée à cette auberge à laquelle elle avait consacré tant d'années de sa vie. Des yeux, elle suivit

Taylor tandis qu'il gagnait la porte de la chambre à grands pas. La main sur la poignée, il s'immobilisa et se tourna vers elle.

— Paul Bailey est le gérant de l'un de mes hôtels, lui expliqua-t-il. Apparemment, il a besoin de moi pour résoudre un problème.

— Puis-je savoir pourquoi je dois venir avec vous ? demanda B.J., étonnée.

— Parce que je pense que nous aurons besoin de vos conseils. Et parce que cela vous permettra de voir comment je dirige mes autres hôtels. Cela devrait vous permettre de vous faire une idée plus précise de la façon dont je prends mes décisions.

— Mais je ne peux pas quitter l'auberge aussi rapidement, protesta la jeune femme. Qui s'en occupera pendant que je serai avec vous ?

— Eddie, bien sûr. Ce sera une excellente opportunité pour lui de se familiariser avec les responsabilités qui seront peut-être un jour les siennes. Je pense que, jusqu'à présent, vous l'avez un peu trop protégé.

— Mais nous avons cinq nouvelles réservations pour le week-end, protesta B.J.

— Justement ! Cela lui donnera l'occasion de vous prouver ce dont il est capable. Je vous retrouve en bas dans dix minutes.

— Qui vous dit que moi, j'ai envie de vous accompagner ? demanda-t-elle en le défiant du regard.

— Ce n'est pas une question d'envie mais de conscience professionnelle. Et il ne serait pas très cohérent de votre part de refuser après m'avoir si souvent reproché d'agir en tyran. Je compte justement vous offrir une occasion de découvrir comment je travaille et comment je prends mes décisions.

Vaincue par ces arguments, B.J. soupira.

— Vous pourriez au moins me dire où nous allons pour que je puisse choisir des vêtements en conséquence, remarqua-t-elle.

— Nous partons pour Palm Beach, en Floride. N'oubliez pas votre maillot de bain.

Sur ce, il sortit, la laissant seule. Pendant quelques instants, elle resta immobile, tentant de remettre de l'ordre dans ses pensées.

Alors qu'elle avait enfin trouvé la force de lui dire ce qu'elle pensait de ses méthodes et de Darla et qu'elle s'était préparée psychologiquement à en assumer les conséquences, voilà que Taylor décidait brusquement de lui demander des conseils au sujet d'un autre hôtel !

L'idée de voyager en sa compagnie la mettait d'autant plus mal à l'aise qu'il n'avait répondu à aucune de ses critiques et qu'elle ignorait toujours quelles étaient ses intentions à son égard.

Une chose au moins était certaine : elle était bien décidée à redoubler de prudence.

Taylor ne laissa à B.J. que quelques minutes pour transmettre ses instructions à Eddie. Ils partirent ensuite directement pour l'aéroport. Pendant le trajet, la jeune femme garda le silence, faisant mentalement la liste de tout ce qui risquait de mal tourner en son absence. Contrairement à Taylor, elle n'était pas certaine qu'Eddie soit capable de faire face aux multiples responsabilités qui seraient les siennes.

Moins d'une heure plus tard, ils quittèrent la voiture de Taylor pour prendre son jet privé qui les attendait en bout de piste, prêt à décoller. Le pilote vint prendre leurs bagages et les emporta à bord tandis que B.J. hésitait au pied de la passerelle.

— Que se passe-t-il ? demanda Taylor, sentant le trouble qui l'habitait.

— A vrai dire, je n'aime pas trop prendre l'avion, lui avoua-t-elle.

— Ne vous en faites pas, la rassura-t-il, il doit y avoir à bord des médicaments contre le mal de l'air.

— Ce n'est pas cela, protesta-t-elle, gênée. En fait, l'idée de me trouver dans les airs me terrifie. Je suis un véritable cauchemar pour les hôtesses de l'air et les autres passagers.

— Mais de quoi avez-vous peur ? s'étonna Taylor.

— Que l'avion s'écrase, bien sûr !

— C'est absurde, lui assura-t-il. L'avion est le moyen de transport le plus sûr du monde. Vous courez beaucoup plus de risques chaque fois que vous montez dans une voiture.

— Mais les voitures ne volent pas à six mille mètres d'altitude, objecta-t-elle.

Taylor ne put s'empêcher de sourire.

— Moi qui croyais que vous n'aviez peur de rien, lui dit-il, je suis un peu déçu.

— Nous avons tous nos phobies, répondit-elle, vexée.

— Sans doute, concéda-t-il en la poussant gentiment vers la porte de l'appareil.

Ils pénétrèrent dans une vaste cabine qui ressemblait plus à un luxueux appartement qu'à l'intérieur d'un avion. Les fauteuils traditionnels étaient remplacés par de beaux canapés en cuir vissés au sol et placés autour d'une petite table basse.

Au fond de la pièce se dressait un bar. On trouvait aussi un poste de télévision à écran plat équipé d'un lecteur de DVD et une chaîne hi-fi dernier cri.

— Je suis impressionnée, avoua B.J. en découvrant les lieux. Mais je pense que vous me détesterez quand je commencerai à me rouler par terre en gémissant.

— Pas forcément, répondit Taylor d'une voix pleine de sous-entendus.

La jeune femme ne put s'empêcher de rougir.

— B.J., murmura-t-il, j'aimerais que nous oubliions nos différends, au moins le temps de ce voyage.

— Je ne sais pas si c'est vraiment possible, soupira-t-elle en détournant les yeux.

— Nous pourrions au moins déclarer une trêve, insista-t-il.

Comme elle ne répondait pas, il souleva délicatement son menton et la regarda droit dans les yeux. Le sourire qu'il arborait la désarma complètement et elle comprit combien il était futile d'espérer lui résister.

— Qu'en dites-vous ? lui demanda-t-il.

— D'accord, acquiesça-t-elle. Je veux bien essayer.

Taylor hocha la tête et caressa doucement ses lèvres du pouce, la faisant frissonner malgré elle.

— Asseyez-vous et bouclez votre ceinture, lui conseilla-t-il. Nous n'allons pas tarder à décoller.

B.J. s'exécuta et soupira d'un air résigné. Mais Taylor entreprit alors de lui parler de l'hôtel qu'ils allaient visiter et elle l'écouta avec intérêt. Malgré les études qu'elle avait faites, elle n'avait jamais encore eu l'opportunité de visiter un autre hôtel que celui qu'elle dirigeait.

Elle ne manqua pas de poser de multiples questions à Taylor sur la façon dont il était géré. Il lui répondit avec force détails, le comparant avec d'autres établissements dont il était propriétaire.

Elle ne tarda pas à réaliser que son patrimoine comportait des établissements de tous types et de toutes tailles et que chacun d'eux obéissait à des impératifs très différents. Aux yeux de Taylor, la gestion de cet impressionnant patrimoine s'apparentait à un jeu.

Il achetait des hôtels, les transformait de façon à améliorer leur rentabilité et veillait à ce qu'ils s'adaptent aux aléas de la conjoncture. Cette conception de leur métier était radicalement opposée à celle de B.J. qui devait le plus souvent se concentrer sur des détails plus quotidiens.

Elle finit par comprendre que c'était cette divergence de points de vue qui les opposait chaque fois qu'ils parlaient de l'avenir de Lakeside Inn.

Lorsque Taylor pensait en termes de stratégie de groupe, de développement de nouveaux marchés et de complémentarité de ses offres, elle se souciait avant tout du bien-être de ses employés et de ses clients.

Comme ils débattaient avec véhémence de la question, Taylor s'interrompit au beau milieu d'une phrase et lui décocha un sourire malicieux.

— Ça y est! s'exclama-t-il.

— Qu'y a-t-il? demanda la jeune femme en fronçant les sourcils.

— Nous avons décollé et vous ne vous êtes aperçue de rien. On dirait bien que vous n'avez plus peur des avions.

B.J. le contempla avec stupeur avant de jeter un coup d'œil par l'un des hublots. Les nuages cotonneux qu'ils venaient de traverser lui confirmèrent ce que Taylor venait de lui dire.

— Ça alors, murmura-t-elle, interdite. Je n'aurais jamais pensé que cela arriverait un jour…

— Je crois que nous devrions fêter votre victoire sur cette phobie, déclara Taylor. Et le fait que nous ayons conclu cette trêve, bien sûr!

Quittant son siège, il alla chercher une bouteille de champagne dans le petit réfrigérateur du bar et remplit deux flûtes. Il en tendit une à sa compagne et tous deux trinquèrent.

— Je crois que je vous dois de sincères remerciements, déclara B.J. en souriant. Sans vous, il m'aurait peut-être fallu des années de psychanalyse pour parvenir au même résultat...

— Je pourrais peut-être déduire le prix des séances de votre salaire, dans ce cas, suggéra malicieusement Taylor.

B.J. éclata de rire et ils continuèrent ainsi à deviser joyeusement. La jeune femme ne tarda pas à sentir refluer la méfiance qu'elle avait initialement éprouvée lorsque Taylor lui avait proposé de faire la paix.

Il ne chercha pas une seule fois à la toucher ou à l'embrasser. En fait, il se montra le plus charmant et le plus attentionné des compagnons de voyage et parvint même à lui faire oublier définitivement la terreur irraisonnée que lui avaient jusqu'alors inspirée les trajets en avion.

Lorsqu'ils descendirent de l'avion, un agent de la compagnie de location de voitures les attendait devant l'aéroport de Palm Beach. Taylor lui prit les clés du véhicule qu'il avait réservé et signa les papiers que l'homme lui présenta.

Ils prirent alors place dans une Porsche noire et Taylor démarra.

— Où se trouve votre hôtel? demanda B.J., curieuse.

— A Palm Beach même. Nous sommes actuellement à West Palm Beach et il nous faut traverser le lac Worth pour atteindre l'île proprement dite.

B.J. hocha la tête et s'abîma dans la contemplation du paysage. Le panorama qui s'offrait à ses yeux tranchait nettement avec les paysages auxquels elle était habituée en Nouvelle-Angleterre.

La végétation luxuriante était principalement constituée de plantes méditerranéennes parmi lesquelles poussaient quelques palmiers typiques de la région. Le lac Worth, qui les séparait de Palm Beach, scintillait à la lumière du soleil radieux qui brillait dans un ciel d'azur.

Quelques minutes plus tard, ils se garèrent devant un bel immeuble blanc qui dominait de ses douze étages les eaux de l'Atlantique. Les initiales de Taylor étaient inscrites au sommet du bâtiment.

Ils descendirent de voiture et remontèrent une allée bordée de palmiers qui traversait une pelouse d'un vert émeraude. Ils se dirigèrent alors vers l'entrée majestueuse qui formait une arche imposante. Taylor ouvrit la porte pour laisser entrer la jeune femme et elle pénétra dans le hall de l'hôtel.

Là, elle ne put s'empêcher de se sentir impressionnée par la vision qui s'offrait à elle.

Le hall de réception était installé dans une immense véranda qui formait une avancée sur le corps principal du bâtiment. Elle prenait l'apparence d'une serre luxuriante où poussaient des centaines de plantes tropicales.

Au centre du sol de pierres multicolores se trouvait une sorte de petit jardin zen entourant une fontaine qui gargouillait joyeusement. Il se dégageait des lieux une impression d'espace et d'exotisme qui tranchait avec l'atmosphère délicieusement compassée de Lakeside Inn.

Les réflexions de B.J. furent interrompues par l'arrivée d'un homme grand et mince au visage bronzé qui était vêtu d'un élégant costume gris clair.

— Bonjour, monsieur Reynolds, dit-il d'un ton empreint d'une certaine déférence. Je suis ravi de vous voir.

— Bonjour, Paul, répondit Taylor en lui serrant cordialement la main. B.J., je vous présente Paul Bailey. Bailey, voici B.J. Clark.

— Je suis ravi de faire votre connaissance, mademoiselle Clark, déclara Bailey en lui jetant un regard admiratif.

Elle lui rendit le sourire chaleureux qu'il lui adressait.

— Nos bagages sont dans le coffre de la Porsche noire, sur le parking, indiqua Taylor. Mlle Clark et moi allons nous rafraîchir. Nous vous rejoindrons un peu plus tard.

— Bien sûr, répondit Bailey en lui tendant une carte magnétique sur laquelle était inscrit un numéro de chambre. J'envoie immédiatement quelqu'un chercher vos valises. Avez-vous besoin de quoi que ce soit ?

— Pas pour le moment, merci. B.J. ?

— Pardon ? dit celle-ci qui était toujours plongée dans la contemplation du hall.

— Est-ce que vous avez besoin de quelque chose ? lui demanda Taylor en écartant une mèche de cheveux qui lui tombait dans les yeux.

— Non, merci.

Taylor l'entraîna alors vers les ascenseurs qui se trouvaient au fond de la pièce. Ils entrèrent dans l'une des cabines de verre qui s'éleva rapidement vers le dernier étage. Là, ils suivirent un couloir recouvert d'une épaisse moquette couleur ivoire.

Ils ne tardèrent pas à atteindre une suite magnifique et pénétrèrent dans un immense salon qui ouvrait sur l'extérieur par une large baie vitrée d'où on apercevait l'océan qui s'étendait en contrebas. Quelques mouettes tournoyaient dans le ciel avant de plonger vers les flots pour capturer leur pitance.

— C'est incroyable ! s'exclama-t-elle avec enthousiasme en se tournant vers Taylor.

Ce dernier l'observait avec attention mais elle ne put déchiffrer l'expression qui se lisait sur son visage.

— La vue est splendide, ajouta-t-elle, légèrement embarrassée par son silence.

Observant le mobilier du salon qui alliait élégance et modernité, elle se demanda s'il avait été choisi par Darla Trainor. Si tel était le cas, force était de reconnaître que la décoratrice avait fait preuve d'un goût très sûr.

— Puis-je vous offrir quelque chose à boire ? proposa Taylor en se dirigeant vers le bar.

Il pressa un bouton qui ouvrait un petit réfrigérateur astucieusement dissimulé dans le mur et dans lequel était disposée une rangée de petites bouteilles.

— Avec plaisir, répondit la jeune femme. Je prendrais bien un « Cuba libre ».

Comme Taylor commençait à préparer son cocktail, on frappa à la porte.

— Entrez, lança-t-il.

Un garçon d'étage pénétra dans la suite avec leurs valises qu'il déposa dans le salon.

— Vos bagages, monsieur Reynolds, dit-il respectueusement.

Il décocha un regard teinté de curiosité à B.J.

Celle-ci ne put s'empêcher de rougir en songeant qu'il voyait probablement en elle la nouvelle maîtresse de Taylor.

— Voulez-vous que je les installe dans la chambre ? proposa-t-il.

— Ce ne sera pas la peine, répondit Taylor en s'approchant pour lui glisser un pourboire.

Le garçon le remercia et quitta la pièce, les laissant de nouveau seuls.

— Pourquoi les a-t-il tous apportés ici ? demanda-t-elle en fronçant les sourcils. N'était-il pas censé mettre ma valise dans ma chambre ?

— C'est ce qu'il a fait, répondit Taylor.

— Oh, je pensais que ce serait vous qui prendriez la suite.

— C'est bien le cas, acquiesça-t-il en lui tendant son verre.

B.J. comprit brusquement ce que cela signifiait et rougit de plus belle.

— Vous ne vous imaginez tout de même pas…

Elle s'interrompit, partagée entre colère et embarras.

— Je ne m'imagine pas quoi ? demanda Taylor en se servant un whisky.

— Vous m'avez dit que vous vouliez me montrer le fonctionnement de l'un de vos hôtels, pas que vous comptiez…

— Vous devriez vraiment apprendre à finir vos phrases, remarqua Taylor avec un sourire malicieux.

— Il est hors de question que je passe la nuit avec vous ! s'exclama-t-elle en le défiant du regard.

— Je ne crois pas vous l'avoir proposé, répondit-il avant d'avaler une gorgée de whisky. Cette suite est composée de deux chambres indépendantes. Je suis certain que vous trouverez la vôtre tout à fait à votre goût.

— Il n'est pas question que je dorme dans cette suite ! déclara-t-elle, furieuse. Tout le monde penserait que je suis… que nous sommes…

Taylor éclata de rire.

— Si c'est vraiment ce qui vous inquiète, il est déjà trop tard. Le simple fait que vous voyagiez en ma compagnie conduira les gens à penser que nous sommes amants. Si vous demandez une autre chambre, ils imagineront simplement que nous nous sommes disputés, ce qui ne fera que décupler leur curiosité. De toute façon, cela n'a pas grande importance. Ce qui compte, c'est ce que nous faisons ou ne faisons pas, n'est-ce pas ? Et cela ne regarde que nous. Bien sûr, je serais tout à fait ravi de donner un fondement à cette rumeur que vous paraissez tant redouter.

— Vous êtes vraiment le personnage le plus arrogant, le plus égoïste et le plus répugnant qu'il m'ait jamais été donné de rencontrer !

— Dois-je déduire de cette tirade que vous n'entendez pas partager mon lit ? demanda Taylor, sardonique.

— Tout à fait. Et comme nous sommes hors saison, j'imagine qu'il y a d'autres chambres disponibles. J'aimerais en avoir une.

— Auriez-vous peur de succomber à la tentation ? demanda Taylor en souriant.

— Bien sûr que non ! protesta-t-elle vivement.

— Dans ce cas, la question est réglée, conclut-il. Vous dormirez dans l'autre chambre de la suite. Et si vous craignez vraiment que je cède à une pulsion luxurieuse, soyez rassurée. Votre porte est équipée d'un loquet très solide. Maintenant, je dois aller discuter avec Bailey. N'hésitez pas à profiter des multiples activités que propose l'hôtel.

Avant que la jeune femme eût le temps de protester, il quitta la pièce à grands pas.

Après son départ, B.J. décida de faire contre mauvaise fortune bon cœur. Après tout, ce n'était pas tous les jours qu'elle avait l'occasion de séjourner dans la plus belle suite d'un hôtel de luxe.

Et elle était bien assez grande pour qu'ils puissent cohabiter sans empiéter sur leurs intimités respectives.

La jeune femme alla donc prendre une douche rapide dans l'une des deux salles de bains et enfila un short et un T-shirt plus adaptés au climat de Palm Beach que les vêtements qu'elle portait.

Elle décida ensuite de visiter l'hôtel avant d'aller faire un tour sur la jolie plage de sable blanc qu'elle avait aperçue en contrebas.

Quittant la suite, elle regagna le rez-de-chaussée qu'elle commença à explorer avec curiosité. Elle ne tarda pas à découvrir que Taylor avait tiré le meilleur parti du bâtiment et de son environnement. L'immeuble était percé en de nombreux endroits de baies vitrées qui laissaient pénétrer la lumière du jour.

Les matériaux utilisés donnaient une impression de propreté et de modernité sans conférer aux lieux la froideur qui caractérisait trop souvent les grands hôtels de ce genre. La plupart imitaient la pierre ou le bois, ce qui s'harmonisait à la perfection avec les plantes habilement disposées dans les différentes pièces.

Les commodités offertes aux clients étaient multiples : on trouvait entre autres une salle de gym, un sauna, une piscine alimentée par de l'eau de mer filtrée et un solarium. Lorsque B.J. quitta le bâtiment, elle aperçut plusieurs courts de tennis et une autre piscine.

La plage qui s'étendait au pied de l'hôtel était exclusivement réservée aux personnes qui y séjournaient. Il y avait un terrain de beach volley, un bar et un centre d'activités pour les enfants. De là, l'élégante silhouette de l'immeuble qui se découpait contre le ciel paraissait plus imposante encore.

Cet endroit semblait appartenir à un tout autre univers que l'auberge de Lakeside et B.J. avait presque du mal à imaginer les raisons qui avaient pu conduire Taylor à acquérir deux hôtels si différents.

Et ces deux établissements ne constituaient qu'une infime partie de son empire. Elle essaya de se représenter l'étendue de celui-ci et se sentit légèrement déprimée. Ils appartenaient à des univers différents.

Et si elle cédait à ses avances, que pouvait-elle dès lors espérer de leur relation ? Quel avenir pouvait-elle envisager aux côtés d'un homme si riche et si puissant ?

— Bonjour ! fit alors une voix amicale qui la tira de ses sombres réflexions.

Se tournant vers l'homme qui venait de l'aborder, elle découvrit un visage avenant et bronzé qu'illuminait un charmant sourire.

— Vous n'allez pas vous baigner ? lui demanda-t-il.

— Pas aujourd'hui, répondit-elle en souriant.

— Voilà qui est inhabituel, remarqua son interlocuteur en lui emboîtant le pas tandis qu'elle se dirigeait vers le rivage. La plupart des nouveaux arrivants passent la majeure partie de leur première journée dans l'eau.

— Comment savez-vous que je viens d'arriver ? demanda B.J., étonnée.

— Parce que je ne vous avais encore jamais vue auparavant et que la présence d'une aussi jolie femme ne m'aurait pas échappé. De plus, vous n'êtes pas encore bronzée.

— Cela ne risque pas d'arriver, là où j'habite, reconnut-elle. Vous, par contre, vous devez être ici depuis un certain temps.

De fait, l'homme venait de retirer le T-shirt qu'il portait, révélant la couleur dorée de son torse bien bâti.

— Cela fait deux ans, répondit-il.

B.J. lui jeta un regard stupéfait et il éclata de rire.

— En fait, je travaille ici, expliqua-t-il. Chad Hardy, ajouta-t-il. Je suis professeur de tennis.

— B.J. Clark, se présenta la jeune femme en serrant la main qu'il lui tendait. Comment se fait-il que vous soyez à la plage plutôt que sur les courts ?

— C'est mon jour de congé. Mais si vous voulez que je vous donne une leçon particulière, je serais enchanté de le faire.

— C'est très gentil à vous mais je n'ai pas le temps, lui répondit-elle.

— Puis-je au moins vous inviter à dîner ?

— Non, merci.

— A boire un verre, alors ?

Elle sourit, amusée par son insistance. Rien ne paraissait susceptible de doucher son enthousiasme.

— Désolée, mais il est un peu tôt, répondit-elle.

— Je peux attendre, vous savez ?

Cette fois, elle ne put s'empêcher d'éclater de rire.

— Non, merci. Au revoir, monsieur Hardy.

— Vous pouvez m'appeler Chad, lui dit-il en la suivant en direction de l'hôtel. Et que diriez-vous d'un petit déjeuner, d'un déjeuner ou d'un week-end à Las Vegas ?

B.J. rit de plus belle, charmée par ses manières franches et directes.

— Vous avez de la suite dans les idées, lui dit-elle. Et j'avoue que je suis un peu étonnée. Je suis certaine que nombre de jeunes femmes seraient ravies d'accepter vos invitations…

— Malheureusement, celle qui m'intéresse ne cesse de les décliner, répondit-il galamment. Vous pourriez tout de même faire preuve d'un peu plus de compassion à mon égard.

— Très bien, céda enfin B.J. Si vous m'offrez un jus d'orange, je ne refuserai pas.

— Que diriez-vous d'un jus d'orange, dans ce cas ? demanda-t-il en riant.

— Volontiers, répondit-elle, se prenant au jeu.

Ils gagnèrent le bar qui était installé près de la piscine en plein air et commandèrent deux verres de jus de fruits. La jeune femme parcourut des yeux le parc qui s'étendait autour d'eux.

— Vous avez la belle vie, ici, remarqua-t-elle. Il doit être vraiment très agréable de travailler dans un cadre pareil !

— Je n'ai pas à me plaindre, concéda-t-il. Le climat est idéal et j'adore mon travail. Sans compter le fait qu'il me donne parfois l'occasion de rencontrer des gens fascinants, ajouta-t-il en portant un toast muet.

Il lui prit la main et lui décocha un sourire enjôleur.

— Combien de temps comptez-vous rester ? demanda-t-il.

— Quelques jours, répondit-elle sans chercher à retirer ses doigts. Je ne sais pas combien, exactement. A vrai dire, je suis venue ici sur un coup de tête.

— Dans ce cas, je bois à cette bienheureuse décision, déclara Chad avant de porter son verre à ses lèvres.

— Est-ce que vous vous montrez aussi charmant avec toutes les jolies filles qui séjournent ici ?

— Vous n'avez encore rien vu, lui promit-il avec un clin d'œil complice.

— B.J. ! s'exclama quelqu'un derrière eux.

La jeune femme se retourna et aperçut Taylor, qui se dirigeait vers eux. En avisant son regard, elle comprit qu'il devait être de fort mauvaise humeur.

— Est-ce que votre entrevue avec M. Bailey est terminée ? demanda-t-elle.

— Depuis un moment déjà.

Il jeta un coup d'œil à Chad puis à leurs mains toujours jointes.

— Je vous cherchais, reprit-il.

— Je buvais un verre, expliqua-t-elle. Taylor, je vous présente Chad Hardy.

— Nous nous connaissons. Bonjour, Hardy.

— Bonjour, monsieur Reynolds. Je ne savais pas que vous séjourniez à l'hôtel.

— Juste pendant un jour ou deux. Quand vous aurez fini, ajouta-t-il un peu sèchement à l'intention de B.J., je vous conseille de monter vous changer. Nous devons dîner avec Paul et votre tenue n'est pas vraiment adaptée.

Sur ce, il leur adressa un petit signe de tête un peu sec et tourna les talons.

Immédiatement, Chad lâcha la main de B.J. et s'adossa à sa chaise pour l'étudier avec un intérêt renouvelé.

— Vous auriez tout de même pu me dire que vous étiez la petite amie du patron, remarqua-t-il. Je ne tiens pas vraiment à perdre mon poste, vous savez !

— Je ne suis pas sa petite amie, protesta-t-elle vivement.

Chad lui décocha un regard qui trahissait un mélange de regret et d'amusement.

— Vous feriez peut-être mieux de l'en informer, suggéra-t-il. Parce qu'il n'a pas l'air de voir les choses de la même façon que vous. C'est bien regrettable, d'ailleurs, parce que j'aurais été ravi de pouvoir faire plus ample connaissance. Mais je préfère me tenir à prudente distance des terrains minés.

Il se leva et lui sourit.

— En tout cas, conclut-il, si vous revenez un jour ici sans Taylor, n'hésitez pas à me faire signe.

Sur ce, il s'éloigna à grands pas en direction de l'hôtel.

10

B.J. pénétra en trombe dans la suite et claqua violemment la porte derrière elle avant de se diriger à grands pas vers la chambre de Taylor.

— Vous me cherchez ? fit la voix de ce dernier, juste derrière elle.

Se retournant, elle constata avec un mélange de stupeur et de gêne qu'il se trouvait sur le seuil de la salle de bains, vêtu en tout et pour tout d'une serviette qui enserrait sa taille. Malgré la colère qui l'habitait, elle ne put s'empêcher d'admirer son torse musclé qui se découpait à contre-jour.

— Je…, balbutia-t-elle, hésitante. Oui, je vous cherchais, reprit-elle en se rappelant les commentaires de Chad. La scène que vous m'avez faite près de la piscine était totalement injustifiée. Vous avez sciemment fait croire à Chad que j'étais votre maîtresse !

Oubliant sa demi-nudité, elle vint se planter devant lui et le défia du regard.

— Vous l'avez fait exprès et je ne le tolérerai pas ! s'écria-t-elle rageusement.

Une lueur dangereuse s'alluma dans le regard de Taylor mais, cette fois, elle était bien décidée à ne pas se laisser intimider.

— Vraiment ? dit-il d'une voix railleuse. Je pensais pourtant vous rendre service. En voyant la facilité avec laquelle Hardy a réussi à vous convaincre de vous joindre à lui, j'ai pensé que vous aviez besoin d'un peu d'aide pour vous débarrasser de ce séducteur notoire.

— Nous étions juste en train de boire un verre ! s'exclama-t-elle, furieuse. Ce n'est pas comme s'il avait essayé de m'agresser !

— Je pense que vous êtes trop naïve pour votre propre bien, répondit posément Taylor.

— Qu'est-ce que cela peut bien vous faire ? Je n'ai nul besoin d'être protégée. Si vous tenez vraiment à jouer les chevaliers servants, trouvez quelqu'un d'autre ! Je ne supporterai plus ce genre d'attitude.

— Et comment comptez-vous m'empêcher d'intervenir ? demanda Taylor, narquois.

L'arrogance de sa question transforma la colère de la jeune femme en véritable fureur.

— Franchement, reprit-il, s'il me faut vous faire passer pour ma petite amie pour empêcher Hardy et les beaux parleurs dans son genre de profiter de vous, je n'hésiterai pas à recommencer. Et vous devriez m'en être reconnaissante.

— Reconnaissante ? répéta B.J. De passer pour votre propriété privée ? Pour une imbécile ? Jamais je n'ai entendu quelque chose d'aussi ridicule !

Elle leva la main pour le gifler, mais il réagit à une vitesse stupéfiante. Attrapant son poignet, il le rabattit derrière son dos, l'attirant du même coup contre lui.

— A votre place, je renoncerais à ce genre d'attitude. Je ne suis pas certain que vous appréciiez les conséquences de votre geste.

B.J. fit mine de reculer mais il plaça sa main libre sur sa hanche pour l'en empêcher.

— Arrêtez de vous débattre, lui conseilla-t-il. Je n'ai aucune envie de vous faire du mal. Je vous rappelle que nous avions conclu une trêve et que c'est vous qui venez de la rompre.

Il avait parlé d'un ton léger, mais la menace qui perçait dans sa voix était bel et bien réelle.

— C'est vous qui avez commencé, répliqua-t-elle, sur la défensive.

— Vraiment ? dit-il en souriant devant ce reproche enfantin.

Se penchant vers elle, il l'embrassa avec passion. Malgré elle, elle fut instantanément submergée par le désir qu'il lui inspirait. Chaque fois que ses lèvres se posaient sur les siennes, elle avait l'impression que plus rien d'autre n'existait que ce besoin impérieux qu'elle avait de lui.

Ses mains, échappant à son propre contrôle, glissèrent le long du dos nu de Taylor et remontèrent jusqu'à son cou qu'elle entoura de ses doigts. Mais, brusquement, il se dégagea et la repoussa fermement.

B.J. recula, manquant tomber à la renverse.

— Vous devriez aller vous changer, lui dit-il d'un ton sec.

Se détournant, il fit mine de rentrer dans la salle de bains. La jeune femme le retint par le bras.

— Taylor…

— Allez vous changer, s'exclama-t-il encore plus durement.

Instinctivement, elle recula, choquée par la violence qu'elle percevait en lui. Tous deux restèrent figés durant quelques instants puis Taylor réintégra la salle de bains et claqua la porte derrière lui.

B.J. gagna sa chambre, cherchant à déterminer la nature des sentiments que lui inspirait cette nouvelle confrontation. Mais ils étaient bien trop contradictoires pour qu'elle sache ce qui l'emportait entre son amour-propre bafoué, sa colère et sa déception.

Le soleil se levait lentement, effaçant les étoiles qui se devinaient encore dans le ciel et illuminant de ses rayons les eaux bleues de l'Atlantique. B.J. quitta son lit, soulagée de voir le jour succéder enfin à cette nuit interminable.

La veille, ils avaient dîné avec Paul Bailey, discuté de la façon dont ce dernier gérait l'hôtel et comparé son expérience à celle de la jeune femme. Le repas avait été très agréable, Taylor et B.J. faisant des efforts pour dissimuler la tension qui subsistait entre eux.

Mais, lorsque Bailey avait pris congé après le café, un silence pesant s'était installé. Lorsque Taylor avait enfin daigné s'adresser à elle, il s'était montré d'un formalisme glacé. D'une certaine façon, cela avait été presque pire que lorsqu'il s'était mis en colère.

Terriblement mal à l'aise, elle avait opté pour une politesse un peu forcée. Dix minutes plus tard, elle avait plaidé la fatigue et était remontée dans sa chambre. Taylor ne l'avait même pas raccompagnée, préférant rester au bar.

Une fois seule, elle avait été incapable de trouver le sommeil. Finalement, plusieurs heures plus tard, elle avait entendu Taylor rentrer. Il avait traversé la suite et s'était arrêté un instant devant sa porte. Elle avait alors retenu son souffle, se demandant s'il se déciderait à la rejoindre.

Mais, finalement, il s'était éloigné et avait gagné sa propre chambre.

A ce moment précis, la jeune femme avait réalisé que, malgré toutes leurs disputes et toutes les humiliations qu'il lui avait fait subir, elle l'aimait toujours. Et qu'elle ne pouvait continuer plus longtemps à se voiler la face.

Malheureusement, il était évident qu'il ne partageait pas ses sentiments. Cette idée avait profondément déprimé B.J. et elle avait dû faire appel à toute la force de sa volonté pour retenir ses larmes, de peur que Taylor ne l'entende sangloter à travers la paroi qui séparait leurs chambres.

Après s'être retournée longuement dans son lit, elle avait fini par s'endormir, brisée par cet excès d'émotions. Mais, en se réveillant, elle se sentait presque plus accablée encore.

Décidant de chasser ses idées noires, elle enfila son maillot de bain et passa une robe légère avant de quitter sa chambre. Dans le salon, elle s'arrêta quelques instants devant la baie vitrée et contempla la vue qui s'offrait à elle.

Le soleil naissant baignait de ses rayons mordorés les eaux de l'Atlantique, éveillant à leur surface des scintillements argentés et mouvants. Les nuages se teintaient de mauve et de rose, formant une véritable fantasmagorie.

— Quelle vue! fit la voix de Taylor juste derrière elle.

B.J. sursauta et se tourna vers lui, réalisant que le bruit de ses pas avait été amorti par l'épaisse moquette qui recouvrait le sol de la pièce.

— Oui, murmura-t-elle comme ils tendaient tous deux la main pour écarter la mèche de cheveux qui lui tombait sur l'œil.

Leurs doigts s'effleurèrent brièvement et elle frémit.

— Il n'y a rien de plus beau qu'un lever de soleil, reprit-elle, embarrassée par l'apparition de cet homme qui occupait chacune de ses pensées depuis la veille.

Il ne portait qu'un short et elle avait du mal à ne pas laisser son regard glisser sur son torse dénudé.

— Vous avez bien dormi ? lui demanda-t-il alors.

Elle haussa les épaules d'un air évasif, se refusant à lui mentir.

— J'avais envie de descendre me baigner avant que la plage ne soit prise d'assaut, lui dit-elle.

Taylor la prit par les épaules et la força à lui faire face, étudiant son visage avec attention.

— Vous avez l'air épuisée, remarqua-t-il en effleurant les cernes qui soulignaient ses yeux.

Il fronça les sourcils et secoua doucement la tête.

— Je ne crois pas vous avoir déjà vue aussi fatiguée auparavant, murmura-t-il. Vous semblez toujours si forte et si pleine de vie, d'ordinaire…

B.J. recula pour échapper au contact de ses mains, qui l'empêchaient de penser clairement.

— Je suppose qu'il me faut un peu de temps pour m'habituer à cet endroit, répondit-elle avec un pâle sourire.

— Vous êtes trop généreuse pour votre propre bien, B.J., lui dit-il gravement. Vous seriez en droit de me demander des excuses.

— Taylor, la seule chose que j'aimerais, c'est que nous soyons amis.

Cédant à une brusque impulsion, elle lui posa doucement sa main sur l'épaule.

— Amis ? répéta Taylor en souriant à son tour. B.J., vous êtes vraiment incroyable…

Prenant ses mains dans les siennes, il les porta à ses lèvres.

— Très bien, conclut-il. Soyons amis, puisque c'est ce que vous désirez.

*
* *

En dehors de quelques mouettes, la plage était complètement déserte. La bande de sable blond et fin s'étendait à perte de vue et B.J. laissa son regard errer sur ce paysage enchanteur. Elle appréciait le calme et la tranquillité des lieux.

— On a l'impression que tous les gens ont disparu et que nous sommes seuls au monde.

— Ce n'est pas une idée qui me semblerait déplaisante, remarqua Taylor.

— A moi non plus, avoua-t-elle en souriant.

— Vous aimez la solitude, n'est-ce pas ?

— Je ne sais pas. Je dirais plutôt qu'elle ne me fait pas peur. Par contre, je n'aime pas la foule. Lorsque je dois voir des gens, je préfère que ce soit en tête à tête. Cela me permet de savoir qui ils sont réellement et ce qu'ils attendent de moi. Parfois, j'ai l'impression de pouvoir leur apporter quelque chose. Surtout de petites choses, des réponses à de petits problèmes. Je ne suis pas très douée pour les questions profondes et les grandes discussions philosophiques.

— Vous savez ce que l'on dit : les plus longs pèlerinages commencent toujours par un petit pas.

B.J. lui jeta un regard étonné. Ce n'était pas le genre de choses qu'elle aurait imaginé entendre de sa bouche.

— Que diriez-vous de faire la course ? suggéra-t-il. Le premier dans l'eau a gagné.

La jeune femme le considéra d'un œil critique avant de secouer la tête.

— Pas question ! s'exclama-t-elle. Vous êtes beaucoup plus grand que moi, ce qui vous donne un très net avantage.

— Vous oubliez que je vous ai vue courir. Et je sais que malgré votre taille, vous avez de très longues jambes.

B.J. fit mine d'hésiter.

— Dans ce cas, c'est parti ! s'écria-t-elle en se précipitant soudain en direction de l'eau.

Elle courut aussi vite qu'elle le pouvait, mais Taylor parvint à revenir à son niveau et tenta de l'attraper par la taille. B.J. réussit à se dégager une première fois mais, à sa seconde tentative, Taylor parvint à la faire basculer dans l'eau la tête la première.

Ils coulèrent à pic dans un enchevêtrement de bras et de jambes avant d'émerger en toussant.

— Vous allez finir par me noyer! s'exclama-t-elle en riant.

— Ce n'est pas du tout mon intention, répondit Taylor, qui la tenait toujours étroitement enlacée. Tenez-vous tranquille ou je vous coule une fois de plus!

B.J. se détendit et tous deux restèrent en surface, dans les bras l'un de l'autre. La jeune femme se laissa aller quelques instants au bien-être que lui inspirait cette innocente étreinte. Pressée contre Taylor, elle se sentait protégée et avait l'impression que rien ne pourrait jamais l'atteindre.

Puis il posa doucement sa bouche sur ses cheveux mouillés et elle ferma les yeux, s'abandonnant à lui. Ses lèvres glissèrent jusqu'au lobe de son oreille, qu'il mordilla doucement, la faisant frémir de plaisir.

Il lui embrassa ensuite le cou tout en la rapprochant encore un peu plus de lui. Finalement leurs bouches se trouvèrent et ils échangèrent un baiser au goût de sel. Taylor faisait preuve d'une infinie tendresse, maîtrisant la passion qui couvait en eux et qui menaçait de les emporter à chaque instant.

Ses doigts se glissèrent habilement sous son maillot de bain et il lui caressa la poitrine, lui arrachant un gémissement langoureux.

Flottant entre deux eaux, offerte aux mains et aux lèvres de l'homme dont elle était éperdument amoureuse, B.J. avait l'impression de se trouver dans un état second, de dériver entre rêve et réalité. Frissonnante de désir, elle regretta de ne pouvoir demeurer ainsi pour toujours.

— Tu vas attraper froid, murmura Taylor, se méprenant sur les raisons de son léger tremblement. Viens.

S'écartant légèrement d'elle, il la prit par la main et ils remontèrent jusqu'à la plage. Là, ils s'assirent côte à côte et laissèrent les rayons du soleil les réchauffer et sécher les gouttes d'eau qui les recouvraient, ne laissant sur leur peau que de petites traînées de sel.

B.J. n'osait pas dire un mot, craignant que ses paroles ne dissipent brusquement le délicieux enchantement dont ils étaient les victimes consentantes. Elle repensa alors à ce que Taylor lui avait déclaré, peu de temps après leur première rencontre.

Il lui avait prédit qu'elle serait sienne un jour et elle devait bien reconnaître aujourd'hui qu'il ne s'était pas trompé. Elle avait lutté de toutes ses forces contre l'attirance qu'il lui inspirait et contre l'envie dévorante qu'elle avait de lui, mais en vain.

Pourtant, elle n'était pas pour autant décidée à devenir l'une de ses maîtresses et à jouer dans sa vie le même rôle que Darla. Peut-être n'était-ce pas une fatalité, se prit-elle à espérer. Peut-être y avait-il dans leur relation quelque chose de différent.

Car elle ne ressemblait pas à Darla ni aux autres femmes qu'il devait être amené à fréquenter dans les milieux au sein desquels il évoluait. Elle n'était ni sophistiquée, ni expérimentée en amour, ni rompue aux jeux de la séduction.

Mais était-ce vraiment suffisant pour le retenir ? Ne finirait-il pas par se lasser de cette simplicité et de cette naïveté lorsqu'elles auraient perdu l'attrait de la nouveauté ?

De son côté, B.J. n'était pas certaine d'avoir les moyens de résister très longtemps à ses avances. Si son attirance pour lui n'avait été qu'un phénomène purement physique, elle aurait pu prendre ce qu'il avait à lui donner et tourner ensuite la page. Mais elle était incapable de dissocier l'emportement de ses sens des sentiments qu'il lui inspirait.

Pour le moment, Taylor avait décidé de faire montre de patience, de lui laisser le temps d'accepter l'inéluctabilité de leur liaison. Mais, tôt ou tard, elle se retrouverait prise au piège. Et elle savait déjà ce qui se produirait alors : l'emportement de la passion, la joie de se donner à lui, le bonheur de partager avec lui des moments précieux puis, inévitablement, la souffrance de le perdre et de se retrouver seule.

— Tu parais être à des années-lumière de moi, déclara Taylor en caressant doucement ses cheveux humides.

Se tournant vers lui, elle l'étudia attentivement, s'imprégnant de chaque ligne de son visage, comme si elle essayait de capturer son image, de la graver au plus profond d'elle-même pour le jour où il disparaîtrait de sa vie.

Elle n'aurait plus alors que le souvenir de ce jour où ils étaient restés assis sur une plage de Floride, riches des promesses muettes que trahissait chacun de leurs regards.

Il y avait tant de force en lui, songea-t-elle avec un mélange d'admiration et de crainte. Tant de pouvoir. Tant d'assurance. Peut-être bien plus qu'elle n'était capable d'en supporter.

A contrecœur, la jeune femme se redressa, sachant qu'elle ne faisait que repousser l'inévitable.

— Je meurs de faim, lança-t-elle. Puisque c'est moi qui ai gagné la course, c'est à toi de m'inviter pour le petit déjeuner.

— Je ne suis pas certain que tu aies vraiment gagné, objecta Taylor en souriant.

— Bien sûr que si! s'exclama-t-elle. Il n'y a aucun doute à ce sujet.

Taylor enfila son short et son T-shirt et ramassa leurs serviettes.

— Dans ce cas, déclara-t-il, c'est toi qui devrais m'offrir le petit déjeuner à titre de consolation.

— Très bien, répondit-elle. Cela ne te fera pas de mal de te faire entretenir, pour une fois. Que dirais-tu d'un bol de céréales?

— Ce serait parfait.

— Je ne sais pas si j'aurai les moyens de te l'offrir, remarque. J'ai quasiment été enlevée et conduite ici de force et je n'ai pas beaucoup de liquide sur moi.

— Dans ce cas, je te ferai crédit, répondit Taylor en riant.

Il la prit alors par la main et tous deux remontèrent le sentier qui conduisait à l'hôtel.

Le reste de la journée se déroula comme un rêve. Taylor avait vraiment décidé de se conduire en ami et il se montra absolument charmant. Pour la première fois depuis qu'ils se connaissaient, B.J. en vint presque à oublier le fait qu'il était son employeur et l'un des hommes les plus riches et les plus puissants qu'il lui avait jamais été donné de rencontrer.

Il ne chercha pas à la provoquer ni à la séduire ouvertement et elle ne tarda pas à oublier ses propres incertitudes pour se laisser aller au simple plaisir de se trouver en sa compagnie.

Il commença par lui faire visiter en détail l'hôtel. Puis ils se rendirent dans le magasin qui se trouvait au rez-de-chaussée et qui offrait aux clients tout un assortiment de vêtements.

Taylor encouragea la jeune femme à en essayer quelques-uns et elle se prêta au jeu, flattée par l'admiration qu'elle lisait dans ses yeux chaque fois qu'elle reparaissait avec une nouvelle tenue.

Lorsqu'il lui proposa de lui en offrir une, elle refusa, n'ayant aucune envie de jouer les femmes entretenues. Ils gagnèrent ensuite une salle remplie de jeux vidéo et passèrent près de deux heures à les tester l'un après l'autre.

— C'est étrange, remarqua Taylor en glissant une nouvelle pièce dans une borne de simulation de course automobile. Je ne comprends pas pourquoi tu me laisses dépenser des fortunes en jeux stupides alors que tu refuses de me laisser t'acheter une robe qui, au final, ne coûterait pas beaucoup plus cher.

— C'est complètement différent, répondit-elle en donnant un grand coup de volant pour éviter un piéton qui se trouvait sur le trottoir. Pousse-toi de là, imbécile ! lui cria-t-elle.

— En quoi ? demanda Taylor, amusé par l'enthousiasme avec lequel elle se prenait au jeu.

— Je ne sais pas, avoua-t-elle. Mais ça l'est… Au fait, tu ne m'as toujours pas dit si tu avais résolu ton problème.

— Quel problème ?

— Celui que tu es venu régler ici.

— Ah, oui… Cela ne devrait pas prendre très longtemps.

— Et zut ! s'exclama B.J. en voyant la voiture qu'elle pilotait effectuer un double tonneau avant d'aller s'encastrer dans un lampadaire.

Sur l'écran, une impressionnante explosion vint sanctionner sa conduite approximative.

— C'est un signe du destin, déclara Taylor en souriant. Allons-nous-en avant que tu ne me mettes définitivement sur la paille. C'est l'heure de déjeuner et j'ai une faim de loup !

B.J. le suivit jusqu'au restaurant situé sur une terrasse qui dominait la mer. Là, ils s'installèrent à l'une des tables libres et commandèrent deux quiches lorraines et une bouteille de chablis.

Tout en mangeant, ils devisèrent gaiement de choses et d'autres, prenant un plaisir évident à se retrouver en tête à tête loin de leurs responsabilités et de leurs préoccupations habituelles.

Comme ils finissaient leurs cafés, B.J. laissa errer son regard sur le panorama splendide qui s'étendait en contrebas. Lorsqu'elle se tourna de nouveau vers son compagnon, elle constata qu'il l'observait avec une étrange intensité.

— Quelque chose ne va pas? demanda-t-elle, légèrement embarrassée.

— Au contraire. J'adore te regarder. Est-ce que tu savais que tes yeux n'arrêtent pas de changer de couleur en fonction de ton humeur? Parfois, ils sont aussi foncés qu'un puits sans fond et parfois aussi clairs qu'un lac de montagne. Ils trahissent tout ce que tu penses.

B.J. rougit et détourna la tête, craignant qu'il ne lise en elle l'amour qu'elle éprouvait pour lui.

— Tu es si belle, ajouta-t-il d'un ton presque rêveur.

Il porta la main de la jeune femme à ses lèvres pour y déposer un petit baiser.

— Je ne devrais peut-être pas te le dire trop souvent, ajouta-t-il en riant. Tu finirais par me croire et perdre cette innocence qui te rend si désirable.

Sans lâcher sa main, Taylor se leva et l'aida à faire de même.

— Malheureusement, il va me falloir t'abandonner, lui dit-il. J'ai quelques affaires à régler. Si tu veux, je vais te conduire au sauna. Là, tu pourras te baigner et te faire masser, ce qui devrait t'aider à chasser les effets de cette nuit d'insomnie.

Pendant les trois heures qui suivirent, B.J. essaya presque toute la gamme de thalassothérapie qu'offrait l'hôtel. Elle passa successivement dans un bain de boue, sous une douche à jets, par le sauna et le hammam. Là, elle eut droit à un massage qui l'aida à se détendre et dénoua ses muscles endoloris.

Elle s'abandonna avec reconnaissance aux mains habiles de la masseuse et ferma les yeux, se laissant dériver à mi-chemin du sommeil et de l'éveil. C'est alors qu'elle entendit le nom de Taylor prononcé par une femme qui se trouvait sur une table située non loin d'elle.

— Non seulement il est très riche, disait-elle, mais, en plus, il est absolument superbe. Je suis vraiment étonnée que personne ne lui ait mis le grappin dessus !

— Ce ne sont pourtant pas les volontaires qui ont manqué, répondit une autre voix féminine. Et je suis certaine que cela l'amuse beaucoup. Les hommes comme lui ne s'épanouissent que sous l'effet de l'admiration des femmes qui l'entourent.

— Eh bien, la mienne lui est tout acquise.

— Malheureusement pour toi, il est avec quelqu'un, en ce moment. Je les ai vus ensemble hier, près de la piscine, et tout à l'heure, au restaurant.

— Effectivement, il y avait une femme avec lui quand il est arrivé. Mais j'avoue que j'étais trop occupée à le regarder pour prêter vraiment attention à sa compagne. A quoi ressemble-t-elle ?

— C'est une petite blonde, plutôt jolie. Pas du tout le genre de fille que j'imaginais avec Taylor. Elle a l'air trop… Je ne sais pas. Trop normale, peut-être.

B.J. ne put s'empêcher de sourire. Puisqu'elle était considérée comme la maîtresse attitrée de Taylor, elle était curieuse d'apprendre ce que les gens pensaient d'elle.

— Tu sais qui c'est, exactement ?

— Oui. J'ai déboursé vingt dollars de pourboire pour l'apprendre de l'un des employés de l'hôtel. Apparemment, elle s'appelle B.J. Clark. Mais personne ne sait rien d'elle. Elle n'était encore jamais venue à l'hôtel, avec ou sans Reynolds.

— Penses-tu qu'elle ait une chance de le garder ?

— C'est difficile à dire. Peut-être… Tu aurais dû voir la façon dont il la dévorait des yeux pendant leur déjeuner. J'en étais malade de jalousie !

— Elle doit vraiment être superbe.

— Ce n'est pas un mannequin. Elle n'a pas ce genre de beauté insolente qui fait se retourner tous les hommes. Mais elle est très jolie. Elle a de très beaux yeux et des cheveux magnifiques.

— Je suis flattée, déclara malicieusement B.J. en se redressant sur sa table de massage. Ce n'est pas si souvent qu'une femme reconnaît les mérites d'une autre.

Comprenant à qui elles avaient affaire, les deux femmes mirent brusquement un terme à leur conversation et détournèrent les yeux, gênées.

Amusée, B.J. s'allongea langoureusement pour continuer à se faire masser.

11

Rafraîchie et plutôt satisfaite d'elle-même, B.J. retourna à la suite, portant sous son bras la boîte qui contenait la robe dont elle venait de faire l'acquisition. Après sa séance de massage, elle était retournée dans la boutique qu'elle avait visitée avec Taylor et avait voulu acheter une robe de soie grise qu'il avait beaucoup aimée.

La vendeuse lui avait répondu que Taylor avait exigé que tous les achats qu'elle pourrait faire dans le magasin lui soient directement facturés. A la fois touchée par sa générosité et agacée par la façon dont il cherchait une fois de plus à lui forcer la main, elle avait protesté.

Mais la vendeuse s'était montrée intraitable. B.J. avait donc fini par prendre la robe, bien décidée à rembourser Taylor par la suite.

De retour dans sa chambre, elle se fit couler un bain moussant qu'elle garnit généreusement de sels divers. Elle s'y allongea et ferma les yeux, laissant l'eau brûlante détendre ses muscles et faire naître en elle une délicieuse langueur.

Elle repensa alors à la conversation qu'elle avait surprise dans le salon de massage et sourit. Jamais elle n'aurait imaginé pouvoir être perçue comme une femme mystérieuse capable de séduire un homme si désiré et de susciter une telle jalousie.

La plupart des gens qui la connaissaient auraient probablement trouvé cette vision passablement ridicule, voire tout bonnement surréaliste. B.J. était généralement considérée comme une femme aux goûts simples et terre à terre, dénuée de tout artifice.

— Te voilà de retour, fit la voix de Taylor.

B.J. sursauta et rouvrit les yeux pour le découvrir négligemment appuyé contre le chambranle de la porte de la salle de bains.

— Est-ce que tu t'es bien amusée? ajouta-t-il.

— Taylor! s'exclama-t-elle, terriblement embarrassée. Je suis en train de prendre un bain!

Elle répartit la mousse à la surface de l'eau pour s'assurer qu'elle dissimulait son corps.

— Je m'en rends bien compte, répondit-il. Mais ne t'en fais pas, ta pudeur est sauve. Je ne vois malheureusement rien d'autre qu'un tas de bulles. Est-ce que tu veux boire quelque chose?

Il s'était exprimé d'un ton amical et détaché, comme s'il était habitué à la voir se baigner devant lui. La jeune femme se rappela la conversation qu'elle avait surprise et décida de jouer le jeu. Après tout, ce n'était pas tous les jours qu'elle incarnait une femme fatale, l'amante d'un beau millionnaire que toutes lui enviaient.

— Avec plaisir, répondit-elle d'une voix plaisante. Je prendrais volontiers un verre de porto.

Il hocha la tête et disparut en direction du bar. B.J. pria pour que la mousse tienne jusqu'à ce qu'elle ait pu sortir de son bain et enfiler un peignoir. Quelques instants plus tard, Taylor reparut.

— Madame est servie, déclara-t-il en déposant un verre sur le rebord de la baignoire.

— Je vais bientôt sortir, lui annonça B.J. avec un sourire enjôleur. Est-ce que tu veux que je te laisse l'eau?

— Prends ton temps. Je vais utiliser l'autre salle de bains.

— Comme tu voudras, répondit-elle en haussant les épaules d'un air faussement décontracté.

Taylor quitta de nouveau la pièce, refermant la porte derrière lui, et la jeune femme sourit, enchantée par la petite comédie qu'elle venait de lui jouer. Qui sait? Elle parviendrait peut-être à le convaincre qu'elle était capable de la même sophistication que Darla Trainor, quand la fantaisie lui en prenait...

*
* *

Pendant cinq bonnes minutes, B.J. contempla le reflet que lui renvoyait le miroir en pied qui trônait dans sa chambre. La robe grise formait un drapé élégant, soulignant la courbe de sa poitrine et la finesse de sa taille.

Son décolleté révélait la naissance de ses seins ainsi qu'une partie de son dos. La jupe était longue mais fendue jusqu'à mi-cuisse, ajoutant à la sensualité de l'ensemble. Elle avait attaché ses cheveux en chignon, laissant quelques mèches libres caresser ses joues, et s'était légèrement maquillée.

B.J. avait presque du mal à se reconnaître dans cette créature sensuelle et élégante qui lui renvoyait son regard. Sa nouvelle apparence avait même quelque chose d'intimidant, comme si elle révélait une facette d'elle-même dont elle n'avait jusqu'alors jamais pris conscience.

Elle se demanda si elle serait à la hauteur de cette image si sophistiquée. Après tout, elle n'était pas habituée à évoluer dans les milieux mondains. Et pour une femme de son âge, elle manquait cruellement d'expérience face à un homme comme Taylor.

— Tu es prête ? appela ce dernier à travers la porte de la chambre.

— Oui, j'arrive ! répondit-elle avant de jeter un dernier coup d'œil à la glace. Après tout, murmura-t-elle, ce n'est qu'une simple robe.

Se détournant du miroir, elle gagna le salon de la suite. Là, Taylor était en train de leur servir un apéritif. Lorsqu'il la vit entrer, il s'immobilisa brusquement et l'observa avec attention. Elle se sentit quelque peu réconfortée par la lueur appréciative qui brillait dans son regard.

— Je vois que tu t'es décidée à l'acheter, finalement, lui dit-il en souriant.

Reprenant un peu confiance en elle, B.J. traversa la pièce pour le rejoindre.

— Oui, répondit-elle. Je me suis dit qu'étant donné ma réputation il fallait que j'investisse dans une nouvelle garde-robe.

— Ta réputation ? répéta Taylor, dérouté. Qu'est-ce que tu veux dire par là ?

Il lui tendit un verre de vin blanc qu'elle accepta avant de lui répondre.

— J'ai surpris une conversation pendant que je me faisais masser, expliqua-t-elle avec un sourire amusé. C'était vraiment très drôle. Je ne suis pas sûre que tu saches à quel point tes liaisons sont suivies de près.

B.J. entreprit alors de lui décrire en détail ce qui s'était passé.

— Je t'avoue que cela a fait beaucoup de bien à mon ego, conclut-elle en riant. C'est bien la première fois que je passe pour une femme fatale et que je provoque de telles jalousies ! J'espère que personne ne saura que je ne suis en réalité que la gérante de l'un de tes hôtels. Cela ternirait un peu mon aura de mystère !

— Ne t'en fais pas pour ça, répondit Taylor avec une pointe de cynisme. De toute façon, personne n'y croirait.

Il ne paraissait pas particulièrement amusé par la situation, réalisa B.J. Mais peut-être l'aurait-elle été beaucoup moins, elle aussi, si ce genre de chose avait fait partie de son quotidien. Une fois de plus, elle se dit que Taylor vivait dans un tout autre monde que le sien. Mais, pour ce soir au moins, elle était bien décidée à ne pas laisser de telles considérations gâcher sa bonne humeur.

— Tu ne m'as pas dit ce que tu pensais de ma robe, remarqua-t-elle.

— Je l'aime beaucoup, répondit-il. Elle te met admirablement en valeur. Et pour fêter cette élégante acquisition, que dirais-tu d'un petit dîner au champagne ?

La table que Taylor avait réservée au restaurant de l'hôtel était située un peu à l'écart, près d'une grande baie vitrée qui surmontait le parc. Celui-ci était habilement illuminé et offrait un cadre magnifique par-delà lequel on devinait les eaux sombres de l'océan.

Taylor et B.J. commencèrent leur repas par des huîtres chaudes avant de commander un saumon relevé d'une délicieuse sauce au fenouil.

— C'est un endroit magnifique, déclara la jeune femme tandis que leur serveur apportait le plat principal. J'adore la façon dont sont disposés les aquariums qui séparent les tables. Malgré la taille de la pièce, ils offrent aux convives une certaine intimité tout en rappelant que l'on se trouve en bord de mer.

— J'avoue que je suis assez satisfait de la façon dont cet hôtel a été aménagé, acquiesça Taylor. D'ailleurs, je ne dois pas être le seul car il ne désemplit pas.

— Cela ne m'étonne pas. Cet endroit est si dépaysant ! Et j'ai remarqué que le personnel était d'une rare efficacité. Il est à la fois omniprésent et discret. Est-ce que tu es déjà venu ici pendant l'hiver ?

— Non, répondit Taylor. J'évite généralement de visiter mes hôtels lorsqu'ils sont en pleine saison touristique.

— La nôtre commence dans quelques semaines, remarqua B.J.

Taylor posa doucement la main sur le poignet de la jeune femme.

— Jusqu'ici, nous avons réussi à ne pas parler de l'auberge et j'aimerais vraiment que nous finissions cette soirée sans aborder le sujet. Nous aurons tout le temps d'en discuter à partir de demain, lorsque nous serons de retour en Nouvelle-Angleterre. Je n'ai pas l'habitude de parler affaires lorsque je dîne avec une jolie femme.

B.J. sourit, flattée par le compliment. Elle était tout à fait prête à se plier à ses désirs et à profiter au maximum de cette dernière soirée en tête à tête avec Taylor.

— De quoi parles-tu, dans ces cas-là ? demanda-t-elle avec curiosité.

— De choses plus personnelles, répondit-il en caressant doucement sa main. De l'effet que sa voix produit sur moi, de la façon dont je devine ses sourires dans ses yeux avant même qu'ils n'apparaissent sur ses lèvres, de la chaleur troublante de sa peau sous mes doigts…

— Je crois que tu te moques de moi, remarqua B.J. d'une voix chargée de reproches.

— Crois-moi, lui assura gravement Taylor, ce n'est pas du tout mon intention.

Satisfaite de cette réponse, B.J. lui sourit. Ils devisèrent de choses et d'autres et le dîner passa comme un rêve. La jeune femme savait que, quoi qu'il puisse se produire entre eux par la suite, elle n'oublierait jamais cette soirée.

Jamais elle ne s'était sentie aussi proche de Taylor. Ils paraissaient enfin avoir trouvé un terrain d'entente, une forme d'amitié amoureuse qui la troublait délicieusement sans réveiller ses angoisses.

Lorsqu'ils eurent terminé leurs cafés, Taylor lui suggéra une promenade en bord de mer. Main dans la main, ils descendirent donc jusqu'au rivage et marchèrent en silence, profitant de ce moment d'intimité et du paysage idyllique éclairé par la lune.

L'odeur de l'iode se mêlait à celle des orangers qui poussaient dans le parc et B.J. s'en imprégna. Elle voulait retenir chaque détail de cette nuit, les graver à jamais dans sa mémoire. Lorsque Taylor aurait disparu de sa vie, il lui resterait ces souvenirs qui la réconforteraient au milieu de la solitude.

Jamais plus elle ne regarderait le ciel étoilé sans penser à lui. Jamais plus elle ne s'assiérait au bord de la mer sans se rappeler ces instants magiques. Car, ce soir, elle était décidée à se donner à l'homme qu'elle aimait, à s'offrir à lui sans retenue.

Le lendemain, ils seraient de retour à Lakeside et retrouveraient leurs responsabilités et leurs différends professionnels. Dans quelques jours, il repartirait probablement pour New York et ne serait plus qu'un nom sur l'en-tête des lettres que lui ferait parvenir sa société.

Mais, ce soir, il serait entièrement à elle. Ils partageraient quelques heures de bonheur sans se soucier de l'avenir. Peut-être cela n'aurait-il pas beaucoup d'importance aux yeux de Taylor. Mais, à ceux de B.J., ce serait la matérialisation de cet amour qu'elle ne pouvait continuer à réprimer.

— Tu as froid ? lui demanda Taylor, la sentant frissonner contre lui. Tu trembles.

Il passa un bras autour de ses épaules et la serra contre lui pour lui communiquer un peu de chaleur.

— Nous ferions peut-être mieux de rentrer, ajouta-t-il.

B.J. acquiesça en silence et le suivit en direction de l'hôtel. A mesure qu'ils en approchaient, elle sentait croître sa nervosité à l'idée de ce qui se passerait ensuite.

— Regarde, Taylor, souffla-t-elle à son compagnon tandis qu'ils pénétraient dans le grand hall. C'est l'une des deux femmes qui discutaient dans le salon de massage.

D'un discret mouvement de la tête, elle lui désigna une jeune femme aux cheveux bruns qui les observait attentivement. Taylor ne lui prêta aucune attention et entraîna B.J. en direction des ascenseurs.

— Tu crois que je devrais lui faire signe ? demanda-t-elle en souriant.

— Non, j'ai une bien meilleure idée, répondit-il malicieusement. Ceci devrait lui donner un sujet de conversation…

Sur ce, il prit B.J. dans ses bras et l'embrassa avec passion sans se soucier des gens qui les regardaient avec un mélange de curiosité et d'amusement. B.J. ne chercha pas à lui résister et lui rendit son baiser avec enthousiasme.

Lorsqu'ils se séparèrent enfin, elle adressa un petit sourire à la brunette avant de suivre Taylor dans l'ascenseur. Quelques instants plus tard, ils se retrouvèrent seuls dans la grande suite.

— C'est dommage, remarqua la jeune femme en souriant. Il n'y a aucun événement trouble ou fascinant dans mon passé qu'elle pourrait être amenée à découvrir.

— Ne t'en fais pas, la rassura-t-il. Si elle ne trouve rien, elle ne manquera pas d'en inventer. Est-ce que tu veux boire quelque chose ?

— Non, merci, répondit B.J. en riant. Je crois que j'ai un peu trop bu. Et je dois m'arrêter avant de dépasser les limites du raisonnable.

— Je vois, dit Taylor avant de se diriger vers le bar.

Là, il se servit un verre de cognac qu'il respira d'un air appréciateur avant d'en boire une gorgée.

— Dommage, conclut-il en souriant. Moi qui pensais te faire boire pour te rendre plus conciliante ! On dirait bien qu'il ne faut pas y compter.

— J'en ai bien peur.

— Quelle est ta faiblesse, alors ? demanda-t-il en l'observant attentivement.

« Toi », fut-elle tentée de répondre. Evidemment, elle s'en garda bien. Elle ne tenait pas à ce que Taylor se doute des sentiments qu'elle nourrissait à son égard.

S'il avait deviné qu'elle l'aimait, il aurait probablement pris la fuite, craignant de se retrouver impliqué dans une liaison dont il n'avait que faire.

— La musique douce et les lumières tamisées, je crois, répondit-elle pensivement.

Comme par magie, l'intensité des lampes diminua et les premières notes d'une ballade bien connue retentirent dans la pièce.

— Comment as-tu fait ça ? s'exclama B.J., passablement étonnée.

— Il y a un panneau de contrôle derrière le bar, répondit-il en contournant ce dernier pour la rejoindre.

— On ne célébrera jamais assez les mérites de la technologie, déclara B.J. en souriant.

Taylor la prit alors par la main et les battements de son cœur s'accélérèrent.

— Veux-tu m'accorder cette danse ? demanda-t-il galamment.

La jeune femme n'hésita pas un seul instant. Et, dès qu'elle fut dans les bras de Taylor, elle eut l'impression de se retrouver chez elle. Là, elle se sentait parfaitement bien comme si plus rien de mal ne pouvait l'atteindre.

Lentement, il commença à danser et elle se laissa guider, fermant les yeux pour mieux s'abandonner au rythme de la musique et aux effleurements de leurs corps enlacés. C'était comme un prélude à la nuit qu'ils passeraient ensemble, une chaste promesse d'étreintes plus passionnées.

Taylor détacha ses cheveux, les laissant couler librement sur ses épaules. B.J. posa la joue sur son épaule tandis qu'il les caressait doucement. Elle aurait voulu que ce moment se prolonge à l'infini.

— Me diras-tu un jour ce que « B.J. » signifie ? lui demanda-t-il soudain.

— Personne ne le sait, répondit-elle en souriant. Même le FBI n'a pas pu le découvrir.

— J'imagine que je vais en être réduit à poser la question à ta mère.

— Elle ne te le dira pas. Je lui ai fait jurer de garder le secret.

— Je pourrais subtiliser ta carte d'identité.

— Elle indique seulement « B.J. ». C'est le seul prénom que j'utilise.

— Sur ton passeport, peut-être ?

La jeune femme releva les yeux vers lui, lui effleurant au passage la joue de ses lèvres.

— Je n'en ai pas, répondit-elle. Je ne suis jamais partie à l'étranger.

— Vraiment ? s'exclama Taylor, incrédule. Et cela ne t'a jamais tentée ?

— Si, bien sûr. Mais l'occasion ne s'est jamais présentée. Je suppose que je travaille trop…

— Si c'est une façon de me demander une augmentation, c'est raté, répliqua-t-il en riant.

Il déposa un petit baiser sur ses lèvres, éveillant instantanément en elle un irrépressible accès de désir.

— B.J., murmura-t-il alors. Je dois te dire quelque chose…

— Chut, fit-elle en tournant son visage vers lui. Embrasse-moi encore, Taylor. Pour de vrai.

Il parut hésiter et ce fut elle qui prit l'initiative. Lorsque leurs lèvres se rencontrèrent de nouveau, ils furent parcourus d'un frisson de bien-être. Taylor murmura son nom qui se perdit dans leur baiser.

Leurs langues se mêlèrent tandis qu'ils se serraient passionnément l'un contre l'autre. Les mains de Taylor couraient sur le corps de la jeune femme, éveillant en elle d'incoercibles tressaillements qui se propageaient jusqu'au plus profond d'elle-même.

Elle avait l'impression de se consumer de l'intérieur et elle s'abandonnait sans regret à cet incendie qui la dévorait tout entière. Elle sentait le désir de Taylor darder fièrement contre ses hanches et s'émerveillait du pouvoir qu'ils détenaient l'un sur l'autre.

Il y avait de la magie dans leurs baisers et dans leurs caresses qui se faisaient sans cesse plus ardentes, plus conquérantes.

L'intensité de l'envie qu'ils avaient l'un de l'autre avait quelque chose de terrifiant et de merveilleux à la fois.

Mais, ce soir-là, cet abandon se doublait pour B.J. d'une inébranlable certitude : elle aimait Taylor. Et cela conférait à chacun de ses gestes une dimension nouvelle. Il ne s'agissait plus seulement de satisfaire un besoin purement physique. Leur étreinte devenait communion.

Soudain, Taylor la souleva de terre avec une facilité déconcertante et la porta jusqu'au canapé sur lequel il l'allongea. Là, ils échangèrent un baiser brûlant et sauvage. Il était à présent allongé sur elle et elle sentait son torse se presser contre sa poitrine que son désir rendait presque douloureuse.

Elle voulait le sentir entrer en elle, posséder pleinement son corps comme il possédait déjà son esprit et son cœur. Taylor dut le deviner car, sans cesser de l'embrasser, il commença à déboutonner sa robe, révélant le soutien-gorge de dentelle grise qu'elle portait dessous.

Avec habileté, il se débarrassa de ce morceau de tissu qui le gênait et dévoila les seins de la jeune femme. Haletante, B.J. le vit s'immobiliser au-dessus d'elle et la contempler avec un mélange d'avidité et de dévotion.

Puis sa bouche se posa sur l'un de ses tétons, lui arrachant un halètement rauque. Renversant la tête en arrière, elle s'arqua pour mieux s'offrir à lui. Sa langue et ses doigts la rendaient folle, décuplant le besoin impérieux qu'elle avait de lui.

Au creux de ses cuisses, une chaleur moite pulsait doucement, irradiant des ondes de plaisir qui remontaient le long de ses membres et investissaient la moindre fibre de son être. Fermant les yeux, elle bascula dans un maelström de sensations enivrantes.

Jamais elle n'avait connu une joie si profonde, si parfaite. Et lorsque les mains de Taylor se posèrent sur ses cuisses nues, elle frissonna d'impatience.

Incapable de résister à ses caresses qui se faisaient sans cesse plus audacieuses, elle le débarrassa de sa chemise, révélant son torse musclé qu'elle couvrit d'une pluie de baisers et d'une myriade de petites morsures qui faisaient naître en lui des gémissements rauques.

S'accrochant à ses épaules, elle l'embrassa une fois encore, se sentant sombrer plus profondément dans un tourbillon de pure sensualité. Ce baiser parut décupler le besoin que Taylor avait d'elle et il recommença à explorer des lèvres et des doigts le corps de B.J., parcouru de spasmes. Sa délicatesse initiale avait disparu, remplacée par une faim sauvage et insatiable.

— Je te veux, murmura-t-elle d'une voix si basse qu'elle eut presque du mal à la reconnaître. Fais-moi l'amour, Taylor, je t'en supplie.

Mais, au lieu de l'encourager, cette supplique parut avoir l'effet inverse. S'écartant légèrement d'elle, Taylor resta quelques instants immobile, contemplant son corps à demi dévêtu.

Dans ses yeux, elle lut le combat qu'il menait contre son propre désir. Affolée, elle devina qu'il était lentement en train de reprendre le contrôle de lui-même. Elle essaya de l'embrasser une fois encore mais il captura ses poignets, l'immobilisant sur le canapé.

Sa respiration était hachée, pantelante. Il ferma les yeux et elle vit les muscles de sa mâchoire se contracter. Puis, brusquement, il s'arracha à elle. B.J. eut l'impression qu'elle allait en mourir.

Son être tout entier appelait Taylor. Le besoin qu'elle avait de lui était devenu si fondamental qu'elle avait l'impression qu'il venait de la priver d'air. Haletante, elle luttait désespérément contre la sensation déchirante de manque qui l'écartelait.

C'était une souffrance si profonde, si absolue qu'elle se situait au-delà des mots et des larmes, au-delà des supplications et des menaces. Incapable d'articuler le moindre mot, d'esquisser le moindre geste, elle vit Taylor se diriger vers le bar.

Là, il se servit un nouveau verre de cognac qu'il avala cul sec. Après ce qui lui parut une éternité, il trouva enfin le courage de poser les yeux sur la jeune femme.

— Je n'aurais pas dû faire cela, déclara-t-il d'une voix aussi dure et froide que l'acier. C'était une erreur. Tu ferais mieux d'aller te coucher.

En entendant ces mots, B.J. sentit lentement refluer la douleur et la frustration qui la tenaillaient. Elles laissaient place à un désespoir si profond qu'il lui semblait tituber au bord d'un gouffre vertigineux dans lequel elle risquait de basculer à chaque instant.

Vaincue, humiliée, elle se força enfin à s'asseoir et à remettre de l'ordre dans sa tenue. Mais ses mains tremblaient si violemment qu'elle fut incapable de reboutonner sa robe froissée.

— Va te coucher, répéta Taylor, impitoyable.

— Je ne comprends pas, balbutia-t-elle d'une voix tremblante. Je... je croyais que tu avais envie de moi...

Elle était incapable de retenir ses larmes qui coulaient lentement le long de son visage et qu'elle n'avait même plus assez de fierté pour essuyer.

— C'est le cas, répondit Taylor.

Une infime lueur d'espoir s'éveilla dans le cœur déchiré de B.J.

— Va dormir, lui dit-il alors, ravivant sa détresse. Nous devons nous lever tôt, demain, pour rentrer à Lakeside.

— Je ne comprends pas, insista-t-elle, désespérée.

— Va-t'en ! s'exclama-t-il rageusement. Va-t'en avant que j'oublie ce qui me reste de principes !

Effondrée, B.J. se força à se lever. D'un pas mécanique, elle se dirigea vers le couloir qui menait à sa chambre. Mais, avant de l'emprunter, elle se tourna vers Taylor en un ultime sursaut de fierté.

— Je tiens à ce que tu saches que ce que je t'ai offert, je ne te l'offrirai plus jamais, lui dit-elle en le regardant droit dans les yeux malgré ses larmes qui continuaient à couler. Plus jamais je ne te laisserai me toucher. Plus jamais tu ne m'embrasseras. Désormais, la seule chose que nous aurons en commun, toi et moi, c'est l'auberge de Lakeside.

— Soit, acquiesça Taylor. Je saurai m'en contenter pour le moment.

Il se servit un nouveau verre qu'il vida presque aussi vite que le premier. Résignée, B.J. se détourna lentement et gagna sa chambre où, cette fois, elle s'enferma à double tour.

12

B.J. retrouva avec soulagement la routine familière de son travail à l'auberge. Elle avait l'impression de s'éveiller d'un rêve à la fois terrible et magnifique qui, une fois dissipé, ne lui aurait laissé que d'amers regrets et cette sensation de perte déchirante qui s'emparait d'elle chaque fois qu'elle repensait à ce qui aurait pu se passer entre Taylor et elle.

Après leur dernière soirée en Floride, ils avaient repris l'avion pour la Nouvelle-Angleterre. Durant tout le voyage, ils s'étaient réfugiés dans un silence lourd de non-dits. Taylor avait passé son temps à travailler tandis que B.J. se plongeait dans la lecture d'un magazine pour tenter de faire abstraction de la souffrance qui la taraudait.

Durant les deux jours qui suivirent leur retour à Lakeside, la jeune femme s'efforça d'éviter Taylor autant qu'elle le pouvait. Ce ne fut d'ailleurs pas très difficile puisque ce dernier semblait ne faire aucun effort pour la voir.

B.J. s'efforça de se préparer psychologiquement à son départ, sachant qu'il laisserait en elle un vide vertigineux dans lequel il lui serait facile de se perdre. Malheureusement, le travail ne suffisait pas à lui faire oublier le bonheur qu'elle avait entrevu de façon fugitive au cours de leur séjour en Floride.

Les images de ces brefs moments de complicité la hantaient et, chaque soir, lorsqu'elle se retrouvait seule dans sa chambre, elle s'endormait en pleurant.

La présence de Darla rendait la situation encore plus pénible. En effet, malgré le fait que Taylor ne passait que peu de temps en compagnie de sa décoratrice attitrée, la simple présence de celle-ci était pour B.J. un rappel constant et douloureux de ses propres insuffisances.

Car, si elle savait pertinemment que Taylor l'avait désirée, elle s'expliquait son brusque revirement d'attitude par le fait qu'elle avait été incapable de répondre à ses attentes. Elle n'avait ni la grâce, ni la sensualité, ni l'élégance de Darla. Et Taylor avait certainement fini par s'en rendre compte, ce qui avait sonné le glas de leur idylle.

Le surlendemain de leur retour, comme B.J. s'était réfugiée dans sa chambre pour mettre à jour sa comptabilité, elle fut brusquement tirée de son travail par des cris et des imprécations qui se faisaient entendre quelque part dans l'auberge.

Inquiète, elle se leva brusquement, renversant au passage son livre de comptes et une épaisse pile de factures qu'elle venait de trier pendant près d'une heure. Etouffant un juron, elle sortit pour chercher l'origine de ces éclats de voix. Et elle ne tarda pas à réaliser qu'ils provenaient de la chambre 314, celle qui avait été attribuée à Darla.

Poussant la porte, B.J. pénétra dans la pièce et resta figée de saisissement devant le tableau qui s'offrait à ses yeux. Car Darla Trainor, qui se montrait d'ordinaire si raffinée, était en train de se battre avec l'une des femmes de chambre.

Eddie essayait vainement de s'interposer entre elles, mais aucune des deux femmes ne paraissait décidée à lui prêter la moindre attention. B.J. s'avança pour voler à sa rescousse, bien décidée à mettre fin à cet absurde pugilat.

— Louise! vociféra-t-elle en repoussant la femme de chambre. Calmez-vous immédiatement! Je vous rappelle que Mlle Trainor est notre invitée et qu'elle doit être traitée avec autant de déférence que n'importe quel client. Quant à vous, ajouta-t-elle en se tournant vers Darla, cessez de hurler. Cela ne vous aidera pas à résoudre le problème, quel qu'il soit.

Mais Darla ne l'entendait pas de cette oreille et fit mine de se jeter de nouveau sur Louise. B.J. n'eut d'autre choix que de la repousser, mais elle refusa de se laisser faire et décocha à la jeune femme un coup de poing qui la prit par surprise et la déséquilibra.

Projetée violemment en arrière, B.J. alla heurter de la tête l'armoire qui se trouvait juste derrière elle. Une lueur fulgurante éclata devant ses yeux avant qu'elle ne sombre dans les ténèbres.

Ce fut la voix inquiète de Taylor qui la ramena à elle. Lentement, elle reprit conscience et réalisa qu'elle était allongée sur le lit de Darla. Une douleur sourde pulsait dans son crâne et elle ne put réprimer un petit gémissement de souffrance.

— Reste allongée, lui conseilla Taylor en écartant doucement une mèche de ses cheveux.

L'inquiétude et la tendresse qu'elle lisait dans son regard éveillèrent en elle un mélange de reconnaissance et de tristesse.

— Que s'est-il passé ? demanda-t-elle en essayant de se redresser.

Taylor la repoussa gentiment en arrière.

— C'est bien ce que j'essaie de savoir, répondit-il.

Jetant un coup d'œil autour d'elle, B.J. aperçut Eddie, assis sur le canapé et tentant maladroitement de réconforter Louise, qui sanglotait. Près de la fenêtre se tenait Darla, qui arborait une expression indignée.

B.J. se rappela alors ce qui s'était produit quelques minutes auparavant.

— Lorsque je suis arrivée, expliqua-t-elle à Taylor, Darla et Louise se battaient tandis qu'Eddie essayait de les séparer. J'ai voulu intervenir mais Mlle Trainor m'a assené un coup de poing et je me suis cogné la tête contre un meuble.

En entendant le récit de la jeune femme, Taylor s'était figé. Dans son regard, elle perçut une lueur de colère glacée qui lui était familière.

— Elle t'a vraiment frappée ? demanda-t-il d'une voix menaçante.

— C'était un accident, Taylor, intervint Darla d'un air faussement navré. J'essayais simplement de décrocher ces affreux rideaux lorsque cette femme de chambre est entrée. Elle a commencé à crier et à me tirer par la manche et les choses ont dégénéré. Puis

Eddie est arrivé à son tour et s'est mis à crier, lui aussi, bientôt suivi par Mlle Clark, qui m'a sauté dessus. J'ai juste essayé de la repousser…

— C'est faux ! s'exclama Louise, outrée. Lorsque je suis entrée pour faire la chambre, j'ai trouvé Mlle Trainor debout dans le fauteuil Bentwood. Elle n'avait même pas pris la peine d'enlever ses chaussures ! Je lui ai demandé poliment ce qu'elle faisait et elle m'a répondu qu'elle comptait décrocher les rideaux qu'elle trouvait horribles et démodés comme le reste de l'auberge. Je lui ai dit qu'elle n'avait pas le droit de faire ça et je lui ai demandé de descendre.

— Demandé ? s'exclama Darla, méprisante. Vous m'avez attaquée, voulez-vous dire !

— Seulement parce que vous refusiez de descendre et que vous m'avez poussée, objecta Louise.

— Taylor, protesta Darla en s'avançant vers ce dernier, les yeux pleins de larmes, tu ne peux pas permettre à cette femme de me parler de cette façon. Je pense que tu devrais la renvoyer sur-le-champ. Elle est complètement folle et aurait pu me faire du mal.

Rendue furieuse par cette démonstration édifiante de mauvaise foi, B.J. se redressa et quitta péniblement le lit sur lequel elle se trouvait.

— Suis-je toujours gérante de cette auberge ? demanda-t-elle à Taylor.

— Bien sûr, répondit-il, étonné.

— Dans ce cas, mademoiselle Trainor, je suis la seule personne habilitée à engager ou à renvoyer le personnel de l'hôtel. Si vous souhaitez vous plaindre de Louise, écrivez-moi une lettre en bonne et due forme et je vous promets que je la prendrai en considération. Par contre, je me dois de vous avertir que vous serez tenue pour responsable de tout dommage causé dans votre chambre. Nous ne pouvons laisser nos clients dégrader impunément le mobilier.

— Taylor ! protesta Darla. Tu ne vas tout de même pas la laisser faire !

— Tu devrais peut-être conduire Mlle Trainor au bar et lui servir un verre, suggéra B.J. à Taylor. Nous discuterons de cette affaire à tête reposée.

Il l'observa attentivement, comme s'il voulait s'assurer qu'elle n'avait plus besoin de lui. Finalement, il hocha la tête.

— Très bien, déclara-t-il. C'est ce que je vais faire. En attendant, repose-toi jusqu'à ce soir. Je veillerai à ce que personne ne te dérange.

B.J. acquiesça, quitta la chambre de Darla et regagna la sienne. Les factures étaient toujours éparpillées en désordre sur le sol mais elle ne se sentit pas le courage de les trier de nouveau.

Son mal de tête s'était aggravé et la faisait cruellement souffrir. Aussi se contenta-t-elle d'avaler deux aspirines avant de s'allonger sur son lit. Alors qu'elle était sur le point de s'endormir, il lui sembla entendre s'ouvrir la porte de sa chambre. Quelqu'un s'approcha d'elle et lui caressa doucement les cheveux avant de déposer un léger baiser sur ses lèvres.

Elle se demanda s'il s'agissait d'un rêve, mais elle était bien trop fatiguée pour se forcer à rouvrir les yeux. Quelques instants plus tard, elle dormait à poings fermés.

Lorsqu'elle se réveilla quelques heures plus tard, sa migraine s'était légèrement atténuée et elle se sentait nettement plus en forme.

Quittant son lit, elle remarqua avec étonnement que quelqu'un avait ramassé les factures qui parsemaient le sol de sa chambre et les avait posées sur son bureau. B.J. s'en approcha et constata qu'elles étaient rangées dans l'ordre.

Se préparant mentalement à une nouvelle confrontation avec Darla, elle quitta la pièce et descendit au rez-de-chaussée. Là, Eddie, Maggie et Louise se trouvaient en plein conciliabule et elle les rejoignit pour s'enquérir du sujet de leur débat.

— B.J. ! Tu es réveillée. M. Reynolds nous a demandé de veiller à ce que personne ne te dérange, lui indiqua Maggie. Comment te sens-tu ? Louise m'a dit que Mlle Trainor t'avait attaquée et que tu avais une belle bosse.

— Ce n'est rien, éluda la jeune femme en observant attentivement le visage embarrassé de ses trois employés. Que se passe-t-il ici, exactement ?

Tous trois se mirent à parler en même temps et elle leva la main pour les faire taire.

— Eddie, dis-moi de quoi il retourne.

— C'est à propos de cet architecte, lui répondit son assistant.

B.J. fronça les sourcils, étonnée. A sa connaissance, aucun de leurs clients n'exerçait cette profession.

— De qui parles-tu ? demanda-t-elle.

— De celui qui est venu ici pendant que tu étais en Floride. Bien sûr, nous ne savions pas alors qu'il s'agissait d'un architecte. Dot pensait que c'était un artiste parce qu'il se promenait toujours avec un carnet à croquis et qu'il passait son temps à dessiner.

B.J. sentit monter en elle une brusque inquiétude.

— Quel genre de choses dessinait-il ? s'enquit-elle d'une voix mal assurée.

— L'auberge, principalement. Mais ce n'était pas un simple artiste.

— C'était un architecte, intervint Maggie, incapable de garder le silence plus longtemps.

Eddie lui jeta un regard chargé de reproche.

— Et comment l'avez-vous découvert ?

— Lorsque Louise l'a entendu discuter au téléphone avec M. Reynolds.

L'angoisse de B.J. s'accentua à mesure que ses suspicions se confirmaient.

— Comment cela s'est-il passé, Louise ? demanda-t-elle en se tournant vers la femme de chambre.

— Je ne l'ai pas fait exprès, lui assura celle-ci. En tout cas, pas au début. En fait, j'étais venue faire le ménage dans le bureau, mais comme M. Reynolds était au téléphone, j'ai décidé d'attendre dehors qu'il ait fini. C'est là que je l'ai entendu parler de l'auberge et d'un nouveau bâtiment. Il a prononcé le nom de Fletcher et je me suis rappelé que c'était celui du fameux dessinateur. Ils parlaient de dimensions et de matériaux. Puis M. Reynolds a demandé à M. Fletcher de ne révéler à personne qu'il était architecte tant que lui-même n'aurait pas réglé un certain nombre de problèmes.

— B.J., intervint Eddie d'une voix inquiète en posant la main sur le bras de la jeune femme, est-ce que tu crois qu'il a finalement décidé de transformer l'auberge ? Est-ce que cela signifie qu'il va nous licencier ?

— Bien sûr que non, répondit B.J. d'une voix bien plus assurée qu'elle ne l'était réellement. Il doit s'agir d'un malentendu. M. Reynolds m'a dit qu'il m'avertirait personnellement s'il décidait de modifier quoi que ce soit. Je vais aller en discuter avec lui. En attendant, ne parlez de cela à personne, d'accord ? Je ne tiens pas à ce que tout le monde commence à s'alarmer à cause d'une rumeur infondée.

— Ce n'est pas une simple rumeur, fit une voix derrière eux.

Stupéfaits, ils aperçurent Darla, qui s'était rapprochée discrètement pour écouter leur conversation.

— Et elle n'a rien d'infondé, ajouta la décoratrice.

— Retournez travailler, ordonna B.J. à ses trois employés. Je m'occupe de cette affaire.

A contrecœur, ils s'exécutèrent, jetant au passage quelques regards accusateurs à Darla Trainor, qui ne paraissait pas s'en soucier le moins du monde.

— Je crois que Taylor veut vous parler, indiqua-t-elle à B.J.

— Vraiment ?

— Oui. Je pense qu'il est prêt à vous faire part de ses projets pour l'auberge. Une chose, en tout cas, est certaine : nous allons avoir du travail.

— Que savez-vous exactement des intentions de M. Reynolds ? demanda B.J., terrifiée.

— Vous ne pensiez tout de même pas qu'il allait laisser cet endroit en l'état simplement parce que telle était votre volonté ? répondit Darla avec un petit sourire ironique. Taylor a l'esprit pratique et il n'a rien d'un philanthrope. Je suppose néanmoins qu'il vous offrira un poste lorsque le nouvel hôtel sera prêt. Mais cela ne changera rien au fait que vous avez perdu la partie. A votre place, je crois que je ferais mes bagages pour éviter une telle humiliation.

— Etes-vous en train de me dire que Taylor a décidé de transformer l'auberge en club de vacances ? demanda B.J. d'une voix mal assurée.

— Evidemment ! s'exclama Darla avec un sourire indulgent. Pourquoi aurait-il besoin d'une décoratrice et d'un architecte, dans le cas contraire ? Mais si c'est le sort de votre personnel qui vous inquiète, soyez rassurée. Je suis certaine qu'il gardera tous les employés, au moins temporairement.

Sur ce, Darla se détourna et se dirigea vers l'escalier, laissant B.J. anéantie. Mais, très vite, son désespoir laissa place à une colère bouillonnante. Montant l'escalier quatre à quatre, elle regagna sa chambre et claqua la porte derrière elle.

Quelques minutes plus tard, elle redescendit en courant et gagna le bureau dans lequel elle s'engouffra sans même prendre la peine de frapper. Taylor quitta aussitôt la chaise sur laquelle il était assis et étudia attentivement le visage de la jeune femme qui trahissait la rage qu'elle éprouvait.

— Pourquoi n'es-tu pas restée tranquillement dans ton lit ? lui demanda-t-il, étonné.

En guise de réponse, elle déposa devant lui la nouvelle lettre de démission qu'elle venait de rédiger. Il la parcourut des yeux avant de se tourner de nouveau vers elle.

— Je croyais que nous avions déjà discuté de cette question, remarqua-t-il calmement.

— Mais tu m'avais donné ta parole ! s'exclama-t-elle, furieuse. Alors tu peux déchirer ma lettre si cela te fait plaisir, mais cela ne me fera pas changer d'avis, cette fois ! Trouve-toi une nouvelle potiche, Taylor. Moi, je démissionne !

Sur ce, elle quitta la pièce à grands pas et manqua percuter Eddie qui traversait le couloir. L'écartant sans ménagement de son chemin, elle réintégra sa chambre. Là, elle sortit ses valises et entreprit d'y jeter pêle-mêle ses affaires sans se soucier de les ranger correctement.

Lorsque la première fut remplie à ras bord de vêtements, de

produits de toilette et de livres, elle passa à la seconde. Ce fut alors que la porte s'ouvrit sur Taylor, qui entra et contempla en souriant le chaos qui régnait dans la pièce.

— Sors d'ici ! s'écria-t-elle en regrettant de ne pas être assez grande et forte pour le jeter dehors. Jusqu'à ce que je parte définitivement, cette chambre est la mienne et tu n'as pas le droit d'y entrer sans mon autorisation !

— On ne peut pas dire que tu sois très douée pour faire tes bagages, commenta-t-il d'un ton léger. De toute façon, c'est parfaitement inutile. Tu ne partiras pas d'ici.

— C'est ce que nous verrons, répliqua-t-elle tout en continuant à bourrer sa valise. Dès que j'aurai rassemblé mes affaires, je quitterai l'hôtel. Je ne peux plus supporter de me trouver sous le même toit que toi ! Tu m'avais fait une promesse et je t'ai cru. Je t'ai fait confiance ! Comment ai-je pu être aussi stupide ? J'aurais dû comprendre que rien de ce que je pourrais dire ou faire ne te ferait changer d'avis, une fois que ta décision serait prise. Mais je n'aurais jamais imaginé que tu puisses me mentir de façon aussi éhontée !

De grosses larmes coulaient à présent le long de ses joues et elle les essuya du revers de la main, furieuse de faire preuve de faiblesse en cet instant.

— Si seulement j'étais un homme, je pourrais te donner la correction que tu mérites ! s'écria-t-elle, rageuse.

— Si tu étais un homme, nous n'aurions probablement pas de problèmes à l'heure qu'il est, répondit posément Taylor. Maintenant, arrête de t'agiter de cette façon. Je te rappelle que tu viens de prendre un coup sur la tête !

L'expression mi-agacée, mi-amusée qui se lisait sur le visage de Taylor ne fit qu'accroître le désespoir de la jeune femme. Comment pouvait-il être aussi cruel ? Ne comprenait-il pas qu'il l'avait blessée au plus profond d'elle-même ? Mais peut-être s'en moquait-il, songea-t-elle tristement.

— Laisse-moi tranquille, soupira-t-elle, défaite.

— Allonge-toi, B.J., et tâche de dormir. Nous discuterons quand tu seras reposée.

Il tenta de la prendre par le bras mais elle recula prestement, sachant que, si elle le laissait faire, elle serait incapable de lui résister.

— Ne me touche pas ! s'écria-t-elle. Je suis sérieuse, Taylor !

Percevant la détresse qui perçait dans sa voix, il baissa la main.

— Très bien, lui dit-il en la regardant droit dans les yeux. Mais pourrais-tu au moins me dire ce que j'ai fait de mal ?

— Tu le sais très bien.

— Je n'en suis pas sûr, justement. Et j'aimerais que tu me l'expliques avec tes mots à toi.

— Tu as fait venir un architecte pendant que nous étions en Floride !

— Tu parles de Fletcher ? demanda Taylor, étonné. Que sais-tu d'autre à son sujet ?

— Que tu l'as appelé sans m'en parler et qu'il a inspecté l'auberge et dessiné les plans des aménagements que tu comptes réaliser. Et je te soupçonne de m'avoir emmenée en Floride pour me le cacher.

— C'était en partie le cas, reconnut Taylor sans se démonter.

Cet aveu tranquille transperça le cœur de B.J. aussi sûrement qu'une lame de couteau et elle détourna les yeux, incapable de retenir ses larmes.

— B.J., je pense vraiment que tu devrais me dire ce que tu crois savoir exactement.

— Oh, Darla a été plus que ravie de m'expliquer ce que tu avais en tête ! Tu n'as qu'à aller lui demander ce qu'elle m'a raconté !

— Elle est certainement déjà partie, à l'heure qu'il est, répondit Taylor. Tu ne pensais tout de même pas que j'allais la laisser rester après ce qu'elle t'avait fait ?

B.J. ne s'était certainement pas attendue à cela et elle se demanda comment Taylor pouvait faire preuve, d'un instant à l'autre, d'une telle cruauté et de tant de sensibilité.

— Que t'a-t-elle raconté ? demanda-t-il gravement.

— Elle m'a tout dit, répondit la jeune femme. Que tu avais fait venir un architecte pour qu'il trace les plans de ton futur centre de vacances. Que tu allais probablement engager quelqu'un d'autre pour s'en occuper... Tu m'as menti, Taylor. Et tu as manqué à ta parole. Mais ce n'est là qu'un grief personnel. Le plus grave, c'est que tu vas transformer profondément la vie de Lakeside et la structure même de cette communauté. Tu vas bouleverser des dizaines de vies pour gagner quelques dollars de plus dont tu ne sauras que faire. Palm Beach est un hôtel magnifique, c'est incontestable. Mais il l'est avant tout parce qu'il est parfaitement adapté à son environnement et je ne pense toujours pas que ce genre de structure soit transposable n'importe où.

Taylor la regarda longuement puis secoua tristement la tête.

— Si j'avais su que Darla pouvait se montrer aussi perfide, je n'aurais jamais fait appel à elle, soupira-t-il. Mais elle me le paiera très cher. Désormais, je me passerai de ses services...

Il s'interrompit et jeta un coup d'œil par la fenêtre, contemplant pensivement le lac.

— Si j'ai demandé à Fletcher de venir à l'auberge, reprit-il enfin, c'est pour deux raisons. La première, c'est que je voulais qu'il dessine les plans d'une maison que je compte faire bâtir sur le terrain que j'ai acheté la semaine dernière. Il est situé à dix kilomètres de Lakeside, sur une petite colline qui domine le lac.

— Je ne comprends pas. Pourquoi avoir acheté une telle propriété ?

— La seconde raison, poursuivit Taylor sans tenir compte de sa question, c'est que je voulais qu'il imagine une nouvelle aile pour l'auberge en respectant son architecture. Je compte transférer ici le siège de ma société dès que nous serons mariés et il me faudra plus d'espace.

B.J. le contempla avec stupeur, se demandant s'il n'avait pas brusquement perdu la raison. Une myriade d'émotions contradictoires se succéda en elle tandis qu'elle restait silencieuse, incapable de trouver les mots pour exprimer ce qu'elle ressentait.

Finalement, au prix d'un effort surhumain, elle parvint à recouvrer un semblant de maîtrise de soi.

— Je n'ai jamais accepté de t'épouser, déclara-t-elle enfin.

— Mais cela viendra, lui assura-t-il avec une parfaite décontraction. En attendant, tu peux rassurer les membres de ton personnel. L'auberge demeurera semblable à ce qu'elle a toujours été et tu resteras la gérante sous réserve de quelques ajustements.

— Quel genre d'ajustements ? demanda B.J., ne sachant toujours pas que penser de ce brusque revirement de situation.

— Je suis parfaitement d'accord pour gérer mon entreprise dans l'enceinte d'une auberge, répondit-il en souriant. Mais je n'ai aucune envie de vivre sur mon lieu de travail. Je suggère donc que nous nous installions dans notre nouvelle maison dès qu'elle sera construite. Tu pourras alors céder ta chambre à Eddie et lui déléguer une partie de tes responsabilités. Cela nous permettra de nous ménager un peu de temps pour voyager, tous les deux. J'ai d'ailleurs déjà organisé une petite escapade à Rome dans trois semaines.

— A Rome ? balbutia B.J., qui se demandait si elle n'était pas en train de rêver.

— Ta mère m'a envoyé un certificat de naissance pour que je puisse faire établir un passeport à ton nom.

La jeune femme se rappela alors les questions qu'il lui avait posées à ce sujet lorsqu'ils étaient en Floride. Incapable d'assimiler les multiples révélations dont elle venait d'être témoin, B.J. se mit à faire les cent pas dans la chambre.

— Tu sembles avoir tout prévu, reconnut-elle en luttant pour conserver le contrôle de ses émotions. Tout, sauf mes propres sentiments au sujet de ces projets.

— Je connais parfaitement tes sentiments, objecta Taylor. Je te l'ai déjà dit : ton regard les trahit toujours.

— Je suppose que cela t'arrange, répliqua-t-elle d'un ton chargé de reproche. Tu as dû comprendre ce qui m'arrivait à l'instant même où je me suis rendu compte que j'étais tombée amoureuse de toi.

Elle s'immobilisa devant la fenêtre, regardant sans le voir le paysage qui s'offrait à sa vue. Taylor s'approcha alors et lui massa doucement les épaules pour dissiper la tension qui s'était accumulée en elle.

— C'est vrai, admit-il. Et cela a beaucoup simplifié les choses.

— Je ne comprends pas, lui dit-elle. Pourquoi voudrais-tu m'épouser ?

Il posa ses lèvres sur les cheveux de la jeune femme et elle ferma les yeux, incapable de résister à cette marque de tendresse.

— A ton avis ? murmura-t-il d'une voix emplie de désir.

— Nous n'avons pas besoin d'être mariés pour cela, protesta-t-elle. La nuit où tu es venu dans ma chambre, j'étais déjà en ton pouvoir.

— Je sais, avoua-t-il en passant ses bras autour de la taille de B.J. Mais il était déjà trop tard pour que je puisse me contenter d'une simple nuit avec toi. Je savais déjà que tu étais celle que j'avais toujours cherchée, celle que j'avais toujours attendue. Toi, par contre, tu n'en étais pas encore convaincue, loin de là. Tu me désirais mais tu ne m'aimais pas. Et cela ne me suffisait pas.

— D'autant que tu avais Darla pour réchauffer ton lit en attendant, répliqua-t-elle avec une pointe de rancœur.

— Je ne mentirai pas, répondit gravement Taylor. Darla et moi avons été amants, autrefois. Mais je te promets que je ne l'ai pas touchée depuis le jour où je t'ai rencontrée. Ça l'a rendue furieuse, d'ailleurs, et elle a essayé de me détourner de toi. J'imagine qu'elle ne pouvait pas comprendre ce que je ressentais. Elle est incapable d'aimer qui que ce soit à part elle-même…

Se tournant vers lui, B.J. sentit une boule se former dans sa gorge tandis que des larmes de joie coulaient le long de ses joues.

— Mais pourquoi as-tu attendu si longtemps avant de me le dire ? s'exclama-t-elle. Cela fait deux semaines que tu me rends complètement folle !

— Parce que je voulais que tu sois aussi sûre de tes sentiments que je l'étais des miens, répondit-il. Et ne t'imagine pas que cela a été plus facile pour moi ! J'ai dû me battre sans cesse contre moi-même, contre mon propre désir. J'ai vécu un véritable enfer, crois-moi ! Mais la seule chose qui m'aidait à le supporter, c'était l'amour que j'éprouvais pour toi et que je sentais grandir chaque jour.

B.J. le contempla d'un air incertain, mais la tendresse infinie qu'elle lut dans son regard suffit à la convaincre que Taylor lui disait la vérité. Jamais elle ne s'était sentie aussi heureuse qu'en cet instant. Toutes les souffrances qu'elle avait traversées au cours de ces derniers jours étaient balayées par une joie si immense qu'elle en était presque terrifiante.

— Je t'aime, murmura Taylor d'une voix vibrante d'émotion. Je crois que je suis tombé amoureux de toi à l'instant même où je t'ai vue te jeter sur la dernière base de ce terrain de base-ball.

— Dans ce cas, tu aurais au moins pu dire que je n'étais pas *out*, répondit-elle en souriant à travers ses larmes.

Il éclata de rire et la prit dans ses bras pour la serrer contre lui de toutes ses forces. Et elle eut l'impression qu'après des années d'errance elle se retrouvait enfin là où elle avait toujours voulu être.

— Je continue à penser que tu aurais pu me dire tout cela avant, reprit-elle enfin.

— Telle était bien mon intention lorsque je suis venu te parler, le jour où tu t'es disputée avec Darla. Lorsque je suis entré dans le bar, c'était pour t'avouer mes sentiments et tenter de prendre un nouveau départ. Mais, avant même que j'aie pu le faire, tu t'es montrée cassante et glacée. Le lendemain, dans ta chambre, tu t'es mise en colère. C'est là que j'ai compris que, tant que nous resterions dans un cadre professionnel, nous n'aurions jamais la possibilité de faire abstraction de nos différends. C'est pour cela que je t'ai emmenée avec moi en Floride.

— Je croyais que c'était parce que Bailey avait un problème, objecta-t-elle.

— Disons que j'ai fait d'une pierre deux coups. Mais, de toute façon, j'étais bien décidé à t'arracher quelques jours à l'auberge. Je voulais que nous nous retrouvions seuls, toi et moi. Que tu puisses te détendre et être plus à l'écoute de ton propre cœur.

Il sourit et déposa un petit baiser sur ses lèvres.

— Bien sûr, reprit-il, je ne pensais pas que tu en profiterais pour séduire Hardy!

— Je ne l'ai pas séduit, protesta-t-elle vivement. C'est lui qui a essayé.

— Tu ne l'as pas vraiment découragé.

— Ne me dis pas que tu étais jaloux!

— Voilà ce que j'appelle un euphémisme, répondit Taylor en riant. En tout cas, c'est à ce moment que j'ai décidé pour la deuxième fois de t'avouer mes sentiments. J'étais bien décidé à le faire dans les règles de l'art. J'avais commandé un bon dîner, du vin et mis de la musique. Et je voulais te demander de m'épouser.

— Pourquoi ne l'as-tu pas fait, alors ? demanda B.J., étonnée.

— Parce que je me suis laissé distraire, avoua-t-il. Je n'avais pas du tout l'intention que les choses aillent aussi loin. Et je comptais bien sur la force de ma volonté pour éviter que cela ne se produise. Mais j'avais sous-estimé le désir que j'avais de toi. Et lorsque j'ai compris que j'étais en train de perdre tout contrôle, je m'en suis voulu.

— Je pensais que c'était contre moi que tu étais furieux, remarqua B.J.

— Je sais. Et cela valait peut-être mieux. Si tu avais deviné ce que je ressentais, je n'aurais probablement pas pu résister à la tentation. Or, je ne voulais pas que notre relation se limite à cela.

— Moi qui croyais que tu ne me désirais pas vraiment, murmura-t-elle, stupéfiée par l'idéalisme que trahissaient ses paroles.

Ce fut au tour de Taylor de paraître surpris.

— Comment as-tu pu imaginer une chose pareille ? s'exclama-t-il. Je te veux, B.J. J'ai besoin de toi comme je n'ai eu besoin de personne auparavant. Chaque fois que je te regarde dans les yeux, j'ai l'impression de m'y perdre pour mieux me retrouver.

Terrassée par l'émotion qu'éveillait en elle cette déclaration passionnée, B.J. ne put trouver les mots pour y répondre. Jugeant que les gestes valaient parfois mieux que les paroles, elle se dressa sur la pointe des pieds pour embrasser Taylor.

Il y avait dans ce baiser une tendresse si profonde qu'il prenait la valeur d'une promesse éternelle, de cet engagement total qu'elle se sentait prête à lui offrir. Il était son présent et son avenir, le seul homme qu'elle avait aimé et qu'elle aimerait à jamais.

— Je ne sais pas comment j'ai pu rester loin de toi au cours de ces derniers jours, murmura Taylor quand ils se séparèrent enfin. J'avais l'impression de me retrouver seul dans le désert.

La jeune femme enfouit son visage au creux de son épaule, se gorgeant de son odeur qui éveillait en elle un désir enivrant.

— Je voulais juste que tout soit prêt lorsque je reviendrais vers toi, reprit Taylor. Malheureusement, ta perspicacité m'en a empêché. Notre contrat de mariage ne sera prêt que demain.

— Je peux peut-être accélérer la procédure, répondit B.J. en souriant. Le juge Walker est l'oncle d'Eddie.

— Je vois aujourd'hui combien tu avais raison, lui dit Taylor en riant. Rien ne vaut les petites villes !

Comme il se penchait sur elle pour l'embrasser de nouveau, quelqu'un frappa frénétiquement à la porte.

— B.J., c'est moi, fit la voix d'Eddie. Je n'arrive pas à retrouver le dîner de Julius, le chien de Mme Frank. Il faudrait aussi des graines pour Horatio.

— Qui diable est Horatio ? souffla Taylor.

— Le perroquet des sœurs Bodwin, répondit B.J.

— Dans ce cas, tu n'as qu'à dire à Eddie de donner Horatio à manger à Julius. Cela devrait régler le problème !

— C'est une idée, répondit B.J. en riant. Mais je crois que nous perdrions de très bonnes clientes. Le repas de Julius est sur la troisième étagère du réfrigérateur de la réserve, ajouta-t-elle à l'intention d'Eddie. Quant aux graines, tu n'as qu'à envoyer quelqu'un à l'épicerie de Lakeside. Je sais qu'ils en vendent. Maintenant, fiche le camp, Eddie. Je suis en pleine discussion avec M. Reynolds !

— Très bien, je vous laisse, répondit son assistant.

Ils l'entendirent s'éloigner dans le couloir. La jeune femme se tourna alors vers Taylor en souriant.

— Maintenant, monsieur Reynolds, je pense que nous devrions étudier les plans qu'a dessinés M. Fletcher. En tant que gérante, je pense avoir mon mot à dire sur les aménagements qu'il a prévu de réaliser.

— B.J., je me demande vraiment si tu apprendras un jour à te taire, s'exclama Taylor en souriant.

— Ne compte pas trop là-dessus, répliqua-t-elle. Mais je te

promets de te laisser de longues années pour m'enseigner les vertus du silence.

— Dans ce cas, déclara Taylor, je ferais mieux de commencer dès maintenant.

Se penchant sur elle, il posa ses lèvres sur les siennes.

— Au fait, ajouta-t-il malicieusement lorsqu'ils se séparèrent. Maintenant que j'ai vu ton acte de naissance, je sais enfin ce que représentent les initiales de ton prénom…

UN COTTAGE EN CORNOUAILLES

1

Il s'était installé à l'écart, prenant soin de rester hors de vue, et l'observait attentivement. La première chose qui l'avait surpris lorsqu'il l'avait revue, c'était le fait qu'elle n'avait presque pas changé. En fait, en posant les yeux sur elle, il avait brusquement eu l'impression de se retrouver projeté cinq ans en arrière.

Raven Williams était toujours aussi mince et élancée, ce qui donnait à ses interlocuteurs une trompeuse impression de fragilité. Une impression démentie par l'éclat farouche de ses beaux yeux gris, qui trahissaient une volonté et une force de caractère peu communes.

Elle n'avait pas coupé ses longs cheveux, qui lui descendaient jusqu'aux hanches. Elle ne les attachait jamais et ils flottaient autour d'elle comme une cape de soie noire, accentuant l'impression de sensualité qui se dégageait d'elle.

Son visage aux traits fins, aux pommettes saillantes et au menton légèrement pointu évoquait celui d'une fée. Ses lèvres très rouges étaient le plus souvent illuminées par un sourire un peu rêveur, comme si elle se trouvait toujours à mi-chemin d'un autre monde.

Ce n'était d'ailleurs pas très éloigné de la vérité. A ses yeux, Raven s'était toujours trouvée en communication avec une dimension différente, faite de musique et de sons, de rythmes et de mélodies dans lesquels elle puisait son inspiration.

Mais ce qu'il reconnaissait par-dessus tout, c'était cette voix inoubliable. Riche, profonde, veloutée, avec cette note légèrement rauque, subtil mélange de mystère et de sensualité. C'était cette voix qui fascinait ses fans à travers le monde et qui l'avait envoûté, lui aussi, autrefois.

Tandis qu'elle chantait, il remarqua à quel point elle était nerveuse. Elle ne s'était jamais vraiment sentie chez elle dans l'atmosphère lisse et policée d'un studio d'enregistrement. Il ne put s'empêcher de sourire : cela faisait six ans qu'elle avait enregistré son premier album et on aurait pu croire, depuis tout ce temps, qu'elle finirait par se familiariser avec ce genre d'exercice.

Mais le talent de Raven ne s'épanouissait jamais aussi bien qu'en public. C'était dans les bars et les salles de spectacle qu'elle parvenait vraiment à se laisser aller, à s'abandonner pleinement à la musique.

Les yeux fermés, son casque sur les oreilles, Raven écoutait les dernières prises que le groupe venait d'enregistrer. Globalement, elle était plutôt satisfaite du résultat. Seul le dernier morceau lui paraissait un peu plus faible que les autres.

Elle coupa la ligne de chant et se concentra sur la partie instrumentale. Celle-ci lui sembla parfaite. Elle modifia donc les réglages de la table de mixage pour ne plus entendre que la voix. Il lui sembla que quelque chose manquait. Cela paraissait trop plat, trop froid.

Raven ôta son casque et fit signe à son guitariste, qui discutait avec l'ingénieur du son.

— Marc?

Il se tourna vers elle et lui sourit.

— Un problème?

— Je trouve que le dernier morceau manque de relief, déclara la jeune femme. Qu'est-ce que tu en penses?

Elle avait une confiance absolue en Marc Ridgely. C'était probablement l'un des meilleurs musiciens qu'elle ait jamais rencontrés. Non seulement il jouait merveilleusement de la guitare mais il avait également un sens aigu des arrangements.

Marc caressa pensivement sa barbe, comme il le faisait toujours lorsqu'il se sentait embarrassé, et Raven comprit immédiatement ce qu'il s'apprêtait à lui dire.

— Je ne vois aucun problème au niveau des instruments, déclara-t-il enfin. Mais tu devrais peut-être refaire une prise…

La jeune femme ne put s'empêcher de rire. Ce genre de commentaire était typique de Marc : il avait toujours la délicatesse de ménager l'ego et la susceptibilité des artistes avec lesquels il travaillait.

— J'ai bien peur que tu n'aies raison, lui dit-elle en remettant son casque.

Elle gagna la cabine insonorisée et, après avoir refermé la porte derrière elle, se plaça devant le microphone.

— Je vais refaire une prise de *Love and Lose*, annonça-t-elle à l'intention du technicien qui se trouvait de l'autre côté de la baie vitrée. Je me suis laissé dire que la précédente n'était pas à la hauteur.

Marc lui sourit et alla se placer derrière la gigantesque console. Elle lui fit signe qu'elle était prête et il envoya la musique. Raven ferma les yeux, se laissant envahir par les arpèges qui constituaient l'introduction du morceau.

Il s'agissait d'une ballade sombre et lancinante qui s'harmonisait parfaitement avec la tonalité chaude et légèrement rauque de sa voix. Elle avait écrit les paroles des années auparavant mais c'était la première fois qu'elle se sentait assez forte pour les chanter en public.

Jusqu'alors, cette chanson était restée enfermée au plus profond d'elle-même, dans ce sombre recoin de son esprit où elle remisait ses souvenirs les plus douloureux. C'était d'ailleurs précisément là qu'elle devait puiser l'énergie qui manquait à sa précédente interprétation. Si elle voulait trouver le ton juste, elle devait ouvrir les vannes de sa mémoire, retrouver l'état d'esprit qui avait été le sien lorsqu'elle avait composé ce morceau.

Raven lutta contre la peur qui l'étreignait à la simple idée de revivre ces moments d'angoisse et de désespoir. Elle se projeta dans le passé, se sentant aussitôt envahie par une souffrance aussi poignante que familière.

Lorsqu'elle commença à chanter, sa voix s'était chargée d'une émotion qu'elle ne cherchait plus à contrôler. Elle reflétait un mélange envoûtant de mélancolie, de regrets et de douleur.

Lorsque le morceau prit fin, elle dut faire un immense effort pour refouler les larmes qui menaçaient de la submerger. Les musiciens la contemplaient avec un mélange d'admiration et de stupeur, comprenant qu'elle venait de se mettre à nu.

Brusquement, la jeune femme sentit une certaine gêne l'envahir. Aussitôt, Marc la rejoignit dans la cabine et passa affectueusement un bras autour de ses épaules.

— Ça va ? lui demanda-t-il d'une voix très douce.

— Oui, articula Raven, qui luttait pour réprimer les tressaillements qui la parcouraient. Bien sûr... Je crois juste que je me suis laissé un peu emporter, cette fois-ci.

Il lui sourit et l'embrassa sur la joue. Cette démonstration d'affection était d'autant plus précieuse que Marc était connu pour son extrême timidité.

— Tu as été fantastique ! déclara-t-il avec conviction.

Raven sentit refluer la souffrance qui l'habitait et elle sourit à son tour.

— Merci. J'en avais vraiment besoin...

— Du baiser ou du compliment ?

— Des deux, répondit-elle en riant. Tu sais combien les stars ont besoin de se sentir admirées !

— Qu'est-ce qu'il ne faut pas entendre ! s'exclama joyeusement le batteur de la jeune femme.

Marc sourit. L'une des choses qu'il appréciait le plus chez Raven était le fait que, malgré son succès, elle ne s'était jamais vraiment prise au sérieux. Contrairement à bien des artistes avec lesquels il avait travaillé, elle avait su rester naturelle et traitait toujours d'égal à égal les gens qui l'entouraient.

— Sur ces bonnes paroles, dit la jeune femme, je crois que nous pouvons déclarer officiellement la fin de l'enregistrement !

Quelques vivats fusèrent dans le studio. C'est alors que Raven remarqua la silhouette d'un homme qui se tenait dans l'ombre.

Lorsqu'il s'avança enfin, elle sentit les battements de son cœur s'emballer et un brusque vertige s'empara d'elle.

L'émotion qu'elle avait ressentie en interprétant le dernier morceau resurgit en elle, plus violente encore qu'auparavant.

— Brandon, murmura-t-elle d'une voix tremblante.

Une panique incontrôlable la submergea et, l'espace de quelques instants, elle fut tentée de fuir sans demander son reste. Mais les années passées à arpenter les scènes à travers tout le pays lui avaient appris à maîtriser ses émotions, à dominer son trac et ses angoisses.

Tandis que Brandon Carstairs la rejoignait dans la cabine, elle fit appel à toute son expérience pour se composer une expression détachée. Elle aurait tout le temps, par la suite, de remettre de l'ordre dans ses pensées, de digérer le choc qu'elle avait éprouvé en se retrouvant en face de lui après toutes ces années.

— Brandon ! s'exclama-t-elle d'un ton volontairement léger. Quel plaisir de te revoir !

S'approchant de lui, elle l'embrassa sur les deux joues.

Brandon était stupéfié par la maîtrise de soi dont Raven faisait preuve. Il avait pourtant remarqué sa première réaction. Elle avait pâli et vacillé légèrement, et il avait craint un instant qu'elle ne prenne la fuite.

Mais elle avait visiblement décidé de ne rien laisser paraître de cette émotion, de s'abriter derrière un masque d'affable indifférence. L'ampleur de cette apparente transformation le surprit. Jadis, Raven aurait été incapable d'exercer un tel contrôle sur elle-même.

Contrairement à ce qu'il avait cru, elle avait changé.

— Raven, lui dit-il en se mettant au diapason de sa fausse décontraction. Tu es splendide !

La jeune femme se contraignit à sourire. La voix de Brandon éveillait en elle des souvenirs aussi troublants que douloureux. Elle avait conservé cette légère pointe d'accent irlandais qui formait un contraste si sensuel avec son anglais irréprochable.

Physiquement, il n'avait pas beaucoup changé non plus. Il était grand, toujours un peu trop maigre. Ses cheveux étaient aussi noirs que ceux de la jeune femme mais ils formaient une masse de boucles emmêlées.

Ses traits parfaitement dessinés s'étaient creusés de quelques rides, au coin des yeux et de la bouche, qui lui donnaient l'air plus mûr. Curieusement, cela le rendait plus séduisant encore, et Raven comprenait l'adoration que lui vouaient ses fans et ses groupies partout dans le monde.

Elle-même avait autrefois été fascinée par ce visage aux pommettes saillantes, par ces yeux bleu-vert à l'expression légèrement rêveuse. Il les tenait de sa mère irlandaise. Son père anglais lui avait légué son élégance naturelle et sa distinction toute britannique.

— Tu n'as pas changé, déclara la jeune femme d'un ton où perçait une pointe de détresse.

— C'est étrange, répondit Brandon en souriant. Je me disais exactement la même chose à ton sujet. Mais je suppose que ce n'est vrai ni dans un cas ni dans l'autre.

— Probablement… Mais dis-moi, qu'est-ce qui t'amène à Los Angeles, au juste ?

— Un projet professionnel…

Il lui lança l'un de ces regards envoûtants dont il avait le secret et Raven se sentit frémir malgré elle.

— Et le plaisir de te revoir, bien sûr, ajouta-t-il galamment.

— Je n'en doute pas, répondit la jeune femme d'une voix un peu sèche.

Son ton étonna Brandon. La Raven qu'il avait connue n'aurait jamais parlé de la sorte. Mais il y avait de l'amertume en elle désormais, et il comprit qu'il en était probablement en grande partie responsable.

— Tu te trompes, lui dit-il. Je voulais vraiment te rencontrer. Est-ce que tu serais libre à dîner, un soir de la semaine ?

Raven sentit les battements de son cœur s'accélérer. Elle essaya vainement de se convaincre que ce n'était qu'un simple réflexe, que rien de ce que pouvait dire ou faire Brandon ne pouvait plus la toucher. Mais elle ne parvint pas à s'en persuader réellement.

— Je suis désolée, répondit-elle. Je suis vraiment débordée, ces temps-ci…

Ce n'était pas faux, songea-t-elle. L'enregistrement de son album venait de se terminer mais elle devait préparer sa tournée prochaine.

— Il faut pourtant que je te parle, insista Brandon. Si tu préfères, je passerai te voir chez toi dans la journée.

— Brandon…, fit Raven.

— Tu habites toujours avec Julie, n'est-ce pas ? ajouta-t-il sans lui laisser le temps de protester.

— Oui, mais…

— Je serais vraiment ravi de la revoir. Je passerai demain vers 16 heures.

Il se pencha vers elle et l'embrassa sur les deux joues comme un vieil ami avant de se détourner pour quitter le studio. Tout en le suivant des yeux, Raven se demanda si elle n'allait pas regretter amèrement de n'avoir pas refusé cette visite.

Une heure plus tard, Raven passa le portail électrique qui donnait sur la villa qu'elle avait achetée à Los Angeles quelques années auparavant. Comme à son habitude, elle conduisait elle-même son véhicule, une belle Jaguar bleu marine.

Julie avait essayé de la convaincre d'engager un chauffeur mais elle s'y était toujours opposée. Elle aimait bien trop la sensation de liberté que lui procurait cette voiture. Il lui arrivait même de rouler pour le plaisir. Elle longeait alors la côte ou s'enfonçait dans le désert californien.

Malheureusement, ce jour-là, le trajet qu'elle avait parcouru depuis le studio d'enregistrement situé dans North Hollywood n'avait pas suffi à distraire son esprit en effervescence.

Le retour de Brandon l'avait prise par surprise et elle n'était pas certaine de ce qu'elle ressentait à l'idée de le revoir le jour suivant. Pendant longtemps, elle était parvenue, sinon à l'oublier, du moins à isoler son souvenir dans une partie étanche de son esprit à laquelle elle ne se permettait jamais d'accéder.

Après s'être garée devant la maison, Raven gravit les quatre marches qui menaient au porche. La porte était fermée à clé et elle dut fouiller dans son sac à main pendant plusieurs minutes avant de trouver son trousseau.

Lorsqu'elle eut enfin ouvert, elle se rendit directement dans la salle de musique et se jeta sur son canapé préféré. Là, elle resta longuement immobile, les yeux dans le vague. Le mur qui lui faisait face était couvert d'étagères surchargées de partitions et de livres traitant exclusivement de musique.

Il y avait les biographies des artistes préférés de Raven : Jimi Hendrix, Miles Davis, Thelonious Monk et bien d'autres. On y trouvait aussi quelques magazines spécialisés qui traitaient pour la plupart d'instruments et de matériel de prise de son.

Au cours des années, la jeune femme avait équipé la pièce d'un système d'enregistrement très performant. Il y avait une table de mixage reliée à un ordinateur sur lequel elle stockait toutes ses compositions, un micro, un beau piano Steinway, plusieurs guitares acoustiques, folks et électriques, une basse et tout un assortiment d'instruments plus exotiques qu'elle collectionnait pour le plaisir.

Çà et là des instruments jonchaient le sol ou étaient suspendus au mur : une mandoline, deux banjos à quatre et cinq cordes, un tympanon, une harpe celtique, une cithare, un bâton de pluie australien, un didjeridoo, un ukulélé, un oud et même une kora du Sénégal.

La décoration était aussi dépareillée que les instruments : le tapis était persan ; la table basse, africaine ; et le canapé, très anglais. Elle avait acheté les lampes aux enchères, de même que l'œuf de Fabergé et le dessin de Picasso qui était accroché au mur.

A ses côtés étaient disposés les disques d'or et de platine que la jeune femme avait remportés, ainsi que l'affiche de son tout premier concert. L'ensemble formait un improbable amalgame mais c'était dans cette pièce que Raven se sentait le plus à l'aise.

Chaque objet avait une histoire et une signification personnelle. Pour le reste de la maison, elle s'en était remise entièrement à Julie dont elle connaissait le goût très sûr, mais ici c'était son royaume, l'endroit où elle avait composé la majeure partie des morceaux qui lui avaient valu son succès.

Seuls ses amis les plus proches y étaient admis. Et Brandon, en son temps, songea-t-elle tristement.

Agacée par ce souvenir douloureux, la jeune femme alla s'asseoir devant le piano et attaqua une sonate de Beethoven avec une fougue qui confinait à la rage. Sous ses doigts, la mélodie se développa, sauvage et indomptable. Elle martelait les touches avec fureur, laissant s'exprimer le mélange d'angoisse, de colère et de frustration qui l'habitait depuis qu'elle avait revu Brandon.

Lorsqu'elle conclut enfin, les dernières notes restèrent longtemps suspendues dans l'air, comme pour la narguer.

— Je vois que tu es rentrée, fit une voix derrière elle.

Raven se retourna et avisa Julie, qui se tenait sur le seuil de la pièce. Son amie s'avança de cette démarche assurée et conquérante qu'elle lui avait toujours connue.

Les deux femmes s'étaient rencontrées au cours d'une soirée, six ans auparavant. Julie, héritière d'une fortune prodigieuse, passait le plus clair de son temps à courir les fêtes où se pressait le gratin de Los Angeles.

Elle paraissait connaître personnellement tout ce que la ville comptait d'acteurs, de réalisateurs, de musiciens et de peintres et se plaisait à dire qu'elle était la seule de tous ses amis à n'avoir aucun don artistique.

Raven avait tout de suite été séduite par la franchise et l'humour de la jeune femme et elles étaient rapidement devenues des amies inséparables. Finalement, presque naturellement, Julie avait commencé à s'occuper des aspects logistiques de la vie de Raven, laissant celle-ci se consacrer pleinement à son art.

Elle était devenue une sorte d'assistante qui gérait son emploi du temps, ses investissements financiers, ses déplacements et tous les détails matériels que Raven trouvait trop fastidieux et déprimants. Elle se consacrait à cette tâche avec passion, heureuse d'avoir enfin trouvé quelque chose qui donne un sens à son existence oisive.

— Est-ce que l'enregistrement s'est mal passé ? demanda Julie en fronçant les sourcils.

Elle connaissait suffisamment Raven pour savoir que l'expression qui se peignait sur son visage n'annonçait rien de bon. Cela faisait des années qu'elle ne lui avait pas vu un regard si sombre et si désespéré.

— Qu'y a-t-il ? reprit-elle, inquiète.

— Il est revenu, répondit simplement Raven.

Julie n'eut pas besoin de lui demander de qui elle parlait. Un seul homme au monde était capable de la mettre dans cet état.

— Où l'as-tu rencontré ?

— Au studio…, soupira Raven en passant nerveusement la main dans ses longs cheveux noirs. Il est passé me voir à la fin de l'enregistrement. Je ne sais même pas combien de temps il est resté là à m'observer avant de venir me parler.

— Je me demande ce qu'il fait en Californie.

— Je ne sais pas. Il a dit qu'il était là pour affaires. Peut-être prépare-t-il aussi une nouvelle tournée…

La jeune femme se massa la nuque sans parvenir à se défaire de la tension nerveuse qui l'habitait.

— Il doit venir demain.

— Je vois, soupira Julie.

— Ce n'est pas ce que tu penses, protesta Raven. Alors, ne me fais pas ces yeux-là… Cette fois, je vais vraiment avoir besoin de ton aide !

— Très bien… Prenons les choses dans l'ordre : est-ce que tu veux vraiment le revoir ?

Cette question terre à terre était typique de Julie, songea Raven. Et c'était exactement ce qu'elle attendait d'elle en cet instant où elle ne parvenait plus à penser clairement.

— Non, répondit-elle. Oui…

Elle étouffa un juron et pressa ses tempes douloureuses.

— Je ne sais pas, avoua-t-elle enfin. J'ai cru que tout était fini, qu'il avait disparu définitivement de ma vie. Mais maintenant…

Elle s'interrompit de nouveau et poussa un gémissement. Finalement, incapable de tenir en place, elle se leva et commença à arpenter la pièce de long en large. Julie la contempla pensivement, songeant qu'elle n'avait plus rien d'une star du rock en cet instant. Elle n'était plus qu'une femme qui souffrait terriblement.

— Je pensais avoir tourné la page, reprit-elle. Je croyais que le passé était mort et enterré.

Raven se tut, ne parvenant pas à comprendre comment elle pouvait se sentir encore si vulnérable après tant de temps. Il lui avait suffi de le revoir une fois pour que resurgissent tous ses doutes et toutes ses angoisses.

— Je savais bien que je le reverrais un jour, poursuivit-elle. J'avais toujours pensé que ce serait à New York ou à Londres puisque c'est là qu'il passe le plus clair de son temps. Mais jamais je n'aurais cru le retrouver à Los Angeles. Le pire, c'est que c'est arrivé juste après que j'ai eu fini de chanter cette maudite chanson. Tu sais, celle que j'avais écrite lorsqu'il est parti. C'est incroyable, n'est-ce pas ?

Julie ne répondit pas immédiatement, laissant à Raven le temps de recouvrer un peu ses esprits.

— Que comptes-tu faire ? demanda-t-elle enfin.

— Faire ? répéta son amie en la regardant droit dans les yeux. Mais je ne compte rien faire du tout ! Je ne suis plus une enfant qui rêve au Prince charmant et aux lendemains qui chantent ! Je n'avais que vingt ans lorsque j'ai rencontré Brandon et j'étais littéralement fascinée par son talent. Il s'est montré patient et gentil à un moment de ma vie où j'en avais grand besoin. Je ne comprenais rien à ce qui était en train de m'arriver. Je n'arrivais pas à m'habituer à mon propre succès et à la façon dont les choses s'accéléraient…

Elle s'interrompit, fermant les yeux pour mieux revivre ce qui s'était passé alors.

— Je crois que c'est cela qui l'a fait fuir, en fin de compte… A ses yeux, je ne devais être qu'une gamine sans expérience et il n'avait pas envie de jouer les baby-sitters… Alors, il est parti. Et il m'a brisé le cœur. J'ai longtemps essayé de me persuader qu'il m'avait tout de même aimée mais je sais à présent que ce n'était probablement pas le cas. On n'abandonne pas de façon aussi brutale quelqu'un à qui on tient vraiment.

Raven se tourna vers Julie, qui l'écoutait attentivement, les bras croisés sur sa poitrine.

— Pourquoi est-ce que tu ne dis rien ? lui demanda-t-elle.

— Parce que je trouve que tu t'en sors très bien toute seule. Mon analyse de la situation est la même que la tienne.

— Cela ne m'étonne pas, acquiesça Raven. Tu es la seule personne qui me connaisse vraiment et qui ne m'ait jamais trahie… J'ai vite compris qu'en laissant les gens devenir trop proches de moi je m'exposais, je leur donnais la capacité de me faire du mal. C'est ce qui s'est passé avec ma mère lorsque j'étais enfant et avec Brandon ensuite…

Raven prit une profonde inspiration avant de poursuivre.

— J'étais amoureuse de lui. Je croyais qu'il m'aimait. Aujourd'hui, je sais qu'il n'en était rien. Mais lorsque je l'ai revu, juste après avoir interprété cette chanson, je n'ai pas eu le temps de m'endurcir. Demain, lorsqu'il viendra me voir, je serai prête. J'écouterai ce qu'il a à me dire et ensuite je le raccompagnerai jusqu'à la porte. Qui sait ? Cela m'aidera peut-être à tirer définitivement un trait sur cette histoire.

— Le crois-tu vraiment ? demanda Julie, dubitative.

— Oui, répondit Raven, qui sentait revenir progressivement sa confiance en soi. J'aime ce que j'ai fait de ma vie, Julie. Et je n'ai aucune envie d'en changer. Ni pour lui ni pour personne d'autre.

2

Raven choisit ses vêtements avec soin. Elle essaya de se convaincre que c'était parce qu'elle avait prévu de se rendre à une séance d'essayage pour sa prochaine tournée et de déjeuner avec son agent. Mais, tandis qu'elle hésitait devant son armoire, c'était bien à Brandon qu'elle pensait.

Elle finit par opter pour un chemisier de soie blanche et un tailleur noir qui mettait en valeur sa silhouette et dans lequel elle se sentirait plus sûre d'elle.

Elle choisit également une ceinture au fermoir d'or et ses boucles d'oreilles favorites et étudia l'image que lui renvoyait son miroir. La jeune fille sans le sou qu'elle avait été autrefois ne se serait sans doute pas reconnue dans cette rock-star élégante, songea-t-elle avec un mélange de fierté et de nostalgie.

Lorsqu'elle arriva chez Wayne Metcalf, elle se rendit compte qu'elle n'était pas la seule à avoir connu une telle métamorphose au cours de ces dernières années. Raven avait connu Wayne dans un bar où elle chantait tous les soirs avant de devenir célèbre.

Il y travaillait comme serveur mais ambitionnait de devenir couturier. Il lui avait montré les dessins des vêtements qu'il rêvait de réaliser. La jeune femme avait été fascinée par le mélange d'audace et d'élégance de ses croquis. Et elle n'avait pas oublié…

Quelques années plus tard, elle avait enfin été remarquée par le producteur d'un petit label de rock et avait enregistré son premier album. Lorsqu'il avait été question des tenues de scène qu'elle porterait lors de sa tournée, elle s'était immédiatement souvenue de Wayne. Elle avait repris contact avec lui et l'avait engagé.

Grâce au salaire que lui versait le label, Wayne avait ouvert son premier atelier, juste au-dessus d'un petit restaurant grec. Raven se souvenait avec émotion de leurs premières séances d'essayage. Une odeur d'épices et d'huile d'olive flottait dans la pièce et on entendait la musique traditionnelle qui montait de l'étage inférieur.

Mais Wayne n'était pas resté longtemps dans ce local exigu. La tournée de Raven avait été un véritable triomphe et les ventes de son album n'avaient pas tardé à décoller. Dès lors, son costumier attitré avait été submergé de commandes d'autres artistes.

Il avait alors fondé Metcalf Designs et acheté un beau bâtiment situé sur les hauteurs de Beverly Hills. Il avait également engagé toute une équipe de couturières et de designers. Mais il se faisait un point d'honneur de concevoir personnellement toutes les tenues de Raven, à laquelle il vouait une reconnaissance éternelle.

Comme Julie, il avait connu la jeune femme avant qu'elle n'accède à la célébrité. Il la considérait comme une amie et non comme une star et faisait preuve envers elle d'une loyauté indéfectible.

Il avait d'ailleurs beaucoup aidé Raven à s'adapter à sa nouvelle vie et à retrouver ses marques. Car son existence avait basculé du jour au lendemain : aux petits boulots et aux fins de mois difficiles avaient succédé la gloire et la fortune.

Mais ce que la plupart des gens ne voyaient pas, c'était la formidable pression qui s'exerçait sur les artistes comme elle. Il fallait améliorer sans cesse ses performances et ses compositions, sillonner le pays pendant des mois jusqu'à perdre le sens du temps et de la géographie, répondre à des centaines de journalistes et à des milliers de fans…

Il n'était plus question de négliger sa voix ou sa silhouette, d'espérer échapper aux paparazzi qui la poursuivaient partout ou de nouer des rapports vraiment désintéressés avec les gens qui l'entouraient.

Sans le soutien de Wayne et de Julie, Raven aurait sans doute eu beaucoup de mal à faire face à cette étrange existence.

Tandis que la jeune femme se faisait cette réflexion, elle se dirigea vers le bar qui occupait le fond de la pièce consacrée aux essayages. Ouvrant le réfrigérateur, elle prit une cannette de jus d'orange.

Nombre de gens auraient été surpris d'apprendre que Raven ne consommait jamais d'alcool. Dans son métier, les occasions de boire ne manquaient pas et la plupart des artistes qu'elle connaissait avaient sombré dans l'alcoolisme à un moment ou à un autre de leur carrière.

Mais Raven avait été confrontée à ce problème bien avant de devenir la chanteuse célèbre et reconnue qu'elle était aujourd'hui. Très jeune, elle avait appris à se défier de sa mère lorsqu'elle s'adonnait à son vice favori.

Elle avait dû endurer les regards moqueurs, les chuchotements entendus, les plaintes des voisins et les discours compatissants de ses amis. Il lui semblait parfois qu'à cette époque l'alcool avait constitué l'axe autour duquel gravitait toute leur existence.

De crises en rémissions, de dégoûts en rechutes, la boisson avait rythmé leur vie. Raven vivait alors dans un état d'anxiété presque constant. Chaque fois que sa mère rentrait tard, chaque fois qu'elle ne répondait pas au téléphone, chaque fois qu'elle était incapable de se rendre à son travail, Raven craignait le pire.

Et aujourd'hui, elle avait de nouveau disparu. Elle se terrait probablement dans quelque motel sordide où elle buvait à longueur de journée pour oublier toutes ces années perdues. Elle finirait sans doute par réapparaître lorsqu'elle n'aurait plus assez d'argent pour régler sa note…

Raven soupira tristement et s'efforça de bannir ces images désespérantes. Mais elle avait beaucoup de mal à se départir du mélange de chagrin et de culpabilité qui l'assaillait chaque fois qu'elle pensait à sa mère. Car elle se demandait toujours si elle n'était pas en partie responsable de l'état de détresse dans lequel elle se trouvait.

Aurait-elle pu trouver les mots justes, autrefois, pour la convaincre de renoncer à l'alcool ? Les choses auraient-elles été différentes si elle s'était montrée plus affectueuse, plus dévouée, plus encourageante ? Probablement pas, songea-t-elle une fois encore. Mais comment en être vraiment sûre ?

L'arrivée de Wayne la tira de ses sombres méditations. Le fondateur de Metcalf Designs était un homme d'une trentaine d'années aux cheveux et aux yeux bruns. Il se dégageait de lui une impression de vitalité et de sérieux et l'on aurait aisément pu le prendre pour un jeune professeur d'université. Seule la cicatrice qui ornait sa tempe gauche contrastait avec cette apparence très sage.

D'un pas décidé, il traversa la pièce et se planta à quelques pas d'elle pour la contempler à son aise.

— Magnifique ! s'exclama-t-il avec enthousiasme. Tu es tout simplement splendide ! Est-ce en mon honneur que tu t'es habillée de cette façon ?

— Bien sûr ! répondit Raven en souriant.

La simple présence de son ami suffisait à chasser les idées noires qui l'avaient assaillie et elle sentit monter en elle une profonde reconnaissance.

Wayne la prit affectueusement dans ses bras et l'embrassa sur les deux joues.

— Remarque bien que, si tu avais l'intention de t'attirer mes faveurs, tu aurais pu choisir une de mes créations..., déclara-t-il enfin.

— Ne me dis pas que tu es jaloux, protesta Raven.

— Je suppose qu'aucun créateur n'est à l'abri de ce genre de mesquinerie, ironisa Wayne.

Il se dirigea vers le bar et se servit un Perrier avant de se tourner de nouveau vers la jeune femme d'un air pensif.

— J'aurais vraiment dû sortir avec toi lorsque je t'ai rencontrée, soupira-t-il. Je n'aurais pas passé le reste de ma vie à regretter de ne pas l'avoir fait...

— Tu as eu ta chance, répondit-elle en souriant.

— C'est vrai... Mais je travaillais beaucoup trop, à cette époque. Je n'avais pas assez de temps à consacrer à une petite amie. Aujourd'hui, ce n'est plus le cas.

— Mais aujourd'hui, il est trop tard. Je tiens beaucoup trop à ton amitié pour courir le risque de la gâcher. Et puis je ne sais pas si je serais à la hauteur de tous ces mannequins avec lesquels tu sors !

— Oh ! dit Wayne avec un geste vague, je ne fais cela que pour me donner un genre… Au fond, je suis un garçon plutôt casanier.

— Qu'est-ce qu'il ne faut pas entendre ! s'exclama Raven en riant.

— A propos de vieilles histoires, j'ai appris que Brandon Carstairs était de passage en ville, déclara son ami d'un air faussement détaché.

La bonne humeur de la jeune femme s'évanouit brusquement et elle hocha la tête d'un air sombre.

— Je ne savais pas que tu étais au courant…

— Les allées et venues de Brandon ne passent jamais inaperçues. Il est toujours suivi par une interminable cohorte de groupies et de journalistes.

— C'est vrai.

— Ce n'est pas trop dur pour toi ?

— De l'eau a coulé sous les ponts depuis cette époque, tu sais, répondit Raven avec une parfaite mauvaise foi.

— Qui crois-tu tromper ? Je me souviens très bien de l'état dans lequel tu étais lorsqu'il t'a quittée.

— Moi aussi, je me le rappelle, soupira la jeune femme. Et je ne répéterai jamais assez combien je te suis reconnaissante de m'avoir soutenue comme tu l'as fait. Sans Julie et toi, je ne crois pas que je m'en serais sortie.

— Les amis sont faits pour cela. Mais ce que je veux savoir, c'est comment tu te sens aujourd'hui.

Il s'approcha et prit doucement la main de Raven dans la sienne.

— Tu sais que ma proposition de lui casser la figure tient toujours, déclara-t-il.

Raven ne put s'empêcher de sourire.

— Je suis certaine que tu en ferais de la bouillie, Wayne, répondit-elle. Mais ce ne sera pas nécessaire, vraiment… Je ne vais pas m'effondrer comme la dernière fois, simplement parce que Brandon et moi nous trouvons dans la même ville. Après tout, cela devait se produire un jour ou l'autre. Il est même étonnant que nous ne nous soyons pas croisés auparavant au cours d'une soirée ou d'un festival…

— Est-ce que tu es toujours amoureuse de lui ?

Raven ne s'était pas attendue à une approche aussi directe et elle détourna les yeux.

— Je crois que la question est : l'ai-je jamais aimé ? répondit-elle enfin.

— Nous connaissons l'un comme l'autre la réponse… Nous sommes amis depuis longtemps, Raven. Et je ne veux pas te voir souffrir.

— Ne t'inquiète pas pour moi. Rien ne va m'arriver… Brandon appartient au passé. Un passé douloureux mais révolu. Je sais mieux que n'importe qui qu'il est inutile de le fuir et je me sens prête à l'affronter.

Elle serra la main de Wayne et lui décocha un sourire rassurant. Mais, en son for intérieur, elle était loin d'être aussi confiante qu'elle voulait bien le laisser paraître.

— Au travail, s'exclama-t-elle pour faire diversion. Montre-moi les costumes que tu as préparés pour la tournée. J'ai hâte de les voir !

Wayne parut hésiter puis comprit probablement qu'il ne tirerait rien de plus d'elle. Se détournant, il gagna le bar et pressa la touche de l'Interphone qui lui permettait de communiquer avec son assistante.

— Sarah ? Apportez-moi les tenues de Mlle Williams, s'il vous plaît.

Quelques instants plus tard, Sarah les rejoignit et déposa sur la table qui trônait au centre de la pièce une pile de vêtements. Raven avait déjà vu les croquis que Wayne avait réalisés mais elle fut néanmoins surprise de découvrir le résultat final.

Ces tenues avaient été fabriquées pour la scène et le tissu devait accrocher la lumière des projecteurs. Il était donc difficile de se faire une idée précise de ce que verraient vraiment les gens dans cette pièce éclairée normalement. Mais Wayne lui assura que l'aspect un peu clinquant de ces tenues serait gommé par la distance et l'éclairage.

Raven commença alors la séance d'essayage, laissant son ami réaliser les ajustements qu'il jugeait nécessaires. Tandis qu'elle se tenait face aux miroirs qui tapissaient le mur du fond, elle laissa son esprit vagabonder de nouveau.

Elle se rappela leur premier essayage, six ans auparavant. Elle n'était alors qu'une gamine qui ne comprenait pas réellement ce qui était en train de lui arriver. Du jour au lendemain, elle était passée de l'anonymat à la célébrité. Son album atteignait des records de vente inespérés et elle était sur le point d'entreprendre une énorme tournée à travers tous les Etats-Unis.

Elle n'avait pas tardé à comprendre que cette reconnaissance soudaine pouvait très bien disparaître du jour au lendemain. Nombre d'artistes avaient appris à leurs dépens combien la gloire pouvait être éphémère.

Un chanteur pouvait à tout moment se retrouver propulsé du succès dans l'oubli. Dès lors, les portes se refermaient plus vite encore qu'elles ne s'étaient ouvertes et il ne fallait plus espérer le moindre soutien de toutes les personnes qui vous avaient juré une amitié éternelle au temps de votre splendeur.

On disait d'ailleurs qu'un second album était plus difficile encore à produire qu'un premier. Car il fallait alors compter avec les attentes des fans et des chroniqueurs. Raven avait décidé de leur prouver que son triomphe n'était pas un effet du hasard et elle avait travaillé très dur à la conception de son deuxième disque.

C'est à cette époque qu'elle avait rencontré Brandon Carstairs. Leur liaison avait fait la une de tous les magazines de musique et de tous les journaux consacrés à la vie des stars. Cela n'avait fait que renforcer leur popularité, et plusieurs journalistes étaient même allés jusqu'à les qualifier de roi et reine du rock and roll.

Raven et Brandon avaient alors dû faire face à un véritable harcèlement de la part de leurs fans. Chacun de leurs déplacements était suivi par une horde de photographes. Ils étaient ensuite commentés et passés au crible. C'est ainsi que la jeune femme avait pu lire dans les journaux la chronique détaillée de ses propres amours, du commencement à la fin.

Et, lorsque le soleil s'était enfin couché sur leur relation, lorsque Brandon l'avait quittée, la reine du rock était progressivement redevenue une chanteuse comme les autres. Pour échapper aux articles cruels, aux allusions douloureuses et à la souffrance qui l'habitait, Raven s'était entièrement consacrée à la musique.

Et l'album qui était né de cette période sombre de son existence avait dépassé de très loin la notoriété des précédents. Elle s'était alors efforcée de se convaincre que c'était là l'essentiel, que sa carrière était ce qui était le plus important.

Elle s'en était si bien convaincue qu'elle avait tiré un trait sur sa vie sentimentale, renonçant à trouver l'amour et se contentant de quelques aventures sans lendemain lorsque la solitude devenait trop étouffante.

— J'ai intérêt à ne pas prendre de poids d'ici à la tournée, remarqua-t-elle brusquement.

Elle venait d'enfiler une tenue de cuir noir qui moulait son corps comme une seconde peau. Rehaussé de dizaines de petits sequins scintillants, ce vêtement soulignait la silhouette sensuelle de la jeune femme.

— Wayne, je ne sais pas si je me sentirai très à l'aise là-dedans, déclara-t-elle enfin.

— Pourquoi ? Ça te va parfaitement !

— Peut-être un peu trop parfaitement, si tu vois ce que je veux dire. Je pourrais aussi bien être nue... Tu ne trouves pas ça un peu trop provocant ?

— Bien sûr que si ! Mais c'est justement le but. Tu as un corps splendide, Raven. La plupart de mes clientes ne pourraient pas se permettre de porter ce genre de tenue mais toi, elle te va comme un gant ! Je n'aurai même pas de retouches à faire...

— C'est drôle, dit la jeune femme en se déshabillant. Chaque fois que je viens ici, j'ai l'impression d'aller chez mon médecin. Vous êtes les deux personnes qui me connaissent le mieux...

— Et c'est bien triste, si tu veux mon avis ! Une femme aussi séduisante que toi devrait avoir quelqu'un avec qui partager ses petits secrets.

— Ce ne serait pas la même chose. Tu es le premier à dire que les femmes se confient plus volontiers à leur tailleur qu'à leur petit ami.

— C'est vrai, reconnut Wayne en souriant. Il n'y a pas plus bavard qu'une femme à demi dévêtue…

— Justement, est-ce que tu as entendu quelque chose d'intéressant, ces derniers temps ?

— Babs Curtain a un nouvel amant.

— J'ai dit intéressant, pas évident ! protesta Raven en riant. Qui est-ce ?

— Désolé, mais je suis tenu au secret professionnel.

— Je suis très déçue, répliqua Raven en enfilant ses propres habits. Je pensais que tu me faisais confiance…

— C'est vrai. D'ailleurs, j'ai effectivement appris quelque chose qui devrait t'intéresser. Lauren Chase vient de signer pour interpréter le rôle principal dans *Fantasy*.

Raven se figea, ouvrant de grands yeux.

— Ils ont enfin décidé de l'adapter à l'écran ?

Wayne hocha la tête.

— Je savais bien que cela éveillerait ta curiosité.

— Lauren Chase… C'est un excellent choix, opina pensivement la jeune femme. Est-ce que tu sais qui est chargé d'écrire la bande originale ?

— Tu penses bien que je lui ai posé la question. Malheureusement, elle n'en sait rien.

— Mince ! s'exclama Raven, déprimée. Cela doit vouloir dire qu'il s'agira de quelque illustre inconnu… Comment peuvent-ils gâcher un script aussi brillant en embauchant un vulgaire tâcheron alors que la plupart des musiciens se couperaient le bras droit pour pouvoir participer au projet !

— Ne t'emballe pas ! Il peut s'agir de quelqu'un de talentueux. Si ça se trouve, c'est quelqu'un de connu mais ils attendent d'avoir signé pour révéler son identité…

— Bon sang! J'aurais tellement voulu pouvoir écrire cette bande originale...

— A mon avis, tu n'es pas la seule, remarqua Wayne.

— Eh! Je croyais que tu étais de mon côté! Puisque c'est comme ça, je vais aller racheter une garde-robe chez Florence DeMille.

Wayne grimaça en entendant le nom de sa principale concurrente.

— Je te pardonnerai cette remarque de mauvais goût parce que j'ai un cœur d'or, soupira-t-il d'un air tragique.

Après son déjeuner avec Henderson, Raven était de retour chez elle. La maison était silencieuse. Il y flottait une odeur de cire et de citron qui indiquait que Tina était passée.

La jeune femme gagna la salle de musique et constata avec soulagement que, cette fois, sa femme de ménage n'avait pas essayé de mettre de l'ordre dans le chaos qui y régnait. Raven lui avait expliqué plus d'une fois qu'elle avait besoin de ce savant désordre pour créer. Apparemment, Tina avait fini par s'y résigner.

Quittant la pièce, la jeune femme se dirigea vers la cuisine avec l'intention de se préparer une tasse de café. Elle adorait la spacieuse villa qu'elle avait achetée sur les hauteurs de Los Angeles. Les pièces vastes et claires contrastaient heureusement avec l'atmosphère confinée des appartements sordides dans lesquels elle avait passé son enfance.

Ici, il n'y avait ni odeur écœurante de cigarette, ni relents d'alcool, ni cadavres de bouteilles...

— Ici, tout n'est qu'ordre et beauté, luxe, calme et volupté, chantonna-t-elle en remontant le couloir qui menait à la cuisine.

Comme elle passait devant la porte ouverte de la bibliothèque, elle aperçut Julie qui était assise à son bureau, ses pieds nus posés sur la table de travail encombrée de livres et de dossiers. Raven hésita sur le seuil, voyant que son amie était au téléphone, mais celle-ci lui fit signe d'entrer.

— Je suis désolée, monsieur Cummings, mais Mlle Williams a une politique très stricte en matière de publicité... Je suis certaine que votre produit est excellent...

Julie leva les yeux au ciel et Raven ne put s'empêcher de sourire. Ce n'était pas la première fois qu'on lui proposait de composer pour la publicité et elle avait toujours refusé, ne voulant pas ternir son image de marque.

Prenant place dans l'un des fauteuils qui faisaient face à celui qu'occupait Julie, elle écouta la suite de la conversation.

— Bien sûr, je lui transmettrai votre offre. Mais je doute fort qu'elle fasse une exception à la règle qu'elle s'est fixée... Très bien. Au revoir, monsieur Cummings...

Julie raccrocha et poussa un soupir exaspéré.

— Je n'arrivais plus à m'en débarrasser ! s'exclama-t-elle avec agacement.

— Toi ? J'ai peine à le croire ! ironisa Raven. Je croyais que tu étais une spécialiste pour expédier les gêneurs !

— Continue à faire la maligne et, la prochaine fois, je te laisse te débrouiller avec ce type ! Tu te retrouveras à faire la pub d'un shampoing aux algues avant même de comprendre ce qui t'arrive !

— Pitié ! s'écria la jeune femme en riant. Je te promets de garder mes réflexions pour moi mais ne me laisse pas seule dans la piscine aux requins...

Julie lui décocha un pâle sourire avant de s'étirer en grimaçant.

— Tu as l'air fatiguée, observa Raven. Est-ce que tu as beaucoup de travail ?

— Oui, comme toujours lorsqu'il s'agit d'organiser une tournée. Mais tu ne m'as pas dit comment s'était passé l'enregistrement. Est-ce que tu es contente de ce que vous avez fait ?

— Très ! En fait, je crois que c'était la meilleure session que j'ai faite depuis mon premier album. D'habitude, tu sais combien je trouve le processus long et douloureux. Mais, cette fois, quelque chose de magique s'est produit, comme si tout se mettait en place d'un seul coup...

— Cela ne m'étonne pas, remarqua Julie. Tu avais énormément travaillé avant d'entrer en studio.

De fait, après la précédente tournée, Raven avait passé des mois enfermée dans sa salle de musique à peaufiner ses textes et ses arrangements.

— Peut-être. Mais je sais que j'ai également beaucoup de chance. Sans Marc, je ne crois pas que j'aurais réussi à aller aussi loin.

— Allons donc ! Tu es bourrée de talent !

— Comme beaucoup de gens, objecta Raven. Mais la plupart végètent dans des clubs de seconde zone et passent leur vie à rêver du jour où ils enregistreront leur premier disque. La réussite est avant tout une question de chance, insista-t-elle.

— Peut-être, admit Julie. Mais il faut aussi de la conviction, de la persévérance et des tripes pour aller jusqu'au bout de ce rêve.

Ce n'était pas la première fois que Julie reprochait à Raven son manque de confiance en soi. En réalité, elle lui tenait le même discours depuis le jour où le vent avait commencé à tourner, six ans auparavant. Elle l'avait encouragée sans relâche, l'aidant à surmonter les épreuves, les déceptions et les périodes de doute et de questionnement.

La sonnerie du téléphone interrompit leur conversation et Julie décrocha.

— Allô ? Oui, salut, Henderson. Elle est là… Attends une minute.

Julie tendit le combiné à la jeune femme.

— C'est ton agent, précisa-t-elle.

Au même instant, la sonnette de la porte d'entrée retentit et Julie quitta son fauteuil pour aller ouvrir.

— Ce doit être Brandon, dit Raven en s'efforçant d'adopter un ton détaché. Dis-lui que je le rejoins dans quelques minutes.

— Pas de problème, répondit Julie avant de se diriger vers la porte.

— Henderson ? C'est Raven… Mon sac ? Il est à ton bureau ? Je ne m'étais même pas aperçue que je l'avais perdu…

Julie ne put s'empêcher de sourire. Raven avait une fâcheuse tendance à égarer ses affaires, qu'il s'agisse de son sac, de ses papiers d'identité ou même, parfois, de ses chaussures… Bien sûr, elle n'aurait jamais oublié sa guitare, son médiator ou son accordeur. En fait, en dehors de ce qui concernait la musique, elle n'attachait aucune importance aux biens matériels.

Julie traversa la villa et alla ouvrir la porte d'entrée. Brandon se tenait sur le seuil et elle constata sans surprise qu'il n'avait presque pas changé au cours de ces dernières années.

— Salut, lui dit-elle d'une voix un peu froide. Ravie de te revoir, Brandon.

— Salut, Julie, lança-t-il d'un ton beaucoup plus chaleureux.

— Raven t'attend. Elle ne devrait pas tarder.

Ils pénétrèrent dans la villa et Brandon jeta un coup d'œil circulaire sur le hall d'entrée.

— Ça fait du bien de se retrouver ici, déclara-t-il. Cet endroit m'a manqué…

— Vraiment ? répliqua Julie d'un ton glacial.

Le sourire de Brandon disparut et il jeta un regard résigné à la jeune femme. Il savait qu'elle était dévouée corps et âme à Raven et qu'elle ne lui avait jamais pardonné la façon dont il l'avait abandonnée, des années auparavant.

C'était regrettable parce qu'il appréciait vraiment Julie. Il aimait sa vive intelligence, son élégance naturelle, son sens de l'humour parfois décapant. En fait, en de toutes autres circonstances, il se serait certainement senti attiré par elle.

Elle avait le même âge que lui et était physiquement très séduisante : blonde, avec de beaux yeux bruns et des traits parfaitement dessinés, elle incarnait une sorte d'idéal féminin à la mode californienne.

— Cinq ans, c'est long, soupira-t-il enfin.

— Je ne suis pas certaine que ce soit assez, rétorqua vertement Julie. Tu lui as fait beaucoup de mal, Brandon.

— Je sais.

Brandon regarda Julie droit dans les yeux. Elle fut frappée par ce qu'elle lut dans son regard : apparemment, il avait vraiment conscience d'avoir fait souffrir Raven. Il ne cherchait pas à s'en excuser mais assumait calmement sa responsabilité. Elle ne put s'empêcher d'éprouver un certain respect à son égard.

— Alors tu es revenu…, murmura-t-elle pensivement.

— Pensais-tu vraiment que cela n'arriverait pas ?

— Peu importe ce que je pensais. Elle ne le croyait pas.

Julie avait répondu d'un ton un peu sec, furieuse de découvrir que Brandon n'était pas aussi haïssable qu'elle aurait voulu s'en convaincre. Mais force était de reconnaître qu'il n'avait rien de la star arrogante qu'elle avait voulu voir en lui.

— Julie ! Henderson a dit qu'il enverrait un coursier pour me rapporter mon sac, fit alors Raven, qui venait d'émerger de la bibliothèque et se dirigeait vers eux à grands pas.

A sa démarche et à l'expression de son visage, son amie comprit qu'elle se sentait terriblement nerveuse mais s'efforçait vaillamment de le dissimuler.

— Je lui ai dit de ne pas se faire de souci pour ça, reprit-elle. Il ne doit y avoir à l'intérieur qu'une vieille brosse à cheveux et une carte de crédit périmée… Salut, Brandon.

S'approchant de lui, elle l'embrassa avec beaucoup plus de naturel que lorsqu'ils s'étaient croisés au studio d'enregistrement. Il se rendit compte qu'elle n'avait pas pris la peine d'enfiler de chaussures ni de se maquiller. Et son sourire paraissait moins contraint que la veille.

— Salut, Raven, répondit-il avec un sourire affable.

— Tu voulais me parler ?

— En effet… Pourrions-nous nous installer dans la salle de musique ? J'ai toujours eu un faible pour cette pièce.

— Bien sûr, répondit-elle en haussant les épaules comme si cette suggestion était parfaitement anodine.

Il savait pourtant combien cet endroit était important pour elle. Jadis, chaque fois qu'il entrait dans la pièce, il avait l'impression de se retrouver dans une projection tridimensionnelle de l'esprit de la jeune femme.

— Tu veux boire quelque chose ? demanda alors Julie.

— Je ne refuserais pas une tasse de thé, répondit-il. Je n'ai pas oublié que tu le prépares à la perfection…

— Je te l'apporte, dit Julie, qui refusait toujours de se mettre au diapason de son attitude amicale et décontractée.

Se détournant, elle se dirigea vers la cuisine, les laissant seuls. Brandon suivit Raven jusqu'à la salle de musique. Celle-ci ressemblait exactement au souvenir qu'il en avait et il eut brusquement l'impression qu'il venait d'opérer un voyage dans le temps.

Mais, lorsqu'il se tourna vers la jeune femme, la méfiance qu'il perçut en elle lui rappela que bien des choses avaient changé.

Raven crut deviner dans son regard une lueur presque douloureuse mais, avant qu'elle ait pu s'en assurer, il détourna la tête et observa attentivement les lieux. Comme à son habitude, il paraissait dévorer des yeux ce qui l'entourait.

La curiosité était probablement l'un des principaux traits de personnalité de Brandon et, pour Raven, elle expliquait en grande partie son succès. Car il était doté d'une étonnante faculté d'observation. Son esprit sans cesse en éveil ne perdait jamais une occasion d'engranger de nouvelles expériences intellectuelles ou esthétiques.

Il en nourrissait ses compositions, restituant sous forme de sons toutes les photographies mentales qu'il avait accumulées au fil des ans.

Le temps parut se figer tandis que Brandon absorbait chaque détail de son environnement. Raven ne parvenait pas à détacher ses yeux de lui, stupéfaite de découvrir à quel point sa présence en ces lieux paraissait à la fois parfaitement naturelle et terriblement troublante.

Finalement, il se tourna vers elle et plongea son regard dans le sien. Elle eut alors l'impression qu'une brusque décharge électrique la traversait des pieds à la tête.

— Je me souviens de chaque détail de cette pièce, déclara-t-il de cette voix qui envoûtait des foules entières. Il m'est arrivé de l'évoquer lorsque je n'arrivais pas à te chasser de mes pensées…

Il leva la main vers son visage et effleura sa joue du bout des doigts. Raven dut faire appel à toute sa volonté pour dissimuler le frisson qui la parcourut intérieurement.

— Ne fais pas ça, dit-elle en reculant d'un pas.

— C'est difficile, Raven… Surtout ici. Te souviens-tu des après-midi que nous passions dans cette pièce ?

Une succession d'images traversa l'esprit de la jeune femme. Ils avaient passé des heures à discuter, à jouer de la musique et à faire l'amour dans la salle de musique. Elle avait constitué pour eux une sorte de forteresse, loin des paparazzi trop curieux, des fans qui faisaient le siège de leurs maisons respectives et de leurs propres agents qui étaient bien décidés à exploiter cette manne médiatique.

En fait, cette pièce avait été pour eux un endroit magique où le temps était comme suspendu, où seuls comptaient l'amour et la musique.

Mais cet amour avait été une illusion, se souvint Raven. Brandon cherchait juste à l'attendrir, à la reprendre au piège de ce regard magnétique, de cette voix magique. Mais, cette fois, elle ne céderait pas aussi facilement.

— C'était il y a longtemps, Brandon, lui dit-elle.

— Ce n'est pas l'impression que j'ai, en cet instant… Tu sembles ne pas avoir changé, Raven.

— J'ai changé, pourtant, objecta-t-elle.

Dans son regard, il vit naître un éclair familier et comprit qu'elle était en colère.

— Si j'avais su que c'était pour cela que tu voulais me revoir, reprit-elle durement, je ne t'aurais jamais laissé entrer. Tout est fini entre nous, Brandon. Depuis très longtemps !

— Vraiment ? murmura-t-il, comme s'il se parlait à lui-même. Je voudrais bien en être certain…

Avant même qu'elle n'ait eu le temps de lui répondre, il s'avança vers elle et la prit par les épaules. Lorsqu'il posa ses lèvres sur les siennes, elle eut brusquement l'impression d'être projetée des années en arrière.

Elle retrouvait le même désir, le même besoin, le même amour… Les sentiments qu'elle avait tout fait pour enfouir au plus profond d'elle-même resurgissaient soudain, peut-être plus impétueux encore pour être restés si longtemps confinés.

Brandon n'eut pas à la forcer pour qu'elle réponde à son baiser. C'était comme si sa bouche avait brusquement pris le contrôle. Elle retrouvait les gestes terriblement familiers, le mélange de force et de douceur qui émanait de Brandon et cette impression de plénitude qu'elle avait cru à jamais disparue.

L'envie qu'elle avait de lui était aussi sauvage que familière, s'imposant à ses sens sans qu'elle puisse rien faire pour la dominer.

Lorsqu'il plongea ses mains dans son épaisse chevelure, elle frémit et sentit s'allumer en elle un brasier incandescent.

Sans même qu'elle se rende compte, ses doigts agrippèrent la chemise de Brandon comme si elle avait peur de se noyer dans cette étreinte. L'intensité de sa propre réaction lui fit clairement comprendre combien elle s'était menti à elle-même. Pas un seul des hommes qu'elle avait connus après lui n'était parvenu à éveiller en elle un tel désir.

Pourtant, il n'y avait rien de sauvage dans la façon dont il l'embrassait. Au contraire, ses lèvres et ses mains n'étaient que tendresse. Il faisait preuve d'une assurance tranquille, comme s'il avait toujours su qu'elle n'attendait que ce moment, que, malgré les années de séparation, elle lui avait toujours appartenu.

Raven sentait monter en elle une passion incoercible et elle comprit que, si elle se laissait aller, elle ne répondrait plus de ses gestes. Brandon et elle feraient l'amour et elle le regretterait amèrement. Car, une fois de plus, il finirait par se lasser d'elle et par partir.

Or elle n'était pas sûre de pouvoir résister une seconde fois à un tel abandon.

Luttant contre lui et contre elle-même, elle s'arracha à ses bras et recula, tremblante. Elle dut rassembler toute la force de sa volonté pour ne pas céder au feu dévorant qu'elle lisait dans son regard.

— Je ne suis pas sûr que tout soit vraiment fini, murmura-t-il enfin.

— Tu n'avais pas le droit de faire ça ! s'exclama-t-elle, rendue furieuse par son arrogance. Laisse-moi te dire une chose, Brandon : cette fois, je ne te laisserai pas te servir de moi. Tu m'as fait souffrir autrefois mais je ne suis plus aussi vulnérable aujourd'hui. Et je ne veux plus de toi dans ma vie !

— Je pense que tu te trompes, Raven. Mais ça n'a pas d'importance, pour le moment… Si tu veux, je peux mentir et te dire que je suis désolé de t'avoir embrassée.

— Ce n'est pas la peine. Au fond, je n'en attendais pas moins de toi. C'est ton métier, après tout. Tu passes ta vie à séduire les gens. Alors comment aurais-tu pu résister ?

Brandon tiqua. Il ne s'était pas attendu à la voir faire preuve d'une telle cruauté. Mais, au fond, il ne pouvait s'en prendre qu'à lui-même. Pour se donner une contenance, il s'alluma une cigarette et en tira une profonde bouffée.

— On dirait que tu as changé plus encore que je ne le pensais, dit-il enfin.

— Je ne suis plus une enfant, répondit-elle. Je suis capable de faire la part entre le désir et les sentiments, à présent.

— Si tu le dis…

— Pensais-tu vraiment que je t'avais attendu patiemment pendant toutes ces années ? répliqua-t-elle, furieuse. Que je m'étais préservée dans l'espoir que le grand Brandon Carstairs daignerait un jour poser de nouveau les yeux sur moi ?

Brandon fit la grimace et elle comprit qu'elle avait touché juste.

— Tu es devenue très dure, Raven, observa-t-il.

— Il le faut bien, dans ce métier. Mais je suppose que je te dois des remerciements : après tout, c'est toi qui m'as donné la première leçon !

Il absorba une nouvelle bouffée de fumée et la recracha, suivant des yeux les volutes qui flottaient paresseusement dans la pièce.

— C'est vrai, lui dit-il enfin. Et peut-être en avais-tu besoin…

Il se dirigea alors vers le canapé et s'y assit. A la grande surprise de la jeune femme, il éclata de rire.

— Bon sang, Raven ! Ne me dis pas que tu n'as toujours pas fait réparer ce ressort…

Raven rougit, se rappelant les circonstances dans lesquelles ils avaient abîmé le sofa. Elle n'était pourtant pas prête à lui avouer que c'était justement en souvenir de ce moment qu'elle l'avait laissé en l'état.

— Tu n'as qu'à faire comme moi et t'asseoir à un autre endroit, répondit-elle en haussant les épaules.

Brandon s'exécuta et Raven prit place dans l'un des fauteuils qui lui faisaient face. Ils furent alors rejoints par Julie, qui portait un plateau sur lequel étaient disposées deux tasses et une théière.

Elle les posa sur la table basse africaine et quitta la pièce sans dire un mot.

Mais, dans le regard qu'elle adressa à Raven, celle-ci puisa un regain de courage. Elle servit le thé et tendit une tasse à Brandon avant de prendre la sienne.

— Alors ? fit-elle d'un ton plus léger. Qu'est-ce que tu deviens, exactement ?

Visiblement agacé par la décontraction dont elle faisait preuve, Brandon écrasa sa cigarette dans le cendrier que Julie avait pris soin d'apporter.

— J'ai pas mal travaillé…

C'était un véritable euphémisme, songea Raven, qui avait suivi sa carrière de loin. Depuis qu'ils s'étaient séparés, Brandon avait sorti cinq albums et effectué trois tournées mondiales de grande ampleur.

— Tu vis toujours entre Londres et New York ?

— Quand je ne suis pas dans une caravane, répondit-il avec un sourire. Comment le sais-tu ?

— Je me tiens informée, comme tout le monde, répondit Raven en haussant les épaules. Après tout, tu es l'un des musiciens de référence, de nos jours…

— A ce propos, j'ai vu l'émission de télévision à laquelle tu as participé, le mois dernier. Tu étais fantastique. Est-ce que tu as écrit toutes les chansons de ton nouvel album ?

— Toutes sauf deux. C'est Marc qui a composé *Right Now* et *Coming Back Home*. Il est très doué…

— C'est vrai… J'ai cru comprendre que vous étiez très proches, tous les deux.

Raven lui jeta un regard étonné.

— Je feuillette aussi les journaux, lui dit-il avec un sourire.

— Mais moi, je ne lis pas la presse à scandale, répliqua-t-elle en s'efforçant de maîtriser sa colère.

— Est-ce une façon de me dire que cela ne me regarde pas ?

— Tu as toujours été très malin, Brandon.

— Merci. Mais ma question n'est pas si indiscrète que tu sembles le croire. En fait, j'ai besoin de savoir si tu as le moindre engagement affectif ou professionnel durant les trois prochains mois.

Raven fronça les sourcils, se demandant où il voulait en venir. Etait-il assez stupide pour croire qu'elle accepterait de partir en tournée avec lui ?

— Il ne s'agit nullement d'une proposition indécente, reprit Brandon en reposant sa tasse de thé sur le plateau. En fait, je viens d'être chargé de composer la bande originale de *Fantasy* et j'ai besoin d'un partenaire…

3

Raven resta bouche bée. Brandon vit ses yeux s'agrandir tandis qu'elle restait parfaitement immobile, les mains toujours posées sur ses genoux. Pendant quelques instants, elle se contenta de le dévisager en silence.

En réalité, elle était assaillie par une multitude de sentiments contradictoires et essayait vainement de remettre de l'ordre dans ses pensées.

Fantasy...

Ce livre avait conquis l'Amérique tout entière. Le roman était resté en tête des ventes pendant plus de cinquante semaines d'affilée. Les chiffres atteints par l'édition de poche avaient pulvérisé tous les records. Evidemment, Universal avait aacheté les droits pour réaliser une adaptation filmée.

C'était l'auteur du livre lui-même, le désormais célébrissime Carol Mason, qui avait été chargé de rédiger le scénario.

Mais ce qui était le plus important, aux yeux de Raven comme de centaines d'autres musiciens, c'était que l'intégralité de l'action se passait dans le milieu du rock. Nombre de scènes se déroulaient lors de concerts, de répétitions ou de sessions d'enregistrement.

Or le personnage principal était censé être l'un des plus grands musiciens de tous les temps. Ecrire les musiques et les textes de ses chansons constituerait donc un formidable défi. Celui qui en serait chargé n'aurait pas droit à l'erreur.

Raven se souvint des mélodies qui s'étaient formées dans sa tête alors qu'elle lisait le roman. Elle en avait même enregistré certaines. Mais, quoi qu'elle ait pu dire à Wayne, jamais elle n'avait sérieusement envisagé de participer à un projet aussi faramineux.

— Tu as été chargé d'écrire la bande originale de *Fantasy*! articula-t-elle enfin.

Brandon hocha la tête. Dans ses yeux, elle lut un mélange de fierté et d'amusement, comme s'il savait parfaitement ce qu'une telle opportunité pouvait représenter pour la jeune femme.

— Je viens d'apprendre que Lauren Chase avait accepté le rôle de Tessa. Mais j'ignore qui doit incarner Joe...

— Jack Ladd, répondit Brandon.

Raven ne put s'empêcher de sourire, ravie.

— Il sera parfait! s'exclama-t-elle avec enthousiasme. Je suis vraiment heureuse pour toi. Ils n'auraient pas pu choisir meilleur compositeur.

Brandon comprit qu'elle pensait vraiment ce qu'elle venait de lui dire. Cela ne le surprit nullement, d'ailleurs. Contrairement à la majorité des artistes qu'il connaissait, Raven était capable de reconnaître le talent des autres et de se réjouir de leurs succès.

Elle ne dissimulait jamais ses émotions et était toujours la première à féliciter un ami dont les projets aboutissaient. C'était la raison pour laquelle tous les grands de la musique lui vouaient une telle affection.

— C'est donc pour cela que tu es venu en Californie, reprit-elle. Est-ce que tu as déjà commencé à travailler?

— Non.

Brandon resta quelques instants silencieux, contemplant pensivement le visage de Raven. Lorsqu'elle souriait de cette façon, elle était plus belle encore que d'habitude et il ne put s'empêcher de sentir s'éveiller de nouveau le désir qu'il avait d'elle.

— Je te l'ai dit, poursuivit-il enfin. Je ne peux pas assumer seul une telle responsabilité. J'ai besoin d'un partenaire. Et c'est toi que j'ai choisie.

Raven secoua la tête, incrédule.

— Tu n'as besoin de personne, protesta-t-elle. Si quelqu'un est capable aujourd'hui d'écrire les morceaux du roi du rock, c'est bien toi...

— Je suis peut-être un bon musicien, Raven, mais je ne suis pas le seul. On ne me pardonnera pas la moindre erreur. Alors il me faut quelqu'un qui m'apporte une perspective différente, une richesse supplémentaire.

— Je ne comprends pas… Pourquoi n'en as-tu pas parlé à mon agent ? C'est lui qui est chargé d'examiner ce genre de proposition. Tu te souviens d'Henderson, n'est-ce pas ?

— Oui, Raven. Je me souviens de tout ce qui te concerne.

Il perçut la douleur qui passa dans les yeux de la jeune femme et la façon dont elle la réprima presque instantanément.

— Je suis désolé pour le mal que je t'ai fait, murmura-t-il.

Raven haussa les épaules et se resservit un peu de thé.

— Le temps efface toutes les blessures, Brandon, éluda-t-elle. Mais, pour en revenir à mon agent, c'est à lui que tu dois soumettre une telle offre.

— Je l'ai fait, acquiesça-t-il. Mais je lui ai demandé de ne pas t'en parler avant que je ne t'aie rencontrée personnellement.

— Vraiment ? fit-elle, étonnée. Et pourquoi cela ?

— Parce que je savais que, si c'était lui qui te suggérait de travailler avec moi, tu refuserais tout net.

— Et tu avais raison.

— Or Henderson sait tout comme moi que ce serait une décision irréfléchie et regrettable.

— Je suis ravie de me savoir entourée de gens prêts à prendre des décisions en mon nom sans même me consulter ! s'exclama Raven, furieuse contre lui et contre Henderson. Vous avez sans doute pensé que j'étais trop stupide pour faire ce choix moi-même ?

— Pas stupide, objecta calmement Brandon. Mais nous savons tous deux que tu as tendance à laisser tes émotions te dicter ta conduite.

— Fantastique ! Et que comptez-vous m'offrir pour Noël ? Une laisse et un collier ?

— Ne sois pas ridicule…

— Tiens ? Voilà que je suis ridicule, à présent !

Raven se leva brusquement et commença à faire les cent pas dans la pièce comme un fauve en cage. Brandon la suivit des yeux, conscient qu'une chose au moins n'avait pas changé en elle : elle était toujours dotée d'un tempérament aussi explosif. Tout en elle n'était qu'énergie, et c'était justement ce qui l'avait fasciné lorsqu'il l'avait rencontrée.

— Je ne sais pas comment j'ai pu survivre tout ce temps sans tes délicieux compliments, Brandon, pesta-t-elle. Franchement, je ne vois pas pourquoi tu t'encombrerais d'une fille ridicule et incapable de surmonter ses propres émotions !

— Tout simplement parce que tu es l'un des meilleurs compositeurs avec qui j'aie jamais travaillé, répondit-il calmement. Maintenant, tais-toi et laisse-moi parler.

— Mais bien sûr ! railla-t-elle. Si tu me le demandes si gentiment...

Pourtant, elle s'assit sur le tabouret du piano et le fixa en silence. Pour lui laisser le temps de se ressaisir, Brandon sortit une nouvelle cigarette et l'alluma sans la quitter des yeux.

— C'est un projet important, Raven, déclara-t-il. Ne prends pas de décision trop hâtive. Nous avons été très proches, autrefois, et c'est la raison pour laquelle j'ai tenu à te faire cette proposition personnellement. Je ne voulais pas passer par ton agent ou t'en parler au téléphone. Est-ce que tu peux au moins comprendre cela ?

Raven hocha la tête à contrecœur.

— Peut-être, articula-t-elle du bout des lèvres.

— Je te dirais bien que j'avais oublié combien tu pouvais te montrer têtue mais je ne tiens pas à te mettre encore plus en colère.

— Excellente idée ! Mais laisse-moi plutôt te poser une question, Brandon. Pourquoi moi ? Pourquoi pas quelqu'un qui a déjà composé une musique de film ? N'importe qui serait ravi de travailler sur ce projet !

Il ne répondit pas immédiatement à cette question. Au lieu de cela, il quitta le canapé et traversa la pièce pour venir s'asseoir à côté d'elle. Laissant courir ses doigts sur le clavier du piano, il commença à jouer. Les notes firent à Raven l'effet de fantômes flottant dans la pièce.

— Tu te souviens de ça ? lui demanda-t-il.

Raven n'eut pas besoin de répondre. Elle se leva et s'éloigna de l'instrument. Comment aurait-elle pu rester assise à son côté alors qu'il jouait leur chanson, celle qu'ils avaient composée ensemble autrefois, précisément au même endroit ?

C'était la seule véritable chanson qu'ils avaient écrite et enregistrée ensemble, et elle se souvint de la façon dont ils avaient fait l'amour à la fin de cette session improvisée. Jamais elle ne s'était sentie aussi proche de lui qu'à ce moment-là.

Même lorsque Brandon cessa de jouer, il sembla à la jeune femme que la mélodie continuait à retentir en elle, obsédante.

— Qu'est-ce que *Fantasy* a à voir avec *Clouds and Rain* ? demanda-t-elle.

Brandon comprit qu'il avait touché une corde sensible. Il l'entendait au ton de sa voix, le lisait dans ses yeux. L'espace d'un instant, il se sentit coupable d'avoir eu recours à un tel artifice pour la faire réagir.

— Ces deux minutes et quarante-trois secondes nous ont valu un Grammy Award et un disque d'or, lui rappela-t-il. Nous avons fait de l'excellent travail, tous les deux.

— Une fois, objecta-t-elle. Une seule fois…

— Et alors ? Qu'est-ce qui nous empêche de recommencer ?

Il se leva et s'approcha d'elle, sans faire mine de la toucher, cette fois.

— Raven, tu sais très bien quel coup de pouce cette bande originale pourrait donner à ta carrière. Quant à moi, je suis convaincu que tu as beaucoup à apporter à ce projet. *Fantasy* a besoin de ta sensibilité et de ton talent.

La jeune femme garda le silence. Jamais elle n'avait eu une chance pareille. Jamais elle n'avait imaginé qu'on la lui apporterait sur un plateau d'argent, comme Brandon venait de le faire.

Mais comment pouvait-elle accepter de travailler avec lui ? Serait-elle capable de gérer ses émotions lorsqu'ils seraient perpétuellement côte à côte ? Ne deviendrait-elle pas complètement folle ? Et, si tel était le cas, l'expérience en valait-elle le coup ?

Brandon la regardait attentivement. Il la vit mordre sa lèvre inférieure, geste qui chez elle trahissait une évidente incertitude. Il comprit alors qu'il avait une chance de l'emporter.

— Raven, pense à la musique…

— C'est ce que je fais. Mais je pense aussi à nous. Je ne suis pas certaine qu'une telle situation serait très… saine.

— Je ne peux pas te promettre de ne pas essayer de te toucher, répondit Brandon. Mais je peux te promettre que, si tu me repousses, je n'insisterai pas. Est-ce suffisant ?

Raven n'était pas certaine de connaître la réponse à cette question.

— Si j'acceptais, quand commencerions-nous ? demanda-t-elle pour faire diversion. Je te rappelle que je dois bientôt partir en tournée…

— Dans quinze jours, je sais. Elle durera quatre semaines, ce qui signifie que nous pourrions nous mettre au travail durant la première semaine de mai.

— Je vois, dit Raven en passant nerveusement la main dans ses cheveux.

Plus le projet se concrétisait dans son esprit et moins elle savait quelle position adopter.

— Apparemment, tu as étudié attentivement mon emploi du temps.

— Tu sais que je ne prends rien à la légère lorsqu'il s'agit de mon travail.

— C'est vrai… Mais, dis-moi, où voudrais-tu que nous travaillions si j'acceptais ? Pas ici, j'espère. Il n'en est pas question !

— Ne t'en fais pas, je savais que tu refuserais. J'ai l'endroit idéal. Dans les Cornouailles.

— Les Cornouailles ? répéta la jeune femme. Pourquoi là-bas ?

— Parce que c'est un endroit calme et isolé. Personne ne sait que j'y ai une maison, surtout pas la presse. S'ils apprenaient que nous collaborons, les paparazzi ne manqueraient pas d'en faire leurs choux gras. Surtout s'il s'agit de *Fantasy*… J'imagine déjà les allusions stupides.

— Tu as raison. Mais pourquoi ne pas louer discrètement une villa dans la région.

— Parce que la discrétion n'est pas une spécialité californienne. Et parce que je ne suis pas sûr que nous trouverions une acoustique comparable à celle que j'ai dans les Cornouailles. De plus, là-bas, j'ai déjà installé tout le matériel d'enregistrement nécessaire.

Raven hésita, incapable de se décider. Elle savait à présent que Brandon conservait sur elle un incontestable ascendant et elle n'était pas certaine de pouvoir y résister s'ils se retrouvaient isolés au beau milieu de la campagne anglaise. Mieux valait prendre quelques jours de réflexion avant de lui répondre…

— Raven ?

La jeune femme se tourna vers Julie, qui se tenait dans l'encadrement de la porte.

— Oui ?

— Il y a un appel pour toi.

— Est-ce que cela ne peut pas attendre ? demanda Raven.

— C'est au sujet de qui tu sais…

Brandon vit Raven se raidir brusquement, et une expression étrange passa dans ses yeux tandis que son visage paraissait se vider de son sang.

— Je vois, articula-t-elle d'un ton parfaitement neutre où il devinait pourtant une terrible tension.

— Que se passe-t-il ? demanda-t-il en posant doucement sa main sur l'épaule de la jeune femme.

— Rien, dit-elle en s'écartant de lui.

Toute chaleur avait disparu de sa voix et elle semblait brusquement se trouver à des kilomètres de lui.

— Reprends un thé, ajouta-t-elle avec un sourire contraint. Je reviens dans un instant.

En réalité, elle disparut pendant plus de dix minutes et Brandon se mit à faire nerveusement les cent pas dans la salle de musique. Visiblement, Raven n'était plus la jeune fille naïve et influençable qu'il avait connue cinq ans auparavant.

Il n'était pas du tout certain qu'elle finirait par accepter de travailler avec lui. Pourtant, le fait de la revoir avait encore renforcé sa conviction : il voulait plus que jamais la reconquérir. En l'embrassant, il avait ranimé bien plus que de vieux souvenirs…

Elle le fascinait autant qu'autrefois. Il y avait en elle une part d'ombre et de mystère, comme si elle conservait au plus profond d'elle-même une secrète richesse. Cinq ans auparavant, il n'avait pas eu la patience et la maturité d'attendre qu'elle la partage avec lui. Mais il n'avait jamais pu l'oublier…

Il était plus âgé, à présent, et il ne comptait pas répéter les erreurs qu'il avait commises autrefois. Surtout, il savait précisément ce qu'il voulait et était bien décidé à l'obtenir.

S'asseyant de nouveau au piano, il se remit à jouer la chanson qu'il avait écrite avec Raven. Il se rappelait parfaitement les inflexions de sa voix tandis qu'elle la lui chantait à l'oreille. C'était comme une litanie de velours qui l'obsédait depuis cinq ans.

Comme il atteignait le dernier couplet, il sentit sa présence derrière lui. Se retournant, il vit qu'elle se tenait sur le pas de la porte. Ses yeux lui parurent bien plus foncés que d'ordinaire jusqu'à ce qu'il se rende compte que c'était parce que son visage était d'une pâleur de cire.

Etait-ce la chanson qui produisait sur elle un tel effet ? Ou était-ce à cause de ce mystérieux coup de téléphone ? Dans le doute, il arrêta de jouer et se leva pour venir à sa rencontre.

— Raven…

— J'ai décidé de le faire, l'interrompit-elle.

— Bien, acquiesça-t-il, surpris.

Il prit ses mains dans les siennes et constata qu'elles étaient glacées.

— Est-ce que ça va ?

— Oui, bien sûr, fit-elle en se reculant. Je suppose qu'Henderson me donnera tous les détails…

Le calme étrange dont elle faisait preuve inquiéta Brandon plus encore que le choc qu'il avait lu dans ses yeux. Il avait brusquement l'impression qu'une partie d'elle était morte.

— Accepterais-tu de dîner avec moi, Raven ? demanda-t-il d'une voix pressante. Je t'emmènerai au Bistro. Tu as toujours adoré ce restaurant…

— Pas ce soir, Brandon… J'ai des choses à faire.

— Demain, alors, insista-t-il.

Il savait qu'il n'aurait probablement pas dû pousser sa chance de cette façon mais était incapable de s'en empêcher. Quelque chose de grave venait de se produire et il voulait s'assurer que la jeune femme allait bien.

— Très bien, soupira-t-elle. Demain…

Elle lui décocha un sourire où perçait une immense lassitude.

— Je suis désolée, Brandon, mais il va falloir que tu partes. Je ne m'étais pas rendu compte qu'il était si tard.

— D'accord, répondit-il.

Se penchant vers elle, il effleura ses lèvres d'un baiser. C'était un geste purement instinctif. Il avait agi sans même réfléchir, mû par le besoin de protéger Raven.

— Je passerai te chercher vers 19 heures demain soir… Je suis descendu au Bel-Air. Tu n'auras qu'à m'appeler si tu as le moindre problème.

Raven hocha la tête et le suivit des yeux tandis qu'il quittait la pièce. Lorsqu'il referma la porte derrière lui, elle laissa enfin l'émotion qui l'habitait la submerger et alla s'asseoir sur le canapé. Une migraine insupportable lui taraudait les tempes et la nuque.

Quelques instants plus tard, elle sentit la main de Julie se poser doucement sur son épaule.

— Alors ? Ils l'ont retrouvée ? demanda-t-elle d'un ton compatissant.

Elle commença à masser délicatement la nuque de son amie.

— Oui, répondit Raven en sentant les larmes couler silencieusement le long de ses joues. Elle est rentrée…

4

Le sanatorium était un endroit calme et confortable. Le décorateur avait pris soin de créer une ambiance chaleureuse qui tranchait avec l'atmosphère froide et fonctionnelle qui caractérisait d'ordinaire ce genre d'établissements.

En fait, on aurait pu se croire dans l'un de ces hôtels de luxe qui abondaient en Californie. La vue magnifique sur la côte et les canyons environnants renforçait cette illusion. Mais, tout en étant consciente de ses mérites, Raven détestait cet endroit.

Elle haïssait le calme feutré qui y régnait, les conversations à mi-voix des infirmières dans les couloirs et les badges discrets accrochés sur leurs vêtements — les blouses étaient strictement interdites. A ses yeux, tout cela n'était qu'un écran de fumée qui tentait vainement d'atténuer la triste réalité : Fieldmore était l'une des meilleures cliniques du pays spécialisée dans la désintoxication des drogués et des alcooliques.

C'était là que Raven avait amené sa mère, cinq ans auparavant. Comment aurait-elle pu imaginer alors qu'elle s'y trouverait encore après tout ce temps ?

Patiemment, la jeune femme attendait dans le bureau de Justin Karter, le directeur du sanatorium. Elle contempla les magnifiques plantes vertes qui décoraient la pièce et se demanda comment il parvenait à les maintenir en si bon état.

Chaque fois qu'elle avait essayé de s'occuper d'un ficus ou d'un yucca, celui-ci avait lentement dépéri jusqu'à ce qu'elle se résigne à s'en débarrasser.

La jeune femme frissonna. Curieusement, elle avait toujours

froid lorsqu'elle venait ici. Dès qu'elle franchissait les doubles portes de l'entrée, elle avait l'impression que la température chutait de plusieurs degrés. Bien sûr, elle savait que c'était une réaction purement psychologique. Mais cela n'y changeait rien.

Pour se réchauffer, elle quitta son siège et se mit à aller et venir nerveusement dans la pièce. Lorsque la porte s'ouvrit enfin, elle s'immobilisa brusquement et, le cœur battant, elle se tourna vers l'homme qui venait d'entrer.

Karter était un homme jeune et de petite taille qui portait la barbe, sans doute pour essayer de paraître un peu plus âgé qu'il ne l'était. Ses joues roses et ses yeux bleus brillants trahissaient une excellente santé. Ses taches de rousseur et ses lunettes rondes lui conféraient une apparence amicale.

En d'autres circonstances, Raven l'aurait probablement trouvé très sympathique. Malheureusement, à ses yeux, il était irrémédiablement associé à la partie la plus sombre de son existence.

— Mademoiselle Williams, fit-il en lui tendant la main.

Il serra brièvement celle de la jeune femme et constata sans surprise qu'elle était glacée. Chaque fois qu'il la voyait, il s'étonnait de son apparence fragile. La robe sombre qu'elle portait accentuait sa pâleur et les cernes qui se dessinaient sous ses yeux.

Elle paraissait bien différente de la rock-star charismatique qu'il avait vue à la télévision, quelques semaines auparavant.

— Bonjour, docteur Karter.

Comme d'habitude, il ne put manquer d'admirer sa voix grave et profonde. Il avait toujours du mal à l'associer à ce visage délicat. Le contraste avait été plus marqué encore lorsqu'il l'avait rencontrée pour la première fois, cinq ans auparavant.

Depuis, il avait suivi attentivement sa carrière et adorait sa musique. Pourtant, il n'avait jamais osé lui demander de dédicacer l'un des albums qu'il avait achetés. Il savait instinctivement que cela les embarrasserait tous deux.

— Je vous en prie, mademoiselle, asseyez-vous. Puis-je vous offrir un café ?

— Non, merci, répondit-elle d'une voix mal assurée.

Elle se sentait toujours aussi nerveuse et intimidée lorsqu'elle lui parlait.

— J'aimerais voir ma mère…

— Je dois d'abord discuter de certaines choses avec vous…

— Dès que je l'aurai vue.

Karter soupira, résigné.

— Très bien, fit-il en s'écartant pour la laisser franchir la porte.

Ils remontèrent le couloir en direction des ascenseurs.

— Mademoiselle Williams, reprit-il.

Il aurait bien voulu l'appeler Raven. Après tout, c'était sous ce nom qu'il pensait toujours à elle, comme des dizaines de milliers de gens de par le monde. Mais il n'avait jamais osé se départir du masque de professionnalisme qu'il portait à chacune de leurs rencontres.

Il était l'un des seuls à connaître le secret qu'elle conservait si précieusement, et elle lui faisait confiance. Mais, inconsciemment, elle lui en voulait parce qu'étant dans la confidence il avait prise sur elle.

L'ambiguïté de cette relation l'attristait mais il savait qu'il était trop tard pour espérer transformer leurs rapports.

— Oui, docteur ? dit-elle, le rappelant brusquement au moment présent.

Raven s'était exprimée du ton détaché qu'elle adoptait le plus souvent lorsqu'elle s'adressait à Karter.

— Votre mère avait fait de gros progrès lors de son dernier séjour parmi nous, dit-il gravement, mais elle est partie prématurément, comme vous le savez. Et, au cours des trois derniers mois, sa situation s'est dégradée…

— Il est inutile de chercher à me ménager, répondit Raven. Je sais où on l'a trouvée et dans quel état. Et je sais aussi que vous allez la sevrer et la remettre sur pied.

Les portes de l'ascenseur s'ouvrirent et ils débouchèrent dans le couloir du troisième étage. Raven frissonna en imaginant les destins brisés qui se dissimulaient derrière chacune de ces portes…

*
* *

Lorsque Raven se gara devant la villa, elle se sentait brisée. Elle n'aspirait plus à présent qu'à dormir et à tenter d'oublier. Sa migraine avait reflué, se muant en une souffrance sourde, une sorte de vertige qui l'empêchait de penser clairement.

Se forçant à quitter sa voiture, elle monta les marches qui conduisaient à la porte d'entrée et pénétra dans le grand hall. Lorsque le battant se referma derrière elle, elle s'y appuya et ferma les yeux, tentant de reprendre des forces.

— Raven ?

La jeune femme rouvrit les paupières et aperçut Julie, qui traversait le couloir pour la rejoindre. Lorsqu'elle fut auprès d'elle, elle passa un bras autour de ses épaules.

— J'aurais dû venir avec toi, dit-elle. Comment ai-je pu te laisser y aller seule ?

Doucement, elle guida Raven vers l'escalier.

— C'est ma mère, répondit celle-ci d'une voix mal assurée. C'est mon problème.

— Ce n'est pas vrai, protesta Julie en l'escortant jusqu'à sa chambre. Je suis ton amie. Tu sais que tu peux compter sur moi. Est-ce que tu as mangé, au moins ?

Raven secoua la tête et ôta ses chaussures.

— Je dois dîner avec Brandon, dit-elle.

— Je vais l'appeler et lui dire que tu es prise. Je t'apporterai un bon repas chaud dans quelque temps. En attendant, tâche de dormir.

— Non ! s'écria Raven. Il faut que j'y aille. Il est inutile de fuir éternellement. De toute façon, j'ai le temps de me reposer. Il ne doit venir qu'à 19 heures.

Julie parut sur le point de protester puis soupira et hocha la tête. Le temps qu'elle aille tirer les rideaux de la chambre, Raven s'était endormie.

Comme à son habitude, Brandon se montra parfaitement ponctuel. Il était tout juste 19 heures lorsqu'il sonna à la porte de la villa. Julie alla lui ouvrir et ne put s'empêcher d'admirer le mélange de décontraction et de virilité naturelle qui émanait de lui.

Conforme à son image de rocker, il portait un pantalon de cuir et une chemise noire. Mais la veste assortie avait dû être taillée sur mesure et tombait à la perfection. Ses Doc Martens étaient impeccablement cirées. Le bouquet de violettes qu'il tenait à la main contrastait bizarrement avec sa tenue. Mais c'étaient les fleurs préférées de Raven et il ne l'avait pas oublié…

Avisant la robe de soirée que portait la jeune femme, il leva un sourcil approbateur.

— Tu es superbe, déclara-t-il en lui tendant l'une des fleurs du bouquet. Tu sors, ce soir ?

— Oui, répondit-elle sobrement en acceptant la violette. Raven ne devrait pas tarder à descendre. Brandon…

Elle hésita puis secoua la tête et s'effaça pour le laisser entrer. Il la suivit jusqu'à la salle de musique.

— Je peux te servir un verre. Un bourbon, comme autrefois ?

— Ce n'est pas ce que tu t'apprêtais à dire, remarqua-t-il.

— Non.

Julie prit une profonde inspiration avant de poursuivre en le regardant droit dans les yeux.

— Tu sais combien je suis attachée à Raven, lui dit-elle enfin. Il n'y a pas beaucoup de gens comme elle. Surtout dans cette ville… Mais elle est très vulnérable. Bien qu'elle tente désespérément de se convaincre du contraire, elle n'a pas la même carapace que nous. Et je ne veux pas qu'elle souffre. Particulièrement en ce moment.

Brandon fit mine de parler mais elle lui intima le silence d'un geste de la main.

— Inutile de me poser des questions, je n'y répondrai pas. C'est l'histoire de Raven et non la mienne et elle te la racontera si elle s'y sent prête. Mais je te préviens : il te faudra beaucoup de patience et de douceur si tu espères la reconquérir. J'espère que tu en es conscient.

— Je le suis, Julie. Mais j'ignore ce que tu sais de ce qui s'est passé exactement entre nous, il y a cinq ans.

— Je sais ce que Raven m'en a dit.

— Un jour, demande-moi ce que j'ai ressenti à l'époque et pourquoi je suis parti.

— Me le dirais-tu vraiment ?

— Oui, répondit-il sans hésiter. Je le ferais.

— Je suis désolée ! s'exclama alors Raven en pénétrant dans la pièce. Je n'ai pas l'habitude d'être en retard.

Brandon la contempla, admiratif. Elle portait une robe blanche qui laissait deviner sa silhouette mince et élancée.

— Je ne trouvais plus mes chaussures, expliqua-t-elle.

Elle sourit, gênée, et Brandon ne put s'empêcher de remarquer la bonne humeur un peu forcée qui perçait dans sa voix. Il comprit qu'en réalité, sous cette légèreté affectée, elle éprouvait une profonde détresse.

— Tu es rayonnante, lui dit-il en lui tendant son bouquet. Et ne t'en fais surtout pas, cela ne me dérange pas d'attendre quand le résultat en vaut la peine.

— J'avais oublié à quel point les Irlandais étaient beaux parleurs, répliqua-t-elle avant de porter les fleurs à ses narines pour sentir cette odeur si caractéristique qu'elle aimait tant. J'espère que tu comptes me gâter, ce soir, Brandon. Je suis d'humeur à me faire chouchouter…

— Très bien. Où veux-tu aller ?

— N'importe où, je te fais confiance. Mais commençons par un bon dîner.

— Très bien. Je pourrais t'offrir un cheeseburger…

— Je vois que certaines choses n'ont pas changé, à commencer par ton déplorable sens de l'humour, dit Raven avant de se tourner vers Julie. Je t'assure que tout ira bien, ajouta-t-elle avant de l'embrasser. Et je te promets de ne pas perdre mes clés, cette fois. Dis bonjour de ma part à… Qui est-ce, ce soir, déjà ?

— Lorenzo, le baron de la chaussure.

— Ah oui, c'est vrai…

Brandon et Raven se dirigèrent vers la porte d'entrée et Julie les suivit des yeux d'un air pensif.

— C'est incroyable, reprit Raven lorsqu'ils furent sur le

perron. Chaque fois qu'elle croise un milliardaire, il tombe fou amoureux d'elle ! Je ne sais pas comment elle fait… Ce doit être une sorte de don !

— Un baron de la chaussure ? répéta Brandon en lui ouvrant la portière.

— Oui, italien. Il porte de superbes costumes trois-pièces et il est vraiment très beau.

Brandon contourna la voiture pour aller s'installer au volant.

— Et c'est sérieux ? demanda-t-il, curieux.

— Pas plus que son aventure avec le roi du pétrole ou le magnat des parfums de luxe, je suppose. Alors, Brandon ? Où comptes-tu m'emmener ? Je te préviens, je suis affamée !

Une fois de plus, Brandon trouva un peu excessives ces démonstrations enthousiastes. Il avait beaucoup de mal à reconnaître la femme avec laquelle il avait discuté, la veille. Finalement, il ne put retenir la question qui lui brûlait les lèvres.

— Vas-tu me dire ce qui s'est passé ? demanda-t-il gravement.

Raven tiqua. Brandon avait toujours eu le don de lire en elle. C'était sans doute ce sens aigu de la psychologie qui faisait de lui un parolier si talentueux.

— Pas de questions, lui répondit-elle en lui adressant un regard suppliant. Pas maintenant…

Il parut hésiter puis hocha la tête. Prenant la main de la jeune femme, il la serra affectueusement dans la sienne comme pour lui assurer que tout irait bien désormais. Raven lui sourit, pleine de reconnaissance.

— Tu as toujours su me remonter le moral, déclara-t-elle.

Elle se souvint alors des bonnes résolutions qu'elle avait prises le jour précédent et retira doucement sa main.

— Jusqu'au jour où tu l'as réduit en miettes…, ajouta-t-elle avec une pointe de tristesse.

Brandon ne répondit pas mais elle le vit serrer les dents et comprit qu'elle avait touché juste. Curieusement, cela ne lui apporta aucun réconfort.

*
* *

Le restaurant qu'avait choisi Brandon était un endroit calme et discret. Il avait réservé la salle entière pour que tous deux puissent manger en paix sans être importunés par des hordes de fans ou de journalistes. Du coup, ils bénéficiaient de l'attention exclusive de plusieurs serveurs et du chef cuisinier.

A mesure que la soirée avançait, le sourire de Raven se fit moins artificiel et sa bonne humeur moins forcée. Le désespoir qu'il avait lu dans ses yeux reflua pour laisser place à une tristesse plus douce et plus diffuse. Bien qu'il ait remarqué cette transformation, Brandon s'abstint sagement de tout commentaire à ce sujet.

Ils discutèrent quelque temps des sujets les plus anodins, comme s'ils avaient peur tous deux d'aborder ce qui leur tenait réellement à cœur. Ils parlèrent de leurs amis communs, des musiciens avec lesquels ils avaient joué et de leurs tournées respectives.

Lorsque leurs plats furent servis, Raven attaqua le sien avec appétit.

— J'ai l'impression de ne rien avoir mangé depuis une semaine, dit-elle entre deux bouchées de délicieux rosbif.

— Tu veux un peu du mien ? suggéra-t-il, amusé.

— Non, merci. J'ai vu le plateau de pâtisseries qu'ils ont et je suis bien décidée à garder un peu de place pour le dessert.

— Si tu continues comme ça, tu ne rentreras jamais dans tes tenues de scène, déclara Brandon en souriant.

Depuis qu'elle lui avait parlé de celles que Wayne avait créées pour elle, il ne cessait de se demander à quoi elle pourrait bien ressembler, vêtue de cette fameuse combinaison de cuir noir.

— Ne t'en fais pas pour moi ! Je perds toujours du poids lorsque je suis en tournée. Tu sais ce que c'est…

— Oh, oui ! Henderson m'a dit que tu traverserais tous les Etats-Unis d'ouest en est et que tu avais quasiment un spectacle par soir.

— C'est exact.

— Si tu veux, nous pourrons nous retrouver à New York lorsque tu auras terminé et prendre ensemble un vol pour l'Angleterre.

— C'est parfait. Mais tu ferais mieux de discuter des détails avec Julie. Je n'ai aucune mémoire pour les dates et les lieux. Comptes-tu rester en Amérique jusqu'à la fin de ma tournée ?

— Oui. Je dois aller passer quelques semaines à Las Vegas. Cela fait un moment que je n'ai pas joué là-bas et je me demande si ça a beaucoup changé…

— Las Vegas est immuable. Je crois que rien n'a vraiment changé depuis l'époque où Sinatra y chantait. J'y suis passée, il y a six mois, pour un concert acoustique. Julie a remporté une somme astronomique au black jack…

— J'ai lu les critiques, confia Brandon. Il paraît que tu étais extraordinaire. C'est vrai ?

— Plus encore qu'ils ne l'ont dit, répondit-elle en riant.

— J'aurais bien aimé aller te voir. Cela fait si longtemps que je ne t'ai pas entendue chanter.

— Qu'est-ce que tu racontes ? Tu m'as entendue, l'autre jour, au studio !

— C'est vrai. Et à la radio, aussi… Mais ce n'est pas la même chose. En concert, tu dégages toujours quelque chose de plus, une sorte de magie communicative. Bien sûr, le mieux, c'était lorsque tu chantais juste pour moi…

La voix de Brandon était aussi douce que le velours. Elle éveillait au fond du cœur de Raven de nostalgiques échos et elle comprit que, si elle ne réagissait pas, elle finirait par s'y abandonner sans espoir de retour.

— Sais-tu ce que je veux vraiment, pour l'instant ? lui demanda-t-elle.

Elle avait parlé d'un ton ouvertement séducteur mais Brandon lut l'éclat amusé qui brillait dans ses yeux.

— Un dessert ? suggéra-t-il.

— Tu me connais si bien ! s'exclama-t-elle joyeusement.

Brandon comprit alors que les choses seraient bien plus difficiles encore qu'il ne l'avait imaginé.

Lorsqu'ils quittèrent le restaurant, Raven déclara qu'elle avait envie d'aller écouter de la musique. D'un commun accord, ils décidèrent d'éviter les boîtes de nuit et les bars à la mode. Ils ne tenaient pas à être remarqués par d'autres artistes ou par les chroniqueurs mondains qui fréquentaient ce genre d'endroits.

Ils choisirent donc un bar enfumé dans lequel jouait un groupe de seconde zone qui, s'il ne brillait pas par l'originalité de ses compositions, faisait preuve d'une belle énergie. Ils s'assirent à une table située un peu à l'écart, soulagés de ne pas avoir été reconnus, et se remirent à discuter de choses et d'autres, rattrapant le temps perdu.

Malheureusement, il s'avéra rapidement que leur présence en ces lieux n'était pas passée aussi inaperçue qu'ils l'auraient souhaité. Alors que Brandon venait de commander sa seconde bière, une jeune femme aux longs cheveux blonds arborant un T-shirt du groupe Linkin Park s'approcha timidement d'eux.

— Excusez-moi, dit-elle en les contemplant avec une évidente fascination, ne seriez-vous pas Brandon Carstairs et Raven Williams ?

— Désolé, ma p'tite dame, répondit Brandon en contrefaisant un accent texan à couper au couteau. Mon nom, c'est Bob Muldoon. Et voici ma femme, Sheila.

La blonde éclata de rire, absolument pas dupe de ce piètre stratagème.

— Oh, Brandon ! s'exclama-t-elle. Soyez chic...

Elle lui tendit une serviette en papier et un feutre noir.

— Je m'appelle Debbie, précisa-t-elle. Pourriez-vous me signer une dédicace ?

— Bien sûr, répondit Brandon en lui décochant l'un de ses plus charmants sourires.

Il gribouilla quelques mots et signa.

— Et vous aussi, Raven, demanda Debbie. De l'autre côté...

Raven s'exécuta, notant du coin de l'œil l'adoration qui se lisait dans le regard de la jeune fille tandis qu'elle fixait Brandon. Cela n'avait rien de très surprenant, songea-t-elle. N'était-il pas le nouveau roi couronné du rock ? Le digne successeur de Jagger, de Morrison et de Cobain ? Quelle adolescente n'avait pas au moins un poster de lui dans sa chambre à coucher ?

— Tiens, Debbie, lui dit-elle en lui tendant la serviette dédicacée.

— Merci, murmura Debbie, qui paraissait brusquement très embarrassée, comme si elle s'étonnait de l'audace avec laquelle elle avait abordé cette légende vivante. Merci beaucoup…

— Il n'y a pas de quoi, répondit cordialement Brandon.

Après une ultime hésitation, Debbie leur sourit et s'éloigna en direction d'un petit groupe d'adolescentes installées autour d'une table, de l'autre côté de la salle.

— Mince, murmura Brandon. Je crois bien que nous sommes grillés ! Quand elle va montrer ça à ses amies, ça va être l'émeute… Sortons d'ici en vitesse !

Il prit la main de Raven et fit mine de l'entraîner vers la porte. Malheureusement, ils ne furent pas assez rapides et se retrouvèrent bientôt cernés de toutes parts par des fans bien décidés eux aussi à obtenir un autographe.

Pendant près de quinze minutes, ils durent signer toutes sortes d'objets : des serviettes, des sous-bocks, des T-shirts et même le soutien-gorge de l'une des admiratrices de Brandon. Ils affrontèrent également un feu roulant de questions, des plus naïves aux plus embarrassantes.

— Quand sort votre prochain album, Brandon ?

— C'est vrai que vous allez faire une nouvelle tournée, Raven ?

— Est-ce que vous sortez de nouveau ensemble, tous les deux ?

— Est-ce que vous allez vous marier ?

— Brandon, je rêve d'avoir un enfant de toi…

Ils s'efforcèrent de répondre gentiment, expliquant que oui, il y aurait un nouvel album et une nouvelle tournée, que non, ils ne sortaient pas ensemble et ne comptaient donc pas se marier, que Brandon était très flatté par cette proposition mais qu'il n'était pas certain d'être prêt à devenir père…

Tout en affrontant cet interrogatoire en règle, ils opéraient une retraite habile et progressive vers la sortie. L'atmosphère restait assez bon enfant mais Brandon savait par expérience que les choses pouvaient rapidement dégénérer.

Il suffisait d'un fan ayant un peu trop forcé sur la bouteille ou d'une groupie un peu trop hystérique pour que tout bascule. Et il ne tenait pas à ce que cette première soirée en compagnie de Raven ne soit gâchée par un regrettable incident.

Finalement, ils parvinrent à s'extraire de la petite foule qui se pressait autour d'eux et à quitter le bar. Seuls quelques irréductibles les suivirent au-dehors, et Brandon entraîna rapidement la jeune femme jusqu'à sa voiture pour leur échapper.

— Je suis désolé, soupira-t-il lorsqu'il eut démarré et se fut enfoncé dans le flot des véhicules évoluant le long du boulevard. Je n'aurais jamais dû t'emmener dans un endroit public…

Raven secoua la tête en souriant.

— Ce n'est pas ta faute, protesta-t-elle. Je te rappelle que c'est moi qui ai suggéré d'y aller… Et puis ce n'était pas si terrible, après tout.

— C'est vrai. Mais les gens ne sont pas toujours aussi accommodants.

— Tu as raison, reconnut Raven en s'étirant. Nous avons eu de la chance. Mais, après tout, cela fait partie du jeu. Nos labels dépensent tellement de temps, d'argent et d'énergie pour nous transformer en stars que l'on ne peut en vouloir aux fans lorsqu'ils oublient que nous sommes aussi des gens normaux…

— Voilà une noble pensée. Je me demande si tu serais aussi compréhensive si l'un d'eux avait brusquement décidé de rapportr un petit morceau de Raven Williams à la maison !

Elle éclata de rire avant de constater que Brandon ne plaisantait qu'à moitié.

— Je vois ce que tu veux dire, soupira-t-elle. J'ai vu la vidéo d'un de tes concerts, il y a trois ou quatre ans. C'était à Londres, je crois. La foule avait réussi à briser le cordon de sécurité qui entourait la scène et tu t'étais retrouvé entouré de fans en furie. Cela n'a pas dû être drôle…

— Disons qu'ils m'aimaient tellement que je me suis retrouvé avec plusieurs côtes cassées.

— Mon Dieu ! Je ne savais pas que les choses avaient été jusque-là !

Brandon haussa les épaules.

— Nous avons préféré passer l'incident sous silence. Cela n'aurait pas été très bon pour mon image et celle de mes concerts… Mais je dois dire que, pendant quelque temps, je me suis senti un peu angoissé chaque fois que je devais monter sur scène. J'ai fini par m'en remettre mais nous avons sérieusement renforcé la sécurité sur mes tournées.

— Je suis heureuse qu'une telle chose ne me soit jamais arrivée, déclara Raven.

— Comme tu l'as dit toi-même, cela fait partie du jeu. D'ailleurs, nous avons besoin de cela, non ? De cette montée d'adrénaline chaque fois que nous chantons en public, de sentir les spectateurs basculer, perdre leurs repères… Sinon, pourquoi ferions-nous ce métier ? Pourquoi tant de gens rêveraient-ils de nous imiter ? C'est bien pour cela que tu as commencé à chanter, non ?

— Non, répondit Raven pensivement. Je crois que, dans mon cas, c'était une façon de fuir. La musique a toujours été quelque chose à quoi je pouvais me raccrocher quand la vie me paraissait trop difficile. C'était la seule constante que j'avais. La seule chose que je pouvais vraiment maîtriser… Et toi, pourquoi t'es-tu lancé dans cette carrière ?

— Parce que je pensais naïvement avoir quelque chose à dire et que je voulais trouver un moyen de toucher suffisamment les gens pour qu'ils reçoivent mon message.

— J'aurais dû m'en douter. Je me souviens qu'au début de ta carrière tu adoptais des positions plutôt radicales ! Tes chansons étaient de véritables réquisitoires.

— Il faut croire que j'ai mis de l'eau dans mon vin.

— Je n'en suis pas si sûre, répondit Raven. Je pense que ton parcours n'est pas si différent de celui de Bono… Lorsque U2 a commencé sa carrière, ils ne cessaient de dénoncer les injustices. Aujourd'hui, ils préfèrent prêcher les valeurs qu'ils défendent. Et c'est exactement ce que tu fais. A mon avis, c'est un signe de maturité.

— Merci.

— Remarque, j'ai entendu *Fire Hot*, le single de ton dernier album… On ne peut pas dire que tu sois complètement assagi.

— C'est parce que je ne veux pas perdre la main.

— Apparemment, ça marche. La chanson est restée dix semaines en tête du box-office !

— C'est vrai. Elle a même pris la place de l'une des tiennes, si mes souvenirs sont bons… Une ballade avec de très beaux arrangements. Même s'il y avait un peu trop de cordes à mon goût.

— Ne dis pas de mal de mes ballades ! protesta Raven en lui décochant une bourrade dans le bras.

— Tu ne devrais pas me taper dessus quand je conduis, déclara Brandon. Je n'ai pas l'intention de mourir jeune, même si c'est la mode dans notre profession.

— Je te rappelle que cette chanson a remporté un disque de platine !

— Ne t'énerve pas ! J'ai reconnu que les arrangements étaient très beaux. Les paroles étaient très bien aussi. Tout ce que je dis, c'est que ce genre de compositions est un peu trop sentimental pour moi…

— Et moi, je pense que cela fait partie intégrante de l'équilibre d'un album. Toutes les chansons ne peuvent pas être constituées de riffs ravageurs. Il faut des pauses, des moments de calme avant la tempête.

— Tu as raison. Il y a toujours la place pour quelques charmantes bluettes, répondit Brandon, moqueur.

— Qu'est-ce qu'il ne faut pas entendre ! s'exclama Raven, révoltée. Demande à Scorpions ce qu'ils pensent de ce genre de bluettes ! Sans elles, le groupe n'aurait jamais été connu dans le monde entier. Pourtant, tu ne peux pas me dire que leurs albums sont mous et complaisants. C'est du rock à l'état pur ! Pas de la frime comme sur certains albums que je ne citerai pas…

Raven constata avec stupeur que Brandon venait d'immobiliser la voiture contre le trottoir.

— Qu'est-ce que tu fabriques ?

— Je sens que tu vas recommencer à me taper dessus et je préfère éviter un accident. Tu parlais de frime ?

— Ton duel de guitares électriques à la fin de *Fire Hot* : j'appelle ça du racolage !

— Et moi une façon élégante de conclure un morceau, répliqua Brandon sans se laisser décontenancer.

Raven émit un petit ricanement moqueur.

— Disons juste que je n'ai pas besoin de ce genre de gadget pour terminer mes morceaux. Ils sont suffisamment…

— Sentimentaux ? ironisa Brandon.

— Franchement, si tu trouves ma musique si gnangnan, je me demande bien pourquoi tu m'as choisie pour collaborer sur *Fantasy* !

— Parce que ta musique a une âme, Raven, répondit-il plus sérieusement. Parce que j'ai besoin de ta sensibilité pour contrebalancer la dureté de mes arrangements. Nous nous complétons, toi et moi. Nous l'avons toujours fait.

— Je pense que nous allons nous disputer très souvent, dit la jeune femme.

— Tant mieux.

— Et je te préviens : tu ne l'emporteras pas toujours.

— Heureusement ! Il n'y a rien de plus ennuyeux qu'un combat gagné d'avance.

Brandon se tut et contempla la vue qui s'offrait à eux. Ce n'est qu'alors que Raven remarqua qu'il s'était engagé sur Mulholland Drive, la route qui surplombait Los Angeles, leur offrant un magnifique panorama.

— Pourquoi cette ville est-elle toujours plus belle vue de haut, la nuit ? murmura-t-il pensivement.

Raven contempla les lueurs qui scintillaient jusqu'à l'océan.

— Je suppose que c'est parce que c'est le seul endroit et le seul moment où elle paraît si calme…

La jeune femme sentit alors la bouche de Brandon effleurer sa tempe. Sans qu'elle s'en rende compte, il s'était rapproché d'elle et passa un bras autour de ses épaules.

— Brandon, protesta-t-elle faiblement.

— Laisse-moi faire, Raven, susura-t-il contre sa joue.

Comme dans un rêve, elle le vit se pencher vers elle jusqu'à ce que ses lèvres effleurent les siennes. Il la touchait à peine mais son bras lui enserrait toujours les épaules et l'empêchait de se dégager. Elle n'était d'ailleurs pas certaine d'en avoir vraiment envie.

Il inclina alors la tête et entreprit de couvrir son visage de petits baisers : ses joues, tout d'abord, puis son front, ses paupières et ses tempes. Elle savait qu'elle aurait dû le repousser, qu'en le laissant faire elle jouait un jeu dangereux, peut-être suicidaire. Mais elle était incapable de résister à la douceur de ces caresses.

Elle avait l'impression que son corps ne lui appartenait plus, qu'il flottait en apesanteur et se noyait dans un océan de bien-être. Lorsque la bouche de Brandon se posa de nouveau sur la sienne, elle répondit à son baiser.

Il ne chercha pas à la brusquer, prenant tout son temps, éveillant lentement le désir qui se répandait en elle comme une boule de chaleur. Leurs corps se serraient l'un contre l'autre et elle sentait ses seins durcir contre le torse de Brandon alors que tout le reste de son être lui paraissait fondre.

Elle s'abandonna à cette délicieuse sensation, dérivant plus loin encore. Cela faisait si longtemps qu'elle n'avait pas éprouvé une envie aussi puissante, une faim aussi insatiable. Aucun des hommes qu'elle avait connus après Brandon n'avait réussi à la faire réagir de cette façon.

C'était comme s'il savait instinctivement ce dont elle avait besoin. Chacune de ses caresses semblait répondre à ses attentes. Pendant longtemps, elle s'était dit qu'elle avait idéalisé ses baisers mais elle se rendait compte à présent qu'ils dépassaient en intensité le plus brûlant de ses souvenirs.

— Oh, Raven ! murmura-t-il contre son oreille. Je te désire tellement…

Ses mains se firent plus audacieuses, plus urgentes.

— Cela fait si longtemps… Reviens avec moi à mon hôtel, je t'en prie.

Raven sentit ses doigts se poser sur ses seins et, brusquement, elle prit conscience ce qui était sur le point de se passer. Si elle ne mettait pas fin à cette étreinte, elle n'en aurait plus le courage par la suite. Brandon et elle feraient l'amour et elle lui succomberait de nouveau.

Leur liaison durerait peut-être un jour, peut-être un mois, mais il finirait par se lasser d'elle comme il se lassait de toutes ses maîtresses. Une fois de plus, il l'abandonnerait sans un regard en arrière, lui brisant le cœur une seconde fois.

— Non ! s'écria-t-elle.

Son instinct de survie reprit instantanément le contrôle de son corps, qui frissonnait de désir. Elle s'arracha aux bras de Brandon et le repoussa durement. Il ne chercha même pas à résister, se contentant de la regarder d'un air abasourdi.

Dans ses yeux, elle lut un mélange de désir, de frustration et d'incompréhension.

— Pourquoi ? articula-t-il enfin. Je sais que tu en as autant envie que moi…

— Tu te trompes, répliqua-t-elle en le défiant du regard.

— Vraiment ? demanda-t-il d'une voix ironique.

Raven rougit, comprenant que la façon dont elle avait réagi à son baiser ne laissait guère de doute sur la question. Elle lui en voulut de le lui envoyer au visage de cette façon et elle s'en voulut pour la faiblesse dont elle avait fait preuve. Mais il était trop tard pour revenir en arrière, désormais.

— Je ne suis pas un jouet, Brandon, déclara-t-elle d'une voix glaciale. Tu ne peux pas m'abandonner pendant cinq ans et revenir en t'imaginant que je vais sauter dans ton lit juste pour satisfaire ta fantaisie du moment !

Elle le vit pâlir.

— Ce n'est pas ce que tu crois…, protesta-t-il.

— Vraiment ? Ne m'as-tu pas laissée tomber, il y a cinq ans ?

— Si, mais…

— M'as-tu donné la moindre explication ? La moindre raison valable de le faire ?

Il détourna les yeux.

— M'as-tu donné la moindre nouvelle, passé le moindre coup de téléphone ? poursuivit-elle impitoyablement. Non… Tu as continué à collectionner les aventures en vraie star du rock phallocrate. Et voilà que tu reviens à Los Angeles un beau jour pour me proposer du travail. Qu'espérais-tu ? Que je te serais si reconnaissante que je te tomberais dans les bras ?

— Tu n'as pas le droit de dire ça ! protesta rageusement Brandon. Tu as envie de moi autant que j'ai envie de toi ! Et cela n'a aucun rapport avec *Fantasy* ! Tu sais que cette bande originale représente une opportunité extraordinaire. Crois-tu vraiment que je l'aurais gâchée rien que pour une nuit de plaisir ? J'ai fait appel à toi parce que je respecte ton talent de compositrice, parce que je crois que nous pouvons faire un excellent travail ensemble... Et ce qui se passe entre nous sur le plan personnel n'a rien à voir.

Raven resta longuement silencieuse, réfléchissant à ce qu'il venait de lui dire. Elle ne pouvait nier la justesse de son raisonnement et regretta ses accusations hâtives. Mais cela ne changeait rien au fait qu'elle ne pouvait courir le risque de sortir avec Brandon.

— Très bien, soupira-t-elle. Je suis désolée... Je n'aurais pas dû mettre en cause ton intégrité de musicien. Mais je tiens à ce que les choses soient parfaitement claires entre nous : je t'ai dit que je ne voulais pas d'une nouvelle liaison avec toi et je le pensais. Si tu peux l'admettre et te contenter d'une relation de travail, tant mieux. Sinon, je pense que tu ferais mieux de te trouver un autre partenaire.

— Tu es celle qu'il me faut, répondit-il en la regardant droit dans les yeux. Et je ne veux personne d'autre. Nous jouerons donc selon tes règles, Raven. Nous sommes tous deux des professionnels et nous nous conduirons comme tels. En attendant, je te ramène chez toi...

5

Raven détestait arriver en retard à une fête mais, cette fois, elle n'avait guère eu le choix. Son emploi du temps était tellement surchargé qu'elle n'avait presque jamais le temps de souffler.

En fait, si elle n'avait écouté que ses propres envies, elle serait sans doute rentrée chez elle pour se mettre au lit. Mais elle ne pouvait se le permettre. Il s'agissait en effet de la première soirée officielle du film *Fantasy* et tous les artistes qui devaient participer au projet étaient tenus d'y assister.

Raven n'était plus qu'à deux jours du début officiel de sa tournée. Elle avait passé la semaine précédente à répéter avec son groupe, à adapter les chansons de l'album pour la scène et à superviser les derniers réglages du matériel.

Cet après-midi, après une ultime session marathon, elle s'était accordé deux heures de liberté pour aller faire un peu de lèche-vitrines à Beverly Hills. Elle n'avait rien acheté mais ce moment de détente lui avait permis de se vider l'esprit.

Car elle savait que, dès que les concerts commenceraient à s'enchaîner, elle n'aurait plus un seul instant pour souffler. La majeure partie de ses journées serait consacrée à voyager, à répéter, à enchaîner les balances et les prestations scéniques, à participer à des dizaines de soirées pour s'effondrer enfin dans une chambre d'hôtel anonyme et y sombrer dans un sommeil sans rêves.

Elle n'aurait plus l'occasion de penser à sa mère, qui croupissait dans cette maudite clinique, ni à sa collaboration avec Brandon, qui risquait de s'avérer des plus délicates s'il continuait à lui faire des avances.

En revenant de Beverly Hills, Raven avait trouvé un mot de Julie accroché à la porte de sa chambre.

Je te rappelle que tu es censée assister à la soirée de Steve Jarett, ce soir. Il est très important que tu y ailles. Alors enfile tes plus beaux habits et file. Lorenzo et moi sommes allés dîner. Nous te rejoindrons directement là-bas. J.

Une heure plus tard, Raven prit donc la direction de Malibu où se trouvait la villa de Steve Jarett. Le réalisateur était le dernier enfant chéri d'Hollywood. Tout ce qu'il touchait paraissait se changer en or et ses trois derniers films avaient littéralement fait exploser le box-office. Raven espérait qu'il en irait de même pour *Fantasy*.

Tandis qu'elle suivait une route sinueuse qui grimpait à flanc de canyon, la jeune femme sentit une certaine nervosité la gagner à l'idée de devoir affronter les mondanités typiques de ce genre de soirée. Il y aurait sans doute beaucoup de monde et elle devrait se montrer aimable et souriante alors qu'elle n'aspirait qu'à rentrer se coucher.

Cette pensée lui arracha un sourire. Depuis quand était-elle aussi blasée ? Autrefois, elle raffolait de ce genre de fêtes. Après tout, on y rencontrait toutes sortes de gens remarquables qui avaient le plus souvent d'incroyables anecdotes à raconter.

Elle se rendit compte que ce n'était pas tant la soirée proprement dite qui la rendait si nerveuse mais bien l'idée de se trouver de nouveau confrontée à Brandon. Depuis leur dernier rendez-vous, elle avait compris combien il lui serait difficile de gérer l'ambiguïté qui persistait entre eux.

Elle se demanda s'il viendrait seul ou accompagné. Pourquoi se priverait-il de la compagnie d'une belle jeune femme ? se demanda-t-elle avec une pointe d'ironie amère. A moins qu'il ne préfère séduire l'une des invitées. Il ne manquerait certainement pas de starlettes que la simple idée de sortir avec le roi du rock mettraient en émoi…

Raven soupira. Pourquoi cette idée l'agaçait-elle à ce point ?

Quel droit avait-elle d'être jalouse d'un homme qui n'était plus son petit ami depuis cinq ans ? Ne lui avait-elle pas fait clairement comprendre qu'il n'avait aucune chance de le redevenir ?

Tout ceci était absurde. Si elle tombait dans ce genre de piège, elle risquait fort de commettre les mêmes erreurs qu'autrefois. En fait, conclut-elle, voir Brandon sortir avec une autre femme serait sans doute une bonne chose. Cela l'aiderait peut-être à tirer un trait sur le passé une bonne fois pour toutes...

Lorsque Raven arriva devant le portail de la maison de Jarett, elle fut arrêtée par un agent de la sécurité qui lui prit son carton d'invitation et vérifia que son nom se trouvait bien sur la liste. Elle remonta alors l'allée qui conduisait à la villa et se gara devant l'entrée.

Un adolescent vint prendre les clés de sa Jaguar. Raven songea qu'il s'agissait probablement d'un aspirant acteur, scénariste ou réalisateur qui devait être aux anges en voyant se succéder autant de célébrités.

— Je suis en retard, lui dit-elle avec un sourire. Croyez-vous que je puisse entrer discrètement ?

— Je ne pense pas, mademoiselle Williams. Pas vêtue comme ça, en tout cas...

Raven regarda la robe noire qu'elle portait. Elle était légèrement décolletée et la jupe était fendue, laissant entrevoir une jambe gainée de soie. Le long de la manche couraient des parements argentés assortis à la boucle de sa ceinture de cuir.

— J'espère que c'est un compliment, remarqua-t-elle malicieusement.

— Oh, oui, mademoiselle ! s'exclama l'adolescent en rougissant jusqu'à la racine des cheveux. Vous êtes vraiment magnifique...

— C'est gentil. Mais, dites-moi, y a-t-il une entrée secondaire par laquelle je pourrais me glisser l'air de rien ?

— Si vous longez la maison sur la gauche, vous verrez des portes vitrées qui donnent sur la bibliothèque. Elles sont ouvertes et, de là, vous devriez pouvoir rejoindre les autres invités sans vous faire remarquer.

— Merci, fit Raven en glissant au jeune homme un confortable pourboire.

— Merci, Raven ! s'exclama ce dernier avant de se reprendre. Mademoiselle Williams, je veux dire...

Il se dandina d'un pied sur l'autre, paraissant hésiter à lui poser une question.

— Je ne mords pas, dit-elle en riant.

— J'adore votre musique et je ne rate jamais un de vos concerts lorsque vous jouez à Los Angeles... Est-ce que vous pourriez le signer ? demanda-t-il en lui tendant le billet qu'elle venait de lui donner.

— Ce serait dommage. A mon avis, vous feriez mieux de le dépenser. Mais je crois que j'ai mieux...

Elle fouilla dans son sac et en sortit un CD glissé dans une pochette vierge.

— Quel est votre nom ?

— Sam, Sam Rheinhart.

Raven lui dédicaça le disque et le lui tendit.

— Qu'est-ce que c'est ? demanda-t-il, curieux.

— Une avant-première, répondit-elle en souriant. C'est une copie de mon prochain album.

Sam ouvrit de grands yeux et Raven éclata de rire. A le voir, on aurait pu croire qu'il venait d'être foudroyé sur place. Sans attendre de remerciements, elle s'éloigna en direction de la villa, le laissant planté là avec vingt dollars dans une main et un CD inédit dans l'autre. Comme le lui avait prédit son jeune admirateur, les portes-fenêtres étaient entrouvertes et la bibliothèque, déserte.

Raven s'y glissa et gagna la porte qui devait donner sur le couloir. Elle l'entrouvrit et vérifia que la voie était libre. D'un pas parfaitement décontracté, elle se dirigea donc vers la salle de réception d'où provenaient les accords hargneux d'un groupe de hard-rock dont le chanteur était l'un de ses meilleurs amis.

— Raven ! s'exclama quelqu'un derrière elle juste avant qu'elle ne pénètre dans le grand salon.

Raven se retourna et vit Carly Devers venir dans sa direction. C'était une petite blonde à la voix fluette bourrée de talent qui avait remporté l'oscar du meilleur second rôle féminin l'année précédente. Raven et elle se connaissaient et s'appréciaient beaucoup, même si elles évoluaient dans des cercles différents.

— Salut, Carly ! s'exclama-t-elle en l'embrassant affectueusement. Félicitations ! J'ai appris que tu avais décroché le second rôle dans *Fantasy* !

— Merci ! C'est un rôle superbe. Et je suis vraiment ravie de travailler avec Steve. C'est un réalisateur tellement extraordinaire...

Elle détailla Raven des pieds à la tête et sourit.

— Tu es vraiment splendide ! lança-t-elle. Franchement, je suis heureuse que tu aies choisi le chant plutôt que la comédie !

Toutes deux éclatèrent de rire.

— A ce propos, moi aussi, je dois te féliciter, reprit Carly.

— Merci. J'ai vraiment hâte de commencer à travailler sur la bande originale.

— Je ne parlais pas de la B.O. mais de Brandon, objecta malicieusement Carly.

Le sourire de Raven se figea mais Carly se méprit sur le sens de ce brusque changement d'expression.

— Je suis désolée, dit-elle. Je ne savais pas que c'était un secret. Je te promets de ne le répéter à personne... Mais, si je puis me permettre un conseil, tâche de lui mettre le grappin dessus une bonne fois pour toutes parce que je connais nombre de filles qui se damneraient pour sortir avec lui. Moi-même, je ne dirais pas non s'il me le proposait !

Raven réfléchit rapidement à la situation. Il n'y avait rien d'étonnant à ce que sa collaboration avec Brandon fasse naître de tels bavardages. D'autant qu'ils étaient déjà sortis ensemble par le passé...

Nier ne ferait que renforcer la conviction de ses interlocuteurs. Le mieux était donc de les laisser dire et de prendre les choses à la légère, dans le plus pur style hollywoodien.

— Je croyais que tu sortais avec Dirk Wagner, fit-elle d'un ton malicieux.

— Toi, on peut dire que tu ne te tiens pas à la page ! s'exclama Carly en riant. Nous avons rompu, il y a plus d'un mois ! Mais ne t'en fais pas pour Brandon. Empiéter sur le territoire des autres n'est pas du tout mon genre!

— Empiète autant que tu voudras, répondit Raven en haussant les épaules. Je n'ai pas de chasse gardée en ce moment…

Carly la regarda d'un air dubitatif mais, alors qu'elle s'apprêtait à répondre, un serveur passa devant elle, portant un plateau chargé de flûtes de champagne. L'actrice en prit une tandis que Raven déclinait l'offre.

— J'ai entendu dire que Brandon était un amant merveilleux, reprit Carly lorsqu'elles furent de nouveau seules.

— Je ne pense pas que ce soit un secret d'Etat, lâcha Raven avec une indifférence affectée.

— Ce n'est pas faux…

— A ce propos, est-ce que tu l'as vu, ce soir?

— Oui… Mais il n'arrête pas de passer d'un groupe à l'autre. Je ne sais pas si c'est pour échapper aux hordes de femmes qui lui courent après ou bien parce qu'il en cherche une en particulier. Ce n'est pas quelqu'un de facile à cerner, n'est-ce pas?

Raven émit un grognement qui n'engageait à rien et décida de changer de sujet au plus vite.

— Est-ce que tu as aperçu Steve? Il faut absolument que j'aille le féliciter.

— Viens, je vais te conduire à lui…

Prenant le bras de Raven, Carly la conduisit dans la salle de réception. C'était une pièce immense, même selon les standards en vigueur à Malibu, et elle était pleine à craquer. Toutes sortes de gens se côtoyaient, certains vêtus de leurs plus belles tenues de gala, d'autres d'habits semblant sortir tout droit des entrepôts de l'Armée du Salut.

Le groupe qui jouait était installé sur une petite estrade qui se trouvait sur la terrasse, près de la piscine. Toutes les portes-fenêtres étaient ouvertes, permettant aux invités de circuler librement de l'intérieur à l'extérieur. La pelouse du jardin était illuminée par des spots multicolores.

Le salon lui-même était décoré avec goût. Les murs et le plancher étaient d'un blanc immaculé, mettant en valeur les tableaux et les statuettes qui formaient un dégradé de couleurs. Tous les meubles avaient été dessinés par de célèbres designers contemporains qui ne reculaient devant aucune audace.

Raven repéra rapidement les gens qu'elle connaissait. Elle vit Julie au bras de Lorenzo, le beau milliardaire italien, et Wayne, qui se tenait auprès d'un jeune mannequin qui avait fait la couverture du dernier *Vogue*. La rumeur qui disait qu'il avait été chargé de concevoir les costumes de *Fantasy* devait donc être fondée.

La jeune femme reconnut également nombre de producteurs, de réalisateurs, d'acteurs, de chorégraphes, de peintres, de danseurs et de scénaristes. Il y avait aussi de nombreux représentants de la scène californienne qui la saluèrent de loin.

Carly et elle passèrent de groupe en groupe pour échanger salutations et politesses. Elles reçurent et donnèrent des dizaines de baisers, serrèrent des dizaines de mains et prononcèrent des dizaines de banalités avant que Raven ne parvienne à s'éclipser discrètement en direction du buffet pour aller se servir un verre de jus de pomme.

Elle préférait généralement discuter avec une ou deux personnes que papillonner pendant des heures et fut ravie de se retrouver seule face à son hôte. Ils s'embrassèrent cordialement.

— J'avais peur que tu ne puisses pas venir, déclara Jarett.

Raven ne s'étonna nullement qu'il ait remarqué son absence au milieu de toute cette foule. Il était connu pour ses extraordinaires facultés d'observation. Rien ne lui échappait et il était doté d'une mémoire impressionnante. Ces deux qualités étaient d'ailleurs probablement ce qui faisait de lui un réalisateur aussi talentueux.

Il avait trente-sept ans mais paraissait beaucoup plus jeune. Probablement parce qu'il était de petite taille et de frêle stature. Mais ses yeux démentaient cette apparente fragilité. Ils semblaient brûler d'un feu intérieur, véritables fenêtres sur une âme tourmentée et brillante. Il était considéré comme un perfectionniste exigeant mais nul ne contestait le génie de sa vision créatrice.

Curieusement, c'était un homme très patient. Il pouvait tourner une scène plus de vingt fois si elle ne correspondait pas exactement à ce qu'il avait en tête.

Ce genre d'attitude aurait probablement attiré les foudres des studios pour lesquels il travaillait si les producteurs n'avaient pas été convaincus que chacun de ses films leur rapporterait une véritable fortune et une brassée de récompenses de par le monde.

Cinq ans auparavant, il avait stupéfié Hollywood en réalisant un film à deux millions de dollars alors qu'il aurait aisément pu en lever plus de cent sur son nom uniquement. Steve avait expliqué qu'il voulait travailler sous contrainte et qu'il s'agissait en quelque sorte d'un exercice de style.

Mais le long-métrage était resté plus de dix semaines à l'affiche et avait remporté un oscar. A présent, plus personne ne se serait permis de critiquer ses choix, et l'on murmurait avec envie qu'il avait même obtenu le privilège de décider du montage final sans en référer à ses producteurs.

C'était une pratique courante en Europe mais, aux Etats-Unis, rares étaient les réalisateurs qui pouvaient se prévaloir d'un tel pouvoir.

Lorsqu'il avait accepté de diriger *Fantasy*, c'était lui qui avait insisté pour embaucher Brandon Carstairs. Et, quand ce dernier lui avait suggéré une collaboration avec Raven, il avait été ravi.

— Est-ce que tu as déjà rencontré Lauren ? demanda-t-il à la jeune femme.

— Non. Mais je serais enchantée de faire sa connaissance.

— Il le faut absolument. J'aimerais que tu te familiarises avec son travail avant de commencer à élaborer la musique. Je demanderai à mon assistant de t'envoyer les DVD de tous ses films.

— Je crois que je les ai tous vus mais je les reverrai avec plaisir, répondit Raven. Tu as raison : c'est elle qui sera le personnage clé du film.

— Exactement ! s'exclama Jarett avec enthousiasme. Je suis heureux de constater que nous sommes sur la même longueur d'onde ! Tu connais Jack, je crois ? ajouta-t-il en désignant l'acteur qui venait de les rejoindre.

— Oui. Je suis heureuse qu'il t'ait choisi, Jack ! Je suis certaine que tu seras parfait dans le rôle de Joe.

— Sauf que j'ai encore cinq kilos à perdre, répondit Ladd avec une grimace. Je passe mes journées au gymnase, je ne mange plus que de la salade et je limite ma consommation d'alcool. Ma vie est devenue un véritable enfer!

Raven éclata de rire.

— Je suis sûre que tu oublieras tout ça lorsque tu serreras un petit bonhomme en or dans tes bras, répondit-elle. Mais j'ai appris que ce serait Larry Keaston qui réglerait tes chorégraphies. Je croyais qu'il avait pris sa retraite il y a cinq ans...

— C'est lui que je voulais, dit Jarett avec un sourire presque carnassier. Le studio a fait en sorte qu'il ne puisse pas refuser... Je crois même que j'arriverai à le convaincre de danser dans l'une des scènes du film. Il prétend qu'il est trop vieux pour cela mais je suis sûr qu'il brûle de se retrouver devant les caméras pour un dernier baroud d'honneur!

— Si tu parviens à le persuader, ce sera un véritable tour de force, affirma Raven.

— Tu savais que c'était un de tes plus grands fans?

La jeune femme ouvrit de grands yeux.

— Keaston? Il aime ma musique? Ce n'est pas possible...

— Au contraire. Il m'a même demandé si je pouvais vous présenter l'un à l'autre.

Raven n'en revenait pas. Keaston était considéré comme l'un des plus grands chorégraphes contemporains. Il avait travaillé avec les danseurs les plus remarquables et les musiciens les plus talentueux depuis les années 1970. Il avait réglé des centaines de pièces, de comédies musicales et de films. Et, aujourd'hui, il voulait la rencontrer...

— Ce n'est pas la peine de me le dire deux fois! s'exclama-t-elle avec enthousiasme.

Jarett sourit et, la prenant par le bras, il l'escorta jusqu'à Keaston, qui était installé sur l'un des fauteuils du salon, entouré d'une véritable cour d'admirateurs.

A partir de ce moment-là, la soirée passa à une vitesse folle. Raven et Keaston parlèrent pendant près d'une heure. La jeune femme découvrit avec étonnement que le chorégraphe avait su rester modeste et simple.

Ils partageaient de nombreux goûts communs en matière de musique et Keaston lui raconta de nombreuses anecdotes sur les idoles de son enfance qu'il avait connues et fréquentées au quotidien.

Raven discuta ensuite avec Jack Ladd, qui avait déjà beaucoup réfléchi au personnage qu'il devait interpréter et n'hésita pas à lui faire part de ses intentions de jeu. Lorsqu'ils se séparèrent enfin, Raven se mit en quête de Lauren Chase. Mais elle aperçut alors Wayne, qui se tenait un peu à l'écart, un verre de vin blanc à la main.

— Alors ? fit-elle. Tu es seul ?

— J'observe l'assistance, répondit-il avec un sourire malicieux. Il est toujours étonnant de constater combien des gens parfaitement intelligents et cultivés peuvent n'avoir aucun goût en matière de vêtements… Regarde Lela Marring, par exemple.

Raven repéra la jolie brunette qui portait une minijupe rose.

— Je ne comprends pas comment on peut porter un tissu aussi laid. Je n'en voudrais pas pour tailler une nappe !

— En l'occurrence, je ne pense pas que ce soit le tissu qui compte, répondit Raven en riant, mais la longueur des jambes…

— Tu n'as peut-être pas tort… Mais le cas de Marshall Peters est inexcusable. Une chemise en satin rouge ! Je ne sais même pas si quelqu'un aurait osé porter ça dans les années 1960 !

— Tout le monde n'a pas ta sensibilité en la matière, Wayne…

— Bien sûr que non, répondit-il en allumant une cigarette. Sans cela, je me retrouverais rapidement au chômage. Mais, de là à bafouer à ce point le bon goût, ça me dépasse !

— En tout cas, je dois dire que ta compagne est très bien habillée, déclara Raven en désignant le mannequin qui discutait avec l'un des présentateurs vedettes de CNN.

Elle portait effectivement une robe magnifique de velours bleu si foncé qu'il semblait presque noir. Un réseau de fils argentés courait sur le tissu, accrochant la lumière environnante.

— En revanche, elle ne doit pas avoir plus de dix-huit ans… Je me demande de quoi vous pouvez bien parler, tous les deux !

— Qui t'a dit que nous parlions ? répliqua Wayne d'un ton

provocateur. D'ailleurs, je ne suis pas le seul à avoir un faible pour les physiques avantageux, ajouta-t-il en désignant Julie, qui discutait avec son bel italien.

— Il n'y a pas que le physique, dit Raven. Ce type est milliardaire !

— Nous savons tous les deux que Julie a plus d'argent qu'elle ne peut en dépenser…

Raven remarqua alors une fille qui portait un pantalon en cuir à franges, un chemisier léopard et des lunettes roses en forme de cœur. Jugeant que cela ne manquerait pas d'horrifier Wayne, elle s'apprêtait à la lui désigner lorsqu'elle aperçut Brandon.

Elle se rendit compte qu'il l'observait, probablement depuis quelque temps déjà. Instantanément, un souvenir jaillit dans son esprit. C'était lors d'une fête semblable qu'ils s'étaient rencontrés. Leurs regards s'étaient croisés et ils avaient été incapables de détourner les yeux l'un de l'autre.

C'était la première soirée de Raven à Hollywood et elle s'était rapidement sentie complètement dépassée. Autour d'elle, elle reconnaissait des dizaines de gens qu'elle n'aurait jamais cru approcher en personne. Comme elle avait commis l'erreur de venir seule, elle avait aussitôt été identifiée comme une proie par tous les hommes en chasse.

L'un d'eux, un acteur dont elle ne se rappelait ni le nom ni le visage, avait fini par l'acculer dans un coin. C'est alors qu'elle avait vu Brandon. Il arborait un sourire amusé, comme s'il avait observé la façon dont son compagnon avait abusé de sa naïveté.

Peut-être avait-il lu une pointe de désespoir dans les yeux de Raven car son sourire s'était brusquement envolé. Il s'était frayé un chemin jusqu'à eux. Avec un parfait aplomb, il s'était glissé entre l'acteur et la jeune femme et avait pris celle-ci par les épaules.

— Alors ? Je t'ai manqué ? avait-il demandé avant de déposer un petit baiser sur ses lèvres. Viens, je dois te présenter des gens qui brûlent de te rencontrer ! Désolé, avait-il ajouté à l'intention de l'acteur.

Ce dernier n'avait pas osé protester et Brandon avait entraîné Raven sur la terrasse. Elle se rappelait encore l'odeur d'oranger qui flottait dans l'air et le reflet de la lune sur le marbre blanc du balcon.

Evidemment, elle avait aussitôt reconnu Brandon dont elle admirait le travail. C'est donc avec beaucoup de nervosité qu'elle l'avait remercié pour ce sauvetage inattendu.

— Il n'y a pas de quoi, avait-il répondu avant de la contempler pensivement comme il l'avait fait si souvent par la suite. Vous n'êtes pas exactement comme je m'y attendais, avait-il conclu.

— Vraiment ? avait murmuré Raven, se demandant ce qu'il pouvait bien vouloir dire par là.

— Vraiment. Ça vous dirait de quitter cet endroit et d'aller boire un verre ?

— Oui, avait-elle répondu avant même de réfléchir.

— Très bien. Dans ce cas, allons-y !

Il l'avait prise par la main et elle s'était laissé faire.

— Raven ?

La jeune femme fut brusquement rappelée au moment présent par la voix de Wayne et le contact de sa main sur son bras nu.

— Oui ? fit-elle, un peu décontenancée.

— Tu sais que l'on peut lire à livre ouvert sur ton visage ? murmura son ami. Ce n'est peut-être pas une très bonne idée dans une pièce remplie de curieux et de mauvaises langues.

— Je réfléchissais, répondit Raven, gênée.

Il lui jeta un regard moqueur et elle poussa un petit grognement de frustration.

— Ce n'est pas ce que tu crois, objecta-t-elle. Brandon et moi allons travailler ensemble.

— Tu crois peut-être que je ne le sais pas ? demanda Wayne d'une voix lourde de sous-entendus.

— Nous sommes des professionnels ! protesta Raven.

— Et tu crois que vous pourrez vous conduire en bons amis ?

— Pourquoi pas ? Je suis une personne très amicale…

Wayne soupira et secoua la tête d'un air résigné.

— Au moins, lui, il sait s'habiller… Mais es-tu certaine qu'il soit judicieux de partir au fin fond des Cornouailles ? Pourquoi ne pas vous installer à Sausalito ? Vous y serez au calme…

— Y a-t-il quelque chose que tu ignores? demanda Raven, stupéfaite.

— J'espère bien que non! s'exclama son ami. Salut, Brandon...

Raven sursauta et se retourna pour constater que ce dernier les avait rejoints. Il lui fallut quelques instants pour recouvrer contenance.

— Bonsoir, Brandon, lui dit-elle.

— Raven... je voulais te présenter Lauren Chase.

A contrecœur, la jeune femme arracha son regard à celui de Brandon et se tourna vers l'actrice qui l'accompagnait.

C'était une femme magnifique. Grande, mince, élancée, elle avait de longs cheveux châtains, de superbes yeux verts et une bouche splendide.

Il y avait en elle une qualité féerique et éthérée, peut-être à cause de la texture presque translucide de sa peau ou de la façon dont elle marchait, avec autant de légèreté que si ses pieds ne faisaient qu'effleurer le sol.

Elle avait trente ans et ne cherchait pas à paraître plus jeune, contrairement à la majorité des femmes présentes ce soir-là. Mais Raven savait que, même âgée de soixante ans, elle continuerait à irradier cette prodigieuse beauté qui semblait venir de l'intérieur.

Lauren avait été mariée deux fois. Son premier divorce avait été retentissant et avait donné lieu à une couverture médiatique frôlant la diffamation. Son second mariage durait depuis sept ans déjà, ce qui était un record dans sa profession, et elle avait mis au monde deux enfants.

Curieusement, la presse qui l'avait traînée dans la boue ne trouvait plus grand-chose à raconter sur son compte.

— Brandon m'a dit que c'est vous qui insuffleriez l'âme de la musique du film, déclara Lauren lorsque le chanteur eut présenté les deux femmes l'une à l'autre.

— C'est beaucoup dire, répondit Raven en riant. Disons que Brandon considère ma musique comme trop sentimentale et que je trouve la sienne trop violente.

— Excellent! De cette façon, la bande originale trouvera un juste milieu. Je suis impatiente d'entendre le résultat...

— Si vous voulez, nous vous enverrons les musiques au fur et à mesure que nous les écrirons, suggéra Raven.

— Avec plaisir! Mais j'ai appris que vous partiez à l'autre bout du monde pour composer…

— Brandon a l'âme d'un artiste, répondit Raven, moqueuse. Il a besoin de solitude pour créer.

— En tout cas, j'attends beaucoup de cette bande originale. Elle jouera un rôle capital dans le film.

— Ne vous en faites pas, lui assura Raven. Vous ne serez pas déçue.

Lauren la regarda attentivement, comme si elle cherchait à lire en elle. Finalement, elle hocha la tête d'un air satisfait.

— Je pense que vous avez raison. Je vous fais entièrement confiance. Bien, ajouta-t-elle en prenant Wayne par le bras, pourquoi ne m'offririez-vous pas un verre avant de me parler des merveilleux costumes que vous allez créer pour moi?

Wayne se laissa entraîner par la fabuleuse actrice et Raven les suivit des yeux en souriant.

— Voilà une femme qui sait ce qu'elle veut, dit-elle en souriant.

— Et ce qu'elle veut, c'est un oscar, ajouta Brandon. Elle a déjà été nominée trois fois mais elle n'en a remporté aucun. Cette fois, elle est bien déterminée à ne pas le laisser échapper. Qui sait? Tu en remporteras peut-être un, toi aussi…

— Je n'y avais même pas pensé. Cela me plairait assez, remarque… Mais, avant de rêver au discours de remerciement que nous ferons, il vaudrait peut-être mieux nous mettre au travail.

— A ce propos, comment se déroulent les répétitions?

— Très bien. Le groupe est plus soudé que jamais et nous avons hâte de commencer. Et toi? Tu dois bientôt partir pour Vegas, n'est-ce pas?

— Exact. Tu es venue seule?

— Oui… J'étais même en retard. Est-ce que tu as vu Julie?

— Pas encore.

Comme Raven cherchait son amie des yeux, Brandon lui prit le menton, la forçant à le regarder dans les yeux.

— Est-ce que tu me laisseras te ramener chez toi, ce soir? demanda-t-il.

— Je suis venue avec ma propre voiture, répondit-elle, le cœur battant.

— Ce n'est pas ce que je voulais dire et tu le sais très bien.

Raven prit une profonde inspiration avant de répondre.

— Je ne pense pas que ce serait une très bonne idée, déclara-t-elle enfin.

— Vraiment? répliqua Brandon d'un ton sarcastique.

Il effleura ses lèvres d'un baiser qui la fit frissonner de la tête aux pieds.

— Tu as peut-être raison, déclara-t-il en s'écartant. De toute façon, nous nous verrons dans quelques semaines…

Sur ce, il se détourna et s'enfonça dans la foule compacte des invités. Raven le suivit des yeux, sans même se rendre compte que des dizaines de personnes la regardaient d'un air entendu.

6

La salle était sombre et silencieuse. Les pas de Raven se répercutaient, amplifiés par l'excellente acoustique des lieux. Très bientôt, la scène serait envahie par des dizaines de roadies qui installeraient le décor, les câbles électriques, le mur d'amplis et les différents instruments du groupe. L'air se remplirait de coups de marteau, de cris, de bruits de fer à souder.

Puis viendraient le moment de la balance et les dernières répétitions. A peine seraient-elles achevées que le hall commencerait à se remplir. Les journalistes entreraient d'abord. Raven devrait alors faire face à leur lot de questions.

C'était un exercice qu'elle redoutait au plus haut point, ces derniers temps. Elle avait effectivement vu surgir un certain nombre d'articles annonçant sa collaboration prochaine avec Brandon.

Chaque fois, les chroniqueurs rappelaient que tous deux étaient sortis ensemble, autrefois. Ils avaient ressorti de vieux clichés les montrant enlacés. Chaque fois que Raven en voyait un, elle sentait s'éveiller en elle une incurable et lancinante souffrance.

Mais que pouvait-elle faire d'autre que les laisser spéculer à loisir sur sa vie amoureuse ? Cela faisait bien longtemps qu'elle avait intégré le fait qu'une star ne s'appartenait jamais réellement…

Heureusement, personne n'avait encore découvert la vérité au sujet de sa mère. Raven l'appelait deux fois par semaine à la clinique Fieldmore. Malgré elle, elle s'était remise à croire aux mea culpa et aux promesses larmoyantes, espérant contre toute attente qu'ils ne seraient pas suivis par une nouvelle rechute.

Sans la tournée, qui exigeait d'elle une concentration absolue, elle se serait sans doute effondrée nerveusement. Mais, une fois de plus, la musique la soutenait et lui ouvrait de nouveaux horizons.

Raven se trouvait à présent sur la scène, face à des rangées de fauteuils vides. On aurait dit une mer rouge sang s'apprêtant à la dévorer. Mais elle savait que, dès que les premières notes retentiraient, elle trouverait la force de l'affronter, de la subjuguer.

C'était un don qu'elle possédait depuis toujours, le plus précieux, sans doute.

Une fois de plus, elle se demanda si elle aurait le courage d'interpréter la chanson qu'elle avait écrite avec Brandon. Jouer avec de tels souvenirs pouvait s'avérer dangereux mais elle avait besoin de se prouver qu'elle était capable de faire face à son propre passé.

Si elle flanchait, comment pouvait-elle espérer partir pour les Cornouailles avec lui ?

Fermant les yeux, elle commença à chanter, doucement d'abord puis avec une assurance croissante.

Tandis que la mélodie prenait forme et s'élevait dans l'immense salle déserte, elle sourit intérieurement. Les paroles qu'ils avaient écrites ensemble auraient sans doute paru trop sentimentales au Brandon d'aujourd'hui. Mais elles sonnaient juste parce qu'elles étaient le fruit de l'amour qui les unissait alors.

Pendant des années, elle avait été incapable d'écouter cette chanson jusqu'au bout. Chaque fois qu'elle l'entendait à la radio, elle changeait de station. Combien de fois lui avait-on demandé de l'interpréter en concert ou sur l'un de ses singles ? Elle avait toujours refusé…

Encore aujourd'hui, elle entendait dans sa tête la voix de Brandon, qui s'était mêlée à la sienne autrefois, formant un contrepoint parfait, poignant. Curieusement, l'expérience n'était pas aussi douloureuse qu'elle l'aurait pensé. Ce qu'elle éprouvait, c'était plutôt une forme sourde de mélancolie teintée de désir et de regrets.

— Je ne t'avais jamais entendue chanter ça, fit une voix non loin d'elle.

Le cœur battant à tout rompre, Raven rouvrit les yeux et aperçut Marc qui se tenait au premier rang.

— Tu m'as fait une de ces peurs ! s'exclama-t-elle en riant. Je ne savais pas qu'il y avait quelqu'un…

— Je viens d'arriver. Mais je n'ai pas voulu t'interrompre avant la fin. C'était magnifique…

Il la rejoignit sur scène et elle remarqua qu'il portait une guitare acoustique en bandoulière. Cela n'avait d'ailleurs rien de surprenant : Marc se promenait rarement sans un instrument quelconque.

— Bien sûr, je connais la version que Brandon et toi avez enregistrée, reprit-il. J'ai toujours trouvé dommage que tu ne la reprennes pas en concert. C'est une mélodie extraordinaire. Mais je suppose que tu ne voudrais pas la chanter avec quelqu'un d'autre…

Raven lui jeta un coup d'œil étonné. Elle comprit brusquement qu'il avait raison : ce morceau était beaucoup trop lié à Brandon pour qu'elle puisse le chanter sans lui.

— C'est vrai, reconnut-elle. Est-ce que tu es venu répéter, toi aussi ?

— Non. Je te cherchais. J'ai appelé ta chambre mais tu n'y étais pas. Julie m'a dit que tu te trouverais sans doute ici.

Il s'assit au bord de la scène à même le sol et Raven le rejoignit. Il commença à jouer une série d'arpèges compliqués.

— Je suis heureuse que tu sois là, lui dit-elle. J'aime venir repérer les lieux avant que l'équipe ne se mette au travail. C'est amusant… Je ne sais même pas dans quelle ville nous sommes mais je suis convaincue d'être déjà venue ici.

— Kansas City, indiqua Marc sans cesser de jouer.

— Vraiment ? J'avoue que je commence à me sentir un peu déphasée. Cela fait deux semaines que nous tournons et il en reste encore autant.

— Ne t'en fais pas, tu trouveras bientôt ton second souffle, lui assura Marc.

Tout en enchaînant les accords sur sa guitare, il gardait les yeux fixés sur les mains de la jeune femme. Elles reposaient sur ses cuisses, immobiles. Elles étaient longues et minces et, malgré son bronzage, paraissaient presque fragiles. Sa peau était si fine qu'une veine bleutée se devinait à la jonction du pouce et de l'index.

Comme à son habitude, elle ne portait aucune bague.

— Tu as raison, murmura-t-elle enfin. D'autant que tout se déroule au mieux. Je suis contente que le label ait choisi Glass House comme première partie. C'est un excellent groupe. La salle est toujours chauffée à blanc avant notre entrée en scène… Je regrette que Kelly soit parti, pourtant.

— Il rêvait depuis des années de fonder son propre groupe.

— C'est vrai… Heureusement, notre nouveau bassiste est très doué.

— Il connaît son métier.

— Pas autant que toi, pourtant. Laisse-moi essayer…

Marc cessa de jouer et fit passer la guitare à Raven. Celle-ci jouait moins bien que lui mais se débrouillait très honorablement. Elle laissa ses doigts courir sur le manche de la guitare, improvisant quelques enchaînements.

— Je crois que je manque de pratique, remarqua-t-elle enfin.

— C'est toujours une bonne excuse, ironisa Marc.

— A moins que ta guitare ne soit désaccordée…, dit-elle avec un sourire moqueur.

— C'est une Martin de 1964, objecta-t-il, choqué. Comment veux-tu qu'elle se désaccorde ?

— Eh ! Si tu étais galant, tu me dirais qu'elle est effectivement désaccordée et que je joue comme une déesse. Franchement, tu n'es pas très doué pour mentir. Heureusement que tu es musicien et pas politicien !

— J'y ai pensé mais les politiciens doivent voyager tout le temps…

Raven éclata de rire.

— Je n'aurais jamais cru que l'on pouvait trouver un point commun entre ces deux professions, déclara-t-elle.

— Ce n'est pas le seul : je crois que ce sont les carrières où il est le plus facile d'être porté aux nues un jour et traîné dans la boue le lendemain…

— Je ne te connaissais pas un tel don pour les analogies, remarqua Raven en lui rendant son instrument. Joue-moi encore quelque chose. J'adore te regarder : à te voir on n'imaginerait jamais que ce puisse être si compliqué. C'est comme lorsque j'observais Brandon…

Elle s'interrompit et soupira.

— Il est gaucher, n'est-ce pas ? demanda Marc d'une voix égale.

— Oui. C'était terrible d'ailleurs, parce qu'à chaque fois qu'il essayait de m'enseigner un plan de guitare je devais tout reconstituer à l'envers ! Peut-être est-ce pour cela que je n'ai jamais réussi à être aussi à l'aise que vous…

Elle se tut et Marc se remit à improviser. Le fait de se trouver seuls dans cette immense pièce vide créait entre eux une étrange intimité. Lorsqu'il commença à jouer les accords de l'un de ses singles, Raven se mit à chanter à l'unisson.

Ils répétèrent ainsi quelques morceaux et la jeune femme sentit une certaine sérénité s'installer en elle. Ce moment était comme suspendu dans le temps et lui donnait l'occasion de souffler, de se ressourcer. L'impression de vertige qui l'habitait depuis deux ou trois jours commença à se dissiper et elle comprit qu'elle parviendrait à achever cette tournée, que tout se passerait bien.

— Je suis heureuse que tu sois venu, dit-elle à Marc lorsqu'ils s'interrompirent enfin.

Il lui sourit et la regarda droit dans les yeux.

— Sais-tu depuis combien de temps nous jouons ensemble, Raven ? lui demanda-t-il brusquement.

— Quatre ans, quatre ans et demi, répondit-elle.

— Cela fera cinq ans cet été. Je suis entré dans le groupe en août, alors que tu préparais ta seconde tournée. Je me souviens que, quand je t'ai rencontrée pour la première fois, tu portais un jean déchiré et un T-shirt avec un arc-en-ciel. Tu étais pieds nus et tu avais l'air un peu perdue. C'était environ un mois après le départ de Brandon…

Raven le regarda avec stupeur. Jamais elle ne l'avait entendu parler aussi longtemps.

— C'est étrange que tu te rappelles ça. Ce n'est pourtant pas une tenue bien impressionnante…

— Je m'en souviens parce que, dès que je t'ai vue, je suis tombé amoureux.

Raven le contempla longuement, trop stupéfaite pour pouvoir lui répondre.

— Oh, Marc…, murmura-t-elle enfin.

Elle chercha quelque chose à dire mais ne trouva rien. Au lieu de cela, elle lui prit la main et la serra très fort dans la sienne.

— Une fois ou deux, j'ai failli te l'avouer, soupira-t-il.

— Pourquoi ne l'as-tu pas fait ?

— Parce que j'aurais eu trop mal si tu m'avais repoussé…

Posant sa guitare sur ses genoux, il se pencha vers elle et l'embrassa tendrement. Sous le choc de cette révélation, Raven le laissa faire sans pourtant lui rendre son baiser.

— Je ne savais pas, souffla-t-elle enfin. J'aurais sans doute dû m'en apercevoir… Je suis désolée…

— Il n'y a pas de quoi. De toute façon, j'ai vite compris que le souvenir de Brandon te hantait toujours. Et il n'est pas facile de lutter contre un fantôme… Finalement, je me suis dit que c'était peut-être mieux ainsi. Je ne crois pas que j'aurais pu t'offrir ce dont tu as besoin.

— Que veux-tu dire ?

— Eh bien… C'est difficile à formuler… Mais je pense que tu es une femme qui ne demandes rien et à laquelle les hommes finissent justement par tout donner.

— Je ne comprends pas…

— Ce qu'il te faut, c'est quelqu'un qui s'offre à toi sans retenue, qui s'abandonne complètement. Et j'en suis incapable.

— Pourquoi me dis-tu tout cela aujourd'hui ? lui demanda-t-elle.

— Parce qu'en t'écoutant chanter tout à l'heure j'ai compris que je t'aimerais toujours et que je ne te posséderais jamais. Mais je sais aussi à présent que, si je te possédais, je perdrais quelque chose d'infiniment plus précieux.

— Quoi donc ?

— Un rêve, je crois. Une vision qui me réchauffe chaque fois que j'ai froid, qui me fait me sentir jeune chaque fois que j'ai l'impression d'être trop vieux et trop usé par la vie… Parfois, ce qui pourrait être a plus de valeur que ce qui est.

Raven le contemplait en silence, ne sachant plus si elle avait envie de sourire ou de pleurer.

— Je suis désolé, lui dit-il enfin. Tout cela doit te mettre très mal à l'aise…

— Non, répondit-elle en le regardant droit dans les yeux. Ça m'a fait beaucoup de bien, au contraire.

Marc sourit, se remit debout et l'aida à se redresser à son tour.

— Allons prendre un café…, suggéra-t-il avec autant de naturel que si rien ne s'était passé.

Raven sourit et hocha la tête.

Brandon sortit de la douche de sa loge et, après s'être essuyé, il enfila un jean propre. Il était plus de 2 heures du matin mais il se sentait en pleine forme. L'énergie qui l'avait habité tandis qu'il se trouvait sur scène courait toujours dans ses veines et il décida d'aller faire un tour au casino.

Il avait besoin de s'occuper pour se défaire du trop-plein d'adrénaline qui l'habitait. Bien sûr, il aurait pu passer la nuit avec une femme… Après tout, il y avait certainement des dizaines de groupies qui l'attendaient à la sortie de sa loge et ne demanderaient pas mieux que de partager son lit.

Brandon se regarda dans la glace en pied qui trônait au milieu de la pièce. Son torse nu révélait un ventre plat et des bras aux muscles longs et nerveux. Ce physique athlétique, il l'avait développé durant les années qu'il avait passées dans les rues de Londres.

Combien de fois avait-il dû se faire respecter à coups de poing et de pied ? A combien de bagarres avait-il participé, à cette époque peu glorieuse de sa vie ?

Si sa mère n'avait pas insisté pour qu'il prenne des cours de musique, il aurait peut-être fini dans une impasse sombre, un poignard planté dans le ventre ou une seringue dans le bras, comme nombre de ses amis d'alors.

Il avait choisi la guitare électrique, bien sûr. Parce que c'était un instrument qui symbolisait la jeunesse, la rébellion contre l'autorité, le rock et tous ses excès. Et il était tombé irrémédiablement amoureux.

Au lieu de traîner dans les rues, il s'était mis à passer des heures enfermé dans sa chambre, luttant pour maîtriser cet instrument, découvrant sans cesse de nouvelles techniques, de nouveaux horizons.

Il avait alors commencé à travailler comme serveur dans un petit restaurant pour se payer des cours et les disques de tous ceux qui avaient célébré avant lui le culte du dieu rock and roll.

A quinze ans, il avait fondé son premier groupe. A force d'audace et de conviction, il avait réussi à persuader les patrons de quelques pubs de le laisser jouer en échange d'un pourcentage ridicule sur les consommations.

Mais l'argent n'avait pas d'importance. Ce qui comptait, c'était de voir le public reprendre en chœur les refrains, de voir les gens battre la mesure, de voir leurs yeux s'illuminer lorsqu'il se lançait dans un solo passionné.

Brandon n'avait cependant pas tardé à comprendre que, s'il continuait à imiter ses illustres prédécesseurs, il finirait comme tous ces groupes qui végétaient toute leur vie dans des bars de seconde zone.

Il avait alors décidé de forger son propre son, sa marque de fabrique originale. Pour cela, il avait beaucoup écouté de musique. Il avait couru les salles de concert pour tenter de comprendre ce qui était dans l'air.

Et il en avait tiré certaines conclusions. La plupart des groupes de hard rock s'étaient lancés dans une course en avant. C'était à qui serait le plus radical, le plus jusqu'au-boutiste.

S'il voulait se distinguer, il lui fallait explorer d'autres horizons. A contre-courant, il se mit donc à étudier ses classiques, cherchant à comprendre ce qui avait rendu immortels des groupes comme les Beatles, les Rolling Stones, Led Zeppelin ou, plus récemment, U2, Police ou Dire Straits.

Lentement, il commença à trouver un style personnel, héritier de tous ces guitaristes légendaires mais nourri des techniques du hard rock moderne.

Alors qu'il venait tout juste d'avoir vingt ans, un producteur indépendant remarqua ses compositions et lui proposa d'enregistrer son premier album. Celui-ci connut un échec retentissant.

Mais Brandon n'avait pas désespéré. Comprenant que ce revers était principalement dû à la médiocrité de la production et à l'absence d'exposition du disque, il avait dénoncé son contrat avec le label et était remonté sur scène.

Des pubs du début aux salles aussi prestigieuses que le Hammersmith, il avait travaillé dur, luttant pour s'imposer. Lorsqu'il s'était senti suffisamment prêt, il avait signé avec l'une des plus grosses maisons de production de Londres.

Cette fois, l'album avait été accueilli triomphalement. L'année suivante, il entamait sa première tournée européenne. Un an plus tard, l'Amérique lui ouvrait les bras. Il put enfin acheter une belle maison à ses parents et financer les études de son frère à l'université.

Aujourd'hui, à trente ans, il avait atteint le sommet. Toutes les portes lui étaient ouvertes et chacun de ses disques se vendait à des centaines de milliers d'exemplaires. Il commençait à se rendre compte que la musique ne lui suffisait plus.

Il y avait consacré la moitié de son existence, ne renonçant devant aucun sacrifice. Peut-être était-il temps de penser un peu à lui, à présent, d'interrompre cette course folle pour obtenir ce qu'il voulait vraiment.

Car il savait exactement ce qu'il attendait de la vie. Il l'avait découvert cinq ans auparavant, entre les bras de Raven Williams. Mais il était trop jeune, alors, pour le comprendre vraiment.

Il y avait encore en lui trop de l'adolescent rebelle qui refusait toute forme d'engagement ou de conformisme. Lorsqu'il avait compris combien il s'attachait à Raven, combien elle commençait à compter à ses yeux, il avait pris peur.

C'était quelque chose qu'il n'avait jamais avoué à personne, et surtout pas à elle. Mais ce n'en était pas moins la vérité la plus nue.

A l'époque, il se voyait comme une rock-star, une étoile filante sans cesse en mouvement. Il croyait puiser son énergie et son talent dans l'équilibre précaire, la fuite en avant, le flirt incessant avec les limites de la loi et de la morale.

Auprès de Raven, il avait trouvé la paix, l'harmonie et le calme. Il pouvait rester des heures à la regarder, à discuter avec elle, à faire l'amour, sans avoir besoin de personne d'autre. Elle satisfaisait chacune de ses envies, chacune de ses attentes.

Et cela le terrifiait.

Il avait commencé à se demander s'il serait encore capable de créer sans l'appel de l'inconnu, sans cette incertitude permanente qu'il avait inconsciemment cultivée jusqu'alors. Et plus il se posait de telles questions, plus son angoisse redoublait et moins il composait.

Il avait fini par conclure qu'il devait choisir entre Raven et la musique. Et, la mort dans l'âme, il l'avait quittée…

Au cours des années suivantes, son succès avait paru confirmer la justesse de sa décision. Il s'était peu à peu convaincu qu'il avait bien fait, que son amour pour la jeune femme aurait fini par lui couper les ailes.

Il était passé de femme en femme sans jamais s'attacher, sans jamais retrouver ce qu'il avait connu à ses côtés.

Mais il était libre.

Peut-être aurait-il pu continuer à se mentir de cette façon pendant des années. Mais, un jour, en écoutant la radio, il était tombé sur *Clouds and Rain*, la seule chanson qu'il avait écrite avec Raven.

Cela faisait des années qu'il ne l'avait pas entendue et il avait tout d'abord été agréablement surpris par la qualité de la mélodie. Et plus il écoutait, plus il sentait monter en lui une sensation de malaise.

Et, brusquement, il avait compris.

Ce morceau, il l'avait composé avec Raven au moment le plus

heureux de leur relation, au moment où il l'avait le plus aimée, *au moment où il se sentait le plus équilibré, le plus en paix.*

A cet instant précis, tous les raisonnements qu'il avait échafaudés s'étaient brutalement effondrés. Il avait pris conscience que ce qui l'avait empêché de créer à cette époque, ce n'étaient pas ses sentiments pour Raven mais bien sa propre angoisse.

Ce dont il avait besoin pour composer, c'était d'émotions intenses. Certes, il pouvait les trouver dans ce déséquilibre entretenu, dans le papillonnage incessant. Mais il pouvait tout aussi bien les puiser dans l'amour qu'il vouait à quelqu'un.

Revisitant le cours de son existence, il s'était aperçu que jamais il n'avait aimé personne autant que Raven. De toutes les femmes qu'il avait connues, elle seule lui avait offert tout ce dont il rêvait. Et il l'avait abandonnée...

Après avoir sombré dans le désespoir le plus noir, Brandon avait fini par se ressaisir. Il savait que Raven n'était pas mariée, qu'elle n'avait pas d'enfants et qu'elle vivait seule. Rien ne l'empêchait, dès lors, d'espérer la reconquérir.

A présent, il ne lui restait plus qu'à trouver le moyen d'y parvenir...

Deux heures plus tard, Brandon se trouvait assis à une table de black jack. Il jouait sans conviction, presque par réflexe. Il avait espéré que les lumières, le bruit et l'excitation ambiante l'aideraient à chasser les doutes et les questions qui le rongeaient.

Lorsqu'il avait revu Raven à Los Angeles, il était plein d'espoir, prêt à commencer un nouveau chapitre de sa vie à ses côtés. Mais il avait découvert combien il l'avait blessée en l'abandonnant, des années auparavant. Apparemment, elle n'était pas décidée à se laisser séduire, moins encore par lui que par tout autre.

Il commençait à se demander s'il réussirait vraiment. Une fois de plus, il tenta de se persuader qu'il aurait sa chance lorsque tous deux se retrouveraient en tête à tête dans les Cornouailles. Mais il n'en était plus du tout aussi convaincu...

Levant les yeux, il observa les autres joueurs qui se trouvaient à sa table. Il y avait une blonde grande et mince qui paraissait aussi concentrée que si sa vie avait dépendu des cartes qu'elle tenait à la main. Elle portait une magnifique bague ornée d'un diamant et un beau collier de saphirs.

En face d'elle se trouvait un couple. Probablement de jeunes mariés en lune de miel, songea-t-il en avisant l'alliance encore brillante que la femme portait au doigt et qu'elle caressait inconsciemment.

Ils étaient tout excités d'avoir gagné même si le montant desdits gains ne dépassait pas trente dollars. Leur enthousiasme et les regards chargés d'amour et de complicité qu'ils échangeaient avaient quelque chose de touchant.

Brandon finit par quitter la table, laissant son verre de whisky à moitié plein. Il ne pouvait plus supporter ce casino bruyant et clinquant et regagna sa chambre d'hôtel. Celle-ci était sombre et silencieuse, contrastant avec l'endroit qu'il venait de quitter.

Mais cela ne l'aida pas à se détendre pour autant. L'excitation du concert qui refusait de refluer et les doutes qui se bousculaient dans son esprit l'empêcheraient de dormir.

Il sortit une cigarette et l'alluma avant de s'asseoir sur son lit. Il resta quelques instants immobile, les yeux fixés sur le téléphone qui trônait sur sa table de nuit. Finalement, incapable de résister à la tentation, il décrocha et composa le numéro de Raven.

La jeune femme dormait profondément mais la sonnerie de son portable la réveilla instantanément. Le cœur battant, elle se redressa sur son lit. L'espace d'un instant, elle fut désorientée par l'endroit dans lequel elle se trouvait. Puis elle se souvint qu'elle était en tournée.

Elle se trouvait dans l'hôtel quelconque d'une ville quelconque. Ce qui importait, en revanche, c'était qu'un appel au beau milieu de la nuit ne pouvait signifier qu'une chose : sa mère avait recommencé…

— Allô ? fit-elle d'une voix tendue.

— Raven… Je sais que je te réveille. Je suis désolé.

— Brandon ? s'exclama-t-elle, stupéfaite. Est-ce qu'il t'est arrivé quelque chose ? Tu vas bien ?

— Je vais bien. Et je suis un parfait goujat…

Se détendant enfin, Raven se redressa contre son oreiller.

— Tu es à Vegas, n'est-ce pas ?

— Oui, jusqu'à la fin de la semaine prochaine.

— Comment se passent les concerts ?

Brandon ne put s'empêcher de sourire. C'était parfaitement typique de Raven : au lieu de lui demander pourquoi diable il la réveillait au beau milieu de la nuit, elle acceptait sans discuter le fait qu'il avait simplement envie de lui parler.

Tirant sur sa cigarette, il se rendit compte que c'était justement à cause de ce genre de détails qu'il l'aimait tant.

— Très bien, répondit-il. Mais je n'ai pas autant de chance au jeu…

— Tu connais le proverbe, dit-elle en riant.

Brandon sourit, espérant qu'il se vérifierait.

— Tu es toujours accro au black jack ? lui demanda-t-elle, curieuse.

— Toujours… Comment ça se passe, là-bas, au Kansas ?

— Je suis au Kansas ?

Brandon éclata de rire.

— En tout cas, le public était formidable, reprit-elle en repensant au spectacle. Jusque-là, je n'ai pas à me plaindre. Le groupe est en forme et les spectateurs, plutôt réceptifs. Tu crois que tu auras le temps de venir au concert de New York ? Il faut absolument que tu entendes le groupe qui fait notre première partie. Tu vas adorer !

— Je serai là, répondit Brandon qui sentait son trop-plein d'énergie refluer lentement.

— Tu as l'air fatigué…

— Je commence à l'être. Raven…

Elle attendit qu'il poursuive mais il garda le silence.

— Oui ? dit-elle.

— Tu m'as manqué. J'avais vraiment besoin d'entendre ta voix… Dis-moi ce que tu vois, en ce moment.

— Eh bien, les rideaux sont ouverts. Dehors, c'est l'aube. Je ne vois aucun bâtiment. Juste le ciel… Il est plus mauve que gris et la luminosité est encore très faible. Cela fait longtemps que je n'avais pas vu le soleil se lever. C'est très beau.

— Tu crois que tu parviendras à te rendormir ? demanda Brandon qui sentait ses paupières s'alourdir.

— Oui. Mais je crois que je vais d'abord aller faire une petite promenade. En revanche, je ne demanderai pas à Julie si elle veut m'accompagner. Elle risque de très mal le prendre...

Brandon enleva ses chaussures l'une après l'autre et étendit ses jambes sur le lit.

— Tâche plutôt de dormir, lui dit-il. Tu as besoin de toute ton énergie, en ce moment. Mais je te promets que nous irons faire de longues promenades le long de la falaise lorsque nous serons dans les Cornouailles.

— J'ai hâte d'y être.

— Bonne nuit, Raven. Et désolé de t'avoir réveillée...

— Je suis contente que tu l'aies fait, répondit-elle avec un sourire.

Elle avait perçu le changement d'intonation de Brandon. Visiblement, la fatigue l'avait rattrapé.

— Repose-toi, Brandon. Nous nous verrons lorsque j'arriverai à New York.

— D'accord. Bonne nuit, Raven...

Il faillit s'endormir avant même d'avoir raccroché le combiné. A quinze cents kilomètres de là, Raven regardait le soleil se lever.

7

Raven essayait de rester calme et immobile tandis que sa coiffeuse arrangeait ses cheveux pour ce qui devait être le dernier concert de sa tournée. Sa loge était emplie de fleurs qui dégageaient une odeur entêtante. Les bouquets avaient été livrés presque en continu depuis près de deux heures et il avait fallu trouver une salle spéciale pour stocker ceux qui arrivaient encore.

En plus de Raven et de sa coiffeuse, il y avait son maquilleur, son habilleuse, Wayne, qui était en pleine discussion avec cette dernière, et Julie, qui passait le plus clair de son temps pendue au téléphone pour régler les détails de son prochain départ pour l'Europe.

— Tu sais, lui dit Raven, profitant d'un moment de répit, j'aurais peut-être dû demander une semaine de plus à Brandon avant de prendre l'avion… Je suis sûre que j'ai oublié des tas de choses. Je ne sais même plus si j'ai pensé à prendre un manteau…

Julie éclata de rire.

— Ne t'en fais pas, tu pars pour l'Angleterre, pas pour le fin fond de l'Amazonie. Au pire, tu pourras acheter tout ce qui te manque sur place. Tiens, ajouta-t-elle en lui tendant une carte de visite. Elle se trouvait sur le dernier bouquet qui vient d'être livré…

Raven lut le nom de Max, le producteur de l'une des émissions de télévision auxquelles elle avait participé.

— Apparemment, il organise une fête ce soir, dit-elle. Tu devrais y aller, Julie…

— Si j'ai une minute, j'y passerai peut-être.

— Je n'arrive pas à croire que ce soit déjà le dernier soir! s'exclama Raven. C'est allé si vite… Qu'as-tu pensé de la tournée, Julie? Tu crois que nous avons été bons?

— Je n'avais encore jamais eu de retours aussi enthousiastes, répondit son amie. Et tous les spectacles que j'ai vus étaient extraordinaires.

— Je suis sûre que tu es contente que ça se termine, remarqua Raven.

— Oh, oui! Je vais pouvoir dormir une semaine d'affilée! Tout le monde n'a pas autant d'énergie que toi, tu sais…

— J'adore jouer à New York.

— Tiens-toi tranquille! pesta sa coiffeuse.

— Mais c'est ce que je fais…

— Non! Tu n'arrêtes pas de gigoter.

— Je suis désolée. Je crois que je suis complètement survoltée. Mais ne t'en fais pas, la coiffure est parfaite.

Quelques minutes plus tard, la coiffeuse et le maquilleur terminèrent leur travail. Tout le monde quitta la loge sauf Julie et Wayne. Au loin, on entendait la musique étouffée du groupe qui assurait la première partie. Raven se contempla dans son miroir et secoua la tête.

— Je vous promets que je ne me maquillerai pas et que je ne me coifferai pas pendant au moins deux semaines! s'exclama-t-elle. C'est un véritable calvaire…

— Ne t'en fais pas, déclara Wayne, dans les Cornouailles il n'y aura pas grand-monde pour te voir, de toute façon! Et toi, Julie? Que comptes-tu faire pendant ce temps?

— Une petite croisière dans les îles grecques le temps de récupérer. Je pars le 9.

— Ecoute-la! s'exclama Raven en riant. A l'entendre, on ne dirait pas que c'est elle qui m'a fait marcher à la baguette pendant quatre semaines.

— Justement, au risque de passer pour une mégère, je te conseille de t'habiller rapidement…

— Tu vois? soupira Raven en décochant un clin d'œil à Wayne. Qu'est-ce que je te disais?

Elle se leva et alla chercher la robe rouge et argent qui constituait sa première tenue de scène.

— Laisse-moi t'aider à l'enfiler, déclara Wayne. Puisque tu as renvoyé ton habilleuse, je prendrai sa place.

— Merci, dit Raven en se débarrassant de ses vêtements.

Wayne l'aida à passer son costume.

— Tu sais, lui dit-elle, tu avais raison au sujet de la combinaison de cuir. Chaque fois que j'entre en scène avec, les gens applaudissent tellement que j'en viens à me demander si c'est la tenue ou la chanson qu'ils préfèrent.

— Je te l'avais dit. T'ai-je jamais déçue ?

— Jamais, répondit-elle avec un sourire. Est-ce que je te manquerai lorsque je serai en Angleterre ?

— Terriblement !

On frappa à la porte de la loge.

— Plus que dix minutes, mademoiselle Williams !

Raven prit une profonde inspiration.

— Est-ce que tu seras dans la salle ? demanda-t-elle à Wayne.

— Non, je resterai en coulisses avec Julie.

— Merci, dit celle-ci. N'oublie pas tes boucles d'oreilles. Franchement, Wayne, elles sont superbes...

— Evidemment !

— La taille de l'ego de cet homme ne cessera jamais de me surprendre, déclara Julie à Raven.

— L'essentiel, c'est qu'il ne dépasse pas le talent de l'interprète, répliqua galamment Wayne.

Tous trois éclatèrent de rire.

— Espérons que tu as raison, remarqua enfin Raven. Le public de New York est connu pour être exigeant ! Ils me fichent une peur bleue...

— Je croyais que tu adorais jouer dans cette ville ? dit Wayne en s'allumant une cigarette.

— C'est vrai. Surtout en fin de tournée... C'est un défi motivant. Je sais qu'ils ne seront pas dupes si je ne donne pas tout ce que j'ai... Alors ? A quoi je ressemble ?

— La robe est sensationnelle, répondit Wayne avec malice. Toi, tu es passable. Je pense que ça fait une bonne moyenne.

— Tu parles d'un soutien moral !

— Allons-y, les pressa Julie. Tu vas finir par rater ton entrée !

— Je ne rate jamais une entrée, décréta Raven.

Mais, en dépit de l'assurance qu'elle affectait, elle se sentait très tendue. Brandon lui avait promis qu'il assisterait au spectacle. Alors pourquoi n'était-il pas là ? Peut-être s'était-il trompé d'heure. Peut-être avait-il été retardé par la circulation. A moins qu'il ait tout simplement oublié...

— Cinq minutes, mademoiselle Williams !

— Raven ! insista Julie.

— C'est bon, j'arrive...

Elle se tourna vers ses amis et leur décocha un sourire radieux.

— Quoi qu'il se passe, dites-moi que j'ai été merveilleuse après le spectacle. Je veux finir cette tournée sur une note positive !

Ils remontèrent le couloir jusqu'à la scène. De l'autre côté du rideau, on n'entendait que le brouhaha de la foule qui patientait tandis que les roadies finissaient de préparer les instruments.

Raven embrassa Wayne et Julie et rejoignit son groupe. Ils se prirent par les épaules et se serrèrent les uns contre les autres comme à chaque début de concert. Dans la salle, une clameur commença à retentir.

— Raven, Raven, Raven !

Alors que le groupe s'apprêtait à monter en scène, le régisseur rejoignit la jeune femme en courant.

— On m'a demandé de vous remettre ça, lui dit-il en lui tendant une fleur.

C'était une violette et Raven n'eut pas besoin de demander qui la lui envoyait. Elle inspira une bouffée et ferma les yeux.

— Raven ! appela Marc.

Elle revint brusquement à la réalité et lui sourit avant de glisser la fleur dans son corsage. Les membres du groupe quittèrent les coulisses et de bruyants vivats retentirent. Quelques instants plus tard, Marc entama le riff de *Raven's Eye*, le morceau qui introduisait traditionnellement leurs spectacles.

S'emparant du micro, Raven entra en scène et commença à chanter, éveillant un véritable torrent d'applaudissements qui sembla faire trembler la salle tout entière.

Le groupe enchaîna quelques-uns des morceaux les plus nerveux de son répertoire, réveillant l'enthousiasme des spectateurs qu'entamait toujours l'inévitable pause entre les deux groupes.

Raven se dépensait sans compter, arpentant la scène en tous sens, enchaînant les chansons avec une maestria vertigineuse, s'investissant avec la même fougue dans chacun des morceaux. Elle les avait répétés des dizaines de fois mais parvenait instinctivement à retrouver leur fraîcheur originelle, qui se doublait d'une maîtrise cultivée au cours des quatre semaines précédentes.

Elle électrisait l'assistance et pas un seul des spectateurs ne pouvait s'empêcher de trépigner, de reprendre les refrains entêtants qu'elle avait amoureusement ciselés et que tous connaissaient déjà par cœur.

Après quarante minutes d'un véritable tour de chant, elle regagna les coulisses pendant que Marc se lançait dans un solo endiablé.

— C'était hallucinant! s'exclama Wayne en l'aidant à se débarrasser de sa robe rouge pour qu'elle en enfile une blanche d'inspiration celtique. Continue comme ça, ma chérie!

Elle lui décocha un baiser et revint se positionner en bordure de scène tandis que le solo ralentissait. La saturation disparut progressivement et, par une transition habile, Marc se retrouva en train d'égrener les arpèges de la première des ballades qu'elle devait interpréter.

Lorsqu'elle entra, elle fut accueillie par un cri de joie qui l'électrisa, la faisant frissonner des pieds à la tête. Volontairement, elle se força à ralentir le pas tandis qu'elle se dirigeait vers le pied du micro qui occupait le centre de la scène.

Lorsqu'elle se remit à chanter, sa voix paraissait transformée. La hargne rageuse des premiers morceaux avait cédé la place à une douceur de velours qui s'insinuait au plus profond des spectateurs. D'égérie du rock, Raven paraissait brusquement s'être muée en vivante incarnation de l'esprit du blues.

Mais, tandis que le groupe marquait une pause entre deux morceaux, une clameur se fit entendre au centre du public.

— Brandon, Brandon, Brandon !

Raven fit signe à l'éclairagiste, qui fit basculer l'un des spots en direction de la foule, révélant Brandon entouré de fans au bord de l'hystérie.

— On dirait que j'ai de la visite, fit Raven au micro.

Un éclat de rire se fit entendre dans l'assemblée.

— Brandon, si tu viens chanter avec moi, je te promets que je te rembourserai le prix de l'entrée...

Un déluge d'applaudissements et d'encouragements retentit, et la foule s'écarta pour le laisser gagner la scène. Lorsqu'il monta dessus, les cris redoublèrent. Il était entièrement vêtu de noir, et Raven et lui formaient un contraste parfait. Lorsqu'il l'embrassa sur la joue, le public marqua son approbation avec fougue.

— Je suis désolé, souffla-t-il à la jeune femme. J'aurais mieux fait d'aller en coulisses mais je voulais te voir de face...

— Je suis ravie que les choses se soient passées de cette façon. Mais qu'est-ce que nous allons leur chanter ?

Avant même qu'il ait eu le temps de lui répondre, une nouvelle clameur monta de l'assistance.

— *Clouds and Rain* ! *Clouds and Rain* ! *Clouds and Rain* !

— Tu te souviens toujours des paroles, n'est-ce pas ? murmura Brandon tandis qu'on installait pour lui un deuxième micro.

— Bien sûr, répondit la jeune femme. Mais mon groupe ne connaît pas le morceau...

— Moi si, déclara Marc.

Il se tourna vers le bassiste et le batteur pour leur donner les accords et commença à jouer l'introduction. Aussitôt, un cri de joie ébranla la salle. Puis un silence quasi religieux retomba.

Brandon lui prit la main et se tourna vers elle. C'était toujours de cette façon qu'ils avaient interprété cette chanson. Face à face, les yeux dans les yeux comme s'ils étaient en train de faire l'amour. Le cœur battant, Raven commença à chanter et la voix de Brandon ne tarda pas à se mêler à la sienne. La mélodie était simple mais les harmonies, complexes et raffinées.

Au bout d'un moment, il sembla que leurs chants ne faisaient plus qu'un et il devenait impossible de les distinguer. La guitare de Marc leur offrait un contrepoint aussi précis que discret et Raven eut brusquement l'impression de se perdre dans la musique.

Plus rien d'autre n'existait que les yeux de Brandon fixés sur elle, que leurs voix qui fusionnaient en un moment d'éternité. Elle oublia le public, la scène et les cinq années de séparation qui avaient creusé un gouffre entre eux.

C'était une communion entière, totale, une intimité plus profonde encore que celle de la chair. Leurs âmes elles-mêmes semblaient se fondre l'une dans l'autre.

Lorsque la chanson prit fin, leur dernière note sembla flotter dans un silence impressionnant, se prolongeant à l'infini. Brandon vit les yeux de Raven se remplir de larmes et sa lèvre inférieure trembler légèrement et, incapable de résister à la magie de cet instant, il se pencha vers elle pour l'embrasser.

Raven n'entendit ni les cris, ni les applaudissements, ni les sifflements qui retentirent brusquement. Elle ne sentait plus que les lèvres de Brandon sur les siennes, ses bras qui l'enserraient, lui donnant l'impression qu'elle était protégée de tout.

Elle le serra contre elle et des dizaines de flashes crépitèrent autour d'eux sans qu'ils y prêtent la moindre attention. Ils étaient seuls au monde, plus proches l'un de l'autre, peut-être, qu'ils ne l'avaient été au cœur même de leur passion.

A contrecœur, Brandon finit par s'arracher à elle et elle eut l'impression que son cœur se déchirait. Dans ses yeux, il lut un mélange de désir et de confusion et il sut que rien n'était perdu.

— Tu es meilleure que tu ne l'as jamais été, Raven, murmura-t-il. Dommage que tu t'entêtes à interpréter ces ballades sentimentales…

— Tu essaies de relancer ta carrière en fin de course en m'obligeant à chanter avec toi et en plus tu m'insultes ! s'exclama-t-elle en riant, plus heureuse en cet instant qu'elle ne l'avait jamais été.

— Voyons plutôt comment tu t'en sors, maintenant que j'ai chauffé le public pour toi, répliqua-t-il du tac au tac.

Il déposa un petit baiser sur sa joue, salua le public et sortit en coulisses sous un torrent d'applaudissements. Raven se tourna alors vers le public et sourit.

— Pas mauvais, ce petit jeune, lança-t-elle au micro. Dommage qu'il n'ait jamais eu de succès…

Au bout de deux heures de spectacle, Raven aurait dû se sentir épuisée. Mais elle était en pleine forme. Elle était déjà revenue pour trois rappels mais la foule en redemandait, hurlant son nom à tue-tête. Comme elle hésitait, Brandon lui prit doucement le poignet.

— Si tu y retournes, ils vont continuer toute la nuit, lui dit-il.

Il sentait le pouls de la jeune femme battre la chamade sous ses doigts. Après un tel triomphe, elle devait être dans un état second, songea-t-il. Mais il savait quelle énergie elle avait dû dépenser pendant ces deux heures et il l'entraîna avec fermeté jusqu'à sa loge.

Dans le couloir qui y conduisait se pressaient des dizaines de techniciens et d'amis qui la félicitèrent et l'applaudirent. Quelques journalistes lui posèrent des questions auxquelles elle répondit mécaniquement, comme dans un rêve.

Enfin, ils se retrouvèrent seuls dans la loge et Brandon referma la porte à clé derrière eux.

— Je crois qu'ils ont aimé, déclara-t-elle gravement.

Puis elle se mit à sautiller sur place.

— Oh, je me sens si bien !

Elle avisa alors la bouteille de champagne qui se trouvait sur la coiffeuse.

— On dirait que tu as pensé à tout.

— Je me suis dit qu'après un tel bide tu aurais besoin de te remonter le moral, plaisanta Brandon.

Il ôta le fil de fer et fit sauter le bouchon.

— Quand tu devras affronter les gens qui se pressent dehors, tâche de ne pas avoir l'air trop déçue, ajouta-t-il en remplissant leurs flûtes.

— Je ferai mon possible.

Ils trinquèrent en silence et portèrent leurs verres à leurs lèvres sans se quitter des yeux.

— Je le pensais vraiment, tu sais, dit enfin Brandon. Tu n'as jamais été aussi bonne que ce soir.

Raven reposa sa flûte après avoir bu une gorgée symbolique. Brandon l'imita et s'approcha d'elle.

— Je crois que nous avons laissé quelque chose en suspens, tout à l'heure, murmura-t-il.

Avant même qu'elle n'ait eu le temps de comprendre ce qu'il s'apprêtait à faire, il la prit dans ses bras et posa ses lèvres sur les siennes. Sa bouche était brûlante et sa langue avait le goût du champagne. Incapable de résister, elle lui rendit son baiser et elle sentit aussitôt monter son désir.

Encouragé par sa réaction, il laissa ses mains courir sur la tenue de cuir qui moulait sa silhouette, épousant chaque forme de son corps. Il comprit alors combien il avait besoin d'elle, combien elle lui avait manqué et combien il souffrirait s'il venait à la perdre de nouveau.

Raven ne parvenait pas à maîtriser la vague de chaleur qui déferlait en elle et envahissait chacun de ses membres. L'euphorie qu'elle avait ressentie durant le concert se mêlait à l'envie qu'elle avait de Brandon pour former un cocktail explosif qui menaçait de lui faire perdre toute raison.

Lorsqu'ils avaient chanté ensemble, elle avait eu l'impression de se retrouver projetée des années en arrière, à l'époque où elle l'aimait de façon inconditionnelle, où elle aurait tout abandonné pour le suivre à l'autre bout du monde.

Mais elle savait que les choses n'étaient pas aussi simples. On ne pouvait effacer d'une étreinte passionnée la douleur d'une rupture et cinq ans de séparation. Et, tant qu'elle ne serait pas certaine de pouvoir faire confiance à Brandon, elle ne pouvait courir le risque de lui offrir une fois de plus les clés de son cœur.

Faisant appel à toute la force de sa volonté, elle mit donc fin à leur baiser et le repoussa doucement mais fermement. Cette fois, il ne chercha pas à résister et recula.

— Tu es belle, Raven, murmura-t-il. Probablement l'une des plus belles femmes que je connaisse…

— Seulement l'une des plus belles ? dit-elle d'un ton offusqué.

— Je connais beaucoup de femmes, tu sais, répliqua-t-il en riant. Pourquoi n'enlèves-tu pas tout ce maquillage pour que je puisse te voir telle que tu es vraiment ?

— Sais-tu combien de temps ma maquilleuse a mis à me l'appliquer ? C'est censé me rendre plus sexy et plus séduisante.

— Tu me rends nerveux lorsque tu es sexy, répondit Brandon en souriant. Et tu resterais séduisante même si ton visage était couvert de boue.

— On dirait bien un compliment, remarqua-t-elle en commençant à se démaquiller.

Il la regarda faire, admirant sa silhouette moulée de cuir.

— Tu sais, Brandon, lui dit-elle enfin, j'étais heureuse de chanter avec toi, ce soir.

Elle ôta les dernières traces de fond de teint et se tourna vers lui, le regardant droit dans les yeux.

— J'ai toujours trouvé qu'il se passait quelque chose de magique quand nous chantions ensemble, reprit-elle. Et je le pense toujours.

Il la vit mordiller sa lèvre inférieure comme si elle hésitait à poursuivre.

— Je me demande ce qu'en penseront les journalistes. Ils risquent de se faire des idées à notre sujet. Surtout vu la façon dont nous avons conclu notre prestation…

— J'ai trouvé cette fin très bien, déclara-t-il en posant doucement ses mains sur les épaules de la jeune femme. Et je pense que nous devrions toujours terminer de cette façon.

Il déposa un chaste petit baiser sur sa bouche. Mais, alors qu'elle s'attendait à le voir reculer, il mordilla doucement sa lèvre inférieure, la faisant frissonner des pieds à la tête. Lorsqu'il s'écarta enfin, il souriait d'un air satisfait.

— Tu devrais peut-être te changer avant que tout le monde ne débarque. Sinon, cette tenue risque de faire tourner quelques têtes…

Raven le regarda attentivement, se demandant ce qu'il pouvait bien avoir en tête. Lorsqu'il l'avait mordue, elle avait eu l'impression de passer une sorte de test. Et, curieusement, il paraissait satisfait du résultat.

Sans doute avait-il voulu s'assurer qu'elle le désirait, songea-t-elle. Mais, dans ce cas, pourquoi n'avait-il pas cherché à pousser son avantage ? La réponse à cette question ne tarda pas à s'imposer à elle : il aurait des semaines entières pour le faire lorsqu'ils seraient dans les Cornouailles.

Cette idée lui arracha un nouveau frisson, d'angoisse cette fois. Car elle savait déjà que, tôt ou tard, elle finirait par lui céder.

8

Il était très tard lorsqu'ils arrivèrent enfin à l'aéroport mais Raven vibrait toujours de l'énergie qu'elle avait accumulée au cours du concert. Elle ne cessait de parler, formulant toutes les pensées qui lui passaient par la tête. La limousine s'engagea sur le tarmac et les déposa devant le jet privé de Brandon.

Ils montèrent à bord et Raven admira le luxe du décor. Un épais tapis d'un rouge profond recouvrait le sol de la cabine principale. Elle était meublée d'un confortable canapé et de sièges en cuir. Il y avait aussi un bar abondamment garni.

La porte qui s'ouvrait dans la paroi du fond menait à un couloir qui desservait une petite cuisine et une chambre à coucher munie d'une salle de bains. Celle-ci contenait même une baignoire.

— Cet avion est génial ! s'exclama-t-elle avec enthousiasme. Un vrai petit hôtel volant !

— Oui. Je l'ai acheté il y a trois ans, déclara Brandon en s'installant sur le canapé.

Il suivit la jeune femme des yeux tandis qu'elle explorait les lieux. Elle s'était démaquillée et avait troqué sa tenue de scène contre un jean, un vieux T-shirt et une paire de baskets. Elle paraissait très différente de la star qu'il avait vue sur scène, quelques heures auparavant.

Mais il la trouvait plus belle encore car moins artificielle et inabordable.

— Tu détestes toujours voler ? lui demanda-t-il.

— Oui. C'est ridicule ! Après tout ce temps, j'aurais dû finir par m'habituer…

Elle continuait à aller et venir, incapable de se tenir tranquille. A la voir, on avait du mal à imaginer qu'elle sortait de deux heures de concert. En fait, elle avait probablement encore assez d'énergie pour chanter deux heures de plus…

— Installe-toi et accroche ta ceinture, lui recommanda Brandon, amusé. Nous n'allons pas tarder à décoller. Je suis sûr que tu ne t'en apercevras même pas.

— Tu ne peux pas savoir combien de fois on a essayé de me rassurer en me racontant de telles sornettes ! s'exclama-t-elle.

Pourtant, elle prit place sur l'un des sièges en cuir. Quelques minutes plus tard, ils étaient dans les airs et elle put se lever de nouveau et reprendre ses déambulations.

— Je connais cette sensation, affirma Brandon en souriant.

Elle lui jeta un regard interrogateur et il hocha la tête.

— C'est comme si l'on s'était branché sur un gigantesque générateur, expliqua-t-il. La foule nous donne une énergie incroyable et il faut des heures pour recouvrer un semblant de normalité… C'est exactement ce que je ressentais à Las Vegas, le soir où je t'ai appelée.

— J'ai vraiment l'impression que je pourrais courir un marathon. C'est peut-être ce que j'aurais dû faire avant de monter à bord, d'ailleurs. Ça m'aurait calmée…

— Que dirais-tu d'une tisane ?

— Avec plaisir, répondit Raven.

Elle s'approcha de l'un des hublots et colla son nez à la vitre pour tenter de voir ce qu'il y avait au-dehors. Mais il faisait nuit noire et elle ne distingua pas même les étoiles.

— Après la tisane, tu n'auras qu'à me parler de tes idées pour la bande originale. Je suis sûre que tu en as déjà des tas !

— Quelques-unes, acquiesça Brandon en branchant la bouilloire qu'il venait de remplir d'eau.

Il sortit deux tasses et deux sachets de tisane.

— A ton avis, combien de temps nous faudra-t-il pour en venir aux mains ? lui demanda-t-elle.

— Pas longtemps, c'est certain… Mais attendons au moins

d'être arrivés dans les Cornouailles. Est-ce que les problèmes que tu avais à Los Angeles sont résolus ?

Une ombre passa sur le visage de Raven. Elle repensa à la brève visite qu'elle avait rendue à sa mère, juste avant de commencer sa tournée. Sa mère s'était excusée pour sa fugue, avait promis de ne pas recommencer. Toutes deux avaient pleuré et, comme chaque fois, Raven s'était reprise à croire que tout finirait par s'arranger.

— Je ne sais pas s'ils seront jamais complètement résolus, soupira-t-elle enfin.

— Peux-tu au moins me dire ce dont il s'agit ?

Raven secoua la tête. Elle refusait de gâcher le bonheur de cette soirée. Brandon hocha la tête et se détourna pour remplir leurs tasses. Lorsqu'il revint dans le salon, Raven s'était installée sur le canapé. Lentement, elle sentait refluer son surcroît d'énergie.

Elle ferma les yeux et laissa sa tête reposer contre le dossier du sofa. Brandon la regarda en silence. Lorsqu'elle rouvrit les paupières, elle avisa la flamme étrange qui brillait dans son regard.

— A quoi penses-tu ? demanda-t-elle.

— Je me souviens…

— Ce n'est pas une bonne idée !

— Tu ne peux quand même pas m'empêcher de me rappeler ce que nous étions autrefois, protesta-t-il.

Raven haussa les épaules et détourna les yeux.

Brandon prit alors conscience qu'elle ne lui faisait toujours pas confiance. Peut-être ne lui avait-elle d'ailleurs jamais fait confiance… Raven avait toujours paru flotter au-dessus de l'existence, n'attendant rien des autres et ne se livrant jamais complètement.

— Je te désire toujours, murmura-t-il. Tu le sais, n'est-ce pas ?

Raven garda longuement le silence avant de lui répondre. Lorsqu'elle parla, sa voix était étrangement calme et détachée.

— Nous allons devoir travailler ensemble, Brandon, lui dit-elle. Mieux vaut ne pas compliquer les choses.

Brandon éclata de rire. Il ne cherchait pas à se moquer d'elle mais trouvait simplement cette remarque absurde.

— Crois-tu vraiment que les choses puissent être simples entre nous, Raven ? lui demanda-t-il gravement.

Posant sa tasse sur la table basse, il la rejoignit sur le canapé et s'assit à côté d'elle. Immédiatement, il la sentit se raidir.

— Détends-toi, lui dit-il en l'attirant contre lui. Je sais que tu es fatiguée et je n'essaierai pas d'abuser de la situation…

Après une infime hésitation, elle posa sa tête sur ses genoux et ferma les yeux. Il ne lui fallut que quelques instants pour sombrer dans un profond sommeil.

— Quand vas-tu te décider à me faire confiance ? murmura Brandon en caressant doucement ses longs cheveux noirs. Que dois-je faire pour te convaincre ?

Pendant un long moment, il la regarda dormir, fasciné. Il ne parvenait pas à se rassasier de la vue de son visage délicat, de ses lèvres rouges, de ses longs cils qui effleuraient ses joues…

Finalement, lorsque le désir qu'il avait d'elle rendit sa position terriblement inconfortable, il se leva doucement, prenant soin de ne pas la réveiller, et alla éteindre le plafonnier.

Dans le noir, il alluma une cigarette et s'installa sur l'un des fauteuils de cuir. Ils volaient à présent au-dessus des nuages et les étoiles avaient fait leur apparition. Pendant ce qui lui sembla une éternité, il les contempla, comme s'il cherchait les réponses aux questions qui se pressaient dans son esprit.

Brandon s'éveilla en sursaut. Il était toujours assis dans le fauteuil dans lequel il s'était endormi. Par le hublot, il vit que le soleil commençait tout juste à se lever. Lentement, il s'étira et chassa les courbatures qui nouaient les muscles de son dos et de ses épaules.

Raven dormait à poings fermés. Lentement, il s'approcha d'elle et s'agenouilla à son côté pour la contempler. Elle paraissait si paisible, en cet instant, si détendue, si offerte.

Du bout des doigts, il écarta une mèche de cheveux noirs qui retombait sur son beau visage de fée. Il aurait été si tentant de profiter de ce moment d'abandon pour éveiller son désir. Brandon savait qu'il aurait suffi de quelques caresses. Il se rappelait exactement ce qu'elle aimait, ce qui la rendrait folle…

Mais il résista à la tentation. Il la voulait plus que tout au monde mais pas de cette façon. Lorsqu'elle se donnerait à lui, il voulait que ce soit de son plein gré, parce qu'elle en avait vraiment envie et non parce qu'il l'avait acculée à lui donner ce dont il rêvait à chaque instant.

Dans son sommeil, elle poussa un petit soupir et il sentit un frisson le parcourir. A contrecœur, il se redressa et se dirigea vers la cuisine. Là, il commença à préparer du café. Un coup d'œil à sa montre et un rapide calcul mental lui apprirent qu'ils ne tarderaient pas à atterrir.

Ensuite, le trajet jusqu'en Cornouailles prendrait plusieurs heures et ils pourraient s'arrêter en route pour prendre un bon petit déjeuner dans une petite auberge qu'il connaissait sur le chemin.

Il entendit alors Raven bouger et revint dans la cabine. Elle grogna et se retourna, essayant vainement de ramener sur elle une couverture imaginaire. Elle tâtonna à la recherche d'un oreiller absent et rencontra le dossier du canapé.

Ouvrant les yeux, elle regarda autour d'elle d'un air un peu désorienté. Puis, lentement, elle parut se souvenir de l'endroit où elle se trouvait.

— Bonjour, lui dit-il.

Raven tourna son regard vers Brandon et vit qu'il lui souriait. Elle n'était pas du matin et avait horreur des gens qui étaient en forme dès qu'ils ouvraient les yeux.

— Café, grogna-t-elle avant de refermer ses paupières.

— Il sera prêt dans une minute, annonça Brandon d'un ton jovial. Tu as bien dormi ?

Passant la main dans ses cheveux emmêlés, Raven fit un effort méritoire pour se redresser. Aveuglée par la clarté du petit matin, elle pressa ses paumes sur ses yeux.

— Je ne sais pas encore, marmonna-t-elle. Repose-moi la question plus tard.

Brandon hocha la tête et disparut dans la cuisine. Raven

l'entendait lui parler mais elle n'était pas en état d'écouter ce qu'il pouvait bien lui dire. Elle ne fit même pas l'effort de répondre.

— Tiens, mon ange, lui dit Brandon en lui apportant une tasse de café fumant. Bois, tu te sentiras mieux après.

Elle accepta et murmura un remerciement. Il s'assit à son côté et l'observa en souriant.

— Ne t'en fais pas, j'ai un frère qui n'est pas du matin, lui non plus. Je suppose que c'est une question de métabolisme...

Raven émit un grognement vague et avala une gorgée de café. Il était chaud et très fort. Pendant quelques instants, ils burent en silence. Lorsque sa tasse fut à moitié vide, la jeune femme se tourna vers son compagnon et lui décocha un sourire embrumé.

— Je suis désolée, Brandon. Je ne suis jamais très en forme au réveil. Surtout lorsqu'il est si tôt...

Elle regarda sa montre, tenta vainement de calculer depuis combien de temps ils volaient et renonça.

— Je pense qu'il me faudra bien une journée pour récupérer du décalage horaire, soupira-t-elle.

— Je suis certain qu'un bon repas te remettra sur pied, lui assura Brandon.

Raven reposa sa tasse et s'étira langoureusement.

— Je ne suis pas de très bonne compagnie, remarqua-t-elle, sentant son énergie lui revenir peu à peu.

— Tu étais fatiguée. Après le mois que tu viens de passer, cela n'a vraiment rien d'étonnant, répondit Brandon en observant chacun de ses mouvements avec un mélange d'envie et d'admiration qu'il avait beaucoup de mal à dissimuler.

Finalement, incapable de supporter cette tentation plus longtemps, il regagna la cuisine pour se resservir une tasse de café.

A l'aéroport de Bristol, une voiture les attendait et, après avoir pris congé du pilote qui les avait aidés à porter leurs valises, Brandon s'installa au volant. Quelques minutes plus tard, ils s'engagèrent sur la M5 qui conduisait vers le sud. Ils roulèrent jusqu'à Exeter où ils s'arrêtèrent pour prendre leur petit déjeuner dans une vieille auberge que Raven ne put s'empêcher de trouver terriblement romantique.

Bien sûr, elle savait qu'elle ne devait pas laisser cette escapade en Angleterre la détourner des bonnes résolutions qu'elle avait prises en quittant Los Angeles. Mais cela devenait réellement de plus en plus difficile.

Il y avait d'abord eu cette chanson qu'ils avaient interprétée ensemble avant de s'embrasser devant des centaines de spectateurs et des dizaines de journalistes. Puis cet autre baiser, dans sa loge, qui avait bien failli lui faire perdre le contrôle d'elle-même.

Maintenant, ils s'enfonçaient dans la campagne anglaise où ils s'apprêtaient à s'isoler pendant plusieurs semaines. Et Brandon ne lui facilitait guère les choses. Il se montrait plus charmant qu'il ne l'avait jamais été, redoublant d'attentions à son égard sans jamais se faire pressant.

S'il s'était agi de quelqu'un d'autre, Raven n'aurait sans doute pas résisté à une telle combinaison. Elle se serait laissé séduire sans hésiter. Mais que se passerait-il si Brandon et elle renouaient leur liaison interrompue cinq ans plus tôt, comme il en avait visiblement l'intention ? Qu'est-ce qui lui garantirait qu'il ne l'abandonnerait pas de nouveau ?

Elle avait souffert le martyre, la première fois, et n'était pas certaine d'avoir la force d'affronter de nouveau un tel déchirement. Car elle savait maintenant avec certitude qu'elle l'aimait toujours, qu'elle n'avait jamais cessé de l'aimer. Et cela lui donnait sur elle un ascendant terrifiant.

Elle décida donc de se montrer prudente, de ne pas céder à ses avances, quelle que soit la tentation qu'elle avait de le faire. Mais, au fond d'elle-même, elle savait bien que s'il insistait vraiment elle finirait par rendre les armes.

Et cela la terrifiait…

En sortant d'Exeter, ils prirent l'A30 qui les mena dans les Cornouailles. Raven tomba instantanément amoureuse des paysages de cette région idyllique. Ici, il n'était pas difficile de se croire revenu au temps du roi Arthur et de ses preux chevaliers.

Elle pouvait presque entendre le cliquetis de leurs armures, le fracas de leurs épées et le galop de leurs chevaux. A tout moment, elle s'attendait à voir surgir Merlin l'enchanteur, la reine Guenièvre ou la fée Morgane.

C'était le début du printemps, et les premiers bourgeons faisaient leur apparition sur la lande. L'air était frais et vivifiant et la jeune femme percevait un parfum de renouveau, comme si la terre s'éveillait après son long sommeil hivernal.

Par endroits, on apercevait même quelques fleurs qui coloraient de taches roses les vastes étendues d'un vert profond. La plupart des maisons étaient de vieux cottages typiques. Leurs jardins soigneusement entretenus étaient parés de massifs de jonquilles et de jacinthes. Puis ils parvinrent en vue de la mer et commencèrent à longer de magnifiques falaises.

— A quoi ressemble ta maison, Brandon ? demanda-t-elle soudain. Tu ne m'en as toujours pas parlé…

— Au point où nous en sommes, je crois qu'il vaut mieux que je te laisse la découvrir toi-même, répondit-il. Nous y serons dans peu de temps.

— Tu veux me faire une surprise ou tu as peur de me révéler que la toiture est percée et qu'il pleut à l'intérieur ? ironisa la jeune femme.

— Rassure-toi, les Pengalley veillent sur la maison quand je n'y suis pas et je suis certain qu'ils ne laisseraient jamais une chose pareille se produire.

— Qui sont-ils ? demanda Raven, curieuse.

— Les gardiens. Ils possèdent un cottage à moins de deux kilomètres de là et passent régulièrement pour s'assurer que tout est en ordre. Mme Pengalley fait un brin de ménage de temps en temps et son mari jardine et fait les réparations nécessaires.

— Pengalley, répéta Raven. C'est un drôle de nom…

— C'est typique des Cornouailles.

— Laisse-moi imaginer. Elle est petite, bien en chair sans être grosse, solidement bâtie avec des cheveux très noirs qu'elle porte toujours en chignon et une mine sévère. Lui est plus mince et ses cheveux commencent à grisonner. Il tâte un peu de la bouteille et est persuadé qu'elle ne s'en rend pas compte…

Brandon secoua la tête d'un air interdit.

— Comment diable fais-tu ça ? s'exclama-t-il, stupéfait.

— C'est dans l'ordre des choses, répondit Raven en riant. Tous les romans gothiques qui se déroulent dans les Cornouailles contiennent des personnages de ce genre ! As-tu d'autres voisins, à part eux ?

— Personne dans les environs immédiats. C'est l'une des raisons pour lesquelles j'ai acheté cet endroit.

— Tu es devenu sauvage ? s'étonna-t-elle.

— Disons plutôt qu'il s'agit d'un instinct de survie. Parfois, il faut que je m'isole un peu si je ne veux pas devenir fou. Ensuite, je peux retourner faire la fête et voir des centaines de gens avec plaisir… Mais je dois venir me ressourcer de temps en temps.

Il se rendit compte que Raven l'observait avec curiosité et haussa les épaules.

— Je te l'ai dit, je me suis adouci avec l'âge.

— C'est vrai, acquiesça-t-elle.

Toujours pensive, elle attacha ses cheveux en queue-de-cheval.

— Pourtant, tu continues à produire énormément. Sur le double album de l'année dernière, il n'y avait que deux reprises. Toutes les autres chansons étaient de toi. Sans compter celles que tu as écrites pour Cal Ripley. C'étaient les meilleures de son disque, à mon avis…

— Tu le penses vraiment ?

— Bien sûr. D'ailleurs, je suis certaine que tu le sais.

— Eh bien… C'est vrai que je le pensais. Maintenant, j'en suis sûr.

— Je n'ai pas abordé le sujet pour te passer de la pommade, fit Raven, moqueuse. Ce que je voulais dire, c'est que pour quelqu'un qui est soi-disant rangé tu es étonnamment productif.

— Les deux sont liés, expliqua Brandon. La plupart de ce que j'écris voit le jour dans les Cornouailles ou dans ma maison en Irlande. Plus ici que là-bas d'ailleurs, parce que je ne suis pas dérangé par les visites des membres de ma famille.

— Je pensais que tu vivais essentiellement à Londres et à New York.

— Le plus souvent, oui… Mais je m'échappe dès que j'en ai l'occasion. J'ai de la famille dans ces deux villes aussi.

— Je n'avais jamais imaginé que les grandes familles puissent constituer un inconvénient, déclara Raven.

Quelque chose dans sa voix éveilla la curiosité de Brandon mais, lorsqu'il jeta un coup d'œil dans sa direction, il constata qu'elle avait détourné la tête et affectait de contempler le paysage par la fenêtre.

Il n'insista pas, sachant par expérience que la famille était chez elle un sujet tabou. Autrefois, il avait essayé de l'interroger à plusieurs reprises mais elle avait toujours esquivé ses questions.

Il savait juste qu'elle était fille unique et avait quitté le domicile de ses parents à l'âge de dix-huit ans. Par curiosité, il avait questionné Julie. Celle-ci savait absolument tout de Raven, il en était certain. Mais elle avait refusé de lui répondre.

C'était l'un des nombreux mystères qui avaient attiré et fasciné Brandon avant d'éveiller en lui une certaine frustration.

— En tout cas, reprit-il, nous ne serons ennuyés ni par ma famille ni par les voisins. Mme Pengalley n'éprouve aucune sympathie pour les gens qui travaillent dans le show-business et elle gardera ses distances.

— Dois-je en déduire que tu invites souvent des gens dans cette maison ? demanda Raven, curieuse.

— Très rarement. Et jamais pour le genre de fêtes que j'organisais autrefois… Mais M. Pengalley m'a expliqué très sérieusement que sa femme connaissait bien les acteurs et les actrices parce qu'elle lisait régulièrement les journaux people. D'après elle, les musiciens, et surtout les rockers, sont les pires…

Raven éclata de rire.

— Je suppose qu'elle va imaginer des choses épouvantables en nous voyant arriver, remarqua-t-elle.

— De quel genre ?

— Que toi et moi avons une liaison secrète, torride et passionnée au fin fond de la lande !

— Je peux imaginer bien des choses pires que cela, rétorqua Brandon. En fait, je dois même reconnaître que l'idée me paraît plutôt tentante…

Raven détourna les yeux en rougissant.

— Tu vois très bien ce que je veux dire, protesta-t-elle.

Il lui prit la main et la serra dans la sienne.

— Je n'en suis pas sûr, murmura-t-il. Est-ce que tu as tellement peur d'être considérée comme une femme indigne ?

Raven éclata de rire.

— Eh ! protesta-t-elle. Moi aussi, je suis musicienne de rock, je te rappelle ! Aux yeux de la plupart des gens, cela fait de moi une femme indigne. Et les journalistes prennent un malin plaisir à entretenir la légende. L'un d'eux a prétendu que j'appartenais à une secte luciférienne. Et je ne te parle pas des nombreuses histoires d'amour que l'on me prête avec des gens que je n'ai même jamais rencontrés…

— Cela fait partie du statut de rock-star. Nous sommes censés être dotés de libidos surdimensionnées.

— C'est bien l'impression que j'ai en lisant les articles te concernant, acquiesça Raven avec une pointe d'ironie.

Brandon hocha la tête.

— C'est vrai, approuva-t-il. L'année dernière, j'ai appris qu'un bookmaker avait lancé un pari sur le nombre de femmes avec lesquelles je sortirais durant les trois mois à venir.

— A combien se montait le chiffre maximum ? demanda la jeune femme.

— A vingt-sept.

Elle éclata de rire avant de prendre conscience qu'au fond il était bien capable de l'avoir atteint.

— Je ferais peut-être mieux de ne pas te demander quel a été le chiffre réel…

— Cela m'évitera d'avoir à mentir, répondit-il en souriant.

Quelques minutes plus tard, il s'engagea sur un chemin de gravillon qui menait à la maison. Dès qu'elle la vit, Raven fut conquise. C'était un vieux cottage en pierre avec de beaux volets verts et plusieurs cheminées qui pointaient fièrement vers le ciel.

L'endroit était accueillant et, rien qu'à le regarder, Raven n'avait aucun mal à s'y voir passer de longues soirées d'hiver au coin du feu.

— Oh, Brandon ! C'est superbe… Je n'aurais jamais imaginé que tu choisirais quelque chose d'aussi charmant…

Avant qu'il ait eu le temps de lui répondre, elle sauta de la voiture et contourna la maison pour découvrir avec ravissement qu'elle se dressait au bord d'une falaise qui dominait la mer.

L'océan s'étendait à perte de vue et le doux bruit du ressac ajoutait à la magie des lieux. En contrebas, les vagues déferlaient dans une grotte naturelle d'où elles étaient expulsées avec force, formant un geyser impressionnant. Les embruns qu'il soulevait s'élevaient jusqu'au sommet de la falaise, couvrant la jeune femme d'une petite bruine salée.

Elle fit le tour de la maison, admirant les murs sur lesquels courait un réseau de vigne vierge. Dans le vaste jardin, elle aperçut des massifs de roses sauvages et de chèvrefeuille. Ils n'étaient pas encore en fleurs mais elle se prit à imaginer l'odeur qu'ils devaient répandre en été. Il y avait aussi un petit banc installé à l'ombre d'un pommier.

— Je pense que tu aimeras l'intérieur, lui dit Brandon lorsqu'il la rejoignit. Et je te rassure, c'est beaucoup plus sec…

— On se croirait vraiment dans *les Hauts de Hurlevent*, déclara Raven avec enthousiasme.

— Si tu le dis… En tout cas, moi, ce qu'il me faut, c'est un bon bain brûlant et une tasse de thé !

— Excellente idée ! s'exclama joyeusement Raven. Sais-tu s'il y aura des scones ? J'ai découvert ça lors de ma tournée en Angleterre, il y a deux ans, et j'en suis tombée amoureuse.

— Il faudra que tu demandes à Mme Pengalley, répondit Brandon en la prenant par la main pour l'entraîner vers la porte d'entrée.

Avant même qu'ils y parviennent, elle s'ouvrit sur Mme Pengalley. Celle-ci correspondait étonnamment bien à la description qu'avait improvisée Raven. Elle était grande et solidement bâtie avec le chignon de cheveux noirs de rigueur.

Ses yeux sombres s'attardèrent alternativement sur les vêtements et les cheveux trempés de Raven avant de se poser sur Brandon.

— Bonjour, monsieur Carstairs, lui dit-elle avec un fort accent de Cornouailles.

— Bonjour à vous, madame Pengalley. Je suis heureux de vous revoir. Laissez-moi vous présenter Mlle Williams qui séjournera en ma compagnie.

— Sa chambre est prête, déclara sa gardienne avant d'adresser un petit signe de tête à Raven. Bonjour, mademoiselle Williams.

— Bonjour, madame Pengalley, répondit Raven, un peu intimidée par son apparente sévérité. J'espère que ma venue ne vous a pas causé de soucis supplémentaires…

— Ne vous en faites pas, il n'y avait pas grand-chose à faire, lui assura Mme Pengalley avant de se tourner de nouveau vers Brandon. Toutes les cheminées sont prêtes et le garde-manger est rempli, comme vous me l'aviez demandé. Je vous ai préparé une cassolette pour ce soir. Vous n'aurez qu'à la faire réchauffer à feu doux quand vous en aurez envie. Mon époux a rentré une bonne réserve de bois au cellier car les nuits sont encore fraîches et humides. Il s'occupera aussi de vos valises.

— Merci beaucoup, dit Brandon. Nous avons tous deux besoin d'un bon bain et d'une tasse de thé chaud. Veux-tu quelque chose en particulier, Raven ?

— Non, merci, répondit la jeune femme en souriant à Mme Pengalley.

— Très bien, fit celle-ci avant de disparaître à l'intérieur. Je vais donc préparer votre thé.

Brandon pénétra dans la maison, suivi de Raven. Lorsqu'elle avisa la salle dans laquelle ils venaient d'entrer, elle ouvrit de grands yeux.

— Décidément, murmura-t-elle, tu ne cesses de m'impressionner.

— Tant mieux, répondit-il en souriant.

Raven ne souffla mot mais commença à faire le tour du salon où ils passeraient probablement le plus clair de leur temps durant les semaines à venir. Il occupait une bonne partie du rez-de-chaussée de la maison. Le plancher de chêne était recouvert de quelques tapis disposés çà et là.

Les lourds rideaux couleur crème adoucissaient l'aspect austère des murs de pierre. Deux confortables canapés couleur miel et plusieurs tables basses étaient disposés autour de la cheminée dans laquelle brûlait un feu qui crépitait joyeusement. Une table de bois sombre entourée de six chaises de style médiéval occupait une partie de la pièce tandis que l'autre était occupée par un superbe piano à queue près duquel étaient disposées plusieurs guitares électriques et acoustiques.

Se rapprochant de la cheminée, la jeune femme contempla les photographies qui y étaient disposées. Elle comprit aussitôt qu'il s'agissait de la famille de Brandon. Elle avisa un adolescent vêtu d'une veste en cuir qui lui ressemblait beaucoup, avec des cheveux plus raides et plus courts. Il arborait le même sourire ironique et décontracté.

Il y avait une femme d'une grande beauté qui devait être âgée de vingt-cinq ans et avait de longs cheveux blond cendré et des yeux verts. Ce devait être l'une des sœurs de Brandon, songea-t-elle. Elle la retrouva sur un autre cliché, auprès d'un homme blond lui aussi. Mais les deux enfants qui les entouraient étaient bruns et avaient le regard malicieux de leur oncle.

Pendant quelque temps, elle s'attarda sur la photographie des parents de Brandon. Son père était mince et nerveux, comme ses cinq enfants, et avait les cheveux blonds. Sa mère était très brune. Tous deux posaient dans une tenue élégante et arboraient de radieux sourires. Dans les yeux de la femme, elle vit briller une lueur fière et décidée qui dénotait un caractère bien trempé.

Il y avait plusieurs autres clichés, principalement des photos de famille et des portraits. Brandon figurait sur plusieurs d'entre eux. Chaque fois, il paraissait détendu et heureux, et elle ne put s'empêcher de sentir monter en elle une pointe de jalousie en comparant mentalement sa famille à la sienne.

Ecartant cette mauvaise pensée, elle se tourna vers lui et sourit.

— Ils ont tous l'air très sympathique, déclara-t-elle. Et vous vous ressemblez vraiment beaucoup. Tu es le plus vieux des cinq enfants, n'est-ce pas ?

— Oui.

Il passa la main dans ses cheveux humides et se rapprocha d'elle.

— Laisse-moi te montrer ta chambre et tu pourras t'installer. Lorsque nous serons secs, je te ferai faire le tour du propriétaire.

Il passa affectueusement le bras autour des épaules de la jeune femme.

— Je suis heureux que tu aies accepté de venir, Raven. Tu sais que c'est la première fois que tu viens chez moi ?

Quelques minutes plus tard, tandis qu'elle barbotait dans la grande baignoire de sa salle de bains, la jeune femme repensa à ce que Brandon venait de lui dire. Comme tous les musiciens, elle passait la majeure partie de son temps à courir d'une ville à l'autre, d'une chambre d'hôtel anonyme à l'autre…

Au départ, elle n'y avait pas vraiment prêté attention, trouvant très excitante cette sensation de dépaysement continuel. Elle s'était sentie libre pour la première fois de sa vie, comme si plus rien ne la rattachait au passé.

Et puis, lentement, presque insidieusement, elle avait commencé à éprouver le besoin de disposer d'un point d'ancrage, d'un endroit où elle pourrait se retrouver et se ressourcer.

C'est alors qu'elle avait acheté sa villa à Los Angeles. Au fur et à mesure, elle en était venue à la considérer comme un port d'attache, un lieu privilégié, familier, rassurant… Il avait pris de plus en plus d'importance à ses yeux. Lorsqu'elle se sentait angoissée, perdue, il lui suffisait de fermer les yeux et de s'imaginer de retour dans sa salle de musique pour recouvrer un peu de calme.

Il devait en aller de même pour Brandon. Or, curieusement, lorsqu'ils vivaient ensemble, il n'avait jamais éprouvé le besoin de l'amener chez lui. D'une certaine façon, cela lui permit de comprendre ce qui leur avait manqué alors.

En la tenant à l'écart de sa maison, il la tenait à l'écart de son intimité, de ce qui était vraiment important à ses yeux. Il faisait de leur liaison une simple aventure qui n'empiétait pas sur son territoire. Il se protégeait.

C'était pour cette raison qu'il avait pu l'abandonner si facilement. Après avoir quitté Los Angeles, il lui avait probablement suffi de rentrer chez lui pour tourner la page, comme si elle avait fait partie de cette autre vie, celle dans laquelle ils étaient des stars du rock et portaient un masque.

Mais alors, pourquoi décidait-il de l'inviter aujourd'hui, alors qu'ils n'étaient plus rien l'un pour l'autre ?

Cette question la perturbait d'autant plus qu'en pénétrant dans cette maison elle n'avait eu aucun mal à s'y sentir chez elle. C'était peut-être simplement parce qu'il s'agissait d'une vieille maison et qu'elle lui offrait une rassurante illusion de continuité.

Ou bien à cause de l'endroit où elle se trouvait... Raven aimait la sensation d'espace qu'elle avait éprouvée en découvrant par la fenêtre de sa chambre la mer qui s'étendait à l'infini. Elle aimait le murmure complice du ressac et les cris des mouettes qui lui parlaient de liberté.

A regret, elle finit par quitter la baignoire et s'enroula dans un grand drap de bain. Elle sécha ses longs cheveux noirs avec une autre serviette et les laissa retomber librement sur ses épaules avant de regagner sa chambre.

M. Pengalley avait déposé sa valise sur un vieux coffre de marine qui trônait dans un coin de la pièce. Mais, au lieu de déballer ses affaires, elle gagna la fenêtre et contempla l'océan.

L'eau était aussi grise que le ciel, qui s'était rapidement couvert de nuages. Une pluie fine et régulière battait contre les carreaux et la scène emplit Raven d'un mélange de nostalgie et de calme. Elle avait vraiment l'impression de se trouver au bout du monde, suspendue entre ciel et mer, et cette sensation faisait monter en elle une profonde sérénité.

— Raven ? appela Brandon, de l'autre côté de la porte, avant de frapper doucement.

— Oui, entre !

Il ouvrit et pénétra dans la pièce.

— Je venais voir si tu étais prête à descendre.

— Dans une minute… Quelle vue magnifique ! J'ai l'impression que je pourrais rester assise à la regarder pendant des heures.

Brandon se rapprocha et plongea les mains dans les poches de son jean.

— Je ne savais pas que tu aimais autant la mer, dit-il.

— Je vis à Los Angeles, lui rappela-t-elle. Je ne peux jamais rester très longtemps loin de l'océan. Mais c'est la première fois que j'ai l'impression de me trouver juste au-dessus… Est-ce que ta maison en Irlande est située sur la côte, elle aussi ?

— Non. En fait, c'est une ancienne ferme. J'aimerais bien t'emmener là-bas. Il y a des collines verdoyantes constellées de moutons à perte de vue. C'est un endroit magnifique et étrangement apaisant…

— C'est la maison que tu préfères, n'est-ce pas ? demanda-t-elle. Tu vis à Londres et tu viens ici pour travailler mais cet endroit en Irlande est spécial.

Il lui sourit, étonné par sa perspicacité.

— C'est vrai. C'est peut-être à cause de mes origines… S'il n'y avait pas eu tant de Sweeney et de Hardesty dans la région et que nous avions pu y travailler tranquillement, c'est là que je t'aurais amenée. La famille de ma mère est adorable mais ils ont tendance à être un peu envahissants. Si nous avançons suffisamment vite, nous pourrions prendre quelques jours de vacances là-bas…

Raven hésita avant de hocher la tête.

— Oui, répondit-elle enfin. J'aimerais beaucoup ça.

Le sourire de Brandon s'élargit.

— Bien, dit-il. Et je tiens à dire que j'aime beaucoup ta tenue.

Surprise, Raven baissa les yeux et se rendit compte qu'elle ne portait toujours que sa serviette. Celle-ci avait légèrement glissé et formait à présent un décolleté un peu trop révélateur.

— Je suis désolée, lança-t-elle en remontant le drap de bain. Je ne m'étais pas rendu compte… Tu aurais pu me le dire avant.

— C'est ce que je viens de faire, répliqua-t-il malicieusement.

— Très drôle. Maintenant file, le temps que je m'habille.

— Est-ce vraiment nécessaire ? lui demanda-t-il d'un air déçu.

Se rapprochant d'elle, il déposa un petit baiser sur ses lèvres.

— Tu as encore un goût de sel, murmura-t-il avant de l'embrasser de nouveau, avec plus de passion cette fois.

Raven n'eut pas le courage de le repousser. Comment l'aurait-elle pu dans ce lieu si magique, alors que tout la poussait vers lui ? S'abandonnant, elle posa les mains sur ses épaules et lui rendit son baiser. Tandis que leurs langues se mêlaient, elle fut surprise par l'intensité de sa propre réaction.

Brandon ne la touchait même pas et elle avait pourtant l'impression de se consumer. Une douce chaleur naquit au creux de son ventre et se répandit dans chacun de ses membres. Son sang semblait se muer en lave et elle l'entendait gronder en elle par-dessus le bruit du ressac.

Lorsqu'il s'écarta légèrement d'elle, elle le contempla avec stupeur, tentant vainement de reprendre le contrôle de ses sens en émoi.

— J'ai envie de toi, Raven, murmura-t-il doucement.

L'espace d'un instant, elle fut tentée d'envoyer au diable toute prudence, de laisser glisser la serviette le long de son corps et de s'abandonner à ses caresses, de le laisser satisfaire cette faim qu'aucun homme à part lui n'avait pu rassasier.

Et après ? lui souffla une petite voix. Combien de temps s'écoulerait avant qu'il se lasse de nouveau ? Avant qu'il l'abandonne pour partir en quête de nouveaux horizons, de nouvelles conquêtes ?

Supporterait-elle cette désertion ? Elle en doutait. Même la musique ne suffirait pas à combler l'abîme qui s'ouvrirait en elle et finirait par l'avaler. Pouvait-elle vraiment se condamner à une vie de regrets amers pour un simple moment de faiblesse ?

— Je veux que tu sois sûre, reprit-il en plongeant ses yeux verts dans les siens.

Elle y lut une multitude de sentiments contradictoires : du désir, de la déception et de l'espoir.

— Mais je te préviens, ajouta-t-il d'une voix un peu rauque. Je n'ai pas l'intention de te faciliter les choses.

Il recula d'un pas et elle perçut dans son regard combien ce geste lui coûtait. Se pouvait-il qu'elle se soit méprise sur son compte ?

se demanda-t-elle, le cœur battant à tout rompre. Attendait-il d'elle autre chose qu'une simple étreinte torride ?

— Je t'attendrai en bas, lui dit-il. Mais je continue à penser que tu devrais garder ta serviette. Elle te va vraiment très bien…

Il se détourna et gagna la porte.

— Brandon…

— Oui ?

— Que se serait-il passé si j'avais dit oui ? lui demanda-t-elle, sentant refluer lentement le désir et la tension nerveuse qui l'habitait. M'aurais-tu vraiment fait l'amour alors que Mme Pengalley se trouve au rez-de-chaussée ?

— Raven, si tu avais dit oui, rien n'aurait pu m'arrêter. Pas même si toute la population des Cornouailles s'était donné rendez-vous en bas…

Sur ce, il sortit et referma doucement la porte derrière lui.

9

Raven et Brandon étaient tous deux très impatients de se mettre au travail. Ils commencèrent donc dès le lendemain de leur arrivée et ne tardèrent pas à trouver leurs marques. Brandon se levait de bonne heure et leur préparait un copieux petit déjeuner.

Raven descendait une heure plus tard et buvait un café. Puis ils se mettaient à l'œuvre jusqu'à midi. Mme Pengalley les rejoignait alors, apportant les courses qu'elle avait faites pour eux le matin même. Elle se chargeait des tâches domestiques tandis que Raven et Brandon allaient se promener.

La température était clémente et l'air se chargeait de vivifiantes odeurs printanières. Ils passaient des heures à explorer les petits sentiers qui longeaient la côte ou s'enfonçaient dans la lande, à l'intérieur des terres.

Plus elle découvrait les environs et plus Raven se sentait séduite. La région avait gardé un caractère sauvage et désolé mais elle recelait maintes richesses secrètes. Ce qui impressionnait le plus la jeune femme, c'étaient les falaises aux formes torturées sur lesquelles nichaient les oiseaux de mer.

Mais elle était également fascinée par les villages typiques que Brandon lui faisait découvrir. La plupart étaient constitués de petits cottages de pierre couverts de lichen et regroupés autour de l'église. Chacun semblait posséder son pub, où ils s'arrêtaient souvent pour déjeuner.

En milieu d'après-midi, ils se remettaient au travail jusqu'à l'heure du dîner. Après le repas que leur avait concocté Mme Pengalley, ils discutaient de ce qu'ils avaient composé durant la journée.

Au bout de la première semaine, ils avaient déjà écrit le titre principal et posé les bases de l'ensemble de l'album. Cela ne s'était pas toujours fait dans l'entente et l'harmonie. Pour Raven comme pour Brandon, la musique était quelque chose de très personnel et une telle coopération n'allait pas sans difficulté.

Mais leurs discussions passionnées, loin de les conduire à des impasses, leur permettaient d'enrichir sans cesse leurs arrangements. Souvent, le résultat final dépassait les attentes de l'un comme de l'autre. Comme Brandon le lui avait affirmé, leurs talents étaient très complémentaires et ils formaient une excellente équipe.

Sur le plan émotionnel, les choses étaient un peu plus compliquées. Ils avaient tacitement décidé de se conduire en amis et Brandon n'avait plus jamais essayé de la séduire ouvertement. De temps en temps, cependant, elle sentait peser sur elle son regard empli d'un désir muet. Chaque fois, cela suffisait à éveiller le sien.

Le fait qu'il garde ses distances la déstabilisait plus sûrement que s'il lui avait fait des avances. Elle aurait pu alors les repousser et lui expliquer qu'une aventure compliquerait tout.

Mais il attendait patiemment qu'elle fasse le premier pas, qu'elle prenne l'initiative de leur rapprochement. Et sous leur apparente amitié, sous leurs plaisanteries complices, sous leurs désaccords professionnels perçait une tension silencieuse qui croissait de jour en jour.

Ce jour-là, l'après-midi paraissait se traîner en longueur. Une pluie battante avait empêché Raven et Brandon de sortir se promener et ils avaient décidé de continuer à travailler. Leur musique flottait dans la petite maison, s'élevant paresseusement jusqu'au grenier.

Ils avaient fait du feu pour chasser l'humidité qui filtrait à travers les fenêtres et s'étaient préparé une tasse de thé et des scones beurrés qu'ils grignotaient tout en discutant de leur dernière composition.

— Il faut accélérer le tempo, déclara Raven avec assurance. Sinon, cela ne marchera jamais…

— Mais c'est un thème amoureux, protesta Brandon.

— Justement ! Ce n'est pas une marche funéraire... Ça traîne et les gens vont s'endormir en plein milieu de la séquence.

— Personne ne s'endormira si Lauren Chase est à l'écran ! La musique accentuera sa sensualité naturelle et les spectateurs seront béats.

— Peut-être, mais pas à ce rythme.

Raven pivota sur le tabouret du piano pour faire face à Brandon.

— Reprenons la scène...

— Je connais l'intrigue, Raven, soupira Brandon.

Elle ne releva pas, percevant la fatigue qui se lisait dans sa voix. Elle savait qu'il dormait peu. Plus d'une fois, elle s'était réveillée au beau milieu de la nuit et l'avait entendu jouer de la guitare.

— Le soir vient, reprit-elle. C'est un moment sensuel, torride, même. Il faut que la musique reflète cette tension.

— Mais elle est là ! s'exclama Brandon. Elle est contenue dans l'opposition entre la mélodie et les arrangements.

— Ce n'est pas suffisant, protesta Raven.

Elle émit un petit gémissement de frustration. D'ordinaire, Brandon n'avait pas son pareil pour percevoir ce genre de choses. Il était doué d'un instinct phénoménal pour associer la musique à des états émotionnels.

Mais, cette fois, elle était sûre d'elle. Son instinct de compositeur et de femme le lui criait. Lorsqu'ils avaient développé le thème du morceau, elle avait aussitôt compris à quelle vitesse il devait être joué pour être pleinement efficace.

— Laisse-moi te montrer ce que j'ai en tête, lui dit-elle.

Elle commença à interpréter la mélodie à un tempo plus rapide, remplaçant les arrangements par son chant. Brandon frissonna malgré lui, fasciné par la perfection de sa voix. Il avait l'impression d'écouter une sirène. C'était l'incarnation même de la tentation. Raven semblait lui promettre des caresses languides, des étreintes sauvages et des délices inconnus.

Brandon contemplait la jeune femme avec fascination, se perdant dans les volutes qu'elle développait sans effort. Chaque jour, il la désirait un peu plus. Elle hantait ses rêves et, pour échapper à son emprise, il passait des heures à jouer de la guitare en essayant de recouvrer un semblant de contrôle.

Chaque fois qu'il composait un morceau, il pensait à elle. Vivre à ses côtés sans pouvoir la toucher était sans aucun doute la plus délicieuse des tortures qu'il se soit jamais infligée. Et ce qu'elle chantait en cet instant paraissait matérialiser le mélange explosif de désir et de frustration qui le rongeait intérieurement.

Lorsqu'elle termina de jouer, elle se tourna vers lui et lui adressa un petit sourire interrogatif.

— Alors ? Qu'est-ce que tu en penses ?

— Je suppose qu'il faut bien que tu aies raison une fois de temps en temps, répondit-il d'une voix que son émotion rendait un peu rauque.

Raven éclata de rire et le contempla en secouant la tête d'un air incrédule.

— Toi, on peut dire que tu as le chic pour formuler les compliments, s'exclama-t-elle joyeusement. Au moins, je ne risque pas d'attraper la grosse tête !

— D'accord, soupira-t-il, vaincu. C'est excellent… Infiniment mieux que ce que j'avais à l'esprit. Tu es contente ?

— Pas qu'un peu ! répliqua-t-elle.

Mais Brandon ne semblait pas partager son euphorie. Lentement, il posa sa guitare et se dirigea vers la cheminée, qu'il contempla d'un air sombre.

— Qu'est-ce qui ne va pas, Brandon ? lui demanda-t-elle, brusquement inquiète.

— Rien, éluda-t-il. Je suppose que je sature un peu…

— Cela ne m'étonne pas. Cette pluie qui n'arrête pas est passablement déprimante. Si tu veux, nous pouvons arrêter. Cela ne me dérange pas de passer une journée à ne rien faire. En fait, cela m'arrive souvent, lorsque je suis chez moi. C'est une de mes qualités, je crois : pouvoir être paresseuse sans me sentir coupable… J'ai vu que tu avais un très bel échiquier dans la bibliothèque. Tu n'as qu'à m'apprendre à jouer.

Quittant le tabouret du piano, elle se dirigea vers lui et posa doucement les mains sur ses épaules, qu'elle entreprit de masser délicatement.

— Je te préviens, reprit-elle, ça ne sera pas facile. Julie a essayé mais elle a très vite abandonné. Elle dit que je n'ai aucun sens de la stratégie…

Elle s'interrompit lorsque Brandon retira ses mains de ses épaules et se détourna brusquement. Sans un mot, il gagna le placard où il rangeait ses alcools et se servit un bourbon qu'il avala d'un trait. Raven le regarda faire, interdite.

— Je ne crois pas avoir la patience de jouer, cet après-midi, déclara-t-il en se servant un second verre.

— Très bien, acquiesça-t-elle en s'avançant vers lui. Ne jouons pas, alors. Dis-moi plutôt pourquoi tu es en colère contre moi. Ce n'est quand même pas à cause de la chanson ?

Brandon la regarda droit dans les yeux pendant ce qui lui parut durer une éternité. Les seuls sons qu'elle entendait étaient le crépitement des bûches dans la cheminée et celui de la pluie contre les vitres.

— Peut-être est-il temps que nous parlions, déclara Brandon en baissant enfin les yeux sur son verre.

Il fit lentement tourner son bourbon avant de relever la tête.

— Il est dangereux de laisser certaines questions en suspens pendant cinq ans. Tôt ou tard, les réponses finissent par tomber et elles font encore plus mal…

Raven fut parcourue par un frisson mais elle soutint son regard.

— Tu as peut-être raison, acquiesça-t-elle.

— Veux-tu que nous en discutions de façon civilisée ou que nous réglions nos comptes sans concession ?

— Je n'ai jamais cru que les discussions civilisées réglaient quoi que ce soit.

— Très bien…

Il fut interrompu par la sonnette de la porte d'entrée. Reposant son verre, il alla répondre, laissant Raven seule. Elle comprit que l'orage qu'elle avait tout à la fois redouté et attendu était sur le point d'éclater. Pour des raisons qui lui échappaient encore,

Brandon paraissait prêt à en découdre et elle était prête à lui rendre la monnaie de sa pièce.

La tension qui s'était accumulée entre eux sous couvert de musique et de promenades innocentes lui était brusquement devenue insupportable et elle avait hâte de mettre les choses au point.

Qui sait ? Elle apprendrait peut-être enfin pourquoi Brandon l'avait abandonnée, cinq ans auparavant…

Quelques instants plus tard, il revint dans la salle de musique et lui tendit un paquet.

— C'est pour toi. De la part de Henderson.

La jeune femme fronça les sourcils.

— Je me demande bien ce que cela peut être, murmura-t-elle en décachetant l'enveloppe matelassée.

Elle sortit les photographies qui se trouvaient à l'intérieur.

— Oh, bien sûr ! s'exclama-t-elle joyeusement. Ce sont les clichés qui illustreront la pochette de l'album.

Raven les tendit à Brandon qui commença à les regarder avec attention tandis qu'elle lisait le mot que Henderson avait joint à son envoi.

— Est-ce que tu vas vraiment utiliser cette photo ? demanda soudain Brandon.

Il lui tendit un cliché qui la représentait assise en tailleur. Elle regardait la caméra avec un sourire charmeur. Ses longs cheveux noirs retombaient sur elle, formant un contraste avec le fond et le sol uniformément blancs. Ils étaient disposés habilement de façon à suggérer sa nudité sans la dévoiler. L'impression d'ensemble était terriblement érotique.

— Evidemment, répondit-elle. J'ai vu toutes les planches contact avant de partir en tournée et c'est bien celle que j'ai choisie. La seule chose dont je ne suis pas encore très sûre, c'est l'ordre des chansons sur l'album. Mais il doit être encore temps de changer…

— Je ne pensais pas que Henderson s'abaisserait à te vendre de cette façon…

— De quelle façon ? demanda la jeune femme en fronçant les sourcils.

— Comme une star de film porno.

— C'est ridicule, protesta-t-elle, vexée.

— Vraiment ? Au cas où tu n'aurais pas remarqué, tu es nue, sur cette photo.

— Et alors ? On ne voit même pas mes seins ! Je ne vois pas ce qu'il y a de mal à introduire un peu de sensualité sur la pochette d'un album. Je ne suis plus une enfant, Brandon, et j'ai passé l'âge des jupes plissées et des pull-overs à col en V. Franchement, venant de toi, ça me fait rire…

— C'est de l'érotisme de bas étage.

Raven éclata de rire.

— Pour ton information, ce cliché a été pris par Karl Straighter qui est l'un des photographes les plus en vue du moment.

— L'art des uns est le porno des autres, je suppose, répliqua-t-il.

— Tu fais exprès d'être désagréable.

— Pas du tout. Je me contente de te donner mon opinion. Tu n'es pas obligée d'être d'accord.

— Figure-toi que je n'ai besoin ni de ton opinion ni de ton approbation.

— Ça, tu me l'as déjà fait parfaitement comprendre…

— Justement, rétorqua Raven, furieuse. Je crois bien que c'est cela, le problème. Ce n'est pas la photographie que tu désapprouves ! Tu es juste frustré de me voir nue alors que j'ai repoussé tes avances !

En le voyant pâlir, Raven comprit simultanément qu'elle avait touché juste et qu'elle était allée trop loin. Mais il était trop tard pour revenir en arrière, à présent, et elle était toujours furieuse contre lui.

— Ce que tu ne supportes pas, reprit-elle d'une voix glaciale, c'est que je ne suis plus la jeune fille naïve avec laquelle tu es sorti, il y a cinq ans. Que je dirige ma vie comme je l'entends. Que je ne suis plus en admiration béate devant Sa Majesté le roi du rock, Brandon Carstairs !

Sur ce, Raven tourna les talons et quitta la pièce à grands pas.

Le rêve ressemblait à un montage de scènes issues de son enfance. Il s'agissait plus d'impressions que de véritables images. D'une sensation oppressante qui enveloppait son esprit d'un voile de peur, de culpabilité et de désespoir.

Raven se retournait dans son lit, luttant pour émerger de son cauchemar. Mais il avait refermé sur elle ses mâchoires et elle se trouvait prise au piège, à mi-chemin du sommeil et de l'éveil.

Lentement, elle voyait approcher d'elle le visage de sa mère comme elle l'avait vue à la clinique.

Un coup de tonnerre retentit alors, tirant soudain la jeune femme de cet enfer. Elle se redressa brusquement sur son lit et poussa un cri d'angoisse déchirant.

Quelques instants plus tard, Brandon se précipita dans la chambre. Recroquevillée sur son lit, Raven sanglotait comme une enfant terrifiée. Lorsqu'il s'assit auprès d'elle, elle se jeta dans ses bras et s'agrippa à lui de toutes ses forces.

Il sentait ses larmes couler sur sa chemise tandis qu'elle tremblait convulsivement contre lui. Sa peau était glacée et il ramena la couverture autour de ses épaules.

— Ne pleure pas, mon ange, souffla-t-il, la gorge serrée par la détresse qui l'habitait. Tout va bien. Tu es en sécurité, ici…

Il caressa ses cheveux, la berçant doucement.

— Serre-moi… fort, balbutia-t-elle. Je t'en prie, serre-moi contre toi…

Il s'exécuta, continuant à lui murmurer des mots rassurants.

— Oh, Brandon, j'ai fait un rêve affreux, articula-t-elle enfin.

Il déposa un petit baiser sur son front.

— De quoi s'agissait-il ? lui demanda-t-il tendrement.

— Elle m'avait laissée toute seule, une fois de plus, murmura Raven si bas qu'il dut se pencher vers elle pour entendre la suite. Je détestais rester seule dans cette pièce… La seule lumière qu'il y avait provenait du néon, sur le bâtiment d'en face… Un de ces néons qui clignote, tu sais… Il n'arrêtait pas… Et il y avait tellement de bruit dans la rue que je ne pouvais pas ouvrir la fenêtre. Alors j'avais trop chaud. Trop chaud pour dormir… Je regardais la lumière et j'attendais qu'elle rentre. Quand elle est arrivée, elle était ivre, encore une fois. Et il y avait un homme avec elle… J'ai mis ma tête sous l'oreiller pour ne pas les entendre…

Raven commençait à se calmer. Dans les bras de Brandon, elle se sentait en sécurité. Ici, rien ne pouvait l'atteindre. Ni les mauvais rêves ni l'orage qui redoublait dehors.

— Un peu plus tard, elle s'est cassé le bras en tombant dans l'escalier et les voisins ont tout raconté au propriétaire. Alors nous avons dû déménager une fois de plus. Mais, bien sûr, tout a recommencé. Chaque fois, elle me promettait que ce serait différent, qu'elle trouverait un travail et que je pourrais aller à l'école. Mais, chaque fois, je finissais par rentrer un soir pour la trouver avec une bouteille et un nouvel homme…

Raven ne s'accrochait plus, se contentant de s'appuyer contre lui comme si elle n'avait plus aucune énergie. Et elle restait parfaitement immobile, comme figée.

— Raven…, murmura doucement Brandon en la prenant par les épaules.

Elle pleurait toujours mais sa respiration était moins oppressée, plus régulière. Il l'aida à se redresser et la regarda droit dans les yeux.

— Raven, répéta-t-il, que faisait ton père, pendant ce temps ?

Elle l'observa avec curiosité, comme si elle venait tout juste de se réveiller et s'étonnait de le trouver là. Il savait qu'elle ne lui aurait jamais parlé de tout cela si elle n'avait pas été si vulnérable et choquée. Mais, à présent, il était trop tard pour faire comme si rien ne s'était passé. Elle poussa un soupir résigné.

— Je ne sais pas qui est mon père, répondit-elle en s'arrachant aux bras de Brandon pour se lever. Elle non plus, d'ailleurs. Il y en a eu tellement…

Brandon ne dit rien mais sortit son briquet de sa poche pour allumer la bougie qui se trouvait sur la table de nuit. La flamme tremblotante nimba la chambre d'une lueur jaune rassurante.

— Combien de temps as-tu vécu de cette façon ? demanda-t-il enfin.

Raven s'entoura de ses bras comme pour se protéger contre

ses souvenirs. Elle savait qu'elle en avait trop dit pour s'abriter derrière des faux-semblants.

— Je ne me souviens pas d'un temps où elle ne buvait pas. Lorsque j'étais très jeune, jusqu'à cinq ou six ans, elle arrivait encore à se contrôler. Elle chantait dans des bars. Elle avait de grandes ambitions et une voix quelconque mais elle était plutôt jolie… à l'époque…

Raven s'interrompit et essuya ses larmes.

— Ensuite, les choses ont empiré progressivement. Je crois que c'est surtout parce qu'elle se rendait compte qu'elle était en train de perdre sa voix. C'était un cercle vicieux. Plus elle la perdait et plus elle buvait pour oublier…

Raven étouffa un sanglot et se mit à aller et venir dans la pièce. Apparemment, cela l'aida un peu à recouvrer son calme et son récit se poursuivit de façon plus précipitée, comme si elle avait envie de se délivrer une fois pour toutes de ce secret qui l'oppressait.

Brandon rajouta quelques bûches dans la cheminée afin de raviver les braises. Bientôt, les flammes grandirent et la température commença à remonter. Dehors, l'orage s'était arrêté et la pluie s'atténuait.

— Quand j'avais seize ans, reprit Raven, elle travaillait comme serveuse dans un petit piano-bar à Houston. C'est moi qui allais chercher sa paie toutes les semaines pour qu'elle ne dépense pas tout en alcool sans acheter à manger… Elle avait cet emploi depuis six semaines, déjà, et elle avait une liaison avec le gérant. C'était quelqu'un de bien. Il me laissait toujours jouer du piano quand le bar était vide. J'avais appris avec l'un des ex de ma mère qui était musicien. Il m'avait enseigné quelques accords et, pour le reste, je me fiais à mon oreille. Maman adorait m'écouter jouer…

Raven s'était immobilisée devant la fenêtre, à présent. Elle regardait sans le voir le paysage éclairé par la lune en dessinant du bout des doigts des arabesques dans la buée de la vitre.

— Ben, le gérant, m'a finalement proposé de tenir le piano durant l'heure du déjeuner. Il a dit que je pouvais chanter si je voulais tant que je ne jouais pas trop fort et que je ne parlais pas aux clients. C'est comme ça que ma carrière a commencé...

Brandon l'écoutait sans rien dire, stupéfait de découvrir un pan entier de la vie de Raven dont elle ne lui avait jamais parlé, auquel elle n'avait même jamais fait allusion en sa présence. Comment avait-elle pu garder tout cela pour elle ? se demanda-t-il avec une pointe de détresse.

— Finalement, maman s'est fâchée avec Ben et nous avons quitté Houston pour l'Oklahoma. Là, j'ai menti sur mon âge pour décrocher une place de chanteuse dans un bar de la ville. Pour maman, ça a été l'une des pires périodes. Certaines fois, j'avais peur de la laisser seule mais elle ne travaillait pas et il fallait bien que l'une de nous rapporte de l'argent...

Raven s'interrompit et se massa les tempes, luttant contre le mal de tête qui commençait à la tarauder. Elle aurait voulu s'arrêter, refouler tous ces souvenirs mais elle savait qu'à présent qu'elle avait commencé elle devait aller jusqu'au bout.

— Nous avions besoin d'argent, reprit-elle. Alors je devais courir le risque de la laisser une bonne partie de la nuit. Un soir, alors que je commençais mon deuxième tour de chant de la soirée, elle est arrivée complètement soûle au bar. Wayne, qui y travaillait comme serveur, a vite compris ce qui se passait et l'a interceptée avant qu'elle ne cause un scandale. Il a réussi à la calmer puis m'a aidée à la ramener à la maison à la fin de la soirée. Il a été merveilleux. Il n'a pas essayé de me faire la leçon, ne s'est pas apitoyé, ne m'a pas donné son avis. Il s'est contenté de m'écouter et de me soutenir quand j'en avais le plus besoin...

Brandon baissa la tête, se demandant comment il avait pu vivre avec Raven sans jamais rien soupçonner. Il lui en voulait de ne jamais lui avoir parlé et s'en voulait encore plus de ne rien avoir deviné. Mais il était trop tard, à présent...

— Malheureusement, elle est revenue au bar et le patron a fini par me renvoyer à contrecœur. Il y a eu d'autres villes, d'autres bars mais, chaque fois, elle recommençait. Lorsque j'ai eu dix-huit ans, je suis partie...

Raven couvrit son visage de ses mains et prit une profonde

inspiration, puisant au plus profond d'elle-même le courage de poursuivre son tragique récit.

— J'avais l'impression de respirer librement pour la première fois de ma vie... Je suis allée jusqu'à Los Angeles en travaillant de-ci de-là... Et c'est là que Henderson m'a remarquée. Il m'a prise sous son aile et j'ai signé avec lui. Je n'avais jamais imaginé pouvoir faire carrière avant de le rencontrer. Je cherchais juste à survivre, à gagner de quoi vivre d'une semaine sur l'autre. Mais, à partir de ce moment-là, tout a changé. Les portes ont commencé à s'ouvrir. C'était excitant et terrifiant à la fois et je ne sais pas si j'aurais la force de revivre ça aujourd'hui. En tout cas, j'ai fini par sortir un single sur un petit label indépendant. Il a bien marché et j'ai signé pour un album. Le lendemain, je recevais un coup de téléphone de l'hôpital de Memphis...

Raven se remit à faire les cent pas dans la chambre tandis que Brandon la suivait des yeux en silence.

— J'y suis allée, bien sûr. Ma mère était dans un sale état. Elle a pleuré, elle m'a fait mille promesses, toujours les mêmes... Elle regrettait, elle ne recommencerait plus jamais, j'étais la seule chose de bien qui lui soit jamais arrivée dans la vie...

Les larmes recommençaient à couler le long des joues de la jeune femme mais, cette fois, elle ne chercha même pas à les ravaler.

— Dès qu'elle a été en état de voyager, je l'ai ramenée avec moi. Julie avait trouvé une clinique spécialisée à Ojai et un médecin qui semblait aussi compétent que dévoué : Justin Randolf Karter. C'était effectivement un homme remarquable. Il m'a reçue dans son beau bureau et m'a expliqué en détail le traitement que ma mère devrait suivre...

Elle se tut et resta immobile, pleurant en silence. Brandon fit mine d'aller vers elle mais elle lui fit signe de rester assis.

— Je suis rentrée chez moi et ils ont commencé le traitement. Deux jours plus tard, je t'ai rencontré.

Cette fois, Raven ne vit pas Brandon se lever. Elle ne sut qu'il se tenait derrière elle que quand il passa ses bras autour de sa taille. Sans un mot, elle se tourna vers lui et le serra contre elle. Il sentait les frémissements qui la parcouraient et la berça doucement contre lui.

— Raven, murmura-t-il enfin, les yeux fixés sur le feu qui brûlait dans la cheminée. Si tu m'avais dit tout cela, j'aurais peut-être pu t'aider…

Elle secoua la tête.

— Je ne voulais pas te le dire. Je ne voulais pas que cette histoire contamine ma nouvelle vie. Je n'étais pas assez forte pour cela.

Levant la tête, elle le regarda droit dans les yeux.

— Surtout, ajouta-t-elle, je craignais peur qu'en l'apprenant tu ne prennes peur et ne décides de me quitter…

— Je n'aurais jamais fait une chose pareille, protesta-t-il, blessé qu'elle ait pu seulement le penser.

— Je sais que j'avais tort mais tu dois te mettre à ma place : tout arrivait au même moment et j'avais besoin de temps pour analyser, pour faire la part des choses… Quelques semaines auparavant je n'étais personne, et voilà que ma photo était partout, que je m'entendais chaque fois que j'allumais la radio, que j'étais harcelée par des fans et des journalistes… Tu sais ce que c'est, n'est-ce pas ?

— Oui, acquiesça Brandon. Cela peut être très déstabilisant.

— Imagine alors ce que j'ai ressenti lorsque ma mère a resurgi dans ma vie. Une partie de moi la haïssait. C'était sans doute une réaction parfaitement naturelle mais je ne pouvais pas m'empêcher de me sentir coupable et honteuse à cause de cela et à cause de la façon dont je l'avais abandonnée…

— Je crois que je peux le comprendre, acquiesça gravement Brandon.

— Comme si tout cela ne suffisait pas, conclut Raven tristement, je suis tombée amoureuse de toi…

— Raven…, murmura-t-il en se penchant vers elle.

Il l'embrassa alors, parce qu'il ne savait comment communiquer sous forme de mots ce qu'il ressentait. Il aurait voulu pouvoir effacer toute cette souffrance qu'il lisait dans ses yeux.

Il aurait voulu pouvoir remonter le temps et revenir à l'époque où il l'avait rencontrée. Si elle lui avait confié tout cela, cinq ans auparavant, tout aurait pu être différent…

Raven sentit les lèvres de Brandon se poser sur les siennes et elle s'abandonna à son baiser. En cet instant, elle avait juste besoin qu'il la serre contre lui, qu'il la réconforte. Ce qu'elle venait de lui avouer, elle ne l'avait jamais raconté à personne. Elle avait l'impression de s'être mise à nu devant lui, de lui avoir révélé la partie la plus sombre de son être.

A présent, elle se sentait fragile, exposée. Et elle se noyait avec reconnaissance dans cette étreinte qui semblait exorciser tous les fantômes du passé et faisait progressivement disparaître les souvenirs atroces qu'elle venait d'évoquer.

Elle n'avait plus la force de combattre le désir qui montait en elle à mesure que Brandon se faisait plus passionné. Au contraire, elle s'y abandonna, fatiguée de lutter contre lui et contre elle-même. Elle avait toujours su que le moment de capituler finirait par arriver et elle songea que jamais défaite n'avait été plus douce.

Les lèvres de Brandon étaient tendres et brûlantes contre les siennes. Il ne cherchait pas à la brusquer, prenant tout son temps comme s'il voulait lui laisser une dernière chance de reculer, comme s'il ne voulait pas abuser de la fragilité émotionnelle de la jeune femme.

Celle-ci prit donc l'initiative et posa ses mains sur la poitrine de Brandon, commençant à défaire les boutons de sa chemise. Doucement, il lui prit les poignets, s'écartant légèrement pour la regarder droit dans les yeux.

— Tu es sûre, Raven ? murmura-t-il d'une voix très rauque.

Le mélange de désir et de tendresse qu'elle lisait dans son regard la convainquit mieux que ses mots qu'elle avait pris la bonne décision.

— Oui, répondit-elle gravement. J'ai besoin de toi, Brandon. Fais-moi l'amour.

Elle le vit frémir et, pendant un instant, il ferma les yeux comme s'il adressait au ciel une prière muette. Lorsqu'il les rouvrit, ils brillaient d'une flamme ardente qui embrasa la jeune femme.

Lorsque ses mains se posèrent sur ses épaules et qu'il l'attira de nouveau contre lui, elle sentit fondre les dernières traces d'hésitation qui l'habitaient encore. Au creux de son ventre naquit une chaleur moite qui se répandit en elle. Son cœur battait à tout rompre, sa peau se couvrait de frissons convulsifs, son sang paraissait s'être changé en lave et sifflait à ses oreilles.

Leurs lèvres se trouvèrent de nouveau tandis que les mains de Brandon couraient sur son corps, alimentant le feu qui l'habitait. Elle recommença à détacher les boutons de sa chemise, ne supportant plus ce tissu qui la séparait de lui. Lorsqu'elle vint enfin à bout de sa chemise et que celle-ci tomba aux pieds de Brandon, elle laissa ses mains glisser le long de son torse brûlant.

Sans cesser de s'embrasser, ils gagnèrent le lit en une danse maladroite. Là, ils se séparèrent enfin et il la fit asseoir pour lui ôter la chemise de nuit qu'elle portait. Durant quelques instants, il resta immobile, la buvant du regard comme s'il était incapable de se rassasier de la vision de son corps.

— Tu es si belle, murmura-t-il.

Puis il l'allongea doucement sur le dos et entreprit de la couvrir de baisers. Raven sentait ses lèvres glisser le long de sa joue, de son cou pour se poser enfin sur sa poitrine et elle poussa un profond soupir de contentement.

Lorsqu'il commença à agacer la pointe de ses seins, elle s'arqua pour mieux s'offrir à ses caresses, ne pouvant réprimer les gémissements rauques qui montaient en elle. Elle se sentait fondre, se dissoudre entre ses bras. Puis elle le sentit descendre plus bas encore, et il lui ôta doucement sa culotte.

Lorsque sa bouche se posa enfin entre ses cuisses, elle fut parcourue par un spasme de plaisir incoercible. Comme encouragé par cette réaction, Brandon se fit plus audacieux, explorant de sa langue et de ses doigts le calice incandescent de sa féminité.

Raven eut l'impression que tout disparaissait autour d'elle, que le monde entier s'effaçait et qu'elle-même se dissolvait dans un océan de sensations qu'elle avait cru à jamais disparues. Sans même s'en rendre compte, elle ondulait, soupirait, criait le nom de Brandon.

Des vagues de plaisir la balayaient impitoyablement, la faisant monter toujours plus haut, paraissant se fondre avec le lointain ressac et le martèlement régulier de la pluie sur les vitres.

Quand il remonta enfin le long de son corps tremblant, la faim qu'elle avait de lui était devenue si dévorante qu'elle craignit d'en perdre la raison. Repoussant Brandon sur le dos, elle entreprit de la satisfaire.

D'une main tremblante, elle le débarrassa de ses vêtements, révélant le désir impérieux qu'il avait d'elle. De ses lèvres et de ses mains, elle lui rendit l'hommage qu'il venait de lui offrir. A son tour, Brandon gémit sous ses caresses, lui donnant une grisante sensation de puissance.

A présent, c'était lui qui se trouvait en son pouvoir et cette idée avait quelque chose d'exaltant. Plus elle faisait monter en lui l'envie qu'il avait d'elle et plus la sienne se faisait insatiable. Finalement, il la repoussa doucement, craignant de perdre tout contrôle.

Ils restèrent assis sur le lit, se buvant du regard. L'espace d'un instant, le temps parut se figer. Seule la lueur jaune et tremblotante du feu et de la bougie éclairait la scène et ils auraient pu se croire seuls au monde.

Puis ils s'embrassèrent de nouveau avec passion et roulèrent enlacés sur les draps froissés, se dévorant de baisers. Raven sentit alors Brandon entrer en elle très lentement, presque cérémonieusement, et elle se cambra sous lui pour le laisser pénétrer au plus profond d'elle-même.

Tandis que le plaisir la terrassait, elle comprit combien il lui avait manqué durant toutes ces années. Comment avait-elle pu se passer de cette communion totale, de cette fusion de leurs êtres tout entiers ? Entre ses bras, elle se sentit de nouveau complète.

Il commença alors à bouger en elle, décuplant l'intensité de ses sensations, brisant les dernières barrières qui les séparaient encore.

Enlacés, ils escaladaient les degrés de la passion, se perdant l'un en l'autre pour mieux se retrouver, se nourrissant du désir qui les emportait toujours plus loin, les entraînait au-delà de leurs incompréhensions, de leurs doutes et de leurs angoisses.

Ensemble, ils basculèrent dans un monde où ils ne faisaient plus qu'un.

10

La tête posée au creux de l'épaule de Brandon, Raven regardait le feu qui brûlait dans la cheminée. Sa main était posée sur sa poitrine et elle sentait son cœur battre doucement sous ses doigts.

La chambre était silencieuse. Dehors, la pluie avait diminué d'intensité et son martèlement sur les vitres s'était réduit à un doux murmure. Raven songea qu'elle n'oublierait jamais cet instant et qu'elle y repenserait chaque fois qu'il pleuvrait.

Elle sentait le bras de Brandon autour de son cou et sa main qui reposait sur son épaule. Il n'avait pas dit un mot depuis qu'ils avaient fait l'amour et Raven pensait qu'il s'était endormi.

Comblée, elle reposait entre ses bras, s'abandonnant à la douce quiétude qui l'avait envahie. Elle se sentait vibrante, grisée, plus vivante que jamais. Pour la première fois depuis des années, elle avait l'impression d'être de nouveau complète.

Tournant la tête de côté, elle constata que les yeux de Brandon étaient ouverts. Il regardait fixement le plafond comme s'il y cherchait la réponse à une mystérieuse question.

— Je pensais que tu dormais, murmura-t-elle.

Brandon prit doucement sa main et la porta à ses lèvres.

— Non, je…

Il s'interrompit soudain, avisant la larme qui coulait au coin de la paupière de la jeune femme. Il la cueillit du bout du pouce.

— Tu regrettes ce que nous avons fait ? demanda-t-il, inquiet.

Raven réfléchit longuement à cette question avant de répondre. Lorsqu'elle parla, il n'y avait aucune trace d'hésitation dans sa voix.

— Non, lui dit-elle. C'était merveilleux, mieux encore que

dans mon souvenir... J'ai l'impression que nous n'avions jamais fait l'amour comme cela auparavant.

— C'est vrai, répondit Brandon en caressant doucement ses cheveux.

Il l'observa longuement, comme s'il la voyait pour la première fois.

— Tu es si belle.

— Toi aussi, dit-elle en déposant un petit baiser sur son épaule.

— Moi aussi, je suis belle ? ironisa Brandon.

Raven éclata de rire et se redressa sur un coude pour le regarder à son aise.

— Oui. J'ai toujours pensé que tu ferais une très jolie fille. Et, lorsque j'ai vu la photo de ta sœur, j'ai su que j'avais vu juste !

— Zut alors ! Il vaut peut-être mieux que je ne l'aie jamais su auparavant... Je ne sais pas si j'aurais pris ça pour un compliment.

Raven rit de nouveau et posa ses lèvres brûlantes au creux de son cou, effleurant sa peau du bout de sa langue et lui arrachant un violent frisson de bien-être.

— Tu as tort, murmura-t-elle.

Elle s'interrompit et pouffa.

— Remarque, ajouta-t-elle, étant donné les circonstances, je préfère vraiment que tu sois un homme...

Elle embrassa de nouveau sa gorge et remonta lentement jusqu'à son oreille, sentant sa chair frémir sous ses lèvres. Sous ses doigts, elle perçut la brusque accélération des battements de son cœur.

— C'est étrange, lui murmura-t-elle, je ne me souvenais plus que tu étais si doux lorsque tu faisais l'amour.

— J'essayais juste de te ménager, répondit-il d'une voix que le désir rendait rauque. Mais je peux me montrer plus sauvage, si tu veux...

— Vraiment ? fit-elle avec un sourire gourmand. J'avoue que je serais curieuse de voir ça...

Sans se faire prier, Brandon la fit brusquement basculer sur le dos, enserrant ses poignets dans ses mains. Dans ses yeux verts, elle lut tout le désir qu'il avait d'elle et qu'elle sentait renaître contre son ventre. Elle était entièrement à sa merci, à présent, mais elle n'éprouvait plus aucune angoisse, aucune peur.

Quoi qu'il arrive, à présent, elle était bien décidée à profiter du plaisir qu'il voudrait bien lui donner. Ainsi, même s'il finissait par l'abandonner de nouveau, il lui resterait au moins le souvenir délicieux de leurs étreintes.

Lentement, elle passa la langue sur ses lèvres de façon suggestive et elle le vit fermer les yeux, comme terrassé par l'intensité de l'envie qu'il avait d'elle.

Puis, soudain, il les rouvrit et elle se sentit sombrer dans leur profondeur d'émeraude. Sans la relâcher, il se pencha vers elle et l'embrassa avec passion. Il n'y avait plus aucune retenue en lui, à présent, juste cette urgence brûlante qu'il avait trop longtemps refrénée.

Lorsqu'il entra en elle, il la sentit s'arquer sur lui pour l'absorber tout entier et ses cuisses se nouèrent autour de sa taille pour l'attirer plus loin encore. Il commença à bouger et elle se creusa pour l'accueillir au plus profond d'elle-même.

— J'ai attendu ce moment si longtemps, murmura-t-il. J'avais tellement besoin de toi…

Raven fut éveillée par les rayons du soleil qui pénétraient dans la chambre. Il devait être très tôt et le ciel rose pâle était comme tacheté de mouchetures mordorées. Une douce lumière éclairait le lit aux draps froissés et le corps de Brandon étendu à son côté.

Se redressant sur un coude, elle observa avec fascination sa silhouette mince et nerveuse. Sa respiration était lente et régulière et elle eut beaucoup de mal à résister à l'envie qu'elle avait de plonger ses doigts dans son épaisse chevelure bouclée. Mais elle craignait de le réveiller.

Immobile, elle le contemplait, songeant qu'il ne lui avait jamais paru aussi beau. Son cœur se serra alors qu'elle prenait conscience de l'intensité des sentiments qu'il lui inspirait. Il était le premier homme qu'elle ait jamais aimé. Le seul, en fait. Et ces cinq années de séparation, loin d'atténuer son amour, semblaient l'avoir renforcé.

C'était comme si la douleur qu'elle avait éprouvée en le perdant l'avait façonné, transformant la passion de sa jeunesse en quelque chose de plus profond, de plus durable. Mais, alors qu'elle formulait cette pensée, elle se rendit compte qu'elle ne pouvait se permettre de l'avouer à Brandon.

C'était un homme épris d'absolu, farouchement attaché à sa liberté. Il aimait parcourir le monde, il était capable de passer des jours entiers dans la solitude la plus totale pour composer, il redoutait toute forme d'attache, de lien…

S'il sentait la moindre pression de sa part, il prendrait peur et la quitterait une fois encore. Elle devait donc garder pour elle ce qu'elle éprouvait, ne rien demander d'autre que le plaisir de vivre à ses côtés.

C'était le seul moyen de le garder…

Elle se souvint de la façon dont il lui avait fait l'amour, la seconde fois. Leur étreinte avait été si violente, si sauvage. Au cours des semaines précédentes, elle avait été si obnubilée par son propre désir qu'elle n'avait pas imaginé un seul instant que Brandon puisse avoir envie d'elle à ce point. Pourquoi avait-il fallu qu'ils restent loin l'un de l'autre pendant cinq interminables années ?

A peine eut-elle formulé cette question qu'elle l'écarta. Elle avait décidé que ni le passé ni l'avenir ne comptaient. Pour le moment, seul importait le présent.

Brandon dormait toujours et elle se rendit compte que c'était la première fois qu'elle se réveillait avant lui. D'ordinaire, lorsqu'elle descendait prendre son café, il était déjà en train de finir l'un des copieux petits déjeuners qu'il affectionnait tant.

Elle décida donc que, ce matin-là, les rôles seraient inversés. Ce serait elle qui lui préparerait à manger. La cuisine n'était peut-être pas son point fort mais elle en savait assez pour le surprendre.

Précautionneusement, elle souleva le bras que Brandon avait passé autour de sa taille et se glissa hors du lit. A pas de loup, elle gagna sa penderie et enfila sa robe de chambre avant de descendre au rez-de-chaussée.

Parvenue dans la cuisine, elle commença par préparer le café. Curieusement, au lieu de se sentir à demi endormie comme tous les matins, elle se sentait en pleine forme et prête à attaquer la journée.

Si c'était un effet secondaire de la nuit torride qu'ils venaient de passer, elle était prête à recommencer tous les jours. En fait, elle se sentait presque aussi pleine d'énergie qu'à la sortie de l'un de ses concerts.

Au fond, songea-t-elle, les deux expériences n'étaient peut-être pas si différentes que cela : dans un cas comme dans l'autre, il s'agissait de s'abandonner à ses émotions, d'abattre les barrières entre les gens et de partager ce que l'on avait de plus intime...

A l'étage, Brandon s'étira et tendit la main vers l'endroit où dormait Raven pour s'apercevoir brusquement qu'elle avait disparu. Ouvrant les yeux, il se redressa et constata qu'il était seul dans la chambre de la jeune femme.

Les dernières bûches achevaient de se consumer dans la cheminée et les rideaux étaient ouverts, laissant entrer les rayons du soleil. Ils caressaient déjà le pied du lit, ce qui signifiait qu'il s'était réveillé bien plus tard que d'habitude.

La chemise de nuit de Raven était toujours sur le sol, là où il l'avait lancée quand il en avait débarrassé la jeune femme. Il n'avait donc pas rêvé, songea-t-il en passant la main dans ses cheveux bouclés. Ils avaient bien fait l'amour, la nuit dernière.

Puis ils s'étaient endormis dans les bras l'un de l'autre. Mais où diable avait-elle disparu ? Un accès de panique s'empara de lui et il quitta le lit pour enfiler son jean et partir à sa recherche.

Alors qu'il atteignait le haut de l'escalier, il l'entendit chanter doucement l'une des ballades qu'elle avait composées et dont il s'était gentiment moqué lorsqu'ils se trouvaient dans la voiture, sur les hauteurs de Los Angeles.

Son angoisse se résorba instantanément et il se dirigea vers la cuisine d'où provenait la chanson. S'immobilisant sur le seuil, il la contempla avec admiration.

Ses magnifiques cheveux noirs et emmêlés retombaient librement sur ses épaules. La courte robe de chambre qu'elle portait révélait ses longues cuisses élancées dont la simple vue suffit à assécher sa gorge.

La cuisine était emplie de bruits et d'odeurs qu'il associait au matin : le glouglou du percolateur, le sifflement d'une saucisse en train de cuire à la poêle, le cliquetis des couverts et des bols, la délicieuse senteur du pain fraîchement grillé...

La voir ainsi préparer le petit déjeuner avait quelque chose de si naturel qu'il sentit une étrange émotion l'envahir.

La jeune femme se dressa sur la pointe des pieds pour s'emparer d'une casserole et pesta parce qu'elle n'était pas assez grande. Finalement, elle l'attira vers elle au moyen d'une fourchette et la rattrapa au vol lorsqu'elle bascula dans le vide.

— Impressionnant ! s'exclama Brandon.

Raven sursauta et lâcha la casserole qui atterrit sur le sol avec un bruit retentissant. Tous deux éclatèrent de rire.

— Tu m'as fait peur, Brandon, lui reprocha-t-elle enfin. Je ne t'avais pas entendu descendre.

Il ne répondit pas immédiatement, se contentant de la regarder fixement.

— Je t'aime, Raven, lui dit-il enfin.

Il la vit ouvrir de grands yeux, et ses lèvres tremblèrent légèrement. Puis elle les referma et parut se ressaisir.

Le mot *amour* pouvait avoir des significations très différentes d'une personne à l'autre, se rappela-t-elle. Il ne fallait pas qu'elle se laisse emporter par ses propres sentiments.

— Moi aussi, je t'aime, Brandon, lança-t-elle d'un ton léger.

Il fronça les sourcils et secoua la tête.

— Quand tu dis ça, j'ai l'impression d'entendre une sœur. J'en ai déjà deux et je n'ai pas besoin d'une troisième...

Raven le contempla gravement avant de répondre.

— Je ne pense pas à toi comme à un frère, Brandon. Mais il ne m'est pas très facile de te dire ce que je ressens. J'avais besoin de ton soutien et de ta compassion et, la nuit dernière, tu m'as aidée bien plus que je ne pourrais l'exprimer…

— Maintenant, tu parles comme un médecin ! Je t'ai dit que je t'aimais, Raven, et toi, tu me parles de compassion et de soutien ?

Il y avait de la colère dans sa voix et Raven se prit à espérer qu'elle s'était peut-être trompée, qu'il éprouvait peut-être pour elle un peu plus que du désir.

— Brandon, lui dit-elle pourtant, tu n'as pas à te sentir obligé…

Cette fois, il la fusilla du regard. Traversant la cuisine à grands pas, il vint se planter juste devant elle et la fixa droit dans les yeux.

— Tu n'as pas à me dire ce que j'ai ou ce que je n'ai pas à faire ! s'exclama-t-il. Parce que je sais pertinemment ce que je *veux* ! Je t'aime, Raven. Ce n'est ni par obligation ni par devoir. C'est un fait.

— Brandon…

— Tais-toi, lui intima-t-il en la prenant dans ses bras.

Il la serra contre lui avec force et l'embrassa avec un mélange détonant de passion et de colère.

— Ne me dis plus jamais que tu m'aimes d'une voix aussi calme et détachée, murmura-t-il contre ses lèvres. Je préfère encore que tu ne me le dises pas !

Il l'embrassa de nouveau.

— J'attends plus de toi, Raven ! Beaucoup plus… Et je te promets que je finirai par te convaincre.

— Brandon, protesta-t-elle en riant. Je te signale qu'il y a une tasse comprimée entre nous et que, si tu continues, tu vas me faire un trou dans la poitrine.

Il poussa un juron et s'écarta juste assez pour lui permettre de reposer la tasse sur le plan de travail. Elle entoura alors son cou de ses bras et l'embrassa à son tour.

— Oh, Brandon ! Tu as déjà beaucoup plus ! Tu as tout… Je sais que c'est idiot mais j'avais juste peur de te dire combien je t'aime !

Elle posa ses mains sur ses joues pour le forcer à lire la vérité dans ses yeux.

— Je t'aime, Brandon, lui dit-elle. Je t'aime plus que tout au monde.

Leurs lèvres se mêlèrent en un fougueux baiser et il la souleva brusquement de terre pour la porter entre ses bras.

— Je crois qu'aujourd'hui tu vas devoir attendre avant d'avoir ton café, lui dit-il d'un ton malicieux.

Il effleura le cou de la jeune femme de ses lèvres et la sentit frissonner entre ses bras. Il éteignit le gaz sous la poêle et emporta Raven vers l'escalier.

— C'est trop loin, protesta-t-elle.

— Tu as raison, acquiesça-t-il. C'est beaucoup trop loin…

Il l'emmena jusqu'à la salle de musique et la déposa sur le canapé avant de s'asseoir à côté d'elle.

— Qu'est-ce que tu en penses ? lui demanda-t-il en glissant sa main entre les pans de sa robe de chambre.

— Jusqu'ici, notre collaboration en ces lieux a été des plus fructueuses, répondit-elle d'une voix que le désir rendait rauque.

Elle laissa courir ses doigts le long de ses épaules et de ses bras, ayant encore du mal à croire que tout cela était bien réel. Brandon Carstairs l'aimait, songea-t-elle avec un mélange d'émerveillement, d'excitation et d'incrédulité.

Mais, brusquement, elle se figea et lui jeta un regard plein d'effroi.

— Que se passe-t-il ? lui demanda Brandon, inquiet.

— Mme Pengalley ! s'exclama-t-elle. Elle risque d'arriver d'une minute à l'autre…

— Cela n'améliorera certainement pas l'idée qu'elle se fait des gens du show-business, reconnut-il en riant.

Se penchant vers elle, il écarta l'un des pans de sa robe de chambre et posa ses lèvres sur l'un de ses seins. La jeune femme frémit et tenta vainement de le repousser.

— Brandon, non…

— Désolé, murmura-t-il tandis que ses caresses se faisaient plus audacieuses. C'est une envie incontrôlable… Et, de toute façon, nous sommes dimanche. Mme Pengalley ne travaille pas ce jour-là.

— Dimanche ? répéta Raven, qui avait depuis longtemps perdu le compte des jours de la semaine. Dans ce cas, nous ferions bien de satisfaire cette envie incontrôlable…

11

Comme chaque année, l'été s'installa en douceur dans les Cornouailles. Les nuits se firent moins froides. Le soleil chassa lentement l'épais rideau de nuages qui l'avait jusqu'alors dissimulé et ses rayons réchauffèrent les après-midi tandis que les matins restaient d'une fraîcheur vivifiante.

Les premières senteurs de chèvrefeuille s'élevèrent dans l'air, attirant bientôt quelques abeilles qui emplissaient l'air de leur bourdonnement. Puis les boutons de roses commencèrent à éclore.

Raven se sentait renaître en même temps que la nature. Pour la première fois de sa vie, elle se sentait vraiment aimée. Et elle se rendait compte à présent que c'était précisément ce qui lui avait toujours manqué, ce qu'elle avait vainement attendu depuis tant d'années.

Pendant toute son enfance et son adolescence, elle avait suivi sa mère d'une ville à l'autre, d'un appartement miteux à l'autre, sans jamais rester assez longtemps nulle part pour nouer de véritables relations avec les gens qui l'entouraient.

Chaque fois qu'elle arrivait dans une nouvelle maison, elle savait que cela ne durerait pas, que tôt ou tard, elle devrait partir et tout laisser derrière elle. Alors elle s'était repliée sur elle-même comme une fleur qui se fane. Elle avait cessé d'attendre quoi que ce soit des amitiés éphémères, des rencontres sans lendemain.

Si elle n'avait pas trouvé refuge dans la musique, elle aurait sans doute fini par s'effondrer complètement. Mais le chant lui avait offert un exutoire inespéré. Elle y avait trouvé un moyen d'extérioriser ses angoisses et ses manques.

Paradoxalement, c'était ce qui avait fait d'elle une interprète aussi appréciée. Car elle recherchait l'amour du public et s'y accrochait comme un noyé s'agrippe à une bouée de sauvetage. Avec désespoir.

Mais l'admiration des spectateurs n'avait jamais vraiment suffi à combler le vide qui s'ouvrait en elle. Elle apaisait ses tourments sans en soigner les racines. Elle traitait les symptômes du mal mais non ses causes profondes.

Et puis Brandon était apparu dans sa vie et lui avait offert ce qu'elle avait toujours cherché inconsciemment. Lorsqu'il était parti, elle avait cru mourir parce qu'en la quittant il l'avait renvoyéesans le savoir dans ce gouffre de solitude sans fond.

A présent qu'elle l'avait retrouvé, elle était bien décidée à ne plus jamais le perdre.

En l'aimant, elle découvrait également une nouvelle facette d'elle-même. C'était comme si sa simple présence suffisait à éveiller sa féminité. Et, à ses côtés, elle l'explorait avec fascination.

Brandon était un amant exigeant, non seulement sur le plan physique mais aussi sur le plan émotionnel. Il la voulait tout entière : corps, âme et esprit. Il ne supportait pas qu'elle le tienne à l'écart, qu'elle ne partage pas avec lui tout ce qu'elle était, tout ce qu'elle pensait, tout ce qu'elle désirait.

C'était d'ailleurs la seule ombre au tableau de leur amour. Car Raven était incapable de se livrer sans réserve, comme il le lui demandait. Une partie d'elle-même restait sur la défensive, en retrait.

C'était devenu chez elle un véritable instinct de survie. Elle ne savait que trop ce qu'il en coûtait d'aimer sans retenue. Lorsque Brandon avait disparu, il lui avait brisé le cœur et elle avait bien cru ne jamais pouvoir se reconstruire.

Pendant les cinq ans qui avaient suivi, elle s'était tenue à distance, refusant de tomber amoureuse, de s'engager. Elle n'avait rien promis aux amants qu'elle avait eus, se contentant de ce qu'ils avaient à lui offrir et n'en demandant pas plus.

Depuis, ses blessures avaient guéri mais les cicatrices demeuraient pour lui rappeler à chaque instant les risques qu'elle courrait si elle se laissait aller une fois de plus à aimer sans retenue.

Combien de fois s'était-elle promis que jamais plus un homme ne la ferait souffrir comme Brandon l'avait fait ? Comment aurait-elle pu revenir sur une décision aussi sage alors que c'était justement avec lui qu'elle sortait aujourd'hui ?

Le fait de mesurer l'emprise qu'il exerçait sur son cœur était déjà bien assez terrifiant comme cela.

Le seul domaine dans lequel elle consentait à s'offrir pleinement, c'était l'amour physique. Sur ce plan, elle lui faisait entièrement confiance. Brandon était un amant respectueux, attentif et généreux. A ses côtés, elle explorait des facettes de sa libido qu'elle avait jusqu'alors méconnues.

Il savait l'entraîner bien plus loin qu'aucun autre homme avant lui. Et tous deux ne pouvaient se rassasier l'un de l'autre. Il suffisait d'une étincelle pour raviver le feu qui couvait sans cesse en eux. Un regard, un sourire, une caresse pouvait donner lieu à une étreinte passionnée.

Ensemble, ils inventaient de nouveaux jeux amoureux. Un matin, par exemple, elle s'était réveillée pour trouver leur lit parsemé de pétales de roses qu'il était allé cueillir dans le jardin à l'aurore. Un soir, c'était elle qui l'avait surpris en le rejoignant dans son bain avec une bouteille de champagne glacé.

Ils faisaient l'amour à toute heure du jour et de la nuit, chaque fois que l'envie les en prenait. Bien des fois, Brandon l'éveillait par des caresses et, avant même qu'elle n'ait entièrement repris conscience, elle était déjà submergée par son désir pour lui.

La plupart du temps, cette situation paraissait l'emplir de bonheur et de joie. Mais, parfois, elle surprenait un regard scrutateur, comme si une question lui brûlait les lèvres et qu'il n'osait la lui poser, comme s'il cherchait à lire en elle la réponse à ses interrogations muettes.

Brandon l'aimait et elle l'aimait en retour. Mais tous deux savaient qu'elle ne lui faisait pas entièrement confiance. Simplement, ils évitaient d'en parler…

Assise sur le tabouret du piano, Raven cherchait les accords d'un morceau qu'ils étaient en train de composer.

— Peut-être un *si* septième, murmura-t-elle pensivement. Je vois bien une orchestration avec des violons et des violoncelles…

Elle continua à effleurer les touches tout en chantonnant des bouts de mélodie.

— Qu'est-ce que tu en penses ? demanda-t-elle à Brandon qui se tenait debout à côté d'elle, une main posée sur le piano.

— Continue, l'encouragea-t-il en sortant une cigarette. Reprends depuis le début…

Elle s'exécuta et il l'interrompit alors qu'elle atteignait le pont entre deux couplets.

— C'est là que ça ne va pas, déclara-t-il.

— Je te rappelle que c'est toi qui as écrit cette partie…

— Même les génies commettent des erreurs, répondit-il en souriant.

Raven émit un petit grognement dubitatif.

— As-tu un commentaire à faire ? demanda-t-il en levant un sourcil.

— Moi ? Interrompre un génie en plein travail ? Certainement pas…

— Voilà qui est sage.

Il se pencha au-dessus de la jeune femme et plaça ses mains sur le piano. Il rejoua la mélodie depuis le début et ne changea que quelques notes au moment du pont.

— Je ne vois pas de différence majeure, remarqua Raven.

— C'est justement ce qui fait de moi un génie, répliqua-t-il malicieusement.

Elle lui décocha un coup de coude dans les côtes et il grimaça.

— Excellent argument, dit-il en massant son flanc. Reprenons…

— J'adore quand tu joues les Anglais offusqués, Brandon.

— Vraiment ? fit-il de son accent le plus britannique. Où en étions-nous ?

— Tu t'apprêtais à me jouer le premier mouvement de la *Pathétique* de Beethoven, répliqua-t-elle d'un air parfaitement sérieux.

— Ah bon ? fit Brandon.

A la grande stupeur de la jeune femme, il s'exécuta. Non seulement il connaissait parfaitement la partition mais, en plus, il l'interprétait avec maestria.

— Frimeur ! s'exclama-t-elle.

— Tu es jalouse, avoue-le.

Raven baissa la tête et soupira.

— Le pire, reconnut-elle, c'est que c'est vrai.

Brandon éclata de rire et lui prit la main qu'il posa sur la sienne, paume contre paume.

— J'ai un léger avantage sur toi, lui dit-il.

Raven observa sa main qui paraissait minuscule dans celle de Brandon.

— Tu as raison. Heureusement que je n'ai jamais rêvé de devenir pianiste classique…

— Très honnêtement, je préfère que tu aies tes mains que les miennes ! Elles sont tellement jolies…

Dans un élan romantique, il porta les doigts de la jeune femme à ses lèvres et les couvrit de baisers.

— Je crois que je suis complètement amoureux de tes mains, conclut-il.

Raven sentit un frisson délicieux la parcourir. Elle ne se lassait pas de ses déclarations aussi farfelues qu'inattendues.

— Elles sentent toujours cette crème que tu gardes dans ce petit pot blanc, près du lavabo.

— Je ne pensais pas que tu remarquerais ce genre de détails, dit-elle, un peu surprise.

— Rien de ce qui te concerne n'est un détail, mon ange, répondit-il avant d'effleurer des lèvres l'intérieur de son poignet, juste au-dessus des veines. Je sais que tu adores les bains brûlants, que tu laisses toujours tes chaussures dans les endroits les plus inattendus, que tu bats toujours la mesure du pied gauche…

Nouant ses doigts à ceux de la jeune femme, il utilisa son autre main pour écarter les cheveux qui retombaient sur son épaule.

— Je sais, reprit-il, que quand je te touche ici tes yeux changent de couleur…

Tout en prononçant ces mots, il caressa délicatement la poitrine de Raven et vit ses yeux gris virer au noir et se voiler légèrement. Se penchant vers elle, il l'embrassa du bout des lèvres sans cesser d'agacer l'extrémité de son sein.

Sa bouche s'entrouvrit et elle renversa la tête en arrière pour mieux s'offrir à lui, l'invitant à redoubler d'audace. De petits frissons de plaisir couraient déjà sur sa peau.

— Je sais que tu es en train de fondre, murmura-t-il d'une voix rauque. Et cela me rend fou…

Il détacha le premier bouton de son chemisier. A ce moment précis, le téléphone sonna, les faisant sursauter. Brandon étouffa un juron et Raven éclata de rire.

— Ce n'est pas grave, lui dit-elle en reprenant difficilement son souffle. Je te rappellerai où tu t'en es arrêté, une fois encore…

S'arrachant à ses bras, elle traversa la pièce et alla décrocher.

— Bonjour, fit-elle d'une voix joyeuse.

— Bonjour, j'aimerais parler à Brandon, s'il vous plaît.

— Je suis désolée mais il est très occupé en ce moment, répondit-elle en décochant un clin d'œil à ce dernier.

Il hocha la tête et se rapprocha d'elle pour l'embrasser dans le cou.

— Pourriez-vous lui demander de me rappeler lorsqu'il sera disponible ? Je suis sa mère…

— Je vous demande pardon ? dit Raven en essayant d'échapper aux baisers de plus en plus insistants de Brandon.

— Dites-lui de rappeler sa mère quand il aura un peu de temps. Il a le numéro.

— Madame Carstairs, attendez ! Je suis désolée… Je ne savais pas que c'était vous. Je vous le passe tout de suite. Brandon, ajouta-t-elle en lui tendant le combiné, c'est ta mère.

Il l'embrassa sur le front et lui prit le téléphone des mains.

— Salut ! Oui, j'étais occupé… J'étais en train d'embrasser une très jolie femme dont je suis follement amoureux…

Raven rougit jusqu'à la racine des cheveux, ce qui le fit rire de bon cœur.

— Non, ne t'en fais pas, reprit-il. Je compte bien recommencer juste après… Comment vas-tu ? Et comment vont les autres ?

— Je vais faire du thé, annonça-t-elle en se dégageant doucement des bras de Brandon pour se diriger vers la cuisine.

Elle mit de l'eau à bouillir et s'adossa au plan de travail. Elle se rendit compte alors qu'elle était affamée et se rappela que Brandon et elle avaient sauté le déjeuner pour pouvoir continuer à travailler. Elle prépara donc des toasts et sortit du beurre et de la marmelade du réfrigérateur.

Le thé à 17 heures était un véritable rituel pour Brandon et elle s'y était habituée. En fait, elle aimait cette pause durant laquelle ils se contentaient de siroter leurs tasses en discutant de choses anodines et futiles.

Dans ces moments-là, elle se prenait à imaginer qu'ils formaient un couple parfaitement normal rentrant d'une journée de travail pour se retrouver à la maison.

Tout en préparant leur plateau, la jeune femme se remit à penser à Brandon. Elle avait perçu une immense affection dans sa voix lorsqu'il avait parlé d'elle à sa mère. Tous deux semblaient très complices et elle ne parvint pas à étouffer une pointe de jalousie.

C'était quelque chose qu'elle n'avait plus ressenti depuis son adolescence et elle s'en étonna. A vingt-cinq ans, elle n'avait plus rien d'une enfant et aurait dû être capable de faire la part des choses, de savoir que tous les parents ne ressemblaient pas à sa mère et qu'elle ne pouvait rien y changer.

Lorsqu'elle eut rassemblé tout ce qu'il lui fallait, la jeune femme s'empara du plateau et quitta la cuisine. En entendant la voix de Brandon dans le salon, elle hésita quelques instants, ne voulant pas interrompre sa conversation. Mais le poids de la collation qu'elle portait eut raison de ses réticences et elle se décida finalement à entrer.

Il était affalé sur l'un des fauteuils situés près du feu, une jambe posée négligemment sur l'accoudoir. Avec un sourire, il fit signe à Raven de poser le plateau sur la table basse qui se trouvait à côté de lui.

— Bien sûr, maman, poursuivit-il. Sûrement le mois prochain... Embrasse tout le monde de ma part...

Il se tut et écouta ce que disait sa mère. Au bout d'un moment, un sourire éclaira son visage et il prit la main de la jeune femme dans la sienne.

— Elle a de grands yeux gris, exactement de la même couleur que la colombe que Shawn avait recueillie sur le toit... Oui, je le lui dirai. Au revoir, maman. Je t'aime.

Brandon raccrocha et se tourna vers Raven.

— Tu en as mis, du temps ! s'écria-t-il.

— Je me sui rendu compte que j'avais très faim, expliqua-t-elle tandis qu'il leur servait le thé.

Comme à son habitude, elle secoua la tête lorsqu'elle le vit ajouter du lait dans le sien. Même si elle vivait des années en Angleterre, c'était une chose qui la dépasserait toujours.

— Ma mère m'a demandé de te dire que tu avais une très jolie voix, déclara Brandon en prenant un toast sur lequel il étala une fine couche de beurre salé.

— Tu n'aurais pas dû lui dire que nous étions en train de nous embrasser, objecta-t-elle, embarrassée.

Brandon éclata de rire et elle lui lança un regard noir.

— Maman sait pertinemment que j'ai l'habitude d'embrasser des femmes, expliqua-t-il gravement, comme s'il parlait à une enfant. Elle doit même se douter qu'il m'est arrivé parfois d'aller un peu plus loin que cela. Mais cela faisait longtemps que je ne lui avais pas parlé de l'une de mes petites amies.

Il avala une bouchée de pain avant de poursuivre.

— Elle voudrait te rencontrer. Si notre travail continue à avancer aussi vite, nous pourrions passer la voir à Londres, le mois prochain.

Raven resta longuement silencieuse, sentant un frisson glacé la parcourir.

— Je ne suis pas très habituée à rencontrer les familles de mes petits amis, déclara-t-elle.

Brandon lui prit doucement le menton, la forçant à le regarder.

— Ce sont des gens adorables, Raven. Ils comptent énormément pour moi. Et toi aussi. C'est pour cela que je veux qu'ils fassent ta connaissance…

Elle détourna les yeux, de plus en plus mal à l'aise.

— Raven, soupira Brandon avec un mélange d'agacement et de résignation, quand comprendras-tu que ce qui se passe entre nous est là pour durer ?

La jeune femme se contenta donc de baisser la tête, bien décidée à éviter le sujet aussi longtemps qu'elle le pourrait. Peut-être jusqu'à ce qu'elle soit revenue en Californie et n'ait d'autre choix que d'affronter la réalité…

— S'il te plaît, parle-moi de ta famille, lui demanda-t-elle. Peut-être me sentirais-je un peu plus prête à les rencontrer si j'en savais un peu plus que ce que j'ai pu glaner dans les interviews que tu as données…

Elle lui sourit, le suppliant du regard de ne pas lui poser de questions. Brandon lutta contre la frustration qui l'habitait mais décida qu'il attendrait encore. Il l'avait fait patienter pendant cinq ans et il était mal placé pour lui mettre le couteau sous la gorge aujourd'hui.

— Je suis le plus âgé des cinq enfants, commença-t-il en désignant le manteau de la cheminée sur lequel trônaient les photographies de sa famille. Michael, celui qui a l'air très distingué, à côté de la jolie blonde, est le deuxième. Il est avocat.

Brandon sourit, se rappelant la fierté qu'il avait éprouvée lorsqu'il avait pu financer ses études à la faculté de droit. Michael était le premier des Carstairs à avoir reçu une éducation digne de ce nom.

— Il n'était pas aussi distingué lorsqu'il était jeune, ajouta-t-il avec un sourire. Il adorait se battre.

— Je suppose que c'est une qualité, pour un avocat, remarqua Raven. Continue…

— Ensuite, il y a Alison. Elle est allée à Oxford et est sortie dans les premières de sa promotion. C'est une fille très brillante.

— Je suppose que ton autre frère est physicien…

— Non, il est vétérinaire, répondit Brandon.

Raven remarqua l'affection qui perçait dans sa voix.

— C'est ton préféré, n'est-ce pas ?

— Si l'on pouvait avoir une sœur ou un frère préféré, je suppose que ce serait lui, en effet. C'est l'une des personnes les plus gentilles que je connaisse. Il serait tout simplement incapable de faire du mal à qui que ce soit. Lorsqu'il était enfant, il ne cessait de rapporter à la maison toutes sortes d'animaux blessés.

— Comme la colombe grise ? demanda Raven.

— Comme la colombe…

La jeune femme commençait malgré elle à s'intéresser à cette famille qu'elle ne connaissait pas. Elle avait toujours supposé que tous les enfants qui grandissaient sous le même toit se ressemblaient plus ou moins. Mais les frères et sœurs de Brandon semblaient vraiment très différents les uns des autres.

— Et ton autre sœur ?

— Moria. Elle est encore au lycée. Elle dit qu'elle veut faire soit de la finance soit du théâtre. A moins qu'elle n'opte pour l'anthropologie. En fait, je crois qu'elle n'est pas très fixée…

— Quel âge a-t-elle ?

— Dix-huit ans. Et elle adore tes disques. La dernière fois que je suis passé à la maison, j'ai vu qu'elle les avait tous.

— Je crois que nous pourrions nous entendre, alors, dit la jeune femme en souriant. En tout cas, tes parents doivent être très fiers de vous tous. Que fait ton père, exactement ?

— Il est charpentier, répondit Brandon qui avait remarqué la lueur d'envie qui brillait dans les yeux de Raven. Il travaille toujours six jours sur sept alors qu'il sait que j'aurais parfaitement les moyens de les faire vivre, maman et lui. Elle est exactement pareille que lui, d'ailleurs… Ils ont la tête dure mais ce sont des gens bien.

— Tu as beaucoup de chance, déclara Raven.

Elle se leva et commença à déambuler dans la pièce, comme chaque fois qu'elle se sentait nerveuse ou mal à l'aise.

— Je sais, répondit gravement Brandon en la suivant du regard. Mais je crois que je ne m'en suis rendu compte que très tardivement. Lorsque j'étais jeune, je tenais cela pour acquis… Cela a dû être très difficile pour toi.

Raven haussa les épaules, feignant une indifférence qu'elle était très loin d'éprouver.

— J'ai survécu, répondit-elle enfin.

Se dirigeant vers la fenêtre, elle observa les falaises qui dominaient la mer.

— Nous devrions aller nous promener, suggéra-t-elle. Il y a une très jolie lumière, dehors.

Brandon se leva et vint la prendre dans ses bras pour la serrer contre lui.

— La vie n'est pas qu'une question de survie, Raven, lui dit-il.

— Peut-être, concéda-t-elle. Mais je m'en suis sortie intacte. C'est plus que ne peuvent en dire la plupart des gens dans mon cas.

— Raven… Je sais que tu appelles ta mère à Los Angeles deux fois par semaine mais tu ne m'en parles jamais. Pourquoi ?

— Pas maintenant, répondit-elle. Pas ici…

Elle passa ses bras autour de son cou et posa sa joue au creux de son épaule.

— Tant que nous serons ici, reprit-elle, je ne veux penser ni au passé ni à l'avenir. Pour une fois, Brandon, je veux vivre au présent. Il y a trop de choses dures et injustes, trop de responsabilités pénibles qui m'attendent. J'ai besoin de temps. Est-ce si terrible ?

Elle se serra contre lui, comme si elle avait peur qu'il ne lui échappe.

— Cela ne pourrait-il pas être une sorte de rêve, Brandon ? Comme dans le film… Un rêve où nous serions seuls au monde, juste pendant quelques semaines…

Il soupira et passa doucement la main sur ses cheveux.

— Pour quelques semaines, Raven. Mais tous les rêves finissent un jour et je veux partager aussi la réalité avec toi.

Raven releva les yeux vers lui et posa une main sur sa joue.

— Comme Joe dans le scénario. Et il y parvient, n'est-ce pas ?

— Oui, répondit Brandon avant de se pencher vers elle pour l'embrasser tendrement. Et il prouve que les rêves peuvent devenir réalité…

— Mais je ne suis pas un rêve, objecta Raven.

— Pour moi, si.

Elle lui sourit et il sentit son cœur se réchauffer tandis que ses doutes et ses questions refluaient de nouveau. Elle était là, avec lui, et elle l'aimait. Que lui fallait-il de plus ?

Prenant sa main, elle la posa sur sa gorge.

— Je t'avais dit que je te rappellerais où tu t'étais arrêté, lui dit-elle. Et je crois que nous en étions là lorsque nous avons été interrompus.

— C'est vrai, acquiesça Brandon en détachant le deuxième bouton de son chemisier. Dois-je en conclure que tu as renoncé à cette promenade ?

Raven se tourna vers la fenêtre et observa le soleil magnifique qui brillait au-dehors.

— Finalement, je crois que la lumière n'est pas aussi belle que cela, déclara-t-elle en riant. Nous ferions mieux de rester tranquillement à la maison.

— Tu as probablement raison, approuva Brandon en passant au bouton suivant.

12

Mme Pengalley se faisait un devoir de nettoyer la salle de musique chaque fois que Raven et Brandon la laissaient seule dans le cottage. Après tout, ils passaient là la majeure partie de leur temps à travailler — ou, en tout cas, à faire ce que les gens du show-business comme eux considéraient comme du travail...

Mme Pengalley ramassa les tasses qui traînaient sur la table et, fidèle à son habitude, les renifla. C'était du thé. De temps à autre, elle trouvait un verre de vin ou de bourbon mais elle était bien forcée d'admettre que M. Carstairs ne semblait pas être un gros buveur...

A vrai dire, Mme Pengalley était un peu déçue. Ces gens-là ne semblaient pas vivre très différemment des personnes normales. Lorsqu'elle avait appris qu'ils passeraient environ trois mois au cottage, elle s'était imaginé qu'ils donneraient des fêtes orgiaques comme le faisaient toujours les gens du show-business.

Elle s'était attendue à voir arriver des dizaines de voitures de sport, des femmes avec des robes impossibles et des hommes aussi beaux que des dieux grecs. Elle avait prédit à M. Pengalley que ce n'était qu'une question de temps, qu'il verrait bien...

Mais il n'avait rien vu du tout. Il n'y avait eu ni fête, ni voitures de sport, ni robes extravagantes. Juste M. Carstairs et ce joli brin de fille aux grands yeux gris qui chantait mieux qu'un oiseau. A la voir, on avait peine à imaginer qu'elle puisse faire partie d'un de ces groupes de sauvages comme elle en voyait à la télévision...

Mme Pengalley s'approcha de la fenêtre pour secouer la poussière des rideaux. Elle vit Raven et Brandon qui se promenaient main dans la main au bord de la falaise et songea qu'ils étaient bien mignons, tous les deux. C'était vraiment dommage qu'ils gâchent leurs vies dans un milieu aussi peu respectable.

Mme Pengalley entreprit alors de dépoussiérer les meubles. Mais ce n'était pas très commode avec tous les papiers qu'ils laissaient traîner partout. Des partitions, des textes sans queue ni tête et même, parfois, des petits dessins amusants.

Ne connaissant rien au solfège, Mme Pengalley ne pouvait juger de la qualité de la musique que ces deux-là composaient mais elle trouvait les paroles assez jolies. Ce qu'elle ne comprenait pas, en revanche, c'était pourquoi ils s'entêtaient à écrire des strophes qui ne rimaient pas.

De son temps, les chanteurs se fatiguaient quand même un peu plus que cela, songea-t-elle avec une pointe de fatalisme.

Près de la falaise, le vent de la mer s'était mis à souffler et Brandon passa un bras autour des épaules de Raven qui frissonnait. La faisant pivoter sur elle-même, il l'embrassa soudain avec passion. Elle se laissa faire, s'accrochant à lui pour ne pas perdre l'équilibre.

— Qu'est-ce que j'ai fait pour mériter ça ? demanda-t-elle lorsqu'ils se séparèrent enfin.

— C'était pour donner une leçon à Mme Pengalley. Elle nous observe par la fenêtre du salon.

— Brandon ! Tu es incorrigible ! s'exclama-t-elle en riant.

Il déposa sur ses lèvres un nouveau baiser qui eut raison de ses protestations. Elle le lui rendit avec ferveur et il la serra fougueusement contre lui. Raven était aux anges. Le contact des lèvres de Brandon sur les siennes, la caresse du soleil sur ses joues, le vent frais dans ses cheveux et l'odeur entêtante du chèvrefeuille et des roses se mêlaient en elle et lui procuraient une sensation de bien-être absolu.

— Ça, lui dit enfin Brandon, c'était pour moi.

— Si tu veux dédicacer un baiser à quelqu'un d'autre, je suis prête, répondit-elle en souriant.

Brandon ébouriffa ses cheveux.

— Je crois que nous avons suffisamment choqué Mme Pengalley comme cela, fit-il en riant. Je crois que son mari va en entendre de toutes les couleurs sur les gens du show-business…

— Alors c'est juste pour cela que tu sors avec moi ? Pour choquer tes pauvres gardiens ?

— Entre autres…

Raven éclata de rire et lui reprit la main.

Ils continuèrent à cheminer en silence le long de la falaise. Raven observait attentivement le vol des mouettes qui survolaient la mer et plongeaient parfois pour attraper un poisson.

La bande originale était presque terminée, à présent. Il ne leur restait plus que quelques arrangements à revoir avant de tout passer en revue. En fait, Raven savait pertinemment qu'ils faisaient durer les choses alors qu'ils auraient pu finir très rapidement.

Mais elle ne voulait pas briser la magie de ces dernières semaines.

Raven n'était pas certaine de savoir ce que Brandon attendait d'elle. Chaque fois qu'il avait fait mine d'en parler, elle avait détourné la conversation, comprenant que cela viendrait tout compliquer.

Car elle avait parfaitement conscience du fait que, dès qu'ils quitteraient cet endroit, ils seraient rapidement rattrapés par la réalité. S'ils restaient ensemble, il leur faudrait décider s'ils rendraient leur liaison publique, où ils s'installeraient, comment ils coordonneraient leurs emplois du temps respectifs…

Mais, si elle connaissait d'avance les questions qui se poseraient, elle ignorait tout des réponses.

Brandon et elle exerçaient un métier exigeant. Leurs engagements étaient nombreux et aléatoires et les empêchaient d'aspirer à une vie normale. Ils passeraient une bonne partie de leur vie en tournée loin l'un de l'autre, traverseraient des périodes de travail intensif et de liberté totale qui ne seraient peut-être pas faciles à coordonner.

Ils ne pourraient pas non plus espérer jouir d'une réelle intimité. Leurs moindres faits et gestes seraient rapportés et commentés par la presse. Leurs photos s'étaleraient dans les journaux en marge d'histoires vraies ou fictives. Les pires, ce seraient celles qui contiendraient une part de vérité et une part de mensonge.

Pour surmonter cela, il leur faudrait énormément d'amour et de détermination. Et, même s'ils en avaient assez, Raven devrait faire face à ses propres démons.

Parviendrait-elle à se défaire de la peur d'être abandonnée de nouveau ? Réussirait-elle à oublier la souffrance qu'il lui avait causée lorsqu'il était parti, la première fois ? Tant qu'elle en serait incapable, elle ne pourrait pas se donner pleinement à lui.

Et ce n'était pas tout... La mère de la jeune femme constituait encore une autre barrière entre eux. C'était une responsabilité qu'elle n'avait jamais voulu partager avec quiconque. Même Julie, qui était au courant, lui reprochait de ne jamais s'en décharger sur elle. Trouverait-elle la force de le faire avec Brandon ?

Enfin, et c'était peut-être le plus difficile, elle devrait se remettre profondément en cause. Des années auparavant, elle s'était promis de ne jamais dépendre de qui ou de quoi que ce soit. Croirait-elle suffisamment en son amour pour accepter de faire confiance de nouveau ?

Toutes ces interrogations l'angoissaient et, si elle avait pu trouver un moyen de le faire, Raven aurait prolongé indéfiniment leur séjour dans les Cornouailles. Mais c'était impossible, bien sûr, et chaque jour qui passait la rapprochait un peu plus de la fin de cette douce période d'innocence.

Il ne lui restait plus qu'à espérer que, comme le lui avait dit Brandon, le rêve pouvait devenir réalité...

Brandon observait le visage de Raven tandis qu'elle regardait la mer sans la voir. Une fois de plus, elle s'était retirée dans ses pensées.

Cela lui arrivait de plus en plus souvent et il commençait à avoir peur. Il aurait tout donné pour pouvoir l'atteindre, pour qu'elle lui fasse confiance et accepte de partager avec lui les doutes et les angoisses qui se reflétaient dans ses yeux.

Bientôt, leur séjour dans les Cornouailles prendrait fin, et alors ils auraient de nouveaux choix à faire, de nouvelles responsabilités à assumer. Que se passerait-il s'ils n'arrivaient pas d'ici là à combler le gouffre qui s'était creusé entre eux au cours de ces cinq dernières années ?

Raven poussa un profond soupir, et Brandon lui caressa doucement l'épaule.

— A quoi penses-tu ?

— Je me disais que de tous les endroits que j'ai visités c'est celui-ci que je préfère, répondit-elle.

— Je savais que tu l'aimerais si je parvenais à t'y amener, dit Brandon. A un moment, j'ai bien cru que tu refuserais pour de bon. Et je n'avais aucun plan de rechange si celui-ci échouait…

Raven fronça les sourcils.

— Un plan ? répéta-t-elle. De quoi parles-tu ?

— Eh bien, je voulais t'attirer ici pour que nous soyons seuls, tous les deux…

— Je croyais que tu voulais écrire une bande originale avec moi, fit-elle, mal à l'aise.

— Disons que ce projet est tombé à point nommé.

Raven sentit un frisson la parcourir.

— Que veux-tu dire ? articula-t-elle.

— Que tu n'aurais jamais accepté de travailler avec moi s'il n'avait pas été aussi tentant. Et encore moins de venir habiter ici pendant plusieurs semaines…

— Alors tu t'es servi de *Fantasy* comme d'un appât ?

— Bien sûr que non ! J'ai eu envie de travailler avec toi dès qu'on m'a proposé d'écrire cette bande originale. Et cela tombait à pic…

— Je crois que Julie a raison : je n'ai jamais été bonne pour les jeux de stratégie. Car c'est bien de cela qu'il s'agit, n'est-ce pas ?

Sur ce, la jeune femme se détourna et fit mine de s'éloigner. Brandon la retint par le bras, ne comprenant pas ce qui pouvait motiver ce brusque mouvement d'humeur.

— Comment as-tu pu faire une chose pareille ? s'exclama-t-elle en le fusillant du regard.

Ses yeux avaient la couleur de l'orage et ses joues étaient empourprées par la colère.

— Je ne comprends pas, murmura-t-il, interloqué.

— Comment as-tu pu utiliser ce projet pour me piéger et m'attirer ici ? s'emporta-t-elle.

— J'aurais fait n'importe quoi pour te reconquérir, répondit-il. Et ce n'était pas un piège : je ne t'ai jamais menti.

— Si ! Le soir où nous avons dîné ensemble et où tu as voulu m'embrasser dans la voiture. Tu m'as assuré que notre travail sur *Fantasy* et notre situation personnelle étaient deux choses distinctes !

Brandon détourna le regard, se sentant pris en faute.

— D'accord, soupira-t-il. Je reconnais que j'ai menti, cette fois-là. Mais qu'est-ce que cela change ? Ne sommes-nous pas heureux, ensemble ? Pourquoi te mets-tu dans un état pareil ? Je t'aime et tu m'aimes. Que veux-tu de plus ?

— Je ne veux pas être manipulée ! s'exclama-t-elle rageusement. Et surtout pas par l'homme que j'aime, justement ! C'est à moi seule de gérer ma vie comme je l'entends et de prendre mes propres décisions !

— Je ne t'ai jamais forcée à faire quoi que ce soit, protesta Brandon.

— Non, bien sûr ! Tu m'as seulement menée par le bout du nez jusqu'à ce que je choisisse ce qui était le mieux pour moi. Pourquoi n'as-tu pas été honnête avec moi ?

— Je l'ai été ! s'emporta Brandon. Souviens-toi du premier jour où je suis venu chez toi. Qu'ai-je commencé par faire ? Je t'ai embrassée. Je t'ai dit que nous étions faits l'un pour l'autre. Mais ma simple présence paraissait te répugner… S'il n'y avait pas eu *Fantasy*, tu n'aurais jamais accepté de me revoir. Le nieras-tu ?

Raven ne répondit pas, sachant que c'était probablement la stricte vérité.

— Qu'ai-je fait, alors ? Je t'ai invitée à dîner. Et je t'ai de nouveau embrassée. Tu m'as encore repoussé et je t'ai dit que j'étais prêt à jouer selon *tes* règles mais que je croyais toujours que nous avions un avenir, toi et moi.

— Peut-être mais tu n'avais pas le droit pour autant de me manipuler de cette façon !

— Mais de quelle manipulation parles-tu ? Je t'ai proposé de collaborer avec moi et tu as accepté. J'ai suggéré un endroit à l'écart des curieux et de la presse et tu as accepté. Evidemment, je pensais que cela nous donnerait une chance de nous retrouver ! Mais t'ai-je forcé la main ? T'ai-je harcelée ? Ai-je à tout prix cherché à t'attirer dans mon lit ? Non. Chaque fois que tu me repoussais, je m'inclinais alors que je mourais d'envie de faire l'amour avec toi. Au bout d'un moment, je n'ai même plus essayé de te toucher. Je me suis comporté en ami, rien de plus. J'espérais juste que tu finirais par te rendre compte par toi-même de ce que nous pouvions avoir de plus…

— Quelle noblesse ! s'exclama ironiquement Raven. Quelle grandeur d'âme ! Malheureusement, tu oublies un petit détail, Brandon.

— Vraiment ? Et puis-je savoir lequel ?

— Il y a cinq ans, ce n'est pas moi qui t'ai quitté. C'est toi qui es parti. Sans me donner la moindre explication, la moindre raison valable ! Moi, je t'aimais. Je t'aimais comme je n'avais jamais aimé personne auparavant et comme je n'ai jamais aimé personne après toi. Tu m'as brisé le cœur. Tu as réduit à néant le peu de fierté, le peu de confiance en moi que j'avais pu reconquérir après des années de honte et de culpabilité ! Alors que t'imaginais-tu en débarquant dans ma vie, cinq ans plus tard ? Que je tomberais dans tes bras ? Que je te remercierais d'être revenu vers moi ? Que je pourrais te faire confiance ? Tu dis que tu voulais me reconquérir ! Si tu avais vraiment voulu le faire, tu aurais peut-être pu commencer par m'expliquer pourquoi *tu* étais parti, pourquoi *tu* m'avais abandonnée ! Mais, au lieu de cela, tu as préféré m'attirer dans un piège, me manipuler et me séduire !

Raven se détourna brusquement et, sans attendre sa réponse, elle se dirigea à grands pas vers la maison. Des larmes de colère et de désespoir coulaient le long de ses joues, brouillaient sa vision. Mais elle ne ralentit pas.

Au moment où elle pénétrait dans la maison, Mme Pengalley s'apprêtait à en sortir.

— J'étais sur le point d'aller vous chercher, mademoiselle. Il y a un appel pour vous. De Californie…

Mme Pengalley avait assisté par la fenêtre à la dispute de Brandon et Raven. Sur le coup, elle n'avait pas été surprise : il était de notoriété publique que les couples du show-business ne duraient jamais très longtemps.

Mais, maintenant qu'elle voyait le désespoir qui se lisait dans les grands yeux de Raven, elle se sentait vraiment désolée pour elle.

— Je vais vous préparer une bonne tasse de thé, lui dit-elle gentiment.

— Merci, répondit Raven d'un air absent en se dirigeant vers le téléphone.

Dehors, elle entendit démarrer la voiture de Brandon, qui avait sans doute estimé préférable de partir faire un tour pour réfléchir à ce qu'elle venait de lui dire.

— Allô ? fit-elle en s'emparant du combiné.

— Raven ? C'est Julie.

— Salut… Tu es rentrée de Grèce ?

— Depuis deux semaines déjà…

Percevant la tension dans la voix de son amie, Raven sentit un frisson glacé la parcourir.

— Julie… ? articula-t-elle, incapable de poursuivre.

— Elle a eu un accident, Raven. Il vaudrait mieux que tu rentres le plus vite possible.

— Est-ce qu'elle est… ?

Julie hésita un instant avant de répondre.

— Elle ne s'en sortira pas, Raven. Je suis navrée… Karter dit que c'est une question d'heures.

Le cœur battant, Raven s'appuya contre le mur, les jambes flageolantes.

— Qu'est-ce que tu comptes faire ? demanda Julie.

— Prendre le premier avion…

— Tu veux que je vienne te chercher à l'aéroport ?

— Non. Je prendrai un taxi pour la clinique. Dis à Karter que j'arrive dès que possible. Julie… s'il te plaît, reste avec elle.

— Bien sûr, ma chérie. Tu peux compter sur moi.

Raven raccrocha et resta longuement immobile, contemplant sans le voir le mur qui lui faisait face. Mme Pengalley revint alors de la cuisine avec un plateau sur lequel étaient disposées une tasse de thé et une assiette de scones beurrés.

Avisant le visage livide de la jeune femme, elle le posa sur la table basse la plus proche et alla chercher la bouteille de cognac dans le bar de Brandon. Elle en servit un verre qu'elle tendit à Raven.

— Buvez, l'encouragea-t-elle.

La jeune femme la regarda d'un air absent et Mme Pengalley porta le verre à sa bouche. Par réflexe, Raven avala une gorgée et se mit à tousser. Mais la sensation de brûlure l'aida à recouvrer un semblant de contrôle de soi. Brusquement, elle trouva terriblement ironique de boire sa première gorgée d'alcool alors que sa mère était justement en train de mourir…

— Ça va mieux, mademoiselle ? lui demanda Mme Pengalley.

— Oui, merci, répondit la jeune femme en essayant désespérément de remettre de l'ordre dans ses pensées. Madame Pengalley, il faut que je rentre aux Etats-Unis le plus vite possible. Pourriez-vous faire ma valise pendant que j'appelle l'aéroport, s'il vous plaît ?

— Bien sûr… Mais vous devriez peut-être attendre un peu. Je suis sûre qu'il est allé se rafraîchir les idées et qu'il ne tardera pas à rentrer. Ils reviennent tous, vous savez…

Raven fronça les sourcils avant de comprendre qu'elle parlait de Brandon.

— Je ne sais pas s'il reviendra avant mon départ, répondit-elle. Si ce n'est pas le cas, pourriez-vous demander à votre mari de m'emmener à la gare ? Je suis désolée de lui imposer cette corvée mais c'est vraiment très important…

— Je suis sûre que cela ne lui posera aucun problème, déclara Mme Pengalley. Je m'occupe de votre valise.

— Merci infiniment.

Raven appela l'aéroport et réserva un billet en début de soirée. Même si Brandon ne rentrait pas à temps, cela lui laisserait le temps de prendre le train pour l'aéroport de Bristol et, de là, un avion pour Heathrow.

Lorsque M. Pengalley vint la chercher en voiture, une demi-heure plus tard, Brandon n'était toujours pas revenu. Elle ne pouvait pas courir le risque de l'attendre et décida de lui laisser un mot.

Brandon,

Ma mère a eu un problème et j'ai dû partir pour Los Angeles en urgence. Appelle-moi.

Je t'aime,

Raven

C'était un peu laconique mais elle n'avait pas le courage de détailler ce qui venait de se passer. De toute façon, songea-t-elle, il lui téléphonerait probablement dès qu'elle serait de retour chez elle et elle aurait alors l'occasion de tout lui expliquer...

13

Il fallut cinq jours à Raven pour émerger de l'état second dans lequel elle se trouvait depuis qu'elle était rentrée à Los Angeles. Karter avait vu juste au sujet de sa mère : elle était morte quelques heures après le coup de téléphone que lui avait passé Julie.

En arrivant, Raven avait donc dû faire face à la fois au deuil et à la culpabilité de n'être pas arrivée à temps. Fort heureusement, son attention fut monopolisée par les nombreuses formalités qui suivaient généralement un décès.

Elles l'empêchèrent de s'apitoyer sur son propre sort. Elle finit même par se demander si ce n'était pas là la véritable raison d'être de toutes les traditions et obligations associées à ce genre d'événement.

Ce fut Karter qui se chargea de répondre aux questions de routine des policiers et qui s'assura que la presse n'aurait pas vent de cette histoire.

Finalement, lorsque l'agitation retomba et que sa mère fut ensevelie, il ne resta plus à Raven qu'à accepter que la femme qu'elle avait tant aimée et méprisée à la fois n'était plus.

Elle ne la pleura pas, ayant passé sa vie à le faire, mais décida qu'il était temps de tourner la page et de s'autoriser enfin à être heureuse. Elle n'était plus responsable de la vie de sa mère, désormais, et elle allait enfin pouvoir se consacrer pleinement à la sienne.

Elle appela donc la maison des Cornouailles à plusieurs reprises mais ne put jamais obtenir de réponse. Elle faillit prendre l'avion pour y retourner mais se rendit compte que c'était absurde. Si

Brandon ne lui répondait pas, cela signifiait probablement qu'il était parti.

Elle essaya de le joindre chez lui, à Londres, mais sans plus de résultat. Par acquit de conscience, elle laissa un message sur son répondeur et attendit qu'il la rappelle. Mais il n'en fit rien. La mort dans l'âme, elle finit par conclure qu'il ne lui avait pas pardonné leur dernière dispute et avait décidé de tirer un trait sur leur histoire.

Raven décida alors de se remettre au travail au plus vite. Elle ne voulait pas rester chez elle à ne rien faire et à broyer du noir. Elle contacta donc Henderson et ils convinrent de se retrouver pour déjeuner ensemble le midi même.

Lorsqu'elle raccrocha, Raven aperçut son reflet dans le miroir de sa coiffeuse. Elle était pâle, avait les traits tirés et, dans ses yeux, elle lut une détresse muette qui la faisait paraître étrangement vulnérable. En cet instant, elle n'avait vraiment plus rien d'une rock-star survoltée prête à affronter un public de plusieurs milliers de personnes…

Bien décidée à remédier à cela, elle alla chercher sa trousse de maquillage et entreprit de se donner des couleurs et d'atténuer les cernes qui creusaient ses yeux.

Une demi-heure plus tard, elle descendit au rez-de-chaussée, vêtue de l'une de ses robes préférées. Elle avait attaché ses cheveux et enfilé quelques bijoux. Maintenant, elle se sentait prête à reprendre les rênes de son existence.

— Raven ? l'interpella Julie, étonnée. Tu sors ?

— Oui. Si je peux mettre la main sur mes clés de voiture…

— Est-ce que ça va mieux ?

— Beaucoup mieux, répondit-elle avec un peu plus de conviction qu'elle n'en éprouvait réellement. J'ai décidé d'essayer de ne plus pleurer sur mon sort.

Raven vit alors Wayne sortir du bureau de Julie et lui sourit.

— Salut, fit-elle. Je ne savais pas que tu étais là.

— Salut, Raven. J'aime beaucoup ta robe, tu sais…

— Tu peux. Tu me l'as fait payer suffisamment cher !

— Ne sois pas mesquine, ma chérie ! Tu sais bien que l'art n'a pas de prix.

Par réflexe, il rajusta les bretelles du vêtement et s'assura que les plis tombaient bien.

— Où vas-tu ? demanda-t-il alors.

— Chez Alphonso. Je dois retrouver Henderson pour déjeuner.

— Tu n'as pas lésiné sur le blush, remarqua Wayne en effleurant la joue de la jeune femme du bout de l'index.

— J'en avais assez d'être toute pâle.

Elle posa ses mains sur les joues de Wayne et l'attira à elle pour l'embrasser.

— Je voulais te remercier d'avoir été là pour moi, ces derniers jours. Comme d'habitude, tu as été un roc !

— Oh, j'avais juste besoin de m'échapper du bureau, répondit modestement son ami.

— Je t'adore ! Mais tu peux arrêter de te faire du souci pour moi. Et toi aussi, Julie ! J'ai justement rendez-vous avec Henderson pour lui parler d'un nouveau projet de tournée.

— Mais Raven ! protesta Julie. Tu travailles comme une folle depuis six mois : d'abord l'album, puis la tournée et, enfin, la bande originale de *Fantasy*... Ce dont tu as besoin, maintenant, c'est de faire une pause.

— Au contraire ! Une pause est bien la dernière chose au monde qu'il me faut ! Je veux travailler.

— Pourquoi ne prendrais-tu pas des vacances ? insista son amie. Il y a quelques mois, tu parlais de trouver une cabane au fin fond des montagnes, dans le Colorado...

— C'est vrai. Je voulais me retrouver seule et écrire un album... Mais c'est toi qui m'as dit que ta définition du rustique se limitait à une margarita au bord d'une piscine. Tu te rappelles ?

— Disons que j'ai changé d'avis. Je vais de ce pas aller acheter des chaussures de randonnée...

Wayne fit mine de s'étrangler.

— Tu es adorable, s'exclama Raven en riant. Mais ce ne sera vraiment pas nécessaire. J'ai besoin de me dépenser physiquement.

Et, pour cela, je compte suggérer à Henderson une tournée en Australie. Il paraît que j'ai de nombreux fans, là-bas...

— Je pense plutôt que tu devrais parler à Brandon, objecta gravement Julie.

— J'ai essayé de l'appeler mais il est injoignable. Apparemment, il ne veut pas me parler. Et je ne suis pas certaine de lui en vouloir...

— Mais il est amoureux de toi, insista Wayne. Des centaines de spectateurs ont pu voir voler les étincelles lorsque vous vous êtes embrassés lors du concert de New York !

— C'est vrai. Il m'aime. Et je l'aime. Mais, apparemment, cela ne suffit pas. Je ne comprends pas exactement pourquoi mais c'est ainsi.

Wayne allait répliquer mais elle le fit taire d'un geste.

— Non... Je crois que le mieux, c'est que je l'oublie pour le moment. Tout le monde n'a pas la chance d'être aussi heureux en amour que vous deux...

Wayne et Julie échangèrent un regard embarrassé et elle éclata de rire.

— Moi aussi, j'ai remarqué certaines étincelles, déclara-t-elle. Mais j'avoue que je n'en suis toujours pas revenue... Tout cela paraît si soudain !

— Soudain ? s'exclama Wayne. Mais cela fait six ans que cela dure !

Raven le contempla avec stupeur et il hocha la tête.

— Six ans que je me refuse à être un parmi tant d'autres...

— Et six ans que je pense qu'il est amoureux de toi, compléta Julie.

— De moi ? s'exclama Raven en éclatant de nouveau de rire.

— Je ne vois pas ce que cela a de drôle, protesta Wayne. Certaines personnes ont le bon goût de me trouver très attirant...

— Mais tu l'es ! lui assura la jeune femme. Simplement, je n'arrive pas à croire que quelqu'un ait pu penser que tu étais amoureux de moi. Surtout Julie qui nous connaît depuis longtemps. Tout le monde sait que tu n'aimes que les mannequins en bas âge !

— Je ne sais pas si le moment est bien choisi pour aborder le sujet, dit Wayne, un peu gêné.

— Cela ne fait rien, déclara Julie. Le passé de séducteur de Wayne ne me dérange pas.

— Puis-je au moins savoir comment c'est arrivé ? s'enquit Raven, amusée. Il suffit que je tourne le dos pendant quelques semaines et voilà que mes deux meilleurs amis se mettent en ménage !

— Eh bien, j'étais confortablement installée sur ma chaise longue, le premier jour de ma croisière en Grèce, lorsque j'ai eu la surprise de voir arriver Wayne vêtu d'un beau costume blanc…

— Vraiment ? s'écria Raven, de plus en plus sidérée. Mais qu'est-ce que tu faisais là-bas ? Ne me dis pas que c'est un hasard !

— Pas tout à fait… Lorsque Julie a parlé de cette croisière dans ta loge, à New York, je me suis dit que l'occasion tant attendue était peut-être enfin arrivée. En tout cas, si j'arrivais à l'aborder avant qu'elle n'ait séduit un milliardaire en voilier ou un marin du bord…

— C'est amusant parce que je suis effectivement sortie avec un milliardaire sur un voilier, remarqua Julie. Quant aux marins…

— Là n'est pas la question, l'interrompit Wayne, offusqué. Ce qui compte, c'est que j'ai réussi à découvrir le nom du bateau sur lequel Julie devait embarquer et que j'ai retenu une cabine. Le reste a été un jeu d'enfant…

— Vraiment ? demanda Julie en levant un sourcil.

Wayne la prit dans ses bras et déposa un petit baiser sur ses lèvres.

— Tout à fait… Il faut dire que la plupart des femmes me trouvent irrésistible…

— Eh bien, il va falloir qu'elles arrêtent si elles ne veulent pas que je leur torde le cou ! déclara Julie d'un ton menaçant.

— Je crois que vivre avec cette femme va être un véritable calvaire, soupira Wayne avant de l'embrasser tendrement.

— Je suis certaine que vous serez très malheureux l'un avec l'autre, leur dit Raven. Et je suis vraiment désolée pour vous. Dites-moi juste quand aura lieu le mariage, si mariage il y a…

— Absolument ! s'exclama Wayne. Nous ne nous faisons pas assez confiance l'un et l'autre pour envisager une solution moins contraignante.

Il décocha à Julie un sourire qui donna inexplicablement envie de pleurer à Raven. Elle les serra tous deux contre elle.

— J'avais vraiment besoin d'entendre quelque chose comme ça, en ce moment, leur dit-elle. Bien, je vous laisse, maintenant. Je suis sûre que vous trouverez de quoi vous occuper pendant mon absence. Est-ce que je peux annoncer la nouvelle à Henderson ou est-ce que c'est un secret ?

— Tu peux le lui dire, répondit Julie. De toute façon, nous comptons sauter le pas la semaine prochaine.

Raven ouvrit des yeux ronds.

— Eh bien ! On peut dire que vous ne perdez vraiment pas de temps, tous les deux !

— Quand le moment est venu, il faut savoir le saisir, répondit Wayne.

Raven sourit tristement.

— Je suppose que vous avez raison… En tout cas, mettez une bouteille de champagne au réfrigérateur pour que nous puissions célébrer dignement l'événement lorsque je reviendrai de mon déjeuner. Je devrais être là dans deux ou trois heures tout au plus.

La jeune femme se dirigeait vers la sortie lorsque Julie l'interpella.

— Raven, tu oublies encore ton sac à main !

En souriant, Julie le lui apporta.

— Dis, lorsque tu seras au restaurant, n'oublie pas de manger, d'accord ?

— Promis, répondit Raven en riant.

Une heure plus tard, Raven était confortablement installée sous la véranda du restaurant Alphonso. Dans la salle se trouvaient au moins une dizaine de personnes qu'elle connaissait personnellement et elle avait dû aller les saluer avant de rejoindre son agent à la table qu'il avait réservée pour eux.

La pièce dans laquelle ils se trouvaient ressemblait à une jungle emplie de plantes et de fleurs exotiques. Les rayons de soleil qui filtraient à travers la vitre du plafond et les plantes grimpantes conféraient à l'endroit une atmosphère chaleureuse et riante.

Le sol était recouvert de carreaux de céramique et une fontaine se dressait dans un coin. Le bruit de l'eau qui se déversait dans le bassin atténuait en partie le brouhaha des conversations. Il émanait de l'ensemble une impression d'élégance décontractée qui plaisait beaucoup à Raven.

Mais, pour le moment, elle ne prêtait aucune attention au décor et se concentrait exclusivement sur son agent. Henderson était un homme très grand au physique trapu. Sa silhouette l'aurait plus facilement fait passer pour un bûcheron que pour le négociateur retors qu'il était.

Il avait des cheveux roux qui bouclaient légèrement sur le sommet de son crâne et des yeux bleus qui pouvaient passer en un instant de la bonhomie à l'orage. Une pluie de taches de rousseur complétait ce physique débonnaire et faussement rassurant.

Henderson se montrait d'une fidélité intraitable envers les artistes qu'il avait choisi de protéger. Tous savaient qu'ils pouvaient compter sur lui en toutes circonstances. Et il défendait leurs intérêts avec la férocité du lion quand il s'agissait de négocier leurs contrats. Raven savait qu'il avait toujours eu un faible pour elle et elle lui faisait entièrement confiance.

Pour le moment, il l'écoutait développer son idée de tournée en Australie et en Nouvelle-Zélande. Le dernier album qu'elle avait enregistré venait tout juste de sortir et, déjà, les chiffres étaient très encourageants. Si la tendance se confirmait, il se retrouverait bientôt en tête des ventes dans sa catégorie.

Henderson ne tarda pas à remarquer que Raven se gardait de toute allusion à la bande originale de *Fantasy*. Il savait pourtant que Brandon avait transmis les partitions de tous les morceaux à Jarett et que celui-ci avait été enthousiasmé. En revanche, aucun d'entre eux n'avait encore été enregistré.

Raven avait-elle décidé de laisser Brandon superviser cette partie du travail ? Ou bien fallait-il croire les rumeurs qui prétendaient qu'ils s'étaient disputés et qu'elle était rentrée aux Etats-Unis sur un coup de tête ?

L'intuition de Henderson le faisait pencher pour la seconde hypothèse. Elle avait au moins le mérite d'expliquer pourquoi Raven parlait à bâtons rompus depuis une demi-heure, sautant sans cesse du coq à l'âne.

— Bien, dit-il lorsqu'elle eut terminé. A priori, je ne vois aucune raison pour ne pas entreprendre cette tournée dans le Pacifique.

— Tant mieux ! s'exclama Raven en jouant avec son plat de pâtes, qu'elle avait à peine entamé.

— Et, pendant que je l'organiserai, tu devrais prendre des vacances.

— Je pensais plutôt en profiter pour faire quelques apparitions télévisées.

— C'est effectivement une possibilité, reconnut Henderson. Mais cela ne t'empêche pas de te reposer avant...

— Je veux travailler, pas prendre des vacances ! protesta Raven.

Elle fronça les sourcils, l'observant d'un air suspicieux.

— Tu n'aurais pas parlé à Julie, par hasard ?

— De quoi ? demanda Henderson, étonné.

— De rien, éluda Raven, incapable de déterminer si sa surprise était feinte ou non. Alors, ces émissions ?

— Tu sais que tu as perdu du poids, observa-t-il. Cela se voit sur ton visage. Tu devrais manger un peu plus.

Raven jeta un coup d'œil à son assiette aux trois quarts pleine et avala une petite bouchée.

— Pourquoi est-ce que tout le monde me traite comme une enfant attardée ? soupira-t-elle, exaspérée. Je crois que je vais devoir commencer à me conduire en star capricieuse et caractérielle si je veux être prise au sérieux !

Henderson marmonna un commentaire désobligeant à l'égard de ce type de personnes qui constituaient le cauchemar par excellence de tout agent.

— Tu veux un dessert ? demanda-t-il enfin.

— Non, merci. Juste un café.

Il fit signe au serveur et commanda une tarte à la myrtille pour lui et deux cafés avant de se carrer confortablement dans sa chaise.

— Que devient *Fantasy*? dit-il d'un air parfaitement innocent.

Raven fit tourner nerveusement son verre d'eau entre ses doigts.

— Nous avons fini.

— Et?

— Et quoi? fit-elle.

Les yeux de Henderson s'étrécirent et elle comprit qu'il ne se contenterait pas d'une réponse aussi vague.

— Nous avons composé tous les morceaux. Il se peut qu'il reste un dernier polissage à effectuer mais je ne pense pas que cela posera problème. Si tel était le cas, cependant, je suis certaine que Brandon ou son agent prendront contact avec toi.

— C'est donc Brandon qui se chargera de l'orchestration? demanda Henderson.

— Oui.

— Mais il est probable que Jarett aura encore besoin de vous deux au moment de la postproduction. Il voudra certainement rallonger certains morceaux, en raccourcir d'autres ou en ajouter de nouveaux.

— Je n'avais pas pensé à ça, admit la jeune femme. Mais je m'en préoccuperai quand le moment sera venu.

— Comment s'est passée votre collaboration?

— Nous avons écrit une musique meilleure encore que ce que nous aurions pu faire séparément, répondit-elle. J'en suis convaincue. Et nous n'avons eu aucun mal à travailler ensemble, ce qui m'a un peu étonnée, je l'avoue...

— Pourquoi pensais-tu que ce serait difficile? demanda-t-il tandis que le serveur leur apportait sa part de tarte et leurs cafés.

— Je ne sais pas, éluda-t-elle avant de porter sa tasse à ses lèvres.

— Vous aviez pourtant déjà travaillé ensemble, insista Henderson. Sur *Clouds and Rain*...

Il vit la jeune femme se rembrunir mais poursuivit d'un air faussement détaché.

— A ce propos, savais-tu que les ventes de ce morceau avaient explosé depuis votre duo à New York? Cela vous a également attiré pas mal de publicité gratuite dans les journaux.

— Je n'en doute pas, marmonna aigrement Raven.

— En tout cas, reprit son agent, on m'a posé beaucoup de questions sur votre compte, au cours des dernières semaines. Et pas seulement la presse. J'étais à une soirée, l'autre jour, et je dois dire que Brandon et toi étiez le principal sujet de conversation.

— Comme je te l'ai dit, nous avons travaillé ensemble. Brandon avait raison : nous sommes compatibles sur le plan artistique, lui et moi.

— Et sur le plan personnel? demanda Henderson avant d'avaler une généreuse portion de tarte.

— C'est une question bien indiscrète, répliqua Raven, aussi surprise qu'embarrassée.

— Tu n'es pas obligée de me répondre, dit Henderson. En revanche, lui sera peut-être intéressé...

— Qui ça, lui?

— Brandon, répondit Henderson avec une parfaite décontraction. Il vient juste d'entrer dans le restaurant.

Le cœur battant à tout rompre, Raven se retourna brusquement sur sa chaise. Aussitôt, ses yeux croisèrent ceux de Brandon. Une joie immense déferla en elle et son premier instinct fut de sauter de sa chaise pour se précipiter dans ses bras.

Elle se préparait d'ailleurs à le faire lorsqu'elle remarqua l'expression qu'il arborait. Elle reflétait une colère glacée. Raven retomba sur son siège, le suivant des yeux tandis qu'il traversait la salle à grands pas.

Plusieurs personnes le saluèrent mais il ne prit pas même la peine de leur répondre. Rapidement, les conversations moururent et les yeux de tous les convives convergèrent dans sa direction. Un silence de mort planait à présent sur le restaurant.

Il s'immobilisa enfin devant leur table sans la quitter des yeux et sans saluer Henderson qui les observait d'un air fasciné. Son regard était meurtrier et Raven sentit son inquiétude redoubler.

— Allons-y, dit-il enfin.

— Où ça ? articula-t-elle avec difficulté.

— Maintenant ! s'exclama-t-il en lui prenant le bras pour l'arracher de force à son siège.

— Brandon…

Il ne l'écouta même pas et commença à l'entraîner en direction de la sortie. Tous les regards étaient braqués sur eux et la jeune femme sentit monter en elle un brusque élan de colère.

— Lâche-moi ! lui souffla-t-elle d'un ton menaçant. Qu'est-ce qui te prend ? Tu n'as pas le droit de me traiter de cette façon !

Mais Brandon continuait à la remorquer à travers la pièce sans prêter attention à ses protestations.

— Arrête ! s'exclama-t-elle. Ce que tu fais est humiliant !

Il s'immobilisa et la regarda droit dans les yeux.

— Tu préfères peut-être que je te dise ce que je suis venu te dire ici et maintenant ? demanda-t-il à voix haute et distincte.

Ses paroles semblèrent résonner dans le restaurant silencieux. Chacun pouvait sentir la violence contenue qui habitait le chanteur en cet instant. Raven la percevait dans la façon dont il serrait son poignet. Une fois de plus, ils se retrouvaient en ligne de mire mais la scène était très différente de celle qu'ils avaient jouée à New York.

— Non, répondit-elle froidement en s'efforçant de préserver un semblant de dignité. Mais ce n'est pas une raison pour faire une scène, Brandon !

— Pourtant, je suis d'humeur à en faire une, répondit-il avec un accent anglais plus marqué que d'ordinaire, comme chaque fois qu'il se mettait en colère.

Avant qu'elle ait pu rétorquer quoi que ce soit, il se remit en marche et elle se résigna à le suivre. Ils sortirent du restaurant et il l'entraîna jusqu'à une Mercedes garée au coin de la rue. Il la fit alors monter sur le siège côté passager et claqua la portière avant de contourner la voiture pour prendre place au volant.

— Tu veux vraiment une scène ? s'exclama la jeune femme en rage. Eh bien, tu vas en avoir une ! Comment oses-tu… ?

— Tais-toi ! s'écria-t-il.

Comme elle allait protester, il se tourna vers elle et la fusilla du regard.

— Tais-toi jusqu'à ce que nous soyons arrivés ou je te promets que je t'étrangle de mes propres mains !

14

Pendant le trajet qui les conduisit de chez Alphonso au Bel-Air, Raven jugea préférable de garder le silence et de préparer ce qu'elle dirait lorsqu'ils seraient enfin arrivés. Ils descendirent de voiture devant le perron de l'hôtel et Brandon reprit la jeune femme par le bras avant de lancer ses clés au voiturier. Il l'entraîna alors vers l'entrée.

— Je t'ai dit de ne pas me tirer de cette façon ! protesta-t-elle.

— Et moi, je t'ai dit de te taire !

Ils dépassèrent le chasseur qui les observa d'un air un peu étonné et pénétrèrent dans le hall. Raven était à moitié forcée de courir pour se maintenir à la hauteur de Brandon.

— Je refuse que tu me parles ainsi, s'écria-t-elle en essayant vainement de s'arracher à son emprise. Et je refuse d'être traînée dans cet hôtel comme un vulgaire bagage !

Brandon s'arrêta brusquement et la prit par les épaules, la forçant à le regarder dans les yeux. Ses doigts mordaient cruellement dans la chair de la jeune femme.

— Ecoute-moi bien, lui dit-il. J'en ai plus qu'assez de jouer selon tes règles. Alors, à partir de maintenant, c'est moi qui dirige les opérations, compris ?

Sans lui laisser le temps de répondre, il l'embrassa avec rage. Ses dents mordirent sans pitié les lèvres de la jeune femme tandis qu'il la serrait brutalement contre lui, comme pour la mettre au défi de lui résister.

Lorsqu'il s'écarta enfin d'elle, il la contempla longuement

en silence avant de pousser un juron sonore et de l'entraîner en direction de l'ascenseur le plus proche.

Tandis que ce dernier s'envolait vers le dernier étage, Raven tremblait convulsivement sans plus savoir si c'était de peur ou de colère. Brandon sentait son pouls battre la chamade contre ses doigts. Il jura de nouveau mais elle n'osa pas même le regarder. Lorsque les portes s'écartèrent enfin, il gagna directement sa suite.

Après avoir ouvert, il la poussa à l'intérieur et entra à son tour avant de refermer derrière lui. Raven s'éloigna de lui et se plaça au centre de la pièce magnifiquement agencée.

— Brandon..., balbutia-t-elle.

— Non ! C'est moi qui parlerai en premier, cette fois ! déclara-t-il en la défiant du regard.

— D'accord, répondit-elle en massant son poignet endolori.

— Première règle : je ne veux plus que tu me caches quoi que ce soit te concernant comme tu n'as pas arrêté de le faire jusqu'ici.

Raven hocha la tête sans le quitter des yeux. Tandis qu'elle récupérait peu à peu du choc et de la surprise qu'elle avait éprouvée, elle remarqua que les traits de Brandon étaient tirés et que ses yeux étaient cernés de noir. Lui non plus n'avait pas dû dormir beaucoup, ces derniers temps.

— Tu le faisais déjà, il y a cinq ans, reprit-il. Tu n'avais pas confiance en moi.

— Ce n'est pas vrai, protesta-t-elle.

— Si, c'est vrai ! M'as-tu jamais parlé de ta mère ? M'as-tu dit ce que tu ressentais, ce que tu avais traversé ? M'as-tu laissé une chance de t'aider ou, au moins, de te réconforter ?

Prise de court, Raven commençait à se demander où il voulait en venir. En proie à un brusque vertige, elle massa ses tempes douloureuses.

— Non, avoua-t-elle enfin. Ce n'était pas...

— Ce n'était pas quelque chose que tu voulais partager avec moi, je sais, l'interrompit-il.

Il sortit une cigarette et l'alluma. Tirant une profonde bouffée, il se força à recouvrer un semblant de calme.

— Et aujourd'hui ? demanda-t-il d'une voix radoucie. M'aurais-tu dit quoi que ce soit si tu n'avais pas fait ce cauchemar ? Si tu n'avais pas été à moitié endormie et morte de peur, m'aurais-tu fait confiance, cette fois ?

Raven leva les yeux vers lui et affronta son regard.

— Non, répondit-elle enfin.

Cette réponse parut le prendre de court.

— Pourquoi ? articula-t-il.

— Parce que tu m'as trahie, il y a cinq ans. Parce que tu m'as fait tellement de mal que je ne savais même plus si je pouvais te croire…

Brandon ferma les yeux.

— Tu ne m'as jamais demandé pourquoi j'étais parti, lui dit-il.

— C'était à toi de me le dire.

— C'est vrai… Mais j'en étais incapable. Et, même si je l'avais fait, je ne pense pas que tu m'aurais cru.

— Essaie toujours.

Brandon hésita un instant avant de répondre.

— Je suis parti parce que je t'aimais.

— Tu avais raison, lui dit-elle. Je ne te crois pas.

— C'est pourtant la vérité… Lorsque je t'ai abordée à cette fête, tu étais une fille comme les autres, un nouveau trophée à ajouter à ma collection.

Raven sentit son cœur se serrer dans sa poitrine et lutta pour retenir les larmes qui lui montaient aux yeux.

— Je te l'ai dit, soupira Brandon. Je ne veux plus de faux-semblants entre nous…

Il s'interrompit, les yeux dans le vague, comme s'il essayait de revivre la scène.

— Et puis nous sommes allés boire un café ensemble, tu t'en souviens ?

La jeune femme hocha la tête, incapable d'articuler un mot.

— C'est là que les choses ont basculé, je crois. Tu as commencé à me parler de la musique, de ce qu'elle t'apportait, de ce qu'elle signifiait pour toi... Plus tu parlais et plus j'étais fasciné. Il y avait une pureté en toi que je n'avais encore jamais rencontrée chez aucune autre femme. Une honnêteté et une franchise qui m'ont touché plus que je ne l'aurais voulu...

Il tira une nouvelle bouffée sur sa cigarette et l'écrasa dans le cendrier qui se trouvait sur la table basse.

— C'est la première fois... la seule fois où je suis tombé amoureux... Durant les mois qui ont suivi, mes sentiments pour toi n'ont cessé de croître, de se développer, de s'enrichir. J'aimais tout ce que je découvrais de toi. Je ne pouvais plus m'imaginer vivre sans toi...

— Alors pourquoi m'as-tu abandonnée ? murmura-t-elle d'une voix brisée.

— Parce que j'ai pris peur. Je commençais à m'imaginer des choses... Je nous voyais mariés, fondant un foyer, entourés d'enfants... Et j'ai paniqué. Je me suis dit que j'allais perdre ma liberté, que tu allais m'enfermer, m'étouffer, que je ne pourrais plus créer...

— C'est absurde.

— Oh, oui ! soupira Brandon. Bien plus que tu ne le crois... Car plus j'avais peur et moins je créais. Jusqu'alors, la musique avait toujours été une évidence pour moi. Mais je n'arrivais plus à composer. J'étais vidé, complètement à sec. Et je pensais que c'était parce que tu me rendais si heureux que je n'avais plus rien à dire, plus rien à exprimer.

— Je n'arrive pas à le croire, murmura Raven, stupéfaite. C'est vraiment pour cela que tu es parti ?

— Oui. Je me suis enfui lâchement et je me suis détesté pour cela. J'ai passé des années à essayer de t'oublier dans les bras d'autres femmes. Mais tu me hantais toujours. Je n'arrivais pas à me débarrasser de toi...

— C'est pour cette raison que tu es revenu ?

— Non. Je suis revenu à cause de *Clouds and Rain.* Je me suis rendu compte que c'était l'un des plus beaux morceaux que j'avais écrit et que je l'avais fait avec toi. J'ai compris que ce qui m'avait empêché de créer, à l'époque, ce n'était pas mon amour pour toi mais ma propre peur. J'ai su que je t'avais perdue pour rien, que j'avais gâché toutes ces années sans raison. Alors j'ai décidé de te reconquérir…

Raven pleurait en silence, frappée par l'absurdité de la situation.

— Je suis arrivé aux Etats-Unis sans plan arrêté… Je voulais juste te revoir. Lorsqu'on m'a proposé de composer la bande originale de *Fantasy*, j'ai tout de suite pensé à toi. Tu peux croire que c'était une forme de manipulation. Ce n'est sans doute pas entièrement faux… Mais c'était bien plus que cela. A mes yeux, c'était un symbole : j'avais la possibilité de te reconquérir par la musique alors que c'était pour la musique que je t'avais perdue. Je pensais regagner ton amour et me prouver en même temps que, loin d'être un frein à notre créativité, il pouvait être la pierre de touche d'une œuvre plus belle encore. Et j'avais raison, Raven. J'ai commencé à travailler sur les arrangements de *Fantasy*. Et je te promets que ni toi ni moi n'avons jamais rien écrit de plus beau. A part peut-être *Clouds and Rain*…

Il s'interrompit et détourna les yeux.

— Lorsque tu m'as abandonné, j'ai cru mourir, Raven…, articula-t-il d'une voix brisée.

— Abandonné ? répéta-t-elle, abasourdie. Je ne t'ai jamais abandonné, Brandon.

— Tu es partie sans même me donner une chance de me justifier, de t'expliquer ! Etait-ce une façon de te venger pour la façon dont je t'avais quittée ? Voulais-tu me faire souffrir en me laissant comme je l'avais fait cinq ans auparavant ?

— Non ! s'exclama-t-elle, horrifiée qu'il ait pu penser une telle chose. Je te l'ai dit dans le mot que je t'ai laissé…

— Quel mot ? demanda-t-il en fronçant les sourcils.

— Celui que j'ai laissé sur le piano.

— Je n'ai pas vu de mot. Lorsque je suis rentré au cottage, Mme Pengalley m'a dit que tu étais partie après notre dispute, que tu avais pris le premier avion pour Los Angeles… J'étais fou de douleur. J'ai ramassé nos notes et nos partitions et je suis parti pour New York…

— Ce n'est pas du tout comme ça que les choses se sont

passées, gémit Raven, horrifiée par cet absurde quiproquo. Juste après notre dispute, j'ai reçu un coup de téléphone de Julie qui m'a appris l'accident. Il fallait que je rentre au plus vite…

— Quel accident ?

Raven le regarda fixement, ne parvenant pas à croire qu'il n'était pas au courant. Elle commençait à présent à comprendre sa colère et la façon dont il l'avait traitée au restaurant.

— C'est ta mère, n'est-ce pas ? murmura-t-il, lisant la vérité dans ses yeux.

— Oui. Elle a eu un accident et j'ai dû revenir à Los Angeles.

— Mais pourquoi ne pas m'avoir attendu ?

— Parce que le Dr Karter disait que c'était une question d'heures. L'ironie tragique de la chose, d'ailleurs, c'est que je suis arrivée trop tard, de toute façon…

— Oh, Raven… Je suis désolé… Je ne savais pas.

Il s'interrompit, ravalant avec difficulté l'émotion qui l'étranglait.

— Lorsque je suis arrivé à New York, reprit-il, j'ai commencé à travailler sur les arrangements de *Fantasy* tout en me demandant ce que j'allais bien pouvoir faire à ton sujet. J'avais déjà essayé de te reconquérir une fois et je croyais que tu m'avais abandonné… J'ai essayé de me convaincre que je ferais mieux de rentrer en Angleterre et de t'oublier définitivement. Mais plus j'entendais la musique que nous avions écrite ensemble et plus je savais que c'était impossible. Elle disait mieux que nos mots et que nos caresses ce que je savais depuis le jour où je t'ai rencontrée, Raven. Je t'aime.

Il fit mine de s'approcher d'elle mais elle l'en empêcha.

— Je t'en prie, murmura-t-elle d'une voix brisée par l'émotion. Si tu me touches, je serai incapable de parler…

Elle essuya ses larmes du revers de la main et le regarda droit dans les yeux.

— Tu m'as expliqué ce que tu as éprouvé et c'est à mon tour de le faire. Ce sont tes règles, après tout.

— C'est juste, acquiesça-t-il. Je t'écoute.

— Tu m'as reproché de ne pas m'être confiée à toi, lui

dit-elle, de ne jamais t'avoir rien dit au sujet de ma mère. Et tu as raison, même si je découvre aujourd'hui que je n'étais pas la seule à dissimuler certaines choses, ajouta-t-elle avec un pâle sourire. Je voudrais juste essayer de t'expliquer pourquoi je l'ai fait.

Elle s'interrompit, remettant de l'ordre dans ses idées.

— Lorsque je t'ai rencontré, reprit-elle, j'avais perdu tous mes repères. Brusquement, j'avais accédé à la gloire, à l'argent et à la reconnaissance. Tout est arrivé si vite que je ne savais même pas à qui je pouvais faire confiance et de qui je devais me méfier… Lorsque je t'ai rencontré, tu étais encore pour moi le grand Brandon Carstairs, celui que je n'avais jamais imaginé que comme un nom sur une pochette de disque ou une silhouette distante plantée sur une scène…

Elle lui sourit à travers ses larmes.

— Je considérais ma mère comme ma propre responsabilité et j'avais honte d'elle. Tu avais beau être quelqu'un d'apparemment merveilleux, je ne te connaissais pas vraiment et j'ignorais si je pouvais te faire confiance. D'autant que tu ne m'avais jamais dit que tu m'aimais, en ce temps-là…

Elle soupira.

— Ensuite, tu m'as quittée et j'ai cru que c'était parce que tu t'étais lassé de moi. Alors, quand je t'ai vu resurgir dans ma vie, je me suis méfiée.

— Je comprends, soupira Brandon. Et dire que, si nous nous étions fait confiance l'un à l'autre dès le début, nous serions ensemble depuis cinq ans.

— Ce n'est pas certain, répondit Raven. Nous étions peut-être trop jeunes et trop inexpérimentés pour ce genre d'histoire. Ces cinq ans nous ont laissé le temps de grandir…

Brandon sourit, légèrement rasséréné par cette idée.

— Tu ne cesseras jamais de m'étonner, murmura-t-il, admiratif. Je ne pensais vraiment pas que tu arriverais à trouver quelque chose de positif dans tout ce gâchis…

S'approchant d'elle, il la prit dans ses bras. Le baiser passionné qu'ils échangèrent disait mieux que des serments le soulagement qu'ils éprouvaient à s'être enfin retrouvés et la confiance qu'ils avaient l'un dans l'autre.

— Tu n'as qu'à regarder notre première histoire d'amour comme une répétition, lui dit-elle lorsqu'ils se séparèrent enfin. Maintenant que nous avons enfin trouvé la mélodie, il ne nous reste plus qu'à improviser.

CHEZ MOSAÏC

Par ordre alphabétique d'auteur

ANNE BARTON	*Secrets et préjugés*
ANNE BARTON	*Orgueil et volupté*
LAURA CALDWELL	*La coupable parfaite*
LAURA CALDWELL	*Le piège des apparences*
PAMELA CALLOW	*Indéfendable*
PAMELA CALLOW	*Tatouée*
DIANE CHAMBERLAIN	*Une vie plus belle*
JOSHUA CORIN	*La prière de Galilée*
SYLVIA DAY	*Afterburn/Aftershock*
ANDREA ELLISON	*L'automne meurtrier*
LORI FOSTER	*La peur à fleur de peau*
LORI FOSTER	*Le passé dans la peau*
HEATHER GUDENKAUF	*L'écho des silences*
HEATHER GUDENKAUF	*Le souffle suspendu*
MEGAN HART	*L'ange qui pleure*
KRISTAN HIGGINS	*L'Amour et tout ce qui va avec*
KRISTAN HIGGINS	*Tout sauf le grand Amour*
KRISTAN HIGGINS	*Trop beau pour être vrai*
KRISTAN HIGGINS	*Amis et RIEN de plus*
KRISTAN HIGGINS	*L'homme idéal… ou presque*
ELAINE HUSSEY	*La petite fille de la rue Maple*
LISA JACKSON	*Le couvent des ombres*
LISA JACKSON	*Ce que cachent les murs*
LISA JACKSON	*Passé à vif*
LISA JACKSON	*De glace et de ténèbres*
LISA JACKSON	*Linceuls de glace*
LISA JACKSON	*Le secret de Church Island*
ANDREA KANE	*La petite fille qui disparut deux fois*
ANDREA KANE	*Instincts criminels*
ALEX KAVA	*Effroi*
ALEX KAVA	*Au cœur du brasier*
RICK MOFINA	*Zone de contagion*
RICK MOFINA	*Vengeance Road*
JASON MOTT	*Face à eux*

…/…

CHEZ MOSAÏC

Par ordre alphabétique d'auteur

BRENDA NOVAK	*Kidnappée*
BRENDA NOVAK	*Tu seras à moi*
BRENDA NOVAK	*Repose en enfer*
ANNE O'BRIEN	*Le lys et le léopard*
ANNE O'BRIEN	*Scandaleuse lady Katherine*
TIFFANY REISZ	*Sans limites*
EMILIE RICHARDS	*Le parfum du thé glacé*
EMILIE RICHARDS	*Le bleu de l'été*
EMILIE RICHARDS	*La saveur du printemps*
NORA ROBERTS	*La fierté des O'Hurley*
NORA ROBERTS	*La saga des O'Hurley*
NORA ROBERTS	*Par une nuit d'hiver*
NORA ROBERTS	*Retour au Maryland*
NORA ROBERTS	*Rêve d'hiver*
NORA ROBERTS	*L'été des amants*
NORA ROBERTS	*Des souvenirs oubliés*
NORA ROBERTS	*L'ombre du mystère*
NORA ROBERTS	*Sous les flocons*
ROSEMARY ROGERS	*Une passion russe*
ROSEMARY ROGERS	*La belle du Mississippi*
ROSEMARY ROGERS	*Retour dans le Mississippi*
ROSEMARY ROGERS	*Les nuits de Ceylan*
KAREN ROSE	*Elles étaient jeunes et belles*
KAREN ROSE	*Tout près du tueur*
KAREN ROSE	*Dors bien cette nuit*
KAREN ROSE	*Personne pour t'entendre*
KAREN ROSE	*Pour que tu n'oublies pas*
ERICA SPINDLER	*Les anges de verre*
ANTOINETTE VAN HEUGTEN	*La disparue d'Amsterdam*
SUSAN WIGGS	*Là où la vie nous emporte*
SUSAN WIGGS	*Avec vue sur le lac*
SUSAN WIGGS	*Les héritières de Bella Vista*

La plupart de ces titres sont disponibles en numérique.

Composé et édité par HARLEQUIN

Achevé d'imprimer en Allemagne
par GGP Media GmbH, Pößneck
en octobre 2014

Dépôt légal en novembre 2014

Cet ouvrage a été imprimé sur Classic 65g
de la gamme Printing & Reading Stora Enso,
usine d'Anjala, Finlande

storaenso

Pour l'éditeur, le principe est d'utiliser des papiers
composés de fibres naturelles, renouvelables, recyclables,
et fabriquées à partir de bois issus de forêts qui adoptent
un système d'aménagement durable. En outre, l'éditeur attend
de ses fournisseurs de papier qu'ils s'inscrivent dans
une démarche de certification environnementale reconnue.